W0189815

SCIENCE FICTION

Herausgegeben
von Wolfgang Jeschke

Von Philip José Farmer erschienen in der Reihe
HEYNE SCIENCE FICTION & FANTASY:

Philip José Farmer

Fleisch

Science Fiction

Deutsche Erstausgabe

WILHELM HEYNE VERLAG
MÜNCHEN

HEYNE SCIENCE FICTION & FANTASY
Band 06/4558

Titel der amerikanischen Originalausgabe
THE IMAGE OF THE BEAST / BLOWN / FLESH
Deutsche Übersetzung von Ronald M. Hahn
Das Umschlagbild schuf Boris Valejo

Redaktion: Wolfgang Jeschke
THE IMAGE OF THE BEAST:
Copyright © 1968 by Philip José Farmer
BLOWN: Copyright © 1969 by Philip José Farmer
FLESH: Copyright © 1968 by Philip José Farmer
(eine gekürzte und veränderte Form dieses Romans erschien 1960
in der Zeitschrift ›Galaxy‹)
Copyright © 1989 der deutschen Übersetzung
by Wilhelm Heyne Verlag GmbH & Co. KG, München
(eine gekürzte Fassung des Romans ›Flesh‹
erschien 1971 unter dem Titel ›Der Sonnenheld‹ in einer Übersetzung
von Birgit Reß-Bohusch als HEYNE BUCH Nr. 06/3265,
nachgedruckt unter der Nr. 06/3975)
Printed in Germany 1989
Umschlaggestaltung: Atelier Ingrid Schütz, München
Satz: Kort Satz GmbH, München
Druck und Bindung: Presse-Druck Augsburg

ISBN 3-453-03147-94

INHALT

EIN WORT VORAB

von Theodore Sturgeon

»Sie schreiben jetzt also auch Pornografie?« Diese Worte äußerte kürzlich ein Bekannter Philip José Farmers. Die Frage wirkt einfach und redlich. Sie wurde augenscheinlich von einem Menschen gestellt, der das ehrliche Gefühl hatte, seine eigenen Worte definieren zu können und wahrscheinlich davon ausging, daß die von ihm benutzten Begriffe sich dermaßen selbst erklären, daß sie gar keiner Definition bedürfen.

Es gibt eine große Anzahl ehrlicher, redlich gesinnter Menschen, die ohne zu zögern

Pornografie
Gott
Recht
Das Böse
Die Menschenrechte
Gesetz und Ordnung
Science Fiction
Kommunismus
Freiheit
Ehrenhaften Frieden
Obszönität
Liebe

definieren können, und auf der Grundlage ihrer Definitionen Denken, Handeln, Gesetze erlassen und manchmal auch Verbrennen, Einsperren und Töten können. Diese Leute sind Etikettierer, und sie sind ausnahmslos die tödlichste und destruktivste Kraft, denen sich jede Spezies auf diesem oder allen anderen Planeten je gegenübergesehen hat. Ich werde Ihnen klar und einfach darlegen, warum.

Auf einfache Wahrheiten stößt man nur selten. Eigentlich ist alles, was nach der Wahrheit aussieht, Fragen und

Modifikationen unterworfen. »Wasser fließt stets den Berg hinab.« Bei welcher Temperatur? Und wo — zum Beispiel in einer Apollo-Kapsel, oder am Spritzer eines Siphons? »Röcke sind nur was für Mädchen.« Würden Sie es vielleicht mit einem Bataillon der kilttragenden Black Watch oder einer Kompanie der knochenharten griechischen Evzones aufnehmen? (Sie tragen sogar Röcke mit Spitzen!) »E = MC²«, sagte Albert Einstein, die strahlende Gottheit des Relativismus, »könnte aber auch ein lokales Phänomen sein.«

Die tödliche Destruktivität, die dem Etikettieren anhaftet, liegt in der Tatsache, daß Etikettierer ausnahmslos die elementarste Grundlage aller Charakteristika des ganzen Universums übersehen — *Wandlung:* das heißt, das Fließen und die Veränderung. Hält er inne und denkt nach (was freilich nicht seine Gewohnheit ist), muß der Etikettierer einräumen, daß sich sogar Felsen und Berge verändern; daß sich die Planeten und die Sterne verändern, und daß sie nicht wegen der rein lokalen, winzigen Kleinigkeit damit aufgehört haben, weil er sie zufällig zu irgendeinem Zeitpunkt mit einem Etikett versehen hat.

Wandlung ist in dem, was wir Leben nennen, offenkundiger als auf jedem anderen Gebiet. Es reicht nicht aus, wenn man sagt, daß lebende Dinge sich verändern; man muß weitergehen und auch sagen, daß Leben Veränderung *ist.* Das, was sich nicht verändert, ist den elementarsten Gesetzen des Universums zuwider; das, was sich nicht verändert, lebt nicht; und in der Gegenwart dessen, was sich nicht verändert, kann Leben nicht existieren.

Deswegen ist der Etikettierer tödlich. Er ist von schädlichem Einfluß. Sein Befehl lautet stets: *Aufhören!* Er ist der Freund des Todes und der Feind des Lebens. Er möchte die Dinge, wie sie wirklich sind, nicht ertragen; er kann sie nicht ertragen ... beweglich, fließend, verändernd; er möchte, daß sie anhalten.

Warum?

Ich nehme an, wegen einer ganz normalen Sehnsucht

nach Sicherheit. Er möchte sich sicher fühlen. Er weiß nicht, daß er Stasis mit Stabilität verwechselt. Würde doch bloß alles anhalten; könnten Heute und Morgen bloß so sein wie gestern (er schaut sich das Gestern nämlich nie sorgfältig genug an, deswegen glaubt er, daß gestern alles bewegungslos, friedlich und gesetzestreu war — was es natürlich nicht war), dann könnte er sich wirklich sicher fühlen. Er begreift nicht, daß er zu Anti-Leben und zu Pro-Tod geworden ist — daß er in Wahrheit für sich und seine Spezies auf eine Art Selbstmord aus ist. Er begreift nicht, daß er in der schützenden Kirche seiner Wahl an jedem x-beliebigen Sonntag (oder Samstag) respektable ältere Damen in Kleidern sehen kann, die man früher (ältere Gläubige erinnern sich daran) verboten hätte, und zwar nicht nur auf der Straße, sondern auch am Strand. Er hat vergessen, daß es noch gar nicht so lange her ist, als so etwas wie ein Kulturschock unsere Art überkam, weil Clark Gable in der Rolle des Rhett Butler in einem Film ›Verdammt‹ sagte. Er übersieht geflissentlich alle Beweise, alle Wahrheiten, und statt dessen etikettiert er. Er ist absolut tödlich, also haltet die Augen offen, wenn ihr ihn trefft.

Philip José Farmer ist ein ausgezeichneter Autor, in jeder Hinsicht ein guter Mensch, und scheint mit dem Wissen geboren zu sein, daß die Wahrheit — die echte Wahrheit — mit der Hingabe jener gesucht werden muß, die den Heiligen Gral gesucht haben, und daß man sich ihr offen stellen muß, wenn sie sich als etwas erweist, das er und wir lieber nicht erfahren hätten. Seit er (1952) mit der außergewöhnlichen Novelle *The Lovers* in die Science Fiction eingebrochen ist, hat er sie stets das genannt, was sie ist, und sie so gezeigt, wie er sie vorgefunden hat. Das Buch, das Sie in den Händen halten, ist ein perfektes Beispiel dafür. Die Etikettierer werden wahrscheinlich schon auf den ersten Seiten »Aufhören!« schreien (das Wort, das am allermeisten gegen Gott gerichtet ist). Eine Handvoll armer, auf der Kippe stehender Seelen, von den Etikettierern frustriert und verdreht, werden sabbernd und mit feuchten Händen weiterlesen, das gesamte lebendige Verbindungsgewebe überschlagen und ihren Rausch ohne Kontext erleben. (Einige der letzteren werden dieses Buch hernach ebenfalls etikettieren, um alle anderen davon abzuhalten, es sich zu kaufen; und ein paar werden entrüstet ein Verbot fordern, damit das Buch vom Markt verschwindet, von niemandem mehr gelesen werden kann. Totschweigen. Totschlagen. Das war schon immer die Devise jener Pharisäer, die in ihrer Anmaßung und Arroganz stets besser zu wissen glauben, was ihren Mitmenschen zuzumuten ist, um sie bei geistiger Gesundheit zu halten. Was von ihrer eigenen zu halten ist, diese Frage wird einem Etikettierer nie in den Sinn kommen.) Der Rest von Ihnen wird in diesen Seiten das sehen, was sie sind: Wahrheiten (da viele dieser Dinge wirklich in jedem von uns stecken, ob Sie es nun erfreulich finden oder nicht) und die Suche nach der Wahrheit; die Symbole und Analogien der Wahrheit, das Forschen nach der Wahrheit — und eine höllisch gute Geschichte.

Nachdem ich *Die Verkörperung des Bösen* gelesen hatte und bevor ich diesen Kommentar schrieb, habe ich Phil Farmer wegen einer Erläuterung angerufen. In allem, was ich gelesen und analysiert habe, in meiner ganzen — kaum ausgelaugten — Phantasie, bin ich noch *nie* auf eine Szene gestoßen wie die, in der es um die ›schönste Frau der Welt‹ und das lange, glänzende Ding mit dem golfballgroßen Kopf mit dem Gesicht und dem Bärtchen geht, das aus ihrem Schoß kommt und in ihre Kehle eindringt. Neben der Verblüffung und dem Schock, den es hervorruft, erfüllte es mich mit Verwunderung, da es für mich einmalig und ohne literarische oder psychopathologische Vorläufer ist. Es handelt sich, wie ich erfahren habe, um Jeanne d'Arc und den berühmt-berüchtigten Gilles de Rais (was an sich schon selbst ein Paar abgibt, das ungewöhnlich genug ist!). Farmer hat mir erklärt, daß sie Bestandteil eines weitaus größeren Werkes sind und in zwei folgenden Büchern erläutert werden. Deswegen hat *Die Verkörpe-*

rung des Bösen auch den Untertitel: *Ein Exorzismus: Erstes Ritual.* Deswegen ist *Die Verkörperung des Bösen* wie alles, was Farmer je geschrieben hat, eine Fabel. Das heißt, wie alles von Äsop und eine Menge von Shakespeare ist die Geschichte länger als die Erzählung — das Stück bedeutet mehr als die beschriebenen Ereignisse. Kalkuliertes Unbehagen ist ein wohlbekannter Weg zur Wahrheit. Die Lotushaltung ist anfangs eine schmerzhafte Sache. Vierzigtägiges Fasten ist nur etwas für Gläubige, doch was zu einer Begegnung mit dem Satan führen kann, wird anderswo als etwas bezeichnet, das zu Satans Niederlage führen kann. Ich sehe Farmers strukturierten Schock auf diese Weise, gehe mit ihm, und warte gespannt auf den Abschluß seines Vorhabens.

Einen guten Mann kann man nämlich nicht am Boden halten, Freunde und Etikettierer — weder seine Redlichkeit noch seine Mannhaftigkeit.

Die Verkörperung des Bösen

(THE IMAGE OF THE BEAST)

Verdorbene, geronnene Milch. Der Qualm stieg zum Licht empor. Rauch und Licht verbanden sich und wurden zu saurer Milch. Die Schwaden teilten sich und wurden über ihren Köpfen wieder zu Qualm und Dunkelheit. Auch unter ihnen.

Draußen herrschte der Smog, aber er war auch drinnen. Verdorben und dauer.

Der saure Geruch und der Geschmack waren weder die Folge des Smogs, der seine Ausläufer in das mit einer Klimaanlage versehene Gebäude gedrückt hatte, noch stammte er vom Tabaksqualm im Innern des Raums. Er kam aus der Erinnerung an das, was Childe am Morgen gesehen hatte, und der Erwartung an das, was er in den nächsten Minuten sehen würde.

Der Filmraum der Polizei von Los Angeles war dunkler als Herald Childe ihn je erlebt hatte. Der Lichtstrahl aus dem Projektorraum neigte im allgemeinen dazu, das grau zu machen, was normalerweise schwarz gewesen wäre. Doch der Zigarren- und Zigarettenqualm, der Smog und die Stimmung der Zuschauer schwärzte alles ein. Sogar der Silberschimmer der Leinwand schien die Helligkeit aufzusaugen, statt sie auf die Zuschauer zu werfen.

Wo der Strahl über ihren Köpfen auf den Tabaksqualm fiel, bildete sich verdorbene, saure Milch. Jedenfalls in Herald Childes Vorstellung. So kam es ihm einfach vor. Der schlimmste Smog der Geschichte plagte Los Angeles und das Orange County. Seit einem Tag, einer Nacht, einem weiteren Tag und einer weiteren Nacht hatte sich nicht der kleinste Wind geregt. Am dritten Tag hatte es so ausgesehen, als würde dieser Zustand ewig währen.

Der Smog. Jetzt konnte er ihn vergessen.

Sein Partner (möglicherweise sein Ex-Partner) war auf der Leinwand zu sehen und streckte alle viere von sich. Die weinroten Vorhänge hinter ihm leuchteten, und Matthew Colbens Gesicht, das normalerweise so rot war wie ein zur

Hälfte mit Wasser verdünnter Chianti, wies die Farbe eines transparenten, mit Wein gefüllten Plastikbeutels auf.

Die Kamera machte einen Schwenk, um den Rest seines Körpers und einen Teil des Raumes zu zeigen. Er lag flach auf dem Rücken und war nackt. Die Arme waren an seinem Körper festgebunden, und seine ebenfalls gefesselten Beine bildeten ein V. Sein Penis lag wie ein dicker, betrunkener Wurm auf seinem linken Schenkel.

Der Tisch schien nur für diesen Zweck konstruiert worden zu sein: Um Männer mit gespreizten Beinen auf ihm festzubinden, damit sich andere zwischen ihre Schenkel stellen konnten.

Man sah nicht mehr als den Y-förmigen hölzernen Tisch, einen dicken, weinroten Teppich und weinrote Vorhänge. Die Kamera schwenkte herum, um die Vorhänge aufzunehmen, die die Wände bedeckten, dann fuhr sie zurück und hoch, um Matthew Colben in seiner Gänze zu zeigen, so, wie sie eine an der Decke hängende Fliege sehen würde. Colbens Kopf lag auf einem dunklen Kissen. Er schaute genau in die Kamera und lächelte blöde. Es schien ihm nichts auszumachen, daß er gefesselt und hilflos war.

Die vorhergehenden Szenen hatten gezeigt, warum es ihm nichts ausmachte. Sie hatten demonstriert, wie Colben sich aufgrund der Konditionierung von impotenter Furcht zu starrer Erwartung verändert hatte.

Childe, der den gesamten Film schon einmal gesehen hatte, spürte, wie seine Eingeweide sich umschlangen und umeinanderknoteten, wie ihre Enden sich um sein Rückgrat wickelten und daran zerrten, bis sie sich gegenseitig erstickten.

Colben grinste, und Childe murmelte: »Du blöder Hund! Du armer, blöder Hund!«

Der Mann im Sitz zu seiner Rechten änderte seine Position und sagte: »Was haben Sie gesagt?«

»Nichts, Commissioner.«

Doch Childes Penis fühlte sich an, als werde er in seinen Bauch hineingesaugt und zöge die Hoden hinter sich her.

Der Vorhang teilte sich, und die Kamera ging näher heran, um ein großes, schwarzumrandetes dunkelblaues Auge mit langen Wimpern zu zeigen. Dann fuhr sie an einer schmalen, geraden Nase und breiten, vollen, hellroten Lippen vorbei nach unten. Eine rosarote Zunge zeigte sich zwischen unnatürlich weißen und ebenmäßigen Zähnen. Die Zunge fuhr ein paarmal vor und zurück, hinterließ ein Tröpfchen Speichel auf dem Kinn und verschwand dann wieder.

Die Kamera fuhr zurück. Der Vorhang wurde aufgerissen, eine Frau trat ein. Ihr glänzend schwarzes Haar war glatt zurückgekämmt und fiel bis auf ihre Taille. Ihr Gesicht war um die Augen mit grellen Schönheitspflästerchen, Rouge, Puder und grünem, rotem, schwarzem und blauem Make-up bemalt. Ein Wirbel aus Puderblau, künstlichen Wimpern und ein winziger goldener Nasenring zierten ihr Gesicht. Ihr grünes Gewand war am Hals und an der Hüfte verknotet. Es war so dünn, daß sie ebensogut hätte nackt sein können. Dennoch entknotete sie die Kordeln an Hals und Hüfte, streifte das Gewand ab und zeigte, daß sie trotz alledem noch nackter wirken konnte.

Die Kamera fuhr hinunter und näher heran. Die Mulde an ihrem Halsansatz war tief, und die darunterliegenden Knochen wirkten sehr zart. Ihre Brüste waren zwar voll, aber nicht groß; sie liefen leicht konisch zu, waren aufgerichtet und hatten lange, dünne, fast spitze Warzen. Ihre Brüste ruhten auf einem großen Brustkorb. Ihr Bauch sank nach innen; auf Höhe der Hüften war sie mager, doch ihre Knochen standen nur ein kleines bißchen vor. Die Kamera umrundete sie — oder sie drehte sich. Childe konnte es nicht erkennen, weil die Kamera ihr so nahe war und er keinen Bezugspunkt hatte. Ihre Hinterbacken wirkten wie große weichgekochte Eier.

Die Kamera umkreiste sie, zeigte ihre schmale Taille und ihre gerundeten Hüften und machte dann einen Schwenk zur Decke — sie war mit einem vorhangähnlichen Material von der Farbe eines geplatzten Blutgefäßes im Auge eines Säufers bedeckt. Die Kamera linste auf ihre weißen Schenkel. Licht fiel in die Mulde zwischen ihren Beinen — sie schien die Schenkel also gespreizt zu haben —; man sah das kleine braune Auge ihres Afters und den Rand ihrer Vaginaöffnung. Das Haar darüber war blond, was bedeutete, daß sie entweder ihr Haupt- oder ihr Schamhaar gefärbt hatte.

Die Kamera, immer noch nach oben gerichtet, fuhr zwischen ihre Beine, die nun so aussahen wie die gewaltigen Gliedmaßen einer Statue, dann fuhr sie langsam nach oben. Sie zielte beim Nähergehen direkt auf ihre Schambehaarung. Sie war zum Teil von einem dreieckigen, angeklebten Stück Stoff bedeckt. Childe wußte nicht, warum. Schamgefühl war bestimmt nicht der Grund.

Er hatte diese Aufnahmen zwar schon einmal gesehen und wußte, was gleich passieren würde, aber er spürte, daß er sich trotzdem versteifte. Beim ersten Mal war er — wie auch die anderen im Raum Anwesenden — aufgesprungen; manch einer hatte geflucht, und einer hatte aufgeschrien.

Das Stück Stoff lag eng an ihren Genitalien, und eine Veränderung in der Beleuchtung enthüllte plötzlich, daß es halb durchsichtig war. Ihr Schamhaar formte ein dunkles Dreieck, und der Stoff war so tief in den Schlitz gezogen, daß man sah, wie eng er anlag.

Abrupt — Childe sprang erneut auf, obwohl er wußte, was nun kam — zog sich der Stoff noch tiefer in sie hinein, als hätte etwas im Innern der Vagina die Lippen gespreizt. Dann drückte etwas gegen den Stoff, etwas, das nur aus dem Innern der Frau kommen konnte. Es beulte den Stoff aus; dieser erbebte, als schlüge eine winzige Faust oder ein Kopf dagegen; dann wurde die Ausbuchtung wieder glatt, und der Stoff bewegte sich nicht mehr.

Zwei Plätze von Childe entfernt, sagte der Polizeichef: »Was, zum Teufel, könnte das sein?« Er blies den Rauch seiner Zigarre aus und fing dann an zu husten. Auch Childe hustete.

»Es könnte irgend etwas Mechanisches in ihrer Möse stecken«, sagte Childe. »Oder es könnte ...« Er ließ seine Worte, ebenso wie seine Gedanken, im Nichts enden. Soweit er wußte, gab es keinen Hermaphroditen, dessen Penis im Innern der Vagina steckte. Jedenfalls zeigte sich kein nach außen drängender Penis; es sah aus wie eine unabhängige Entität — beziehungsweise erzeugte es in einem das Gefühl —, und ganz sicher hatte das Ding nicht nur an einer Stelle gegen den Stoff geschlagen.

Jetzt schwenkte die Kamera auf einer Höhe von wenigen Zentimetern und ein paar Schritte von Colben entfernt über ihn hinweg. Sie zeigte seine aus dieser Nähe gewaltig wirkenden Füße, seine mit dicken Muskeln versehenen, behaarten Ober- und Unterschenkel, die gespreizt auf dem Y-förmigen Tisch lagen, die großen Hoden und den dikken, wurmartigen Penis, der nun nicht mehr an seinem Schenkel hing, sondern allmählich größer wurde und den geschwollenen roten Kopf aufrichtete. Colben konnte die eingetretene Frau zwar nicht gesehen haben, aber offenbar war er so konditioniert, daß er wußte, daß sie innerhalb einer bestimmten Zeit nach der Fesselung an den Tisch treten würde. Sein Penis erwachte zum Leben, als hätten seine Ohren — die in ihm begraben waren, wie die einer Schlange — sie gehört, oder als sei sein Eichelschlitz — wie die Nasenlöcher einer Viper — ein auf Körperwärme ansprechender Detektor, der wußte, daß sie sich im Raum aufhielt.

Die Kamera wechselte zur Seite, damit sie mit dem Profil von Matthew Colbens Kopf anfangen konnte: Mit dem dichten, krausen, grauschwarzen Haar, den großen, roten Ohren, der glatten Stirn, der großen, gebogenen Nase, den dünnen Lippen, den massigen Kieferknochen, dem wie ein Schmiedehammerkopf wirkenden dicken und schweren Kinn, dem gewaltigen Brustkorb, der durch übermäßigen Steak- und Bierkonsum aufgeblähten Wampe, und dem Abhang, der zu seinem jetzt steif, hart und aufrecht stehenden Penis hinunterführte. Die Kamera ging näher heran und machte eine Großaufnahme: Colbens Adern wurden zu Seilen, die ins Taljereep der Lust verliefen (Childe konnte nicht anders, er mußte in solchen Bildern denken; er kam unweigerlich immer wieder auf derlei Vorstellungen zurück). Die Eichel, voll entblößt, glitzerte mit Gleitflüssigkeit.

Die Kamera fuhr jetzt nach oben, entfernte sich und nahm eine Position ein, in der man sowohl den Mann als auch die Frau sehen konnte. Sie kam langsam und mit schwingenden Hüften näher, ging auf Colben zu und sagte etwas. Ihre Lippen bewegten sich, aber man hörte nichts. Auch der Lippenleser der Polizei hatte nicht herausfinden können, was sie sagte, da ihr Kopf zu weit nach vorn gebeugt war. Auch Colben sagte etwas, aber seine Worte waren aus dem gleichen Grund unverständlich.

Die Frau beugte sich vor und ließ die linke Brust soweit nach unten sinken, daß Colben sie in den Mund nehmen konnte. Er lutschte eine Weile daran herum, dann zog die Frau sie zurück. Die Kamera kam näher und zeigte ihre feuchte und erigierte Brustwarze. Sie küßte Colben auf den Mund. Die Kamera nahm sie von der Seite auf und zeigte sie dabei, wie sie leicht den Kopf anhob, damit sie zusehen konnte, wie ihre Zunge in Colbens Mund vorstieß und wieder zurückgezogen wurde. Dann küßte und leckte sie seinen Hals und seine Brustwarzen und benetzte seinen runden Bauch mit Speichel. Langsam arbeitete sie sich seinem Schamhaar entgegen; sie leckte es, tippte seinen Penis einige Male sanft mit der Zunge an, küßte ihn mehrmals, und ließ die Zunge vorschnellen, um die Spitze seiner Eichel zu berühren. Gleichzeitig hielt sie seinen Penis an der Wurzel fest. Dann ging sie um einen Ausläufer des Y herum, trat zwischen Colbens Beine und ließ seinen Penis tief in den Mund gleiten.

An dieser Stelle begann ein blechern klingendes Piano jenes Typs, die vor Jahrzehnten in den Bars oder Stummfilmtheatern gespielt hatten, mit Dvořáks *Humoreske*. Die Kamera wechselte in eine Position über Colbens Gesicht;

er hatte die Augen geschlossen und sah ekstatisch aus — beziehungsweise *idiotisch* glücklich.

Die Frau sprach zum ersten Mal.

»Du mußt mir nur sagen, wann du kommst, mein Schatz. So zwanzig oder dreißig Sekunden vorher, ja? Ich habe eine hübsche Überraschung für dich. Etwas Neues.«

Die Polizei hatte die Stimme aufgenommen, auf ein Oszilloskop überspielt und untersucht. Doch sie war verzerrt worden. Das war auch der Grund, weswegen sie so hohl und zittrig klang.

»Nicht so schnell, Baby«, sagte Colben. »Laß dir Zeit. Mach's so wie beim letztenmal. Das war der tollste Orgasmus, den ich je im Leben hatte. Du bist jetzt ein bißchen zu schnell. Und schieb mir nicht wieder die Finger in den Arsch, wie beim letztenmal. Sonst geht mir sofort einer flöten.«

Als sie die Szene zum erstenmal gesehen hatten, hatten ein paar der Cops gewiehert. Jetzt lachte niemand mehr. Man konnte in den Reihen der Zuschauer eine unhörbare, doch deutlich spürbare Regung registrieren. Der Qualm schien hart und brüchig zu werden; die verdorbene Milch im Licht wurde noch saurer. Der Polizeichef holte so tief Luft, daß in seiner Kehle ein Rasseln hörbar wurde, dann fing er an zu husten.

Das Piano spielte nun die Ouvertüre zu *Wilhelm Tell*. Die blecherne Musik war absolut unpassend, doch es war gerade die Ungereimtheit, die sie so grauenhaft machte.

Die Frau hob den Kopf und sagte: »Kommst du gleich, *ma petite?*«

Colben keuchte: »Oh, Gott; gleich!«

Die Frau schaute in die Kamera und lächelte. Ihr Körper schien zu verblassen, die darunterliegenden Knochen schimmerten matt und wolkig. Dann war ihr Leib umwölkt, ihr Schädel hart und hell. Und dann verblaßte der Schädel, das Fleisch trat wieder an seine Stelle.

Die Frau schielte lüstern in die Kamera und senkte erneut den Kopf, doch diesmal schritt sie um den Ausläufer des Y und ging vor dem Tisch in die Knie, wobei ihr die Kamera folgte. An einem der Tischbeine war ein kleines Bord befestigt. Sie nahm etwas an sich, das dort lag; das Licht wurde heller, die Kamera ging noch näher heran.

Die Frau hielt zwei Gebißhälften in der Hand. Sie sahen so aus, als bestünden sie aus Eisen; die Zähne waren scharf wie Rasierklingen und spitz wie die eines Tigers.

Sie lächelte, legte das Eisengebiß auf das Bord und benutzte beide Hände, um ihr Gebiß aus dem Mund zu nehmen. Sie sah jetzt dreißig Jahre älter aus. Sie legte das weiße Gebiß auf das Bord und schob sich das Eisengebiß in den Mund. Sie schob die Spitze eines Zeigefingers zwischen den Ober- und Unterkiefer und biß vorsichtig zu. Dann zog sie den Finger aus dem Mund und hielt ihn so, daß die Kamera ihn aufnehmen konnte. Hellrotes Blut quoll aus der Wunde.

Sie stand auf, fuhr mit der Schnittstelle an der dicken Eichel von Colbens Penis entlang, und beugte sich dann vor, um das Blut abzulecken. Colben sagte stöhnend: »Oh, Gott. — Mir kommt's gleich!«

Ihre Lippen schlossen sich um seine Eichel und saugten sie in sich hinein. Colben zuckte und stöhnte. Die Kamera zeigte für eine Sekunde sein Gesicht und ging dann wieder neben der Frau in Stellung.

Sie hob rasch den Kopf. Colbens Penis zuckte und verspritzte eine dicke, weiße Flüssigkeit. Sie öffnete weit den Mund, beugte sich schnell wieder über ihn und biß zu. Ihre Kiefermuskeln spannten sich; ihre Halsmuskeln wurden zu Tauen.

Colben kreischte.

Die Kamera fuhr zurück, um die Vorhänge zu zeigen, durch die die Frau eingetreten war. Fanfarenklänge ertönten. In der Ferne donnerte eine Kanone. Das Piano spielte Tschaikowskis *Ouvertüre 1812*.

Als die Musik verhallte, schmetterten erneut die Fanfaren. Die Vorhänge teilten sich blitzschnell; zwei ausgestreckte Arme zogen sie auseinander. Ein Mann trat ein, postierte einen Moment und hob den rechten Arm, bis der schwarze Umhang sein Gesicht halb verhüllte. Sein Haar war schwarz, glänzte wie Kunstleder und war in der Mitte gescheitelt. Seine Stirn und seine Nase waren so weiß wie der Bauch eines Haies. Seine Brauen waren dick und schwarz und über der Nase zusammengewachsen. Er hatte große, schwarze Augen.

Er war so gekleidet, als wolle er zu einer Filmpremiere. Er trug einen Abendanzug, ein gestärktes weißes Hemd mit steifer Krawatte, ein diagonales rotes Band über der Brust und einen Orden auf dem Rockaufschlag.

Er trug blaue Segeltuchschuhe.

Schon wieder ein komisches Element, das die Situation nur noch grauenhafter machte.

Der Mann ließ den Umhang sinken. Er hatte eine große Hakennase, einen dicken, schwarzen Schnauzbart, der am Ende seiner aufgeworfenen, geschminkten Lippen nach unten geknickt war, und ein vorstehendes, gespaltenes Kinn.

Er wieherte, und dieses bewußt abgedroschene Element war noch grauenhafter als seine Segeltuchschuhe. Das Lachen war eine Parodie auf sämtliche hämischen Lacher, die alle Monster und Draculas in Horrorfilmen ausgestoßen hatten.

Der Arm fuhr wieder hoch, und der Mann — das Gesicht hinter dem Umhang verborgen — eilte auf den Tisch zu. Colben schrie noch immer. Die Frau sprang rasch beiseite und ließ den Mann zwischen Colbens Beine.

Der Dracula (so bezeichnete Childe ihn im Geiste) wieherte erneut und enthüllte zwei offensichtlich falsche Fangzähne, die lang und spitz waren. Dann beugte er sich vor und öffnete den Mund. Als er den Kopf wieder hob, war sein weißes Hemd karmesinrot, und er spuckte etwas Blutiges auf Colbens Bauch.

Beim erstenmal war Childe ohnmächtig geworden. Diesmal sprang er auf und rannte zur Tür, aber er mußte sich übergeben, bevor er sie erreichte. Er war nicht der einzige.

2. Kapitel

Der Dracula und die Frau hatten in die Kamera gesehen und wild gelacht, als amüsierten sie sich königlich. Dann wurde der Film abgeblendet und es leuchteten kurz die Buchstaben FORTSETZUNG FOLGT? auf. Der Film war zu Ende.

Herald Childe sah das zweite Ende nicht mehr. Er war zu sehr damit beschäftigt zu stöhnen, sich die Tränen aus den Augen zu reiben, sich die Nase zu putzen und zu husten. Der Geschmack des Erbrochenen und der Brechreiz lasteten schwer. Er hatte das Gefühl, sich entschuldigen zu müssen, doch er unterdrückte den Impuls. Es gab nichts, für das er sich entschuldigen mußte.

Der Polizeichef, der sich zwar nicht übergeben hatte, aber so wirkte, als würde es ihm besser gehen, wenn er es getan hätte, sagte: »Lassen Sie uns von hier verschwinden.«

Er schritt über das Erbrochene auf dem Holzfußboden hinweg. Childe folgte ihm. Die anderen kamen heraus. Der Polizeichef sagte: »Wir werden eine Konferenz abhalten, Childe. Sie können mitkommen und dazu beitragen, wenn Sie wollen.«

»Ich würde zwar gern mit der Polizei in Verbindung bleiben, Commissioner, aber ich habe nichts beizutragen. Jedenfalls nicht im Moment.«

Childe hatte der Polizei mehr als einmal alles erzählt, was er über Matthew Colben wußte. Und das war nicht wenig. Er hatte ihr auch alles erzählt, was er über sein Verschwinden wußte. Und das war gar nichts.

Der Polizeichef war ein hochgewachsener, schlanker Mann mit Stirnglatze, einem langen, hageren Gesicht und einem melancholisch schwarzen Schnauzbart. Er zupfte ständig am rechten Zipfel seines Schnauzbartes — nie am linken. Obwohl er Linkshänder war. Childe war diese Angewohnheit aufgefallen; er fragte sich, was ihr zugrunde lag. Was würde der Commissioner wohl antworten, wenn man ihn darauf hinwies?

Was konnte er antworten? Wahrscheinlich waren nur er und ein Psychotherapeut in der Lage, es herauszufinden.

»Childe, Ihnen ist sicher klar, daß uns dieser Fall sehr ungelegen kommt«, sagte der Polizeichef. »Würde er nicht so ... ähm ... ungewöhnliche Aspekte aufweisen, hätte ich nicht mehr als ein paar Minuten investiert. Doch so, wie's aussieht...«

Childe nickte und sagte: »Ja. Ich weiß. Die Abteilung wird sich später darum kümmern. Ich bin Ihnen dankbar, daß Sie sich die Zeit genommen haben.«

»Oh, so schlimm ist es nun auch wieder nicht!« sagte der Polizeichef. »Sergeant Bruin wird sich um den Fall kümmern. Das heißt, wenn er die Zeit dazu hat. Ihnen ist sicher klar...«

»Mir ist alles klar«, sagte Childe. »Ich kenne Bruin. Ich werde mit ihm in Verbindung bleiben. Aber nicht so oft, daß ich ihm auf die Nerven gehe.«

»Schön, schön!«

Der Polizeichef hielt ihm eine knochige, kalte, aber dennoch verschwitzte Hand entgegen und sagte: »Bis dann.« Dann drehte er sich um und marschierte durch den Gang davon.

Childe betrat die nächste Herrentoilette, in der mehrere Zivilisten und Uniformierte damit beschäftigt waren, sich den Geschmack des Erbrochenen aus dem Mund zu spülen. Sergeant Bruin war bei ihnen, aber ihm war nicht schlecht geworden. Er kam gerade aus dem WC und zog seinen Reißverschluß zu. Der Name Bruin paßte zu ihm. Er sah zwar aus wie ein Grizzly, war aber weitaus weniger reizbar.

Als er sich die Hände wusch, sagte er: »Ich muß mich beeilen, Childe. Der Commissioner möchte eine Blitzkonferenz wegen Ihres Partners abhalten; und dann müssen wir uns wieder alle um diese Smog-Geschichte kümmern.«

»Sie haben meine Telefonnummer, und ich habe Ihre«, sagte Childe. Er trank einen Becher Wasser, dann zerdrückte er ihn und warf ihn in den Papierkorb. »Na ja, immerhin habe ich die Möglichkeit, mich zu bewegen. Ich habe eine Erlaubnis, mit meinem Wagen zu fahren.«

»Das ist mehr als ein paar Millionen Bürger im Moment haben«, sagte Bruin fröhlich. »Achten Sie darauf, daß Sie das Benzin nicht sinnlos verplempern.«

»Bis jetzt habe ich eigentlich noch keinen Grund, überhaupt etwas zu verplempern«, sagte Childe. »Aber ich werde es trotzdem versuchen.«

Bruin sah auf ihn herunter. Seine großen schwarzen Augen waren so undurchdringlich wie die eines Bären; sie sahen nicht menschlich aus. »Haben Sie vor«, fragte er, »diesen Job ohne Bezahlung zu erledigen und ihm einen Teil Ihrer Freizeit zu opfern?«

»Wer sollte mich schon bezahlen?« sagte Childe. »Colben ist geschieden. Sein Fall hängt zwar mit dem Fall Budler zusammen, aber Budlers Frau hat mir gestern die Papiere gegeben. Sie sagt, die Sache sei ihr nun scheißegal.«

»Vielleicht ist er auch tot, so wie Colben«, sagte Bruin. »Es würde mich nicht überraschen, wenn die Post uns noch ein Päckchen brächte.«

»Mich auch nicht«, sagte Childe.

»Bis später«, sagte Bruin. Er legte eine Sekunde lang eine schwarze Tatze auf Childes Schulter. »Sie machen's umsonst, wie? Er war Ihr Partner, nicht? Aber Sie wollten sich auch trennen, stimmt's? Und trotzdem wollen Sie rauskriegen, wer ihn umgebracht hat?«

»Ich werd's versuchen«, sagte Childe.

»Das gefällt mir«, sagte Bruin. »So was wie echte Treue gibt's heutzutage kaum noch.« Er zog ab; die anderen folgten ihm im Gänsemarsch. Childe blieb allein zurück. Er schaute in den Spiegel, der über dem Waschbecken hing. Sein blasses Gesicht war dem Lord Byrons so ähnlich, daß er seit seinem vierzehnten Lebensjahr eine Menge Schwierigkeiten mit den Frauen gehabt hatte — und mit einer Reihe neidischer oder lüsterner Männer. Jetzt war er ein bißchen massig geworden, und über seine linke Wange verlief eine Narbe. Ein Andenken an Korea, als ein betrun-

kener Soldat sich geweigert hatte, sich von ihm festnehmen zu lassen. Er hatte sein Gesicht mit dem abgebrochenen Hals einer Bierflasche malträtiert. Seine Augen waren
dunkelgrau und momentan ziemlich blutunterlaufen. Der
Hals unter dem leicht massigen, byronesken Gesicht war
kräftig, seine Schultern breit. Das Gesicht eines Dichters,
dachte er — nicht zum erstenmal —, und der Körper eines
Bullen und Schnüfflers. Warum hast du dich überhaupt
auf diesen schmutzigen, seelenauslaugenden, deprimieren-
den und korrumpierenden Rummel eingelassen? Warum
ist aus dir kein stiller Englisch- oder Psychologieprofessor
in einem ruhigen College-Städtchen geworden?

Nur er und ein Psychotherapeut würden es je herauskriegen. Aber er wollte es gar nicht wissen, und bei einem
Psychotherapeuten war er auch nie gewesen. Bestimmt
genoß er den Schmutz, die Tränen, den Kummer, den Haß
und das Blut irgendwo tief in sich. Irgend etwas lebte von
verachtenswerter Nahrung. Irgend etwas genoß es, aber
dieses Etwas war — so sicher, wie es eine Hölle gab —
nicht Herald Childe. Jedenfalls nicht in diesem Moment.

Er verließ den Waschraum, ging durch den Korridor
zum Aufzug und fuhr in tiefe Gedanken versunken nach
unten, so daß er nicht einmal registrierte, ob er allein in
der Liftkabine war. Auf dem Weg zum Ausgang schüttelte
er leicht den Kopf, als wolle er sein Unterbewußtsein auf-
wecken. Es war gefährlich, so geistesabwesend zu sein.

Sein Partner Matthew Colben war auf dem besten Weg
gewesen, sein Ex-Partner zu werden. Colben war ein groß-
mäuliger Angeber und Don Juan, dem das Schieben einer
Nummer allemal wichtiger war als der Job. Als er und
Childe sich vor sechs Jahren zusammengetan hatten, hatte
er noch nicht zugelassen, daß sein Pimmel die Geschäfte
störte. Doch jetzt war Colben fünfzig. Vielleicht wollte er
den Gedanken an einen langsam träger werdenden Körper,
einen zunehmend dicker werdenden Bauch und die immer
länger werdenden Katerperioden verdrängen. Childe akzeptierte seine Gründe nicht; nach Ende der Bürozeit

konnte Colben tun und lassen, was er wollte, aber er betrog auch seinen Partner, wenn er sich privat mit Fusel und Weibern belog. Nach dem Fall Budler hätten sie sich getrennt. Das hatte Childe sich fest vorgenommen.

Jetzt war Colben tot, und Budler befand sich vielleicht in den Händen der gleichen Leute, die ihn umgebracht hatten — obwohl es keinen Hinweis darauf gab. Aber Budler und Colben waren in der gleichen Nacht verschwunden, und Colben hatte Budler beschattet.

Der Film war vor drei Tagen von einem Postamt in Torrance aus abgeschickt worden. Colben und Budler wurden seit vierzehn Tagen vermißt.

Childe hielt an einem Zeitungsstand und kaufte sich die Morgenausgabe der *Times*. Zu jeder anderen Zeit wäre der Fall Colben schlagzeilenträchtig gewesen. Aber nicht heute. Es gab jedoch einen Beitrag auf Seite eins. Childe, der von der Vorstellung nicht erbaut war, auf die Straße zu gehen, lehnte sich an die Wand und las die Story. Die Journalisten, die den Film gesehen hatten, hatten sie beträchtlich entschärft. Zwar waren sie bei den Vorführungen zugegen gewesen, deren Zeuge er gewesen war, doch er wußte von Bruin, daß man ihnen eine Sondervorführung ermöglicht hatte. Bruin hatte wie ein wundkehliger Bär gelacht und erzählt, daß mindestens die Hälfte von ihnen gekotzt hätten oder dem Kotzen nahegewesen waren.

»Manche von ihnen waren im Krieg und haben gesehen, wie Männern die Eingeweide herausgerissen wurden«, hatte Bruin gesagt. »Sie waren doch auch als Offizier in Korea, nicht? Und doch ist Ihnen schlecht geworden! Wie kommt das?«

»Haben Sie nicht gespürt, wie Ihr Schwanz versuchte, sich in Ihrem Bauch zu verkriechen?« hatte Childe gefragt.

»Nö.«

»Vielleicht haben Sie gar keinen«, hatte Childe gesagt. Auch das hatte Bruin noch für witzig gehalten.

Der Artikel war zweispaltig und ließ sich über das

meiste aus, was auch Childe wußte, außer den Einzelheiten des Films. Man hatte Colbens Wagen auf einem Parkplatz hinter dem Gebäude einer Versicherung auf dem Wilshire Boulevard in Beverly Hills gefunden. Colben hatte Benjamin Budler beschattet, einen reichen Anwalt aus diesem Stadtteil. Budler hatte seine Gattin betrogen, von seiner regulären Geliebten ganz zu schweigen. Die Frau hatte *Childe & Colben, Privatdetektive* engagiert, um genügend Beweise für eine Scheidungsklage zu sammeln.

Colben hatte auf einem Kassettenrecorder, der in seinem Wagen lag, alle Schritte Budlers gemeldet. Budler hatte eine (zwar in allen Einzelheiten beschriebene, doch nicht identifizierte) reizende Brünette an der Ecke Olympic und Veteran Street abgeholt. Die Ampel hatte Grün gezeigt, doch Budler hatte einen langen Stau und lautes Gehupe riskiert, um die Wagentür zu öffnen und die Frau einsteigen zu lassen. Sie war gut angezogen gewesen. Colben hatte gemutmaßt, daß ihr Wagen irgendwo in der Nähe stand; sie sah nicht so aus, als käme sie aus dieser Gegend.

Budlers Rolls Royce war rechts auf die Veteran abgebogen und in Richtung Santa Monica gefahren. Dort war er nach links ausgeschert und nach Santa Monica hineingefahren, bis er einen Block vor einem ruhigen und teuren Restaurant stehengeblieben war. Hier hatte Budler die Frau aussteigen lassen und war auf einen Parkplatz an einer Seitenstraße gefahren. Er war zu Fuß zu dem Restaurant gegangen, wo sie gemeinsam (etwa drei Stunden lang) diniert und Wein getrunken hatten. Obwohl sie das Restaurant getrennt betreten hatten, hatten sie es zusammen verlassen. Budlers Gesicht war gerötet gewesen, er hatte laut geredet und viel gelacht. Die Frau hatte zwar ebenso oft gelacht, aber sie war gerade gegangen. Budlers Gleichgewicht war leicht gestört gewesen; beim Überqueren der Straße war er gestolpert und beinahe hingefallen.

Sie waren mit dem Rolls Royce (wobei Budler schnell gefahren und sich in den Verkehr ein- und ausgefädelt hatte) nach Santa Monica gefahren und am Bedford Drive nach Norden abgebogen.

Von diesem Augenblick an war das Band gelöscht.

Colben hatte angemerkt, er habe aus der Ferne mehrere Fotos von der Frau gemacht, die Budler abgeholt hatte. Der Apparat befand sich zwar im Wagen, doch man hatte den Film herausgenommen.

Der Wagen war gründlich durchsucht worden; es gab nicht einen einzigen Fingerabdruck. Ein paar Schmutzpartikel, wahrscheinlich von den Schuhen der Person, die den Wagen auf den Parkplatz gefahren hatte, befanden sich auf der Fußmatte, doch eine Analyse hatte nur gezeigt, daß die Erde von jeder Stelle in diesem Gebiet stammen konnte. Es gab auch ein paar Fasern; man hatte sie aus dem Lumpen gepickt, mit dem Colben die Sitze abwischte.

Budlers Rolls Royce war ebenfalls verschwunden.

Erst zwei Tage nachdem Colben als vermißt galt, hatte die Polizei entdeckt, daß Budler aus seinem normalen Lebensrhythmus ausgestiegen war. Seine Frau hatte zwar gewußt, daß er verschwunden war, aber sie hatte sich nicht die Mühe gemacht, es zu melden. Warum sollte sie auch? Es kam öfter vor, daß er ein paar Tage lang nicht nach Hause kam.

Sobald sie erfahren hatte, daß ihr Ehemann eventuell entführt oder ermordet worden war und sein Verschwinden (höchstwahrscheinlich) mit dem Verschwinden Colbens zusammenhing, hatte sie Childe klargemacht, daß er nicht mehr in ihren Diensten stand.

»Ich hoffe, daß sie den Hundesohn tot auffinden, und zwar bald!« hatte sie durch das Telefon geschrien. »Ich möchte nämlich nicht, daß seine Konten bis in alle Ewigkeit gesperrt sind! Ich brauche sein Geld jetzt! Es sähe ihm wirklich ähnlich, wenn er nie wieder auftauchen und mich mit einem Prozeß und der Bürokratie und diesem ganzen Scheiß in Atem halten würde! Es sähe ihm wirklich ähnlich! Ich hasse ihn!« Und so weiter.

»Ich werde Ihnen die Rechnung schicken«, hatte Childe

erwidert. »Es war nett, für Sie tätig gewesen zu sein.« Und er hatte aufgelegt.

Seine Rechnung würde sie zwar erreichen, doch wann sie zahlen würde, stand in den Sternen. Selbst wenn Mrs. Budler postwendend einen Scheck schickte, würde es seine Zeit dauern, bis er gutgeschrieben war. Die Zeitungen hatten gemeldet, daß die Behörden in Erwägung zogen, alle Banken zu schließen, bis die Krise vorbei war. Es gab zwar viele Leute, die dagegen protestierten, aber für die Protestler würde es keinen großen Unterschied machen, wenn die Banken offen blieben. Wozu sollte es gut sein, wenn die meisten Kunden ihre Bank nicht erreichen konnten, weil sie nicht stundenlang anstehen wollten, um einen der unregelmäßig verkehrenden Busse zu erwischen? Es sei denn, sie wohnten so nahe, daß sie ihre Bank zu Fuß erreichen konnten.

Childe ließ die Zeitung sinken. Zwei uniformierte Männer mit Gasmasken führten einen dritten zwischen sich her. Er hielt die mit Handschellen gefesselten Hände hoch, als wolle er der Welt seinen Märtyrerstatus verkünden. Einer der Cops trug eine dritte Gasmaske in der Hand, und Childe vermutete, daß der Festgenommene mit ihrer Hilfe einen Laden überfallen, ein Leihhaus ausgeraubt oder sonst etwas getan hatte, das es erforderlich machte, daß man sein Gesicht nicht erkannte.

Childe fragte sich, warum die Cops ihn durch diesen Eingang brachten. Vielleicht hatten sie ihn auf dieser Straße geschnappt und nahmen eine Abkürzung.

Die momentane Lage war in einer Hinsicht für die Kriminellen vorteilhaft: Männer, die Gasmasken oder wasserdurchtränkte Lappen vor dem Gesicht trugen, waren nichts Außergewöhnliches. Aber andererseits war es auch wahrscheinlich, daß jeder, der so herumlief, angehalten und identifiziert wurde. Eine Sache wog die andere auf.

Die Cops und der Festgenommene husteten. Der Mann hinter der Theke des Kiosks hustete. Childe verspürte ein Kratzen in der Kehle. Er konnte den Smog zwar nicht riechen, aber schon der Gedanke an ihn erzeugte den Schatten eines Hustens.

Er überprüfte seinen Ausweis und seine Fahrerlaubnis. Er hatte keine Lust, ohne sie geschnappt zu werden, wie es am Tag vorher der Fall gewesen war. Er hatte deswegen fast eine Stunde verloren, und selbst nachdem die Cops im Revier angerufen und seine Gründe erfahren hatten, hatte man ihn aufgefordert, nach Hause zu gehen und seine Papiere zu holen. Und bevor er sein Zuhause erreicht hatte, hatte man ihn schon wieder angehalten.

Childe klemmte die Zeitung unter den Arm, ging zur Tür, warf einen Blick durch die Scheibe, schüttelte sich, wünschte sich, er besäße einen leichten Taucheranzug, öffnete die Tür und stürzte sich hinein.

3. Kapitel

Es war wie ein Spaziergang auf einem Meeresgrund aus äußerst dünner Gallenflüssigkeit.

Zwischen der Sonne und dem Meer gab es keine Wolken. Die Sonne schien hell, als versuche sie, sich einen Weg durch das Meer zu brennen. Die Augustsonne brannte grell, und je mehr sie brannte und mit ihren gelben Macheten schnitt, desto dicker und giftiger wurde das graugrüne Blattwerk.

(Childe wußte, daß er die Metaphern durcheinanderbrachte. Na und? Der Kosmos war im Bewußtsein Gottes eine gemischte Metapher. Die linke Hirnhälfte Gottes hatte keine Ahnung, was die rechte tat. Oder es kümmerte sie nicht. War Gott schizophren? Herald Childe, ein Geschöpf Gottes, das Ebenbild Gottes, war bestimmt schizophren, auf links gedreht.)

Augen brannten wie Ketzer am Marterpfahl. Schläfen wurden gepeinigt; Feuer lief an den feinen Knöchelchen entlang; Spermaflüssigkeit, gesammelt, um die Schläfenkammern zu füllen, tröpfelte, wartete auf die freiwillige oder unfreiwillige Explosion der Luft, um das Zeug im mildesten aller Orgasmen zu entladen.

Nicht der kleinste Windhauch. Die Luft hatte sich seit einem Tag, einer Nacht und einem weiteren halben Tag nicht mehr bewegt, als sei die Atmosphäre gestorben und am Verrotten.

Das graugrüne Zeug hing in Schwaden. Oder wirkte so. Das Buch des Jüngsten Tages wurde gelesen, und die Seiten, die graugrünen Schwaden, wurden umgeblättert, wie das Auge las, und mehr und mehr Seiten wurden auf die Front des Buches gestapelt. Wie weit mußte man noch lesen, bis das Ende kam?

Childe konnte nur dreißig Meter weit sehen, falls überhaupt. Er war den Weg von der Tür zum Parkplatz so oft gegangen, daß er sich nicht verlaufen konnte. Aber es gab auch Leute, die nicht wußten, wo sie waren. Eine Frau rannte schreiend an ihm vorbei und verlor sich in den Schwaden. Er blieb stehen. Sein Herz klopfte. Er hörte eine schwache Autohupe. Irgendwo heulte eine Sirene. Er drehte sich langsam um und bemühte sich, die Frau oder ihren Verfolger, falls es einen gab, zu sehen oder zu hören, aber er konnte nichts erkennen. Sie rannte, obwohl niemand sie verfolgte.

Childe nahm einen leichten Trott auf. Er schwitzte. Seine Augen brannten und sonderten Tränen ab. Kleine Flammen schienen durch die Kehle auf seine Lungen zuzukriechen. Er wollte zu seinem Wagen, in dem eine Gasmaske lag. Er zwang sich zum Gehen. Panik hing in der Luft, die gleiche Panik, die zu einem Menschen kam, wenn er spürte, daß sich eine Hand um seinen Hals legte und Daumen auf seine Luftröhre drückten.

Ein Wagen tauchte aus den Wolken auf. Es war nicht der seine. Childe ging an ihm vorbei und stieß zehn Parklücken weiter auf seinen 1970er Oldsmobile. Er setzte die Maske auf, startete den Motor, krümmte sich leicht bei dem Gedanken an die Gifte, die aus dem Auspuff kamen, schaltete die Scheinwerfer ein und verließ den Parkplatz.

Auf der Straße waren mehr helle und sich bewegende Lichter, als er erwartet hatte. Er schaltete das Radio an und erfuhr den Grund dafür. Die Leute, die außerhalb des Smoggebietes über eine Unterkunft verfügten, verließen die Stadt — ob sie nun eine Erlaubnis hatten oder nicht. Also gestatteten die Behörden es ihnen. Viele, die nicht über eine solche Unterkunft verfügten, aber trotzdem hinausfuhren, verließen die Stadt ebenso. Die Flut hatte begonnen. Im Moment waren die Straßen zwar noch nicht verstopft, aber bald würden sie es sein.

Childe fluchte. Er hatte an diesem Tag unbeschwerliche Fahrten an unterschiedliche Ziele geplant; wenn er schon nicht schnell fahren konnte, wollte er wenigstens nicht vom Verkehr behindert werden.

Die Stimme des Gouverneurs kam aus dem Lautsprecher. Der Gouverneur bat um Zurückhaltung und Gelassenheit. Jedermann solle weiterhin zu Hause bleiben — wenn er dazu in der Lage war. Doch jene, die die Stadt aus gesundheitlichen Gründen verlassen mußten (was jetzt die gesamte Bevölkerung einschließt, dachte Childe), sollten vorsichtig fahren und bedenken, daß es außerhalb des Gebietes von Los Angeles und Orange County in diesem Staat nicht genügend Unterbringungsmöglichkeiten für sie gab. Nevada und Arizona waren über die Invasion informiert worden, und Utah und New Mexico bereiteten sich aus eigenen Stücken auf sie vor. Zwar hatte man Truppen in das Gebiet entsandt, doch sie sollten nur als Verkehrspolizisten und Sanitäter eingesetzt werden. Das Kriegsrecht war nicht ausgerufen worden; dazu gab es keinen Anlaß. Man registrierte zwar einen Anstieg von Verbrechen aus Leidenschaft sowie von Diebstählen und Raubüberfällen, aber es hatte keinen Aufruhr gegeben.

Kein Wunder, dachte Childe. Der Smog hat etwas Verunsicherndes. Er fraß einem die Haut von den Nerven; die Leute hatten keine Lust, sich ihm auszusetzen. Es gefiel den Leuten nicht, sich in Massen zusammenzurotten. Auf jeden Menschen wirkten die anderen wie Gespenster, die

33

sich aus den Schwaden näherten, oder wie seltsame Fische, die plötzlich aus der Finsternis auftauchten. Seltsame Fische konnten auch Haie sein.

Childe kam an einem Wagen vorbei, in dem drei bebrillte, rüsselbewehrte Monster saßen. Ihre Köpfe fuhren herum, die zyklopenhaften Augen stierten blind, die Nasen schienen zu schnüffeln. Er entfernte sich schnell von ihnen, bis ihre Scheinwerfer nur noch gedämpft zu erkennen waren. Dann verringerte er die Geschwindigkeit. Einmal tauchte hinter ihm urplötzlich ein Fahrzeug auf. Ein rotes Licht blitzte. Childe schaute durch die Heckscheibe, bevor er anhielt. Es gab falsche Streifenwagen, die Autofahrer am hellichten Tag anhielten, ausraubten, zusammenschlugen oder gar töteten, selbst wenn es im Umkreis von zehn Metern Augenzeugen gab. Er beschloß, an den Straßenrand zu fahren. Er steuerte den Wagen sanft auf den nur matt erkennbaren Rinnstein zu und hielt an. Er ließ den Motor laufen und beäugte den Wagen und den auf der rechten Seite aussteigenden Cop. Wenn ihm sein Anblick nicht gefiel, konnte er immer noch auf der anderen Seite aussteigen und in der Düsternis untertauchen. Doch er kannte den Cop, wenn er auch seinen Namen nicht wußte, und blieb hinter dem Steuer sitzen. Er öffnete die Jacke und langte vorsichtig hinein, damit der Cop nicht den Eindruck gewann, daß er nach einem Schießeisen griff. Er hatte zwar einen Waffenschein, doch der lag zu Hause.

Der Cop hatte schon zu viele Leute angehalten, um ihn aus dem Wagen steigen und die Haltung eines Gefilzten einnehmen zu lassen. Außerdem gab es viele Fahrer mit Erlaubnis, und bald würden so viele Fahrzeuge auf der Straße sein, daß sie ebensogut aufgeben konnten — ausgenommen bei den offensichtlichen Fällen.

Childe identifizierte sich. Man kannte ihn vom Hörensagen und hatte außerdem die Zeitungen gelesen. Einer der Cops, Chominshi, wollte sich über den Fall unterhalten, aber der andere hustete, und Childe fing ebenfalls an zu husten, und so ließen sie ihn ziehen. Er folgte der Third Street nach West Los Angeles. Seine Wohnung und sein Büro waren nur ein paar Häuserblocks von Beverly Hills entfernt. Er hatte vor, auf direktem Weg nach Hause zu gehen und ein wenig nachzudenken.

Falls er nachdenken konnte. Er befand sich in einem leichten Schockzustand. Seine Reflexe kamen ihm so langsam vor, als hätte man ihn unter Drogen gesetzt oder als erhole er sich von einem Knockout. Er empfand ein vages Gefühl von innerem Abstand, als hätte er sich leicht von der Wirklichkeit gelöst; zweifellos, um die Wirkung des Films abzumildern. Der Smog half ihm auch nicht dabei, einen Anker nach den Dingen auszuwerfen; er rief das Gefühl hervor, als glitte sein Ich aus.

Childe brannte nicht vor Rachedurst auf die Leute, die Colben umgebracht hatten. Er hatte Colben nicht gemocht und wußte, daß er ein paar Dinge auf dem Kerbholz hatte, die sein Gewissen (soweit Childe wußte) nicht mal belasteten. Colben hatte eine Minderjährige geschwängert und sie dann auf die Straße gesetzt, und das Mädchen hatte Schlaftabletten genommen und war gestorben. Es gab noch weitere ähnliche Fälle, wenn auch keiner mit dem Tod eines Mädchens geendet hatte. Aber manche wären tot besser dran gewesen. Und dann gab es da noch die Frau eines Klienten, die man zusammengeschlagen aufgefunden hatte, und die für immer eine Idiotin bleiben würde. Childe hatte zwar keinen Grund gehabt, Colben zu mißtrauen, aber er was das Gefühl nicht losgeworden, daß Colben Prügeleien dieser Art im Klientenauftrag erledigte; besonders nachdem er erkannt hatte, daß Colben zuvor mit der Frau geschlafen hatte. Er hatte ihm nichts beweisen können; er hatte ihm nicht einmal einen Vorwurf machen können, der nicht blöde geklungen hätte, weil er nicht den geringsten Beweis hatte. Doch daß Colben das Geschäft vernachlässigte, war Grund genug, ihn sich vom Hals zu schaffen. Childe hatte nicht genügend Geld, um ihm eine Abfindung zu zahlen; er hatte vorgehabt, die Zusammenarbeit für Colben so unerfreulich zu machen, daß der glücklich gewesen wäre, ihm die Partnerschaft aufzukündigen.

Trotzdem — niemand verdiente einen solchen Tod wie Colben. Oder doch? Das Grauen war eher im Bewußtsein der Zuschauer vorhanden als im Bewußtsein Colbens. Er war zwar schwer verletzt worden, doch er war schnell gestorben.

Es spielte keine Rolle. Childe hatte die Absicht, soviel herauszukriegen, wie er konnte, auch wenn er annahm, daß er nur wenig herauskriegen würde. Und bald würde ihn die Notwendigkeit, Rechnungen zu bezahlen, ohnehin zwingen, den Fall beiseite zu legen; dann konnte er nur noch in seiner Freizeit daran arbeiten. Was in letzter Konsequenz bedeutete, daß er so gut wie gar nichts mehr zustande kriegte.

Aber er hatte nichts anderes zu tun, und er hatte bestimmt nicht vor, still in seiner Wohnung zu sitzen und vergiftete Luft einzuatmen. Irgend etwas mußte er tun, damit man in dieser Sache weiterkam. Wegen des Augenbrennens und der Tränen konnte man nicht mal entspannt lesen. Er war wie ein Hai, der sich bewegen mußte, damit das Wasser weiterhin durch seine Kiemen strömte. Wenn er innehielt, würde er ersticken.

Aber Haie können auch atmen und stillstehen, wenn sich das Wasser bewegte. Sybil konnte ihm dieses Fließen sein. Sybil war ein Name, der wie ein springendes Bächlein klang, wie Sonnenschein auf stillen, grünen Schneisen, wie Klugheit und Milch aus vollen, warmen Brüsten. Ganz bestimmt keine verdorbene Milch. Weiße, sahnige Milch der Zärtlichkeit und Vernunft.

Childe lächelte. Der große Romantiker. Er sah nicht nur wie Lord Byron aus, er dachte auch so. Reinkarnation? George Gordon, Lord Byron — wiedergeboren als Privatdetektiv, ohne Klumpfuß. Wenn er ein Klumpfußgehirn hatte, zeigte es sich jedenfalls nicht. Auf den ersten Blick. Aber das Hinken sahen die anderen, die Tag für Tag mit ihm zu Fuß gehen mußten.

Die Privatdetektive aus den Romanen. Sie waren einfache, geradeaus denkende Männer mit festen — ausnahmslos schwarz-weißen — Überzeugungen. Mein ist die Rache, sagt Gott Hammer. Echte Helden, mit denen sich die überwiegende Mehrheit der Leser problemlos identifizieren konnte.

Das war eigenartig, da die Anti-Helden der existentiellen Romane doch angeblich den modernen Geist repräsentierten. Und sie waren zweifellos voller Zweifel. Der Anti-Held kriegte viel mehr Publizität und weitaus stärkeres Fanfarengeschmetter von den Rezensenten als der simple, unveränderliche, nicht zweifelnde Privatdetektiv — der Held der Massen.

Als wären seine Gedanken ein Filmstreifen, redete Childe sich einen Schnitt ein. Er übertrieb und simplifizierte. Innerlich war er vielleicht ein existentieller Anti-Held, doch äußerlich war er ein Mann der Tat, ein Shadow, ein Doc Savage, ein Sam Spade. Er lächelte erneut. Um die Wahrheit zu sagen, er war Herald Sigurd Childe, rotäugig, mit wäßrigem Blick, Triefnase, Übelkeit im Magen, und er wollte heim zu Mama. Oder zu der Vorstellung namens Sybil.

Mama wurde leider wütend, wenn er nicht anrief, um zu fragen, ob er zu ihr rüberkommen könne. Mama legte Wert auf Intimsphäre und Unabhängigkeit, und wenn sie die nicht kriegte, drückte sie sich unerfreulich aus und verbannte ihn für unbestimmte Zeit.

Childe stellte den Wagen vor seiner Wohnung ab, lief die Treppe hinauf, hörte im Vorbeigehen jemanden hinter einer Tür husten und schloß die Tür auf. Seine Bleibe bestand aus einem Wohnzimmer, einer Kochnische und einem Schlafzimmer. Normalerweise fiel sein Blick auf strahlend helle Wände, Decken, helles Holz und hell gestrichenes, leichtgebautes Mobiliar. Heute sah die Wohnung finster aus; sogar die nicht im Dunkeln liegenden Ecken zeigten eine ungesunde Tönung.

Sybil nahm den Hörer ab, bevor das zweite Klingelzeichen ertönte.

»Du mußt auf meinen Anruf gewartet haben«, sagte Childe fröhlich.

»Ich habe auf *etwas* gewartet«, sagte sie. Ihre Stimme war jedoch nicht unfreundlich.

Childe verzichtete auf die offensichtliche Frage. »Ich würde gern rüberkommen«, sagte er schließlich.

»Warum? Weil du geil bist?«

»Um mit dir beisammen zu sein.«

»Du hast also nichts zu tun. Du suchst nur eine Möglichkeit, die Zeit totzuschlagen.«

»Ich arbeite gerade an einem Fall«, sagte Childe. Er zögerte, doch dann, obwohl er wußte, daß er ihr auf den Leim ging und sich dafür haßte, sagte er: »Es geht um Colben. Hast du die Zeitungen gelesen?«

»Ich hab' mir schon gedacht, daß du daran arbeitest. Ist es nicht grauenhaft?«

Er fragte nicht, wieso sie heute zu Hause war. Sie war Sekretärin des Geschäftsführers einer Werbeagentur. Weder sie noch ihr Chef konnten eine Fahrerlaubnis haben.

»Ich bin gleich drüben«, sagte er. Dann machte er eine Pause und sagte: »Kann ich eine Weile bleiben oder wirfst du mich gleich wieder raus? — Reg dich nicht auf! Ich möchte es nur wissen; ich würde mich gern etwas entspannen.«

»Wenn du willst, kannst du ein paar Stunden oder auch länger bleiben. Ich gehe nicht weg, und es hat sich auch niemand angesagt — von denen, die ich kenne.«

Childe nahm den Hörer vom Ohr, doch ihre Stimme war nicht laut genug, um sie zu hören, deswegen drückte er ihn wieder an sich. »Herald? — Ich möchte wirklich, daß du kommst!«

Childe sagte: »Gut!« Und dann: »Teufel! Ich denke nur an mich! Soll ich dir irgendwas aus dem Laden mitbringen?«

»Nein, du weißt doch, daß der nächste Supermarkt nur drei Blocks von mir entfernt ist. Ich war zu Fuß da.«

»Okay. Ich dachte nur, du wärst vielleicht nicht draußen gewesen oder hättest was vergessen, das ich dir vielleicht mitbringen könnte.«

Sie schwiegen beide für ein paar Sekunden. Childe dachte an den ständigen Ärger während ihrer Ehe und daran, wie oft er hatte rennen müssen, um jene Dinge zu besorgen, die sie beim Einkaufen vergessen hatte. Auch Sybil schien über seine Vorwürfe nachgedacht zu haben; sie dachte ständig darüber nach, wenn sie zusammen waren.

»Ich bin gleich da«, sagte er eilig. »Bis gleich.«

Childe legte den Hörer auf und verließ die Wohnung. Der Mann hinter der Tür hustete immer noch. Eine Stereoanlage blökte irgendwo unter ihm Straussens *Also sprach Zarathustra.* Jemand legte schwachen Protest ein; die Musik spielte laut weiter. Die Proteste wurden lauter, dann klopfte jemand gegen die Wand. Die Musik wurde nicht leiser.

Childe zog in Erwägung, die vier Blocks bis zu Sybils Wohnung zu Fuß zu gehen, doch dann entschied er sich dagegen. Vielleicht mußte er plötzlich wieder weg, auch wenn es sehr unwahrscheinlich war. Sein Auftragsdienst arbeitete nicht; er hatte keine Priorität. Er hatte auch nicht die Absicht, Sybils Nummer in der Telefonzentrale der Polizei oder bei Sergeant Bruin zu hinterlassen, wenn er bei ihr war. Sie würde ihm deswegen das Leben zur Hölle machen. Sie konnte es nicht ausstehen, vom Telefon überrascht zu werden, wenn sie mit ihm zusammen war — zumindest nicht von beruflichen Gesprächen. Das zum Beispiel war ihr auf die Nerven gegangen, als sie noch Mann und Frau gewesen waren. Theoretisch durften Dinge dieser Art sie jetzt nicht mehr stören, doch in der Praxis, die mehr auf Emotion statt Logik setzt, machte es sie so wütend wie immer. Und Childe wußte, wie es sich dann auswirkte. Als er zuletzt in ihrer Wohnung gewesen war, hatte der Auftragsdienst sie in einem entscheidenden Augenblick unterbrochen, und Sybil hatte ihn rausgeworfen. Seither hatte er sie mehrmals angerufen, aber sie hatte sich abweisend gegeben. Er hatte vor zwei Wochen zuletzt mit ihr telefoniert.

In einer Einschätzung hatte sie jedoch recht. Er hatte einen Steifen. Aber Childe ging nicht davon aus, daß er nach seinem Besuch weniger steif war. Er wollte bloß mit ihr reden, nichts anderes; er wollte ein paar Probleme glätten und seine Einsamkeit verscheuchen, die nach dem Film mit Colben noch stärker geworden war.

Es war eigenartig, und wenn nicht das, dann verräterisch. Er hatte zwanzig seiner fünfunddreißig Lebensjahre im Bezirk Los Angeles verbracht, und doch kannte er nur eine Frau, bei der er seine Bürde wirklich loswerden konnte, bei der er sich entspannt fühlte und sich des absoluten Verstehens sicher war. Nein. Irrtum. Es gab nicht mal eine Frau, da Sybil ihn nicht ganz verstand — sie sympathisierte nicht mit ihm. Täte sie es, wäre sie nicht seine Ex-Frau.

Doch auch Sybil hatte eben dies über Männer im allgemeinen und im besonderen gesagt. Es lag an der *menschlichen Situation* — was immer diese Phrase auch bedeutete.

Childe parkte den Wagen vor ihrer Wohnung — es gab momentan keine Probleme, einen Parkplatz zu finden — und ging in die kleine Vorhalle. Er betätigte ihre Klingel. Sie drückte den Summer. Er ließ die Innentür hinter sich und ging die Treppe hinauf. Durch den Korridor bis zum Ende. Ihre Tür befand sich auf der rechten Seite. Childe klopfte. Die Tür schwang auf. Sybil trug einen bis zum Boden reichenden Morgenmantel mit einem großen rotschwarzen Diamantenmuster. Die schwarzen Diamanten enthielten die weißen, geschwungenen Henkelkreuze der alten Ägypter. Sie war barfuß.

Sybil war vierunddreißig und einsfünfundsiebzig groß. Ihr Haar war lang und schwarz; sie hatte spitze schwarze Brauen, große grünliche Augen, eine schmale, gerade, vielleicht etwas zu lange Nase, volle Lippen und helle Haut. Sie war hübsch, und der Körper unter dem Kimono war wohlgeformt, obwohl sie für manchen Geschmack etwas zu ausladende Hüften hatte.

Ihre Wohnung war so hell wie die seine. Sie hatte viel Weiß an den Wänden und der Decke. Ihre Möbel waren aus hellem und leichtem Holz. Unpassenderweise hing eine große, finstere El-Greco-Reproduktion an der Wand; sie thronte über allem, was in diesem Zimmer gesagt und getan wurde. Childe wurde das Gefühl nicht los, als gäbe der spitzzulaufende Mann auf dem Kreuz ein Urteil über ihn und die Stadt auf der Ebene ab.

Das Gemälde war nicht — wie sonst — klar zu sehen. Schuld daran war der fast immer vorherrschende blaue Tabakschwaden — an dem es auch lag, daß die Wände und die Decke nicht so weiß waren wie die seiner Wohnung. Heute sah sogar das Blau graugrün aus. Sybil hustete, als sie sich eine neue Zigarette anzündete, dann bekam sie einen regelrechten Hustenanfall, und ihr Gesicht wurde blau. Es ärgerte Childe nicht; jedenfalls nicht mehr als sonst. Sie hatte ein Emphysem im Anfangsstadium, und der Arzt hatte ihr schon vor zwei Jahren geraten, das Rauchen aufzugeben. Bestimmt beschleunigte der Smog ihre Krankheit noch, aber er konnte nichts dagegen tun. Auch dies führte bei ihnen des öfteren zum Streit.

Schließlich ging sie in die Küche, setzte Wasser auf und kehrte nach ein paar Minuten wieder zurück. Der Ausdruck ihres Gesichts war die reine Provokation, aber Childe verzog keine Miene. Er wartete, bis sie sich seinem Schaukelstuhl gegenüber auf das Sofa setzte. Sie legte die gerade angezündete Zigarette auf den Aschenbecherrand und sagte: »Herrgott! Ich krieg' keine Luft!«

Womit sie meinte, daß sie nicht rauchen konnte.

»Erzähl mir was über Colben«, sagte sie anschließend. Und dann: »Kann ich dir...?«

Ihre Stimme wurde kraftlos. Sie vergaß immer wieder, daß er vor vier Jahren mit dem Trinken aufgehört hatte.

»Ich muß mich entspannen«, sagte Childe. »Ich hab' kein Pot mehr, und ich kann auch nirgendwo was kriegen. Hast du...?«

»Ich hol dir was«, sagte sie bereitwillig. Sie stand auf

und ging in die Küche. Eine Schranktür quietschte, als sie geöffnet wurde. Eine Minute verging. Dann kam Sybil mit zwei in weißes Papier gehüllten Zigaretten zurück, die an beiden Enden verzwirbelt waren. Sie gab ihm eine. Childe sagte ›Danke‹ und schnupperte daran. Der Duft erzeugte in ihm stets die Vision oben abgeflachter Pyramiden, von Aztekenpriestern mit scharfen Obsidianmessern und nackten braunen Männern und Frauen, die in roten Lehmfeldern in den Strahlen einer Sonne arbeiteten, die wilder war als ein Adlerblick oder im Indischen Ozean dahintreibende arabische Fuluk-Boote. Warum, wußte er nicht.

Childe zündete den Stengel an, inhalierte den starken Rauch und behielt ihn, so lange er konnte, in den Lungen. Gleichzeitig bemühte er sich, Geist und Leib vom Grauen des vergangenen Morgens und dem Reizzustand zu entleeren, den er empfand, seit er Sybil angerufen hatte. Das Zeug erfüllte keinen Zweck, wenn die schlechten Gefühle in einem blieben. Er mußte sie verströmen. Manchmal gelang es ihm. Die Meditationsdisziplin, die ihn ein Freund gelehrt hatte — beziehungsweise versucht hatte, ihn zu lehren —, hatte manchmal Wirkung gezeigt. Aber er war Detektiv, und das Sammeln von Beweisen gegen Menschen, ihr Ausfindigmachen, sein Eintauchen in Haß und Elend, machte die Meditationsfähigkeit unwirksam. Trotzdem hatte Childe es stur versucht; und manchmal konnte er sich wirklich entleeren. Oder es schien ihm so. Sein Freund war der Meinung, daß er überhaupt nicht richtig meditierte; er wendete einen Trick an, eine gehaltlose Methode.

Sybil, die wußte, was er tat, sagte nichts. Eine Uhr tickte. In der Ferne ertönte eine Hupe. Eine Sirene jaulte. Heutzutage jaulten ständig Sirenen. Dann atmete Childe aus, holte tief Luft und hielt den Atem an. Und plötzlich kam die *Kristallisation*. Es kam zur eindeutigen Bewegung unsichtbarer Linien, als würden die Kraftströme, die sich durch jeden Zentimeter des Universums schlängelten, sich zu einer anderen, *geraderen* Struktur ausrichten.

Childe sah Sybil an. Er liebte sie jetzt genauso, wie er sie am Tag ihrer Hochzeit geliebt hatte. Die Knoten zerrissen; sie wurden zu den Fäden eines hübschen Netzes, das bei jeder Bewegung, die sie machten, vor Liebe und Harmonie vibrierte. Scheiß doch auf die unausweichliche Spinne!

4. Kapitel

Er hatte gezögert, sie davon abzuhalten, seinen Bauch abzuküssen, obwohl er wußte, was nun folgte. Er hielt sich auch dann noch im Zaum, als sie seinen Penis in die Hand nahm und sich über ihn beugte, um seine Eichel mit den Lippen zu umschließen. Als Childe spürte, wie ihre Zunge schnell über sie hinwegglitt, schüttelte er sich, schob ihren Kopf sanft beiseite und sagte: »Nein!«

Sybil schaute zu ihm auf und sagte: »Was ist?«

»Ich bin noch nicht dazu gekommen, dir die näheren Einzelheiten des Films zu erzählen«, sagte er.

»Du schlaffst ja ab!«

Sie setzte sich im Bett auf und sah auf ihn hinunter. Sie runzelte die Stirn.

»Hast du irgendeine Krankheit?«

»Um Himmels willen!« sagte Childe und setzte sich ebenfalls aufrecht hin. »Glaubst du, ich würde mit dir ins Bett gehen, wenn ich wüßte, daß ich Siff oder so was habe? Was ist das nur für eine Frage — für wen hältst du mich eigentlich?«

»Tut mir leid«, sagte sie. »Mein Gott, was ist denn nur los? Was habe ich denn getan?«

»Nichts. Nichts, wenn man die meisten Umstände in Betracht zieht. Aber als du... Ich hatte das Gefühl, als sei mein Schwanz vor Kälte erstarrt. Ach, laß nur! Laß mich erklären, warum ich nicht zugelassen habe, daß du mir einen bläst.«

»Solche Ausdrücke könntest du dir sparen!«

»Okay — also *Fellatio* machst. Laß mich erzählen.«

Sie hörte mit weit geöffneten Augen zu und lehnte sich in seiner Nähe auf einen Arm. Childe sah ihre erigierte Brustwarze, die um keinen Millimeter kleiner wurde, während sie ihm zuhörte. Unter Umständen wurde sie sogar noch größer. Ihre Augen strahlten jedenfalls, und trotz ihres artikulierten Grauens lächelte sie hin und wieder.

»Man könnte wirklich annehmen, es würde dir Spaß machen, mir das gleiche anzutun!« sagte er.

»Was du immer für einen Blödsinn redest«, sagte sie. »Sogar jetzt. Haßt du mich so, daß du keinen Steifen mehr kriegst?«

»Du meinst doch gewiß eine *Erektion*, nicht wahr?« sagte Childe. »Wenn du nicht verstehst, warum sich mein Ding aus Sicherheitsgründen am liebsten in meinem Unterleib verkrochen hätte, dann verstehst du auch nicht das geringste von Männern.«

»Ich beiße schon nicht«, sagte Sybil, packte seinen Penis, schnappte mit weit geöffnetem Mund nach ihm und fletschte lächelnd die Zähne.

Childe zuckte zurück und sagte: »Nicht!«

»Na hör mal«, sagte Sybil. »Es war doch nur ein Scherz.« Sie schmiegte sich an ihn und fing an, ihn zu küssen. Ihre Zunge berührte die seine, dann schob sie sie so tief in seine Kehle, daß er würgen mußte. »Um Himmels willen!« sagte Childe und drehte den Kopf zur Seite. »Was, zum Teufel, hast du vor? Ich krieg' keine Luft mehr!«

Sybil setzte sich hin und zischte ihn beinahe an. »Du kriegst keine Luft mehr! Was glaubst du eigentlich, wie ich Luft kriege, wenn du mir das dicke Ding in die Kehle schiebst? Was ist *los*?«

»Ich weiß nicht«, sagte Childe und nahm eine aufrechte Stellung ein. »Laß uns noch ein paar Züge machen. Vielleicht klären sich die Dinge dann.«

»Mußt du das Zeug haben, damit du mich lieben kannst?«

Er wollte ihre Hand ergreifen, doch sie entriß sie ihm.

»Du hast es nicht gesehen«, sagte er. »Das Eisengebiß! Das blutende Glied! Mein Gott!«

»Colben tut mir zwar leid«, sagte Sybil, »aber ich verstehe nicht, was das mit uns zu tun hat. Du hast ihn nie leiden können; du wolltest ihn dir sogar vom Hals schaffen. Und mir hat er ständig eine Gänsehaut besorgt. Jedenfalls... Ach, ich weiß auch nicht.«

Sybil rollte sich vom Bett, ging zum Schrank und zog den Kimono wieder an. Dann zündete sie eine Zigarette an und fing an zu husten. Es klang, als wären ihre Lungen voller Rotz.

Childe empfand Zorn. Er öffnete den Mund, um etwas zu sagen — was, war ihm egal; einfach irgend etwas Verletzendes. Doch die Nähe einer Möse ließ ihn innehalten. Sybil hatte eine wunderschöne Möse; ihr Schamhaar war dicht, fast blauschwarz, und so weich, daß es sich fast wie ein Seehundfell anfühlte. Sie war stets gut geschmiert, vielleicht etwas zu viel, aber ihr Öl war süß und rein. Ihre Möse konnte seinen Schwanz umklammern, als hätte sie eine Hand in ihrem Innern. Dann fiel Childe das Ding wieder ein, das den Schurz über der Möse der Frau im Film ausgebeult hatte, und das Blut, das in seinem Schaft pulsierte, wurde matschig, taute langsam auf und zog sich in seinen Leib zurück.

Sybil, die seine aufkeimende Erektion gesehen hatte, sagte: »Was ist denn *jetzt* schon wieder los?«

»Sybil, es liegt nicht an *dir.* Es liegt an mir. Ich bin zu sehr daneben.«

Sie inhalierte den Rauch ihrer Zigarette und schaffte es, ein Husten zu unterdrücken.

»Du bringst deine Arbeit ewig mit nach Hause. Kein Wunder, daß unser Leben so eine Hölle war.«

Childe wußte, daß es nicht stimmte. Sie hatten sich aus anderen Gründen aneinander gerieben — aus Gründen, die sie meist gar nicht verstanden. Es hatte jedoch keinen Sinn, sich deswegen zu streiten. Davon hatte er genug gehabt.

Er setzte sich hin, schwang die Beine über die Bettkante, stand auf und ging zu dem Stuhl, auf dem er seine Kleider abgelegt hatte.

»Was machst du?«

»Dir ist der Smog wohl ins Gehirn gedrungen«, sagte er. »Es ist doch wohl klar, daß ich mich anziehe, und ebenso leicht kann man voraussagen, daß ich von hier verschwinden werde!«

Er unterdrückte den Impuls, ›Für immer!‹ zu sagen. Es klang so kindisch. Aber es konnte wahr sein.

` Sybil sagte nichts. Sie wiegte sich mit geschlossenen Augen eine Weile hin und her, dann öffnete sie sie wieder, flog herum und ging ins Wohnzimmer. Eine Minute später folgte Childe ihr. Sie saß auf dem Sofa und maß ihn mit einem finsteren Blick.

»Mir haben die Eier nicht mehr so wehgetan, seit ich als Teenie von der ersten Fummelparty nach Hause kam«, sagte er. Er wußte nicht, warum er es sagte; er rechnete doch nicht etwa damit, daß sie Mitleid mit ihm hatte und etwas dagegen unternahm? Oder doch?

»Fummelparty? Auf der warst du doch garantiert der einzige Gast, Alter!«

Sie sah unglaublich wütend aus. Leider machte Wut sie nicht schön.

Und doch schmerzte es ihn zu gehen. Childe hatte das vage Empfinden, einen Fehler zu machen.

Er machte einen Schritt auf sie zu und blieb stehen. Er hatte sie küssen wollen, aber es war mehr die Gewohnheit, die ihn dazu trieb.

»Auf Wiedersehen«, sagte er. »Es tut mir — auf gewisse Weise — wirklich leid.«

»Auf gewisse Weise!« schrie sie. »Das sieht dir mal wieder ähnlich! Du kannst einfach nichts festlegen! Dir tut es nur zur Hälfte leid! Du ... du .. halbarschiger Halbdakkel!«

»Und damit verlassen wir das exotische Sybil-Land«, sagte Childe, als er die Tür öffnete. »Es versinkt langsam im Smog des phantastischen Südkalifornien, und wir sagen Aloha, Farewell, Adieu und Leck mich im Arsch!«

Sybil sprang mit einem Aufschrei vom Sofa auf und stürzte mit gespreizten Krallen auf ihn zu, um ihm das Gesicht zu zerkratzen. Childe fing sie ab und schubste sie zurück, so daß sie gegen das Sofa taumelte. Sie fing sich, dann schrie sie: »Du Arschloch! Ich hasse dich! Und dabei hatte ich die freie Auswahl! Ich habe dich statt Al kommen lassen! Ich wollte dich, nicht ihn! Er war bloß meine zweite Wahl, und eine schlechte noch dazu! Du glaubst, du hast Druck — du hast ja keine Ahnung! Ich habe Massen von Männern abgewiesen, weil ich jeden Abend in der Hoffnung verbracht habe, du würdest mich anrufen! Ich hätte dich verschlungen; du hättest Tage gebraucht, um wieder hier rauszukommen! Ich hätte dich geliebt; oh, wie ich dich geliebt hätte! Und jetzt das, du stinkender Hundesohn! Na schön, dann werde ich eben Al anrufen! Dann kriegt er alles, was ich dir geben wollte — und noch mehr! Mehr! Mehr! Kapierst du das, du?«

Childe kapierte zumindest eins: daß er immer noch Eifersucht empfand. Er verspürte den Drang, ihr eine zu scheuern und dann auf Al zu warten, um ihn die Treppe runterzuwerfen.

Aber es brachte nichts Gutes, wenn er es ihr gab. Nicht jetzt. Eigentlich hatte es überhaupt nie was gebracht, aber er war noch nicht ganz bereit, es zu glauben. Nicht dort unten, wo die Gewißheit lebte.

Der Versuch, das in den Griff zu kriegen, was ihre Liebe zerstört hatte, war so ähnlich wie das Schließen der Finger über einer Handvoll Smog.

Childe trat durch die Tür, und weil er wußte, daß sie damit rechnete, er würde sie zuschlagen, tat er es nicht.

Vielleicht war es das, was sie zur letzten Barbarei trieb.

Sybil trat in den Korridor hinaus und schrie: »Ich werde seinen Schwanz lutschen! Ich werde seinen Schwanz lutschen, damit du's weißt!«

Childe drehte sich um und schrie: »Du bist keine Dame!« Dann wirbelte er herum und ging weiter.

Draußen, in den ätzenden Schwaden des graugrünen Smogs, lachte er, bis ihn ein rasselnder Hustenanfall schüttelte. Dann fing er an zu weinen. Für einen Teil seiner Tränen war der Smog verantwortlich, für den anderen sein Kummer und sein Zorn. Es war traurig und herzzerreißend, widerwärtig und komisch. Einer mußte ja schließlich den kürzeren ziehen; aber daß er es immer sein mußte, stank ihm gewaltig.

»Wann, zum Teufel, wird sie endlich erwachsen?« stöhnte er, und dann: »Wann, zum Teufel, werde *ich* es? Wann wird das Kind zum Vater des Mannes werden?«

Dante war 35 Jahre alt gewesen. Er hatte in der Blüte seiner Jahre gestanden, als er vom geraden Weg abgebogen war, erwachte und sich allein im finsteren Wald wiederfand.

Aber er hatte sich einen sachkundigen Führer besorgt und war wenigstens einmal auf dem geraden — dem Echten — Weg gewesen.

Childe konnte sich nicht daran erinnern, je auf einem geraden Weg gewesen zu sein. Und wo war sein Vergil? Wahrscheinlich streikte der Hundesohn für höheren Lohn und Arbeitszeitverkürzung.

Jedem Menschen seinen persönlichen Vergil, sagte Childe und schob sich hustend (wie Miniver Cheevy) durch den Smog.

5. Kapitel

Während er bei Sybil gewesen war, hatte jemand die linke Seitenscheibe seines Olds eingeschlagen. Ein Blick auf den Vordersitz sagte ihm den Grund. Die Gasmaske war weg. Childe fluchte. Die Maske hatte fünfzig Dollar gekostet, und er hatte sie erst tags zuvor gekauft, und es gab keine mehr, außer auf dem Schwarzmarkt. Dort kosteten sie zweihundert Dollar oder mehr, und es brauchte seine Zeit, einen Schwarzhändler ausfindig zu machen.

Zwar hatte er Zeit, aber nicht das nötige Bargeld bei sich, und er bezweifelte, daß man seinen Scheck anerkennen würde. Die Banken hatten geschlossen: Vielleicht verschwand der Smog so plötzlich, daß er die Maske nicht mehr brauchte und den Scheck wieder sperren ließ. Er konnte nichts anderes tun, als ein nasses Taschentuch vors Gesicht pressen und die Brille aufsetzen, die er getragen hatte, als er noch Motorrad gefahren war. Das bedeutete, er mußte in seine Wohnung zurück.

Zu Hause angekommen, nahm er sich einen Stapel Taschentücher und füllte einen Kanister mit Wasser. Dann wählte er die Polizei an, um den Diebstahl zu melden, doch zwei Minuten später gab er es auf. Die Leitung war wahrscheinlich den ganzen Tag und die ganze Nacht und für eine unbestimmte Zukunft belegt. Er putzte sich die Zähne und wusch sich das Gesicht. Der Waschlappen sah gelb aus. Vielleicht war es nur Einbildung, aber das Gelb konnte auch der ausgetretene Smog sein. Das Gelb sah aus wie das Zeug, das seine Windschutzscheibe nach mehreren Smogtagen bedeckte. Die Luft von Los Angeles war ein Meer, in dem giftiges Plankton dahintrieb.

Childe aß ein Sandwich mit kalten Rindfleischscheiben und Dillgurken und trank ein Glas Milch, obwohl er sich nicht hungrig fühlte. Visionen von Sybil und Al machten ihm zu schaffen. Er kannte Al zwar nicht, aber er konnte die finsteren Bilder nicht zurückdrängen, deren einzig klare Züge — sie waren zu klar — aus einer steifen Monstrosität und einem Paar behaarter, nie leer werdender Hoden bestanden. Das Flutsch-Flutsch-Flutsch war zwar auch nur ein Schatten, aber es wollte ebenfalls nicht vergehen. Manchmal erwiesen sich Schatten als unauslöschliche Tintenkleckse.

Childe zwang sich dazu, an Matthew Colben und seine Mörder zu denken. Zumindest *hielt* er sie für Mörder. Es gab keinen Beweis, daß Colben umgebracht worden war. Er konnte noch leben, wenn auch nicht sonderlich gesund, und zwar irgendwo in der Umgebung. Oder sonstwo.

Jetzt, wo Childe sich von seinem Schock erholte, konnte er sich sogar vorstellen, daß Colben überhaupt nichts geschehen und der Film getürkt war.

Er konnte es sich zwar vorstellen, aber nicht glauben.

Das Telefon klingelte. Jemand war bis zu ihm durchgekommen, auch wenn er zu niemandem durchkam. Da er davon ausging, daß nur die Polizei dazu in der Lage war, hob er den Hörer ab. Sergeant Bruins Stimme — sie war heiser und brummig wie die eines Bären, der gerade aus dem Winterschlaf erwacht ist — sagte: »Childe?«

»Ja.«

»Wir haben den Beweis, daß wir Arbeit kriegen. Der Film ist keine Fälschung.«

Childe war überrascht. »Ich habe gerade auch an eine Fälschung gedacht. Wie haben Sie's rausgekriegt?«

»Wir haben gerade ein Päckchen geöffnet, das aus Pasadena kam.«

Bruin hielt inne.

Childe sagte: »Yeah?«

»Yeah. — Colbens Schwanz war drin. Oder jedenfalls ein Stück davon. Auf alle Fälle handelt es sich um den Pimmel von irgendeinem Mann. Und es steht verdammt fest, daß er abgebissen wurde.«

»Noch keine Spuren?« sagte Childe nach drei zögernden Sekunden.

»Das Päckchen wird gerade überprüft, aber wir rechnen natürlich mit nichts. Und ich hab' schlechte Nachrichten. Man hat mich von diesem Fall abgezogen; na ja, mehr oder weniger abgezogen. Wir haben im Moment so viele andere Dinge zu erledigen, Sie wissen schon. Wenn sich überhaupt jemand um diesen Fall kümmern soll, werden Sie's tun müssen, Childe. Aber ziehen Sie nicht unvorbereitet los! Und unternehmen Sie nichts ohne eine definitive Spur! Ich nehme an, Sie kriegen eh keine. Sie wissen, was ich meine. Sie waren ja selbst mal in dieser Branche tätig.«

»Ja, ich weiß«, sagte Childe. »Ich werde tun, was ich kann, was, wie Sie sagen, wahrscheinlich nicht allzu viel sein wird. Aber ich habe im Moment eh nichts anderes zu tun.«

»Sie könnten herkommen und einen Eid ablegen«, sagte Bruin. »Wir brauchen im Moment jeden Mann, den wir kriegen können! Die Verkehrslage in der Stadt ist ein einziges Chaos; ich hab' so was noch nie gesehen. Jeder versucht rauszukommen. Los Angeles wird bald eine Geisterstadt sein. Aber es wird ein Chaos geben, ein ganz verdammtes Chaos, und zwar heute und morgen. Ich sag' Ihnen, ich hab' so was wirklich noch nie zu Gesicht gekriegt.«

Bruin konnte sich in Sachen Colben zwar stur zeigen, doch die Aussicht auf das größte Verkehrschaos aller Zeiten weichte seine Därme auf. Er hatte wirklich keinen Einfluß darauf.

»Falls ich Hilfe brauche oder über irgend etwas Bedeutsames stolpere — und das meine ich wörtlich —, soll ich Sie dann anrufen?«

»Sie können eine Nachricht hinterlassen. Ich rufe zurück, wenn — falls — ich ins Büro komme. Viel Glück, Childe.«

»Danke gleichfalls, Bruin«, sagte Childe, und als er auflegte, murmelte er: »O Ursus Horribilis! Oder was immer der Vokativ ist.«

Ihm fiel auf, daß er schwitzte und seine Augen sich anfühlten, als hätte man sie mit einer Feile behandelt. Seine Schläfen taten weh. Er hatte Kopfschmerzen. Seine Kehle fühlte sich wund an. Seine Lungen pfiffen zum ersten Mal seit fünf Jahren, seit er das Tabakrauchen aufgegeben hatte. Und in der Nähe ertönten Hupenklänge.

Er konnte zwar etwas unternehmen, um die Wirkung der vergifteten Luft zu mildern, aber nur wenig wegen der Fahrzeuge auf der Straße. Beim Verlassen der Wohnung seiner Frau hatte er eine beträchtliche Menge an Problemen gehabt, über den Burton Way nach San Vicente zu kommen. Dort gab es auf der Le Doux keine Ampel. Die Fahrzeuge hatten sich schubweise durch den Verkehr bewegen müssen, der den Burton Way herunterkam, und ebenso auf der anderen Seite des Trennstreifens. Als er zu seiner Wohnung gekommen war, hatte er weder einen Wagen noch ein Scheinwerferpaar in der Dunkelheit gesehen. Doch auf dem Rückweg hatte er an der Kreuzung aufpassen müssen. Die Scheinwerfer waren mit überraschender Schnelligkeit aus dem Graugrün geflitzt, als sie die nahe Kurve des Burton Way nach Westen umrundet hatten. Es war ihm gelungen, eine Lücke zu finden, die groß genug gewesen war, um einen Druck auf die Tube zu rechtfertigen. Aber dennoch hatten ihm ein Lichterpaar, eine tönende Hupe, quietschende Bremsen und ein geschrieener Fluch — dem Doppler-Effekt unterworfen — gesagt, daß sich ihm ein Raser näherte.

Der Verkehr, der sich Beverly Hills von Westen her näherte, war zwar gering, doch der, der über den Burton Way zwischen den Boulevards nach Südosten oder San Vicente schnitt, war gewaltig gewesen. Die Fahrer hatten panisch gewirkt. Die Autos waren in zwei, und dann plötzlich drei Spuren gefahren, und Childe hatte kaum genügend Platz gefunden, um sich hindurchzuquetschen. Man hatte ihn aus seiner Fahrspur und gegen den Rinnstein gedrängt. Mehrere Male war er nur durchgekommen, weil sich seine Reifen hart gegen den Rinnstein rieben.

Die Ampel an der San Vicente und Third Street hatte zwar für ihn Grün gezeigt, doch die Fahrzeuge, die aus San Vicente kamen, hatten sich nicht daran gestört. Ein Wagen, der auf der Third nach Osten fuhr, hatte versucht, sich mit dröhnender Hupe einen Weg durch die anderen zu bahnen. Er war leicht mit einem anderen zusammengeknallt. Nach dem, was Childe hatte sehen können, gab es nur Blechschaden, doch die beiden Fahrer waren ausgestiegen und mit erhobenen Fäusten aufeinander zugegangen. Sie hatten ausgesehen, als wollten sie aufeinander losgehen und Blut vergießen. Childe hatte die Gesichter mehrerer ängstlicher Kinder gesehen, die durch die Scheiben der beiden beschädigten Wagen schauten. Dann war er an ihnen vorbei gewesen.

Jetzt konnte man das Gehupe ständig hören. Die große Herde zog von dannen; mochte Gott ihr beistehen.

Der tödliche Mief und der blendende Rauch waren schon schlimm genug gewesen, als die meisten Fahrzeuge plötzlich nicht mehr fahren durften. Doch jetzt, wo plötzlich zwei Millionen Autos unterwegs waren, würde der Smog nur noch stärker werden. Es stimmte allerdings, daß die Fahrzeuge bald verschwunden sein würden und die Atmosphäre dann anfing, sich zu reinigen. Falls sie es tat. Childe hatte das Empfinden, daß der Smog nicht verschwand, auch wenn er wußte, daß es irrational war.

Bis dahin würde er bleiben. Er hatte einen Job zu erledigen. Aber würde er überhaupt dazu kommen, irgend etwas zu tun? Um etwas zu tun, mußte er unterwegs sein, aber es sah nicht so aus, als würde ihm dies gelingen.

Childe setzte sich auf das Sofa und schaute quer durch den Raum auf die dunkelgoldenen Bücherregale. *Der kommentierte Sherlock Holmes*, der dort in zwei großen Schubern stand, war sein Schatz, der Höhepunkt seiner Sammlung, wenn man das Exemplar von *The White Company* nicht mitzählte, das die handschriftliche Signatur von A. Conan Doyle aufwies. Einst hatte es seinem Vater gehört. Sein Vater war es auch gewesen, der ihn in seiner Kindheit mit interessanten und anregenden Büchern bekannt gemacht hatte; es war sein Vater gewesen, dem es gelungen war, seine große Leidenschaft für den größten Detektiv aller Zeiten auf seinen Sohn zu übertragen. Doch sein Vater war Mathematiklehrer geblieben; er hatte nicht den Drang verspürt, dem Meister nachzueifern.

Das galt auch für jedes andere ›normale‹ Kind. Die meisten Kinder wollten, wenn sie erwachsen waren, Pilot, Lokomotivführer, Cowboy oder Astronaut werden. Natürlich wollten auch viele Detektive sein — wie Sherlock Holmes oder Mark Tidd (welcher Junge erinnerte sich heutzutage noch an Mark Tidd?) — oder gar Nick Carter, seit man ihn in einer modernen Umgebung mit modernen Plots wieder zum Leben erweckt hatte. Aber nur wenige verfolgten diesen Wunsch. Die meisten Polizisten und Privatdetektive, die Childe kannte, hatten in der Kindheit andere Berufswünsche gehabt. Viele von ihnen hatten Holmes nie gelesen, und wenn doch, dann ohne Begeisterung. Er hatte nie einen echten Holmes-Fan unter ihnen getroffen. Aber sie lasen die >wahren< Detektivgeschichten und fraßen zahllose Taschenbuch-Krimis, die von Privatdetektiven handelten. Sie rissen zwar Witze über sie, doch wie die Cowboys, die über die >Echtheit< von Western die Nase rümpften, waren sie ihnen völlig verfallen.

Childe machte kein Geheimnis aus seinem >Laster<. Er liebte sie, selbst die schlechten, und er glorifizierte die >guten<.

Warum also wollte er es rechtfertigen, daß er Detektiv war? War es etwas, dessen man sich schämen mußte?

In gewisser Weise ja. Alle Amerikaner, selbst Polizisten oder Richter, hatten eine mehr oder weniger große Abneigung gegen Männer des Gesetzes. Dies ging zwar Hand in Hand mit der Verehrung für sie, doch der Gesetzeshüter, der ein starker Individualist war und meist allein gegen das übermächtige Böse kämpfte, kämpfte oft außerhalb des Gesetzes, um der Gerechtigkeit zum Sieg zu verhelfen: der Marshal in dem kleinen Pionierstädtchen ebenso wie der Privatdetektiv à la Mike Hammer. Der Gesetzeshüter war dem Verbrecher so nahe, daß zwischen ihnen fast so etwas wie Sympathie aufkam.

Jedenfalls kam es Childe, der sich oft einredete, er neige zu übermäßigem Theoretisieren und würde seine eigenen Gefühle ebenso wie die von anderen projizieren, so vor.

Matthew Colben. Wo steckte er jetzt? War er tot? Litt er? Wer hatte ihn mit Gewalt in irgendein Haus dieser Gegend gebracht? Warum hatte man der Polizei von Los Angeles den Film zugeschickt? Was sollte diese höhnische und trotzige Geste? Was wollten die Verbrecher damit erreichen — außer daß sie wegen der Frustration der Polizei perverse Freude empfanden?

Es gab weder Spuren noch Hinweise. — Außer dem

Vampirmotiv, was aber auch nichts anderes als ein Vorschlag war, welchen Weg er einschlagen könnte. Aber es war der einzige greifbare Hinweis, so glitschig er auch war. Er mußte versuchen, ihn in den Griff zu kriegen. Außerdem hatte er dann etwas zu tun.

Childe verstand etwas von Vampiren. Er hatte die alten Dracula-Filme im Kino und die neueren im Fernsehen gesehen. Vor zehn Jahren hatte er den Roman gelesen. Er war ihm überraschend spannend, schwungvoll und überzeugend erschienen — weitaus besser als der beste (der erste) Dracula-Film. Die Filmemacher hätten sich enger an das Buch halten sollen. Childe hatte auch Montague Summers gelesen und zu den fleißigen Lesern des längst eingestellten Magazins *Weird Tales* gehört. Aber geringes Wissen war nicht gefährlich, sondern nur nutzlos.

Childe kannte einen Mann, der sich leidenschaftlich für das Okkulte und Übernatürliche interessierte. Er suchte in seinem Telefonregister nach seiner Nummer, da sie nicht im Telefonbuch stand und er noch nicht oft genug bei ihm angerufen hatte, um sie auswendig zu kennen. Fünfzig Sekunden lang rührte sich nichts am anderen Ende der Leitung. Childe wartete weiter, dann setzte ihn eine Bandaufzeichnung darüber in Kenntnis, daß man sich bald um ihn kümmern würde, wenn er geduldig sei, aber er möge das Telefon bitte nur in Notfällen benutzen. Er legte auf und schaltete das Radio ein. Es gab ein paar Nachrichten über die internationale und nationale Lage, doch der größte Teil der Sendung widmete sich dem Exodus. Eine Anzahl steckengebliebener Fahrzeuge auf den Landstraßen und Autobahnen hatte den Verkehr auf einer Gesamtstrecke von mehreren tausend Meilen zum Erliegen gebracht. Die Polizei war darauf aus, die Zufahrt zu den Autobahnen auf eine bestimmte Anzahl von Fahrspuren zu begrenzen, damit ihre eigenen Fahrzeuge sowie Ambulanzen und Abschleppdienste durchkamen. Doch alle Fahrspuren waren im Gebrauch, und die Polizei rotierte, um sie freizukriegen. In einigen Eigenheimen und Wohngebäuden waren

Feuer ausgebrochen; manche der Häuser brannten nieder, ohne daß die Feuerwehr sich um sie kümmerte — ihre Fahrzeuge kamen einfach nicht durch. In der gesamten Umgebung hatte es Zusammenstöße gegeben, um die sich niemand kümmerte — nicht nur wegen des Verkehrs, sondern weil es nicht genügend Polizisten und Krankenhauspersonal gab.

Zum Teufel mit dem Fall Colben, dachte Childe. Ich werde helfen!

Er rief die Polizei in Los Angeles an und wartete eine Viertelstunde, bekam aber nur das Besetztzeichen. Dann rief er das Polizeirevier von Beverly Hills an — mit dem gleichen Ergebnis. Er hatte auch nicht mehr Glück beim Mount Sinai-Krankenhaus auf dem Beverly Boulevard, das ihm so nahe war, daß er es zu Fuß erreichen konnte. Er tröpfelte etwas in seine Augen, nahm Nasentropfen, befeuchtete ein Taschentuch, um es über seine Nase zu legen, und schob sich die Motorradbrille auf die Stirn. Er steckte eine Stablampe in die eine und ein Klappmesser in die andere Tasche. Dann verließ er das Wohnhaus und ging die San Vicente hinunter zum Beverly Boulevard.

In der halben Stunde, die er zu Hause zugebracht hatte, hatte sich die Situation geändert. Die Fahrzeuge, die Stoßstange an Stoßstange am Rinnstein gestanden hatten, waren nicht mehr da. Sie waren jedoch noch in Hörweite; er konnte ihr Gehupe irgendwo in der Nähe des Beverly Boulevard und der La Cienega hören, aber kein Wagen war zu sehen.

Schließlich traf er auf ein Fahrzeug. Es lag auf der Seite. Childe warf einen Blick durch die Scheiben. Er fürchtete sich vor dem, was er vielleicht zu sehen bekam. Der Wagen war leer. Childe konnte nicht verstehen, wieso er umgekippt war — in dem Stau hätte niemand schnell genug fahren können, um auf einen anderen aufzufahren und ihn umzuwerfen. Außerdem hätte er den Zusammenstoß hören müssen. Jemand — mehrere Leute — hatten den Wagen geschaukelt und umgekippt. Warum? Wahrscheinlich würde er es nie erfahren.

Die Ampeln an der Kreuzung waren zwar außer Betrieb, aber er konnte gut genug über die Straße sehen, um die dünnen, dunklen Umrisse der Pfähle zu erkennen. Die Lichter funktionierten nicht. Als er die auf seiner Seite stehende Ampel erreichte, sah er, woran es lag. Zerbrochener Kunststoff — grün, rot, gelb — lag überall verstreut.

Childe blieb eine Weile am Straßenrand stehen und lugte in das kränkliche Grau. Wenn ein unbeleuchteter Wagen schnell über die Straße kam, konnte der ihn erwischen, ehe er die andere Seite erreichte. Nur dämliche Narren würden ohne Licht schnell fahren, aber es fuhren sehr viele dämliche Narren durch die Straßen von Los Angeles.

Das Jaulen der Sirenen wurde lauter, ein blitzendes Licht wurde sichtbar, dann fegte eine Ambulanz vorbei. Childe sah nach rechts und links über die Straße, überquerte sie mit schnellen Schritten und hoffte, daß das Licht und der Lärm sogar die allergrößten Narren vorsichtig machte, und daß jeder, der eventuell hinter der Ambulanz herkam, wahrscheinlich die Hupe betätigte. Er kam mit einem nur leichten Lungenbrennen hinüber. Der Smog fraß allmählich ihre Spitzen an. Seine Augen tränten, als wären sie infiziert.

Die Geräusche eines Tollhauses kamen auf ihn zu, bevor das Krankenhaus noch im Nebel vor ihm aufragte. Er wurde von einem weißhaarigen Mann in der Uniform eines Wachdienstes angehalten. Vielleicht hatte der alte Mann in einer Flugzeugfabrik oder als Bankwächter gearbeitet und war von der Polizei vereidigt worden, um im Krankenhaus zu helfen. Er leuchtete Childe mit einer Taschenlampe ins Gesicht und fragte, ob er ihm helfen könne. Der Smog war zwar nicht finster genug, um das Licht grell zu machen, aber es tat Childe weh.

»Nehmen Sie die verdammte Lampe weg«, sagte er. »Ich bin hier, um meine Hilfe anzubieten — egal, wo man sie braucht.«

Er öffnete die Brieftasche und zeigte seinen Ausweis.

Der Wächter sagte: »Gehen Sie lieber durch den Haupteingang. Die Notaufnahme ist gerammelt voll; die Leute da sind alle zu beschäftigt, um mit Ihnen zu reden.«

»Bei wem soll ich mich melden?« fragte Childe.

Der Wächter nannte eilig den Namen der Aufsichtsperson und erklärte ihm, wie er das zuständige Büro finden könne. Als Childe die Vorhalle betrat, sah er sofort, daß man hier wirklich auf Hilfe angewiesen war, doch die seine würde er dem Krankenhaus wohl aufzwingen müssen. In der Vorhalle wimmelte es von Menschen, die man nach einer mehr oder weniger vollständigen Behandlung aus der Notaufnahme verjagt hatte; dazu kamen ihre Verwandten; Leute, die sich nach vermißten oder verletzten Freunden oder Familienangehörigen erkundigten, und eine Reihe von Menschen, die — wie er — gekommen waren, um ihre Hilfe anzubieten. Der Korridor vor dem Büro der Aufsicht war zu voll, als daß er sich einen Weg durch ihn hätte bahnen können, selbst wenn er Lust dazu gehabt hätte. Er fragte einen abseits stehenden Mann, wie lange er schon versuchte, in das Büro hineinzukommen.

»Eine Stunde und zehn Minuten, Mister«, sagte der Mann säuerlich.

Childe drehte sich um. Er wollte gehen. Er wollte in seine Wohnung zurückkehren, irgend etwas tun, um die Zeit totzuschlagen und später (was immer man in dieser Situation darunter verstand), wenn hier etwas mehr Ordnung eingetreten war, zurückkehren. Dann blieb er stehen. In der Nähe des Haupteingangs, den Kopf in einen weißen Verband gehüllt, stand er — Hamlet Jeremiah.

Der Verband hätte auch ein Turban sein können, denn als Childe Jeremiah zuletzt gesehen hatte, hatte er einen Turban mit einem Flitter-Hexagramm getragen. Doch sein Schädel war tatsächlich mit Bandagen umwickelt. Gehalten wurden sie von einem dreizackigen, scharlachroten Abzeichen, das fast wie ein Triskelion aussah. Jeremiahs mephistohafter Schnauz- und Vollbart waren abrasiert; er trug ein schmutziggraues T-Shirt mit der Aufschrift NOLI

ME TANGERE SIN AMOR. Seine Hosen waren eierschalenfarben, an den Füßen trug er braune Sandalen.

»Herald Childe!« rief er lächelnd. Dann verzog sich sein Gesicht, als bereite das Lächeln im Schmerzen.

Childe streckte die Hand aus.

»Du berührst mich in Liebe?« fragte Jeremiah.

»Ich bin echt vernarrt in dich, Ham«, sagte Childe, »obwohl ich eigentlich nicht sagen kann, warum. Müssen wir das jetzt alles wieder durchspielen?«

»Ewig und immerdar«, sagte Jeremiah. »Und diesmal ganz besonders.«

»Okay. Also, es ist Liebe«, sagte Childe. Er schüttelte den Kopf. »Was, zum Teufel, ist passiert? Was machst du hier? Hör mal, weißt du, daß ich vor einer Weile versucht habe, dich anzurufen? Ich hatte vor, zu dir raufzufahren und dich zu besuchen. Aber dann...«

Jeremiah hob lachend die Hand und sagte: »Eins nach dem anderen! Ich bin deswegen nicht in meiner Bude am Sunset Strip, weil meine Gattinnen darauf bestanden, die Stadt zu verlassen. Ich war der Meinung, wir sollten noch ein, zwei Tage aushalten, bis die Straßen frei sind. Bis dahin wäre der Smog entweder nicht mehr dagewesen, oder gerade im Abziehen begriffen. Aber sie wollten nicht auf mich hören. Sie heulten und taten etwas Abscheuliches mit mir. Sie haben meine Eingeweide ausgewickelt und sind darauf herumgetrampelt. Tränen haben auch was Gutes; sie spülen einem den Smog aus den Augen und halten die Säure davon ab, die Hornhäute anzufressen. Aber da sie auch Säure für die Nerven sind, sagte ich schließlich, okay, ich liebe euch beide; hauen wir also ab. Aber wenn wir in eine Scheißsituation geraten oder uns sonst was passiert, schiebt es nicht mir in die Schuhe, sondern in eure entzückenden Ärsche. Also lachten sie wieder, wischten sich die Tränen ab, packten, und wir fegten die Doheny runter. Sheila hatte ein handbetriebenes Gebetsrädchen bei sich, und Lupe holte drei Rotaugen raus, damit wir uns an dem erfreuen konnten, was sonst ein echter Scheiß gewesen wäre. Na ja, man kann auch sagen, wir erfreuten uns an einem Faksimile der Freude. Als wir an die Melrose kamen, sprang die Ampel auf Rot, also hielt ich an, da ich nun mal 'n gesetzestreuer Bürger bin, wenn das Gesetz wohlbegründet und zum Nutzen aller gemacht ist. Davon abgesehen wollte ich auch niemanden rammen. Doch der Sohn Adams, der hinter mir war, drehte durch. Er glaubte, er müsse noch rüberfahren. Seine Seele war echt in Unordnung, Herald, er war in kaltem Schweiß gebadet und voller Panik. Er drückte auf die Hupe, und als ich mich weigerte, bei Rot über die Kreuzung zu fahren, sprang er aus dem Wagen wie ein Köter durch einen Reifen, öffnete meine Tür — ich dummer Hund hatte sie natürlich nicht verriegelt —, riß mich raus und donnerte meinen Kopf gegen den Türknauf. Es riß mir den Kopf auf, und ich war halb bewußtlos. Natürlich habe ich keinen Widerstand geleistet; ich glaube nämlich wirklich an dieses Halt-die-andere-Wange-hin-Dogma.

Ich stand halb auf der nächsten Spur, und da die anderen Wagen nicht anhalten wollten, stieg Sheila aus, schubste den Kerl in den Weg eines Wagens und zog mich wieder rein. Es liegt wirklich nur an ihrem Temperament; man muß ihr einfach vergeben. Der Mann wurde angefahren; er prallte von dem Wagen ab und flog in unseren. Also mußte Sheila den Wagen fahren, während Lupe sich bemühte, den Burschen ins Freie zu hieven. Er lag nämlich auf dem Rücksitz, seine Beine hingen auf der Straße. Ich sagte zu Sheila, sie solle anhalten und uns dann zum Krankenhaus fahren.

Sie hat es getan, wenn auch zögernd — ich meine, sie hat gezögert, auch den Mann mitzunehmen. Aber dann kamen wir hier an, mein Kopf wurde endlich bandagiert, und jetzt helfen Sheila und Lupe den Schwestern im zweiten Stock. Ich werde auch helfen, sobald ich das Gefühl habe, daß es mir besser geht.«

»Was ist mit dem Mann passiert?« fragte Childe.

»Der ist auch im zweiten Stock. Er liegt auf einer Matratze auf dem Boden. Er ist bewußtlos. Die arme, unglückliche Seele hat zwar ein paar Blutblasen ausgespuckt, aber Sheila kümmert sich auch um ihn. Es tut ihr leid, daß sie ihn geschubst hat; sie ist zwar manchmal etwas voreilig, aber im Grunde liebt sie alle Menschen.«

»Ich wollte auch helfen«, sagte Childe. »Aber ich kann nicht stundenlang hier rumstehen. Außerdem...«

Jeremiah fragte ihn, was er mit *außerdem* meinte. Childe erzählte ihm von Colben und dem Film. Jeremiah war schockiert. Er sagte, er habe etwas darüber im Radio gehört. Da er seit zwei Tagen keine Zeitung mehr bekommen hatte, hatte er noch keine Möglichkeit gehabt, etwas darüber zu lesen. Ob Childe jemanden mit einer großen Bibliothek über Vampire und andere Dinge, die nachts in den unbeleuchteten Gängen des Geistes lärmten, brauche?

Nun, genau einen solchen Mann kenne er. Und er wohnte nur sechs Häuserblocks von hier entfernt, südlich des Wilshire Boulevard, ganz in der Nähe. Wenn überhaupt jemand Forschungsmaterial dieser Art hatte, dann Woolston Heepish.

»Glaubst du nicht, daß er versuchen wird, die Stadt zu verlassen?«

»Woolie? Bei Draculas Schnäuzer, nein! Nichts — ausgenommen vielleicht ein atomarer Angriff — könnte ihn dazu bewegen, seine Sammlung im Stich zu lassen. Mach dir keine Sorgen; er ist bestimmt zu Hause. Es gibt aber *ein* Problem. Er mag keine unangemeldeten Besucher. Man muß ihn vorher anrufen und fragen, ob man kommen kann. Selbst seine besten Freunde — ausgenommen vielleicht D. Nimming Rodder — sind da keine Ausnahme. Alle rufen ihn an und bitten um Erlaubnis. Wenn er niemanden erwartet, geht er nicht mal zur Tür. Aber er kennt meine Stimme; ich krähe ihn meist durch die Tür an.«

»*Rodder?* Wo habe ich... Ach, ja! Der Buch- und Fernsehautor! Vampire! Werwölfe! Reizende junge Mädchen, die in unheimlichen alten Landhäusern hoch droben auf einem Berg gefangen sind. So was schreibt der doch. Er hat die Serie *Schattenland* produziert, nicht?«

»Bitte, Herald, sag kein Wort über ihn, wenn du nichts Gutes über ihn sagen kannst. Woolie betet D. Nimming Rodder an. Er wird dich zwar nicht verprügeln, wenn du etwas Verächtliches über ihn sagst, aber so sicher wie Shiva lebt — du wirst keine Hilfe von ihm kriegen, und kurz darauf stehst du auf der Straße.«

Childe wechselte hustend von einem Bein aufs andere. Die brennende Luft war nur teilweise schuld daran. Sein Husten deutete an, daß er mit seinem Gewissen rang. Er — beziehungsweise ein Teil von ihm — wollte hierbleiben und helfen, aber der andere, stärkere Teil, wollte fort von hier und sich wieder auf den Weg machen. Genau besehen konnte er hier nur wenig von Nutzen sein, jedenfalls auf absehbare Zeit. Und er hatte das Gefühl (na schön, es war nur ein Gefühl, aber das gleiche Gefühl hatte sich früher als etwas konkret Profitables erwiesen), daß dort unten, in den dunklen Tiefen, etwas den Köder an seiner Angel umkreiste.

Childe legte eine Hand auf Jeremiahs knochige Schulter und sagte: »Ich werde versuchen, ihn anzurufen, aber wenn...«

»Hat keinen Zweck, Herald. Er hat einen Auftragsdienst, und es ist nicht sehr wahrscheinlich, daß der im Moment arbeitet.«

»Gib mir ein Empfehlungsschreiben, damit ich einen Fuß in die Tür kriege.«

Jeremiah sagte lächelnd: »Ich werde etwas Besseres tun. Ich werde dich zu Woolie begleiten. Hier stehe ich doch nur im Weg rum, und außerdem kann ich nicht mitansehen, wie die Leute leiden.«

»Ich weiß nicht«, sagte Childe. »Du könntest eine Gehirnerschütterung haben. Vielleicht solltest du lieber...«

Jeremiah sagte achselzuckend: »Ich gehe mit dir. Es dauert nur eine Minute. Ich suche die Frauen und sage ihnen, wo ich bin.«

Während Childe auf ihn wartete und nichts anderes zu tun hatte, als sich umzusehen und umzuhören, verstand er, warum Jeremiah von hier wegwollte. Das Blut, das Stöhnen und das Weinen waren schon schlimm genug, aber das ständige Husten und das laute, permanente rotz- und bluthochziehende Röcheln ging ihm nicht nur auf die Nerven, sondern machte ihn sogar wütend, auch wenn die Wut tief in seinem Innern verblieb. Er hatte zwar keine Ahnung, warum das Husten ihn so fertigmachte, aber er wußte, daß Sybils zu jeder Tages- und Nachtzeit ertönender Nikotinhusten und ihre sprudelnden Lungen sich als besonders entnervend erwiesen, wenn sie aßen oder sich liebten. Dies hatte ihre Trennung ebenso vorangetrieben wie alles andere. Jedenfalls war er bisher davon ausgegangen.

Jeremiah schien auf Rollen durch die Menge zu gleiten. Er nahm Childes Hand und geleitete ihn zum Haupteingang. Es war drei Minuten nach zwölf. Die Sonne war ein verzerrter gelbgrüner Lappen. Ein Mann, der etwa dreißig Meter östlich von ihnen stand, wirkte wie eine undeutliche Schattengestalt. Dicke und dünne Smogstreifen schienen aneinander vorbeizugleiten und Gegenstände und Menschen zu verdunkeln, zu erhellen, zusammenzudrücken und zu verlängern. Es mußte eine Illusion oder irgendein anderes Phänomen sein, da Smog sich nicht bewegte. Es gab nicht mal das Gerücht einer Brise. Die Hitze schien sich durch das Grüngrau nach unten durchzuarbeiten, an den Staubfäden des Smogs wie Akrobaten mit Fieber nach unten zu gleiten, sich nach außen auszubreiten und sich um die Menschen zu legen.

Childes Armbeugen, sein Rücken und sein Gesicht waren feucht, doch der Schweiß kühlte ihn nur wenig ab. Im Schritt und an den Beinen schwitzte er ebenfalls, und er wünschte sich, er könne eine Badehose oder einen Lendenschurz tragen. Draußen war es erträglicher als im Innern des Krankenhauses. Der Mief schwitzender, ängstlicher Menschen war stark gewesen, doch der Lärm und der Anblick des Elends und der Schmerzen hatten ihn weniger reizbar gemacht. Jetzt fiel ihm auf, daß Jeremiah, ein Hippie, der Bäder liebte und laut eigener Aussage eine ›echte Wasserratte‹ war, stank. Der Geruch, den er verströmte, war eine eigenartige Mischung aus Pfeifentabak, Marihuana und einem ätzenden, schwer identifizierbaren Etwas, das an Sperma, Räucherstäbchen, eine mit Rosenwasser bespritzte Möse, Angstschweiß und ausgeschwitzten Tabaksqualm erinnerte.

Jeremiah sah Childe an. Der hustete, lächelte und sagte: »Du riechst wie etwas, das die Wogen des Pazifiks angespült haben und seit zwei Wochen tot ist, wenn du mir bitte verzeihen willst.«

Obwohl Childe überrascht war, gab er keinen Kommentar ab. Jeremiah hatte ihm zu viele Beweise für Telepathie oder Gedankenleserei gegeben. Es gab aber auch andere Erklärungen, die Childe im Grunde nicht glaubte. Obwohl er der Meinung war, daß niemand in seinem Gesicht lesen konnte — vielleicht hatte sein Ausdruck Jeremiah verraten, was er gedacht hatte.

Er ging neben Jeremiah her. Sie schienen sich durch einen vor ihnen aus dem Straßenpflaster wachsenden und hinter ihnen flach zusammenfallenden Tunnel zu bewegen. Trotz der Schmerzen in den Schläfen, dem Brennen von Kehle und Augen, dem heimtückischen Abbröckeln seiner Lungen und dem Stechen in den Hoden fühlte Childe sich einen Moment lang unbeschreiblich glücklich. Im Grunde hatte er sich gar nicht als Guter Samariter im Krankenhaus betätigen wollen; er hatte den Spuren von Verbrechern nachspüren wollen.

6. Kapitel

»Du siehst also, Ham«, sagte Childe, »daß das Vampirmotiv des Films im Grunde vielleicht gar nichts bedeutet — als Hinweis, meine ich —, aber ich habe das Gefühl, als wäre es sehr wichtig, und es ist tatsächlich die einzige Spur, an die ich mich hängen kann. Aber die Chancen...«

Seine Stimme erstarb. Er und Jeremiah standen am Straßenrand der Nordseite des Burton Way und warteten. Die Autos waren wie Elefanten in diesem Grau; graue Elefanten mit Rüsseln bis zum Schwanz, deren große Augen in der Finsternis leuchteten. Die Fahrspuren hier waren zwar nur für den Verkehr nach Westen gedacht, aber alles bewegte sich nach Osten.

Wenn sie die Straße überqueren wollten, konnten sie nur eins tun. Childe trat mitten in den Verkehrsstrom hinein. Die Autos fuhren so langsam, daß es eine Kleinigkeit war, auf den Kühler des ersten zu steigen, von dort aus auf den nächsten zu springen, und dann auf den dritten und vierten, bis auf das Gras des Trennstreifens.

Erregte und wütende Fahrer und Insassen fluchten und heulten sie an, aber Jeremiah lachte nur, und Childe zeigte ihnen eine lange Nase. Sie überquerten den Trennstreifen und sprangen weiter von Kühler zu Kühler, bis sie die andere Seite erreichten. Sie gingen die Willaman hinunter. Hier waren alle Häuser unbeleuchtet. An der Ecke Wilshire und Willaman funktionierten die Ampeln zwar, aber die Autofahrer schenkten ihnen keine Beachtung. Sie fuhren ausnahmslos über beide Fahrspuren des Wilshire Boulevard nach Osten.

Der Verkehr war hier zwar etwas schneller, aber nicht zu schnell. Childe und Jeremiah kamen hinüber, obwohl Jeremiah einmal ausrutschte und auf ein Wagendach fiel.

»In der Mitte des Häuserblocks«, sagte Jeremiah.

Die Häuser und Wohnungen waren mittlere Mittelklasse. Die Eigenheime bestanden aus den üblichen kalifornisch-spanischen Bungalows; die Wohnhäuser aus vier- oder fünfstöckigen Mietskasernen, die man mit Fassadenschmuck und Terrassen zu verschönern versucht hatte. In einigen Fenstern brannte zwar Licht, doch das Haus, vor dem Jeremiah anhielt, war dunkel.

»Er ist bestimmt nicht zu Hause«, sagte Childe.

»Das bedeutet gar nichts. Woolies Fenster sind immer dunkel. Wenn du erst mal drin bist, wirst du sehen, warum. Es könnte natürlich sein, daß er nicht zu Hause ist. Vielleicht ist er in einem Laden oder an der Tankstelle; sie sollen noch geöffnet haben, zumindest hat der Gouverneur es gesagt. Wollen wir doch mal sehen.«

Sie durchquerten das Vorgärtchen. Das Vorderfenster sah aus wie zugenagelt. Zumindest bedeckte etwas Dunkles, hölzern Aussehendes die Innenseite. Als Childe näher herankam, sah er eine mannshohe Figur, die so still dastand, daß er sie für eine eiserne Statue hielt, doch es war eine bemalte Laubsägearbeit von Godzilla.

Sie umrundeten das Haus und gingen zur Einfahrt. Dort stießen sie auf ein großes rotes Schild, auf dem in grellgelben Lettern stand: HIER WOHNT MISTER HORROR UND ERFREUT SICH BESTER GESUNDHEIT.

Dahinter erstreckte sich eine Art Garten mit einem Baum, der sich fünfundvierzig Grad tief hinabbeugte. Sein Wipfel lag auf dem Dach der Veranda und einem Teil des Hausdaches und sah aus wie eine riesige, grünliche Hand. Der Baumstamm war so grau und knorrig, daß Childe ihn einen Moment lang für künstlich hielt. Er sah aus, als hätte man ihn als Kulisse für einen Gruselfilm entworfen und angefertigt.

An der Tür und den Wänden daneben befanden sich zahlreiche Schilder, auf denen ›brave‹ und Insiderwitze standen. Außerdem erblickte er an die Wand genagelte Masken von Frankensteins Monster, Dracula und dem Wolfsmenschen. Und mehrere Schilder, auf denen ABSOLUTES RAUCHVERBOT stand. Ein weiteres Schild untersagte es, alkoholische Getränke ins Haus zu bringen.

Jeremiah drückte einen Knopf, der die Nase eines menschlichen Scheusals bildete. Der laute, scheppernde Klang gewaltiger Glocken ertönte im Innern des Hauses, dann mehrere Takte Orgelmusik: *Gloomy Sunday.*

Eine andere Reaktion gab es nicht. Jeremiah wartete einen Augenblick lang, dann betätigte er erneut die Klingel. Weitere Glockenklänge und mehr Orgelmusik. Aber niemand kam zur Tür.

Jeremiah schlug gegen die Tür und rief: »Mach auf, Woolie! Ich weiß, daß du da bist! Es ist alles in Ordnung! Ich bin's, Jeremiah, einer deiner größten Fans!«

Ein kleines Guckloch öffnete sich. Licht fiel heraus. Das Licht erlosch, kehrte wieder und erlosch erneut, als das Guckloch sich schloß. Die Tür öffnete sich mit dem Quietschen rostiger Scharniere. Ein paar Sekunden später erkannte Childe, daß das Quietschen eine Tonbandaufzeichnung war.

»Willkommen«, sagte ein weicher Bariton. Jeremiah klopfte ihm auf die Schulter, um anzudeuten, daß er vorausgehen solle. Sie traten ein. Der Mann schloß die Tür, legte drei gewaltige Riegel vor und befestigte zwei Ketten.

Der Raum war zu verwirrend, als daß Childe ihn mit einem Blick hätte überschauen können. Er konzentrierte sich auf den Mann, den Jeremiah ihm als Woolston Q. Heepish vorstellte.

›Woolie‹ war etwa einsneunzig groß, wohlbeleibt und wirkte weich. Er hatte einen kleinen Paukenwanst. Unter seinem Kinn hing noch ein weiteres, dazu kamen ein bronzefarbener Walroßschnauzbart, eine quadratische, randlose Brille, ein stattliches Profil vom Mund an aufwärts, ein Kopf voll mit dunkelrotem, glattem Haar, und blaßgraue Augen. Er ging gebückt vor ihnen her, als hätte er die meiste Zeit hinter Schreibtischen verbracht.

Die Wände und Fenster des Raumes waren mit Bücherregalen, einer Vielzahl von Gegenständen sowie mit Gemälden, Filmfotos, Plakaten, Masken, Kunststoffbüsten, eingerahmten Briefen und vergrößerten Aufnahmen von Filmschauspielern bedeckt. Es gab ein Sofa, mehrere Sessel und einen Flügel. Der dahinterliegende Raum sah ebenso aus, wenn man davon absah, daß er keine Möbel enthielt.

Wenn er etwas über Vampire erfahren wollte, war er hier genau an der richtigen Stelle.

Das Haus war vollgestopft mit allem und jedem, das mit

Schauerromanen, Legenden, dem Übernatürlichen, Lykanthropie, Dämonologie, Hexerei und den Filmen zu tun hatte, die sich mit diesen Themen beschäftigten.

Woolie schüttelte Childes Hand. Woolies Pranke war groß, plump und feucht.

»Willkommen im Haus des Grauens«, sagte er.

Jeremiah erklärte den Grund ihres Hierseins. Woolie schüttelte den Kopf und sagte, er habe aus dem Radio vom Fall Colben gehört. Zwar hatte der Sprecher gesagt, Colben sei ›grauenhaft verstümmelt‹ worden, aber er hatte keine Einzelheiten genannt.

Childe schilderte ihm die Einzelheiten. Heepish schüttelte den Kopf und machte ›dz, dz‹, während seine grauen Augen heller zu werden schienen und seine Mundwinkel sich kräuselten.

»Wie schrecklich! Wie abscheulich! Da wird einem ja übel! Mein Gott, noch immer sind Wilde mitten unter uns! Wie kann es so was nur geben?«

Seine sanfte Stimme schien sich murmelnd zu verlieren, als bräche sie in ein halbes Dutzend Stücke auseinander, die wie Mäuse ins Dunkel der Ecken entflohen. Seine blassen, weichen Hände rieben sich hin und wieder aneinander und umklammerten sich mehrere Male in einer Geste, die auf den ersten Blick wie ein Gebet wirkte, dann jedoch den Eindruck erweckte, sie legten sich um einen unsichtbaren Hals.

»Wenn es irgend etwas gibt, womit ich Ihnen helfen kann, diese Ungeheuer aufzuspüren; wenn es in meinem Haus irgend etwas gibt, das Ihnen helfen kann, sind Sie willkommen«, sagte Heepish. »Obwohl ich mir nicht vorstellen kann, welche Art Hinweis Sie finden könnten, wenn Sie sich hier nur umsehen. Aber dennoch...«

Er breitete beide Hände aus und sagte: »Aber ich führe Sie gern durch mein Haus. Ich führe Fremde immer zuerst herum. Hamlet kann mitkommen oder sich allein umsehen, wenn er möchte. — Also, auf diesem Foto hier haben wir Alfred Dämel und Else Schwachmacki in dem 1928 produzierten deutschen Film *Der Blutsäufer*. Er war hierzulande nur selten zu sehen, aber ich hatte das Glück — ich habe nämlich viele Freunde in aller Welt, und sogar in Deutschland —, eine Kopie des Films zu kriegen. Wahrscheinlich ist es die einzige, die noch existiert. Ich habe überall Erkundigungen eingezogen, aber ich konnte keine weiteren aufspüren; und ich habe viele Leute darauf angesetzt, noch eine für mich zu ergattern...«

Childe unterdrückte den Impuls, Heepish zu sagen, daß er auf der Stelle seine Zeitungsausschnittsammlung sehen wolle. Er wollte keine Zeit verlieren. Aber von Jeremiah wußte er, wie er sich verhalten mußte, wenn er von seinem Gastgeber die maximale Kooperation haben wollte.

Das Haus war gerammelt voll mit Gegenständen aller Art, und sie stammten ausnahmslos aus der Welt des Entsetzens und der bösen Schatten, auch wenn man sie aus rein pekuniären Gründen entworfen und hergestellt hatte. Das Haus strahlte im Glanz vielfältiger Schattierungen: in Gallengelb, Blutrot, Verfallspurpur, dem Graublau der Leichenstarre und dem Rot verhaltener Wut, doch überall schien sich die Finsternis hineinzudrängen, selbst dort, wo an sich keine hätte sein dürfen.

Eine Klimaanlage bewegte so langsam und eisig die Luft, als kündige sich die nächste Eiszeit an. Die Luft war bestens gefiltert, da das Brennen seiner Augen ebenso abnahm wie das in Kehle und Lunge. (Also gab's auch über die Eiszeit etwas Gutes zu sagen). Trotz alledem und seiner von kalter Luft gepieksten Haut hatte Childe das Gefühl, er müsse in der Nähe der unordentlichen Mengen von Büchern, Masken, Köpfen von Leinwandungeheuern, verzerrten und bedrohlichen Gemälden, Frankenstein-Monstern, Wolfsmenschen-Puppen, kleinen Drehroboter-Spielzeugen, ägyptischen Statuen der schakalhäuptigen Anubis und des katzenköpfigen Sehkmet ersticken.

Der nächste Raum war zwar kleiner, aber noch viel voller.

Woolie machte eine vage Geste auf die überall an den

Wänden herumstehenden und manchmal eingestürzten Bücher- und Zeitschriftenstapel.

»Ich habe gerade eine Sendung von einem Sammler in Utica, New York, gekriegt«, sagte er. »Er ist gerade gestorben.«

Seine Stimme wurde dumpfer und fast ölig. »Sehr traurig. Ein netter Mensch. Ein echter Horror-Fan. Wir haben jahrelang miteinander korrespondiert, öfter als ich zugeben möchte, obwohl ich ihn nie persönlich getroffen habe. Aber unsere Geister trafen einander. Wir hatten viel gemeinsam. Seine Witwe hat mir das ganze Zeug geschickt. Sie meint, ich solle ihr das dafür zahlen, was ich für angebracht halte. Zu den Sachen gehört eine komplette Sammlung von *Weird Tales*, von 1923 bis 1954, eine Erstausgabe von Chambers *Der König in Gelb*, eine Erstausgabe von *Dracula* mit einem Autogramm von Bram Stoker und Bela Lugosi, und — ach! Es ist so viel!«

Er rieb sich lächelnd die Hände. »So viel! Doch das größte ist ein Brief von Dr. Polidori — er war Byrons Leibarzt und Freund, müssen Sie wissen —, dem Autor eines anonym erschienenen Buches. Ich habe mehrere Erstausgaben des ersten Vampirromans in englischer Sprache: *Der Vampyr*. Doktor Polidori! Ein Brief von ihm an eine Lady Milbanks, in dem er beschreibt, wie ihm die Idee für seinen Roman kam! Der Brief ist einmalig! Ich lechze buchstäblich seit 1941 hinter ihm her, seit ich zum ersten Mal von ihm hörte! Er wird auf der Vorzimmerwand einen Ehrenplatz erhalten — vielleicht den besten Ehrenplatz überhaupt! —, sobald ich einen passenden Rahmen kriege!«

Childe unterließ die Frage, wo er auf der Wand noch einen freien Platz finden wollte.

Heepish zeigte ihm sein Büro, einen großen Raum mit gewaltigen Abmessungen, der von zahlreichen Reihen bis zur Decke gestapelter Bücherkisten und einem großen, altmodischen Rollschreibtisch begrenzt wurde. Der Raum war mit Büchern, Zeitschriften, Briefen, Karten, Filmfotos, Plakaten, Statuetten, Spielzeug und einem bis auf das getrocknete Blut echt wirkenden Henkerbeil vollgestopft.

Sie kehrten in den Raum zwischen Büro und Wohnzimmer zurück, wo Heepish Childe in die Küche geleitete. Hier gab es einen Herd, ein Spülbecken und einen Kühlschrank, aber auch dieses Zimmer war voller Bücher, Zeitschriften und kleiner Aktenschränke. Ein paar tote Insekten lagen vor den offenen Geschirrschränken und auf dem Boden.

»Ich lasse den Herd nächste Woche abholen«, sagte Heepish. »Ich esse sowieso nie zu Hause, und wenn ich eine Party gebe, lasse ich alles bringen.«

Childe runzelte die Stirn, sagte aber nichts. Jeremiah hatte ihm erzählt, daß der Kühlschrank dermaßen mit Mikrofilmen gefüllt war, daß er kaum noch Platz für etwas zu essen aufwies. Und bei der Geschwindigkeit, mit der die Filme hier anlangten, würde es bald nicht mal mehr Platz für eine Milchtüte geben.

»Ich spiele mit dem Gedanken an einen Anbau«, sagte Heepish. »Wie Sie sehen, lebe ich momentan ein kleines bißchen beengt, und der Himmel mag wissen, wie es in fünf Jahren hier aussieht. Oder schon in einem.«

Woolston Heepish war einmal verheiratet gewesen — über fünfzehn Jahre lang. Seine Frau hatte Kinder haben wollen, aber er hatte nein gesagt. Kinder konnte man nicht von Büchern, Zeitschriften, Gemälden, Zeichnungen, Masken, Kostümen, Spielzeug und Statuetten fernhalten. Kleine Kinder waren sehr zerstörerisch.

Nach ein paar Jahren hatte seine Gattin den Wunsch aufgegeben, Kinder zu haben. Könnte sie vielleicht ein Haustier haben — eine Katze oder einen Hund? Heepish hatte gesagt, es täte ihm wirklich sehr leid, aber Katzen hatten nun mal Krallen, und Hunde nagten und pinkelten.

Die Sammlung war größer geworden; das Haus schrumpfte zusammen. Man mußte Möbel hinausschaffen, um Platz für die Objekte zu kriegen. Dann war der

Tag gekommen, an dem es auch keinen Platz mehr für Mrs. Heepish gab. *Frankensteins Braut* hatte sie aus dem Haus gedrängt. Sie wußte natürlich, daß es keinen Zweck hatte, ihren Mann darum zu bitten, seine Sammelwut einzuschränken, und eine Verkleinerung seiner Sammlung war undenkbar. Also war sie ausgezogen, hatte sich scheiden lassen und als Scheidungsgrund den *Schrecken vom Amazonas* angegeben.

Laut Jeremiah war es Heepish gegenüber durchaus fair, Childe wissen zu lassen, daß er und seine Frau die besten Freunde waren und so oft miteinander ausgingen, wie in der Zeit, als sie noch verheiratet gewesen waren. Vielleicht aber war dies Mrs. Ex-Heepishs Methode, zu ihrer Rache zu kommen, weil sie ihn nun aussaugte, und er sich ihr mit einem gelegentlichen Grummeln bescheiden unterwerfen mußte.

Jetzt wurde Heepish allmählich selbst aus dem Haus getrieben. Eines Tages würde er nach einem Treffen der Graf-Dracula-Gesellschaft nach Hause kommen und die Vordertür öffnen, und dann würden sich Tonnen von Büchern, Magazinen, Dokumenten, Fotos und anderer Krimskrams sturzflutartig über ihn ergießen, und dann würden die Retter einen Tunnel graben und ihn zwischen den Seiten der *Burg von Otranto* plattgedrückt auffinden.

Childe wurde in einen Wintergarten auf der Rückseite des Hauses geführt, der ebenso mit Büchern vollgestopft war wie die anderen Räume. Sie traten durch die Hintertür in blaßgrünes Licht. Auf der Stelle kratzte schwacher Schwefelsäuredunst an seinen Augen. Childe blinzelte, seine Augen fingen an zu tränen. Er hustete. Heepish hustete auch.

»Vielleicht sollten wir die große Tour durch die Garage auslassen«, sagte Heepish, »aber . . .«

Seine Stimme wurde schwächer. Childe war für einen Moment stehengeblieben. Heepishs Gestalt war so dunkel, massig und formlos wie die eines Ungeheuers in den wäßrigen Nebeln eines B-Films.

Die Garagentür fuhr quietschend nach oben. Childe beeilte sich, die Garage zu betreten. Die Tür quietschte nach
unten und schloß sich. Childe fragte sich, ob auch sie mit
einer Tonaufzeichnung aus der alten *Inner-Sanctum*-Hör-
spielreihe verbunden war. Heepish schaltete die Lampen
ein. Schon wieder das gleiche, außer daß die hier lagern-
den Köpfe, Masken, Bücher und Zeitschriften staubbe-
deckt waren.

»Hier bewahre ich meine Dobletten auf«, sagte Heepish. »Und die nicht so gut erhaltenen Sachen, für die ich
im Haus noch keinen Platz habe.« Childe wurde den Eindruck nicht los, daß Heepish von ihm erwartete, er würde
wenigstens über ein paar der Gegenstände ejakulieren. Er
wollte aus der heißen, ihn einengenden, toten Luft heraus
und ins Haus zurück. Er hoffte, daß die Unterlagen, die er
haben wollte, nicht hier gelagert wurden.

Childe gab einen Kommentar zu einem vollen Regal ab,
das die Werke von D. Nimming Rodder enthielt.

»Oh«, sagte Heepish, »ist Ihnen aufgefallen«, daß er der
einzige lebende Autor ist, der in meinem Haus einen Son-
derplatz hat? Nim ist natürlich mein Lieblingsautor. Ich
bin der Meinung, im Horror-Genre ist er der tollste Autor
aller Zeiten — noch besser als Monk Lewis, H. P. Love-
craft und Bram Stoker. Er ist ein sehr guter Freund von
mir.

Ich habe deswegen so viele Dobletten seiner Werke,
weil er hin und wieder einzelne Geschichten braucht, oder
um eine neue Sammlung zusammenzustellen. Er hat nämlich viele Sammlungen seiner Geschichten auf den Markt
gebracht — es gibt Unmengen von Nachdrucken seiner
Sammlungen, und aus den besten macht er dann wieder
neue. Er ist wahrscheinlich der am meisten anthologisierte
Autor der Welt.«

Childe lächelte nicht. Heepish zuckte die Achseln.

Er sah ein vergrößertes Foto Rodders. Es stand aufrecht
an der Wand. Darunter stand in schwarzer Tinte: FÜR
MEINEN FAN NUMMER EINS UND EINEN GROSSAR-

TIGEN FREUND, MISTER HORROR HÖCHSTPER-
SÖNLICH — IN GRÖSSTER ZUNEIGUNG, NIM. Das
schmale, blasse Gesicht mit den eingefallenen Wangen, der
spitzen Nase und den großen, umrandeten Brillengläsern
sah aus wie das eines gespenstischen und gehetzten Prima-
ten aus dem Urwald von Madagaskar — wie eine Lemure.
Und Lemure, fiel Childe plötzlich ein, hatte ursprünglich
Gespenst bedeutet. Er grinste und dachte an den Eintrag in
dem großen Wörterbuch, in dem er im College so oft nach-
geschlagen hatte.

Lemure — lat. *Lemures*, Nachtgeister bzw. -Gespenster;
verwandt mit dem griechischen *Lamia*, einem allesfressen-
den Ungeheuer; *Lamas*, Ausbeute, Schlund; *Lamia*, gew.
Untiefe; lettisch *Lamata* Mausefalle; Im übertragenen
Sinn: Offenes Maul.

7. Kapitel

Childe schaute Rodders Foto an und grinste breit.

»Was ist denn daran so komisch?« fragte Heepish. »In diesen öden Zeiten könnte ich auch einen Lacher vertragen.«

»Ach, nichts.«

»Mögen Sie Rodder nicht?«

Heepishs Stimme klang zwar beherrscht, doch sie klang
auch wie eine gutgeölte Mausefalle, die nur darauf aus
war, zuzuschnappen.

»Seine *Schattenland*-Serie hat mir gefallen«, sagte
Childe. »Und abgesehen vom unheimlichen Element haben
mir auch seine unterschwelligen Aussagen gefallen. Sie
wissen schon — der *kleine* Mann, der tapfer gegen Spie-
ßertum, Behörden und die überall vorhandenen Kräfte der
Korruption ankämpft und so weiter; der einsame Individualist, der einzige ehrliche Mensch auf der Welt — all das
hat mir gefallen. Jedesmal, wenn ich einen Zeitungsartikel
über Rodder lese, stellt man ihn als integren und ehrlichen
Menschen hin. — Was nun wirklich ironisch ist.«

Childe hielt inne. Und obwohl er nicht weiterreden wollte, spürte er plötzlich, wie ihn etwas dazu zwang. »Aber ich kenne einen Burschen...«, sagte er.

Er hielt erneut inne. Warum sollte er Heepish sagen, daß Jeremiah dieser Bursche war?

»...der war mal auf einer Party, deren Gäste hauptsächlich im Science-Fiction-Bereich aktiv waren. Er stand in der Nähe einer Gruppe von Autoren. Einer von ihnen war der großartige Schreiber Breyleigh Bredburger. — Sie kennen ihn doch wohl?«

Heepish sagte nickend: »Nach Rodder, Monk Lewis und Bloch ist er mein Lieblingsautor.«

Childe sagte: »Ein anderer Autor, dessen Namen ich vergessen habe, beklagte sich darüber, daß Rodder eine Geschichte von ihm für seine Serie geklaut hätte. Er hatte sie einfach geklaut, den Titel und ein paar andere Details geändert, sie jemandem mit einem griechischen Namen zugeschrieben und sich geweigert, mit dem Autor über diesen angeblichen Diebstahl zu korrespondieren. Bredburger sagte, das sei noch gar nichts. Rodder habe drei seiner Geschichten gestohlen und sich auf dem Bildschirm selbst als Autor ausweisen lassen. Bredburger hat Rodder zweimal erwischt. Er zwang ihn, den Diebstahl zuzugeben und forderte ihn auf, zu bezahlen. Rodders Entschuldigung war die, daß er einen Vertrag unterschrieben habe, laut dem er zwei Drittel der Serie selbst schreiben mußte. Und weil er nicht dazu in der Lage gewesen war, sagte er, habe er in seiner Verzweiflung Bredburgers Geschichten geklaut. Natürlich hat er kein Wort darüber verlauten lassen, wen er sonst noch plagiiert hat. Bredburger sagte, er hätte ihm zwar Honorar für die dritte geklaute Geschichte versprochen, aber er habe bislang nichts erhalten. Und er würde auch nichts kriegen, es sei denn, er rücke Rodder gewaltsam auf die Pelle oder bringe ihn vor Gericht.

Dann sagte ein dritter Autor, der erste solle sich hinten anstellen, wenn er klagen oder es Rodder sonstwie geben wolle, vor ihm seien nämlich noch zwanzig andere an der Reihe.

Das ist Ihr D. Nimming Rodder. Ihr großer Verteidiger des *kleinen* Mannes, des Nonkonformisten, des *ehrlichen* Menschen.«

Childe hörte auf. Es überraschte ihn, daß es ihn dermaßen überkommen hatte. Er wollte keinen Streit anfangen. Immerhin würde er in der Schuld dieses Mannes stehen, falls diese Rundreise je endete. Doch andererseits juckte ihn die Wut. Ihm waren zu viele korrupte Menschen begegnet, die die Welt in Ehren hielt, entweder weil sie die Wahrheit nicht kannte oder weil sie sie ignorierte. Außerdem waren seine vom Smog erzeugte Irritation, die unterdrückte Erregung, die aus der Angst vor dem erwuchs, wie sein Leben weiter verlaufen würde, Colbens Tod, die frustrierende Szene mit Sybil und Heepishs undefinierbar stichelndes Verhalten nicht dazu angetan, seine Nerven zu beruhigen.

Heepishs graue Augen schienen zurückzuweichen, als fürchteten sie, sie könnten sich verbrennen, wenn sie dem Licht und der Luft zu nahe kamen. Sein Hals zuckte. Sein Schnauzbart hing nach unten; unsichtbare Gewichte schienen an ihren Enden zu hängen. Seine Nasenflügel wogten wie Blasebälge. Seine blasse Haut war rot geworden. Seine Hände öffneten und schlossen sich.

Childe wartete ab, während die Stille sich erhärtete wie Vogelleim. Wenn Heepish böse wurde, würde er ebenso böse werden, auch wenn er dann den Zugang zu der Literatur verlor, die er brauchte. Er wußte von Jeremiah, daß Heepish die Idee für seine Sammlung bei der Beobachtung eines gewissen Forrest J Ackerman gekommen war, dem man nachsagte, er habe möglicherweise die größte private Science-Fiction- und Fantasy-Sammlung der Welt. In der Tat nannte man Heepish, wenn auch nur hinterrücks, einen ›Ackermann für Arme‹. Er war jedoch nicht im geringsten arm; er hatte viel Geld — aus einer Quelle, die niemand kannte —, und seine Sammlung würde eines Tages die weltgrößte sein, ob öffentlich oder privat.

Doch in diesem Augenblick war er sehr verletzlich, und

Childe war nicht bereit, den Riß in seiner Panzerung zu durchstoßen.

»Tja!« sagte Heepish.

Er bewegte den Kopf und lächelte dünn. Sein Schnauzbart plusterte sich auf wie ein Elefant zur Paarungszeit. Seine Finger machten ein Kreuz, dann teilten sie sich, um an die Kehle zu fahren.

»Tja!« sagte er erneut. Seine Stimme war fest, aber in ihr war auch ein Winseln, wie das Summen eines fernen Moskitos.

»Tja!« sagte Childe, der begriff, daß er niemals erfahren würde, was Heepish damit sagen wollte. Es war ihm auch völlig gleichgültig. »Wenn's möglich ist, würde ich gern die Zeitungsausschnitte sehen.«

»Wie? Ach, ja! Sie sind oben. Hierher, bitte.«

Sie verließen die Garage, doch Heepish klemmte sich Rodders Foto unter den Arm, bevor er ihm nach draußen folgte. Childe fragte sich, was es überhaupt in der Garage verloren hatte, doch als er wieder ins Haus kam, sah er, daß es dort viele weitere Fotos gab — und dazu Gemälde und Federzeichnungen und sogar gerahmte Zeitungsartikel und Ausschnitte mit Rodders Porträt. Viel mehr, als er angenommen hatte. Heepish hatte eine Aufnahme zuviel, deswegen hatte er sie in der Garage untergebracht. Aber jetzt, als wolle er Childe unter die Brücken verweisen, als wolle er ihn auf irgendeine obskure Weise erniedrigen, brachte er das Foto auch noch ins Haus.

Childe grinste, als er darauf wartete, daß Heepish ihn durch Küche und Korridor führte und dann nach rechts zu den schmalen Treppenstufen abbog. Die Wände waren voller Bilder von Dracula und Frankensteins Ungeheuer. Er sah ein Original von Hannes Bok und ein weiteres von Virgil Finlay. Alle hingen in leicht unterschiedlichen Winkeln an der Wand, wie Grabsteine auf einem alten, nicht mehr benutzten Friedhof.

Durch einen kurzen Gang kamen sie in einen Raum, dessen Wände mit Gemälden, Fotos, Plakaten und Schaukastenfotos bepflastert waren. Er sah auch eine Anzahl eigentümlicher Holzgestelle, die wie Sägeböcke aussahen und Burgen auf dem Rücken trugen, sowie ein ebenfalls hölzernes, aufklappbares Ding, das eine Reihe von Illustrationen, Fotos und Zeitungsausschnitten enthielt. Man konnte in ihm blättern wie in einem Buch.

Childe sah sie sich alle an. Bei jeder anderen Gelegenheit wäre er erfreut gewesen und hätte sich an den unterschiedlichen nostalgischen Dingen delektiert.

Als Childe darum bat, die Alben sehen zu dürfen, in denen er seine Ausschnitte aufbewahrte, seufzte Heepish, als seien ihm die Anforderungen, die man an ihn stellte, allmählich zuviel. Dann begab er sich in einen gewaltigen Wandschrank hinein, dessen Wände voller Regalbretter waren. Auf ihnen lagen zahlreiche großformatige Sammelmappen, die sehr staubig waren und nach Verfall rochen.

»Mit diesem Zeug muß ich wirklich was machen, sonst ist es bald zu spät«, sagte Heepish. »Hier lagert Material, das teilweise sehr wertvoll und oft unbezahlbar und unersetzlich ist.«

Er hatte Rodders Foto noch immer unter dem Arm.

Als Childe auf den großen, wachsenden Materialstapel blickte, den Heepish sorgfältig überprüfte, war er an der Reihe, einen Seufzer auszustoßen. Doch er setzte sich auf einen Stuhl, schlug die Beine übereinander und fing an, die steifen und oftmals gelben und brüchigen Seiten in den Sammelmappen umzublättern. Nach einer Weile sagte Heepish, er möge ihn bitte entschuldigen. Wenn er etwas brauchte, sollte er nur rufen. Childe schaute auf, lächelte kurz und sagte, er wolle nicht mehr stören, als unbedingt nötig. Dann tauchte Heepish unter. Er hinterließ einen beinahe sichtbaren Geruch der Mißbilligung und der verletzten Gefühle.

Die Sammelmappen waren mit verschiedenen Titeln versehen: FILMVAMPIRE, DEUTSCH UND SKANDINAVISCH, 1919–1939; WERWÖLFE, AMERIKA-

NISCH, 1865–1900; HEXEN, PENNSYLVANISCH, 1880–1965; GOLEM, EXTRAFORTEANA, 1929–1960; SÜDKALIFORNISCHE VAMPIRLEGENDEN UND GESPENSTERGESCHICHTEN, 1910–1967... Und so weiter.

Childe hatte zweiunddreißig Titel dieser Art hinter sich, als er zum letzten kam. Die Zeitungsausschnitte waren zwar alle sehr interessant, aber nur wenig fruchtbar gewesen, und er wußte nun mal *nicht*, ob das, was er in den Händen hielt, für ihn relevant war. Doch dann spürte er, wie sein Herzschlag schneller und sein Rücken weniger steif wurde. Man konnte es zwar nicht gerade eine Spur nennen, aber zumindest handelte es sich um etwas, das man untersuchen konnte.

Ein Artikel aus der *Los Angeles Times* vom 1. Mai 1958 handelte von einer Anzahl angeblich ›verhexter‹ Häuser in der Umgebung der Stadt. Mehrere lange Absätze beschäftigten sich mit einem Haus in Beverly Hills, das nicht nur über ein Gespenst verfügte, sondern auch über einen ›Vampir‹.

Dazu gehörte eine Luftaufnahme der Trolling-Villa. Laut Aussage des Artikels kam man am Boden nirgendwo nahe genug an das Haus heran, um einen Fotoapparat wirkungsvoll einzusetzen. Die Villa stand auf einem flachen Hügel inmitten eines — für Südkalifornien — großen, ummauerten Landsitzes. Das Land war stark bewaldet, so daß man das Haus von außerhalb der Mauern nicht sehen konnte. Schon 1948, als der Besitzer der Trolling-Villa zeitweise Berühmtheit erlangt hatte, war es dem Fotografen der Zeitung nicht gelungen, eine Aufnahme von ihr zu machen, und auch 1958, beim Erscheinen dieses Artikels, der die zehn Jahre zuvor erfolgten Ereignisse rekapitulierte, hatten die Journalisten nicht mehr Glück gehabt. Zu dem Artikel gehörten allerdings eine Zeichnung des ›Vampir‹-Barons Igescu; ein Künstler hatte sie aus der Erinnerung angefertigt, nachdem er den Baron auf einem Wohltätigkeitsball gesehen hatte. Nur sehr wenige Menschen hatten ihn je zu Gesicht bekommen, obwohl er mehrfach bei Wohltätigkeitsbällen und einmal bei einer Protestversammlung der Steuerzahler von Beverly Hills in Erscheinung getreten war.

Die Trolling-Villa hatte ihren Namen nach dem Onkel ihres gegenwärtigen Eigentümers erhalten. Dieser Onkel — auch er war ein Igescu gewesen — war 1887 von Rumänien nach England gefahren, hatte sich ein Jahr dort aufgehalten, und war 1889 nach Amerika gezogen. Nachdem er Staatsbürger der USA geworden war, hatte Igescu seinen Namen in Trolling geändert. Den Grund kannte niemand. Das Landhaus lag in einem Waldgebiet. Es wurde von allen Seiten von einer hohen Ziegelmauer mit aufgesetzten Eisendornen umgeben, zwischen denen sich Stacheldraht dahinzog. Man hatte das Haus um 1900 im spätviktorianischen Stil in einer Gegend erbaut, die damals weit vom landwirtschaftlich genutzten Land entfernt gewesen war. Es handelte sich um ein gewaltiges, weitverzweigtes Gebäude, in dessen Mitte noch ein Teil der ursprünglichen Villa stand — eines Landhauses im spanischen Stil, das der exzentrische (manche sagten, irre) Don Pedro del Osorojo in der Wildnis hatte bauen lassen, aus der später Beverly Hills geworden war. Del Osorojo war angeblich ein Verwandter der Familie de Villa gewesen, denen dieses Gebiet gehörte, doch dafür gab es keine Beweise. In der Tat wußte man nur wenig über del Osorojo — kaum mehr, als daß er ein Einsiedler mit einer unbekannten Einkommensquelle gewesen war. Seine Frau war Spanierin gewesen (Kalifornien hatte damals noch unter spanischer Herrschaft gestanden), er selbst entstammte angeblich dem kastilianischen Adel.

Igescu, der gegenwärtige Besitzer, hatte 1938 ungewollt Publizität errungen, als man ihn nach einem Autounfall an der Ecke Hollywood/La Brea klinisch tot in das Cedars of Lebanon-Krankenhaus gebracht hatte. Im Morgengrauen des nächsten Tages hatte der Leichenbeschauer eine gerichtsmedizinisch angeordnete Untersuchung vornehmen müssen, da Igescu keine sichtbaren Wunden oder Verletzungen gezeigt hatte.

Bei der ersten Berührung durch das Skalpell hatte Igescu sich auf dem Seziertisch aufgerichtet. Die Zeitungen hatten diese Geschichte aufgegriffen, weil ein Reporter scherzhaft darauf hingewiesen hatte, daß Igescu (1) nie bei Tageslicht gesehen worden sei, (2) karpatischer Abstammung war, (3) aus einer aristokratischen Familie kam, die seit Jahrhunderten in einer (jetzt aufgegebenen) Burg auf einem steilen Hügel in einer abgelegenen ländlichen Gegend gelebt hatte, (4) die Leiche seines Onkels in die alte Heimat verschifft hatte, damit er in der Familiengruft beigesetzt werden konnte und der Sarg unterwegs abhanden gekommen war, und (5) in einem Haus wohnte, das schon deswegen wohlbekannt war, weil dort der Geist der Dolores del Osorojo umging.

Bei Dolores schien es sich um den Geist von Don Pedros Tochter zu handeln. Sie war entweder an gebrochenem Herzen gestorben oder hatte sich aus Kummer umgebracht. Ihr Geliebter — beziehungsweise ihr Freier — war ein norwegischer Schiffskapitän gewesen. Er hatte sie während eines ihrer seltenen Stadtbesuche auf einem Gouverneursball kennengelernt und offenbar ihretwegen den Verstand verloren: Er hatte seinem Schiff und seinen Geschäften Adé gesagt; seine Mannschaft war desertiert oder wegen Trunkenheit und Landstreicherei ins örtliche Gefängnis geworfen worden.

Es war Kapitän Lars Ulf Larsson, den der alte Mann ausgesperrt hatte, damit er Dolores nicht treffen konnte, aber gelungen, sich ins Haus zu schleichen und seine Angebetete so erfolgreich zu bedrängen, daß sie versprach, eine Woche später mit ihm durchzubrennen. Doch als die Nacht der Entführung kam, war Larsson nicht aufgetaucht. Man hatte ihn nie wiedergesehen. Die Legende behauptete, Don Pedro habe ihn umgebracht und die Leiche auf seinem Grund und Boden verscharrt. Einer anderen Legende zufolge war die Leiche ins Meer geworfen worden.

Dolores hatte um ihn getrauert und war wenige Wochen später gestorben. Wenige Wochen nach ihrem Begräbnis war ihr Vater in den Bergen auf die Jagd gegangen und nicht mehr zurückgekehrt. Suchtrupps hatten ihn nicht gefunden; es hieß, der Teufel habe ihn geholt.

Spätere Bewohner des Hauses hatten berichtet, sie hätten Dolores gelegentlich im Haus oder draußen auf der Wiese gesehen. Sie trug stets ein schwarzes, strenges Gewand des 19. Jahrhunderts und hatte schwarzes Haar, eine blasse Haut und sehr rote Lippen. Sie erschien zwar nicht regelmäßig, aber ihr Auftauchen war nervtötend genug, um eine lange Reihe von Mietern und Hausbesitzern hervorzurufen, die wieder ausgezogen waren. Von zwei Räumen abgesehen war die alte Villa eine Ruine gewesen, als Igescus Onkel den Besitz gekauft und sein Haus um den noch stehenden Teil herumgebaut hatte.

Trotz der Publizität des gegenwärtigen Igescu wußte man im Grunde nicht viel von ihm. Er hatte von seinem Onkel eine Lebensmittel-Ladenkette und eine Exportfirma geerbt. Er oder seine Manager hatten die Läden zu einer großen Supermarktkette ausgebaut und das Exportgeschäft erweitert.

Childe fand das Gespenst interessant. Ob es in letzter Zeit gesehen worden war, war nicht bekannt, da Igescu kein Wort darüber verlor. Ihr letztes bezeugtes Erscheinen hatte 1878 stattgefunden, als die Familie Redd das Haus verlassen hatte.

Die in der Zeitung abgedruckte Skizze Igescus zeigte ein längliches, hageres Gesicht mit hoher Stirn, hohen Wangenknochen, großen Augen und dichten Brauen. Er hatte einen dicken, nach unten hängenden Schnauzbart, wie ein slowakischer Grubenarbeiter.

Heepish kehrte zurück, und Childe, der die Zeichnung hochhielt, um sie sich anzusehen, sagte: »Dieser Mann sieht doch nun wirklich nicht wie Dracula aus, oder? Ich finde, er sieht eher aus wie ein Mann, der einen Lebensmittelladen führt. Was meinen Sie?«

Heepish schob den Kopf vor und kniff leicht die Augen zusammen. Er lächelte kaum merklich. »Er sieht sicher nicht so aus wie Bela Lugosi. Aber der Dracula in Bram Stokers Buch hatte wirklich einen solchen Schnauzbart. Oder jedenfalls einen in dieser Art. Ich habe übrigens mehrmals versucht, mit Igescu in Kontakt zu treten, aber ich bin nie an seiner Sekretärin vorbeigekommen. Sie war nett, aber auch bestimmt. Der Baron möchte mit solchem Unsinn nicht belästigt werden.«

Heepishs Tonfall und sein leicht hohles Kichern besagten: Wenn es hier Unsinn gibt, dann auf seiten des Barons.

»Haben Sie seine Telefonnummer?«

»Ja, aber es war wahnsinnig schwierig, sie zu kriegen. Sie steht nämlich in keinem Telefonbuch.«

»Sie sind ihm doch zu nichts verpflichtet«, sagte Childe. »Ich möchte sie gern haben. Sollte ich auf irgend etwas stoßen, was Sie interessiert, sage ich es Ihnen. Wie steht's? Ich habe das Gefühl, ich bin Ihnen etwas schuldig, weil Sie mir Ihre Zeit und Ihre Mitarbeit zugesagt haben. Vielleicht könnte ich sogar etwas für Ihre Sammlung ausgraben.«

»Tja, die Nummer können Sie haben«, sagte Heepish, nun etwas freundlicher. »Aber wahrscheinlich hat er sie geändert.«

Er begleitete ihn nach unten, und während Childe unter einem Regal wartete, das den Kopf des Frankenstein-Monsters, ein Gehirn und den Kopf einer riesigen, namenlosen Kreatur aus irgendeinem (mit Recht) vergessenen Film enthielt, verschwand Heepish im hinteren Teil des Hauses in einem dunklen Korridor, dessen Wände und Decke mit Kunststoffspinnweben behängt waren. Dann tauchte er mit einem schwarzen Büchlein in der Hand aus der Finsternis und den Spinnweben wieder auf. Childe übertrug die Nummer und die Adresse in sein eigenes schwarzes Büchlein und bat um die Erlaubnis, die Nummer auszuprobieren. Er wählte — und bekam genau das, was er erwartet hatte — das Besetztzeichen. Die Leitungen waren immer noch überlastet. Aber es konnte auch sein, daß er durchgekommen und Igescus Leitung belegt war. Er probierte die Nummer der Polizei von Los Angeles aus. Auch besetzt. Er versuchte seine eigene Nummer. Es klickte, dann summte es.

Aus reiner Sturheit probierte er Igescus Nummer noch einmal aus. Und diesmal, als hätte sich das Schicksal entschieden, ihn zu bevorzugen, oder durch einen der Zufälle, die zu unwahrscheinlich sind, als daß man sie in einem Roman über das ›wirkliche‹ Leben glauben könnte, bekam er eine Verbindung. Eine Frauenstimme sagte: »Hallo? Mein Gott, die Leitungen sind wieder frei! Was ist passiert?«

»Kann ich bitte Baron Igescu sprechen?« sagte Childe.

»Wen?«

»Ist dort nicht Baron Igescus Haus?«

»Nein! Wer spricht denn da?«

»Herald Wellston«, sagte Childe und sprach den Namen aus, den zu verwenden er sich entschieden hatte. »Darf ich fragen, wer dort ist?«

»Hauen Sie ab! Oder ich rufe die Polizei!« schrie die Frau und legte auf.

»Ich glaube nicht, daß das Baron Igescus Sekretärin war«, gab Childe Heepishs fragendem Gesichtsausdruck zur Antwort. »Irgendein anderer hat jetzt seine Nummer.«

Ohne damit zu rechnen, daß es funktionierte, aber durchaus bereit, es auf einen Versuch ankommen zu lassen, rief er die Vermittlung an. Der Ruf ging sofort durch, und er hatte nicht die geringsten Schwierigkeiten, mit seiner Kontaktperson in Verbindung zu treten. Sie brauchte sich keine Sorgen zu machen, daß eine Aufsichtsperson mithörte; sie war selbst die Aufsichtsperson.

»Was ist los, Linda? Plötzlich sind alle Verbindungen wieder da.«

»Ich weiß auch nicht; vielleicht ist es eine der unerklärlichen Ruhepausen vor dem Sturm. Aber sie wird nicht lange dauern, darauf kannst du deinen kostbaren Besitz verwetten, Herald. Du solltest dich lieber beeilen.«

Er sagte ihr, auf was er aus war, und sie gab ihm innerhalb weniger Sekunden Igescus Geheimnummer.

»Ich werfe heute abend das übliche in deinen Briefkasten. Danke, Linda, du schöne Schöne.«

»Wenn der Smog sich nicht verzieht, bin ich vielleicht nicht da, um es abzuholen«, sagte Linda. »Oder der Briefträger übersieht heute vielleicht die ganze Stadt — inklusive Herrn Jedermann und seinen Bruder.«

Childe legte auf. Heepish, der den Raum zwar verlassen hatte, sich aber noch in Hörweite befand, runzelte fragend die Stirn. Childe hatte zwar nicht das Gefühl, sich rechtfertigen zu müssen, aber da er Heepishs Telefon benutzte, schuldete er ihm wohl irgendeine Erklärung.

»Die Kräfte des Guten müssen die Korruption nun mal mit den gleichen Mitteln bekämpfen«, sagte er. »Manchmal muß ich eine Nummer finden, und dann schicke ich meiner Informantin einen Zehner. Das heißt, früher war es so. Bei der heutigen Inflation tut es nur noch ein Zwanziger. Aber in diesem Fall, nehme ich an, habe ich mein Geld verschwendet.«

Heepish räusperte sich. Childe sah zu, daß er Land gewann. Er hatte das Gefühl, als könne er diesen finsteren, nach Moschus riechenden Ort mit den in allen möglichen Angriffsposen erstarrten Monstern und ihren paralysierten Opfern nicht mehr ertragen. Und er konnte auch den Kurator dieses Museums nicht mehr sehen.

Trotzdem, als er an der Tür stand, um sich zu verabschieden und seinem Gastgeber zu danken, schämte er sich. Sicher, das Hobby — beziehungsweise die Leidenschaft — dieses Mannes war für Millionen Kinder und Erwachsene, die nie ganz aufgehört hatten, Kinder zu sein, harmlos und unterhaltsam — sogar emotional läuternd. Trotz der Hingabe an das archetypische Grauen und seine von Hollywood ausgetüftelten Entwicklungen, hatte das Haus sich selbst außer Gefecht gesetzt — beziehungsweise es hatte einen therapeutischen Wert. Wo ein Übermaß an Grauen ist, wird das Grauen selbst zum Mätzchen.

Und dieser Mann hatte ihm mit all seinen Fähigkeiten geholfen.

Childe dankte Heepish und schüttelte ihm die Hand, und da Heepish möglicherweise die Veränderung seines Gastes erkannte, da er so breit lächelte und Wärme ausstrahlte, bat er ihn, ihn wieder mal zu besuchen — zu jeder Zeit.

Die Tür mit dem *Inner-Sanctum*-Quietschen schwang hinter ihnen zu, doch sie warf Childe und Jeremiah nicht etwa in einen säuretriefenden Nebel. Eine Brise schüttelte sie durch; das Sonnenlicht war hell, der Himmel blau.

Erst jetzt wurde Childe klar, wie niedergeschmettert und elend er sich gefühlt hatte. Nun konnte er mit den Augen zwinkern, ohne daß sie brannten oder tränten. Er saugte tief die kostbare, saubere Luft in sich hinein. Er gluckste, nahm Jeremiah an die Hand, und sie machten zusammen einen kleinen Hopser. Der Rückweg zu seiner Wohnung war der herrlichste Spaziergang seines Lebens. Seine Herrlichkeit übertraf sogar den ersten Spaziergang mit Sybil, als er ihr noch den Hof gemacht hatte. In den Gärten und auf den Bürgersteigen hielt sich eine überraschende Anzahl von Menschen auf, die sich alle an der Luft und der Sonne erfreuten. Offenbar waren viel weniger aus der Stadt geflohen, als er und die Rundfunk- und TV-Experten angenommen hatten.

Es befanden sich jedoch nur wenige Fahrzeuge auf der Straße. Auf dem Wilshire Boulevard sah er zwischen der La Cienega und der Robinson nur einen Wagen, und als sie den Burton Way an der Ecke Willaman überquerten, sahen sie kein einziges Auto.

Allerdings hatten sich große, graugrüne Wolken vor den Bergen aufgetürmt. Pasadena, Glendale und andere Inlandstädte befanden sich immer noch im Griff des Smogs.

Als Childe sich von Jeremiah verabschiedete, der zum Mount-Sinai-Krankenhaus abbog, hörte der Wind auf, und die Luft wurde wieder zu einer toten Qualle. Am westlichen Horizont gab es ein komisches Leuchten; ein *Psst* fuhr hernieder, als hätte man einen Finger auf die Lippen der Welt gedrückt.

Er fühlte sich noch glücklich, als er in das Wohnhaus kam. Die Telefonleitungen waren zwar wieder besetzt, doch er saß das Problem tapfer aus, und als nach seiner Armbanduhr dreihundert Sekunden vergangen waren, klingelte es am anderen Ende der Leitung. Die Stimme, die er zu hören bekam, war weiblich, tief und aufreizend.

Magda Holyani war Mr. Igescus Sekretärin; sie dehnte den ›Mister‹ ein wenig.

Nein, Mr. Igescu könne nicht mit ihm reden. Mr. Igescu spreche nie ohne vorherigen Termin mit jemandem. Nein, er könne Mr. Herald Wellston kein Interview zusagen, egal wie weit Mr. Wellston auch angereist oder wie wichtig die Zeitschrift sei, für die er schriebe. Mr. Igescu gebe keine Interviews; falls Mr. Wellston an den blöden Vampir und die Gespenstergeschichte aus der *Times* dächte, solle er lieber alles vergessen — sofern er darauf aus sei, daß Mr. Igescu dazu etwas sagen solle. Oder über irgend etwas anderes.

Außerdem: Wie war Mr. Wellston an die geheime Nummer gekommen?

Die letzte Frage beantwortete Childe nicht. Er bat die Dame, sie möge seine Anfrage an ihren Arbeitgeber weitergeben. Sie erwiderte, man werde ihn so schnell wie möglich informieren. Childe gab ihr seine Nummer mit der Bemerkung, er wohne bei einem Freund — und teilte ihr mit, Mr. Igescu solle ihn unter dieser Nummer anrufen, falls er seine Meinung ändere. Dann dankte er ihr und legte auf. Während des gesamten Gesprächs hatte keiner ein Wort über den Smog verloren.

Childe beschloß, ein wenig nachzudenken, und wenn er schon einmal dabei war, war es vielleicht nicht übel, ein paar Dinge zu erledigen, die seinem Überleben dienlich waren. Er fuhr zum Supermarkt und sah, daß er gerade wieder geöffnet hatte. Offenbar wohnte der Filialleiter im gleichen Haus, und ein paar der Kassiererinnen und der

Mann, der den Spirituosenstand betreute, in der Nähe. Immer mehr Fahrzeuge füllten den Parkplatz; zahlreiche Leute kamen zu Fuß. Childe freute sich, daß er daran gedacht hatte, denn die Regale machten allmählich einen sich leerenden Eindruck. Er deckte sich mit Konserven und Milchpulver ein und kaufte eine Fünf-Gallonen-Flasche destilliertes Wasser.

Auf dem Rückweg hörte er sechs Sirenen und sah zwei Notarztwagen. Das Krankenhaus würde sich über mangelnde Arbeit nicht beklagen können.

Als er seine Waren verstaut hatte, dachte er nach. Er wollte hinausfahren und sich auf dem Landsitz Igescus umsehen, auch wenn er keinen rationalen Grund zu diesem Vorgehen hatte. Es gab nicht den leisesten Hinweis, der Igescu mit Colben in Verbindung brachte. Trotzdem wollte er ein bißchen herumschnüffeln. Einerseits hatte er nichts anderes zu tun, und andererseits gab es auch keinen Ort, an den er sonst gehen konnte. Da konnte er ebensogut den Rest des Tages mit dieser zweifellos im Nichts endenden Spur vertun. Morgen, wenn die Stadt wieder zur Normalität zurückkehrte, würde er einen neuen, gewinnbringenden Fall in Angriff nehmen, wenn sich einer zeigte. Und einer kam bestimmt. Bestimmt wurden viele Personen vermißt, die irgendwie während des Smogs verschwunden waren.

8. Kapitel

Die Fahrt aus der Stadt war angenehm. Childe sah nur zehn Autos auf den Straßen; zwei waren Polizeiwagen. Die schwarzweißen Fahrzeuge rasten mit blitzend roten Lichtern an ihm vorbei, doch ihre Sirenen schwiegen.

Childe fuhr nach Westen zum Santa Monica Boulevard, bog am Rexford Drive rechts ab und begann seine Safari durch die immer reicher und exklusiver werdenden Häuser und Landhäuser (im Norden lag das Ende der Hierarchie).

Er fuhr den Coldwater Canyon hinauf und auf die Berge zu, die auf der Karte als Santa Monica Mountains ausgewiesen waren. Er bog nach links auf die Mariconado Lane, fuhr anderthalb Meilen über die schmale, gewundene Mac-Adam Road, die praktisch ohne Unterbrechung von riesigen Eichen, Kiefern sowie hohen, dichten Sträuchern und Hecken umsäumt wurde, und hielt sich am Daimon Drive rechts. Er fuhr eine Meile weit an mehreren von hohen Mauern umgebenen Landhäusern vorbei und erreichte schließlich (vorausgesetzt, Heepish hatte ihm den Weg richtig beschrieben) den Besitz Igescus.

Am Ende der hohen, weißgekalkten Ziegelmauer, dreihundert Meter vom Tor entfernt, war die Straße zu Ende. Es gab keine Mauern, die einen davon abhielten, über das Ende der Straße hinauszufahren. Derjenige, dem der Besitz neben dem des Barons gehörte, hatte nicht das Bedürfnis, sich Intimsphäre zu erzwingen. Childe fuhr bis ans Ende des Straßenbelags und wendete den Wagen mit einem kurzen Manöver. Wenn er plötzlich verschwinden mußte, durften ihn keine zeitraubenden Wendemanöver aufhalten. Nachdem er die Türen verschlossen hatte, deponierte er den Ersatzschlüssel unter einem Gebüsch (er war auf Notfälle stets vorbereitet) und ging dann zum Tor hinüber.

Die Mauer war etwa dreieinhalb Meter hoch und wies eiserne Dornen auf, zwischen denen sich vier bis sechs Stränge von Stacheldraht dahinzogen. Die Einfahrt bestand aus einem schweren, einteiligen Eisengatter, das sich auf einen elektrischen Impuls hin öffnete. Childe konnte kein Schlüsselloch entdecken. Man mußte eine Metallzunge in einen Metallschlitz stecken, der sich an der Torseite befand. Das Gatter war mattschwarz gestrichen und wurde von dicken Eisenstangen in acht Quadrate unterteilt. In jedem der Quadrate befand sich eine quadratische Eisenplatte, die das Profil eines Greifs mit Fledermausschwingen zeigten. Das Bild erinnerte ihn an einen B-Film, aber natürlich war es nur Zufall. Die Fledermausschwingen hatten wahrscheinlich irgendeine heraldische Bedeutung.

Eine Metallbox, die in einer Höhe von zweieinhalb Metern auf dem rechten Torpfosten stand, konnte ein Sender und Empfänger sein. Hinter dem Tor erstreckte sich eine schmale, geteerte Straße, die in Kurven verlief und in einem dichten Waldgebiet verschwand. Das einzige Lebenszeichen kam von einem teilnahmslosen schwarzen Eichhörnchen. (Der Rundfunk hatte gemeldet, sämtliche wilden Landtiere hätten die Gegend verlassen.)

Childe ging ans Ende der Straße und in den Wald. Er ignorierte das Schild, auf dem UNBEFUGTE WERDEN GNADENLOS VERFOLGT (das GNADENLOS gefiel ihm besonders) stand und ging an der Mauer entlang. Der Weg war nicht gerade bequem. Die Büsche und ihre Dornen schienen dazu da zu sein, um ihn zurückzuhalten. Childe drückte sich gegen sie und schlängelte sich mehrere Male an ihnen vorbei, dann machte die Mauer einen Knick nach rechts und wand sich einen steilen Hügel hinauf. Childe krabbelte keuchend auf allen vieren zum Gipfel. Er fragte sich, ob er schlecht in Form war oder ob der Smog seine Fähigkeit beschnitten hatte, genügend Sauerstoff zu tanken.

Die Mauer versperrte seinen Weg auch hier. Nach einer kurzen Rast kletterte er auf eine große Eiche. In der Nähe des Wipfels schaute er sich um, doch auch hinter der Mauer erspähte er nichts anderes als Bäume. Es gab keine Äste, an denen man sich über die Mauer hätte schwingen können.

Langsam und vorsichtig stieg er wieder hinab. Als Kind hatte er gelegentlich geglaubt, es sei vielleicht besser, Lord Greystoke zu sein statt Sherlock Holmes. Zwar war keins von beiden aus ihm geworden, aber Holmes stand ihm eindeutig näher als Greystoke. Aus ihm wäre nicht mal eine gute Jane geworden. Der Schweiß lief ihm übers Gesicht und sammelte sich unter seinen Armbeugen im Unterhemd. Seine Hose war zerrissen, auf der Rückseite seiner linken Hand blutete ein kleiner Kratzer, seine Handflächen waren wund und völlig verschmutzt, und seine Schuhe schlimm abgeschabt. Die Sonne stand — in solidarischer Höhe mit dem Zustand seines Geistes — niedrig. Childe erblickte durch eine Lücke, daß sie sich gerade anschickte, den Kamm der im Westen liegenden Hügel zu berühren. Er mußte wieder nach Hause fahren und sich die Mauer ein anderes Mal ansehen — falls überhaupt. Es kam mehr als eine Anstrengung auf ihn zu, wenn er sich jetzt durch den Wald schlug.

Childe eilte zu seinem Wagen zurück, verlor dabei einen Knopf von seinem Hemd und erreichte ihn, als die Dämmerung gerade einsetzte. Die Stille erinnerte ihn an die Stille einer tiefen Grotte. Nirgendwo zwitscherten oder zirpten Vögel. Nicht mal das Summen von Insekten war zu hören. Vielleicht hatte der Smog sie ausgerottet. Oder er hatte zumindest ihre Reihen gelichtet und sie vertrieben. Er nahm auch keine Geräusche der Autos und Flugzeuge wahr, denen man in der Umgebung von Los Angeles bei Tag und Nacht nur schwer entgehen konnte. Die Atmosphäre erschien ihm irgendwie — nun? — unheilschwanger und abwartend. Aber ob sie nun auf ihn oder etwas anderes wartete, und wenn ja, auf was, war ungewiß. Nachdem er über sein Gefühl nachgedacht hatte, kam es ihm lächerlich vor.

Childe hatte sich gerade hinters Steuer gesetzt, als ihm einfiel, daß er den Schlüssel unter dem Gebüsch liegengelassen hatte. Er stieg aus, weil er ihn holen wollte, doch dann überlegte er es sich anders und schloß die Tür ein zweitesmal. Er trommelte mit den Fingern auf dem Lenkrad herum, verfluchte sich, weil er das Rauchen aufgegeben hatte, und nahm sich einen Kaugummi. Beinahe hätte er das Radio eingeschaltet, doch er sagte sich, daß der Klang in dieser Stille viel zu weit tragen würde.

Die Sonne ging endlich unter. Die Finsternis um ihn herum nahm zu, als wäre sie ein nächtlicher Niederschlag. Das Leuchten, das von den Millionen Lichtern der Stadt erzeugt wurde und auf die Erde zurückfiel, war an diesem Abend nicht vorhanden. Es gab auch keine Wolken, die als

Spiegel hätten fungieren können, und die Hügel und Bäume, die ihn umgaben, wehrten den Schein ab, der vom Horizont kam. Sterne drückten sich durch die Schwärze. Nach einer Weile stieg der fast volle, schwarz umrandete Mond über den Bäumen auf, wie eine Karte, die den Tod ankündigte.

Childe wartete ab. Nach einer Weile stieg er aus und ging ans Tor, um einen Blick hindurchzuwerfen, aber er konnte nicht mal einen schwachen Glanz erkennen, der eventuell hätte enthüllen können, daß sich irgendwo in der dichten Schwärze ein großes Haus mit vielen Lichtern und mindestens zwei Menschen befand. Er kehrte zum Wagen zurück, blieb etwa noch eine Viertelstunde sitzen und langte dann nach dem Zündschlüssel. Zweieinhalb Zentimeter davor hielt er inne.

Er hörte ein Geräusch, bei dem es ihm kalt den Rücken hinunterlief.

Er hatte oft genug in Montana und im Yukon-Gebiet gejagt, um diesen Laut zu erkennen. Es war Wolfsgeheul. Es stieg irgendwo zwischen den Bäumen auf, die hinter den Mauern von Igescus Landsitz lagen.

9. Kapitel

Als Childe in seine Wohnung zurückkam, war er müde. Es war zwar erst 22.00 Uhr, aber er hatte viel mitgemacht. Außerdem hatte die vergiftete Luft seine Lebenskraft verbrannt. Die Brise hatte auch nicht viel geholfen. Die Luft war immer noch tot, und es sah so aus, als würde sie schon wieder grau. Wahrscheinlich handelte es sich um einen der Streiche, die einem die Phantasie spielte, denn es waren nicht genug Fahrzeuge unterwegs, um eine neue Smogwelle zu erzeugen.

Er rief die Polizei von Los Angeles an und fragte nach Sergeant Bruin. Zwar erwartete er nicht, ihn anzutreffen, aber er hatte Glück. Bruin hatte eine Menge über die Verkehrsprobleme des heutigen Tages zu erzählen, gar nicht zu reden davon, daß seine Frau sich urplötzlich entschlossen hatte, die Stadt zu verlassen. Verflucht noch mal! Der Smog war doch weg! Jedenfalls für eine Weile. Aber kein Mensch konnte wissen, was passierte, wenn das verrückte Wetter noch weiter anhielt. Jetzt wollte er zu Bett gehen, da der morgige Tag noch schlimmer aussah. Nicht der Verkehr. Die meisten Flüchtlinge mußten jetzt hinter der Staatsgrenze sein. Aber sie würden zurückkehren. Das war aber auch nicht das, was ihm Sorgen machte. Das verrückte Wetter, der Smog und sein plötzliches Abziehen — all das hatte zu einem Anstieg von Morden und Selbstmorden geführt. Er wollte morgen mit Childe darüber reden, falls er die Zeit dazu fand.

»Sie hören sich an, als wären Sie noch auf den Beinen, Bruin«, sagte Childe. »Wollen Sie nicht hören, was ich im Fall Colben unternommen habe?«

»Haben Sie irgend etwas Eindeutiges herausgefunden?« fragte Bruin.

»Ich habe was... Ich habe einen Tip bekommen...«

»Einen Tip! Einen *Tip!* Um Himmels willen, Childe, ich bin müde! Bis später!«

Das Telefon klickte.

Childe fluchte, doch nach einer Weile mußte er zugeben, daß Bruins Reaktion gerechtfertigt war. Er beschloß, zu Bett zu gehen. Eine Überprüfung seines Anrufbeantworters ergab, daß jemand angerufen hatte. Um 9.45 Uhr, kurz bevor er nach Hause gekommen war. Magda Holyani hatte angerufen, um ihn davon in Kenntnis zu setzen, daß Mr. Igescu seine Meinung geändert habe und bereit sei, ihm ein Interview zu gewähren. Er solle, wenn er vor 22.00 Uhr zu Hause sei, zurückrufen. Sei er es nicht, solle er am nächsten Nachmittag anrufen, doch nicht vor 15.00 Uhr.

Es dauerte lange, bis Childe einschlafen konnte, denn er fragte sich, wieso der Baron es sich anders überlegt hatte. Hatte er ihn an der Mauer gesehen? Lud er ihn aus irgendeinem finsteren Grund in sein Haus ein?

Irgendwann erwachte er plötzlich und setzte sich mit rasend klopfendem Herzen auf. Neben ihm, auf der Nachtkonsole, klingelte das Telefon. Childe warf es versehentlich zu Boden und mußte aus dem Bett steigen, um es aufzuheben. Sergeant Bruin war am Apparat.

Die altmodischen Zeiger der Uhr auf der Nachtkonsole standen auf den Zahlen 12 und 8.

»Childe? Childe. Okay! Tut mir leid, daß ich Sie so früh rauswerfen muß, aber ich bin auch schon seit sechs Uhr auf den beinen. Hören Sie zu — heute morgen ist Budlers Wagen gefunden worden! Auf dem gleichen Parkplatz, auf dem wir auch Colbens Auto gefunden haben! Wie finden Sie das? Die Jungs vom Labor — das heißt, die, die uns zur Verfügung stehen — fallen gerade über ihn her.«

»Um welche Zeit?« fragte Childe.

»Ungefähr gegen sechs, aber was besagt das schon? Haben Sie was?«

»Nein. Hören Sie zu, wenn Sie Zeit haben...« Childe erzählte Bruin in knappen Worten, was er getan hatte. »Ich wollte nur, daß Sie wissen, wohin ich heute abend gehe, für den Fall, daß ich mich nicht...«

Er hielt inne. Er kam sich plötzlich wie ein Idiot vor, und Bruins Gekicher verstärkte das Gefühl noch.

»Für den Fall, daß Sie sich nicht wieder zurückmelden? — Ha! Ha!«

Bruins Gelächter war laut. Schließlich sagte er: »Okay, Childe. Ich werde darauf achten, daß Sie wieder zurückkehren. Aber die Geschichte von dem Vampir — er ist ein Baron, wie? Sie wollen mich doch wohl nicht verarschen, oder? Ein echter, lebendiger transsylvanischer Vampir-Typ aus Rumänien, der jetzt eine Supermarkt-Ladenkette führt? — Ha! Ha! Childe, wissen Sie genau, daß der Smog Ihre Hirnzellen nicht angefressen hat?«

»Hauptsache, Sie haben Ihren Spaß«, sagte Childe würdevoll. »Haben Sie übrigens irgendwelche Spuren?«

»Wie, zum Teufel, sollte ich? Sie wissen doch, daß wir keine Zeit hatten!«

»Und was ist mit den Wölfen?« fragte Childe. »Gibt es nicht irgendein Gesetz, das es verbietet, daß man gefährliche Raubtiere auf seinem Grund und Boden hält? Es hörte sich so an, als liefen sie dort frei herum.«

»Woher wollen Sie wissen, daß es Wölfe waren? Haben Sie sie persönlich gesehen?«

Childe gab zu, daß dem nicht so war. Bruin meinte, selbst wenn es ein Gesetz gegen das Halten von Wölfen in diesem Gebiet gäbe, wäre es Sache der Polizei von Beverly Hills oder eventuell der County Police. Er war sich nicht sicher, weil er die Gegend nicht genau kannte; sie lag, wenn er sich recht erinnerte, genau am Rand von Beverly Hills. Er würde erst nachschlagen müssen.

Childe bestand nicht darauf, daß er es sofort tat. Er wußte, daß Bruin zu beschäftigt war, um sich dafür zu interessieren; selbst wenn er nicht beschäftigt gewesen wäre, hätte er wahrscheinlich angenommen, daß er einer falschen Spur folgte. Auch Childe mußte sich eingestehen, daß es sehr wahrscheinlich war. Aber er hatte halt nichts anderes zu tun.

Er verbrachte den Rest des Tages damit, seine Wohnung aufzuräumen, in der Waschküche im Keller Wäsche zu waschen, und sich auf den kommenden Abend vorzubereiten. Er spekulierte, holte die Wäsche von der Leine und legte sie in den Schrank.

Außerdem schaute er sich im Fernsehen die Nachrichten an. Die Luft war so bewegungslos und grau wie Blei. Trotzdem schienen die meisten Bürger der Ansicht zu sein, daß die Lage sich wieder normalisierte. Die Geschäfte waren wieder offen, und auf den Straßen wimmelte es von Autos. Die Behörden hatten die Leute, die die Stadt verlassen hatten, vor der Rückkehr gewarnt: Wenn sie einen Platz hatten, an dem sie bleiben konnten, sollten sie abwarten. Das ›unnatürliche‹ Wetter blieb unter Umständen auf unabsehbare Zeit. Man hatte zwar keine Erklärung dafür, die man beweisen oder überzeugend demonstrieren konnte, aber wenn es wieder zu normalen atmosphärischen Bedingungen kam, hieß es, sei es für diejenigen, deren Gesundheit gefährdet war, am besten, wegzubleiben — oder nur so lange zurückzukehren, um die Dinge zu erledigen, die erledigt werden mußten, und die Stadt dann wieder zu verlassen.

Childe ging zum Supermarkt, der zu fast hundert Prozent normal arbeitete, um sich einzudecken. Der Himmel wurde schnell grauer. Das seltsame, geisterhafte Licht hatte sich nun vom Horizont aus über den Himmel ausgebreitet und drückte auf das Gemüt der unter seinem Dom lebenden Menschenwesen; die Leute redeten schon wieder unregelmäßiger und wurden stiller. Sogar das Hupen nahm ab.

Die Vögel waren nicht zurückgekehrt.

Childe rief Igescu zweimal an. Beim erstenmal sagte ihm eine Tonbandstimme, man werde sämtliche Anrufe nach 18.00 Uhr beantworten. Childe fragte sich, warum der auf seinem Band gespeicherte Anruf vom Vortag besagt hatte, er könne nach 15.00 Uhr anrufen. Kurz nach 18.00 Uhr rief er noch einmal an. Magda Holyanis leise Stimme meldete sich.

Ja, Mr. Igescu wolle ihn heute abend um 20.00 Uhr empfangen. Pünktlich. Das Interview werde um 21.00 Uhr beendet sein. Mr. Wellston müsse ein Dokument unterzeichnen, auf dem er sich verpflichte, daß Mr. Igescu alles aus seinem Manuskript streichen dürfe, was er nicht veröffentlicht sehen wollte. Er dürfe keinen Fotoapparat mitbringen. Eric Glam, der Chauffeur, werde Mr. Wellston am Tor empfangen und zum Haus fahren. Mr. Wellstons Wagen müsse vor der Mauer stehenbleiben.

Childe legte auf. Er hatte sich gerade drei Schritte vom Telefon entfernt, als es erneut klingelte. Bruin war an der Strippe. »Childe, der Laborbericht ist zwar schon seit einiger Zeit fertig, aber ich habe ihn leider erst vor ein paar Minuten einsehen können.«

Er machte eine Pause. Childe sagte: »Na?«

»Der Wagen war sauber; ebenso wie der Wagen Colbens. Abgesehen von einem.«

Bruin machte wieder eine Pause. Childe spürte, wie es ihm kalt über den Rücken lief, und dann zu seinem Hals und seinem Kopf hinauf. Bruins Worte hatten in ihm das Gefühl des *déjà vu* erzeugt — das Gefühl, sie schon einmal unter den gleichen Umständen gehört zu haben. Aber es war weniger *déjà vu* als Erwartungshaltung.

»Auf den Vordersitzen waren Haare. — Wolfshaare.«

»Haben Sie's sich noch mal überlegt? Ich meine, ob es nicht doch ratsam wäre, Igescu zu observieren?«

Bruin grunzte und sagte: »Wir können es nicht. Nicht im Moment. Aber — yeah, ich glaube, man sollte es tun. Die Wolfshaare wurden augenscheinlich ganz bewußt auf die Sitze verteilt, denn alles andere war absolut sauber. — Warum? Wer weiß? Ich habe mit einem neuen Film gerechnet — diesmal mit einem, in dem Budler mitspielt. Aber wir haben keinen gekriegt — bis jetzt.«

»Es könnte auch nur ein Zufall sein«, sagte Childe. »Aber wenn ich mich bis heute abend um 22.00 Uhr nicht bei Ihnen gemeldet habe — falls ich bei Ihnen zu Hause anrufen darf —, sollten Sie lieber mal beim Baron anrufen.«

»Teufel, um diese Zeit bin ich wahrscheinlich nicht mehr im Dienst, und ich weiß jetzt noch nicht, wo ich dann stekke. Ich könnte Ihren Anruf weiterleiten lassen, aber das würde dem Lieutenant nicht gefallen. Wir haben ziemlich viel mit amtlichen Gesprächen um die Ohren, und das würde er als solchen nicht anerkennen. Nein, rufen Sie Sergeant Mustanoja an! Er hat um diese Zeit Dienst; er wird die Nachricht für mich annehmen. Ich werde ihn dann anrufen, sobald ich Zeit habe.«

»Dann sagen wir um 23.00 Uhr«, sagte Childe. »Könnte ja auch sein, daß ich dort draußen hängenbleibe.«

»Hoffentlich nicht an den Eiern«, sagte Bruin und legte lachend auf.

Childe spürte, wie sich seine Hoden leicht zusammenzogen. Er gab nicht viel auf Bruins Humor. Nicht solange, wie der Film mit Colben in seiner Erinnerung noch frisch war.

Er machte drei Schritte; das Telefon klingelte erneut. Magda Holyani sagte, es täte ihr leid, aber es sei notwendig, das Interview auf 21.00 Uhr zu verschieben.

Childe erwiderte, es mache ihm nicht viel aus. Die Holyani sagte, das sei nett, aber er möge bitte *pünktlich* sein.

Childe rief Bruin an, um die Änderung des Plans bekanntzugeben. Bruin war nicht mehr da, also hinterließ er eine Nachricht bei Sergeant Mustanoja.

Um 20.30 Uhr fuhr er los. Vom Beverly Boulevard aus kamen ihm die Hügel wie Gespenster vor, die zu schüchtern oder zu schwach waren, um sich persönlich in eine sich verdichtende Außenhaut zu kleiden.

Als er das Tor erreichte, das zu Igescus Landsitz führte, war es dunkel geworden. Ein großer Wagen stand hinter der Einfahrt. Seine Scheinwerfer erhellten die vor dem Tor liegende Privatstraße.

Eine große Silhouette lehnte am Tor. Sie drehte sich um, und die ungewöhnlich breitschultrige und schmalhüftige Gestalt eines Riesen hob sich umrißhaft vor den Lichtern ab. Die Gestalt trug eine Chauffeursmütze.

»Ich bin Mr. Wellston. Ich habe für 21.00 Uhr eine Verabredung.«

Die Stimme des Riesen klang, als würde sie von einer schweren Trommel erzeugt.

»Ja, Sir. Darf ich Ihren Ausweis sehen, Sir?«

Childe zeigte ihm diverse Geschäftskarten, einen Führerschein und einen Brief, alle gefälscht. Der Chauffeur nahm sie mit Hilfe einer Stablampe in Augenschein, dann gab er sie ihm durch das Torgatter zurück. Er trat zur Seite und verschwand hinter der Mauer. Das Tor schwang lautlos nach innen. Childe trat ein, und das Tor schwang zurück. Glam trat auf ihn zu, öffnete die hintere Tür des Wagens für ihn und warf sie zu, nachdem Childe Platz genommen hatte. Glam nahm hinter dem Steuer Platz, und Childe konnte sehen, daß er große, abstehende Ohren hatte. Sie sahen fast so aus wie die einer Fledermaus. Es war natürlich übertrieben, aber groß waren sie doch.

Die Fahrt ging schweigend vonstatten. Der große Rolls Royce legte sich mühelos und ohne irgendwelchen erkennbaren Motorenlärm in die Kurven. Seine Scheinwerfer streiften Kiefern, Ahornbäume, Eichen und zahlreiche dichte Büsche, die in unterschiedliche Formen geschnitten waren. Das Licht schien die Vegetation erst werden zu lassen. Nach einer Luftlinie von etwa einer halben Meile — am Boden waren es jedoch zweieinhalb — hielt der Wagen vor einer zweiten Mauer an. Sie bestand aus roten Ziegeln, war etwa drei Meter hoch und ebenfalls mit Eisendornen und dazwischen aufgespanntem Stacheldraht versehen. Glam drückte auf etwas auf dem Armaturenbrett, und das eiserne Torgatter schwang nach innen.

Childe schaute durch die Fenster, sah aber nur eine weiterführende Straße und Wald. Dann, als der Wagen die nächste Kurve nahm, sah er, wie die Scheinwerfer auf vier leuchtende Augen trafen. Sie schwenkten weiter, die Augen verschwanden, aber erst nachdem Childe zwei wolfsartige Silhouetten gesehen hatte, die im Unterholz verschwanden.

Der Wagen fuhr einen steilen Hügel hinauf, und als er in die Nähe des Gipfels kam, traf das Scheinwerferlicht auf ein viktorianisches Kuppeldach. Der Weg rundete sich vor der Front eines Hauses, und als die Lichter über das Gebäude strichen, sah Childe, daß es wirklich so weitverzweigt war, wie der Zeitungsartikel behauptet hatte. Der mittlere Teil war erkennbar älter und aus Adobe. Die Anbauten waren, abgesehen von den rot umrandeten Fenstern, aus graugestrichenem Holz, und führten teilweise bergab, so daß ihm das Haus wie ein gewaltiger, sich auf einen Felsen ausbreitender Oktopus erschien.

Der Gedanke blitzte durch sein Hirn wie ein Einzelbild, das man grundlos in einen Film geklebt hatte. Dann wurde das Haus einfach zu einem monströsen, nicht zusammenpassenden Gebäude.

Das ursprüngliche Haus hatte eine breite Veranda, aber auch die Anbauten waren mit Veranden versehen worden.

Der größte Teil dieser Veranden lag zwar in der Dunkelheit, doch der Mittelteil des Hauses wurde von mattem Licht erhellt, das durch dünne Fensterläden nach außen drang. Hinter einem Fensterladen bewegte sich ein Schatten und verschwand wieder.

Der Wagen hielt an. Glam stieg aus und öffnete ihm die Tür. Childe blieb einen Augenblick lang stehen und lauschte. Die Wölfe hatten nicht einmal geheult. Er fragte sich, was sie davon abhielt, die Hausbewohner anzugreifen. Glam schien sich ihretwegen keine Sorgen zu machen.

»Hierher, Sir«, sagte Glam. Er führte ihn auf die Veranda und zum Haupteingang. Dort drückte er einen Knopf, und über der Tür ging ein Licht an. Die Tür bestand aus massivem, auf Hochglanz poliertem Hartholz (Mahagoni?); sie war geschnitzt und zeigte eine Szene, die (sehr wahrscheinlich) von Hieronymus Bosch war. Doch ein näherer Blick überzeugte Childe davon, daß der Künstler ein Spanier gewesen sein mußte. Es war etwas undefinierbar Iberisches an den Wesen (Dämonen, Ungeheuer, Menschen), die unterschiedliche Arten der Folter erlitten oder auf äußerst eigenartige Weise mit ziemlich seltsamen Organen kopulierten.

Glam hatte die Chauffeursmütze auf dem Vordersitz des Rolls Royce zurückgelassen. Er trug einen schwarzen Flanellanzug und hatte die Hosenbeine in die Schäfte seiner Stiefel gesteckt. Er öffnete die Tür mit einem großen Schlüssel, den er seiner Tasche entnahm, schob sie auf (sie war bestens geölt; hier gab es kein *Inner-Sanctum*-Quietschen) und ließ Childe mit einer Verbeugung eintreten. Der dahinterliegende Raum (man konnte ihn durchaus riesig nennen) war ein großer Saal. Beziehungsweise zwei Säle; der eine verlief über die Frontseite des Hauses, und auf seiner Hälfte war ein Durchgang, der zu einem weiteren führte, der den Rest des Hauses in Beschlag zu nehmen schien. Die Teppiche waren dick, honigfarben und zeigten ein äußerst mattes, grünes Muster. Ein paar schwere, solide, spanisch wirkende Möbelstücke nahmen die Wände ein.

Glam bat Childe zu warten, damit er ihn anmelden könne. Childe schaute zu, wie der Riese zu dem Durchgang in den nächsten Saal ging. Dann wandte er schnell den Kopf nach rechts, da er am anderen Ende des Saals jemanden erspäht hatte, der gerade um eine Ecke bog. Childe empfand Überraschung, da er beim Eintreten niemanden gesehen hatte. Er sah den Rücken einer hochgewachsenen Frau mit einem bodenlangen schwarzen Rock. Ein V-förmiger Ausschnitt enthüllte das weiße Fleisch ihres Rückens. Ihr Haar war schwarz und hochgetürmt und mit einem großen schwarzen Kamm festgesteckt.

Ihm wurde kalt. Und eine Sekunde lang war er desorientiert.

Doch dann hatte er keine Zeit mehr, über die Frau nachzudenken, denn nun kam sein Gastgeber, um ihn zu begrüßen. Baron Igescu war ein großer, schlanker Mann mit dichtem, welligem, dunkelblondem Haar. Er hatte große, hellgrüne Augen, scharfe Züge, eine lange, gekrümmte Nase und ein Grübchen auf der rechten Wange. Er trug keinen Schnauzbart mehr. Er wirkte wie Mitte Sechzig — wie ein tatkräftiger, athletischer Mittsechziger. Er trug dunkelblaue Geschäftskleidung. Seine Krawatte war schwarz und zeigte auf der Mitte ein mattbläuliches Symbol. Childe konnte es nicht erkennen; die Umrisse schienen zu zerfließen und ihre Form zu verändern, wenn Igescu die Position änderte.

Seine Stimme war tief und angenehm, und er sprach mit einem kaum wahrnehmbaren ausländischen Akzent. Er schüttelte Childe die Hand. Seine Hände waren groß und sahen kräftig aus, sein Griff war energisch. Seine Hand war kalt, aber nicht übermäßig. Er war zwar ein äußerst liebenswürdiger und unkomplizierter Gastgeber, aber er machte Childe klar, daß er die Absicht hatte, seinem Gast nur eine Stunde zu gewähren. Er stellte ihm ein paar Fragen über seine Arbeit und die Zeitschrift, für die er tätig war. Childe gab ihm vorbereitete Antworten; er war auf ein eingehenderes Verhör gefaßt gewesen als auf das, das man hier veranstaltete.

Glam war irgendwohin verschwunden. Igescu nahm Childe gleich darauf zu einer Führung mit. Sie dauerte fünf Minuten und beschränkte sich auf ein paar Räume im ersten Stock. Childe entwickelte keine große Vorstellung vom Aufbau des Hauses. Sie kehrten in einen großen Raum neben dem Saal zurück, wo Igescu ihn bat, Platz zu nehmen. Auch dieser Raum war mit Möbeln spanischen Typs ausgestattet — und mit einem Flügel. Er sah eine Feuerstelle, über deren Sims ein großes Ölgemälde hing. Childe nippte an einem ausgezeichneten Brandy, hörte seinem Gastgeber zu und musterte das Bild. Es zeigte eine hübsche junge Frau, die ein spanisches Kostüm trug und einen großen, elfenbeingelben Fächer in der Hand hielt. Sie hatte ungewöhnlich dichte Brauen und extrem dunkle Augen, als hätte der Maler extra eine Farbe entwickelt, um die absolute Schwärze hervorzubringen. Auf den Lippen der Frau lag ein vages Lächeln — nein, nicht wie bei Mona Lisa. Es schien etwas anzudeuten... Aber was? Als Childe ihre Lippen musterte, hatte er den Eindruck, als sei ihr Lächeln leicht boshaft — als hasse sie jemanden, oder als sei sie darauf aus, sich für etwas zu rächen. Vielleicht lag es aber auch am Brandy oder an der Umgebung, daß er auf so etwas kam — oder vielleicht war der Künstler verdorben und durchtrieben gewesen und hatte seine eigenen Gefühle auf den unschuldigen Ausdruck seines Modells projiziert. Was immer der Grund auch sein mochte, der Künstler hatte Talent. Er hatte dem Gemälde eine Echtheit verliehen, die die des Lebens übertraf.

Childe unterbrach Igescu, um ihn nach dem Bild zu fragen. Igescu schien darüber nicht verärgert zu sein.

»Der Name des Künstlers war Krebens«, sagte er. »Wenn man nahe genug an das Bild herangeht, kann man in der linken unteren Ecke seine winzige Signatur erkennen. Ich kenne mich zwar recht gut in Kunstgeschichte und der Geschichte dieser Gegend aus, aber ich habe noch nie ein anderes Bild von ihm gesehen. Es war ein Teil des Hauses; man sagt, es sei ein Porträt von Dolores del Osorojo.

Ich bin davon überzeugt, daß sie es ist, weil ich sie schon mal gesehen habe.«

Igescu lächelte. Childe fror schon wieder. Er sagte: »Kurz nachdem ich das Haus betrat, habe ich eine Frau gesehen, die im Saal um eine Ecke ging. Sie trug altmodische spanische Kleider. Könnte es sein...?«

»Es gibt nur drei Frauen in diesem Haus«, sagte Igescu. »Meine Sekretärin, meine Urgroßmutter und ein Gast. Keine von ihnen trägt Kleider, wie Sie sie beschreiben.«

»Dem Anschein nach haben ziemlich viele Leute das Gespenst gesehen«, sagte Childe. »Aber Sie scheinen sich nicht daran zu stören.«

Igescu sagte achselzuckend: »Drei von uns — Miss Holyani, Glam und ich — haben Dolores mehrmals gesehen, wenn auch immer nur aus der Ferne und nur für einen kurzen Augenblick. Sie ist weder eine Illusion noch eine Täuschung. Aber sie scheint harmlos zu sein, und es kommt mir so vor, als wäre es leichter, mit ihr fertig zu werden als mit vielen Menschen aus Fleisch und Blut.«

»Ich wünschte, Sie hätten mir erlaubt, einen Fotoapparat mitzubringen. Ihr Haus ist sehr farbenprächtig, und wenn ich sie hätte aufnehmen können ... Haben Sie es schon mal versucht? Läßt sie sich überhaupt fotografieren?«

»Als ich hier einzog, noch nicht«, sagte Igescu. »Aber vor einem Jahr habe ich sie erwischt; der entwickelte Film zeigt sie recht deutlich. Die Möbel waren matt durch sie hindurch zu erkennen, aber sie ist schon viel undurchsichtiger als früher. Wenn man genug Zeit hat — und Leute, von deren Energie man zehren kann...«

Er machte eine Geste, als wolle er den Satz damit beenden. Childe fragte sich, ob Igescu ihn verarschte. »Kann ich das Foto mal sehen?« fragte er.

»Gewiß«, sagte Igescu. »Aber es würde natürlich nicht das geringste beweisen. Es gibt nur sehr wenig, was man nicht fälschen kann.«

In einer Sprache, die Childe nicht kannte, sprach er in

eine als Zigarrenbehälter getarnte Gegensprechanlage. Nach Latein klangen seine Worte eigentlich nicht, aber da Childe mit der rumänischen Sprache eh nicht vertraut war, hatte er natürlich auch keine Möglichkeit, sie zu identifizieren. Er bezweifelte jedoch, daß sie derart gutturale Laute kannte.

Als er das Klicken von Billardkugeln hörte, drehte er sich um und blickte in den Nebenraum. Zwei Leute spielten dort. Sie waren blond, mittelgroß, gut gebaut und trugen enge weiße Pullover, engsitzende weiße Jeans und schwarze Sandalen. Sie wirkten wie Bruder und Schwester. Ihre Brauen lagen hoch und waren so gebogen, wie ihre Augenhöhlen tief wirkten. Ihre Lippen waren eigenartig. Ihre Oberlippen waren so dünn, daß sie wie die Schneide eines blutigen Messers wirkten; ihre Unterlippen waren so voll, als seien sie von der oberen durchschnitten und infiziert worden.

Igescu rief ihnen etwas zu. Beide hoben den Kopf auf so wölfische Art, daß Childe unwillkürlich an die Wölfe denken mußte, die er auf dem Weg hierher gesehen hatte. Als Igescu sie als Vasili Chornkin und Mrs. Krautschner vorstellte, nickten sie Childe zwar zu, aber sie lächelten nicht und sprachen kein Wort. Sie schienen wild darauf zu sein, ihr Spiel fortzusetzen. Igescu erklärte zwar nicht, welche Rolle sie in seinem Haus spielten, aber Childe nahm an, daß das Mädchen der Gast war, den er erwähnt hatte.

Glam tauchte plötzlich und lautlos auf — es war, als verschöbe er die Räumlichkeiten um sich herum, statt sich selbst zu bewegen. Er reichte Igescu eine Versandtüte. Childe musterte Igescu kurz, als er dem Umschlag ein Foto entnahm, dann schaute er auf. Glam war so schnell wieder verschwunden, wie er aufgetaucht war.

Das Foto war am Tag und aus einer Entfernung von etwa zwölf Metern aufgenommen worden. Die Helligkeit, die durch ein großes Fenster nach innen fiel, zeigte jede Einzelheit. Dolores del Osorojo stand da, als sei sie gerade im Begriff, den Saal durch einen Eingang zu verlassen. Der

Türrahmen und ein Teil eines in der Nähe stehenden Sessels war schwach durch ihren Körper zu erkennen. Sie schaute genau ins Objektiv und zeigte das gleiche vage Lächeln wie auf dem Gemälde.

»Ich muß es zurückhaben«, sagte Igescu.

10. Kapitel

»Wie Sie sagen — ein Foto beweist nichts«, sagte Childe. Er schaute auf seine Armbanduhr. Er hatte noch eine halbe Stunde. Er hatte gerade den Mund geöffnet, um nach dem Autounfall und dem Zwischenfall in der Leichenhalle zu fragen, als Magda Holyani eintrat.

Sie war eine hochgewachsene, schlanke, kleinbrüstige Frau von etwa dreißig, mit ansehnlichen, doch eigenartig proportionierten Zügen und dichtem, blaßblondem Haar. Sie bewegte sich, als seien ihre Knochen flexibel oder als umhülle ihr Körper zehntausend zerbrechliche, verschlungen hervortretende Knöchelchen. Ihre Schädelknochen wirkten dünn; ihre Wangenknochen waren hoch, und ihre Augen leicht geschlitzt. Ihr Mund war zu schmal. An ihr war etwas undefinierbar Reptilienhaftes, oder, um exakter zu sein, Schlangenhaftes. Aber sie wirkte nicht abstoßend. Schließlich gab es viele Schlangen, die schön waren.

Ihre Augen waren so hell, daß Childe im ersten Augenblick annahm, sie seien farblos, doch bei näherem Hinsehen wurden sie leicht grau. Ihre Haut war sehr weiß, als scheue sie nicht nur die Sonne, sondern sogar das Tageslicht. Aber sie war makellos. Sie trug keinerlei Make-up. Ihre Lippen hätten zwar blaß gewirkt, wenn sie neben einer Frau mit geschminkten Lippen gestanden hätte, doch im Verhältnis zu ihrer weißen Haut wirkten sie dunkel und glänzend.

Sie trug ein enganliegendes schwarzes Kleid mit einem tiefen, quadratisch geschnittenen, fast rückenlosen Mieder. Ihre Strümpfe waren aus schwarzem Nylon, und ihre hochhackigen Schuhe waren schwarz. Nachdem der Baron sie vorgestellt hatte, nahm sie Platz und enthüllt von den Oberschenkeln an nach unten wunderschöne, wie knochenlos wirkende Beine. Sie übernahm die Konversation von Igescu, der sich eine teure Zigarre anzündete und sich darin zu verlieren schien, in den Rauch zu starren.

Childe gab sich alle Mühe, das Gespräch in ein Frage-und-Antwort-Interview umzumünzen, aber ihre Antworten waren kurz und unbefriedigend, und anschließend folgte jedesmal eine Frage über ihn oder seine Arbeit. Er hatte das Gefühl, daß *er* interviewt wurde.

Seine Verzweiflung nahm immer mehr zu. Dies war seine einzige Chance, etwas herauszufinden, und er hatte noch nicht mal das Gefühl, ob mit diesem Haus und seinen Bewohnern etwas nicht stimmte. Sie waren zwar ein wenig seltsam, aber das bedeutete nichts, nicht in Südkalifornien.

Ihm fiel auf, daß Glam sich damit beschäftigte, in der Nähe zu bleiben, die Aschenbecher des Barons und Magdas zu leeren und ihre Gläser neu zu füllen, doch gleichzeitig gelang es ihm auch, die Frau im Auge zu behalten. Einmal berührte er sie; ihr Kopf zuckte zurück, und sie maß ihn mit einem finsteren Blick. Igescu bemerkte offenbar, daß es Childe auffiel, doch er lächelte nur.

Schließlich ignorierte Childe die Frau, um Igescu direkt zu fragen, ob er etwas dagegen hätte, etwas zu dem vielpublizierten ›Vampir‹-Zwischenfall zu sagen. Immerhin sei dies der Grund, der ihn hierhergeführt habe, und bislang habe er nicht viel in Erfahrung gebracht. Der Artikel würde mager ausfallen, auch wenn er genügend Material hatte, um überhaupt einen zu schreiben.

»Offen gestanden, Mr. Wellston«, sagte Igescu, »habe ich diesem Interview nur zugestimmt, weil ich die Absicht hatte, die Neugier der Leute ein- für allemal zu beseitigen. Ich bin ein Mensch, der sehr viel Wert auf seine Intimsphäre legt. Ich bin wohlhabend, aber ich überlasse die Leitung meiner Geschäfte anderen und mache mir gern einen schönen Tag. Sie haben meine Bibliothek gesehen. Sie ist ziemlich groß und teuer und enthält viele Erstausgaben. In ihr finden Sie eine große Bandbreite von Themen. Ich kann ohne Übertreibung sagen, daß ich in vielen Sprachen ein belesener Mann bin. Zehn meiner Regale sind mit Literatur gefüllt, die mein Hobby betreffen: Edelsteine. Aber wahrscheinlich ist Ihnen auch aufgefallen, daß ich mehrere Regale habe, in denen Bücher über Hexerei, Vampirismus, Lykanthropie und so weiter stehen. Ein wenig interessiere ich mich auch dafür, Mr. Wellston, aber nicht deswegen, weil ich ein berufsmäßiges Interesse daran hätte.«

Er lächelte über seine Zigarre hinweg und sagte: »Nein, ich beschäftige mich nicht mit diesen Dingen, weil ich ein Vampir bin, Mr. Wellston. Erst nach dem Unfall, der Sie hierherführt, entwickelte sich mein Interesse daran. Ich dachte, wenn man von dir behauptet, du bist ein Vampir, dann machst du dich lieber sachkundig, was Vampire überhaupt sind. Natürlich wußte ich ein bißchen über sie, schließlich komme ich aus den Karpaten und aus einer Gegend, in der die Bauern mehr an Vampire und an den Teufel glauben als an Gott. Aber meine Lehrer haben sich nie über diese Volkssagen ausgelassen, und meine Kontakte zum einheimischen Nicht-Adel waren nicht besonders intensiv.

Ich habe mich entschlossen, Ihnen dieses Interview zu geben, damit dieser Vampirismus-Unsinn ein- für allemal aufhört. Und auch aus dem Grund, um die Aufmerksamkeit von mir ab- und auf die einzig wirkliche übernatürliche Erscheinung in diesem Haus zu lenken: Dolores del Osorojo. Was die Fotos für Ihren Artikel angeht, so habe ich meine Meinung geändert. Ich werde dafür sorgen, daß Magda Ihnen ein paar schickt. Sie zeigen ein paar Räume dieses Hauses und mehrere Aufnahmen des Gespenstes. Ich tue es jedoch nur unter der Bedingung, daß Ihr Artikel folgendes klarstellt: ich bin ein Mensch, dem seine Intimsphäre und ein ruhiges Leben über alles gehen, und der das Vampirgeschwätz für baren Unsinn hält. Nachdem Sie den

Leuten das klargemacht haben, können Sie aus dem Gespenst machen, was Sie wollen. Aber Sie müssen den Leuten auch erzählen, daß es keine weiteren Interviews mit irgend jemandem mehr geben wird, und daß ich es nicht mag, von Kuriositätenjägern, exzentrischen Spiritisten und Journalisten gestört zu werden. — Einverstanden?«

»Gewiß, Mr. Igescu. Sie haben mein Wort. Und natürlich bekommen Sie den Artikel, wie abgesprochen, zur Korrektur, bevor er in Druck geht.«

Childe verspürte ein leichtes Schwindelgefühl. Er wünschte sich, er hätte den Brandy nicht angerührt. Es war nun vier Jahre her, seit er den letzten Alkohol getrunken hatte, und auch heute hätte er seinen Schwur nicht gebrochen, hätte Igescu den Brandy nicht als so selten angepriesen, daß er nicht hatte widerstehen können. Außerdem hatte er nicht vorgehabt, seinen Gastgeber irgendwie zu beleidigen, wenn es ihm weiterhalf. Er hatte zwar nicht mehr als ein Gläschen getrunken, aber entweder war das Zeug unheimlich stark oder er war nach der langen Trokkenperiode zu verletzlich geworden.

Igescu drehte den Kopf und sah auf die große, alte Standuhr. »Ihre Zeit ist um, Mr. Wellston.«

Childe fragte sich, warum der Baron soviel Wert auf die Zeit legte, wenn er — wie er selbst eingestand — seinen Besitz nur selten verließ und auch nichts tat, bei dem es besonders auf den Termin ankam. Aber er fragte nicht danach. Der Baron hätte eine solche Frage gewiß als zu frech empfunden, um sie mit irgend etwas anderem außer kaltem Schweigen zu beantworten.

Igescu stand auf. Auch Childe erhob sich. Magda Holyani leerte ihr Glas und erhob sich aus ihrem Sessel. Glam erschien im Eingang, doch Igescu sagte: »Miss Holyani wird Mr. Wellston zum Tor fahren, Glam. Ich brauche Sie für eine andere Sache.«

Glam öffnete den Mund, als wolle er widersprechen, doch er schloß ihn sofort wieder. Dann sagte er: »Sehr wohl, Sir«, drehte sich auf dem Absatz um und verschwand.

»Wenn Sie noch mehr Material für Ihren Artikel brauchen, Mr. Wellston«, sagte Igescu, »sollten Sie eventuell bei Michel Le Garrault in der Bibliothek der Universität von Kalifornien nachschlagen. Ich habe zwei Exemplare seiner Werke, Erstausgaben übrigens. Der alte Belgier hatte ein paar sehr interessante und originelle Theorien über Vampire, Werwölfe und andere sogenannte übernatürliche Phänomene. Seine Theorie der Geisteseinprägung ist faszinierend. Haben Sie ihn gelesen? Verstehen Sie Französisch?«

»Ich habe nie von ihm gehört«, sagte Childe und fragte sich, ob er in eine Falle gegangen wäre, hätte er das Gegenteil behauptet. »Aber Französisch verstehe ich.«

»Es gibt eine Menge sogenannter Experten für das Okkulte und Übernatürliche, die nie etwas von Le Garrault gehört oder noch keine Möglichkeit gehabt haben, ihn zu lesen. Ich empfehle Ihnen, die Abteilung für seltene Bücher in der UCLA-Bibliothek aufzusuchen und nach *Les Murs S'écroulés* zu fragen. Es gibt Übersetzungen aus der lateinischen Originalausgabe ins Französische — und kurioserweise ins Tschechische —, die aber noch viel seltener sind. Soweit ich weiß, gibt es auf der ganzen Welt nur noch zehn lateinische Exemplare. Eins hat der Vatikan; ein schwedisches Kloster hat zwei; eins habe ich; der deutsche Kaiser soll auch eins gehabt haben, aber es ist verschwunden, vielleicht nach seinem Tod in Doorn gestohlen worden. Die anderen fünf befinden sich in den Staatsbibliotheken von Moskau, Paris, Washington, London und Edinburgh.«

»Ich werde bei ihm nachschlagen«, sagte Childe. »Vielen Dank für die Information.«

Er wandte sich ab, um Magda Holyani aus dem Haus zu folgen, als er die Frau in dem spanischen Kleid mit dem hoch in ihrem schwarzen Haar steckenden Kamm gerade durch eine Tür am anderen Ende des Saales gehen sah. Sie wandte den Kopf und lächelte, dann war sie verschwunden.

Igescu sagte gelassen: »Haben Sie sie auch gesehen?«

»Ja, habe ich«, sagte Childe. »Aber ich konnte nicht durch sie hindurchsehen.«

»Aber ich«, sagte Magda Holyani. Ihre Stimme zitterte leicht. Childe sah sie an. Sie wirkte eher wütend, aber nicht ängstlich.

»Wie ich schon bemerkte, sie wird immer undurchsichtiger«, sagte Igescu. »Die Konsolidierung ist so subtil, daß sie einem nur dann auffällt, wenn man sie mit dem vergleicht, was sie noch vor sechs Monaten war. Der Prozeß schreitet zwar sehr langsam voran, aber stetig. Als ich seinerzeit hier einzog, war sie fast unsichtbar.«

Childe schüttelte den Kopf. Diskutierten sie wirklich so über ein Gespenst, als würde es existieren? Und warum war Magda so ungehalten? Sie war stehengeblieben und starrte zur Tür, als unterdrücke sie einen Impuls, hinter dem Ding herzurennen.

»Viele Menschen haben geisterhafte Erscheinungen gesehen; mehr jedenfalls, als die, die sich die Mühe machen, es zuzugeben. Zumindest haben sie Dinge gesehen, die bizarr und unerklärlich sind. Aber entweder wiederholt sich die Erscheinung nicht, oder die Leute, die ›besucht‹ wurden, ignorieren sie. Dann verschwinden sie halt. Aber Dolores... Ach, sie ist eine ganz andere Geschichte! Ich ignoriere sie — von einem gelegentlichen Foto abgesehen. Auch Magda hat sie ignoriert, aber jetzt scheint sie ihr auf die Nerven zu gehen. Dolores gewinnt irgendwoher Substanz; vielleicht von jemandem in diesem Haus.«

Ganz gewiß gewann Dolores' Geschichte an Substanz. Wenn ein Foto von ihr kein Beweis dafür war, daß sie existierte, war es die Tatsache, daß Childe sie gesehen hatte, auch nicht. Vielleicht hatte Igescu diese Sache aus irgendeinem Grund in Szene gesetzt. Childe fragte sich, auf was seine Hände stoßen würden, wenn er hinter Dolores herrannte und den Versuch machte, sie zu ergreifen. Er hatte den Eindruck, daß sie sich um festes Fleisch schließen und daß sich die junge Frau als etwas entpuppen würde, das vor zwanzig Jahren zur Welt gekommen war statt vor einhundertundfünfzig.

An der Tür schüttelte er Igescu die Hand, dankte ihm und versprach, ihm einen Durchschlag seines Artikels zur Korrektur zu senden. Dann folgte er Magda zum Wagen. Er wandte noch einmal den Kopf, um einen Blick zurückzuwerfen. Igescu war verschwunden, doch eins der Rollos war halb hochgezogen, und Glams Bulldoggengesicht und Fledermausohren wurden deutlich sichtbar.

Auf Magdas Einladung hin nahm er auf dem Beifahrersitz Platz. »Wissen Sie«, sagte sie, »ich verdiene hier ziemlich gut. Aber das muß auch so sein. Die Bezahlung ist das einzige, was die Sache erträglich macht. Ich habe fast nie eine Möglichkeit, in die Stadt zu kommen, und die einzigen Menschen, mit denen ich reden kann, sind mein Chef, ein paar Bedienstete und hin und wieder ein Gast.«

»Ist Ihre Arbeit schwierig?« erwiderte Childe und fragte sich, warum sie ihm das alles erzählte. Vielleicht mußte sie sich mal mit jemandem aussprechen.

»Nein. Ich kümmere mich um ein paar gesellschaftliche Verpflichtungen, lege Termine fest, handle als Mittlerin zwischen ihm und seinen Geschäftsführern, erledige ein bißchen Schreibarbeit an einem Buch, das er über Juwelen schreibt, und verbringe die meiste Zeit damit, diesem Ungeheuer Glam aus dem Weg zu gehen.«

»Er hat zwar nichts Eindeutiges unternommen, aber ich hatte den Eindruck, als sei er Ihnen ziemlich zugetan«, sagte Childe.

Das Scheinwerferlicht streifte über die Bäume, als der Wagen um eine Kurve bog. Der Mond war inzwischen aufgegangen, und Childe konnte nun etwas deutlicher sehen. Vielleicht irrte er sich, aber er hatte den Eindruck, als befänden sie sich auf einem anderen Weg als dem, den sie hergefahren waren.

»Ich fahre lieber den längeren, aber landschaftlich schöneren Weg«, sagte Magda Holyani, als hätte sie seine Gedanken gelesen. »Ich hoffe, Sie haben nichts dagegen. Ich glaube, ich muß einfach mal mit jemandem reden. Sie brauchen mir natürlich nicht zuzuhören; es gibt auch keinen Grund, weshalb Sie es tun sollten.«

»Lassen Sie's nur aus sich raus«, sagte er. »Ich lausche gern Ihrer Stimme.«

Sie kamen durch das Tor der inneren Mauer. Sie fuhr, während sie redete, langsam und im ersten Gang, und einmal legte sie die Hand auf seinen Schenkel. Childe bewegte sich nicht. Nach einer Minute, als sie den Wagen anhalten mußte, nahm sie die Hand weg. Sie waren von der Straße abgebogen und auf einen steinbedeckten Weg gefahren, der durch eine Schneise zwischen den Bäumen auf eine Lichtung führte. Auf der Lichtung stand eine kleine Sommerlaube — ein grobbehauenes Holzgebäude — auf einem hohen, runden Zementfundament. Die offenen Seiten waren teilweise mit Kletterpflanzen überwachsen, so daß das Innere dunkel war. Ein paar zementierte Treppenstufen führten zu einem breiten Eingang hinauf.

»Ich bin sehr einsam hier«, sagte Magda, »obwohl der Baron charmant ist und viel erzählt. Aber er hat nicht *das* Interesse an mir, das manche Arbeitgeber ihren weiblichen Angestellten entgegenbringen.«

Childe brauchte sie nicht zu fragen, was sie damit meinte. Sie hatte die Hand wieder auf seinen Schenkel gelegt — scheinbar zufällig oder unbewußt, wie zuvor.

»Sind die Wölfe auch hier?« fragte er. »Oder sind sie alle hinter der inneren Mauer?«

Magda beugte sich näher zu ihm hinüber, und ihr Parfüm war so stark, daß es in seine Poren einzusickern schien. Childe spürte, wie sein Penis steif wurde, und er nahm ihre Hand und legte sie auf ihn. Sie machte keinen Versuch, sie wieder wegzuziehen.

Er streckte den Arm aus und fuhr mit einem Finger über die Wölbung ihrer linken Brust. Dann berührte er den Spalt zwischen ihren Brüsten. Seine Hand rutschte tiefer; sie schob sich zwischen den Stoff ihres Kleides und ihre Brust und rieb über ihre Brustwarze. Sie schwoll an, und

Magda erbebte. Childe küßte sie. Seine Zunge umkreiste mehrmals die ihre und berührte ihre Zähne. Sie tastete nach dem Reißverschluß seiner Hose, fand ihn, zog ihn langsam nach unten und tastete sich dann durch die Öffnung seiner Jockeyshorts. Childe knöpfte ihr Kleid auf und warf einen schnellen Blick auf das, was er erwartet hatte. Sie trug unter dem Kleid nur einen schmalen Strumpfhalter. Ihre Brüste waren zwar klein, aber wohlgeformt und voll. Er beugte sich zu ihr hinüber, nahm eine Brustwarze in den Mund und saugte daran. Ihr Atem ging ebenso schwer wie der seine.

»Laß uns in die Hütte gehen«, sagte sie leise. »Da steht eine Couch drin.«

»In Ordnung«, sagte er. »Aber bevor wir weitermachen, solltest du wissen, daß ich nicht darauf vorbereitet war. Ich hab' kein Kondom bei mir.«

Er wäre nicht überrascht gewesen, wenn sie gesagt hätte, sie habe welche in der Handtasche. Es wäre nicht das erstemal gewesen, daß ihm dergleichen passierte.

Aber sie sagte: »Macht nichts. Ich werde nicht schwanger.«

Childe folgte ihr bebend über den Fahrersitz hinweg aus dem Wagen. Magda wandte sich um und ließ das Kleid über ihre Schultern gleiten. Das Mondlicht leuchtete auf das weißeste Fleisch, das er je gesehen hatte — auf dunkle Brustwarzen und das schwarze Dreieck ihres Schamhaars, das unter dem Strumpfhalter glänzte. Magda streifte die Schuhe ab und näherte sich, nur mit Strumpfhalter und Strümpfen bekleidet, mit wiegenden Schritten der Hütte.

Childe folgte ihr zwar, aber er war nicht so erregt, daß er nicht an Kameras und Tonaufzeichnungsgeräte in der Hütte dachte. Er wußte, daß er gut aussah, aber schließlich war er kein Adonis, der alle Frauen auf einer Woge der Lust vor sich herschwappen ließ. Wenn Magda Holyani ihn nach so kurzer Bekanntschaft verführte, war sie entweder wahnsinnig geil oder sie hatte ein Motiv, das er nicht kannte. Vielleicht traf beides zu. Sie schien ihre Leidenschaft allerdings nicht zu heucheln.

Wenn sie aus irgendeinem Grund annahm, daß sie ihn anführen konnte — daß sie ihn aufgeilen und dann stehenlassen konnte —, würde sie eine Überraschung erleben: Childe hatte aufgrund der unbeendeten Nummer mit Sybil einen großen Teil des vergangenen Tages mit schmerzenden Hoden zugebracht, und er hatte nicht vor, noch einmal zu leiden.

Im Innern des Hauses sah er sich um. Hier konnten keine Kameras versteckt sein. Wenn es welche gab, mußten sie an den Bäumen am Rande der Lichtung befestigt sein, aber er konnte nicht erkennen, wie sie dazu in der Lage hätten sein sollen, viel aufzunehmen, selbst wenn sie mit Infrarot arbeiteten. Die Kletterpflanzen und die Gestelle, an denen sie emporrankten, mußten alles außer ein paar Hautstellen und einem gelegentlich auftauchenden Kopf oder ein paar Gliedern verdecken. Außerdem — was hatte er zu verlieren? Erpressung konnte das Thema eines solchen Spiels nicht sein.

Magda riß die Schutzdecke vom Sofa. Dann drehte sie sich um, und das durch die Ranken fallende Mondlicht sprenkelte ihre helle Haut. Childe nahm sie in die Arme, küßte sie erneut, ließ die Hände über ihren Hintern wandern und spürte ihre harten Muskeln. Ihre Muskeln hatten die Spannkraft eines jungen Pumas. Er streichelte ihre schlanke Taille und ihre runden Hüften. Der Strumpfhalter störte ihn, also sank er auf die Knie, löste die Strümpfe, zog sie herunter und zog ihr den Strumpfhalter aus. Magda trat beiseite, legte die Handflächen auf seinen Hinterkopf und zog ihn auf ihre Möse zu. Er erlaubte ihr, daß sie sein Gesicht gegen ihr Schamhaar drückte, dann streckte er die Zunge heraus, schob sie knapp unter die Öffnung ihrer Schamlippen und kitzelte ihre Klitoris mit der Spitze. Sie stöhnte und zog ihn enger an sich.

Aber Childe richtete sich auf, zog die Zunge aus ihrer Möse und ließ sie über ihren Bauch bis zu den Brüsten hin-

114

aufwandern, und saugte an einer Brustwarze. Er schob sie nach hinten, bis sie mit gespreizten Beinen auf dem Sofa lag und ihre Füße auf dem Boden ruhten. Er ging erneut in die Knie, leckte ihre Klitoris, glitt dann tiefer hinunter und schob die Zunge wiederholt in ihre Vagina. Magdas Unterleib fing an, leicht zu rotieren, doch Childe langte mit der Hand nach oben, legte sie auf ihren Bauch und bedeutete ihr, stillzuliegen.

Ihre Möse schmeckte so süß wie die Sybils, doch ihr Schamhaar wirkte noch weicher. Er schob einen Finger in ihren Schlitz und einen anderen der gleichen Hand in ihren After, dann fuhr er mit der Hand langsam vor und zurück. Während seine Finger das Rein-Raus-Tempo in ihre Möse und ihren After erhöhten, fuhr seine Zunge über ihre Klitoris.

Magda kam mit einem lauten Schrei, und plötzlich schlossen sich ihre Schenkel um seinen Kopf. Die Umklammerung war so stark, daß Childe die Finger nicht mehr bewegen konnte.

Er konnte es nicht mehr aushalten. Er hatte seit zwei Wochen keinen Verkehr mehr gehabt, weil er an einem Fall gearbeitet hatte, der erst zwei Tage vor Colbens Verschwinden abgeschlossen worden war. Er war Tag und Nacht beschäftigt gewesen, und wenn es ihm gelungen war, eine Mütze voll Schlaf zu kriegen, war selbst sein Unterbewußtsein zu erledigt gewesen, um noch sexuelle Träume zu haben. Und außerdem hatte der Frust bei Sybil ihn überempfindlich gemacht. In einer Minute würde er kommen, ob in Magdas Leib oder in die Luft.

»Ich kann nicht mehr warten«, sagte er. »Es ist zu lange her.«

Er wollte sich neben sie werfen und ihr helfen, sich ganz auf dem Sofa auszustrecken, damit er auf sie steigen konnte, aber sie sagte: »Kommst du schon?«

»Es ist zu lange her«, stöhnte Childe. »Ich platze gleich.«

Magda drückte ihn nieder. Sie fuhr mit der Zunge über seinen Bauch, feuchtete sein Schamhaar mit ihrem Speichel und ihrer Zunge an und schloß die Lippen um seine Eichel. Sie schob sie zweimal zwischen ihren Lippen hin und her, dann ergoß Childe sich auch schon mit einem Aufschrei, der dem Magdas glich, in ihren Mund.

Dann lag er da und hatte das Gefühl, als zöge sich in seinem Innern die Flut an irgendeinen fernen Horizont zurück. Er sagte kein Wort. Er rechnete damit, daß Magda aufstand und das Zeug ausspuckte, wie Sybil es tat. Sybil putzte sich anschließend auch sofort die Zähne und gurgelte mit Listerin. Nicht etwa, daß er es ihr verübelte. Er verstand es durchaus, daß das dickflüssige Zeug einem widerlich wurde, wenn die Erregung erst einmal abgeklungen war. Childe wußte, wie es schmeckte. Als er vierzehn Jahre alt gewesen war, hatten er und sein fünfzehnjähriger Bruder eine etwa sechsmonatige Phase gehabt, in der sie sich gegenseitig einen abgelutscht hatten. Doch dann, wie durch eine beiderseitige stillschweigende Übereinkunft, hatten sie damit aufgehört. Für ihn war es die letzte homosexuelle Erfahrung gewesen, und soweit er wußte, auch die seines Bruders. Die seines Bruders ganz gewiß, denn er war ein solcher Stecher, daß er Schwule an sich hassen mußte. Einmal, viele Jahre später, als Childe auf ihre Experimente Bezug genommen hatte, hatte sein Bruder nicht mehr gewußt, wovon er redete. Entweder hatte er sich zu sehr geschämt, es zuzugeben, oder er hatte es tatsächlich so tief in seinem Unterbewußtsein vergraben, daß er sich nicht mehr daran erinnern konnte.

Doch Magda wich nicht von seiner Seite. Sie schluckte ein paarmal und lutschte dann weiter. Childe setzte sich hin und beugte sich vor, damit er ihre Brüste mit den Händen umfassen konnte, als sie seine Eichel in den Mund nahm. Aber dann, als sein Penis gerade wieder zu einer fast vollwertigen Erektion ansetzte, dachte er an Colben und an das Eisengebiß. Diese Frau konnte die Darstellerin aus dem Film sein.

Magda schaute plötzlich zu ihm auf und sagte: »Ist was?«

»Hör mal«, sagte Childe. »Aber werd nicht wütend. Und lach nicht. — Sind deine Zähne echt?«

Magda setzte sich hin und sagte: »Was?« Ihre Stimme klang, als hätte sie den Mund voller Flüssigkeit.

»Trägst du ein Gebiß?«

»Warum willst du das wissen?« Dann lachte sie und sagte: »Möchtest du, daß ich es herausnehme?«

»Wenn du eins hast...«

»Sehe ich so alt aus?«

»Ich kenne mehrere Neunzehnjährige mit falschen Zähnen«, sagte Childe.

»Küß mich, dann werd' ich dir's sagen«, sagte sie.

»Aber gern.«

Er hielt sie fest und erforschte ihre Mundhöhle mit der Zunge. Er roch den Raubtierduft seines eigenen Samens und schmeckte das dickölig-klebrige Produkt seines Körpers. Da es ihm nicht im geringsten unangenehm war, erregte es ihn. Sie hatte eine Hand auf seinem Glied, und als sie spürte, wie er anschwoll, zog sie sich sofort aus seinen Armen zurück und beugte sich erneut über ihn. Sie hatte offenbar nicht die Absicht, ihn herausfinden zu lassen, ob ihre Zähne falsch waren. Aber vielleicht nahm sie auch an, seine Zunge hätte es längst ermittelt.

Was auch der Grund war, sie würde es ihm nur dann sagen, wenn er Gewalt anwendete, dessen war sich Childe sicher. Er lehnte sich zurück und überließ sie ihrer Tätigkeit. Nach einer Weile rollte er Magda auf den Rücken. Sie spreizte die Schenkel, nahm seinen Penis sanft zwischen die Finger und führte ihn ein. Er war kaum in ihrem Schamhaar versunken, als ihre Muskeln seinen Schwanz packten und zusammendrückten, als hätte sie eine Hand in der Möse. Und dann, als Childe wieder an den Film dachte, schlaffte er ab. Ihm fiel die Ausbuchtung hinter dem Lendenschurz der Frau in dem Film ein.

»Was, um Himmels willen«, sagte Magda, »ist denn jetzt los?«

»Ich dachte, ich hätte da draußen jemand gesehen«,

sagte Childe, weil es die einzige Entschuldigung war, die ihm gerade in den Sinn kam. »Glam?«

»Es wäre besser für ihn, wenn's nicht so wäre«, sagte Magda. »Wenn er es ist, bringe ich ihn um. Und das gleiche gilt für den Baron.«

Sie stellte sich auf das Sofa und rief: »Glam? Glam? Wenn du da bist, du Arschloch, dann solltest du lieber anfangen zu rennen! Sonst bedeutet es das *andere* Wolfsende dich!«

Keine Antwort. Childe sagte: »Das andere Wolfsende? Was meinst du damit?«

»Erzähl' ich dir später«, sagte Magda. »Er ist nicht da. Und wenn er's ist, wird er uns nicht stören. Bitte, komm jetzt. Ich stehe kurz vor der Explosion.«

Statt nach ihm zu greifen, stieg sie vom Sofa und durchquerte die Sommerlaube bis zu einem kleinen, in der Finsternis stehenden Schrank. Sie kam mit einer Flasche zurück, die einen klobigen Körper, einen langen Hals und einen breiten Ausguß aufwies. Die Flasche war halbvoll. Magda trank etwas. Dann nahm sie einen neuen Schluck, behielt ihn im Mund, preßte die Lippen gegen die seinen und ließ etwas in Childes Mund rinnen. Die Flüssigkeit war leicht scharf und dickflüssig. Er schluckte und spürte, wie seine Ängste auf der Stelle abnahmen.

»Was, zum Teufel, ist das?«

»Ein Likör; er wird in Igescus Heimat hergestellt«, sagte sie. »Angeblich hat er eine aphrodisiakische Wirkung. Ich weiß zwar, daß es kein Aphrodisiakum gibt, das tatsächlich wirkt, aber das Zeug schafft zumindest eins: Es nimmt einem die Hemmungen. Ich wäre nie auf die Idee gekommen, daß ich es bei dir würde anwenden müssen.«

»Ich werde auch nichts mehr davon brauchen«, sagte Childe. Sein Penis richtete sich auf wie ein für eine Atlantiküberquerung gefüllter Ballon. Ein Mondstrahl fiel auf ihn nieder, und als Magda es sah, quietschte sie vor Entzücken.

»Oh, du Schönheit! Du großartige, tolle Schönheit!«

Sie legte sich hin und hob die Beine an, und Childe glitt erneut in sie hinein. Dann sagten sie eine lange Zeit nichts mehr. Es war Childes Eigenart, daß er beim zweiten Mal sehr lange brauchte, wenn man ihn vorher geblasen hatte. Magda schien während dieser Zeit eine ganze Serie von Orgasmen zu haben, und als er schließlich kam, schlug sie ihre Krallen so tief in seinen Rücken, daß er blutete. In diesem Moment machte es ihm zwar nichts aus, aber später verfluchte er sie, denn er hing der Theorie an, daß Frauen, die einem Mann den Rücken zerkratzten, wenn es ihm kam, in Wahrheit nur ihre Leidenschaft unter Beweis stellen wollten. Er war aber auch bereit zuzugeben, daß er sich irrte.

Ohne ein Wort zu sagen, blieben sie einige Zeit nebeneinander liegen. Ihr Schweiß hüllte sie ein; sie wären für eine leichte Brise dankbar gewesen. Aber die Luft war so unbeweglich wie zuvor.

Schließlich sagte Childe: »Es nützt nichts, wenn du mit ihm spielst. Es wird noch eine Weile dauern. Ich bin völlig leer. Wenn ich bliebe, wäre ich zwar in einer Stunde wieder in Form, aber ich habe keine Zeit mehr.«

Ihm war eingefallen, daß er um diese Zeit Mustanoja hätte anrufen sollen.

»Ich bin zwar nicht unzufrieden, Baby«, sagte Magda, »aber ich könnte mich durchaus noch mal begeistern, und zwar ziemlich gern. Du weißt ja nicht, wie lange ich es nicht mehr hatte!«

Sie griff nach der Flasche, die neben dem Sofa auf dem Boden stand.

»Laß uns noch einen trinken und abwarten, was passiert.«

Childe schaute ihr zu, da er sehen wollte, daß sie das Zeug vor ihm trank. Er nahm einen kleinen Schluck und sagte: »Was ist das nun mit Glam und dem anderen Wolfsende?«

Magda sagte lachend: »Der blöde Scheißer! Er möchte mich haben, aber ich kann ihn nicht ausstehen. Wahrscheinlich versucht er irgendwann, mich zu vergewaltigen — so schwachsinnig ist er nämlich —, aber eins weiß er: Wenn ich ihn nicht umbringe, wird der Baron es tun! Da du die Wölfe erwähnt hast, mußt du auch von ihnen wissen. — Ich ging eines Abends im Wald spazieren, als ich einen der Wölfe heulen und knurren hörte. Es klang, als hätte er Schmerzen oder als sei er zumindest in irgendwelchen Schwierigkeiten. Ich stieg also einen Hügel hinauf und schaute in die dahinterliegende Mulde, und da sah ich die Wölfin. Ihr Kopf steckte in vier Schlingen, deren Enden an Bäume gebunden waren. Sie konnte weder vorwärts noch zurück, und da stand Glam, er war bis auf Socken und Schuhe nackt — und es war ganz eindeutig, was er tun wollte.«

Childe schwieg einen Moment, dann sagte er: »Was ist mit dem männlichen Wolf? Hat er keine Angst vor ihm gehabt?«

Magda lachte und sagte: »Ach, das ist wieder eine andere Geschichte.« Sie lachte ziemlich lange.

Als sie aufhörte, hob sie die Flasche und verschüttete etwas von der Flüssigkeit auf ihre Brustwarzen und ihr Schamhaar.

»Leck es ab, Baby, und dann machen wir's noch mal.«

»Es wird nicht viel nützen«, sagte Childe. Doch er warf sich über sie, saugte eine Weile an ihren Brustwarzen und wichste sie mit den Fingern, bis sie wieder und wieder kam. Dann küßte er ihren Bauch und wanderte mit dem Mund nach unten, bis er sich gegen ihre pralle Mösenbehaarung drückte. Er leckte den Likör ab und schob die Zunge so tief in sie hinein, bis seine Kiefer schmerzten. Als er aufhörte, drehten Magdas kräftige Hände ihn auf den Rücken, und sie knabberte sanft an seinem Penis, bis er sich wie eine Forelle aufrichtete, die auf eine Fliege aus ist. Diesmal bestieg Childe sie von hinten. Magda bat ihn, sich nicht zu bewegen, er brauche sich nicht zu verausgaben. Ihre Scheidenmuskeln kneteten sein Ding wie die Finger einer Hand, und diesmal hielt seine Erektion an. Childe hatte das Gefühl, als würde ihm leicht schwindlig. Er fühlte sich benebelt. Er wußte, daß es ein Fehler gewesen war, dieses Zeug zu trinken; aber es konnte kein Gift gewesen sein, da Magda es auch getrunken hatte. Dann fragte er sich, ob das Zeug eventuell die Eigenschaft hatte, zu einer Droge zu werden, wenn sie mit Haut in Berührung kam. Konnte sie im Zusammenspiel mit Magdas Haut, ihren Brustwarzen und ihrer Möse zu etwas geworden sein, das nur für ihn gefährlich war?

Dann waren der Gedanke und sein Schreck wieder weg.

Childe erinnerte sich schwach an einen Orgasmus, der nie zu Ende zu gehen schien. Er war wie der tausendjährige Orgasmus gewesen, den man den Gläubigen des Islam im Himmel versprach, wenn sie von einer Houri verwöhnt wurden. Danach hatte er leere Stellen im Kopf. Er erinnerte sich, daß er sich selbst in einer Art Nebel gesehen hatte. Er war in seinen Wagen gestiegen und abgefahren, und die Straße hatte sich vor ihm wie eine Schlange gewunden. Die Bäume hatten sich über ihn gebeugt und ihm mit den Zweigen zugewinkt. Manche der Bäume hatten auf ihn gewirkt, als hätten sie große, knorrige Augen und Mäuler wie borkige Mösen. Aus den Augen waren Brustwarzen geworden, aus denen Saft quoll. Ein Baum hatte ihm mit einem Ast den aufgerichteten Finger gezeigt.

»Du mich auch«, hatte er geschrien, dann war er auf einer breiten Straße mit vielen Lichtern ringsum und dröhnenden Hupen gewesen, und dann war der gleiche Baum wieder da, und diesmal nickte er ihm zu, und als er näher an ihn herankam, konnte er sehen, daß sein Maul *wirklich* eine borkige Möse war, die ihm etwas versprach, was er nie zuvor erlebt hatte.

Und so war es auch. Den Tod.

Childe erwachte in der Notaufnahme des Krankenhauses von Beverly Hills. Seine einzige Beschwerde war eine gewisse Trägheit. Ein guter Samariter hatte ihn besinnungslos aus dem Wagen gezogen. Von einem Beverly-Hills-Polizisten erfuhr er, daß sein Wagen gegen einen Baum gefahren war, aber der Aufprall war so leicht gewesen, daß die einzigen Schäden aus einer eingedrückten Stoßstange und einem zerbrochenen Scheinwerfer bestanden.

Offenbar hatte der Beamte zuerst geglaubt, es sei Alkohol im Spiel. Dann hatte er Drogen vermutet. Childe erklärte, man habe ihn von der Straße abgedrängt, und er sei k.o. gegangen, als der Wagen gegen den Baum geknallt war. Daß er keine sichtbaren Kopfverletzungen hatte, bedeutete gar nichts.

Zum Glück gab es keine Unfallzeugen. Der Mann, der ihn aus seinem Wagen gezogen hatte, war gerade noch rechtzeitig um die Kurve gebogen, um den Zusammenstoß zu sehen. Zwar war in Gegenrichtung ein weiteres Fahrzeug unterwegs gewesen, doch nicht auf einem Zickzackkurs, wie Childe angegeben hatte. Doch das war bedeutungslos, da der Wagen hatte ausweichen können. Childe gab Bruin und ein paar andere als Leumundszeugen an. Fünfzehn Minuten später entließ man ihn, obwohl die Ärzte ihn mahnten, er solle es langsam angehen lassen, auch wenn es keinerlei Anzeichen von Gehirnerschütterung gab.

Sein Wagen stand noch immer am Straßenrand. Die Polizei hatte ihn nicht in die Stadt geschleppt, weil die Abschleppwagen zu beschäftigt waren, doch der Beamte hatte den Zündschlüssel abgezogen. Leider hatte er aber auch vergessen, ihn Childe zurückzugeben, so daß er zu Fuß zum Polizeirevier von Beverly Hills zurücklaufen mußte, um ihn dort abzuholen. Der fragliche Beamte war unterwegs. Ein Funkspruch brachte das Ergebnis, daß er dienstlich unterwegs war und das Revier erst in einer Stunde aufsuchen würde. Childe stellte sicher, daß der Wachhabende den Zündschlüssel erhielt und ging durch die Nacht nach Hause. Er verfluchte sich, weil er den unter dem Strauch vor Igescus Landsitz versteckten Ersatzschlüssel mitzunehmen vergessen hatte.

Childe hatte zwar versucht, ein Taxi zu kriegen, um nach Hause zu kommen, aber die Taxen waren überlastet. Es sah so aus, als glaubte die ganze Stadt, der Smog sei abgezogen, und das war natürlich ein Grund zum Feiern. Vielleicht wollten die Leute sich auch nur ein bißchen amüsieren, bevor die Luft wieder giftig wurde.

In dem Haus, in dem er wohnte, fanden drei Parties zugleich statt. Nachdem er geduscht hatte, verstopfte er sich die Ohren und ging zu Bett. Zwar hielten die Ohrenstöpsel den größten Teil des Lärms ab, aber sie halfen nicht gegen seine Gedanken.

Man hatte ihn unter Drogen gesetzt und in der Hoffnung nach Hause geschickt, er würde bei einem Autounfall umkommen. Wieso das Zeug nur bei ihm, nicht aber bei Magda gewirkt hatte, war zwar eine interessante Frage, aber auch eine, über die Childe im Moment nicht nachzudenken brauchte. Vielleicht hatte Magda ein Gegenmittel genommen oder sich auf jemanden verlassen, der sich nach seinem Verschwinden um sie kümmerte. Es war auch nicht unmöglich — ihm fiel wieder ein, was ihm durch den Kopf gegangen war, während er sie vögelte —, daß die Flüssigkeit etwas enthielt, das erst dann zur Droge wurde, wenn es mit ihrer Haut in Berührung kam.

Childe setzte sich im Bett auf. Sergeant Mustanoja! Er hätte sich doch über die nicht erfolgte Rückmeldung Gedanken machen müssen! Was hatte er unternommen — falls überhaupt?

Childe rief die Polizei von Los Angeles an und bekam Mustanoja an die Strippe. Yeah, die Notiz lag ihm vor, aber Bruin sei offenbar der Meinung, daß sie nicht wichtig sei, und außerdem hätte er so wahnsinnig viel um die Ohren — war das eine Nacht! —, daß er sie einfach vergessen hatte. Das heißt, bis zu dem Augenblick, als der Polizist aus Beverly Hills angerufen und Mustanoja erfahren hatte, was überhaupt passiert war. Und da er gar nicht bei Igescu sei, um was also sich überhaupt Sorgen machen, häh? Wie es Childe ginge?

Childe sagte, er sei zu Hause und gesund. Er legte auf und war ziemlich sauer auf Bruin, weil er das, das ihn betraf, dermaßen auf die leichte Schulter nahm. Er mußte allerdings zugeben, daß Bruin keinen Grund hatte, die Sache anders zu sehen. Aber wenn er erfuhr, was in der vergangenen Nacht passiert war, würde er seine Meinung ändern. Vielleicht konnte Bruin zusammen mit dem Beverly-Hills-Revier organisieren, daß ... Nein, das würde nicht funktionieren. Das Polizeirevier von Beverly Hills hatte weitaus dringlichere Pflichten zu erledigen, als etwas zu untersuchen, das — ganz objektiv gesagt — eine ziemlich nebulöse Spur war. Zudem war es auch noch zu gewissen — nicht unwichtigen — Ereignissen gekommen, über die Childe der Polizei nichts erzählen wollte. Zwar hätte er seine Aktivitäten in der Sommerlaube verschweigen und sich auf die Aussage beschränken können, man hätte ihn in Igescus Salon mit Brandy unter Drogen gesetzt, doch die Beamten waren auch nicht blöd. Sie hatten schon so viele Märchen, Halbwahrheiten und zögernd hervorgebrachte Verfälschungen gehört, daß sie jede Unwahrheit und frisierte Version ebenso leicht bemerkten, wie ein Radargerät einen Adler von einem Flugzeug unterschied.

Außerdem hatte Childe das Gefühl, daß Magda nicht zögern würde zu behaupten, er habe sie vergewaltigt und zu ›Perversitäten‹ gezwungen.

Er war zwar wieder zum Bett zurückgekehrt, doch nun stand er rasch wieder auf. Er fühlte sich beschämt und krank. Die Droge hatte seine üblicherweise vorherrschende Verwöhntheit und seine Vorsicht verdrängt. Unter normalen Umständen hätte er es nie mit einer Frau getrieben, die er gerade erst kennengelernt hatte. Selbst wenn er mächtig geladen war: Dinge dieser Art tat er nur mit Frauen, die er gut kannte, gut leiden mochte oder liebte, und von denen er ganz sicher war, daß sie weder Syphilis noch Tripper hatten.

Obwohl Childe sich die Zähne geputzt hatte, ging er erneut ins Bad, putzte sie noch einmal und gurgelte anschließend zehnmal mit einem scharfen Mundwasser. Aus dem Küchenschrank holte er die Flasche Bourbon, die er für Gäste bereithielt, und trank ihn unverdünnt. Es war zwar eine dämliche Vorgehensweise, da er bezweifelte, daß der Alkohol irgendwelche Keime abtötete, die er schon vor so vielen Stunden geschluckt hatte, aber wie bei solchen rein rituellen Handlungen üblich, fühlte er sich danach besser und sauberer.

Er ging erneut zum Bett zurück und blieb stehen. Er war so durcheinander gewesen, daß er vergessen hatte, den Auftragsdienst anzurufen oder den Anrufbeantworter abzuhören. Er versuchte es beim Auftragsdienst und hängte, nachdem es dreißigmal geklingelt hatte, ein. Offenbar arbeitete der Auftragsdienst noch nicht — oder hatte den Operator der dritten Schicht verloren. Auf dem Recorder befand sich ein Anruf. Er war von Sybil, um 21.00 Uhr. Sie bat ihn, bitte zurückzurufen, sobald er wieder daheim sei, egal um welche Zeit.

Es war jetzt zehn nach drei morgens.

Ihr Telefon klingelte ununterbrochen. Das Klingeln kam Childe vor wie das Bimmeln einer weit entfernten Glocke. Er stellte sich vor, wie sie auf dem Bett lag. Eine Hand hing über den Bettrand, ihr Mund war offen, ihre Augen starrten glasig an die Decke. Auf dem Tischchen neben ihrem Bett lag eine leere Flasche Phänobarbitol.

Wenn sie schon wieder versucht hatte, sich umzubringen, mußte sie jetzt schon tot sein. Vorausgesetzt, sie hatte die gleiche Menge genommen wie damals.

Childe hatte sich geschworen, daß er sie beim nächsten Versuch draufgehen lassen werde — auf ihn konnte sie dann nicht mehr zählen.

Trotzdem zog er sich an und war kurze Zeit später auf der Straße. Als er ihre Wohnung erreichte, keuchte er.

Seine Augen brannten, seine Lungen brannten doppelt so stark — vor Erschöpfung und Smog. Das Gift sammelte sich so schnell, daß es am nächsten Abend wieder so dicht sein würde wie zuvor — es sei denn, es kam Wind auf.

In ihrer Wohnung war es still. Sein Herz klopfte, und sein Magen verkrampfte sich, als er in ihr Schlafzimmer trat und das Licht einschaltete. Ihr Bett war nicht nur leer, es hatte auch niemand darin geschlafen. Und ihre Koffer waren weg.

Childe durchsuchte sorgfältig die Wohnung, konnte aber nichts entdecken, das auf einen Trick hinwies. Entweder war sie verreist oder jemand hatte die Koffer mitgenommen, um diesen Eindruck hervorzurufen.

Wenn sie ihm hatte sagen wollen, daß sie wegfuhr, warum hatte sie es dann nicht aufs Band gesprochen?

Vielleicht hatten der Anruf und ihre plötzliche Abreise nichts miteinander zu tun.

Es gab doch eine Möglichkeit, daß sie in direktem Zusammenhang standen — sie hatte ihm deswegen so wenig gesagt, damit er zu ihr herüberkam und sich Sorgen um sie machte. Wahrscheinlich war sie so wütend, daß sie ihn bestrafen wollte. Es war nicht das erste Mal, daß sie derart niederträchtige Dinge tat. Auch wenn sie es stets schnell bereut und ihn tränenreich und voller Scham angerufen hatte.

Childe nahm im Schaukelstuhl Platz, dann stand er wieder auf, ging in die Küche und öffnete den ›Geheim‹-Behälter auf dem zweiten Regalbrett an der Wand. Die kleine runde Zuckertasse und ihr Inhalt — insgesamt fünfzehn in weißes Papier gedrehte Marihuanastengel — waren noch da.

Wenn Sie die Wohnung freiwillig verlassen hatte, hätte sie das Zeug erst beiseitegeschafft.

Es sei denn, sie war in Rage gewesen.

Bei der Durchsuchung der Wohnung hatte Childe ihr Adreßbuch in keiner der Schubladen gefunden, also schaute er noch einmal nach, um ganz sicherzugehen. Das

Buch war nicht da. Er bezweifelte, daß irgendeiner der Bekannten, die sie gehabt hatten, als sie noch verheiratet gewesen waren, etwas über ihren Verbleib wußte. Entweder hatten die anderen Sybil nach der Scheidung fallengelassen, oder sie die anderen. Es gab nur noch eine; eine Freundin, die sie schon seit Ewigkeiten kannte, der sie dann und wann noch schrieb, aber sie war vor über einem Jahr aus Kalifornien weggezogen.

Vielleicht war ihre Mutter krank, und Sybil war in aller Eile aufgebrochen. Aber sie konnte es doch nicht so eilig gehabt haben, um ihm keine Nachricht aufs Band zu sprechen.

Childe konnte sich zwar nicht an die Telefonnummer ihrer Mutter erinnern, aber ihre Adresse wußte er noch. Er bekam die nötige Information von der Vermittlung und rief sie in San Francisco an. Das Telefon klingelte sehr lange. Schließlich legte er wieder auf und dachte an das, was er an erster Stelle hätte überprüfen sollen. Er war zutiefst verärgert, daß er es übersehen hatte.

Er ging in die Kellergarage. Ihr Wagen stand noch da.

Dann zog er die phantastische (war sie etwa nicht phantastisch?) Möglichkeit in Erwägung, daß Igescu sie entführt hatte.

Erstens: Warum sollte Igescu so etwas tun?

Wenn er für Colbens Tod und Budlers Verschwinden verantwortlich war, hatte er vielleicht auch Pläne mit dem Detektiv, der in ihren Fällen ermittelte. Childe hatte sich zwar als Illustriertenreporter Wellston ausgegeben, aber er war gezwungen gewesen, seine private Telefonnummer herauszurücken. Vielleicht hatte Igescu über den sogenannten Wellston Erkundigungen eingezogen. Das Geld dazu hatte er bestimmt.

Was war, wenn Igescu erfahren hatte, daß Wellston in Wirklichkeit Childe hieß? Und nachdem er erfahren hatte, daß Childe nicht bei dem tödlichen Autounfall ums Leben gekommen war, mit dem er gerechnet hatte, hatte er sich Sybil geholt. Vielleicht wollte Igescu ihm klarmachen, daß er seine Ermittlungen am besten einstellte... Nein, es war wahrscheinlicher, daß er ihn dazu zwingen wollte, in sein Landhaus einzubrechen, es widerrechtlich zu betreten. Natürlich aus Gründen, die nur er allein kannte.

Childe schüttelte den Kopf. Wenn Igescu ein Verbrecher war ... angenommen, er war noch weiterer Verbrechen schuldig, warum ließ er die Polizei plötzlich wissen, daß diese Verbrechen begangen worden waren?

Es war keine Frage, die man sofort beantworten konnte. Das einzige, was momentan von Interesse sein konnte, war die Frage, ob Sybil ihre Wohnung freiwillig verlassen hatte oder nicht. Und wenn nicht, mit wem war sie dann gegangen?

Er hatte die Flughäfen noch nicht überprüft. Childe setzte sich hin und fing an zu wählen. Die Leitungen sämtlicher Fluggesellschaften waren belegt, aber er blieb dran, bis er jede einzelne erreicht hatte und durchlief noch ärgerlichere Wartezeiten, während man die Passagierlisten nachprüfte. Nach zwei Stunden wußte er, daß sie die Stadt nicht auf dem Luftweg verlassen hatte. Vielleicht hatte sie es vorgehabt, aber die Fluggesellschaften waren seit dem Beginn des Smogs dermaßen überlastet, daß sich vor den Einrichtungen der Flughäfen, Restaurants und Toiletten lange Schlangen gebildet hatten. Neuankömmlinge fanden keine Parkplätze mehr. Zu viele Leute, die die Stadt verlassen hatten, ohne die Absicht zu haben, sofort zurückzukehren, hatten ihre Autos einfach stehenlassen. Die Leitung der Flughäfen hatten zwar aufgrund der allgemeinen Notlage Zeitbegrenzungen vorgeschrieben, doch das Abschleppen der Wagen, um Platz für andere zu schaffen, war langwierig, kostete Zeit und ging nur langsam vonstatten. Die Staus rund um den internationalen Flughafen verlangten den Einsatz von mehr Polizisten als zur Verfügung standen.

Childe verzehrte sein Frühstück und trank Milch, dann, obwohl es ihn schmerzte, an das ganze Geld zu denken, das er verschwendete, spülte er das Marihuana durch die

Toilette. Wenn Sybil weiterhin verschwunden blieb und er die Polizei alarmieren mußte, würde man ihre Wohnung durchsuchen. Andererseits würde sie ziemlich wütend sein, wenn sie in Kürze zurückkehrte und bemerkte, daß ihr Vorrat nicht mehr da war. Aber sie würde bestimmt einsehen, warum er das Zeug hatte verschwinden lassen müssen.

Inzwischen graute der Morgen. Die Sonne war ein verzerrtes, blaßgelbes Ding am Himmel. Die Sicht war auf dreißig Meter begrenzt. Seine Augen und Lungen brannten wieder, und er hatte den Eindruck, als seien seine Nasenschleimhäute versengt.

Childe entschloß sich, Bruin anzurufen und ihm von Sybil zu erzählen. Natürlich würde Bruin glauben, daß er sich ein bißchen zuviel Sorgen machte. Und selbst wenn er es nicht aussprach, er würde annehmen, sie sei bloß zu einem ausgedehnten Beischlaf zu einem Mann gegangen. Es war auch nicht undenkbar, daß Bruin, der alte Zyniker, davon ausging, daß sie mit irgendeiner Frau schlief.

Er brauchte Bruin gar nicht anzurufen. Bruin rief ihn an, als er vor dem Telefon stand.

»Wir haben gestern nachmittag mit der Spätpost ein Päckchen bekommen, aber es wurde eben erst geöffnet. Sie kommen lieber mal vorbei, Childe. Können Sie es in einer halben Stunde schaffen?«

»Um was geht's? Um Budler?« Und dann: »Lassen Sie's! Woher wissen Sie, wo ich bin?«

»Ich hab's bei Ihnen zu Hause versucht, aber da ist keiner rangegangen. Also dachte ich, versuch's mal bei seiner Ex-Frau. Ich hab' gehört, daß Sie noch auf gutem Fuß mit ihr stehen.«

»Yeah«, sagte Childe. Er machte sich klar, daß es noch zu früh war, um Sybils Verschwinden zu melden. »Ich bin pünktlich da. Bis dann. Oh — vielleicht schaffe ich es doch nicht! Ich muß erst meinen Wagen holen, und das kann was dauern.«

Er informierte Bruin über das, was passiert war, doch er

zensierte seine Aktivitäten in der Sommerlaube. Bruin schwieg eine Weile, dann sagte er: »Childe, ist Ihnen eigentlich klar, daß jeder von uns sich im Moment wie ein Jongleur vorkommt, der drei Bälle gleichzeitig in der Luft halten muß? Ich würde Igescus Haus auch dann untersuchen, wenn Sie nichts Handfestes oder Beweisbares hätten, denn auch mir kommt die Sache nicht ganz astrein vor, aber ich glaube, wir können seinen Besitz ohne einen Gerichtsbeschluß nicht betreten — und Beweise, mit denen wir einen solchen Beschluß kriegen könnten, haben wir nun mal nicht. Das wissen Sie doch. Es kommt also auf Sie an. Die Wolfshaare in Budlers Wagen, und jetzt der Film... Nun, es ist nicht meine Absicht, Ihnen etwas zu erzählen; man muß es sehen, um es zu glauben... Aber wenn Sie nicht pünktlich hier sein können... Hören Sie, ich könnte einen Streifenwagen schicken, der Sie abholt. Das heißt, ich könnte es tun, wenn wir normale Zeiten hätten, aber uns steht nun mal keiner zur Verfügung. Machen wir's so: Wenn ich nicht im Haus sein sollte, wenn Sie kommen, lassen Sie sich den Film noch einmal vorführen. Ich hinterlasse die Anweisung, daß es in Ordnung geht. Außerdem könnte es sein, daß der Film auch dem Commissioner noch vorgeführt wird. Er steckt zwar bis zum Hals in Arbeit, aber er hat ein besonderes Interesse an diesem Fall, was mich nicht wundert.«

Childe trank etwas Orangensaft, rasierte sich (Sybil hatte Rasierapparat und Rasiercreme für ihn stets bereitliegen — und, wie er vermutete, auch für andere Männer) und ging zu Fuß zum Polizeirevier von Beverly Hills. Der Wachhabende gab ihm seinen Wagenschlüssel, und Childe fragte ihn, ob es möglich sei, ihn zu seinem Wagen hinauszufahren. Er bekam die Auskunft, dies sei nicht möglich. Er versuchte ein Taxi zu kriegen, aber auch das erwies sich als Fehlschlag. Also beschloß er, per Anhalter zu fahren. Nach fünfzehn Minuten gab er es auf. Auf dem Santa Monica Boulevard und der Rexford waren nicht viele Autos unterwegs, und die wenigen, die an ihm vorbeikamen, ignorierten ihn. Childe nahm es ihnen nicht übel. Das Mitnehmen von Anhaltern war potentiell zu jeder Zeit gefährlich, und in dem geisterhaften, weißhellen Smog sah wahrscheinlich jedermann so aus, als führe er etwas Böses im Schilde. Außerdem rieten Rundfunk, Fernsehen und Zeitungen zur Vorsicht, da auf den Straßen so viele Verbrechen passierten.

Mit tränenden Augen und dem Gefühl, als atmeten seine Nasenschleimhäute und seine Kehle die Dünste kochenden Metalls ein, stand Childe an der Ecke. Er sah das Haus auf der anderen Straßenseite und weiter unten das Rathaus und die Stadtbibliothek. Sie sahen aus wie finstere Klötze, wie bewegungslose Eisberge im Nebel. Am anderen Ende der Rexford Avenue — jedenfalls erweckte es den Eindruck — tauchten ein paar Scheinwerfer auf und schwenkten dann außer Sichtweite.

Dann fuhr ein schwarzweißer Streifenwagen an ihm vorbei. Nachdem er auf der Rexford seinem Blickfeld beinahe entglitten war, hielt er an und fuhr rückwärts, bis er neben Childe stand. Der auf der rechten Seite sitzende Beamte fragte ihn, ohne auszusteigen, was er hier täte. Childe erzählte es ihm. Zum Glück hatten die Beamten von ihm gehört. Sie hatten im Moment kein festes Ziel; sie patrouillierten nur durch die Umgebung (natürlich in dem Viertel, in dem die Reichen wohnten), aber es gab nichts, was sie davon abhalten konnte, ein Stück weiter wegzufahren. Childe müsse jedoch einsehen, daß sie ihn, bekamen sie einen Einsatzbefehl, auf der Stelle rauswerfen mußten; dann stünde er wieder im Freien. Childe sagte, er wolle das Risiko eingehen.

Sie brauchten fünfzehn Minuten bis zu seinem Wagen. Nur ein Notfall hätte sie dazu bewegen können, in diesem dicken, milchigen Nebel schneller zu fahren. Er dankte den Polizisten, ließ seinen Wagen ohne Schwierigkeiten an, wendete und fuhr in Richtung Stadt. Vierzig Minuten später stellte er ihn auf dem Besucherparkplatz der Polizei von Los Angeles ab.

12. Kapitel

Budler hielt sich in dem gleichen Raum auf, in dem auch Colben getötet worden war. Die ersten Szenen hatten gezeigt, wie man ihn eingestimmt hatte. Am Anfang hatte er Furcht und Impotenz gezeigt, später dann Zuversicht und aktive, bereitwillige Teilnahme. Zu Anfang hatte man ihn auf den gleichen Tisch gebunden, auf dem auch Colben gelegen hatte, doch später war er nicht mehr zu sehen; ein Bett nahm seine Stelle ein.

Budler war ein kleiner Mann mit schmalen Schultern und mageren Hüften und Beinen, aber er hatte ein gewaltiges Glied. Seine Hautfarbe war blaß, und er hatte hellblaue Augen und strohfarbenes Haupthaar. Sein Schamhaar war dunkelblond. Sein Penis war dunkel, als sei er stets mit Blut gefüllt. Es war ungewöhnlich, wie lange er nach einem Orgasmus seine Erektion aufrechterhalten konnte, und er sonderte eine außergewöhnliche Menge Samenflüssigkeit ab.

(Beide Opfer waren Männer mit übermäßigem Geschlechtstrieb gewesen — beziehungsweise solche, in deren Leben sich alles um Sex drehte. Beide ließen keine Gelegenheit aus, beide hatten mehrere Mädchen geschwängert, waren wegen Unzucht mit Minderjährigen festgenommen oder verdächtigt worden und, was ihre Eroberungen anbetraf, als Großmäuler bekannt gewesen. Beide waren das, was Sybil als ›Lustmolche‹ bezeichnet hätte. An ihnen war etwas Tückisches. Childe fragte sich, ob man sie eventuell mit dem Hintergedanken an eine ausgleichende Gerechtigkeit zu Opfern erwählt hatte.)

Die Frau mit dem grellen Make-up und dem sich hinter ihrem Lendenschurz verbergenden Geschöpf (Instrument? Organ?) war eine aufs Blasen spezialisierte Schauspielerin; sie nahm zwar mehrmals ihr Gebiß heraus, setzte jedoch die eisernen Zähne nicht ein. Jedesmal, wenn Childe sah, wie sie das Gebiß herausnahm, verkrampfte er sich und verspürte ein Gefühl der Übelkeit, doch die Verstümmelung blieb ihm erspart.

Es gab auch noch andere Schauspielerinnen. Bei einer von ihnen handelte es sich um eine unglaublich dicke Frau mit milchig weißer Haut. Ihr Gesicht war nie zu sehen. Dann sah er eine andere. Ihre Figur war prächtig, doch ihr Gesicht war stets verborgen — in der Regel hinter einer Maske. Beide setzten sie Mund und Möse ein; einmal fickte Budler den Hintern der Dicken.

Er sah auch zwei maskierte Männer. Childe musterte sorgfältig ihre Gestalten, aber er konnte nicht sagen, ob es sich um Igescu, Glam oder den jungen Mann handelte, den er beim Billardspiel gesehen hatte. Einer der Männer war von ähnlicher Gestalt wie Igescu, der andere war groß und muskulös. Aber er konnte keinen von ihnen als jemanden identifizieren, den er in Igescus Haus gesehen hatte.

Budler mußte latent homosexuell gewesen sein, was sich nun — möglicherweise unter Drogeneinwirkung — während der Einstimmung verstärkt zeigte. Einer der Männer blies ihn mehrmals, und Budler rammelte zweimal den Hintern des großen Mannes. Der dritte Mann tauchte nur in einer Szene auf, die, wie Childe annahm, das Große Finale war. Er rechnete jeden Augenblick damit, daß Budler etwas Schreckliches widerfuhr, doch abgesehen davon, daß er erschöpft wirkte, schien er nichts Böses zu erleiden. Budler, die drei Männer und drei Frauen führten zahlreiche Positionen vor, bei denen Budler meist im Mittelpunkt der Gruppe stand.

An dieser Stelle sagte der neben Childe sitzende Commissioner: »Das muß eine richtige Organisation sein! Abgesehen von den sechsen da, sind wenigstens zwei weitere damit beschäftigt, die Kameras zu bedienen.«

Die letzte Szene (Childe wußte, daß es die letzte war, da der Commissioner ihn darauf hinwies, als sie begann) zeigte Budler, wie er eine der gut gebauten Frauen kniend von hinten fickte. Die Kameras zeigten sein Tun aus jedem Winkel, nur nicht aus dem, der das Gesicht der Frau gezeigt hätte. Es folgten eine Reihe von Aufnahmen, die man offenbar durch ein langes, biegsames Glasfaserinstrument gemacht hatte. Sie sahen Nahaufnahmen eines gigantisch wirkenden Penis, der sich unter einem höhlenartigen After in einen elefantenhaften Schlitz hineinschraubte. Die Gleitflüssigkeit floß wie der Überlauf eines randvollen Staudamms.

Und dann sah es so aus, als führe die Kamera an dem nun bewegungslosen Penis entlang und in den Schlitz hinein. Licht flammte auf, die Zuschauer schienen von Abertausend Tonnen Fleisch umgeben zu sein. Sie sahen auf den Penis herunter; er wirkte wie ein in einer unterseeischen Höhle gestrandeter Wal. Dann schauten sie an eine Decke aus feuchtem, rosafarbenem Fleisch.

Plötzlich ging das Licht aus. Sie waren wieder da, wo sie zuvor gewesen waren und blickten von der Seite auf Budler und die Frau. Sie befanden sich auf dem Bett. Die Frau stützte sich auf ihre Arme, ihr Gesicht schaute nach unten. Sie hatte ein Kissen unter dem Bauch, und ihr Hintern ragte hoch auf. Budler kniete zwischen ihren gespreizten Beinen; er hatte ein Knie dazwischen geschoben und fuhr vor und zurück.

Plötzlich — so plötzlich, daß Childe nach Luft schnappte und glaubte, sein Herz müsse stehenbleiben — verwandelte sich die Frau in eine Wölfin. Budler kniete immer noch zwischen ihren gespreizten Beinen und ließ sein Glied langsam in sie hineingleiten, als sich die Verwandlung vollzog. (Es mußte eine Trickaufnahme sein. Aber Budler verhielt sich so, als hätte die Frau sich wirklich verwandelt. Stand er unter Drogen? Gaukelte man ihm etwas vor?) Jedenfalls hielt Budler erschrocken inne, hob abwehrend die Arme, richtete sich auf und riß seinen Penis heraus, der sofort erschlaffte. Er sah aus, als stünde er unter Schock.

Die Wölfin fuhr knurrend herum und zerfetzte mit einem einzigen Schnappen sein Glied.

Es passierte so schnell, daß Childe nicht sofort begriff. Blut spritzte, Budler sank schreiend nach hinten. Der Wolf fiel über ihn her und riß an seinen Hoden. Budlers Geschrei verstummte. Seine Haut wurde blaugrau. Ein

Schnitt von seinem verstümmelten Unterleib nach oben, um das Gesicht des Sterbenden zu zeigen.

Und dann wieder die blecherne Pianomusik: Dvořáks *Humoreske*. Mit der schon bekannten dramatischen Geste — er warf den Umhang beiseite, um sein Gesicht zu enthüllen — stürzte der Dracula durch den Vorhang. Die Kamera ging tiefer und nahm das in Augenschein, was Childe schon beim Eintreten des Mannes zu sehen geglaubt hatte. Aber er war sich nicht sicher gewesen. Draculas Penis, ein sehr langes und dünnes Organ, hing aus dem Schlitz seiner Hose. Der Dracula wieherte, trat vor, sprang auf das Bett und packte die behaarten Flanken der Wölfin. Die jaulte auf und ließ von Budler ab und versuchte zu fliehen, doch Dracula ließ nicht von ihr ab und folgte ihr auf den Knien rutschend.

Abblende. FORTSETZUNG FOLGT. In strahlend weißen Lettern über die Leinwand. Ende des Films.

Childe empfand Übelkeit und fühlte sich elend. Hinterher unterhielt er sich mit dem Commissioner, der ebenfalls blaß war und zitterte. Aber er war nicht zittrig in seiner Ablehnung, irgend etwas gegen Igescu zu unternehmen. Er erklärte Childe (er wußte es ohnehin), daß die Beweismittel gegen ihn zu gering — tatsächlich gar nicht existent — waren. Zwar rechtfertigten der ›Vampir‹-Aspekt, die Wölfe auf dem Grundstück, die (angebliche) Drogenbeeinflussung durch Igescus Sekretärin, die in Budlers Wagen gefundenen Wolfshaare und die Wölfin im Film gewiß Ermittlungen in Sachen Igescu. Aber Igescu war ein überaus reicher und mächtiger Mann. Man wußte weder von irgendwelchen Vorstrafen, noch konnten ihm die Behörden kriminelle Verbindungen nachweisen. Wenn die Polizei überhaupt etwas gegen ihn tun konnte — wozu der Commissioner keine Möglichkeit sah —, würde die Polizei von Beverly Hills diesbezügliche Ermittlungen durchführen müssen.

Der Kern seiner Bemerkungen betraf das, was Childe erwartet hatte. Er mußte mehr schlüssiges Beweismaterial heranschaffen, aber ohne die Hilfe der Polizei.

Childe fuhr durch die dunkler werdende Atmosphäre zurück. Das bizarre weiße Licht wurde langsam grüngrau. Er hielt an einer Tankstelle an, um den Tank seines Wagens zu füllen und um den kaputten Scheinwerfer zu ersetzen. Nachdem der Tankwart seine Kreditkarte in die Maschine gesteckt hatte, sagte er: »Sie sind wahrscheinlich mein letzter Kunde. Ich haue ab, sobald ich den Papierkram erledigt habe. Ich verlasse die Stadt, mein Freund. Mit diesem Ort geht es zu Ende!«

»Vielleicht komme ich nach«, sagte Childe. »Aber zuerst muß ich noch ein Geschäft erledigen.«

»Yeah? Diese Stadt wird bald 'ne Geisterstadt sein. Sie ist schon auf dem besten Weg.«

Childe fuhr zum Einkaufen nach Beverly Hills. Er hatte Schwierigkeiten, einen Parkplatz zu finden. Wenn Los Angeles wirklich auf dem Weg war, zu einer Geisterstadt zu werden, zeigte es sich jedenfalls im Moment noch nicht. Vielleicht deckten sich die meisten Leute aber auch nur mit Vorräten für den zweiten Exodus ein — oder sie hamsterten, bevor die Geschäfte wieder schlossen. Worin der Grund auch bestand, es dauerte zweieinhalb Stunden, bis Childe alles hatte, was er haben wollte, und er brauchte eine halbe Stunde, um die anderthalb Meilen zu seiner Wohnung zu fahren. Die Straßen waren schon wieder mit Fahrzeugen verstopft. Was die Vergiftung der Luft natürlich nur noch mehr förderte.

Childe hatte an sich den Plan gehabt, sofort zu Igescu hinauszufahren, aber nun sah er ein, daß er ebensogut warten konnte, bis der Verkehr etwas dünner geworden war. Er verbrachte eine Stunde damit, darüber nachzudenken, was er tun sollte. Dann rief er bei Sybil an, aber das Telefonnetz war wieder verstopft. Er ging zu Fuß zu ihrer Wohnung. Er trug eine Gasmaske, die er in einem Laden erworben hatte, der gerade mit einer neuen Lieferung versorgt worden war. Er sah so viele Menschen, die ähnlich maskiert waren, daß die Straße aussah wie eine Marsszenerie.

Sybil war nicht zu Hause. Ihr Wagen stand noch immer in der Garage. Der Zettel, den er zurückgelassen hatte, lag genau an der gleichen Stelle, an den er ihn hingelegt hatte. Childe versuchte, eine Fernverbindung mit Sybils Mutter durchzukriegen, aber er hatte schon genug Schwierigkeiten, bloß die Vermittlung zu erreichen, wo man ihm sagte, er müsse sich ans Ende einer langen Warteliste stellen. Die Vermittlung war angewiesen worden, nur Notrufe durchzustellen. Childe wies darauf hin, daß es sich hier um einen Notfall handle; seine Frau sei verschwunden, er wolle herausfinden, ob sie nach San Francisco gefahren sei. Von der Vermittlung erfuhr er, daß er dennoch warten müsse; wie lange, könne man nicht sagen. Ob man ihn unter dieser Nummer zurückrufen solle, wenn er an der Reihe war?

Childe verneinte, bedankte sich und legte auf. Er ging in seine Wohnung zurück und überprüfte noch einmal den Anrufbeantworter — mit dem gleichen negativen Resultat. Er sah sich kurz die Nachrichten an. Das meiste von dem, was er zu sehen bekam, waren Wiederholungen oder auf den aktuellen Stand gebrachte Zusammenfassungen über den Smog und die Emigrationswelle. Die Nachrichten waren ihm zu deprimierend, und die einzige Nicht-Nachrichten-Sendung — Shirley Temple in *Ein reizender Fratz* — interessierte ihn nicht. Childe versuchte etwas zu lesen, doch seine Gedanken jagten zwischen Budler und seiner Frau hin und her.

Es konnte einen in den Wahnsinn treiben, wenn man keine Chance hatte, etwas zu tun. Childe hätte sich beinahe dazu durchgerungen, sich in den Verkehr zu stürzen, da er so wenigstens *etwas* tat. Außerdem konnte er, wenn er die Hauptverkehrsstraßen erst einmal hinter sich hatte, vielleicht schneller fahren. Er warf einen Blick auf die Straße. Es wimmelte von Autos, die alle in die gleiche Richtung fuhren. Hupen ertönten, Fahrer fluchten, beugten sich hinaus, oder saßen stoisch mit zusammengepreßten Lippen da und umklammerten das Lenkrad. Es würde ihm nicht mal gelingen, sich in den Verkehr einzufädeln.

Gegen sieben normalisierte sich plötzlich der Verkehr, als hätte man irgendwo einen Stöpsel gezogen und die überzähligen Fahrzeuge durch den Ausguß verschwinden lassen. Childe ging in die Kellergarage, fuhr den Wagen hinaus und erreichte die Straße ohne irgendwelche Schwierigkeiten. Ein paar Autos fuhren auf der falschen Spur, aber sie wechselten schnell auf die richtige Seite. Childe erreichte Igescus Landsitz vor Sonnenuntergang; er mußte nur einmal anhalten, um einen Reifen zu wechseln. Auf den Straßen lagen zahlreiche Gegenstände, und einer von ihnen, ein Nagel, hatte sich in den Reifen des linken Hinterrades gebohrt. Auch die Polizei hielt ihn an. Man suchte nach einem Tankstellenmarder, der einen Wagen seines Fabrikats und von der gleichen Farbe fuhr. Childe konnte ihnen allerdings klarmachen, daß er weder ein Krimineller war noch der Mann, den sie suchten. Die Tatsache, daß sie sich um diese Zeit mit einem simplen Räuber beschäftigten, zeigte ihm, daß sich der Verkehr — zumindest in dieser Gegend — beträchtlich beruhigt hatte.

Am Ende der Straße vor Igescus Landsitz wendete Childe den Wagen und fuhr ihn ins Gebüsch. Er stieg aus, und nachdem er die Gasmaske abgenommen hatte, stürzte er sich auf den Kofferraum und entnahm ihm das Bündel, das er vorbereitet hatte. Er brauchte einige Zeit, um die beschwerliche Ladung durch den dichten Wald zum Mauerhügel hinaufzuschleppen. Dort angekommen, klappte er die Aluminiumleiter auseinander, ließ ihre Gelenke einschnappen und stieg mit seinem Rucksack soweit hinauf, bis sein Kopf über den Draht hinausragte. Childe wollte gar nicht feststellen, ob der Stacheldraht mit Strom geladen war. Tat er es, löste er unter Umständen nur einen Alarm aus. An einem Seil, das an seinem Ende befestigt war, zog er einen elastischen gummiverstärkten Schlauch zu sich herauf, wie ihn Kinder zum Durchkriechen benutzten.

Childe zog ihn hoch, bis er halb über dem Draht lag, dann begann er mit dem unausweichlich schwerfälligen und langsamen Kriechmanöver — nicht durch den Schlauch, sondern über ihn hinweg. Sein Gewicht drückte ihn nach unten, so daß er eine doppelte Lage zwischen sich und den spitzen Drahtzacken hatte. Es gelang ihm sich zu drehen und die Leiter mit dem Seil, das er vom Schlauch gelöst und an ihr befestigt hatte, langsam hinter sich herzuziehen. Er achtete sorgfältig darauf, daß die Leiter den Draht nicht berührte.

Childe hob sie hoch, wendete sie und stellte sie auf den Boden hinter der Mauer. Als seine Füße ihre Sprossen berührten, ergriff er den Schlauch, warf ihn zu Boden und stieg dann hinab. Diesen Vorgang wiederholte er an der inneren Mauer bis zu dem Punkt, wo er den Mauergipfel erreichte. Doch statt über sie hinwegzuklettern, entnahm er seinem Rucksack zwei große Steaks und warf sie, so weit er nur konnte. Sie landeten beide auf dem Laub in der Nähe des Stammes einer großen Eiche. Dann zog er den Schlauch von der Mauer und stieg über die Leiter wieder nach unten. Er blieb rücklings zur Mauer sitzen und wartete ab. Wenn er mit diesem Schritt nicht innerhalb von zwei Stunden Erfolg hatte, wollte er trotzdem über die Mauer steigen.

Die Finsternis wurde zwar dichter, aber es schien nicht kühler zu werden. Die Luft bewegte sich nicht im geringsten. Nirgendwo waren Vögel oder Insekten zu hören. Der Mond ging auf. Ein paar Minuten später hörte Childe ein Heulen und sprang auf. Seine Kopfhaut runzelte sich, als riebe eine kalte Hand über sie hinweg. Das Heulen — anfangs war es weit entfernt — kam näher. Bald darauf vernahm er ein Schnuppern, und dann ein Knurren und Schmatzen. Childe wartete weiterhin ab. Er überprüfte noch einmal seine Smith & Wesson Terrier .32. Als nach seiner Armbanduhr fünf Minuten vergangen waren, stieg er über die Mauer und zog, wie bei der ersten, den Schlauch und die Leiter hinter sich her. Für den Fall, daß jemand an der Mauer entlangpatrouillierte, deponierte er sie hinter einem Baum auf dem Boden. Dann machte er sich mit dem Schießeisen in der Hand auf, um nach den Wölfen zu suchen. Sie hatten die Steakknochen zernagt und teilweise verschluckt; der Rest war weg.

Childe fand die Wölfe nicht. Beziehungsweise war er sich nicht sicher, ob das, was er fand, die Wölfe waren.

Er trat auf eine Lichtung und holte tief Luft.

Im Mondlicht lagen zwei Gestalten. Sie waren leblos und in einem Zustand, den man nach dem Verzehr des vorbehandelten Fleisches erwarten konnte. Aber die beiden Gestalten, die er sah, waren nicht die behaarten, vierbeinigen, zum Schwiegen gebrachten Viecher, die er erwartet hatte. Die beiden, die dort lagen, waren das junge Paar, das in Igescus Haus Billard gespielt hatte. Vasili Chornkin und Mrs. Krautschner lagen nackt im Mondlicht auf dem Gras. Der junge Mann lag auf dem Gesicht; er hatte die Beine angezogen und die Hände in der Nähe seines Kopfes. Die Frau lag auf der Seite. Sie hatte die Beine ebenfalls angezogen, und die Arme neben den Kopf verschränkt. Sie hatte einen herrlichen Körper. Childe fielen die Mädchen aus dem Film ein, und zwar speziell das, das Budler kniend von hinten gefickt hatte.

Childe mußte sich eine Weile hinsetzen. Er fühlte sich zittrig. Er dachte nicht darüber nach, ob dergleichen möglich oder unmöglich war. Es *war* offenbar so, und das versetzte ihn in Angst. Es bedrohte seinen Glauben an die Ordnung des Universums, und das bedeutete, daß das Universum ihn bedrohte.

Nach einer Weile konnte er wieder handeln. Er entnahm seinem Rucksack Klebeband, um den beiden die Hände auf den Rücken und ihre Beine aneinander zu fesseln. Dann verklebte er beiden den Mund und legte sie auf die Seite, damit sie von Angesicht zu Angesicht so eng beieinander lagen wie möglich, um sie am Hals und den Knöcheln zusammenzubinden. Als er fertig war, schwitzte er. Childe ließ sie in der Schneise liegen. Er hoffte, daß sie sehr glücklich miteinander waren. (Daß er dergleichen überhaupt denken konnte, zeigte, daß er sich rasch erholte.) Jedenfalls wären sie glücklich gewesen, wenn sie gewußt hätten, daß er den Plan gehabt hatte, den Wölfen die Kehle durchzuschneiden.

Childe ging in die Richtung, in der er das Haus vermutete. Fünf Minuten später sah er das massige Gebäude und ein paar beleuchtete Rechtecke vor sich auf dem Hügel. Als er sich dem Haus von links näherte, blieb er plötzlich stehen. Er hätte beinahe den Revolver abgefeuert, so sehr brachte ihn das abrupte Erscheinen einer Gestalt durcheinander: Sie flitzte aus dem Dunkel ins Licht des Mondes und wieder in den Schatten zurück; dann war sie verschwunden. Sie hatte ausgesehen wie eine Frau mit einem knöchellangen Kleid mit freiem Rücken.

Childe verspürte zum drittenmal an diesem Abend ein Frösteln. Es mußte Dolores gewesen sein. Oder eine Frau, die das Gespenst mimte. Aber weshalb sollte man eine Show abziehen, wenn es keinen Grund dafür gab, ein Gespenst auftreten zu lassen? Es wußte doch niemand, daß er hier war. Zumindest ging er davon aus.

Es war möglich, daß der Baron an diesem Abend einen anderen Gast schockieren wollte und die Frau deswegen einsetzte.

Neben dem Rolls Royce Silver Cloud standen noch fünf weitere Wagen auf dem Vorplatz: Zwei Cadillacs, ein Lincoln, ein Cord, und ein Duesenberg von 1929. Die Seitenflügel des Hauses waren dunkel, doch der Mittelteil war hell erleuchtet.

Childe hielt Ausschau nach Glam. Da er ihn nicht sah, ging er um das Haus herum. Er stieß auf ein von Kletterpflanzen bewachsenes Gatter, das ihm einen leichten Zugang zu einem Balkon im zweiten Stock ermöglichte. Das Fenster war zwar zu, aber nicht abgeschlossen. Der Raum war dunkel, heiß und muffig. Childe tastete sich an der Wand entlang, bis er eine Tür fand, die er vorsichtig öffnete. Es war die Tür eines Wandschranks, in dem dunkle, verstaubte Kleider hingen. Er schloß die Tür und tastete sich an ihr entlang, bis er eine weitere entdeckte. Sie ging auf einen Korridor. Er war nur von mattem Mondlicht erhellt, das durch ein Fenster fiel. Nun setzte er seine Stablampe ein, um den Weg zu finden. Er kam an einer Treppe vorbei, die nach oben und unten führte, und öffnete eine Tür, die auf einen weiteren Korridor ging. Der Gang war unbeleuchtet; Childe ertastete sich den Weg mit der Taschenlampe bis zum anderen Ende.

Hin und wieder blieb er stehen, um das Ohr gegen eine Tür zu legen. Er glaubte, hinter einer von ihnen das Murmeln von Stimmen gehört zu haben, doch das angestrengte Lauschen überzeugte ihn davon, daß die Phantasie ihm einen Streich gespielt hatte.

Am Ende des Korridors — er war doppelt so lang wie der erste — stieß er auf eine verschlossene Tür. Er probierte mehrere Schlüssel aus — umsonst. Childe nahm seinen Dietrich, und nach ein paar Minuten Arbeit, wobei ihm der Schweiß in die Augen und über die Rippen lief und er mehrmals innehalten mußte, weil er Schritte und einmal ein Atmen zu hören glaubte, konnte er das Schloß knacken.

Die Tür öffnete sich in einen beleuchteten Gang und einen Hauch kalter Luft.

Als er den Korridor betrat, sah er links von sich aus den Augenwinkeln an seinem anderen Ende eine Bewegung. Sie war aber zu schnell gewesen, als daß er hätte identifizieren können, was es gewesen war, aber Childe glaubte, daß es die Schleppe von Dolores' Kleid gewesen war. So lautlos wie möglich lief er mit seinen Turnschuhen über den marmorgefliesten Boden (der Gang war, auch wenn er zum spanischen Teil der Villa gehörte, in einem kunstvoll holzgetäfelten viktorianischen Stil gehalten). Er blieb stehen und lugte um die Ecke.

Die Frau am anderen Ende sah ihn an. Im Licht der Bodenlampe in ihrer Nähe konnte er erkennen, daß sie groß, schwarzhaarig und schön war — es war die Frau auf dem Porträt über dem Kaminsims im Salon.

Sie verbeugte sich vor ihm, drehte sich um und verschwand um die Ecke.

Childe fühlte sich leicht desorientiert — doch nicht so, als hätte er sich von einem Teil seines Ichs gelöst. Ihm kam es so vor, als seien die Wände, die ihn umgaben, leicht verzogen.

Im gleichen Moment, in dem er um die Ecke bog, sah er ihren Rock durch eine Tür verschwinden. Sie führte in einen Raum hinein, der an der Mitte des Korridors lag. Das einzige Licht kam von der Lampe auf einem Halter im Korridor — und dem schwachen Leuchten eines Lämpchens an der ihm gegenüberliegenden Zimmerwand. Es stand auf einem Halter neben einem großen, mit einem Baldachin versehenen Bett. Childe verstand zwar nicht viel von Möbeln, aber das Bett sah so aus, als entstammte es der Louis-Serie, eventuell Louis Quatorze. Der Rest des teuer wirkenden Mobiliars paßte zu ihm. Ein großer Kristall-Kronleuchter hing von der Mitte der Decke herab.

Die Wand war weiß getäfelt, und eins der Paneele klappte gerade zu.

Childe nahm an, daß es zuklappte. Er hatte geblinzelt, dann war ihm die Wand wieder fest erschienen.

Es gab keinen anderen Weg, auf dem die Frau hätte hinausgelangen können.

Öffneten Gespenster Türen — oder Wandverschalungen —, um von einem Raum in den anderen zu gelangen?

Wenn es welche gab — vielleicht ja. Doch er hatte nichts gesehen, das darauf hindeutete, daß Dolores — oder wer die Frau auch immer war — ein Gespenst sein mußte.

Wenn sie bei einem von Igescu inszenierten Scherz mitspielte, der anderen — und speziell ihm — galt, lockte sie ihn aus einem Grund, den er nur für bedrohlich halten konnte. Die Holzverschalung führte zu einem Gang, der zwischen den Wänden lag. Igescu wollte also, daß er diesen Weg wählte.

Aus dem Zeitungsartikel hatte Childe erfahren, daß das ursprüngliche Haus über Geheimgänge, unterirdische Korridore und mehrere geheime Tunnels verfügt hatte, die zu Ausgängen im Wald führten. Don Pedro del Osorojo hatte sie anlegen lassen, weil er sich vor Angriffen durch Banditen, wilde Indianer, rebellierende Bauern und — wahrscheinlich — Regierungstruppen fürchtete. Der Don, so schien es, hatte Ärger mit den Steuereintreibern gehabt; die Regierung hatte ihn beschuldigt, Gold und Silber zu horten.

Als der erste Baron Igescu, der Onkel des gegenwärtigen Besitzers, die Anbauten hatte errichten lassen, hatte auch er geheime Gänge angelegt. Sie waren mit denen im alten Teil des Hauses verbunden.

Natürlich war es mit seinem Geheimnis nicht weit her, da die Arbeiter darüber geredet hatten, aber soweit bekannt war, existierten von diesem Haus keine Baupläne. Die meisten der Arbeiter waren inzwischen gestorben oder so alt, daß sie sich an die Lage der Gänge nicht mehr erinnern konnten, selbst wenn man einen von ihnen aufgetrieben hätte.

Die Wandverschalung war lange genug offen gewesen, um Childe zu sagen, daß dies einen Eingang darstellte. Vielleicht wollte der Baron, daß er es erfuhr; vielleicht wollte es aber auch Dolores, das Gespenst. Auf jeden Fall wollte man, daß er sich dahinter umsah.

Das Auffinden von dem Mechanismus, der den Eingang öffnete, war jedoch eine andere Sache. Childe drückte auf das Holz, das das Paneel umgab, versuchte Nuten zu bewegen, die er sah, klopfte an den verschiedensten Stellen auf die Täfelung (sie klang hohl) und suchte sorgfältig nach Löchern. Er fand nichts Außergewöhnliches.

Er richtete sich auf, machte gereizt eine halbe Drehung und wandte sich dann erneut um, als erblicke er jemanden — oder etwas —, das sich hinter seinem Rücken zu schaffen machte. Doch hinter ihm war nichts, was nicht schon zuvor dort gewesen war. Aber er sah sich kurz in dem riesigen Spiegel, der an der Wand gegenüber vom Boden bis zur Decke aufragte und die Hälfte der Zimmerwand einnahm.

Der Spiegel reflektierte in keiner Weise so, wie es bei Spiegeln üblich war. Er reflektierte auch nicht verzerrt oder übertrieben, wie die Spiegel eines Spiegelkabinetts auf der Kirmes. Die Verzerrungen — falls man sie überhaupt so nennen konnte — waren kaum spürbar. Und so aalglatt wie Quecksilbertropfen.

Er zeigte subtile Verzerrungen in allem, was er zurückwarf: Verzerrungen der hinter ihm liegenden Wand, des Gemäldes an der Wand seitlich von ihm, des Baldachin-Bettes und seiner selbst. Ihm war, als blicke er durch ein Fenster in einen unter Wasser gelegenen Raum; dabei war er selbst tief im Wasser, und der Spiegel ein Fenster oder Bullauge, der in einen unterseeischen Palast hineinsah. Die in diesem Raum befindlichen Gegenstände — und Childe wirkte ebenso wie ein Gegenstand wie das Bett oder ein Sessel — wogten leicht. Als würden Ströme kalten Wassers, denen wärmere folgten, die Flüssigkeit verdichten oder ausdehnen und so die Intensität und Strahlenbrechung der Beleuchtung verändern.

Doch hinter der Verzerrung steckte noch mehr. In einer Hinsicht erschien ihm der Raum und sein gesamter Inhalt, er selbst inklusive, fast — nicht ganz — normal. Alles sah so aus, wie es sein sollte, beziehungsweise wie es wirken sollte. Wirken, dachte Childe, da ihm klar wurde, daß die Dinge, so wie sie waren, nicht unbedingt die waren, die sie sein sollten, da Bräuche das Fremde oder Frevelhafte (ein komisches Wort, wie kam er nur darauf?) beruhigend gemacht hatten.

Wenn die Gegenstände verzerrt wurden oder wogten — er wußte nicht genau, was sie taten —, verschwand die ›Normalität‹, und er und der Raum wurden ›böse‹.

Er sah weder ›schwach‹ noch ›unbedeutend‹, ›hinterlistig‹, ›egoistisch‹ oder ›gleichgültig‹ aus. Er wies nichts von dem auf, was er manchmal fühlte. Er sah ›böse‹ aus. Boshaft, destruktiv, völlig lieblos.

Childe ging langsam auf den Spiegel zu. Sein Ebenbild kam wogend näher. Es lächelte, und ihm wurde plötzlich klar, daß er auch lächelte. Dieses Lächeln war in keiner Weise lieblos; es war ein Lächeln reiner Liebe: Der Liebe zum Haß und zur Korrumpierung alles Lebendigen.

Childe konnte den Gestank von Haß und Tod förmlich riechen.

Dann nahm er an, daß dieses Lächeln kein Lächeln der Liebe war, sondern ein Lächeln der Gier. Vorausgesetzt, Gier war keine Form der Liebe. Es war nicht auszuschließen.

Die Bedeutungen der Worte waren so verzerrend und unbestimmbar wie die Bilder im Spiegel.

Ihm wurde schlecht; etwas nagte in seiner Magengrube an seinen Nerven.

Es ist wie eine Seekrankheit, dachte Childe. Beziehungsweise Sehkrankheit.

Er wandte sich von dem Spiegel ab, und als er es tat, spürte er, wie ihm ein kalter Luftzug über den Schädel strich. Er spürte Verletzlichkeit — und Leere — zwischen den Schultern. Ihm war, als würde der Mann im Spiegel ihm ein Messer in den Rücken jagen, wenn es sich von ihm abwandte.

Childe konnte den Spiegel und den Raum, der sich in ihm spiegelte, nicht ausstehen. Er mußte hier raus. Wenn er es nicht schaffte, das Paneel in ein paar Sekunden aufzukriegen, würde er den Raum durch die Tür verlassen.

Es war zwecklos, die Anstrengungen zu wiederholen. Der Mechanismus der Geheimtür befand sich nicht in unmittelbarer Nähe. Also mußte er anderswo suchen. Vielleicht befand sich der Auslöser — ein Knopf, ein Bolzen, irgend etwas — hinter dem großen Ölgemälde. Es zeigte einen Mann, der dem Baron sehr ähnlich war. Möglicherweise stellte es seinen Onkel dar. Childe hob es an, nahm es von den Haken und stellte es aufrecht an die Wand. Die Wand dahinter war glatt und eben. Hier gab es keinen Auslösemechanismus.

Er hängte das Gemälde wieder auf. Als er es hob, kam es ihm doppelt so schwer vor als beim Abnehmen. Dieses Zimmer beraubte ihn seiner Kraft.

Childe wandte sich von dem Gemälde ab und blieb stehen. Das Paneel war nach innen geklappt — in die Finsternis hinter der Wand.

Childe behielt das Paneel im Auge, legte eine Hand auf die untere Ecke des Bilderrahmens und bewegte ihn leicht. Das Paneel begann sich wieder zu schließen. Allem Anschein nach öffnete der Mechanismus es nur kurz und schloß es dann automatisch.

Er wartete, bis das Paneel geschlossen war, dann schob er den Bilderrahmen erneut zur Seite. Nichts passierte. Aber als er das Gemälde leicht anhob, klappte das Paneel wieder auf.

Childe zögerte nicht. Er trat eilig an die Täfelung, ging vorsichtig durch die Öffnung, überzeugte sich, daß er in der Finsternis einen Halt fand und ging dann beiseite, damit das Paneel sich wieder schließen konnte. Er stand in absoluter Dunkelheit; die Luft war tot und roch nach vermodertem Holz, bröckelndem Gips und seit langer Zeit toten Mäusen. Und er witterte einen Anflug (oder täuschte er sich?) von Parfüm.

Die Taschenlampe zeigte einen staubigen Korridor, der etwa anderthalb Meter breit und zwei Meter hoch war. Er endete jedoch nicht, wie er angenommen hatte, an der Wand zum Korridor. Ein schwarzes Loch entpuppte sich als Treppe, die unter dem Korridor entlangführte. Dort, wo sie endete, befand sich ein kleiner Absatz. Eine weitere Treppe führte nach oben. Wahrscheinlich, nahm Childe an, zu einem weiteren Gang auf der anderen Seite des Korridors.

In Gegenrichtung verlief der Gang etwa siebzehn Meter weit und bog dann um eine Ecke. Er ging langsam in diese Richtung und untersuchte sorgfältig Wände, Decke und Boden. Als er weit genug gegangen war, um am Schlafzimmer des Barons vorbei zu sein, stieß er auf eine mit Scharnieren versehene Klappe. Sie war zu klein und lag zu hoch in der Wand, um ein Durchgang zu sein. Childe zog den Riegel zurück, schaltete die Taschenlampe aus und ließ die Klappe langsam herumschwingen, um ein Quietschen der Scharniere zu vermeiden. Sie erzeugten keinen Laut. Die Klappe verbarg einen Einwegspiegel. Er schaute in ein Schlafzimmer hinein. Eine Frau mit tizianrotem Haar kam durch die zum Korridor führende Tür. Sie ging knapp anderthalb Meter entfernt an ihm vorbei und verschwand durch eine andere Tür. Sie trug ein mit großen roten Blumen gemustertes Kleid; ihre Beine waren nackt, die Füße steckten in Sandalen.

Die Frau war so schön, daß Childe einen Moment lang Übelkeit verspürte. Es war ein Gefühl, das er bisher dreimal erlebt hatte — beim ersten Anblick von Frauen, die so schön waren, daß es ihm wehtat, weil er sie niemals haben würde.

Childe war zwar der Ansicht, es sei besser, die Ermittlungen wieder aufzunehmen, doch er konnte sich dem Gefühl nicht versagen, daß er unter Umständen etwas von Bedeutung zu sehen bekam, wenn er hierblieb. Die Frau hatte so entschlossen ausgesehen, als habe sie vor, etwas Wichtiges zu tun. Er drückte das Ohr gegen das Glas und hörte schwach *Also sprach Zarathustra* von Richard Strauss. Es mußte aus dem Raum kommen, in den sie gegangen war.

Das Schlafzimmer wies einen für eine junge Frau ziemlich melancholischen Geschmack auf; das Zimmer des Barons — falls es das seine gewesen war — hätte weitaus besser zu ihr gepaßt, denn es war weitaus fröhlicher, wenn man die Spiegelwand ausnahm. Die Wände dieses Raumes waren mit dunklem Holz getäfelt, das etwa einen Meter achtzig über dem Boden endete. Darüber befand sich eine langweilige, dunkle Tapete mit schwach erkennbaren Bildern: Childe erblickte bunte Vögel, verdrehte Drachen und die wiederkehrende Gestalt des nackten Adam und des Apfelbaums. Schlangen sah er nicht.

Der Teppich war dick, ebenso langweilig und ebenso dunkel. Er zeigte Abbildungen, die zu verblaßt waren, um sie zu erkennen. Ihr Bett war, wie das des Barons, mit einem Baldachin versehen, doch es entstammte einer Periode, die Childe nicht kannte, obwohl es nicht viel bedeutete, denn er wußte nur sehr wenig über Möbel und andere Einrichtungsgegenstände. Die Beine des Bettes waren schmiedeeisern und wiesen die Form von Drachenklauen auf; die Tagesdecke und der Baldachin waren dunkelrot. An der Wand, die ihm gegenüberlag, hing ein Spiegel. Er war dreieckig, wie die Spiegel, die man in den Textilabteilungen von Warenhäusern verwendete. Er wirkte in keiner Weise ungewöhnlich; er reflektierte das Fenster, durch das Childe schaute, so wie einen gewöhnlichen Spiegel, der über einer eintönig dunkelroten Frisierkommode hing.

Childe sah einen Kerzenständer aus geschnittenem Kristall mit mattgelben Kerzenhaltern. Das Licht in diesem Raum kam jedoch von einer Reihe von Tisch- und Bodenlampen. Die Zimmerecken lagen im Schatten.

Childe wartete eine Weile. Er schwitzte. Es war heiß in dem Gang, und die unterschiedlichen Gerüche nach Holz, Gips und seit langem toten Mäusen wurde stärker, anstatt daß sich seine Nase an sie gewöhnte. Der Parfümduft hatte sich aufgelöst. Schließlich, als er gerade den Beschluß faßte weiterzugehen, und sich fragte, warum er überhaupt hier stand, kam die Frau wieder durch die Tür. Sie war nackt; ihr tizianrotes Haar hing lose auf ihre Schultern und ihren Rücken herab. Als sie auf die Frisierkommode zuging, hob sie eine langhalsige Flasche an die Lippen. Sie blieb genau vor Childe stehen und trank, bis nur noch etwa fünf Zentimeter Flüssigkeit in der Flasche waren. Sie stellte die Flasche auf die Frisierkommode, beugte sich vor und schaute in den Spiegel.

Sie hatte sich abgeschminkt und betrachtete sich im Spiegel, als suche sie nach einem Makel. Childe wich unwillkürlich zurück; es erschien ihm unmöglich, daß sie ihn nicht sah. Dann trat er wieder vor. Wenn sie wußte, daß sie vor einem Einwegspiegel stand, störte es sie nicht, daß jemand auf der anderen Seite war. Oder sie ging davon aus, daß sich dort niemand aufhalten konnte, der ihr feindlich gesonnen war. Vielleicht kannte auch nur der Baron diesen Gang. Die Untersuchung ihres Gesichts schien sie zu befriedigen, und wenn man ihr Lächeln richtig deutete, hatte sie sie sogar sehr erfreut. Sie richtete sich auf, musterte ihren Körper und schien auch mit ihm zufrieden zu sein. Childe fühlte sich unbehaglich; er hatte zwar den Eindruck, etwas Abartiges zu tun, wenn er sie belauerte, doch allmählich erregte es ihn auch.

Die Frau wiegte sich leicht; sie schwang ihre Hüften von einer Seite zur anderen, fuhr sich mit den Händen über die Rippen und die Hüften, legte sie über ihre Brüste und rieb ihre Brustwarzen mit dem Daumen. Ihre Brustwarzen erigierten. Childes Penis richtete sich auf.

Während sie mit der Linken ihre Brüste streichelte, legte sie die Rechte auf ihr Schamhaar, teilte den Schlitz mit einem Finger und begann, ihre Klitoris zu massieren. Sie bearbeitete sie flink, rubbelte tatkräftig, und plötzlich warf sie den Kopf nach hinten und öffnete den Mund. Ihr Gesicht zeigte Ekstase.

Childe fühlte sich zugleich abgestoßen und angezogen. Ein Teil seines Ekels kam daher, weil er kein Voyeur war; er empfand es als anstößig, einem Menschen unter solchen Umständen zuzuschauen. Zwar stimmte es, daß ihn niemand dazu zwang, nicht zu verweilen, aber andererseits war er hier, um in einem Mord- und Entführungsfall zu ermitteln, und das hier sah ganz gewiß so aus, als sei es eine Ermittlung wert.

Die Frau fuhr fort, ihre Klitoris und ihre Schamlippen zu reiben. Und dann — nun zuckte Childe zusammen und zitterte, obwohl er irgendwie damit gerechnet hatte — flutschte ein winziges Ding wie eine weiche, weiße Zunge aus ihrem Schlitz.

Es war keine Zunge. Es war eher eine Schlange oder ein Aal.

Das Ding hatte den Durchmesser einer Viper, aber es war viel länger. Wie lang es war, konnte Childe noch nicht bestimmen, da sein Leib fortwährend hin und her fuhr. Das Ding kam weiter aus ihr heraus; seine Haut war so glatt und haarlos wie der Bauch der Frau. Und er war ebenso weiß; seine Haut glitzerte von der flüssigen Absonderung ihrer Möse.

Das Ding schoß wie ein halbsteifer Penis in einem Abwärtsbogen aus ihr heraus, dann drehte es sich, ließ sich gegen den Bauch der Frau fallen und stieg im Zickzack nach oben. Sein Leib glitt immer weiter aus dem Schlitz, als lägen noch Meter seines Körpers im Schoß der Frau aufgerollt, und es zuckte immer weiter in die Höhe, bis der schlangenhafte Leib sich einmal um ihre linke Brust wickelte.

Childe konnte nun die Einzelheiten am Kopf des Dings erkennen, der etwa die Größe eines Golfballs hatte. Der Kopf drehte sich zweimal, um ihn anzusehen, beziehungsweise blickte in den Spiegel.

Der Kopf war kahl, wenn man von einem Kranz aus pomadisiertem schwarzem Haar und den winzigen Ohren absah. Das Ding hatte zwei feine, feuchtschwarze Brauen, einen ebenso feuchtschwarzen mephistophelischen Schnauzer und einen Kinnbart. Die Nase war relativ groß und sah aus wie ein Hackmesser. Die Augen waren dunkel, doch sie waren so klein und lagen so tief in den Höhlen, daß sie auch dann dunkel auf Childe gewirkt hätten, wenn sie hellblau gewesen wären. Der Mund sah aus wie der Vaginalschlitz, der die Kreatur hervorgebracht hatte. Er öffnete sich kurz; Childe sah zwei Reihen kleiner gelber Zähne und eine rosarote Zunge.

Das Gesicht war zwar winzig, doch an seiner Boshaftigkeit war nichts Kraftloses.

Die Lippen der Frau bewegten sich. Childe konnte sie nicht hören, aber er nahm an, daß sie leise stöhnte.

Der Schlangenleib fuhr in seinem Aufstieg fort. Immer mehr von seinem Körper glitt aus dem rosafarbenen Spalt und dem dunkelroten Busch hervor. Er umrundete die Brust der Frau, glitt über ihre Schulter, legte sich einmal um ihren Hals, kam auf der rechten Seite wieder zum Vorschein, bog sich in einer Schleife zurück und zuckte dann wieder vor, so daß der winzige Kopf sie anblickte. Nun drehte sich die Frau ein wenig, so daß Childe sie im Viertelprofil sehen konnte.

Ihre Hände fuhren über den schlangenartigen Schaft, als betaste sie einen unnatürlich langen Penis — ihren eigenen. Ihre schlanken Finger — sie hatte wunderschöne Finger — wanderten an ihm hinauf und hinunter. Dann legte sie vorsichtig, als wolle sie sein Gleichgewicht halten, eine Hand hinter den Kopf des Dings, umfaßte ihn ein Stückchen tiefer mit der anderen und bewegte sie auf und ab, als würde sie den Schlangen-Penis masturbieren.

Das Ding zuckte. Dann fuhr der Kopf nach vorn. Seine winzig kleinen Lippen berührten die Unterlippe der Frau und bissen hinein — jedenfalls sah es so aus, da ihr Kopf zurückzuckte, als hätte sie etwas gestochen. Der Kopf der Frau fuhr jedoch wieder nach vorn — mit weit geöffnetem Mund. Ihre Lippen umschlossen den Kopf des Dings; sie fing an zu saugen.

Der Schock war zu groß für Childe, als daß er anders als rein emotional hätte reagieren können. Erst jetzt fing er an zu denken. Er fragte sich, wie das Ding atmen konnte, wenn es mit dem Kopf in ihrem Mund steckte. Dann wurde ihm klar, daß dies noch schwieriger sein mußte, wenn es sich zusammengerollt in ihrem Schoß aufhielt, oder in welcher Nische ihres Körpers es sonst lebte. Sauerstoff konnte es durch das Kreislaufsystem der Frau aufnehmen, das sicherlich durch irgendeinen Nabelanschluß mit seinem anderen Ende verbunden war.

Der Kopf. Er hatte einst einem ausgewachsenen Mann gehört. Childe wußte es, wenn er auch keine rationale Begründung dafür hatte. Der Kopf hatte zum Körper eines erwachsenen Menschen gehört. Nun hatte ihn irgendeine unglaubliche Wissenschaft auf die Größe eines Golfballs verkleinert und mit dieser Uterusschlange verbunden; oder man hatte seinen ursprünglichen menschlichen Körper verändert, oder...

Er schüttelte den Kopf. Wie war das möglich? Stand er unter Drogen? Zuerst der Spiegel — und jetzt das.

Der Schlangenleib knickte ein; der Kopf zog sich aus dem Mund der Frau zurück. Das Ding schaukelte hin und her wie eine Kobra vor einer Flöte, während die Frau die Hände zum Mund hob und ihr Gebiß herausnahm. Ihr Mund sank ein; sie war vom Hals an aufwärts plötzlich eine Greisin. Das Ding zuckte vor, bevor sie ihr Gebiß auf die Frisierkommode gelegt hatte, und der winzige Kopf und ein Teil seines Leibes verschwanden in der zahnlosen Vertiefung ihrer Mundhöhle. Sein Leib knickte und spannte sich und fuhr in ihren Mund ein und aus.

Zuerst waren die Bewegungen langsam. Dann fing der Körper der Frau an zu beben. Ihre Haut wurde blasser, außer um den Mund und das Schamhaar herum, wo eine intensive Verdunkelung von Blutkonzentration kündete. Sie zitterte; ihre großen Augen flackerten; sie stierte, als sei sie halb gelähmt. Die Stöße des Dings wurden schneller. Die Frau taumelte zurück, bis sie aufs Bett fiel. Eins ihrer Beine hing über den Bettrand und berührte den Boden, das andere hob sie.

Sie zuckte etwa neunzig Sekunden lang, dann hielt sie erschlafft inne. Der schlangenhafte Leib hob sich; der Kopf entglitt ihren Lippen und drehte sich mit einer Bewegung seines oberen Körperviertels. Eine dicke, weißliche Flüssigkeit quoll aus dem geöffneten Mund.

Der Schaft stieg immer höher, bis das Ding etwa fünfzehn Zentimeter über dem Körper der Frau schwebte. Das Ding wiegte sich wie eine Sonnenblume in der Flut und brach dann zusammen. Der winzige Mund knabberte eine Weile an einer der Brustwarzen. Die Hände der Frau regten sich wie schlafende Vögel, die irgendein Geräusch beunruhigt hatte, dann waren sie wieder still.

Der Mund des Dings stellte sein Geknabber ein. Sein

Leib setzte zu einem langsamen, sich windenden Rückzug in den dunkelroten Busch und die Spalte an, wobei er den Kopf hinter sich herzog. Nach einer Weile war das Ding verschwunden; sein Kopf wurde verschluckt, er teilte die Schamlippen, als er aus Childes Blickfeld verschwand.

Werwolf? dachte Childe. Vampir? Lamia? Vodyanoi? — Was?

Er hatte noch nie zuvor von jemandem wie dieser Frau und dem Ding in ihrem Schoß gelesen. Wo paßte sie in die Theorien von Le Garrault hinein, die Igescu erläutert hatte?

Die Frau erhob sich vom Bett und ging zur Frisierkommode. Sie schaute in den Spiegel, setzte ihr Gebiß wieder ein und wurde auf der Stelle wieder zur schönsten Frau der Welt.

Aber sie war auch die grauenhafteste Frau, die Childe je gesehen hatte. Er zitterte ebenso, wie sie bei ihrem Orgasmus gezittert hatte, und ihm war schlecht.

In diesem Augenblick ging die Tür auf, die zum Korridor hinausführte.

Childe empfand eine Kälte, als hätte man ihn in eine Öffnung im ewigen Polareis geworfen.

Der blaßhäutige, rotlippige, schwarzhaarige Kopf von Dolores del Osorojo war hinter dem Türrahmen aufgetaucht.

Die Frau, die Dolores im Spiegel gesehen haben mußte, wurde grau im Gesicht. Ihr Mund klaffte auf; Speichel und eine spermaartige Flüssigkeit troffen heraus. Ihre Augen wurden riesig. Ihre Hände flogen hoch wie erschreckte Vögel, um ihre Brüste zu bedecken. Dann schrie sie so laut auf, daß Childe sie hören konnte, wirbelte herum und rannte zur Tür. Sie hatte die Flasche so schnell am Hals gepackt, daß sie Childe erst bewußt wurde, als sie schon den halben Raum durchquert hatte. Sie war entsetzt. Daran gab es keinen Zweifel. Aber sie war auch mutig. Sie griff den Auslöser ihres Entsetzens an.

Dolores lächelte. Ein weißer Arm kam um den Türrahmen herum und deutete auf die Frau.

Die Frau blieb mit der über den Kopf erhobenen Flasche stehen und zitterte.

Dann sah Childe, daß Dolores nicht auf die Frau zeigte. Sie zeigte auf ihn. *Auf ihn!*

Beziehungsweise auf den Spiegel, hinter dem er stand. Die Frau wirbelte herum und starrte ihn an, dann sah sie sich bestürzt um. Sie fuhr erneut herum, und diesmal schrie sie Dolores in einer unidentifizierbaren Sprache an. Dolores lächelte erneut, zog den Arm zurück und dann den Kopf. Die Tür schloß sich.

Die Frau ging langsam und zitternd zur Tür, öffnete sie vorsichtig und warf einen scheuen Blick in den Korridor. Wenn sie etwas sah, schien sie nicht vorzuhaben, es zu verfolgen, da sie die Tür nun schloß. Sie leerte die Flasche, kehrte dann an die Frisierkommode zurück, zog einen Stuhl heran, nahm auf ihm Platz und stützte den Kopf auf ihre Hände. Nach einer Weile kehrte der rosafarbene Glanz ihrer Haut wieder. Sie richtete sich auf. Ihre Augen waren tränennaß, ihr Gesicht schien zehn Jahre älter geworden zu sein. Sie beugte sich nahe an den Spiegel heran, schaute hinein, zog eine Grimasse, stand auf und ging dann durch die andere Tür, die, wie Childe annahm, ins Bad oder in einen Raum führte, der zum Bad ging.

Ihre Reaktion auf Dolores war nicht im geringsten mit der des Barons vergleichbar. Er hatte sich blasiert gegeben, als sie ihnen im Salon begegnet war. Doch hier, wo die Frau allein war, hatte der Anblick des angeblichen Gespenstes sie entsetzt.

Wenn Dolores ein Jux war, wußte die Frau bestimmt davon. Warum also hatte sie so reagiert?

Childe hatte das mehr als unbehagliche Gefühl, daß Dolores del Osorojo keine Frau war, die man engagiert hatte, um ein Gespenst zu spielen.

Aber es war auch möglich, daß die Frau aus anderen Gründen entsetzt gewesen war.

Er hatte keine Zeit, es herauszufinden. Childe setzte seine Taschenlampe in schnellen Abständen ein, um zu erfahren, ob es einen Eingang zu ihrem Zimmer gab, aber er konnte keinen finden. Schließlich ging er weiter und kam an eine weitere Klappe, die sich zu einem weiteren Einwegspiegel öffnete. Er schaute in einen kleinen Schlafraum, der im spanischen Kolonialstil eingerichtet war. Abgesehen von einem Telefon, das auf einem Tisch stand, hätte es ein Raum sein können, den man kurz nach dem Hausbau eingerichtet hatte. Niemand hielt sich in ihm auf.

Hinter dem Raum machte der Gang einen Knick. An dieser Wand gab es ein Paneel, das groß genug war, um auf die andere Seite überzuwechseln. Childe fand auch ein Guckloch hinter einem kleinen Gleitpaneel. Er lugte hindurch, blickte aber nur in einen verdunkelten Raum. Am Rande seines Blickfeldes befand sich etwas Helles in der Dunkelheit — als fiele Licht durch eine spaltbreit geöffnete Tür oder ein Schlüsselloch. Aus der Ferne kam eine Stimme. Sie sprach eine seltsame Sprache, und es erschien ihm, als führe sie einen Monolog oder als ginge es um ein Telefongespräch.

Hinter dem Raum teilte sich der Gang und wurde zu zwei Beinen eines Y. Childe überprüfte sie beide eine gewisse Strecke und bemerkte, daß im ersten der Y-Beine zwei Eingänge und im zweiten ein Eingang und ein Gucklock existierten. Sollte es ihm irgendwann gelingen, den dazwischenliegenden dreieckigen Raum ausfindig zu machen, wußte er, wo die beiden Durchgänge waren.

Childe schaute durch das Guckloch, konnte aber nichts erkennen. Er ging durch den Gang zurück, begab sich in das andere Y-Bein und öffnete das Paneel. Als er die Hand durch die Öffnung schob, berührte er schweren Stoff. Er wechselte vorsichtig in den anderen Raum, damit er den Stoff nicht ausbeulte. Es konnte sich um einen Vorhang handeln, der schwer genug war, um das von der anderen Seite kommende Licht am Durchscheinen zu hindern.

Wenn sich jemand in diesem Raum aufhielt, durfte er nicht sehen, daß sich der Vorhang bewegte.

In der Hocke, die Schulter an die Wand gepreßt und darauf achtend, daß er den Stoff nicht in Unordnung brachte, watschelte Childe auf den Schnittpunkt zweier Wände zu. Hier trafen sich die Enden der Vorhänge. Childe drehte sich um, zog sie auseinander und lugte mit einem Auge zwischen ihnen hindurch.

Der Raum war dunkel. Childe stand auf, trat durch den Vorhang und schaltete die Taschenlampe ein. Der Strahl wanderte über eine Filmkamera auf einem Dolly und verharrte dann auf einem Y-förmigen Tisch.

Er befand sich in dem Raum — oder einem ähnlichen —, in dem Colben und Budler — wahrscheinlich — ihre letzte Stunde verbracht hatten.

In einer Ecke standen ein Bett, mehrere Filmkameras, ein paar Geräte, deren Zweck er nicht kannte, und ein großer Aschenbecher aus irgendwelchem dunkelgrünem Material. Im Mittelpunkt des grob aussehenden kreisförmigen Tellers ragte eine lange, dünne Statue auf. Sie sah aus wie ein Mann, der gerade im Begriff war, sich in einen Wolf zu verwandeln — oder umgekehrt. Sein Körper war bis zum Brustkorb menschlich; von da an war er behaart. Seine Arme waren zu Läufen geworden, das Gesicht mit den wolfsartigen Ohren war in der Metamorphose gefangen. Auf dem Teller lagen etwa dreißig Zigarettenstummel. Manche wiesen Lippenstiftspuren auf. An einer anderen entdeckte er in der Nähe des Filters einen Streifen getrockneten Blutes. Zumindest sah es nach getrocknetem Blut aus.

Childe schaltete das Licht ein und machte mit seiner kleinen japanischen Kamera etwa zwanzig Aufnahmen. Jetzt hatte er das, was er brauchte; jetzt mußte er weg von hier. Aber er wußte immer noch nicht, ob Sybil sich in diesem Haus aufhielt.

Und vielleicht gab es hier noch andere, beeindruckendere Beweismittel, um die Polizei herzuholen.

Er schaltete das Licht aus und kroch durch das Paneel in den Gang zurück. Er hatte die Wahl, welchen Weg er nehmen wollte; er entschied sich für das rechte Bein des Y. Der Gang führte in einen weiteren Korridor — den horizontalen Balken eines T. Childe wandte sich erneut nach rechts und kam an eine Treppe. Die Trittflächen waren von einer glasigen Substanz, auf der er Gefahr gelaufen wäre auszurutschen, wenn er keine Turnschuhe getragen hätte. Er ging sechs Stufen hinunter — dann rutschten die Beine unter ihm weg und er fiel schwer auf den Rücken.

Er landete auf einer glatten Fläche und schoß abwärts wie auf einer Rutschbahn, auf der er sich in gewissem Sinne auch befand. Er streckte die Arme nach den Wänden aus, um seinen Sturz abzubremsen, doch die Wände, die nicht gläsern ausgesehen hatten, waren aus dem gleichen Material. Die Taschenlampe zeigte ihm am Ende der Treppe — die Stufen waren zusammengeklappt und bildeten nun eine glatte Oberfläche — die dunkle Öffnung einer Falltür. Und dann rutschte er auch schon hindurch. Childe schlug zwar schwer auf, blieb aber unverletzt. Die Falltür schloß sich über ihm. Im Schein der Taschenlampe sah er die Wände, die Decke und den Boden eines gepolsterten Raumes, etwa zwei Meter hoch, einsachtzig breit und drei Meter lang. Es gab keine sichtbaren Türen oder Fenster.

Childe roch und hörte zwar nichts, aber man schien Gas in den Raum geleitet zu haben. Bevor er begriff, was passierte, verlor er auch schon sein Bewußtsein.

14. Kapitel

Childe hatte keine Ahnung, wie lange er dort gewesen war. Als er erwachte, waren die Taschenlampe, seine Armbanduhr, der Revolver und die Kamera nicht mehr da. Sein Kopf schmerzte, und sein Mund war so trocken wie nach einer dreitägigen Sauftour. Das Gas schien eine äußerst entspannende Wirkung hervorzurufen, da er seine

Hosen naßgemacht hatte. Oder er hatte sich naßgemacht, als die Stufen unter ihm zusammengeklappt waren und seine Rutschpartie ihren Anfang genommen hatte. Bevor er durch die Falltür gestürzt war, hatte er jedenfalls den Drang verspürt, sich zu entleeren.

Fünf Lichter gingen an. Vier kamen von in den Ecken stehenden Bodenlampen; eine war eine eiserne Wandlampe, die wie eine Fackel geformt war und in einem Winkel von fünfundvierzig Grad von der Wand abstand.

Childe befand sich nicht mehr in dem gepolsterten Raum. Er lag auf einem riesigen Bett mit vier Pfosten, scharlachfarbenen Decken und Tagesdecken und einem scharlachfarbenen, schwarzumrandeten Baldachin. Er hatte diesen Raum noch nicht gesehen. Er war groß, und die schwarzen Wände waren mit scharlachfarbenen, gelb abgesetzten Vorhängen und zweimal zwei gekreuzten Degen verziert. Der Boden bestand aus dunkel glänzendem, braunem Hartholz und war mit mehreren karmesinroten, dickfaserigen Läufern in Form von Seesternen bedeckt. Er sah auch mehrere schlanke schmiedeeiserne Stühle mit skelettartigen Rückenlehnen, auf deren Sitzflächen karmesinrote Kissen lagen, und eine große Frisierkommode aus dichtgemasertem braunem Holz.

Als Childe sich umschaute, fiel ihm ein, daß es Vampiren angeblich vor Eisen und Kreuzen graute. Doch in diesem Haus wimmelte es von eisernen Gegenständen, und wenn er auch keine Kruzifixe gesehen hatte, gab es hier doch zahlreiche Gegenstände — etwa die gekreuzten Degen —, die kreuzartig waren. Wenn Igescu ein Vampir war (es kam Childe schon lächerlich vor, nur daran zu denken), hatte er bestimmt nichts dagegen, mit Eisen in Berührung zu kommen oder sich dem Anblick von Kreuzen auszusetzen.

Vielleicht (aber auch nur vielleicht) hatten diese Kreaturen aber auch im Laufe der Jahre eine Immunität vor den Dingen entwickelt, die sie einst verabscheut hatten. Vorausgesetzt, sie hatten überhaupt je Eisen und Kreuze gefürchtet. Wie war es in den Zeiten gewesen, in denen der Mensch noch kein Metall bearbeitet hatte? Als er das Kreuz noch nicht gekannt hatte? Wie hatte man sich damals gegen diese Kreaturen geschützt?

Childe stieg leicht zittrig aus dem Bett und stand auf. Er hatte keine Zeit, an der Wand nach einem geheimen Ausgang zu suchen. Er hielt es zwar nicht für ausgeschlossen, daß es einen gab und er ihn vielleicht finden konnte, bevor seine Häscher zurückkehrten, doch die Tür am anderen Ende des Raumes schwang auf, und Glam trat ein. Der große Raum wirkte sofort viel kleiner. Glam trat sehr nah an Childe heran und sah auf ihn herab. Zum ersten Mal sah Childe, daß seine Augen von hellem Rostbraun waren. Glams Gesicht war so finster und massig wie ein Findling, aber seine Augen schienen zu glühen — wie Felsen, die man der Radioaktivität ausgesetzt hatte. Haare hingen wie Stalaktiten aus seinen höhlenartigen Nasenlöchern. Sein Atem stank, als hätte er verwesten Tintenfisch gegessen.

»Der Baron sagt, Sie könnten zum Dinner kommen«, brummte er.

»In diesen Klamotten?«

Glam warf einen Blick auf den nassen Fleck auf Childes Hosen. Als er aufschaute, lächelte er kurz, wie ein ausgehöhlter Kürbis, kurz bevor in seinem Inneren die Kerze erlischt.

»Der Baron sagt, Sie können sich umziehen, wenn Sie wollen. Kleidung etwa Ihrer Größe finden Sie im Wandschrank.«

Der Wandschrank war fast so groß wie ein kleines Zimmer. Childe runzelte die Stirn, als er die Unmengen an männlicher und weiblicher Kleidung sah. Wer waren die Eigentümer, und wo waren sie? Waren sie tot? Trugen einige dieser Kleider Etiketten mit den Namen Colbens und Budlers, oder hatte man sie entfernt, weil der Baron natürlich nicht so dumm war, ihre Identifikation auch noch zu fördern?

Vielleicht war er *doch* so dumm. Warum hätte er sonst den Film an die Polizei von Los Angeles schicken sollen?

Aber im Grunde glaubte Childe nicht, daß der Baron so war. Nachdem er sich im luxuriösesten Bad, das er je gesehen hatte, von Kopf bis Fuß gewaschen hatte, zog er einen Smoking an und folgte Glam durch mehrere Korridore nach unten. Er erkannte weder einen Flur noch das Eßzimmer wieder. Er hatte damit gerechnet, in das Eßzimmer geführt zu werden, das er tags zuvor gesehen hatte, aber es war ein anderes. Das Haus war wirklich riesengroß.

Das Strukturprinzip dieses Raums war in gewisser Hinsicht das des frühen grandiosen viktorianischen Italien, jedenfalls kam es ihm so vor. Die Wände bestanden aus grauem, schwarzgestreiftem Marmor. Ein großer roter Marmorkamin mit Sims stand am anderen Ende, und über dem Sims hing das Gemälde eines alten, weißhaarigen Herrn mit einem langen Schnauzbart. Er trug eine weinrote Jacke mit breiten Aufschlägen und ein weißes Hemd mit dicken Rüschen um den Hals.

Der Boden war aus schwarzem Marmor und zeigte in allen acht Ecken kleine Mosaiken auf. Die Möbel waren aus schwerem, schwarzem, dichtgemasertem Holz. Eine weiße Damastdecke bedeckte die Tafel, auf der schwere Silberteller, Kelche, Tafelgeschirr und dicke silberne Kerzenhalter standen, in denen dicke rote Kerzen brannten. Es waren mindestens fünfzig Kerzen, und alle brannten. Ein großer Kristall-Leuchter enthielt ebenfalls eine Anzahl roter Kerzen, aber sie brannten nicht.

Glam blieb stehen und deutete auf einen Stuhl. Childe ging langsam auf ihn zu. Der Baron, der am Kopf der Tafel saß, erhob sich, um ihn zu begrüßen. Sein Lächeln war breit, aber flüchtig. »Willkommen, Mr. Childe«, sagte er, »trotz der Umstände. Bitte, nehmen Sie doch Platz — neben Mrs. Grasatchow.«

Am Tisch saßen vier Männer und sechs Frauen.

Der Baron.

Magda Holyani.

Mrs. Grasatchow — sie war mehr oder weniger die dickste Frau, die Childe je gesehen hatte.

Die Urgroßmutter des Barons, die wenigstens hundert Jahre alt sein mußte.

Vivienne Mabcrough, die Frau mit dem tizianroten Haar und dem menschenköpfigen Schlangending im Schoß.

O'Riley O'Faithair, ein gutaussehender, schwarzhaariger Mann von etwa fünfunddreißig Jahren, der einen charmanten irischen Dialekt sprach und gelegentlich ein paar Sätze in einer unbekannten Sprache zum Baron und der Mabcrough sagte.

Mr. Bending Grass, der ein sehr breites Gesicht mit hohen Wangenknochen, einer großen Adlernase und leicht geschlitzten, dunklen Augen hatte. Er hätte Sitting Bulls Zwillingsbruder sein können, doch irgend etwas, das er zu Mrs. Grasatchow sagte, wies ihn als Crow-Indianer aus. Er sprach über den Bergmenschen John Johnston — ›Leberfresser-Johnston‹ —, als sei er ein Zeitgenosse von ihm gewesen.

Fred Pao, ein hochgewachsener, schlanker Chinese mit Zügen, die wie aus Teakholz geschnitzt wirkten. Er hatte ein Fu-Manchu-Bärtchen und einen Spitzbart.

Panchita Pocyotl, eine kleine und hübsche mexikanische Indianerin.

Rebecca Ngima, eine hübsche und geschmeidig wirkende schwarze Afrikanerin, die in ein langes, afrikanisches Kostüm gekleidet war.

Sie waren alle teuer und geschmackvoll gekleidet, und obwohl ihre Rede nicht frei von ausländischen Betonungen war, war ihr Englisch flüssig, ›korrekt‹ und steckte voller literarischer, philosophischer, historischer und musikalischer Anspielungen. Sie bezogen sich ebenso auf Ereignisse, Personen und Orte, die den ziemlich belesenen Childe verwirrten. Sie erweckten den Eindruck, als seien sie schon überall gewesen und — nun hatte er das Gefühl, das in seinen Nervenbahnen Kälte ausbreitete — als hätten sie in Zeiten gelebt, die längst vergangen waren.

Taten sie es seinetwegen? Gehörte auch das zu dem Jux? Zu welchem Jux?

Erst dann empfand Childe den nächsten Schock, denn nun redete der Baron ihn erneut mit seinem richtigen Namen an. Childe zuckte zusammen. Beim Eintreten war es ihm gar nicht aufgefallen. Er war zu beschäftigt gewesen, als daß ihm aufgefallen wäre, was es zu bedeuten hatte.

»Woher kennen Sie meinen Namen?« fragte er. »Ich hatte doch keinen Ausweis bei mir.«

Der Baron sagte lächelnd: »Sie erwarten doch wohl nicht, daß ich es Ihnen sage?«

Childe zuckte die Achseln und fing an zu essen. Auf dem Sideboard stand eine Vielfalt von Gerichten; doch obwohl man ihm die freie Auswahl ließ, entschied er sich für ein Steak à la New York und Bratkartoffeln. Die links von ihm sitzende Mrs. Grasatchow hatte einen ganzen Bonitafisch auf dem Teller und daneben eine große Salatschüssel. Vor, während und nach dem Essen trank sie Bourbon aus einer Gallonen-Karaffe. Die Karaffe war voll, als sie Platz nahm, und sie war leer, als die Teller vom Tisch geräumt wurden.

Glam und zwei kleine, gutaussehende, dunkelhaarige Frauen in Zofenkostümen servierten. Die Frauen benahmen sich jedoch nicht wie Bedienstete; sie unterhielten sich hin und wieder mit den Gästen und dem Gastgeber und machten mehrmals Bemerkungen in der fremden Sprache, die die anderen zum Lachen animierten. Glam redete nur, wenn seine Pflichten es erforderten. Er starrte Magda weitaus öfter an, als seine Pflichten es verlangten.

Die alte Baronin, die ihrem Urenkel gegenüber saß, beugte sich wie ein lebendes Fragezeichen oder wie ein Geier über ihre Suppe. Die Suppe war der einzige Gang, den man ihr servierte, sie ließ es sogar zu, daß sie kalt wurde, bevor sie sie aß. Sie sprach sehr wenig und schaute nur zweimal auf — einmal, um Childe lange anzusehen. Sie sah aus, als hätte man sie kürzlich aus einer ägyptischen Pyramide geborgen und als sei sie auf dem besten Weg, bald wieder in ihre Krypta zurückzukehren. Ihr hochgeschlossenes Gewand war aus rüschen- und diamantenbesetztem rotem Samt und sah so aus, als hätte sie es 1890 erworben.

Mrs. Grasatchow — sie war so fett wie zwei Säue zusammen — hatte eine bemerkenswert milchweiße, makellose Haut und große dunkle Augen. Wäre sie jünger und schlanker gewesen, hätte sie eine hübsche Frau abgegeben. Sie redete allerdings so, als sei sie die schönste und begehrenswerteste Frau der Welt. Sie redete laut und ungebeten über die Männer, die ihrer Liebe wegen zugrunde gegangen waren — manche im wahrsten Sinne des Wortes. Als das Essen halb vorbei und ihre Gallone Whisky zu zwei Dritteln geleert war, fing sie ganz leicht an zu lallen. Childe empfand Ehrfurcht. Sie hatte soviel getrunken, daß er oder die meisten anderen Männer längst unter den Tisch gesunken wären, aber sie hatte nur ein bißchen Schwierigkeiten mit der Artikulation.

Sie hatte mehr getrunken als Pao, der Chinese, der an diesem Abend eine Menge Wein vertilgt hatte. Er kam ihr jedoch nicht nahe. Dennoch tadelte sie niemand, obwohl Igescu wegen Pao besorgt zu sein schien. Er sprach in einer Ecke mit ihm, und obwohl Childe nichts hören konnte, sah er doch, daß Igescus Hand sich um Paos Handgelenk legte. Dann schüttelte Igescu den Kopf und deutete mit dem Daumen der anderen Hand auf Childe.

Pao fing plötzlich an zu zittern und lief aus dem Raum. Er hatte es sehr eilig, ihn zu verlassen, aber Childe hatte nicht den Eindruck, als sei ihm übel. Er hatte nicht die bleiche Haut und den verzweifelten Ausdruck eines Menschen gezeigt, dessen Magen darauf besteht, sich seines Inhalts zu entledigen.

Die Teller wurden abgeräumt. Man servierte Kaffee, Brandy und Wein. (Mein Gott! Wollte Mrs. Grasatchow wirklich diese Zehn-Dollar-Zigarre rauchen und auf den Whisky noch einen riesigen Brandy kippen?)

Der Baron sagte zu Childe: »Ihnen ist natürlich klar, daß ich Sie leicht wegen unerlaubten Eindringens, Herumspioniererei und so weiter hätte umbringen lassen können. Würden Sie mir jetzt eventuell erzählen, was Sie eigentlich vorhaben?«

Childe zögerte. Der Baron kannte seinen Namen; also mußte er auch wissen, daß er Privatdetektiv war. Und daß er Partner von Colben gewesen war. Er mußte irgendwie erkannt haben, daß Childe ihm auf die Spur gekommen war; wahrscheinlich fragte er sich, was ihn hierhergeführt hatte. Eventuell fragte er sich auch, ob Childe jemandem erzählt hatte, wo er war.

Childe beschloß, offen zu sein. Er beschloß auch, dem Baron zu sagen, daß die Polizei von Los Angeles wußte, wo er steckte, und daß sie, wenn er sich nicht zu einer bestimmten Zeit meldete, hier aufkreuzen und nach den Gründen suchen würde.

Igescu hörte ihm mit einem amüsierten Lächeln zu. »Natürlich!« sagte er. »Und was würde die Polizei finden, wenn sie hier aufkreuzte, was wahrscheinlich nicht der Fall sein wird?«

Vielleicht fand die Polizei etwas, mit dem Igescu nicht rechnete. Vielleicht fand sie zwei nackt aneinandergefesselte Menschen. Es dürfte Igescu ziemlich schwerfallen, das zu erklären, auch wenn die beiden keine gefährliche Verbindlichkeit waren. Nur verwirrend für die Polizei und lästig für Igescu.

In diesem Augenblick traten Vasili Chornkin und Mrs. Krautschner voll bekleidet ein. Sie blieben einen Augenblick lang stehen, sahen Childe kurz an und gingen weiter. Die Blondine blieb bei Igescu stehen und flüsterte ihm etwas ins Ohr; der Mann nahm Platz und bestellte etwas zu essen. Igescu sah Childe an, runzelte die Stirn und lächelte. Er sagte etwas zu Mrs. Krautschner. Sie lachte und setzte sich neben Chornkin.

Childe hatte das Gefühl, noch tiefer in der Tinte zu sitzen. Er konnte nichts tun — außer vielleicht einen Fluchtversuch zu unternehmen; aber er bezweifelte, daß er weit kommen würde. Er konnte nichts anderes tun, als mit der Strömung der Wünsche Igescus dahinzutreiben und darauf zu hoffen, daß er eine Chance zur Flucht erhielt.

Der Baron musterte ihn über den Brandyschwenker hinweg, der unter seiner Nase schwebte und sagte: »Hatten Sie inzwischen eine Möglichkeit, Le Garrault zu lesen, Mr. Childe?«

»Nein, hatte ich nicht. Meines Wissens ist die Universitätsbibliothek wegen des Smogs geschlossen worden.«

Der Baron stand auf. »Gehen wir in die Bibliothek und reden wir dort; da ist es stiller.«

Mrs. Grasatchow hievte sich aus ihrem Stuhl und prustete wie ein alkoholisierter Wal. Sie legte einen Arm um Childes Schulter; ihr Fleisch hing so schlaff herab wie ein Gewirr aus Dschungellianen. »Ich gehe mit dir, Baby... Du wirst doch nicht ohne mich gehen wollen.«

»Du kannst im Moment noch hierbleiben«, sagte Igescu.

Mrs. Grasatchow sah den Baron finster an, aber sie ließ Childe los und setzte sich wieder hin.

Die Bibliothek war ein großer, dunkler Raum mit dunklen, lederrückenbedeckten Wänden und massiven Einbauregalen aus dunklem Holz. Sie enthielt wenigstens fünftausend Bände, von denen manche so aussahen, als seien sie Jahrhunderte alt. Der Baron nahm in einem schwergepolsterten Sessel mit hölzerner Rückenlehne Platz. Sie war in der Form eines mit Fledermausschwingen versehenen Satans geschnitzt. Childe setzte sich in einen ähnlichen Sessel, dessen Rückenlehne einen geschnitzten Troll zeigte.

»Le Garrault...«, sagte der Baron.

»Was geht hier vor?« fragte Childe. »Warum die Party?«

»Sie interessieren sich nicht für Le Garrault?«

»Sicher interessiert er mich. Aber ich glaube, andere Dinge interessieren mich im Moment mehr. Zum Beispiel mein Überleben.«

»Das liegt natürlich völlig bei Ihnen. Das Überleben

eines Menschen liegt immer am jeweiligen Menschen selbst. Aber das ist wieder eine andere Theorie. Was die Gegenwart angeht, tun wir doch mal so, als wären Sie mein Gast und könnten gehen, wann immer Sie wollen — was der wirklichen Situation — nach allem, was Sie wissen — entsprechen könnte. Glauben Sie mir, ich erzähle Ihnen nicht von Le Garrault, um die Zeit totzuschlagen. Oder doch?«

Der Baron lächelte erneut. Childe dachte an Sybil und wurde wütend. Aber er wußte, es würde zu nichts Gutem führen, wenn er den Baron nach Sybil fragte. Wenn sie sich in seiner Gewalt befand, würde er es nur zugeben, wenn es seinen Plänen dienlich war.

»Der alte belgische Gelehrte wußte mehr über das Okkulte, das Übernatürliche und das sogenannte *Bizarre* als jeder andere Mensch, der je gelebt hat. Damit meine ich nicht, daß er mehr wußte als *irgendein* anderer. Ich meine, er wußte mehr als jeder andere *Mensch*.«

Der Baron machte eine Pause und saugte an seiner Zigarre. Childe hatte das Gefühl, daß er sich verkrampfte, obwohl er alles tat, um sich zu entspannen.

»Der alte Le Garrault stieß auf Aufzeichnungen, die andere Gelehrte nicht gefunden hatten — oder er sah in ihnen etwas, das den anderen nicht aufgefallen ist. Vielleicht hat er auch mit einigen — wie soll ich sie nennen? Unmenschen? — Unmenschen oder Pseudo-Menschen geredet; vielleicht bekam er seine Fakten, die wir mal Theorien nennen wollen, direkt von ihnen.

Jedenfalls hat Le Garrault spekuliert, daß die sogenannten Vampire, Werwölfe, Poltergeister, Gespenster und so weiter unter Umständen Lebewesen aus einem Paralleluniversum sein könnten. Sie wissen, was ein Paralleluniversum ist?«

»Es ist, glaube ich, eine Vorstellung, die irgendein Science-Fiction-Autor entwickelt hat«, sagte Childe. »Ich glaube, diese Theorie geht davon aus, daß eine — möglicherweise unendliche — Anzahl von Universen den gleichen

Raum einnehmen. Sie können es deswegen, weil sie *polarisiert* oder *im gleichen Winkel* zueinander stehen. Diese Begriffe sind zwar in Wirklichkeit bedeutungslos, aber sie sagen aus, daß irgendein physikalischer Mechanismus mehr als einen Kosmos befähigt, den gleichen ›Raum‹ einzunehmen. Die Idee der parallelen Universen wurde und wird von Science-Fiction-Autoren benutzt, um Welten wie die unsere oder mehr oder weniger von ihnen abweichende zu beschreiben. Etwa ein Universum, in denen die Südstaaten den amerikanischen Bürgerkrieg gewonnen haben. Nach meinem Wissen ist diese Idee mindestens dreimal verarbeitet worden.«

»Sehr gut«, sagte der Baron. »Wenn man davon absieht, daß Ihre Beispiele nicht ganz stimmen. Keine der drei Geschichten, an die Sie denken, geht von einem Paralleluniversum aus. Die Romane Churchills und Kantors sind ›Was wäre, wenn‹-Geschichten, und die von Moore ist eine Zeitreisegeschichte. Aber Sie haben schon die richtige Vorstellung. Le Garrault war jedoch der erste, der die Theorie der Paralleluniversen publizierte, obwohl seine Veröffentlichung so begrenzt und obskur war, daß nur wenige Menschen davon erfuhren. Le Garrault ging auch nicht von einer Reihe von Universen aus, die leicht voneinander abweichen, wo sie dem Erd-Kosmos am nächsten sind und weiter divergieren, je weiter man sich von der Erde entfernt.

Nein, er ging davon aus, daß die anderen Universen nichts im geringsten mit der Erde zu tun haben; daß sie andere ›Naturgesetze‹ kennen und viele von ihnen für Erdenmenschen, die die ›Mauern‹ zwischen den Universen eventuell ›durchbrechen‹ können, völlig unbegreiflich sind.«

»Hat er vielleicht auch gesagt, daß es vielleicht ›Tore‹ oder ›Brüche‹ in den ›Mauern‹ gibt und daß gelegentlich ein Bewohner eines anderen Universums in ein anderes überwechselt?«

»Er hat mehr als das gesagt. Er bezeichnete seine Spekulationen als Theorie und war der Meinung, es handle sich dabei um Tatsachen. Er glaubte, daß es zeitweilige Brüche in den Mauern gibt, durch Unfälle erzeugte Risse oder Öffnungen, die hin und wieder aufgrund von Schwachstellen oder Defekten zustande kommen.

Er hat gesagt, manchmal würden intelligente oder nicht-intelligente Lebewesen unser Universum durch diese Bruchstellen betreten. Und sie wiesen Formen auf, die so fremdartig sind, daß das menschliche Gehirn sie nicht *erklären* kann. Er hat gesagt, es sei nicht nur eine Sache des menschlichen *Erkennens,* die Fremden als diese oder jene zu unterscheiden, sondern daß es daran liegt, daß die Fremden in diese Form gegossen sind, weil sie sonst in diesem Universum nicht lange überleben könnten. Sie können nur dann überleben, wenn sie eine Gestalt aufweisen, die sich den physikalischen Gesetzen *dieses* Universums unterwirft. Ihre Gestalt muß zwar nicht hundertprozentig konform sein, aber doch beinahe. Und außerdem, sagt er, können die Fremden mehr als eine Gestalt annehmen, weil der Mensch sie auf diese Weise sieht. Deswegen hat der Werwolf die Gestalt eines Wolfes *und* eines Menschen, und der Vampir die Gestalt eines Menschen *und* einer Fledermaus.«

Der Mann will mich wirklich verarschen, dachte Childe. Oder er ist so irrsinnig, daß er dieses Zeug selbst glaubt. Aber auf was ist er aus? Will er mir weismachen, daß er einer von diesen Fremden ist?

Der Baron sagte: »Einige der Extra-Universellen sind zufällig hier aufgetaucht; sie haben sich in den Defekten gefangen und konnten nicht mehr zurück. Andere waren Verbannte oder Kriminelle, die von den Bewohnern ihrer Welt in diese Strafkolonie — zur Erde — geschickt wurden.«

»Eine faszinierende Annahme«, sagte Childe. »Aber warum gerade in dieser Gestalt und in keiner anderen?«

»Weil in ihrem Fall die Mythen, die Legenden, der Aberglaube — Sie können es nennen, wie Sie wollen — die Realität geboren haben. Am Anfang gab es den Glauben und die Märchen vom Werwolf, vom Vampir, vom Gespenst und so weiter. Der Glaube und die Märchen existierten sehr, sehr lange vor der Historie, und lange vor der Zivilisation. In dieser oder jener Form existierte beides schon in der Steinzeit.«

Childe wechselte die Position, um sein Unbehagen zu mindern. Ihm war wieder kalt. Er kam sich vor, als sei ein Schatten über ihn hinweggeglitten; der Schatten einer riesigen, halbtierischen Gestalt mit wulstigen Brauen und den Kiefern eines Menschenaffen. Und dahinter befanden sich weitere Schattengestalten mit langen Fangzähnen, großen Klauen und fremdartiger Gestalt.

»Laut Le Garrault«, fuhr der Baron fort, »gibt es so etwas wie ein geistiges Abstempeln. Er hat zwar das Wort Abstempeln nicht verwendet, aber genau das meint seine Beschreibung. Er sagt, die Fremden seien in der Lage, eine kurze Zeit in ihrer eigenen Gestalt zu überleben, wenn sie in dieses Universum kommen. Sie befinden sich in einem Flüssigkeitsstadium, das langsam abstirbt.«

»Flüssigkeit?«

»Ihre Gestalt versucht sich zu verändern, um sich den Naturgesetzen dieses Universums anzupassen, das für sie so unbegreiflich ist, wie es das ihre für einen Erdenmenschen wäre. Dieses Bemühen erzeugt einen Streß und eine Erschöpfung, die sie letztlich in Stücke reißt und umbringt. Es sei denn, sie begegnen einem menschlichen Wesen. Und wenn sie das Glück haben, aus einem Universum zu kommen, das sie befähigt — telepathisch, nehme ich an, obwohl der Begriff zu eng gefaßt ist —, die Eindrücke des menschlichen Geistes zu empfangen, sind die Fremden in der Lage, die Adaption vorzunehmen. Sie sind dazu fähig, weil sie die Gestalt erfassen, in der sie auf dieser Welt überleben können. Können Sie mir folgen?«

»Mehr oder weniger. Aber nicht allzu gut.«

»Es ist fast ebenso schwierig zu erklären, wie es für einen Mystiker wäre, seine Visionen darzulegen. Ihnen ist sicher klar, daß meine Erklärungen die tatsächlichen Fakten und

Prozesse nicht besser wiedergeben können als die Beschreibung des Atoms als eine Art Miniatur-Sonnensystem seine wahren Prozesse wiedergibt.«

»Das zumindest verstehe ich. Sie verwenden Analogien.«

»Sehr großzügig ausgelegte Analogien. Doch die Theorie besagt, daß der Fremde, wenn er das Glück hat, einem menschlichen Wesen zu begegnen, von diesem als etwas Unnatürliches wahrgenommen wird — was er in gewissem auch Sinn ist, da er für das menschliche Universum nicht natürlich ist. Die Menschen weisen ihn deswegen nicht völlig ab, weil es in ihrer Natur liegt, jedes Phänomen zu erklären. Vielleicht sollte ich lieber ›beschreiben‹ oder ›klassifizieren‹ sagen. Sie wollen es in die natürliche Ordnung der Dinge einreihen.

Auf diese Weise wird dem Fremden die Gestalt und ein bestimmter Teil seiner Natur von den Menschen gegeben. Es kommt zu einem Prozeß des geistigen Abstempelns, verstehen Sie? Aber der Fremde behält immer noch ein paar seiner Anderwelt-Charakteristika — oder sollte ich Kräfte und Fähigkeiten sagen? —, die er unter bestimmten Umständen anwenden kann. Er kann sie anwenden, weil sie ein Teil der Struktur dieses Universums sind, auch wenn die meisten Menschen — oder die Gebildeten, die Umgeschulten — bestreiten, daß solche Kräfte oder solche Lebewesen in diesem Universum existieren können.«

»Das Filet Mignon und der Salat haben Ihnen aber geschmeckt«, sagte Childe. »Ich dachte, Vampire leben nur von Blut?«

»Wer sagt denn, daß ich ein Vampir bin?« erwiderte der Baron lächelnd. »Oder wer sagt, daß Vampire nur von Blut leben? Und woher will der, der es gesagt hat, wissen, daß er weiß, wovon er redet?«

»Gespenster«, sagte Childe. »Wie erklärt diese Theorie die Gespenster?«

»Le Garrault sagt, Gespenster seien das Ergebnis eines fehlerhaften geistigen Abstempelns. Was die Gespenster angeht, so nehmen sie — teilweise — die Gestalt jenes menschlichen Wesens an, das ihnen zuallererst begegnet. Manchmal sind sie auch das Ergebnis des Glaubens eines menschlichen Wesens, der sie für den Geist eines Verstorbenen hält. Ein Mann, der an Gespenster glaubt und etwas sieht, das er für den Geist seiner verstorbenen Frau hält — dann wird der Fremde zu eben diesem Geist. Aber Gespenster führen eine sehr prekäre An-und-Aus-Existenz. Sie sind nie ganz auf dieser Welt. Le Garrault hat gesagt, es sei möglich, daß manche der Fremden zwischen dieser und ihrer Heimatwelt hin- und herpendeln und in Wirklichkeit auf beiden Welten Gespenster sind.«

»Erwarten Sie von mir, daß ich das glaube?« fragte Childe.

Der Baron paffte vor sich hin und schaute den Rauch an, als sei er ein urplötzlich real gewordenes Phantom. »Nein«, sagte er. »Weil ich selbst auch nicht an die Gespenster-Theorie glaube. Nicht so, wie Le Garrault sie erklärt.«

»Was glauben Sie dann?«

»Ich weiß es wirklich nicht«, sagte der Baron achselzuckend. »Gespenster kommen aus keinem Universum, das ich kenne. Ihr Ursprung, ihr Modus operandi, ist rätselhaft. Sie existieren. Sie können gefährlich werden.«

Childe lachte und sage: »Soll das heißen, daß Vampire und Werwölfe, oder was, zum Teufel, sie sonst sind, Angst vor Spukgestalten haben?«

Der Baron zuckte erneut die Achseln und sagte: »Manche fürchten sie.«

Childe hätte ihm gern noch weitere Fragen gestellt, aber er entschied sich dagegen. Der Baron sollte nicht erfahren, daß er den Raum mit den Kameras und den Y-förmigen Tisch gefunden hatte. Es war nicht unmöglich, daß Igescu ihn gehen ließ, da er sich der belastenden Beweismittel entledigen konnte, bevor die Polizei hier anrückte. Aus diesem Grund. Childe fragte ihn auch nicht, warum Colben und Budler ihm zum Opfer gefallen waren. Außerdem sah es so aus, als sei Budler von einer Angehörigen seiner Gruppe als Opfer ihres ›Spaßes‹ angeschleppt worden. Wahrscheinlich hatte Colben Budler mit Magda, Vivienne oder Mrs. Krautschner gesehen. Und als er Budler und der Frau gefolgt war, hatte man ihn entdeckt und gefangengenommen.

Der Baron stand auf und sagte: »Gehen wir doch zu den anderen zurück. Aus dem, was ich höre, würde ich schließen, daß die Party alles andere als eingeschlafen ist.«

Childe stand auf und warf einen Blick auf die offene Tür, durch die Lacher, Kreischen und Händeklatschen zu hören war.

Er zuckte zusammen, sein Herz tat einen Satz. Dolores del Osorojo ging an der Tür vorbei. Sie wandte den Kopf, lächelte ihn an und war verschwunden.

15. Kapitel

Wenn der Baron sie gesehen hatte, ließ er es sich nicht anmerken. Er machte eine leichte Verbeugung und bedeutete Childe, vor ihm herzugehen. Sie gingen durch den Korridor — Dolores war nirgendwo zu sehen — und kehrten ins Speisezimmer zurück. O'Faithair spielte wie besessen auf dem Flügel. Childe kannte die Musik nicht. Die anderen saßen am Tisch oder auf Sofas oder standen um den Flügel herum. Glam und die beiden Frauen hatten den Tisch abgeräumt und nahmen die Teller von den Sideboards. Mrs. Grasatchow trank jetzt Champagner aus einer Flasche. Magda Holyani saß auf einem dünnen Metallhocker. Sie hatte das strenge, bis zum Boden reichende Kleid bis zur Taille hochgezogen, um ihre perfekten Beine bis zum Strumpfhaltergürtel hinauf zu entblößen. Eine halbgerauchte Marihuanazigarette befand sich auf dem Tisch neben ihr.

Sie sah sich durch ein steinaltes Stereoskop eine Fotografie an. Childe zog ihr das Kleid herunter, weil der Anblick

ihres Schamhaars ihn störte und anwiderte. Dann sagte er:
»Du amüsierst dich auf ungewöhnliche Weise. Oder ist das
Bild...?«

Magda schaute lächelnd auf und sagte: »Hier. Schau es
dir doch selbst an!«

Childe hob das Stereoskop vor die Augen und justierte
die Schärfe, bis die Einzelheiten klar und dreidimensional
wurden. Es war in der Tat eine recht unschuldige Fotografie. Sie zeigte drei Männer auf einem Segelboot. Das Bild
war aus nächster Nähe aufgenommen worden; man konnte ihre Züge deutlich voneinander unterscheiden.

»Einer von ihnen sieht wie ich aus«, sagte Childe.

»Deswegen schaue ich es mir auch an«, sagte Magda. Sie
schwieg, nahm einen tiefen Zug aus ihrem Joint, behielt
den Rauch lange in den Lungen und blies ihn dann wieder
heraus. »Der Mann ist Byron. Die anderen sind Shelley
und Leigh Hunt.«

»Oh, wirklich«, sagte Childe, der sich das Bild noch einmal ansah. »Aber ich dachte... Ich weiß doch... Damals
gab es doch noch gar keine Fotoapparate.«

»Stimmt«, sagte Magda. »Es ist auch gar kein Foto.«

Childe erhielt keine Chance zum Nachhaken, denn nun
umfaßten ihn von hinten zwei gewaltige weiße Arme und
hoben ihn in die Luft. Kreischend vor Lachen schleppte
Mrs. Grasatchow ihn zu einem Sofa und ließ ihn dort fallen. Childe wollte aufstehen. Er war so wütend, daß er ihr
am liebsten eine gescheuert hätte. Er hatte die Faust schon
geballt, als sie ihn wieder zurückschubste. Die Grasatchow
war nicht nur schwer; unter ihrem Fett lagen auch starke
Muskeln.

»Bleib hier!« sagte sie. »Unter anderem möchte ich auch
mit dir reden!«

Childe zuckte die Achseln. Mrs. Grasatchow nahm
neben ihm Platz, und das Sofa sank unter ihrem Gewicht
ein. Sie nahm Childes Hand, schmiegte sich an ihn und
fuhr mit dem Beinahe-Monolog fort, den sie schon am
Tisch aufrechterhalten hatte. Sie berichtete ihm von den

Männern, die hinter ihr hergewesen waren und was sie mit ihnen getrieben hatte. Kurz darauf verspürte Childe ein leicht eigenartiges Gefühl. Die Umgebung wurde unscharf. Dann begriff er, daß man ihn unter Drogen gesetzt hatte.

Es dauerte nicht lange, dann war er sich dessen sicher. Er hatte den Baron zur Tür gehen sehen und den Blick für eine Sekunde abgewandt. Als er erneut zu ihm hinsah, bemerkte er, daß der Baron verschwunden war. Eine Fledermaus flatterte durch den Korridor.

Die Veränderung war so plötzlich gekommen wie ein paar in einem Filmstreifen einmontierte Bilder.

Hatte es überhaupt eine Veränderung gegeben? Immerhin hätte der Baron auch problemlos um die Ecke verschwinden und dort eine Fledermaus freilassen können. Vielleicht hatte er auch gar keine Fledermaus gesehen. Möglicherweise sah er sie nur deswegen, weil er unter Drogeneinwirkung stand — und wegen der Andeutungen, daß Igescu ein Vampir sei.

Childe beschloß, sich nicht darüber zu äußern. Es schien ohnehin niemandem aufgefallen zu sein. Die Anwesenden waren auch nicht in der Lage, etwas anderes zu bemerken als das, worauf sie sich konzentrierten. O'Faithair spielte noch immer wie besessen. Bending Grass und Mrs. Pocyotl wandten sich einander zu und legten zuckend und mit den Füßen schlurfend die Parodie eines aktuellen Tanzes aufs Parkett. Vivienne Mabcrough, die rothaarige Schönheit, saß mit der hübschen Negerin Rebecca Ngima auf einem anderen Sofa. Vivienne trank aus einem Kelch, den sie in der Hand hielt; ihre andere Hand war von vorn in Rebeccas Kleid geglitten. Rebeccas Hand hatte sich unter Viviennes Kleid geschoben. Pao, der Chinese, lag auf dem Rücken und hatte die Beine angezogen. Magda stand auf seinen Füßen und war gerade im Begriff, einen Salto rückwärts zu machen. Sie hatte Schuhe und Kleid ausgezogen und trug nur noch Strumpfhalter, Strümpfe und einen Netzbüstenhalter. Sie stand fest auf beiden Beinen, und als Pao sie hochstieß, flog sie durch die Luft, machte eine Drehung und landete wieder auf den Füßen. Childe war davon ausgegangen, daß ihre unbeschuhten Füße bei dem Aufprall hätten brechen müssen, aber sie schien sich nicht verletzt zu haben. Magda rannte lachend weiter, machte einen Salto über Pao hinweg und landete vor dem Sofa, auf dem Igescus Urgroßmutter saß. Die alte Frau streckte eine Klaue aus und fetzte Magdas Büstenhalter herunter. Magda legte lachend quer durch den Raum eine Pirouette aufs Parkett.

Der Baron war hinter die Baronin geschlendert und hatte sich zu ihr hinuntergebeugt, um ihr etwas zuzuflüstern. Die Baronin gackerte schrill.

Magda beendete ihr verrücktes Gewirbel schließlich auf Childes Schoß. Sein Kopf wurde gegen ihre Brüste gepreßt. Sie dufteten nach einem schweren Parfüm, nach Schweiß und etwas Undefinierbarem.

Mrs. Grasatchow versetzte Magda einen dermaßen energischen Stoß, daß sie von Childes Schoß und auf den Boden flog. Einen Moment lang schaute Magda wie benommen auf. Ihre weit gespreizten Beine enthüllten ihren rotbehaarten Schlitz.

»Er gehört mir!« schrie Mrs. Grasatchow. »Mir! Du ekelhaftes Schlangenluder!«

Magda kam unsicher wieder auf die Beine. Ihr Blick normalisierte sich. Sie öffnete den Mund. Ihre Zunge schoß vor und zurück, und sie zischte.

»Hau bloß ab!« sagte Mrs. Grasatchow mit tiefer Stimme. Hatte sie wirklich gegrunzt?

Glam betrat den Raum. Er warf Magda einen finsteren Blick zu. Offenbar mochte er es nicht, daß sie nackt war und um Childes Gunst buhlte. Aber der Baron fror ihn mit einem Blick ein und gab ihm mit einer Geste zu verstehen, er solle den Raum verlassen.

»Ich soll abhauen, was?« sagte Magda. »Du hast mir doch gar nichts zu sagen, du Schweineluder! Ich habe auch keine Angst vor dir!«

»Schweine fressen Schlangen«, erwiderte Mrs. Grasatchow. Sie grunzte — ja, diesmal grunzte sie —, legte einen fleischbehangenen Arm um Childes Schulter und machte sich mit der anderen Hand daran, seinen Hosenlatz zu öffnen.

»Du hast zwar schon jeden Dreck gefressen«, sagte Magda schäumend, »aber diese Schlange noch nicht! Und du wirst sie auch nicht fressen!«

Childe sah sich um und fragte: »Wo sind die Kameras?«

»Heute abend ist alles improvisiert«, sagte Mrs. Grasatchow. »Oh, du siehst George so ähnlich!«

Childe nahm an, daß sie George Gordon — Lord Byron — meinte, aber er war sich nicht sicher. Außerdem hatte er nicht vor, auf ihr Spielchen einzugehen.

Er schob ihre Hand beiseite, als sie seinen Penis gerade mit zwei Fingern umschloß. Zu seinem Verdruß wurde er steif. Obwohl er angesichts der dicken Frau nur Ekel empfand, reagierte ein Teil seines Ichs auf sie. Oder lag es nur daran, daß er Magda ansah und die allgemeine Atmosphäre ihn erregte? Im Grunde war natürlich die Droge dafür verantwortlich. Childe war sich jetzt sicher, daß man ihm etwas verabreicht hatte.

Magda nahm wieder auf seinem Schoß Platz. Sie schlang die Arme um seinen Hals. Mrs. Grasatchow hob knurrend die Hand, als wolle sie Magda schlagen, aber als der Baron schrill etwas durch den Raum rief, ließ sie sie sinken. Kurz zuvor waren die Flügel einer großen Tür aufgeflogen. Childe, der die Bewegung aus den Augenwinkeln wahrgenommen hatte, wandte den Kopf. Der Baron stand in der Tür. Hinter ihm befand sich *der* Billardraum — oder *ein* Billardraum. Er sah dem, den Childe zuerst gesehen hatte, sehr ähnlich. Chornkin und Krautschner, die beiden mit dem blonden Haar, spielten.

Der Baron durchquerte den Raum und sagte, als er ein paar Schritte hinter Childe stand: »Die Polizei weiß nicht, wo er ist.«

Childe fuhr hoch. Er sprang auf, schubste Magda von sich, stieg über sie hinweg und rannte auf die nächste Tür zu. Er erreichte zwar den Korridor, doch dann wurde er mit Gewalt von den Beinen gerissen. Als er herumschwang, sah er sich Glam gegenüber. Seine mächtigen Arme machten Childe wehrlos; er konnte nur noch um sich treten. Doch Glam schien unter den Hosenbeinen schwere Stiefel zu tragen. Jedenfalls zeigte er nicht im geringsten, daß er die festen Tritte spürte. Vielleicht spürte er sie wirklich nicht. Vielleicht war Childe einfach zu schwach.

Er wurde wie ein kleines Kind in den Raum zurückgeführt. Glam hielt seine Hand. »Gut«, sagte der Baron. »Gut für ihn und gut für dich. Du hast dem Impuls widerstanden, ihn zu töten. Sehr löblich, Glam.«

»Und meine Belohnung?« fragte Glam.

»Du wirst sie kriegen. Einen Teil von ihr. Doch was Magda angeht... Wenn sie sagt, daß sie dich nicht will — und das sagt sie nun mal —, liegt es an ihr, dir auch weiterhin zu sagen, du sollst dich zum Teufel scheren. Meine Autorität hat Grenzen. Und außerdem... bist du ja eigentlich keiner von uns.«

»Du kannst froh sein, daß ich dich nicht umgebracht habe, Glam!« sagte Magda.

»Du hast einen abartigen Geschmack, Glam«, sagte Mrs. Grasatchow. »Du würdest sogar eine Schlange ficken, wenn jemand ihren Kopf festhielte, was? Ich habe dir meine Hilfe angeboten...«

»Genug davon«, sagte Igescu. »Ihr zwei könnt um ihn würfeln, oder eine Partie Billard um ihn spielen. Aber der Sieger läßt mir ein Stück übrig, verstanden?«

»Würfeln dauert nicht so lange«, sagte Magda.

Der Baron nickte Glam zu. Glam legte von hinten eine Hand auf Childes Schulter und führte ihn aus dem Raum. Magda rief: »Bis gleich, Geliebter!«

Mrs. Grasatchow sagte: »Freu dich bloß nicht zu früh, du Schlampe!« Magda erwiderte lachend: »Gewinnst du, muß er es mit einem Schweinearsch treiben!«

»Treib es nicht zu weit!« schrillte die dicke Frau.

Glam geleitete Childe durch den Korridor bis an dessen Ende. Dann ging es um eine Ecke und zwei Treppenfluchten tiefer. Die Wände des nächsten Korridors bestanden aus großen grauen Steinquadern. Die Tür, vor der sie stehenblieben, war aus dickem, schwarzem Holz. Sie wies eiserne Beschläge auf, die die Umrisse grinsender, archaischer Fratzen zeigten. Glam verlagerte das Gewicht seiner Hand von Childes Schulter auf seinen Nacken und drückte zu. Es war ein Gefühl, als werde ihm das Blut aus dem Kopf gepreßt. Childe ging in die Knie und lehnte den Kopf gegen die Wand. Dann kehrten seine Sinne und der Schmerz im Nacken zurück. Glam schloß die Tür auf, zerrte Childe an der Hand in den Raum hinein und ließ ihn erst los, als sie die gegenüberliegende Wand erreicht hatten. Er zog den sich schwach wehrenden Childe völlig aus, zog ihn hoch und legte einen Metallring um seinen Hals. Dann nahm er Childes Kleider, ging hinaus und schloß die Tür hinter sich ab.

In der Mitte der Decke befand sich eine einzelne Lampe ohne Schirm. Auf dem Boden lagen Decken und etwas Stroh. Die Wände und die Decke waren hellrot gestrichen.

Als seine Kräfte wiederkehrten, bemerkte Childe, daß der Metallring durch eine anderthalb Meter lange leichtgewichtige Kette mit einem Ringbolzen verbunden war, der im Gestein der Wand steckte. Er sah sich um, konnte aber nichts erkennen, das darauf schließen ließ, daß er von Kameras beobachtet wurde. Wände und Decken wirkten fugenlos. Es war jedoch nicht auszuschließen, daß einer oder mehrere der Steine in Wirklichkeit Einwegfenster waren.

An der Tür klapperte etwas. Ein Schlüssel drehte sich im Schloß. Die Tür ging auf. Magda trat ein. Sie trug nichts, wenn man den Schlüssel in ihrer Hand nicht mitzählte. Sie blieb stehen und lächelte ihn an. Plötzlich machte sie eine wirbelnde Drehung und sagte: »Wer ist das?« Dann sah Childe nur noch ihren Hintern und ihre geschwungenen Hüften, und sie verschwand rasch im Korridor.

Ein Klopfen und ein Keuchen. Dann: Stille.

Childe hatte zwar keine Ahnung, was dort draußen vor sich ging, aber er nahm an, daß Glam oder die Grasatchow Magda angegriffen hatten. Er hatte nicht geglaubt, daß sie es wagen würden, da der Baron ihnen deutlich klargemacht hatte, wie weit sie gehen durften.

Er wartete ab. Dann vernahm er ein Geräusch, das sich so anhörte, als werde ein Körper über den Boden geschleift. Dann war wieder alles still. Schließlich hörte er ein leises Wispern. Es war nicht die Stimme eines Menschen, sondern das Reiben von Seide an Seide.

Er zuckte vor Angst zurück.

Dolores del Osorojo stand im Türrahmen. Mit knisternden Röcken drehte sie sich um und schloß die Tür. Dann sah sie ihn an, kam langsam auf ihn zu und streckte ihre weißen Arme nach ihm aus. Sie war weder transparent noch halbdurchsichtig. Sie war so fest, wie es ein junger Körper nur sein konnte. Ihr schwarzes Haar, ihr weißes Gesicht, ihre roten Lippen und ihre schwellenden Brüste waren solide. Und herrlich anzuschauen.

Childe war zu verängstigt, um auf die Arme, die ihn umschlangen, und die Lippen, die sich auf seinen Leib preßten, zu reagieren. Ihm war kalt, obwohl ihr Atem heiß war und ebenso die Zunge, die die seine umkreiste. Warmer Speichel lief aus ihrem Mund und rann über sein Kinn und seine Brust. Sie keuchte.

Childe wollte zurückweichen, doch die Wand beendete seinen Versuch. Dolores schmiegte sich fest an ihn, und er hatte weder den Willen noch die Kraft, sie von sich zu schieben. Er zitterte am ganzen Leib.

Die Frau murmelte etwas auf Spanisch. Er verstand ihre Worte zwar nicht, doch ihr Tonfall sollte wohl beruhigend klingen. Sie ließ von ihm ab und zog sich schnell aus. Ihr Kleid fiel zu Boden, und dann die drei Unterröcke, die knielange Unterwäsche, die langen, schwarzen Strümpfe und das Korsett. Die nackte Dolores war eine prachtvolle Frau. Ihre Brüste waren voll, ihre Brustwarzen, die fast so lang waren, wie sein oberes Daumenglied, ragten steil nach oben. Ihr Schamhaar war dicht und schwarz, ein Streifen ihres Haars wuchs wie die Rauchsäule eines fernen Feuers bis an ihren Nabel. Die Flüssigkeit, die ihr Schamhaar feucht gemacht hatte und an ihren Schenkeln herunterlief, bewies ihm ihre Ungeduld. Als Childe dies sah, nahm seine Furcht ab. Dolores sah zu sehr nach Protoplasma statt Ektoplasma aus, als daß er in den Tiefen seines Herzens noch daran hätte glauben können, daß sie wirklich ein Gespenst war.

Childe war allerdings auch weit davon entfernt, sich zu entspannen. Als er seine paar Brocken Spanisch hervorstieß, um Dolores zu fragen, ob sie ihn befreien könne, wurde ihm klar, daß sie nicht die Absicht hatte, ihn laufen zu lassen. Vielleicht war sie auch nicht dazu in der Lage.

Childe wiederholte seine Bitte, sie solle den Schlüssel von Magda holen. Dolores schüttelte den Kopf. Meinte sie, daß sie es nicht tun würde? Verstand sie ihn nicht? Vielleicht, nahm Childe an, wollte sie ihn erst dann befreien, wenn sie das bekommen hatte, was sie haben wollte. Und das, was sie haben wollte, war er, aus welchem Grund auch immer.

Nicht, daß es ihm rätselhaft erschienen wäre, was sie wollte. Der Grund ihrer Wahl war das Rätsel. Gegenwärtig konnte er nichts tun, um ihn zu erfahren.

Dolores küßte ihn ohne Pause, und schließlich fing sie, ohne ihr Küssen zu unterbrechen, an, mit seinem Penis zu spielen. Childe konnte keine Erektion entwickeln; die Berührung ihrer Finger ließ sein Fleisch wie das eines Toten erkalten. Er schrumpfte ein.

Schließlich stellte Dolores ihre Zärtlichkeiten ein. Sie wich zurück, musterte ihn mit dem durchdringenden Blick ihrer schwarzen Augen und runzelte die Stirn. Doch sie näherte sich ihm erneut, redete mit beruhigenden, doch unverständlichen spanischen Worten auf ihn ein, kniete sich vor ihm ins Stroh und nahm seinen schlaffen Penis in ihren warmen Mund. Dann fing sie an zu saugen, während ihre Fingerspitzen die Innenseiten seiner Schenkel streichelten.

Childe spürte, wie sein Körper sich allmählich erwärmte. Sein Penis fing an zu schwellen, als sei das erstarrte Blut plötzlich wieder flüssig geworden. Die altvertrauten, aber nie langweiligen Gefühle kehrten langsam zurück. Er legte die Hände auf ihren Kopf, zog den Kamm aus ihrem Haar, ließ es lose auf ihre Schultern fallen und bewegte den Unterleib vor und zurück.

Plötzlich entließ sie ihn aus ihrem Mund und fing wieder an, ihn zu küssen. Ihre Zunge erforschte seinen Mund. Dann ergriff sie seinen Penis, stellte sich auf die Zehenspitzen, führte die Eichel an ihre Scheide und ließ sich auf ihn nieder. Sein Ding flutschte in ihre Grotte; Dolores machte ein paar ruckende Bewegungen, und Childe kam.

Es gibt solche und solche Orgasmen.

Dieser war so köstlich, daß er während der Ejakulation zeitweise die Besinnung verlor.

Er hatte den Eindruck, als würde ihre Möse Funken schlagen, als wären anderthalb Jahrhunderte der Keuschheit am Schaft seines Schwanzes entlang explodiert. Oder als hätte sie eine elektrische Entladung hervorgerufen, die mit einem Blitz durch seine Nervenbahnen jagte. Das Gefühl war so stark gewesen, daß Childe nicht genau wußte, ob er nun ausgebrannt war. Vielleicht hatte sich *wirklich* etwas Elektrisches entladen.

Die Kette begrenzte seinen Aktionsradius auf eine aufrechte Stellung. Er bat die Frau, das Gespenst, was immer sie war, Magda den Schlüssel abzunehmen, doch sie schenkte ihm keine Beachtung und sah ihn nur an, als er sprach. Childe verstand nicht, warum sie den Schlüssel nicht holte; es war doch auch zu ihrem Vorteil. Dann kam ihm plötzlich der Verdacht, daß sie möglicherweise Angst davor hatte, wenn er verschwand und sie allein ließ. Und das wollte sie deswegen nicht, weil sie noch viel mehr zu entladen hatte. Er wurde jedenfalls den Eindruck nicht los.

Auch wenn er räumlich und durch seine Fesselung eingeschränkt war — Dolores war erfinderisch. Nachdem sie ihn erneut zu voller Steife geblasen hatte — sie hatte seinen

Penis in sich hineingesaugt, abgeleckt, die Spermaflüssigkeit geschluckt und sein Ding im Verlauf dieses Prozesses wieder gesäubert —, ließ Dolores ihn los. Sie kniete sich auf alle viere nieder und stand plötzlich mit weit gespreizten Beinen auf den Händen. Sie ließ sich auf ihn zufallen, bis ihre Füße die Wand rechts und links von ihm berührten. Nachdem sie sich auf den Händen ein Stück an ihn herangearbeitet hatte, befand sie sich in der Position, die sie erreichen wollte. Im ersten Moment dachte Childe daran, sie zurückzuweisen, aber als er in Erwägung zog, daß sie ihn dann vielleicht wieder allein ließ und einschloß, packte er ihre Hüften. Sein Penis glitt an ihrem Anus vorbei und in ihren Schlitz. Sie erwiderte seine Stöße.

Wie Magda konnte sie seinen Penis mit den Muskeln ihrer Scheide kneten. Childe bewegte sich nur wenig, er zog ihre Hüften mit wilden, kurzen Stößen an sich heran. Es dauerte nur wenige Sekunden, dann bebte und schluchzte sie und hatte offenbar einen Orgasmus nach dem anderen. Ihre Schreie waren Spanisch. Childe verstand zwar nur wenige ihrer Worte, aber manches fing er auf. »Oh, heilige Jungfrau Maria! Oh, Vater! Er fickt mich! Oh, Jesus Christus! Oh, lieber Gott! Er fickt mich! Fick mich! Fick mich! Fick mich!«

Während sie diese Worte hervorstieß, dachte Childe keinen Augenblick über sie nach; er reagierte nur. Aber später erinnerte er sich daran und wunderte sich darüber. Wenn sie wirklich die wohlbehütete Tochter des sonderbaren alten Granden Don del Osorojo war, hatte sie einen überraschenden Wortschatz. Aber schließlich war zu erwarten, daß sie nach anderthalb Jahrhunderten in der Umgebung lebendiger Menschen Ausdrücke aufgeschnappt hatte, die ihr vor ihrem Tod unbekannt gewesen waren. Aber warum hatte sie in dieser Zeit kein Englisch gelernt?

Jetzt allerdings dachte er nicht darüber nach, was sie sagte. Er spielte auf Zeit. Er mußte es ihr so lange besorgen, bis er sie dazu bringen konnte, in seinem Sinne aktiv zu werden. Dolores stützte sich auf ihre Arme, ihre Füße lagen auf der Wand, ihre Möse bumste gegen ihn, und sie ruckte hin und her, während Childe die Arme ausstreckte und ihre Brüste und Brustwarzen mit den Händen knetete. Ihre Muskeln waren kräftig; sie hatte keine Schwierigkeiten, in dieser gekrümmten Position zu bleiben. Ihr Kopf hing nach unten; Childe stieß heftig in sie hinein, und dann und wann stieß sie, ohne daß seine Hände unter ihren Hüften lagen, den Hintern vor.

Nach einer Zeit, die Childe sehr lang erschien, spritzte er ab. Dolores schrie im Crescendo der Höhepunkte. Dann rutschten ihre Füße an der Wand hinab nach unten. Childe sorgte dafür, daß sie nicht zu Boden knallte; er legte die Hände unter ihren Hintern, packte dann ihre Schenkel und ließ sie nach unten gleiten. Dolores blieb rücklings vor ihm auf dem Boden liegen. Sie keuchte und schaute auf, während Childes Sperma in ihren offenen Mund tröpfelte. Dann rutschte sie ein Stück zur Seite, ließ es auf ihre Brüste tropfen und verrieb das klebrige Zeug mit den Händen. Sperma- und Schweißgeruch füllten den Raum.

Als sie wieder normal atmete, stand Dolores auf und gab Childe einen langen, züngelnden, nach Sperma schmeckenden Kuß. Ihre Hände fummelten an seinen Hoden.

Childe drehte den Kopf zur Seite und sagte: »Nicht noch mal, Dolores. — Oder wer du auch bist.«

Seine Beine zitterten. Eine Nummer im Bett war schon anstrengend genug, aber ein Fick im Stehen erschöpfte ihn doppelt so stark. Zudem hatte Childe den Eindruck, als verfüge Dolores über die Mittel, ihm mehr als das normale Quantum an Energie zu entziehen. Zwar hatte sie ihn auch ein paar Sekunden lang mit Energie versorgt — er hätte schwören können, daß sie seinen Penis mit Strom gespeist hatte —, aber dann waren seine Orgasmen so gewaltig gewesen, daß sie auch die Schleusentore seiner Reservetanks geöffnet hatten.

Es gab zwar keinen objektiven Grund, so zu denken,

aber er hatte das *Gefühl*, als hätte sie ihn eines Teils seiner Lebensenergie beraubt und sich dadurch gestärkt und verdichtet. Nun ja, schon als er sie berührt hatte, hatte sie sich absolut nach echtem Fleisch angefühlt, aber nun schien sie *noch* solider geworden zu sein.

Als Dolores sah, wie er zitterte, sagte sie etwas. Sie hob lächelnd einen Finger, als wolle sie sagen, daß er hier warten solle. (Was, zum Teufel, hätte er sonst tun können?) Dann verließ sie den Raum. Ein paar Sekunden später war sie wieder da — mit einer Flasche Rotwein und einer dikken Scheibe Filet Mignon. (Kannte sie einen schnellen und geheimen Zugang zur Küche?) Childe lehnte den Wein ab, aber er verschlang gierig das Fleisch. Obwohl er erst vor knapp einer halben Stunde zu Abend gegessen hatte, fühlte er sich sehr hungrig.

Dolores setzte die Flasche an die Lippen und trank. Childe rechnete fast damit, zu sehen zu bekommen, wie eine dunkle Säule durch ihre Kehle in ihren Magen vordrang, als sei sie eine durchsichtige Gestalt aus einem Werbespot gegen Magensäure, doch er sah nur, wie sich ihr Kehlkopf bewegte.

Wenn er Hunger hatte, hatte sie Durst. Dolores behielt die Flasche an den Lippen, bis sie halb leer war. Vielleicht hatte sie sie ganz austrinken wollen, aber von der nur angelehnten Tür her ertönte ein Geräusch. Dolores zuckte zusammen und ließ die Falsche fallen. Sie fiel um, und der Rotwein ergoß sich über das Stroh.

Sie bückte sich, raffte ihre Kleider zusammen, rollte sie zu einem Bündel, das sie unter den rechten Arm klemmte, und küßte Childe rasch, wobei sie Wein- und Spermageruch verbreitete. Sie rannte auf die Wand rechts von ihm zu; ihre Linke drückte auf den Schnittpunkt zweier grauer Quader. Ächzend und quietschend schwang eine sechs Quader hohe und vier Quader breite Sektion der Wand nach innen. Dahinter war es finster. Dolores drehte sich um, lächelte und warf Childe etwas Glänzendes zu. Er bäumte sich auf, doch die Kette riß ihn zurück und schnitt ihm den Atem ab. Der Gegenstand entglitt seinen Finger-spitzen und landete im Stroh.

Es war der Schlüssel für den Metallring.

Dolores wurde von Dunkelheit eingehüllt. Die Wand-sektion schloß sich ächzend.

Ein gewaltiger Kopf mit dicken Wangen, großen dunk-len Augen und einer hoch aufgetürmten, blauschwarzen Frisur lugte um die Ecke des Türrahmens. Mrs. Grasa-tchow.

Hinter ihr waren aufgeregte Stimmen zu hören. Die Augen der dicken Frau weiteten sich. Sie drückte die Tür auf und watschelte über das Stroh auf Childe zu. Er zog langsam das Bein zurück, das er ausgestreckt hatte, um den Schlüssel heranzuziehen.

Mrs. Grasatchow schnüffelte und schrie dann: »Abgang!« Sie grunzte wie eine Sau, die gerade im Begriff ist, zu werfen. »Wer war hier drin? Wer? Sag es mir! Wer?«

»Haben Sie sie nicht gesehen?« sagte Childe. »Sie ist durch den Korridor gelaufen.«

»Wer?«

»Dolores del Osorojo!«

Mrs. Grasatchows Haut war im Naturzustand schon blaß genug, doch der Puder hatte sie noch blasser ge-macht. Aber es gelang ihr tatsächlich, noch weißer zu wer-den.

Der Baron betrat den Raum. Er hielt eine lange Zigarre in der Hand. »Ich dachte mir schon, daß es Dolores war. Nur sie . . .«

Die Dicke wirbelte so schnell und geschmeidig herum wie ein Rhinozeros, das trotz seiner Abmessungen unter gewissen Umständen durchaus graziös sein kann.

»Du hast gesagt . . . Du hast Dolores als unwichtig abge-tan! Du hast gesagt, sie wäre keine Gefahr für uns!«

Bevor der Baron antwortete, warf er Childe einen listi-gen Blick zu. Er saugte an seiner Zigarre und sagte: »Es war halt nicht sehr wahrscheinlich, daß sie je genug Plasma zum Härten kriegen würde. Aber ich habe mich wohl geirrt.«

»Was hat sie mit Magda gemacht?« fragte Mrs. Grasatchow.

Der Baron zuckte die Achseln. »Das müssen wir Magda fragen, wenn sie wieder zu sich kommt. *Falls* sie wieder zu sich kommt.«

Nun füllte Glams Gestalt den Türrahmen aus. Er trug die noch immer nackte Magda auf den Armen. Ihr Kopf baumelte schlaff, ihr langes, blondes Haar hing herunter, und auch ihre Arme und Beine waren ohne Kraft.

»Was soll ich mit ihr machen?« fragte Glam.

»Bring sie nach oben, in ihr Zimmer. Leg sie ins Bett. Sag Vivienne, sie soll sich um sie kümmern.«

Glams Gesichtsausdruck wurde von einer steinernen Maske zu etwas Unlesbarem und dann erneut zu einer steinernen Maske. Der Baron sagte: »Sicher, sie kann sich jetzt nicht verteidigen. Aber wenn ich du wäre, würde ich keinen Versuch machen.«

Glam sagte nichts. Er drehte sich um und trug die Frau weg. Die beiden Blonden, Chornkin und Krautschner, schauten herein, jeder durch eine andere Tür.

»Habt ihr Dolores gesehen?« fragte der Baron.

Sie schüttelten den Kopf. Der Baron warf einen Blick auf den Teil der Wand, der sich für Dolores geöffnet hatte. Er machte den Mund auf, als wolle er aussprechen, welchen Weg sie genommen hatte und daß man sie verfolgen müsse, aber er sagte nichts.

Childe nahm an, daß der Baron eventuell bestimmte Geheimnisse für sich behalten wollte. Traute er den anderen nicht? Oder war er der Meinung, es sei ohnehin zwecklos, Dolores zu verfolgen? Bestimmt nahm er an, daß Childe sie hatte verschwinden sehen.

»Sie scheint jedenfalls fleischlich genug zu sein, um fikken zu können«, sagte Mrs. Grasatchow. »Schaut euch an, wie sein Schwanz aussieht. Er hat einen Abgang gehabt.«

»Ich habe selbst Augen im Kopf«, sagte der Baron. »Magdas Schlüssel ist weg. — Haben Sie ihn, Childe?«

Childe schüttelte den Kopf. Igescu ging zu den beiden jungen Leuten und flüsterte kurz mit ihnen. Dann trennten sie sich und schritten gebückt durch den Korridor. Sie suchten. Der Baron kam wieder herein und sagte zu Mrs. Grasatchow: »Jetzt nimm schon den Blick von seinem Schwanz und hilf uns suchen!«

»Da ist er!« sagte Mrs. Grasatchow.

Sie bückte sich, nahm den Schlüssel und richtete sich ächzend wieder auf. Der Baron nahm ihn an sich und steckte ihn in die Jackentasche.

Childe biß die Zähne zusammen. Jetzt hatte er keine Chance mehr — es sei denn, Dolores kam zurück und half ihm. Er bezweifelte, daß sie es tun würde. Obwohl sie ihm den Schlüssel zugeworfen hatte, hatte sie sich nicht vergewissert, ob er ihn auch aufgefangen hatte, und dazu hätte sie genügend Zeit gehabt. Vielleicht hatte ihre Geste bedeutet, daß er entkommen konnte, wenn er nur agil und gerissen genug war. Vielleicht grollte sie aufgrund ihrer langen und frustrierenden Gefangenschaft in der Körperlosigkeit. Vielleicht wollte sie, daß auch er litt. Schließlich war sie nicht aus Zuneigung oder Liebe über ihn hergefallen, sondern weil sie ein Objekt gebraucht hatte, an dem sie sich erleichtern konnte.

Aber sie war teilweise auf seiner Seite. Das war gegenwärtig seine einzige Hoffnung.

Der Baron verließ den Raum. Ein paar Sekunden später traten die beiden jungen Leute ein. Chornkin hatte den Schlüssel. Er schloß den Metallring auf, und er und das Mädchen nahmen Childe zwischen sich und führten ihn hinaus. Sie kamen an zwei Türen vorbei und gingen durch eine dritte, die bereits offenstand. Der Raum hatte die gleiche Größe wie der, den Childe gerade verlassen hatte. Die Wände waren mit Eichenholz getäfelt, die Decke hellblau gestrichen, und auf dem Boden lag ein dicker Perser mit Kreisen, in denen sich Hakenkreuze befanden. Mehrere

Metallringe, die an Ketten hingen, waren an der Wand befestigt.

Dieser Raum konnte keine geheimen Eingänge haben.

Der Baron schaute auf seine Armbanduhr und sagte: »Wir müssen etwas gegen sie unternehmen. Sie war ungefährlich, bevor sie fleischlich wurde. Aber jedes Ding hat auch seinen Nachteil. Jetzt ist sie zwar gefährlich, aber man kann sie auch verletzen. Wir können etwas gegen sie unternehmen, und das werden wir. Ich werde eine Konferenz einberufen.«

Mrs. Grasatchow zog eine Schnute und sagte: »Jetzt, wo Magda mir nicht mehr im Wege steht, dachte ich, ich könnte...«

»Eine halbe Stunde«, sagte Igescu. »Keine Minute länger. Ich schicke jemanden runter, der dich eskortiert. Du bist sicher nicht darauf aus, den Weg nach oben allein zu gehen.«

Die dicke Frau zuckte zusammen. Eine Flutwelle schien durch ihren Leib zu rasen.

»Meinst du, *ich ... ich* ... müßte mir Sorgen machen? Daß ich in *Gefahr* bin?«

Sie stieß ein bellendes Gelächter aus.

»Das sind wir alle«, sagte der Baron. »Ganz plötzlich ist es mit unserer Sicherheit aus. Und er hier...« — er deutete mit dem Daumen auf Childe —, »hat etwas damit zu tun, auch wenn ich nicht weiß, was. Er ist eine Art Fokus. Vielleicht hat Dolores die ganzen Jahre lang auf jemanden wie ihn gewartet. — Eine halbe Stunde. Ich meine es ernst. Und freß ihn nicht ganz auf. Ich will noch ein Stück von ihm haben.«

Der Baron ging hinaus und schloß die Tür hinter sich. Mrs. Grasatchow begann sich zu entkleiden. Childes Knie fingen an zu zittern.

16. Kapitel

Er versuchte ihr klarzumachen, daß sie nur ihre Zeit verschwendete. Natürlich erwähnte er mit keinem Wort, daß er nicht einmal dann in der Lage gewesen wäre, positiv auf sie zu reagieren, wenn er nicht ausgelaugt und geschwächt gewesen wäre. Ihre mächtigen Hängebrüste, ihre gewaltige und so weit vorhängende Wampe, daß ihre Genitalien in den Schatten und Falten nicht mehr zu sehen waren, ihre fettwabbelnden Hüften und baumstammartigen Beine stießen ihn ab. Er hätte wahrscheinlich nicht mal einen Steifen gekriegt, wenn er bei vollen Kräften gewesen und seit Monaten keinen Verkehr mehr gehabt hätte.

»Diese Spukhexe hat dich wohl ausgesaugt, was?« sagte Mrs. Grasatchow. Und dann lachte sie. Sie stand direkt vor ihm; ihre Alkoholfahne ließ ihn beinahe kotzen. In ihrem ponyartigen Bauch mußten fast zwei Gallonen schwappen.

Sie hatte eine große Handtasche aus Bärenfell, eine Flasche Wein und eine Flasche Scotch mitgebracht. Sie schüttete den Wein über Childes Bauch und seine Genitalien, dann ging sie in die Knie und leckte ihn ab. Er zeigte keine Reaktion.

Sie richtete sich mit der Gewalt eines Vulkanausbruchs auf und versetzte ihm einen Schwinger. Childe sah Kometen und fiel halb betäubt zurück gegen die Wand.

»Du kleines Arschloch!« schrie sie. »Du siehst vielleicht wie George aus, aber du bist bestimmt nicht der Mann, der er war!«

Sie watschelte zu ihrer Handtasche und entnahm ihr ein ungefähr fünf Zentimeter langes Zäpfchen. »Das wird dich mit Leben erfüllen! Wenn es erst mal in dir steckt!«

Sie kam grinsend auf ihn zu. Childe duckte sich vor die Wand, sprang sie an und schlug nach ihr. Sie packte lachend sein Handgelenk und drehte es herum, bis er vor Schmerzen aufschrie und in die Knie ging, soweit die Kette es erlaubte. Childe versuchte würgend wieder aufzustehen, aber sie hielt ihn unten, bis er fast erneut die Besinnung verlor.

Seine Sinne kehrten zurück, als er merkte, daß sie ihn herumgedreht hatte. Er schaute auf die Wand. Irgend etwas — er wußte, daß es das Zäpfchen war — wurde in seinen Anus geschoben.

»So was hast du noch nie erlebt, Kleiner!« flötete sie. »Noch nie! Diesen Abend wirst du dein Leben lang nicht vergessen! Ach, Kleiner, wie gern möchte ich jetzt du sein, damit ich mich selber ficken könnte!«

Anfangs erzeugte das Zäpfchen ein Brennen. Er hatte das Gefühl, scheißen zu müssen. Nach knapp einer halben Minute schien es eiskalt und schwer zu werden wie ein gerade aus dem Kühlschrank genommenes Senkblei. Die Kälte und die Schwere breiteten sich in seinen Eingeweiden und Hoden aus wie eine sich ausrollende Schlange, die vor der Eiszeit floh, aber zu langsam war. Seine Hoden wurden zu Glocken, die in der Eiseskälte bimmelten. Und weiter — bis es in seinem Magen und in seinem Penis war. Flüssiger Stickstoff wurde in jede Ader seines Körpers gepumpt.

Childe krümmte sich, als das Zeug sich in seinen Beinen nach unten ausbreitete und langsam in seinem Körper nach oben glitt. Die kräftigen Hände der Dicken griffen fester zu, und dann sagte sie: »Bleib ruhig, kleiner Geliebter. Es tut nicht weh, aber es macht dich zu einem Mann, der du niemals gewesen bist!«

Das eisige Gewicht fraß an den Grundmauern seines Gehirns. Seine Halswirbel und sein Rautenhirn fühlten sich an, als seien sie kristallisiert. Er konnte jeden Rückenwirbel und jede Zelle seines Kleinhirns voneinander unterscheiden, als seien sie in Kälte erstarrte Entitäten. Childe spürte, wie sich die einzelnen Gefäße seines Penis allmählich mit halbgefrorenem Blut füllten. Mrs. Grasatchow hatte ihn inzwischen erneut umgedreht und hockte auf ihren elefantenhaften Knien, um seinen Penis zu lutschen. Sie grunzte wie eine Sau am Trog, aber soweit Childe es erkennen konnte, verfuhr sie recht sanft mit ihm. Ihre Kiefer rührten sich nicht, nur ihre Lippen, zwischen denen seine Eichel klemmte, bewegten sich. Er empfand nicht das geringste. Man hätte ihm ebenso hundert Morphiumspritzen in den Leib und eine gewaltige Ladung in den Penis jagen können. Doch selbst wenn sein Gehirn keine greifbare Nachricht empfing, ein Teil seines Körpers reagierte. Sein Penis steckte wie ein selbständiges Lebewesen — wie ein Egel, der ihrer Zunge Blut entzog — in ihrem Mund und schwoll allmählich an.

Als Mrs. Grasatchow spürte, daß er so hart und steif war, wie er sein mußte, stand sie auf und sagte: »Beweg dich jetzt bloß nicht von der Stelle!« Sie schloß den Metallring auf, der um seinen Hals lag und legte den Schlüssel in ihre Handtasche. Childe hatte an sich vorgehabt, zur Tür zu fliehen, aber seine Beine wollten sich nicht bewegen.

Sie legte sich auf den Boden und spreizte die Beine. Es war, als teile sich das Rote Meer, um Moses und sein Volk hindurchzulassen. Dann sagte sie: »Leck mich!«

Obwohl sein eingefrorenes Hirn seinen Nerven die Nachricht übermitteln wollte, Widerstand zu leisten, ging Childe gehorsam zu Boden, teilte ihren Schlitz und bereitete sich, wie es seine Art war, darauf vor, zuerst ihre Klitoris zu bedienen.

»Nicht so, du Idiot!« sagte sie. »Andersrum! Neunundsechzig!«

Childe kroch auf sie hinauf und drehte sich herum. Mrs. Grasatchow ließ seinen Penis in ihren Mund gleiten, bis sein Schamhaar gegen ihre Lippen drückte. Childe spürte zwar nichts davon, aber er sah kurz durch den Spalt zwischen ihren Leibern und sah sein Schamhaar und den Rest seiner Peniswurzel. Dann ließ er die Zungenspitze über ihre Klitoris gleiten. Das Ding war fast ein kleiner Penis. Er hatte noch nie eine so große Klitoris gesehen. Childe hatte jedoch einige Schwierigkeiten, an sie heranzukommen, da ihr Bauch so dick war. Er kam sich vor, als müsse er über einen Hügelkamm robben, als hinge er halb in die Tiefe und wolle aus einem Rinnsal am Fuße in einer Gletscherspalte trinken.

Das Schlimmste war, daß er keinerlei Geilheit empfand, sondern nur Abscheu. Aber er mußte genau das tun, was sie sagte, und ebenso hatten die außerhalb seines Hirns befindlichen Organe keine andere Wahl, als auf bestimmte Sinneseingaben zu reagieren.

Auf einen weiteren Befehl hin zog Childe den Penis aus ihrem Mund, drehte sich herum und führte ihn in ihre Vagina ein. Er fing langsam an zu stoßen, doch dann wurde er auf ihre Anweisung hin schneller. Mrs. Grasatchow ächzte und stöhnte, warf den Kopf von rechts nach links, schrie in einer fremden Sprache auf, zuckte unter ihm mit ihren gewaltigen Hüften, erwiderte seine Stöße und richtete sich hin und wieder auf, um seinen Hintern zu umfassen und ihn an sich zu pressen.

Childe hatte keine Ahnung, wie lange sie in dieser Position blieben oder ob er einen Orgasmus gehabt hatte. Aber irgendwann kam die Zeit, in der sie ihn zur Seite schob. Ihre Leiber trennten sich schmatzend voneinander, sie schwang sich auf ihn, wuchtete ihren gewaltigen Leib auf seinen Penis und bewegte sich so leicht und rasch auf und ab, wie ein Spielzeugballon am Ende einer Schnur. Nach einer Serie von etwa hundert Orgasmen — Childe berechnete sie an der Anzahl ihrer Zuckungen —, stieg sie von ihm herunter und begab sich zu der in der Ecke stehenden Whiskyflasche. Da er das Gefühl hatte, sich aus eigenem Willen etwas bewegen zu können, wandte er den Kopf, um ihr zuzusehen. Sie hockte auf dem Teppich, lehnte sich an die Wand und sah aus wie ein aufgegangener Hefeteig.

Childe bemerkte, daß er keuchte. Er konnte zwar das Rasseln seines Atems hören, aber er spürte weder das Schlagen seines Herzens noch die Bewegungen seines Brustkorbs.

Mrs. Grasatchow kippte etwa ein Viertel des Flascheninhalts und schaute dann auf ihre Armbanduhr.

»Fünfundvierzig Minuten«, sagte sie. »Igescu wird außer sich sein.«

Sie hievte sich hoch und sagte: »Hmm! Was ist passiert? Er hat doch gesagt, er würde jemanden schicken.«

Sie öffnete die Tür und warf einen Blick in den Korridor.

Childe startete einen Versuch, auf sie zuzurennen. Er hoffte, daß er sie mit seiner Schwungkraft umreißen und durch den Korridor fliehen konnte. Doch nach — wie ihm schien — sehr, sehr langer Zeit, hatte er nicht mehr zustandegebracht, als auf die Beine zu kommen. Falls er sich einer ungeheueren Strapaze unterzogen hatte, er spürte es nicht. Die Verbindung zu seinen Muskeln war immer noch gestört.

Als Mrs. Grasatchow sah, daß er sich bewegte, runzelte sie die Stirn und sagte: »Spürst du schon, wie es brennt?«

»Nein«, sagte Childe. »Es ist immer noch kalt und schwer.«

»Du wirst es gleich spüren. Du wirst annehmen, daß in deinem Arsch ein Heißluftballon explodiert.«

Ein Lachanfall ließ sie erbeben. »Das Zeug hat eine komische Wirkung. Als du mich gefickt hast, hast du noch nichts gespürt, aber wart's nur ab! Ich wäre gern in deiner Nähe, wenn es losgeht, aber du wirst mit dir selbst spielen müssen.«

Sie schaute erneut auf ihre Armbanduhr. »Vielleicht bleibe ich auch hier. Ich nehme an, Igescu hat mich vergessen. Oder er weiß, wie wütend ich werde, wenn ich dich nicht mit Haut und Haaren kriege. Bleib stehen, wo du bist, mein Schnuckiputzimausebärchen. Ich verpaß dir noch eins und verdopple die Wirkung. Ich möchte nicht, daß du mir etwas vorspielst.«

Wie eine abebbende Springflut, die ins Meer zurückströmte, wurden aus der Kälte und Schwere Wärme und ein Gefühl der Leichtigkeit. Die zweite Phase begann dort, wo die erste geendet hatte — in Childes Hirn und der Spitze seiner Eichel. Die Wärme und die Leichtigkeit strömte aus allen Randzonen nach innen und ballte sich dort, wo das Zäpfchen war, in seinem Anus. Dort brannte es eine Sekunde lang, als hätte ein Meteor an dieser Stelle seinen flammenden Kurs beendet.

Childe schrie vor Schmerzen auf.

Die Dicke sagte: »Oh! Oh! Es geht los!« Und sie stürzte sich auf ihn, um ihn mit einer Hand zu packen. In der anderen hielt sie noch ein Zäpfchen. Sie schien so groß zu werden wie die Wand. Ihr Fleisch wabbelte wie ein loses Gewand in einer steifen Brise. Childe warf sich auf sie und streckte die Arme aus, um ihre Ohren zu packen, denn er hatte vor, sie ihr abzureißen. Er würde wie ein Wilder kämpfen müssen, um an die Tür zu kommen; denn selbst wenn er ganz bei Kräften gewesen wäre, hätte sie ihn erledigen können, von ihrem Übergewicht ganz zu schweigen.

Seine Hände packten ihre Ohren, und sein Gesicht stieß mit einer Wucht gegen ihre Brust, als sei er von der Decke auf sie herabgefallen. Sie kreischte auf, weil er in die Brustwarze gebissen hatte, die plötzlich zwischen seinen Zähnen war. Ein heftiger Schlag warf ihn zu Boden. Childe stand zitternd wieder auf.

Childe wartete nicht, bis er sich wieder von dem Sturz erholt hatte. Er bekämpfte das Schwindelgefühl und den Schmerz in seiner Schulter und trat ihr, als sie auf ihn zuwalzte, in den Bauch. Sie schrie auf. Ein herumwirbelnder Arm schlug Childe die Beine weg. Er fiel quer über ihren Bauch. Sie umklammerte seinen Hintern und griff mit einer Hand nach seinen Eiern. Childe zuckte panisch hin und her, dann wandte er sich ihr zu, packte eine ihrer Brüste und verdrehte sie.

Mrs. Grasatchows Arme flogen hoch, wieder schrie sie auf. Childe rollte sich über ihren Bauch und ihre Beine nach unten. Er kam sich vor, als rutsche er über einen Hügel. Er entging ihren um sich tretenden Beinen und sprang auf. Er landete mit beiden Beinen auf ihrem Bauch und sank tief ein. Sie ließ einen gewaltigen Furz, der roch, als hätte jemand die überdimensionale Tür einer Schnapsbrennerei geöffnet. Er hätte sich beinahe erbrochen, aber er sprang noch einmal auf sie. Ihr Mund stand weit offen, wie ein gebraßtes Segel, das sich gegen den Wind ihrer Agonie stemmte, um wieder Luft zu kriegen.

In genau diesem Moment kehrte das Zäpfchen seine Wirkung um. Es war, als wäre die gesamte Nummer mit einem gläsernen Fenster zwischen ihm und seinen Nervenenden aufgezeichnet worden. Childe hatte zwar sehen, aber nichts hören können. Jetzt war das Glas nicht mehr da, und nun hörte er die Wiederholung. Mit einem Unterschied. Er war nicht mehr eingefroren. Er spürte nun alles bis ins letzte Detail; er spürte den Schwanz in ihrem Mund, zwischen ihren Brüsten und in ihrer Möse, obwohl sie gar nicht mehr da war.

Während des Kampfes hatte er, obwohl es ihm nicht bewußt geworden war, eine Erektion gehabt. Jetzt spritzte er ab, und die verzögerte Reaktion des Orgasmus fegte durch seinen Körper. Childe fiel zu Boden und krümmte sich hilflos und ekstatisch in einem Gewitter von Blitzen. Er konnte sich im Moment nicht dagegen wehren.

17. Kapitel

Als er sich wieder in der Gewalt hatte, stand er auf und wankte zur Tür. Obwohl sein Ding nicht mehr spritzte, blieb es so steif wie zuvor, ohne daß Childe das ergötzliche Gefühl des Geleertseins empfand. Er verspürte ein zunehmend angenehmer werdendes Gefühl, als bereite sich sein Ding schon auf den nächsten Fick vor. Es gelang ihm allerdings, es im Moment zu ignorieren.

Mrs. Grasatchow lag immer noch auf dem Rücken. Sie streckte Arme und Beine von sich. Ihr Mund stand offen und ihre geöffneten Augen zeigten ein Weiß, als hätte man ihr hartgekochte Eier in die Höhlen gequetscht.

Childe bemerkte zwischen sich und auf dem Teppich einen großen Scheißhaufen. Offenbar hatte er sich während des Kampfes mit ihr irgendwann schrecklich gefürchtet. Ihm war nicht aufgefallen, wann er seine Exkremente hatte fallen lassen; es war ihm auch egal. Er war überzeugt davon, daß der Haufen von ihm stammte und nicht von ihr, obwohl nicht auszuschließen war, daß sie ihn abgesetzt hatte, als er auf sie gesprungen war. Er lag allerdings so weit von ihr entfernt, daß Childe es bezweifelte.

Er stieg vorsichtig über den Haufen weg und ging zu ihrer Handtasche, die in der Nähe der Tür lag. In ihr fand er den Schlüssel für die Tür. Mrs. Grasatchow hatte sie nach ihrem letzten Blick in den Korridor abgeschlossen. Childe öffnete sie und ging mit ihrer Handtasche zu dem Raum zurück, in dem er das erste Mal eingesperrt gewesen war.

Obwohl ihm die Verzögerung nicht behagte, mußte er zuerst die restlichen Räume dieses Korridors untersuchen. Es bestand immer noch die Möglichkeit, daß er auf weitere Gefangene stieß. Vielleicht gehörte auch Sybil dazu. Sechs Türen waren abgeschlossen. Drei waren offen; sie enthielten nicht viel von Interesse. Drei öffnete er mit den Schlüsseln aus der Handtasche der Dicken.

Die beiden ersten Räume waren klein und hatten gepolsterte Wände und Böden. Im dritten stieß er auf ein paar moderne dänische Möbel, einen Farbfernseher, eine bestens ausgestattete Bar, einen Lochbillard-Tisch, Zigarettenstangen, Zigarren, Büchsen mit Marihuana und Flaschen mit Pillen aller Größen, Formen und Farben. Das Zimmer wirkte wie ein Ruhe- oder Entspannungsraum. Vielleicht ruhten sich die Hausbewohner hier zwischen ihren Aktivitäten in dem anderen Zimmer aus. Er sah auch eine große Kommode mit einem Spiegel, aber er nahm nicht an, daß es ein Einwegspiegel war. Die Kommode war voller Kosmetika und Perücken.

Childe öffnete die Schubladen in der Hoffnung, auf ein paar Kleider zu stoßen, die er anziehen konnte. Doch bevor er sie näher untersuchen konnte, überkam ihn schon wieder ein halbepileptischer Orgasmus, und er spritzte über die Kleider in der oberen Schublade. Er fand einen Raum, in dem er sich waschen und seinen Mund ausspülen konnte. Er trank mehrere Gläser Wasser und kehrte dann an die Kommode zurück.

Da lagen ein paar T-Shirts und Turnhosen. Er fand ein paar Sachen, die in etwa seine Größe hatten und zog sie an. Wieder verdichtete sich der Eindruck, daß ihn bald ein weiterer Orgasmus überkommen würde. Es war nicht gerade angenehm. Entweder ging die Sache in die Hose, oder er ließ das Ding raushängen. Childe entschied sich für das letztere, obwohl er sich lächerlich dabei vorkam. Und im Spiegel sah er auch lächerlich aus. Ein Ritter mit einer empfindlichen stummelartigen Lanze. Es war ein ungeheurer Anblick. Ein Privatdetektiv, der bei seinen Ermittlungen wie ein Sittenstrolch mit heraushängendem Schniepel herumlief.

Childe fand zwar Socken, aber keine Schuhe. Er zog sie an und setzte seine Suche fort. Wäre er doch nur auf eine Waffe gestoßen! Er hatte kein Glück. Wahrscheinlich hatte er es überstrapaziert. In den beiden untersten Schubladen fand er einen Stapel flacher, durchsichtiger Kunststoffhüllen, die irgend etwas enthielten, das er nicht identifizieren konnte. Er öffnete eine der Hüllen und schüttelte den Inhalt heraus. Ein Ding, das wie eine transparente, einen Meter achtzig lange Flagge aussah, flatterte heraus. Sie wies vier Auswüchse auf; an einem ihrer Enden befand sich eine dichte Haarmasse, und eine kreisförmige war in der Mitte. Direkt neben der dichten Haarmasse befand sich ein kleines rotes Ventil, das einem aufblasbaren Schwimmbecken für Kinder glich. Childe blies hinein; noch bevor er die Arbeit beendet hatte, fühlte er sich von der Anstrengung geschwächt.

Als er sah, was es war, packte ihn das Grauen, obwohl er irgendwie mit diesem Ergebnis gerechnet hatte.

Man hatte Colben irgendwie die Haut abgezogen und sie zu einem Ballon verarbeitet. Die Öffnungen — Ohrlöcher, Mund, Anus und der verstümmelte Penis — waren mit Hautfetzen zugenäht worden. Die Augen waren mit blauer Farbe ausgemalt, und sein Mund mit einer Art Lippenrot. Sein Schamhaar befand sich noch an Ort und Stelle, es verlieh ihm zusammen mit der zugenähten Falte zwischen den Beinen ein weibliches Aussehen.

Childe hatte nicht die Zeit, die Luft wieder abzulassen. Er gab dem Ding einen Stoß, so daß es fortsegelte, dann leerte er in rasender Eile die restlichen Hüllen. Eine enthielt Budlers Kopf. Childe nahm an, daß der Film-Wolf den Rest Budlers gefressen oder so zerfetzt hatte, daß er für einen Ballon nicht mehr zu verwenden war. Sein Kopf flog durch Luft wirbelnd in die Ecke, wo Colben, vom Gesicht seines Haupthaars auf den Kopf gestellt, herumtrieb.

Ein Teil des Ballons waren Häute von Frauen, doch nur vier von ihnen wiesen die richtige Länge oder die Haarfarbe Sybils auf. Childe blies sie trotzdem alle auf. Als er mit der letzten fertig war, keuchte er wie nach einem Langstreckenlauf durch Smog. Doch die Anstrengung war nur teilweise dafür verantwortlich. Er war sich so sicher gewesen, daß der letzte Sybils Züge tragen würde.

Childe setzte sich hin und trank noch ein Glas Wasser. An der gegenüberliegenden Wand trieben achtunddreißig Häute. Die meisten standen auf dem Kopf, aber ein paar waren gegen die anderen gefallen oder lehnten sich auf die eine oder andere Art an sie. Das Licht einer in der Ecke stehenden Lampe leuchtete durch sie hindurch; sie wirkten wie eine Bande besoffener Gespenster. Der Sog der Klimaanlage bewegte sie leicht hin und her, so daß sie den Phantomen von Ertrunkenen ähnelten.

Achtunddreißig. Fünfundzwanzig Männer. Dreizehn Frauen. Fünfzehn der Männer waren weiß. Sieben waren Neger, drei Asiaten oder Indianer. Von den Frauen waren neun weiß und vier schwarz.

Sie waren alle erwachsen. Wären Kinder unter ihnen gewesen, er hätte es nicht ausgehalten. Er wäre schreiend durch den Korridor gerannt. Childe hatte sich für einen zähen Burschen gehalten, aber den Anblick aufgeblasener Kinderhäute hätte er nicht ertragen können.

Er war wütend. Ihm war schlecht. Im Moment war er wütender als von Übelkeit geplagt. Was hatten diese Leute mit den ... den Leichenballons vor? Wollten sie sie mit Wasserstoff füllen und über Los Angeles hinwegfliegen lassen?

Wahrscheinlich hatten sie genau das vor. Es paßte zur Dreistigkeit ihrer Filme... Nein, es ging noch weit darüber hinaus.

Childe stand auf, packte eine Wodkaflasche am Hals und kehrte zur Tür des Raumes zurück, in dem er Mrs. Grasatchow zurückgelassen hatte. Sie richtete sich gerade auf und übergab sich. Blut floß aus ihrer Nase. Als sie Childe sah, fauchte sie. Es gelang ihr, auf die Beine zu kommen. Blut und Erbrochenes waren auf ihrem dicken Bauch verschmiert.

»Du wirst noch darum winseln, daß ich dich umbringe!« schrie sie.

»Warum sollte ich?« sagte Childe. Er trat ein. »Bevor ich dich umbringe«, sagte er, »möchte ich von dir wissen, was ihr mit all den Leuten gemacht habt. Und warum ihr sie abgehäutet habt.«

»Ich reiß dir die Eier ab!« schrie Mrs. Grasatchow und griff ihn an. Childes Muskeln spannten sich, die Flasche zuckte hoch. Mrs. Grasatchow trat in den Scheißhaufen, rutschte aus, fiel hin und blieb stöhnend liegen. Childe haute ihr die Flasche auf den Kopf und schloß die Tür des Raums. Mit der Flasche in der einen, ihrer Handtasche in der anderen und mit aufragendem Schniepel — was gab er doch für einen tollen Helden ab! — betrat er den Raum, in dem man ihn angekettet hatte.

Doch er verließ ihn sofort wieder und kehrte in den Ruheraum zurück. Er brauchte Beweismittel. Die Polizei würde bestimmt nicht viel von seiner Geschichte glauben, wenn er sie nur erzählte. Aber vielleicht glaubte sie ihm mehr, wenn er ihnen Colben und Budler präsentierte. Und einen anderen, der vielleicht auch als vermißt gemeldet war.

Das Herauslassen der Luft war so gespenstisch, wie er es sich vorgestellt hatte. Die Luft zischte hinaus, und Budler und die Frau schrumpften. Doch Colben — er war immer aalglatt gewesen — flutschte ihm durch die Finger, zischte durch den Raum, bumste gegen mehrere andere Phantome und wirbelte sie alle durcheinander. Über der Bartheke kam er zur Ruhe. Childe zog ihn dort herunter; er hatte es sehr oft getan, als Colben noch gelebt hatte. Er rollte ihn zusammen und stopfte ihn in die Handtasche zu Budlers Kopf und der rothaarigen Frau.

Nach einer Reihe von Experimenten — Childe ließ, wie Dolores, die Finger über den Schnittpunkt der Quader laufen — öffnete sich die Wandsektion für ihn. Er trat mit einer Stablampe, die er der Handtasche entnommen hatte, ein. Die Wand schwang langsam hinter ihm zu, und er ging vorsichtig weiter. Der Gang war warm, staubig und eng. Er führte an mehreren Räumen vorbei, die zwar alle mit Einwegspiegeln versehen waren, aber er konnte keinen Eingang entdecken. Die Spiegel waren denen in den anderen Gängen ähnlich. Dann kam er zu einer Treppe. Er stieg sie unbehaglich hinauf, obwohl er nicht glaubte, daß sie ihn in eine Falle lockte, da er sich tief unter der Erde befand. Aber wie sollte er sicher sein? Oben angekommen, stand Childe wieder in einem Gang. Im Staub des Bodens waren Abdrücke zu sehen — lange, spitze Schuhabdrücke, die wahrscheinlich der Baron hinterlassen hatte — und Abdrücke eines Hundes oder Wolfes. Sie führten nach rechts, also beschloß Childe, ihnen zu folgen. Ein Weg war so gut wie der andere.

Das Licht der Taschenlampe fiel auf mehrere Wandklappen. Als er sie öffnete, sah er Einwegspiegel, die in eine Reihe von Räumen blickten. An einen glaubte er sich zu erinnern. Zwar handelte es sich um ein Louis-Quatorze-Schlafzimmer, aber es sah nicht ganz so aus wie das, woran er sich erinnerte. Es war mit einem Eingang durch die Wandtäfelung versehen. Childe öffnete, und nachdem er ihn leichtfüßig durchquert hatte, schaute er ins Bad und wußte, daß es nicht der gleiche Raum war. Der eigenartig verwirrende Spiegel war nicht da. Er wollte die Tür aufmachen, um einen Blick ins Nebenzimmer oder auf den Korridor zu werfen, doch dann überlegte er es sich anders. Er preßte ein Ohr an das Holz und freute sich, daß er es getan hatte. Durch das Holz kam Stimmengemurmel.

Durchs Schlüsselloch hörte er zwar etwas mehr, aber nicht deutlich genug, als daß er es hätte verstehen können. Nachdem er alle Lichter im Raum ausgeschaltet hatte, drehte er langsam den Knauf und öffnete die Tür. Die Stimmen kam vom anderen Ende des Korridors. Childe konnte ihn teilweise überblicken, aber nicht weit genug, um die Sprecher zu sehen. Die Stimmen waren — bis auf zwei, möglicherweise die Chornkins und der Krautschner, die nichts gesagt hatten, als sie ihm beim Dinner vorgestellt worden waren — identifizierbar.

»... viel Energie von Magda, wie ich schon sagte«, hörte er Igescu mit lauter Stimme sagen. Er wirkte erzürnt, und vielleicht sogar leicht ängstlich. »Ich nehme an, Dolores hat genug angesammelt, um eine greifbare und dauernde Form anzunehmen — genug jedenfalls, um Magda für kurze Zeit machtlos zu machen und sie fast leerzusaugen. Sie hat Magda zwar nicht umgebracht, aber viel hat nicht gefehlt. Und dann erst Glam, dieser verdammte Narr! Er hat verdient, was er bekommen hat! Aber was kann man von einem seiner Art schon verlangen? Er hat sie gefickt, obwohl ich ihn oft genug vor dem Resultat gewarnt habe. Wahrscheinlich hat er angenommen, ihm könne nichts passieren. Aber die Fickerei hat schon ausgereicht, um ihr genug Energie zu geben. Sie ist zu sich gekommen und hat gespürt, daß er in ihr steckte. Sie hat ihn wie die Pest gehaßt! Ihr seht ja, wie er aussieht.«

Die fremde Männerstimme wandte leise etwas ein. Childe konnte nicht verstehen, was sie sagte. Igescus Antwort war aber laut genug.

»Ja, Magda hat die Energie gekriegt, aber nicht genug! Sie ist in der Stasis gefangen, und da kommt sie erst wieder raus, wenn sie noch einen umbringt. Was nur bedeuten kann, einen von hier aus dem Haus.«

Dann sagte die fremde Frauenstimme etwas; sie war noch leiser als die des Mannes. Igescu sagte: »Childe würde reichen! Ich hatte zwar andere Pläne mit ihm, aber darauf kann ich verzichten! Zuerst müssen wir Magda finden und zu Childe bringen. Sonst...«

»Dolores?« fragte Mrs. Pocyotl.

Childe konnte das Achselzucken des Barons beinahe spüren. »Wer weiß?« sagte der Baron. »Sie ist ein X! Ein gefährliches X! Wenn sie Magda so was antun kann, kann sie es jedem von uns antun. Ich bezweifle allerdings, daß sie mehr als einen von uns zu gleicher Zeit angreifen kann, und ich glaube, daß sie uns so überraschen muß, wie sie Magda überrascht hat! Deswegen bleiben wir besser zusammen...«

Ein Schrei unterbrach ihn. Schritte ertönten. Die Gruppe verschwand um die Ecke und ging die Treppe hinunter, zur Quelle der Aufregung. Weitere Schreie. Childe machte die Tür ein Stück weiter auf und spähte in den Korridor hinein. Er sah nur Bending Grass. Seine untersetzte Gestalt lehnte an der Wand, und er drehte den Kopf, um ins Treppenhaus hinunterzusehen. Dann rief jemand seinen Namen, und er verschwand ebenfalls.

Childe eilte durch den Korridor auf die einzige offene Tür zu. Sie befand sich am oberen Treppenabsatz, wo die Gruppe gestanden hatte. Childe schob den Kopf hinein. Der Raum sah seltsam aus — wenn er überhaupt nach etwas aussah, dann wie die Vorstellung eines Filmregisseurs von einem türkischen Harem. Sein Blick fiel auf Brücken, Teppiche, Kissen, Ottomanen, eine Wasserpfeife und eine Frisierkommode, die so niedrig war, daß Magda mit gekreuzten Beinen sitzen mußte, wenn sie in den Spiegel schaute. Er sah eine marmorne, in den Boden eingelassene Badewanne, die beinahe groß genug war, um sich als kleines Schwimmbecken zu qualifizieren. Im Hintergrund befand sich eine kleine marmorne Einfriedung, die Magda möglicherweise als Bett diente, denn sie war voller Kissen und hatte einen Baldachin aus zahlreichen Seidenvorhängen.

Glams schwarze Weichlederstiefel hingen über die Einfriedung hinaus. Childe trat langsam näher, ging an der

Wanne vorbei, die voller kaltem Wasser war, und warf einen Blick über das marmorne Mäuerchen. Glam war in den Stiefeln gestorben. Und in den Hosen. Er hatte zwar Hemd und Unterhemd aus und die Hosen auf die Knie heruntergezogen, aber er war zu eilig gewesen, um sich ganz zu entkleiden.

Auf seinen Hosen war Blut. Auf seinem Körper war noch mehr. Es war aus allen Körperöffnungen gespritzt. Irgend etwas hatte ihn gewaltsam zerquetscht. Seine Rippen waren eingedrückt; seine Arme platt; seine Hüftknochen zermalmt. Seine Därme hatten sich entleert.

In der Nähe des Bettes stand ein Teil der Wand offen. Ob Magda diesen Weg genommen hatte, oder ob Igescu sie geöffnet hatte, um nachzusehen, wohin sie verschwunden war, konnte Childe nicht beurteilen. Aber er konnte nicht noch länger hier bleiben; plötzlich war sein Fluchtweg keine Frage der Wahl mehr. Stimmen kündigten die Rückkehr der anderen an. Vielleicht wäre noch Zeit gewesen, durch die Tür und den Korridor zu verschwinden, aber Childe wollte das Risiko nicht eingehen. Er ging durch die Wandöffnung.

Bevor er ein Dutzend Schritte getan hatte, packte es ihn schon wieder. Er stöhnte in verzweifelter Ekstase auf, stemmte sich fluchend mit beiden Händen gegen die Wand und spritzte und zitterte. Er konnte nichts gegen seinen Zustand tun. Childe ging weiter. Sein Penis ragte immer noch steif empor wie der Bugspriet eines Schiffes. Das Zäpfchen arbeitete in ihm. Gott allein wußte, wie lange seine Wirkung anhielt und wie lange es noch dauerte, bis er ganz und gar dahinschmolz.

Fast hätte er den Entschluß gefaßt, in der Nähe des offenen Eingangs zu bleiben und die anderen zu belauschen. Doch jede Sekunde, die er in diesem Haus verbrachte, bedeutete den Tod oder erneute Gefangenschaft. Er fürchtete sich vor dem, was Glam zugestoßen war und was die anderen über Magda gesagt hatten. Furcht war nicht der richtige Ausdruck. Childe war der Panik nahe. Und das war eigenartig, da das Entsetzen ihm hätte eigentlich jede sexuelle Erregung nehmen müssen. Unter diesen Umständen hätte er nicht in der Lage sein dürfen, die Erektion aufrechtzuerhalten. Aber sie war da, von seinen sonstigen Gefühlen unabhängig, als hätte man einen Schalter umgelegt und seine Genitalien an einen separaten Stromkreis gekoppelt. Das Zäpfchen, woraus es auch bestand, lieferte die nötige Energie, um in dieser ungewöhnlichen Schnelligkeit fortwährend Sperma zu erzeugen. Im allgemeinen konnte Childe, wenn er richtig stimuliert war, sich in jemanden verliebt hatte oder das Marihuana ihn an der richtigen Stelle packte, innerhalb von zwei Stunden drei bis vier Orgasmen haben. Aber in der Regel war er nach zweien in einer Stunde vier bis fünf Stunden völlig fertig. Aber jetzt kam er sich vor, wie der Ausguß eines nie endenden Reservoirs. Und das *ausgerechnet* in einer Situation, in der es das letzte war, was er wollte.

Als er glaubte, sich weit genug von der Täfelung entfernt zu haben, schaltete er die Taschenlampe ein. Und er sah, wie sich die weiße Gestalt von Dolores ihm näherte. Sie breitete die Arme aus und lächelte. Ihre Augen zeigten zwar einen Schlafzimmerblick, aber sie war hellwach. Zwei feuchte Flecke schimmerten auf ihren Schenkeln. Es schien sein Schicksal zu sein, Frauen zu begegnen, die ein Übermaß an Feuchtigkeit absonderten. Aber nach anderthalb Jahrhunderten erzwungener Abstinenz konnte man es ihr wohl nicht verübeln.

Sie versperrte ihm den Weg. Ihr Fleisch war fest genug, niemand wußte es besser als er, aber dennoch zögerte Childe, sie anzugreifen. Magdas Schicksal war ihm eine Warnung. Zudem bestand die Möglichkeit, daß er die Wirkung des Zäpfchens schwächte, wenn er das tat, was Dolores wollte. Es war nicht unmöglich. Wahrscheinlich hatte er sowieso keine andere Wahl. Childe ließ die Handtasche fallen, schaltete die Taschenlampe aus und zog die Hose herunter. Dolores zog ihn auf sich; er führte seinen Penis ein und fing ohne irgendwelche Präluminarien an zu rammeln. Er hatte damit gerechnet, daß er sofort kommen würde, doch nicht mal jetzt, wo ihr weiches, feuchtes Fleisch sein Ding umschloß und seine Lust stärker war, konnte er sich von der automatischen Wirkung des Zäpfchens befreien.

Er kam erst viel später, und als er versuchte, sich aus ihrem Griff zu lösen, merkte er, daß es nicht ging. Dolores' Arme wirkten zwar feminin und weich — und fühlten sich auch so an —, aber sie hatte die Kraft einer Python.

Bei dem Gedanken an Pythons fiel Childe Magda ein, und er erschrak noch mehr. Wenn sie jetzt über sie herfiel, erwischte sie ihn in absoluter Hilflosigkeit... Entsetzlich... Glam... Childe fröstelte, während er weitermachte. Seine Haut erkaltete, sein Haar fühlte sich an, als sträube es sich in elektrostatischem Entsetzen. Sein Anus war ein Eiszapfen. Für Magda, falls sie hinter ihm herankroch und den Kopf hob, um einen Hammerschlag loszulassen, war es ein Bullauge.

Childe murmelte stöhnend: »Ich hab' sie nicht mehr alle! Ich glaube diesen Unfug wirklich!« Und dann stöhnte er erneut, diesmal, weil es ihm schon wieder kam.

Es hatte keinen Sinn. Das, was er mit Dolores hier trieb, ließ die Wirkung des Zäpfchens weder abklingen, noch stellte es sie ein. Und er war bestimmt nicht blöd genug, sie aus purem Vergnügen zu bumsen, solange sein Leben in Gefahr war. Speziell seit er genug von diesem ›Vergnügen‹ gehabt hatte, um für lange Zeit sattsam zufrieden zu sein.

Childe versuchte erneut, sich von ihr zu lösen. Ihre Arme griffen zwar nicht fester zu, aber sie entspannten sich auch nicht. Er würde erst dann hier rauskommen, wenn er sie befriedigt hatte oder keine Erektion mehr kriegte, aber er hatte das Gefühl, es würde noch ziemlich lange dauern, bis sie zufrieden war. Er wußte zwar nicht, wie lange er es noch treiben konnte, aber er vermutete, daß es wahrscheinlich noch mehrere Stunden ging.

Als ihm einfiel, was er mit Mrs. Grasatchow während des Kampfes getan hatte, biß er zu. Sie schrie auf. Der Biß war schmerzhaft genug, um sie zu bewegen, ihn loszulassen. Dann war er aus ihrer Umarmung, sprang dorthin zurück, wo sie ihn nicht erreichen konnte, zog die Hosen hoch, bückte sich, um Taschenlampe und Handtasche aufzuheben und rannte durch den Gang, bevor sie mit dem Schreien aufgehört hatte.

Wenn die Täfelung noch geöffnet war, würde man den Lärm natürlich in Magdas Zimmer hören und nachsehen. Der Strahl der Taschenlampe wanderte durch die Finsternis. Childe blieb stehen und sah sich forschend um. Dem Anschein nach befand er sich in einer Sackgasse, aber er glaubte es nicht. Hinter ihm erklangen Rufe. Er versuchte panisch, irgendeinen Mechanismus zu aktivieren, der die Wand bewegte. Er spürte, wie jemand seine Schulter berührte — jemand, der Spanisch sprach. Dann langte ein weißer Arm an ihm vorbei und berührte einen Sims. Ein anderer Arm drückte auf einen anderen Sims. Die Wand wich einer leeren Dunkelheit, in der sich der dünne Strahl der Lampe verlor. Eine Hand schob Childe hindurch — er kam sich ein paar Sekunden wie gelähmt vor —, dann drehte er sich um und sah gerade noch, wie die Wand wieder an ihren alten Platz zurückschwang. Im Hintergrund tauchte der Strahl einer großen Taschenlampe auf.

Eine Hand, die von der Spielerei an seinem Penis noch schlüpfrig war, legte sich in die seine, und die weiße Gestalt führte ihn durch einen Gang und eine Treppenflucht nach oben. Der Staub, der hier lag, war dick. Childe nieste mehrmals laut. Igescu würde keine Schwierigkeiten haben, ihnen zu folgen. Dolores, deren Fußabdrücke so klar zu sehen waren wie seine, erkannte offenbar auch, was sie verriet. Sie blieb vor einer Wand stehen, ließ mehrere Riegel aufschnappen und schob die Sektion zurück. Sie betraten einen Raum mit grauweißen Marmorwänden, einer roten Marmordecke, schwarzrotem Marmorboden und Möbelstücken aus weißem oder schwarzem Marmor. Der Kronleuchter war ein Mobile aus dünnen, gerundeten Buntmarmorstücken und Kerzenhaltern.

Dolores führte ihn durch den Raum. Sie hatte Childes Hand losgelassen und preßte die Rechte gegen ihre Brust, die ihr offenbar wehtat. Ihr Gesicht war ausdruckslos, aber ihre blitzenden schwarzen Augen verhießen Rache. Wenn sie sich wirklich an mir rächen will, dachte Childe, hätte sie mich in dem Gang zurücklassen können. Aber vielleicht wollte sie sich persönlich an ihm rächen.

Als sie an einem großen Spiegel vorbeikamen, sah er sich und sie aus den Augenwinkeln. Sie sahen wie zwei Liebende aus, die man im Bett überrascht hatte und nun vor einem eifersüchtigen Ehemann flüchteten. Dolores war nackt, und sein feuchter Schniepel ragte aus dem Hosenschlitz. Sie sahen beide sehr komisch aus; Mrs. Grasatchows Handtasche verstärkte den Eindruck noch.

Aber an der Meute, die ihnen auf den Fersen war, war nichts im geringsten komisch. Childe blieb an Dolores' Seite und trieb sie zu schnellerem Laufen an. Sie sagte etwas, dann eilten sie durch die Tür und liefen durch einen langen, mit einem dicken Teppich ausgelegten Korridor. An seinem Ende — an einer Wendeltreppe mit Marmorstufen und einem geschnitzten Mahagoni-Geländer — öffnete Dolores eine weitere Tür. Sie kamen in eine Vier-Zimmer-Suite, die im schwelgerischen edwardianischen Stil eingerichtet war. Im Schlafzimmer glitt ein Bücherregal zur Seite und enthüllte eine eiserne Tür mit zwei Flügeln. Es war mit einem Kombinationsschloß versehen. Dolores behandelte es fingerfertig; sie schien es nicht zum ersten Mal zu tun. Dann konnte man die Flügel beiseite schieben. Als sie hindurchgetreten waren, schob Dolores die Flügel wieder zusammen und betätigte das Kombinationsschloß auf der anderen Seite. Sie aktivierte einen Mechanismus, denn das Bücherregal glitt wieder an seinen alten Platz. Licht, das durch die Öffnung fiel, zeigte Childe, daß sie sich nicht in einem Gang befanden, sondern in einem kleinen Raum. Kühle Luft strich an ihnen vorbei. Dolores schaltete eine Lampe ein. Childes Blick fiel auf einige Sessel, ein Bett, einen Fernseher, eine Bar, eine mit einem Spiegel versehene Frisierkommode sowie auf Bücher und Schränke. Die Schränke enthielten Konservendosen mit Nahrung und Delikatessen; ein vermeintlicher Wandschrank entpuppte sich als Tür zu einem wohlgefüllten Kühlschrank. Eine andere Tür führte in ein Bad zu einem Schrank voller Kleider. Igescu konnte sich, wenn er wollte, lange hier verstekken.

Dolores sagte langsam etwas auf Spanisch. Childe verstand den einfachen Satz. »Hier sind wir für eine Weile sicher.«

»Was den Biß angeht, Dolores...«, sagte Childe. »Ich mußte es tun. Ich muß hier weg.«

Sie reagierte nicht darauf. Sie betrachtete ihre Brust im Spiegel und murmelte etwas, dann drehte sie sich um, drohte ihm mit dem Finger und lächelte. Childe begriff, daß sie ihn tadelte, weil er so leidenschaftlich gewesen war. Dann nahm sie seine Hand und zog ihn zum Bett.

Childe fuhr zurück, entzog sich ihrem Griff und sagte: »Nichts da! Zeig mir, wie ich hier rauskomme! — Vamanos! Pronto!«

Er untersuchte die Wände. Dolores sagte etwas hinter seinem Rücken. Ihre Worte waren klar und einfach genug, daß er sie verstand. Wenn er noch eine Weile blieb und sie noch einmal bumste, würde sie ihm den Ausgang zeigen. Aber keine Bisse mehr.

»Kein gar nichts mehr«, sagte Childe. Er fand den Mechanismus, eine Schnitzerei, die sich auf einem Zapfen bewegte. Die Frisierkommode schwenkte zur Seite. Childe glitt durch die Öffnung, während Dolores vom anderen Ende des Raums hinter ihm herschrie. Sie hörte sich fast so an wie Sybil, wenn sie wütend auf ihn war, aber da er kein Wort verstand, fiel es ihm leicht, sie zu ignorieren. Childe hielt einen Degen mit scharfer Klinge, den er von der Wand genommen hatte, in der einen und die Taschenlampe in der anderen Hand. Der Handtaschengriff hing an seiner rechten Schulter. Die Klinge flößte ihm Selbstvertrauen ein. Jetzt kam er sich nicht mehr so hilflos vor. Sein Mut nahm zu. Wenn sich die Möglichkeit bot, würde er den Gang verlassen und durch das Haupttor ins Freie treten, und wenn sich ihm jemand in den Weg stellte, würde er die Klinge dort zu spüren kriegen, wo es am meisten wehtat.

Doch bis zum Ausgang schien es noch weit zu sein. Der Gang endete an einer Treppe, die steil nach oben ins Dunkle führte. Childe ging den Weg zurück, um nach Einwegfenstern oder Eingängen Ausschau zu halten, die in irgendwelche Räume führten. Er fand jedoch keine Öffnungsmechanismen. Also kehrte er zur Treppe zurück, die er lautlos wie eine Katze hinaufging. Er steckte den Degen in den Gürtel, nahm die Taschenlampe zwischen die Zähne und stemmte die Arme gegen die engen Wände. Er hatte nicht vor, schon wieder eine Rutschpartie zu machen.

Doch die Treppe blieb so, wie sie war, und er kam auf einen gewöhnlichen Absatz. Die nächste Tür ließ sich problemlos mit einem gewöhnlichen Knauf öffnen. Childe trat vorsichtig in einen runden Raum mit einem großen Fenster, durch das der Mond wie ein mattes, bleiches Auge im Dunst schien. Als er aus dem Fenster schaute, sah er den Garten, die Bäume und den Vorplatz vor dem Mittelteil des Hauses. Er befand sich in der Kuppel des linken Anbaus, genau neben dem spanischen Teil des Hauses. Childe stieß auf drei Räume, von denen zwei leer waren. Die Tür zum dritten stand ein Stück weit offen; Licht fiel zu ihm herein. Er ging vor der Tür in die Knie und schob vorsichtig den Kopf nach vorn. Dann mußte er ihn auch schon wieder zurückziehen, weil es ihn erneut überkam. Er spritzte zitternd ab und preßte Zähne aufeinander, um zu verhindern, daß er aufstöhnte.

18. Kapitel

Anschließend lugte er erneut durch die Tür. Die Urgroßmutter des Barons saß auf einem hohen Hocker vor einem Tisch mit geneigter Schreibfläche. Das Schreibpult sah aus wie jene, an denen die Buchhalter alter Zeiten (wie Bob Cratchit) gesessen hatten, wenn sie Rechnungen (für Ebenezer Scrooge) schrieben. Childe konnte nicht erkennen, was auf dem Tisch lag — nur daß es sich um irgendwelche Papiere handelte. Die Kiefer der Baronin bewegten sich, und hin und wieder konnte er etwas hören. Aber er konnte nicht sagen, ob sie Englisch sprach. Das einzige Licht kam von einer einzelnen Lampe, die direkt über der Baronin an der Decke hing.

Ihr matter Schein fiel auf Wände voller großer, schwarzer Symbole, die ihm nichts sagten, einen langen Tisch, auf dem mehrere mit Flüssigkeiten gefüllte Flaschen in Haltern standen, und einen Erdglobus, auf den in dünnen Linien allerlei Schnörkel gemalt waren. Er stand am Ende des Tisches. Ein großer Vogelkäfig mit einem Raben stand auf einem Untersatz in der Ecke. Der Rabe schob gerade den Kopf unter eine Schwinge. An einem Wandhaken hing eine Robe.

Nach ein paar Minuten des Murmelns stieg die Baronin von ihrem Hocker. Ihre Knochen knackten und knirschten; Childe glaubte nicht, daß sie es bis zu der Robe schaffen würde, so langsam und zittrig schlurfte sie daher. Aber sie nahm die Robe vom Haken, zog sie mit einigen Schwierigkeiten an und ging dann, ein Bein hinter dem anderen herziehend, auf den langen Tisch zu. Dort bückte sie sich ächzend, richtete sich stöhnend wieder auf und hielt ein gewaltiges Buch auf den Armen, das sie aus einer Ablage unter dem Tisch genommen hatte.

Es sah auch nicht so aus, als könne sie mit dieser Zusatzlast weit gehen, doch es gelang ihr sogar, das Buch über den Kopf zu heben und es schnaufend und ächzend auf die geneigte Fläche des hohen Schreibpultes zu legen. Das Buch rutschte nach unten, bis es von einer horizontalen Leiste auf der Hälfte des Pultes angehalten wurde. Am unteren Pultrand befand sich eine ähnliche Leiste, die dafür sorgte, daß die Papiere nicht zu Boden fielen. Childe sah nun, daß es sich bei ihnen um eine Karte der Umgebung von Los Angeles handelte; es war eine Karte jener Art, wie sie Tankwarte an ihre Kunden abgaben.

Der Körper der Baronin, die nun wieder auf den Hochstuhl kletterte, verhinderte, daß er sich die Karte ansehen konnte. Die Greisin schwankte bei ihren Bemühungen so sehr, daß Childe einmal dazu ansetzte, sie von hinten zu stützen. Doch sie fiel nicht um, und so zog er sich zurück und fragte sich, was es ihn eigentlich scherte, wenn sie hinfiele. Aber die Erziehung packte einen nun mal in den verrücktesten Augenblicken; man hatte ihn gelehrt, zu alten Damen freundlich zu sein und sie zu respektieren.

Die Rückseite der Robe war weiß und wies eine Reihe großer schwarzer Symbole auf, die so aussahen wie die an der Wand. Wie ein uralter Vogel, der sich auf den letzten Flug vorbereitete, hob die Alte die Arme und schüttelte die weiten Ärmel. Dann fing sie an, laut in einer fremden Sprache zu singen, die gelegentlich auch die restlichen Angehörigen ihres Haushalts verwendeten. Ihre Arme schwangen hin und her; ein großer Goldring an einem Finger blitzte manchmal stumpf auf, wie ein ihm zuzwinkerndes Auge.

Nach einer Weile stellte sie ihr Singen ein und stieg wieder von dem Hocker. Sie tatterte an den Tisch, mischte mehrere der Flüssigkeiten aus den Flaschen in einem Glas und trank es leer. Sie rülpste laut; es kam so unerwartet, daß Childe erschrocken zusammenzuckte. Dann stieg sie wieder auf den Hocker, blätterte in dem Buch herum und wirkte so, als läse sie auf jeder Seite ein paar Sätze.

Childe ging davon aus, daß er gleich zum Zeugen eines echten magischen Rituals werden würde — echt in dem Sinne, daß die Hexe an ihre Zauberei glaubte. Er hatte zwar keine Ahnung, um was es dabei ging, aber er fröstelte, als ihm plötzlich die Idee kam, daß sie vielleicht einen Versuch unternahm, seinen Aufenthaltsort ausfindig zu machen — oder ihn mittels dieses Rituals zu beeinflussen. Nicht daß er glaubte, es könnte wirklich so sein. Aber dennoch — die Vorstellung behagte ihm einfach nicht. Zu jeder anderen Zeit und unter anderen Umständen hätte er gelacht. Aber in dieser Nacht war zuviel passiert, als daß er in diesem Haus noch irgend etwas auf die leichte Schulter genommen hätte.

Er hatte auch keinen Grund, vor dieser Tür zu hocken, als warte er darauf, geboren zu werden. Er mußte hier raus. Doch der einzige Weg führte an der Baronin vorbei. Hinter dem Tisch war eine Tür, und diese Tür, nahm Childe an, war der einzige Ausgang aus der Kuppel, wenn man von dem Weg absah, auf dem er hereingekommen war. Die Tür ging wahrscheinlich auf einen Korridor hinaus, der zu einer Treppe nach unten oder zu einem der Fenster über den Veranden führte.

Er bezweifelte es, daß er ungesehen an ihr vorbeikäme. Er würde sie k.o. hauen — oder, wenn nötig, töten — müssen. Es gab keinen Grund, sanft mit ihr umzugehen. Sie wußte bestimmt, was in diesem Haus vor sich ging; wahrscheinlich hatte sie in jüngeren Jahren selbst daran teilgenommen. Vielleicht tat sie es sogar noch heute.

Mit dem Degen in der Hand stand Childe auf und ging langsam auf sie zu. Dann blieb er stehen. Über ihr war ein dünner grüngrauer, formloser Dunst aufgetaucht, dem kurze Tentakel zu wachsen schienen. Hätte die Baronin geraucht, hätte er sich nichts dabei gedacht. Aber sie rauchte nicht. Der Dunst nahm zu. Er breitete sich zur Seite und nach unten aus, doch nicht nach oben.

Childe versuchte ihn wegzublinzeln. Der Dunst floß über den grauen Psyche-Knoten ihres Haars und legte sich um ihren Hals und ihre Schultern. Die Baronin sang noch lauter und blätterte die Seiten des Buches noch rascher um. Es war unmöglich, daß sie das Buch las; ihr Kopf war so tief nach unten gebeugt, daß sie auf die Karte schauen mußte.

Erneut kam Childe sich desorientiert vor. Ihm war, als sei etwas mit der Welt nicht in Ordnung — ihn betraf es jedenfalls nicht. Er schüttelte den Kopf und beschloß auszuprobieren, ob er auf den Zehenspitzen an ihr vorbeischleichen konnte. Die Baronin wirkte so beschäftigt, daß sie ihn vielleicht nicht sah. Wenn der Dunst noch dichter wurde — vorausgesetzt, er war *wirklich* da, und er litt nicht an irgendeiner Halluzination —, würde er ihn verbergen.

Der Dunst breitete sich aus und wurde dichter. Die Baronin saß nun in einer gezackten Rauchsäule. Plötzlich fing sie an zu husten. Der Rauch verzog sich vor ihrem Mund und wehte dann zurück, um die Lücke wieder auszufüllen. Childe fing eine Prise mit der Nase auf und wich zurück. Der Rauch war ätzend und brannte; er schien mit dem Mief einer Million Autoauspuffrohre und den Schornsteindünsten chemischer Fabriken und Raffinerien gefüllt zu sein.

Childe stand der Baronin nun gegenüber. Er konnte erkennen, daß der Rauch sich nach unten ausbreitete und auf die Karte niedersenkte.

Die Baronin schaute auf, als hätte sie seine Anwesenheit plötzlich entdeckt. Sie riß weit die Augen auf und fiel rückwärts vom Hocker, aber sie drehte sich, landete auf allen vieren, sprang wieder auf und eilte zu der Tür, durch die Childe gerade gekommen war. Ihre Agilität und Schnelligkeit überraschten ihn, aber nur kurz, dann eilte er hinter ihr her. Sie schlug die Tür zu, bevor er sie erreicht hatte, und als er den Knauf drehte und an ihm zog, stellte er fest, daß sie verschlossen war. Sie einzutreten war sinnlos, weil sie inzwischen längst die Treppe hinunter und durch den Gang verschwunden war.

Nein, dort war Dolores. Sie würde die Alte bestimmt aufhalten. Vielleicht aber auch nicht. Ihre Stellung in dieser Umgebung war undeutlich. Childe mutmaßte, daß sie sich wahrscheinlich so verhielt, wie es für sie am besten war, und das mußte nicht unbedingt das sein, was für ihn am besten war. Es war bestimmt besser, wenn er die Jagd auf die Baronin abbrach und von hier verschwand, bevor sie die anderen warnen konnte.

Der Smog über dem Tisch löste sich rasch auf. Er war

verschwunden, als Childe den Raum verließ. Die Tür führte direkt zu einer Liftkabine, die aus dem Jahre 1890 zu stammen schien. Der Gedanke, darin gefangen zu werden, behagte ihm zwar nicht, aber es gab keinen anderen Ausweg. Childe drückte den ABWÄRTS-Knopf. Nichts geschah — außer daß über dem Knopf und einem daneben befindlichen Hebel ein Lämpchen aufleuchtete. Er drückte den Hebel nach unten und der Lift fuhr los. Childe drückte den Hebel tiefer, und die Fahrt wurde etwas schneller. Als er ihn nach oben drückte, an der neutralen Stellung vorbei, hielt die Kabine an. Childe betätigte den AUFWÄRTS-Schalter und schob den Hebel nach oben. Der Aufzug fuhr nach oben. Befriedigt, daß er ihn bedienen konnte, fuhr Childe wieder nach unten und hielt in der zweiten Etage an. Wenn man Alarm gegeben hatte, erwartete man ihn sehr wahrscheinlich im Parterre. Vielleicht erwartete man ihn auf allen Stockwerken, aber das mußte er dem Zufall überlassen.

Die Aufzugtür unterschied sich nicht von den anderen, deswegen hatte er den Lift nicht erkannt. Childe drehte den Knauf, drückte die Tür auf und fand sich in der Nähe von Magdas Schlafzimmertür wieder. Im gleichen Moment hörte er auf der Treppe lauter werdende Stimmen und eilige Schritte, die sich ihm näherten. Er hatte nicht die Zeit, durch den Korridor zu laufen und es an den anderen Türen zu versuchen. So schlüpfte er erneut in Magdas Zimmer. Glams Leiche lag noch in der marmornen Einfriedung; seine Stiefel ragten in die Luft. Die Wandsektion war noch offen. Childe überlegte kurz, ob er sich unter den zahlreichen Kissen im Innern der Einfriedung verstecken sollte, aber wenn Glams Leiche fortgebracht wurde, würde man ihn entdecken. Er konnte nichts anderes tun, als noch einmal in dem Gang hinter der Wand zu verschwinden.

Er versteckte sich hinter der Mauer und wartete ab. Der erste, der hier eintrat, würde den Degen in den Hals oder in den Bauch kriegen. Die Klinge in seiner Hand zitterte, teils aus Müdigkeit und teils aus Nervosität. Childe hatte keine Erfahrungen im Kampf mit Degen, er hatte weder Fechtunterricht genommen noch irgendwelche Instruktionen gelesen, und so wurde ihm plötzlich klar, daß er gar nicht so gefährlich war, wie er es gern gewesen wäre. Um einen Degen fachmännisch zu führen, mußte man wissen, wohin man schlug und wohin nicht. Ein falsch gezielter Hieb konnte Knochen treffen und abprallen, und den Gegner nur leicht verletzen. Und dann konnte er türmen oder einen Gegenangriff starten, wenn er zäh war oder genügend Erfahrung hatte. Schon eine harte Muskulatur konnte einen ungeschickten Stich wirkungslos machen.

Childe fluchte. Er war so damit beschäftigt gewesen, was er mit dem Degen tun würde, daß ihm nicht mal aufgefallen war, wie sein Schniepel zu einem erneuten Orgasmus ansetzte. Erbebend ließ er den Degen fallen, ohne sich wegen des Lärms Gedanken zu machen, als er zu Boden klapperte. Er spritzte ab; Spermaduft stieg in dem staubigheißen Gang auf. Dann hob Childe den Degen wieder auf und wartete ab. Er fühlte sich jetzt noch unbehaglicher. Wahrscheinlich verfügten die Leute dort draußen über eine Witterung, die der menschlicher Wesen haushoch überlegen war. Childe gestand sich nun ein, daß sie nicht auf die Art menschlich waren, wie die Menschen, die er kannte. Wahrscheinlich witterten sie seinen Abgang. Sollte er weitergehen? Wenn ja, wohin? Noch mal den gleichen Weg?

Er war jetzt lange genug gelaufen. Es war an der Zeit, das Feuer mit dem Feuer zu bekämpfen.

Feuer.

Er warf einen Blick durch die Öffnung. Die Zimmertür war noch geschlossen. Er vernahm laute Stimmen hinter der Tür. Ein wildes Quieken ertönte, daß es ihm kalt den Rücken hinunterlief. Es klang wie ein wütender Eber. Weitere Rufe. Noch ein Quieken. Die Stimmen schienen sich zu entfernen, den Korridor entlang. Childe verließ sein Versteck, untersuchte Magdas Zimmer und fand, wonach er suchte. In den Regalen befanden sich Bücher, deren Seiten er herausriß. Er zerknüllte eine *Los Angeles Times*, schichtete zerknüllte Buchseiten über die Zeitung, schlitzte ein paar Kissen auf und verteilte ihren Inhalt über dem Stapel. Das Feuerzeug aus der Handtasche setzte das Papier in Brand. Es flammte auf, und gleich darauf züngelte das Feuer bereits an den Wandbehängen.

Childe öffnete die Tür zum Korridor, damit es einen starken Durchzug gab — falls es hier zog. Mit den Anzeigenseiten der *Times* und einigen Büchern kehrte er in den Gang zurück. Als er einen Einwegspiegel gefunden hatte, schlug er ihn mit dem Knauf des Degens ein, um mehr Durchzug zu erzeugen oder zur Stärkung des vorhandenen beizutragen. Dann fachte er auch im Gang ein Feuer an. Das alte, trockene Holz der Wände würde bald aufflammen wie das Unterholz auf den Hügeln nach einem langen, trockenen Sommer. Childe wechselte in den Raum mit dem kaputten Spiegel und machte ein Feuer unter einem großen Baldachin-Bett.

Warum war er nicht eher darauf gekommen? Weil man ihn so sehr in Atem gehalten hatte, daß er nicht zum Nachdenken gekommen war. Aber nun lagen die Dinge anders. Jetzt setzte er sich zur Wehr.

Wenn er auf ein Zimmer mit Außenfenstern stieß, würde er das Haus verlassen, selbst wenn er aus dem zweiten Stock springen mußte. Sollten die anderen sich erst mal eine Weile um das Feuer kümmern; er würde über die Mauern zu seinem Wagen fliehen und die Polizei alarmieren.

Als er Stimmen vor der Zimmertür vernahm, zog Childe sich wieder in den Geheimgang zurück. Er rannte weiter und setzte die Taschenlampe ein, obwohl das Feuer ihm genügend Licht spendete. Nachdem er um eine Ecke gebogen war, sah er jedoch nichts mehr davon. Er blieb stehen und leuchtete in den Gang hinein, der sich vor ihm ausbreitete. Er war leer. Childe wollte sich gerade umdrehen, um den anderen Gang zu erforschen, als er erstarrte. Im Hintergrund grollte etwas.

Ein leises Klicken ertönte. Krallen auf den nackten Bodendielen?

Ein Heulen ließ ihn erschauern.

Es war ein Wolf.

Er sprang auf.

Plötzlich wurde das ursprünglich gemächliche Klicken schnell. Der Wolf heulte erneut. Childe leuchtete gerade noch rechtzeitig mit der Lampe um die Ecke, um einen großen, grauen Schatten auf sich zufliegen zu sehen. Die Augen funkelten im Licht der Lampe. Dann jagte die fauchende Silhouette auf ihn zu.

Und hinter ihr kam noch eine.

Childe stürzte sich mehr oder weniger blindlings auf die rasende Gestalt. Sein Degen zuckte in die allgemeine Richtung der springenden Bestie, doch ihre Schnelligkeit und furchtbare Stimme brachte ihn aus der Fassung. Trotzdem fuhr die Klinge tief in ihren Leib hinein. Ein Schock fuhr durch Childes Arm, und obwohl er sich mit einer Bewegung nach vorn warf, die er für die vernünftige Imitation eines Fechthiebs hielt, wurde er zurückgeworfen. Er landete auf dem Hintern, kam jedoch wieder auf die Beine und schrie laut auf. Der Strahl der zu Boden gefallenen Taschenlampe enthüllte den zweiten Wolf. Er war noch ein paar Schritte von ihm entfernt und schlich gebückt auf ihn zu.

Er war kleiner. Es mußte die Wölfin sein; wahrscheinlich hatte sie ihre Bewegungen verlangsamt, um zu sehen, was passiert war, bevor sie angriff.

Childe wollte der Wölfin weder eine Angriffsfläche bieten, noch ihrem Angriff waffenlos begegnen. Er packte den Griff des Degens, stemmte einen Fuß auf den Kadaver der toten Bestie und fing verzweifelt an zu zerren. Er sah den Kadaver im bleichen Schein der Taschenlampe. Der Degen funkelte matt; ein dunkler Fleck breitete sich um das Fell am Hals der Bestie aus. Der Degen war knapp zehn Zentimeter tief in ihren Hals eingedrungen und am Nacken wieder ausgetreten.

Die Klinge ließ sich nur schwer aus dem Hals der Bestie ziehen. Die Wölfin knurrte und machte einen Satz, wobei ihre Pfoten kurz gegen den Boden schlugen. Childe, der die Klinge noch nicht ganz befreit hatte, rechnete damit, daß sie ihn von der Seite her erwischte. Hätten sich ihre Kiefer in seine Schulter oder seinen Hals verbissen, wäre es aus mit ihm gewesen. Wolfskiefer waren kräftig genug, um einem Menschen mit einem Schnappen die Hand abzubeißen.

Die Wölfin rutschte jedoch auf etwas aus und schlitterte auf der Seite liegend gegen den Rumpf ihres toten Gefährten. Childe sprang zurück, riß die Waffe vollends heraus und stürzte sich auf die Wölfin. Als sie wieder auf die Beine zu kommen versuchte, zuckte die Klinge durch ihre Schulter. Sie knurrte, und ihre Fänge schnappten nach ihm, aber Childe stemmte sein ganzes Gewicht hinter die Klinge und schob das Tier so weit zurück, bis es über den toten Wolf stürzte. Sich gegen die Dielen stemmend, schob er es weiter. Die Klinge bohrte sich tiefer in den Leib der Bestie, und dann fuhr ihre Spitze gar in den Boden. Aber die Wölfin war schon vorher verstummt und regte sich nicht mehr.

Zitternd und nach Luft ringend, als verlangten sein Lungen nach Öl, zog Childe den Degen heraus und wischte ihn am Fell der Wölfin ab. Er hob die Taschenlampe auf und ließ den Strahl über die Wölfe gleiten, um zu sehen, ob sie auch wirklich tot waren. Ihre Silhouetten wurden undeutlich. Childe empfand ein Schwindelgefühl. Er schloß die Augen und lehnte sich gegen die Wand. Aber er hatte gesehen, worauf die Wölfin ausgerutscht war: Auf einem Spritzer seines Samens.

Hinter der Ecke, um die die Wölfe erschienen waren, wurden Stimmen laut. Childe rannte durch den Gang und hoffte, daß das Feuer sie lange genug davon abhielte, ihn zu verfolgen. Der Gang mündete rechtwinklig in einen anderen. Childe nahm die linke Abzweigung. Der Strahl der Taschenlampe hüpfte vor ihm her; er fand eine Wandsektion mit Verschlußmechanismus. Childe wechselte auf die andere Seite. Er hielt die Waffe bereit, aber er war nicht dazu fähig, ein lautes Keuchen zu unterdrücken.

Das Zimmer war geräumig und hatte eine hohe Decke. Die Decke lag so hoch, daß sie den Platz zweier Räume einnahm, die sich über ihr hätten befinden können. Sie ging sicher bis zum Dach. Die Wände waren mit dunklem Holz getäfelt, und direkt unter der im Dunkeln liegenden Decke verliefen dicke, grob behauene Balken. Die Dielenbretter waren von Wolfs- oder Bärenfellen bedeckt. Das Bett war ein Gestell aus acht dicken, grob gehauenen Balken, niedrigen Fuß- und Kopfteilen und Brettern, die über dem Gestell lagen.

Auf den Brettern lag ein großer Eichenbaumstamm, der an den Ecken begradigt worden war. Man hatte ihn an der Oberseite mit Axt und Meißel ausgehöhlt. Die Aushöhlung war breit und tief genug, um einem hochgewachsenen Mann Platz zu bieten. Und sie bot auch einem Mann Platz. Der Baron, bis zum Hals in ein Bärenfell gehüllt, lag auf dem Rücken in der Mulde. Er lag auf einer Erdschicht, und unter seinem Kopf befand sich anstelle eines Kissens ebenfalls Erde.

Sein Gesicht war genau nach oben gerichtet. Seine Nase wirkte riesig und lang. Seine Unterlippe war ein Stück heruntergerutscht und enthüllte lange, weiße Zähne. Sein Gesicht war grünlich-grau, als sei er gerade gestorben. Vielleicht lag es aber auch an dem eigenartig grünen Licht der vier dicken grünen Kerzen, die paarweise an Kopf- und Fußteil des Baumstammsarges standen.

Childe zog das Bärenfell zurück. Der Baron war nackt. Er legte eine Hand auf seine Brust und fühlte seinen Puls. Er stellte keinen Herzschlag fest, und der Brustkorb des Barons bewegte sich nicht. Als Childe eins seiner Lider noch oben zog, sah er nur das Weiße.

Childe trat zurück und zog zwei Vorhänge beiseite. Zwei große französische Fenster tauchten dahinter auf. Es war Tag, aber das Licht war sehr dunkel, als hätte die

Nacht einen unauslöschlichen Fleck zurückgelassen. Der Himmel war völlig grau und wies da und dort grüngraue Streifen auf.

Childe schaute in der Dunkelheit unter die Bretter, auf denen der Baumstammsarg ruhte und stieß auf einen grob behauenen Eichenholzdeckel. Ihm wurde kalt. Die Stille, die knisternden grünen Kerzen, das schwere dunkle Holz, das ihn überall umgab, die schweren Balken, die Schatten zu werfen schienen, die Grobheit und das Archaische des Raums, der leichenähnliche Schläfer — all dies senkte sich wie ein schweres Leichentuch über ihn. Der Atem rasselte in seiner Kehle.

War dieses Zimmer etwa die Nachbildung eines Raums im Schloß seiner Vorfahren in den Karpaten? Was sollte das allgegenwärtige, primitiv verarbeitete Eichenholz? Und warum ein solcher Sarg, wo Igescu sich doch das Beste leisten konnte?

Manche der Dinge, die er hier sah, paßten durchaus zu dem Aberglauben (der, soweit es Childe anging, keiner mehr war). Für viele andere fand er keine Erklärung.

Er hatte das Empfinden, daß man diesen Raum konstruiert hatte, damit er gewissen Eigenheiten entsprach, die weit älter waren als nur mittelalterlich; daß man das Eichenholz sowie die Balken und Kerzen schon verwendet hatte, bevor die Karpaten ihren Namen erhielten. Sie hatten schon einen Zweck erfüllt, bevor das Land Rumänien existierte; lange bevor Rom existierte, und wahrscheinlich lange bevor die primitiven indo-europäischen Häuptlinge aus ihrer Heimat, die man später Österreich und Ungarn genannt hatte, fortgezogen waren. Räume und Menschen dieser Art — Menschen, die in Baumstämmen schliefen — hatte es in Mitteleuropa und anderswo in dieser oder jener Form schon gegeben, als der Mensch sich noch Sprachen bedient hatte, die schon so lange ausgestorben waren, daß niemand sie kannte, und noch bevor man Feuersteine als Werkzeug verwendet hatte.

Wo immer der Ursprung seiner Spezies lag, wie nah oder

fern er mit den Kreaturen aus der Folklore, den Legenden und des Aberglaubens verwandt war, Igescu war, wenn das Tageslicht kam, dazu gezwungen, so gut wie tot zu sein. Die Strahlen der Sonne enthielten irgendeine Kraft, die dafür verantwortlich war, daß er im totenähnlichen Tiefschlaf liegen mußte. Vielleicht rief auch irgendein anderes Phänomen, das mit der Sonne zu tun hatte, diesen seltsamen Schlaf hervor. Aber vielleicht war es auch umgekehrt und lag an der Abwesenheit des Mondes? Nein, es war unlogisch; der Mond war hin und wieder auch tagsüber zu sehen. Aber vielleicht wurde dann die Einwirkung des Mondes durch andere Himmelskörper reduziert.

Hätten diese unbekannten Kräfte Igescu nicht dazu gezwungen, hätte er die Suche nach Dolores und Childe niemals abgebrochen. Doch warum hatte er nicht dafür gesorgt, daß man ihm nichts antun konnte? Er wußte doch, daß Dolores und Childe mit den geheimen Gängen vertraut waren.

Childe fror noch mehr. Nur nicht an einer heißen Stelle zwischen seinen Schulterblättern. Jemand — etwas? —, der irgendwo verborgen war, starrte auf seinen Rücken.

Er sah sich rasch um und schaute zur Decke, wo die Finsternis über den Balken hing. Er spähte auch unter den Eichenrahmen des Bettes, obwohl er dort schon einmal nachgesehen hatte, und hinter die wenigen Sessel. Da war nichts.

Das Bad war leer. Also war es der Raum hinter der dikken, grob behauenen Tür an der Westwand. Auch dort fand er zwar nichts Lebendiges, aber er stieß auf einen in der Ecke stehenden massiven Mahagonisarg mit goldenen Beschlägen und goldenen Griffen.

Childe hob den Deckel hoch. Er rechnete damit, auf eine Leiche zu stoßen. Doch der Sarg war leer. Entweder hatte er irgendwann einen Tageslicht-Schläfer enthalten, oder diente dazu, dem Baron in Notfällen Unterschlupf zu gewähren. Childe hob den Seidenstoff hoch und stieß darunter auf Erde.

Er ging wieder in das Eichenholzzimmer zurück. Nichts hatte sich sichtbar geändert. Dennoch schien die Stille zu knistern. Es war, als hätte ein weiterer Eindringling die Atome der Atmosphäre durcheinandergebracht und zu eng gezogen. Die Finsternis wirkte plötzlich dunkler; das grüne Kerzenlicht war bedrohlicher, und auf irgendeine Art auch bösartiger.

Childe stand mit gezücktem Degen im Türrahmen und bewegte sich nicht. Er hielt den Atem an, um besser hören zu können.

Irgend etwas war in diesen Raum eingedrungen, entweder durch den geheimen Gang oder durch die Tür in der Westwand. Er bezweifelte, daß es durch den Geheimgang gekommen war. Jeder, der dort auf Wache stand, hätte ihn angegriffen, bevor er in dieses Zimmer getreten war.

Es mußte im Nebenraum gewesen sein und ihn durch irgendeinen Spalt beobachtet haben, den er nicht hatte wahrnehmen können. Und es hatte deswegen nichts gegen ihn unternommen, weil er keinen Versuch gemacht hatte, dem Baron etwas anzutun.

Vielleicht war das Gefühl aber auch nur auf seine überreizten Nerven zurückzuführen. Childe sah nichts; nichts, das ihn erschreckt hätte.

Aber der Baron war bestimmt nicht eingeschlafen, ohne für seine Sicherheit zu sorgen.

19. Kapitel

Childe tat einen Schritt vorwärts. Es war immer noch nichts zu hören — abgesehen von dem, was das geistige Ohr vernahm. Da war ein Knistern, als hätte das Eindringen einer weiteren Masse ein Magnetfeld beeinflußt. Die Grenzen des Kraftfeldes hatten sich ausgedehnt.

Mit erhobenem Degen ging er auf den gewaltigen Baumstamm zu, der auf dem Bett lag. Das geräuschlose Knistern wurde lauter. Childe blieb stehen und schaute unter das Gestell. Da war nichts.

Irgend etwas Schweres traf ihn in den Rücken, und er fiel nach vorn. Er schrie auf und rollte sich ab. Feuer zerrte an seinem Rücken, an seinen Hüften und der Rückseite seiner Schenkel, aber schon war er auf und davon, während hinter ihm etwas fauchte und sabberte. Childe umrundete das Bett und wirbelte mit dem Degen in der Hand herum, obwohl er sich nicht daran erinnern konnte, ihn wissentlich festgehalten oder auch nur daran gedacht zu haben. Auch wenn sein Geist ihn für einen Augenblick losgelassen hatte, seine Faust hatte es nicht getan.

Das Ding war Schönheit und Entsetzen in einem. Ein weiß und schwarz abgesetzter Pelz mit schmucken gelbgrünen Augen, die das gespenstische Licht der Kerzen reflektierten. Er sah dünne, schwarze Lippen und spitze, gelbe Zähne. Das Tier war zu klein für einen Leoparden, aber groß genug, um ihn ernsthaft zu bedrohen, auch jetzt noch, nachdem die Angst vor dem Unbekannten größtenteils von ihm gewichen war. Es hatte in einer Vertiefung des Baumstammes gesteckt, hatte geduckt bei Igescu gelegen, bis Childe nahe genug herangekommen war.

Jetzt duckte es sich erneut und fauchte. Seine Augen versprühten Wildheit, seine Krallen waren ausgefahren.

Nun schob es sich über das Bett und den Sarg. Childe, der sich über den Körper des Barons beugte, schoß vor. Die Klinge fuhr durch den Hals der Katze und spießte sie auf. Eine Kralle blitzte vor seinen Augen auf, aber sie kam nicht nahe genug an sein Gesicht heran. Childe taumelte zurück und verlor die Gewalt über den Degen. Als er wieder hochkam, sah er, daß die Wildkatze — es war ein Weibchen — in den letzten Zuckungen lag. Es lag mit offenem Maul auf der rechten Seite, und das Leben floß so langsam aus ihm heraus, wie ein Schwarm heller Vögel, die nacheinander einen Ast verließen, um nach Süden zu ziehen und der Ankunft des Winters zu entgehen.

Childe keuchte und zitterte. Sein Herz machte Anstalten, sich durch seine Rippen zu hämmern. Er zog den Degen aus dem Kadaver, indem er sich mit dem Fuß gegen ihn stemmte. Dann kletterte er auf das Bettgestell. Er hob den Degen mit beiden Händen. Die Spitze der Klinge zeigte parallel zu seinem Körper nach unten. Er hielt sie wie ein Mönch, der ein Kreuz hebt, um das Böse zu bannen, was es in gewissem Sinn auch war. Dann stieß er die Klinge mit aller Kraft nach unten und durchbohrte die Haut und das Herz des Barons, und, wie er an dem Widerstand und einem lautlosen Knacken spürte, mehrere Knochen.

Der Körper zuckte im Moment des Aufpralls, und der Kopf des Barons fiel leicht zur Seite. Das war alles. Childe hörte weder einen Seufzer noch röchelnden Atem. Kein Blut spritzte aus der Wunde; es sickerte nicht einmal heraus.

Die Waffe war zwar aus Stahl, statt aus Eisen, doch der Griff bildete ein Kreuz. Childe hoffte, daß das Symbol wichtiger war als das Material. Vielleicht war auch beides bedeutungslos. Vielleicht waren es mißverstandene mündliche Überlieferungen, die besagten, man müsse Vampiren, um sie wirklich zu töten, einen Holzpflock durch das Herz treiben, oder daß Untote das Kreuz dermaßen fürchteten, daß sie in seiner Gegenwart ihrer Kräfte beraubt waren.

Außerdem fiel ihm ein, daß er vor vielen Jahren in Stokers Roman *Dracula* gelesen hatte, man müsse Vampire köpfen.

Möglicherweise hatte man viele Dinge über diese Kreaturen gesagt, die nicht zutrafen; vieles war zudem unbekannt. Ob die Vampirlegende nun Aberglaube war oder nicht — er hatte sein Bestes getan und würde sein Bestes tun, um dem Baron zu einem dauerhaften Tod zu verhelfen.

Was die Wildkatze anging — vielleicht handelte es sich wirklich um einen Leoparden. Childe vermutete, daß es sich bei ihm entweder um die Ngima oder Mrs. Pocyotl handelte, da er so klein war. Es kam ihm nicht unwahrscheinlich vor, daß die Mexikanerin Pocyotl, deren Ahnen bestimmt die eine oder andere Form des Nahuatl gesprochen hatten, ein Werleopard gewesen war. Ein Werjaguar.

Nein, wenn es sich nicht um einen echten Leoparden gehandelt hatte, hatte er die Ngima oder den Chinesen Pao
vor sich.

Wer es auch war — er zeigte im Tod keine Veränderung.
Vielleicht war die Katze wirklich kein Metamorph, sondern ein zum Schutze Igescus abgerichtetes Haustier.

Was sind das für Gedanken? fragte sich Childe. Es gibt
keine Werwölfe, Werleoparden und Vampire. Es mag vielleicht Psycho-Vampire geben, Durchgedrehte, die sich für
Vampire halten. Aber eine tatsächliche Metamorphose?
Welchen Mechanismus erforderte es, welcher Mechanismus konnte eine solche Veränderung hervorrufen? Konnten Knochen flüssig werden, ihre Form verändern — selbst
in der Zellstruktur — und sich dann wieder härten? Nun,
vielleicht haben diese Leute andere Knochen als unsereiner. Aber woher kam die dazu nötige Energie? Selbst wenn
es einem Körper gelang, seine Form zu verändern — so
etwas galt doch nicht für das Gehirn! Das Gehirn mußte
seine menschliche Größe und Form behalten.

Childe sah sich den Leoparden an und erinnerte sich an
die Wölfe. Ihre Köpfe waren wolfsgroß gewesen, ihre
Hirne klein.

Er sollte diesen Unsinn vergessen. Man hatte ihn unter
Drogen gesetzt; der Rest war Einbildung.

Erst jetzt bemerkte er, daß die Katze ihm trotz der kurzen Attacke stärker zugesetzt hatte, als er geglaubt hatte.
Sie hatte Childes Hemd und die Hose und den Gürtel zerfetzt, und als er sich abtastete, spürte er, daß sein Rücken,
seine Hüften und seine Beine voller Blut waren. Es tat weh,
und es erschreckte ihn, doch eine nähere Untersuchung
ergab, daß seine Kleider stärker in Mitleidenschaft gezogen worden waren als seine Haut. Die Wunden waren
oberflächlich; zumindest erschienen sie ihm so.

Childe trat in den nächsten Raum — ein kleines Arbeits-
zimmer — und nahm einen Armvoll Zeitungen und Zeitschriften. Er ging in den großen Raum zurück, zerknüllte
das Papier, riß Seiten heraus und machte rechts und links

vom Kopf des Barons zwei Stapel. Nachdem er etwas Feuerzeugbenzin auf das Papier, das Haar und den Brustkorb des Barons geträufelt hatte, zündete er es an.

Dann öffnete er die großen Fenster und entfachte unter dem Mittelbrett des Bettes ein weiteres Feuer. Links neben dem Bettgestell flammte ein drittes auf. Ein paar Minuten später warf er einen Holzstuhl in die Flammen. Kurz darauf brannte das Eichenholz des Bettgestells, und der Baumstamm qualmte. Der Geruch von brennendem Haar und brennendem Fleisch stieg von dem Baron auf.

Weiteres Papier setzte die Vorhänge in Brand. Dann mühte Childe sich mit dem Kadaver der Katze ab, bis auch diese im Feuer lag. Das Benzin ließ den Kopf der Katze lichterloh brennen; ihre schwarze Nase verlor ihren Glanz und schrumpelte unter der Hitze.

Das Öffnen des Geheimgangs erzeugte stärkeren Zug. Rauch strömte durch das Loch in der Zimmerwand hinaus, um sich mit dem im Gang zu vereinigen.

Der Eingang war kaum groß genug, um mit der Rauchentwicklung fertig zu werden, die bald den Raum erfüllte. Childe fing an zu husten, und plötzlich, als hätte sein Husten es ausgelöst, hatte er einen langen, zuckenden Orgasmus, dessen Ursprung in seiner Wirbelsäule zu liegen schien und sich durch sein Rückgrat nach unten und durch den Schniepel ins Freie kämpfte.

Als der letzte Spritzer kam, ertönte aus dem Rauch im Mittelpunkt des Raums ein lauter Schrei. Childe wirbelte herum, aber er konnte nichts sehen. Einer der beiden war noch nicht tot gewesen — und war auch jetzt noch nicht tot, da das Geschrei mit voller Kraft anhielt.

Und dann, bevor er sich umdrehen konnte, um sich dem neuen Geräusch zu stellen, ertönte vom Eingang her ein Grunzen und Quieken. Er vernahm ein rasches Klicken, das viel lauter war als das der Wolfspfoten, dann erbebte der Boden unter seinen Füßen, und Childe wurde seitlich hochgeworfen. Halb gelähmt und mit Schmerzen im linken Bein, setzte er sich hin und fing an zu husten. Das

Quieken wurde lauter, die Dielen unter ihm bebten stärker. Er rollte sich im Schutz des Rauches weg, während das Ding, das ihn angerempelt hatte, aufgeregt nach ihm suchte.

Childe kroch auf Händen und Knien an der Wand entlang. Er hielt den Kopf in Fußbodennähe, um den Rauch nicht einatmen zu müssen und hielt auf die Fenster zu. Das Quieken war jetzt zu einem tiefen Husten geworden. Nach einem Dutzend Hustenanfällen erklang wieder das Hufgetrappel. Childe glitt an der Wand entlang, bis er die übernächste Ecke erreichte. Seine Hand langte durch den Qualm nach oben und ertastete den niedrigen Sims eines Fensters. Das geöffnete war etwa drei Meter von ihm entfernt, wenn er sich richtig erinnerte.

Das Hufgetrappel erstarb abrupt. Das Quieken wurde wilder und herausfordernder. Erneut donnerten die Hufe über die Dielen, dann ertönte ein lautes Zischen.

Irgendwo dort im Qualm fand nun ein Kampf statt. Die Wände erbebten mehrmals, als schwere Körper gegen sie prallten, und das Beben des Bodens hörte nicht mehr auf. Schläge — eine riesige Hand, die auf einen dicken, festen Körper einschlug — gesellten sich zur knisternden Geräuschkulisse des Feuers.

Selbst wenn er es gewollt hätte, hätte Childe nicht warten können, um zu sehen, was da vor sich ging. Der Qualm hätte ihn vorher umgebracht, und später dann das Feuer. Er mußte schleunigst raus. Er hatte keine Zeit, um noch herumzukrabbeln, bis er die Tür rechts von sich erreichte. Die Fenster waren der einzige Ausweg. Nachdem er die untere Fensterhälfte geöffnet hatte, zog er sich mit den Händen über den Rand. Dann ließ er sich nach unten hängen und fallen. Er landete in einem Strauch, knickte ihn um, hatte das Gefühl, sich etwas gebrochen zu haben, rollte sich auf die Seite und stand auf. Sein linkes Bein schmerzte noch mehr als zuvor, aber er konnte kein Blut erkennen.

Und dann spritzte er wieder ab — sein Schniepel hatte sich bei dem Sturz offenbar nicht wehgetan — und war hilflos, während zwei Gestalten durch das Fenster wirbelten, durch das er gerade gekommen war. Der herausgerissene Fensterrahmen schlug neben ihm auf. Magda Holyani und Mrs. Grasatchow walzten weitere Sträucher platt; sie rollten über sie hinweg bis auf den Boden neben dem Vorplatz.

Sofort kamen mehrere Gestalten aus dem Haus gerannt und blieben auf der Veranda stehen.

Die beiden Frauen bluteten aus mehreren Wunden und waren rauchgeschwärzt. Magdas Rolle endete vor Childes Füßen — gerade noch früh genug, daß ihr noch ein paar Tropfen auf die Stirn fielen. Trotz seiner Schmerzen fiel Childe nichts anderes dazu ein, als daß es die angemessene Letzte Ölung für sie war. Mrs. Grasatchow war so schwer aufgeschlagen wie ein nasser Mehlsack. Sie lag ohnmächtig da; ein grauer Knochen ragte aus dem Fleisch ihres rechten Beins, Blut lief ihr aus Ohren und Nase.

Bending Grass, Mrs. Pocyotl und O'Faithair standen auf der Veranda. Blieben noch Chornkin, Krautschner, Ngima, Pao, Vivienne, die beiden Zofen, die Baronin und Dolores, mit denen man rechnen mußte. Childe glaubte zu wissen, was mit Chornkin, Krautschner und Ngima geschehen war. Zwei waren an seinem Degen im Geheimgang verblutet; die dritte verbrannte zusammen mit Igescu.

Die Kleider der drei Personen auf der Veranda waren zerrissen, ihr Haar war in Unordnung, und sie bluteten aus Wunden. Sie mußten mit Magda, der Grasatchow oder Dolores aneinandergeraten sein. Aber sie waren nicht behindert, und nun suchten sie nach ihm. Ihre Lippen bewegten sich. Auch ihre Hände bewegten sich. Sie deuteten auf ihn.

Childe humpelte rasch auf den Rolls Royce zu, der etwa ein halbes Dutzend Schritte von ihm entfernt auf dem Vorplatz stand. Hinter ihm wurde ein Ruf laut, dann trampelten Schuhe über die Verandastufen. Der Rolls war nicht abgeschlossen, der Zündschlüssel steckte. Während Bending Grass und O'Faithair mit den Fäusten gegen die Scheiben schlugen und ihn wie Wölfe anheulten, fuhr Childe los. Die beiden blieben zurück und rannten auf einen anderen Wagen zu, einen roten Jaguar.

Childe hielt den Rolls an, legte den Rückwärtsgang ein, und trat das Gaspedal bis zum Anschlag herunter. Der hintere Kotflügel des Rolls krachte O'Faithair ins Kreuz. Childe hielt an. Bending Grass wirbelte herum, doch dann schmetterte Childe ihn gegen den Jaguar. Das breitflächige, dunkelhäutige Gesicht des Mannes starrte sekundenlang durch die Heckscheibe. Dann war es aus für ihn.

Childe fuhr vorwärts, bis er den am Boden liegenden Indianer sehen konnte. Seine Schenkel waren zerschmettert, und er lag mit dem Gesicht nach unten auf den Platten. Die Umrisse seines Körpers wirkten nebulös; er schien anzuschwellen.

Childe hatte keine Zeit zum Zuschauen. Er hielt den Rolls noch einmal an, raste dann auf O'Faithair zu, der sich gerade aufrichtete, fuhr ihn um, drehte und überrollte die Leichen von Magda Holyani, Mrs. Grasatchow, Bending Grass und O'Faithair. Mrs. Pocyotl, die auf ihn einschrie und ihre kleinen Fäuste schwang, rannte ins Haus zurück, als Childe auf die Veranda zuhielt.

Flammen und Rauch entströmten einem Dutzend Fenster der drei Etagen des linken Anbaus und einem Fenster im Mittelteil. Wenn es nicht gelöscht wurde, würde das Feuer das ganze Gebäude in ein bis zwei Stunden niederbrennen. Und es gab niemanden, der es löschen konnte.

Childe fuhr los. Als er um die Kurve bog, die auf die durch den Wald führende Straße führte, überblickte er auf einer Seite des Hauses einen Teil des Gartens. Die rothaarige Vivienne — ihr nackter Leib leuchtete weiß im gespenstischen Halbdunkel des Tageslichts —, die barfüßige Mrs. Pocyotl und die beiden Zofen liefen auf den Wald zu. Hinter ihnen rannte mit wehendem langen Haar die nackte Dolores. Sie sah entschlossen und zielbewußt aus. Zwar wirkten die anderen nicht weniger zielbewußt, doch ihre Entschlossenheit wurde von Angst bestimmt.

Childe hatte keine Ahnung, was sie mit ihnen anstellen würde, wenn sie sie erwischte, aber er glaubte fest, daß sie es wußten und daß sie einen triftigen Grund hatten, um nicht stehenzubleiben und mit Dolores zu kämpfen. Er ging auch davon aus, daß Pao und die Baronin das Haus nicht verließen, weil Dolores ihnen etwas angetan hatte, obwohl auch die Möglichkeit bestand, daß Magda oder Mrs. Grasatchow sie umgebracht hatten. Obwohl er es natürlich nicht genau wußte, stellte er sich vor, daß die beiden in ihrer Schweine- und Schlangengestalt einfach zu überwinden waren.

Die Frauen verschwanden zwischen den Bäumen.

Childe schlug sich gegen die Stirn. Glaubte er denn diesen ganzen Metamorphose-Unsinn wirklich?

Er schaute zurück. Von der kleinen Anhöhe aus konnte er Bending Grass und Mrs. Grasatchow sehen. Die Kleider des Indianers waren inzwischen aufgeplatzt; er sah schwarz und klobig aus, wie ein Bär. Die dicke Frau wirkte ebenso dunkel; an ihrer Leiche war jetzt etwas Unmenschliches.

In diesem Augenblick rannte der größte Schwarzfuchs, den Childe je gesehen hatte, hinter dem Haus hervor und eilte auf den Wald zu, in dem die Frauen verschwunden waren. Er bellte dreimal, dann wandte er den Kopf und schien ihn anzugrinsen.

Die Kälte, die er schon beim ersten Anblick von Dolores verspürt hatte, machte sich erneut in Childe breit. Und dann fiel ihm etwas ein; etwas, das er vor langer Zeit gelesen hatte. Über das gestaltwandelnde Fuchsvolk Chinas. Tranken sie zuviel Wein, verloren sie die Kontrolle über sich und zeigten ihre wahre Gestalt. Der Baron hatte versucht, Paos Weinkonsum einzuschränken. Warum? Weil er nicht wollte, daß Childe Zeuge seiner Verwandlung wurde? Oder aus irgendeinem anderen Grund? — Wahrscheinlich aus irgendeinem anderen Grund, da sich der

Baron bestimmt keine Sorgen darüber gemacht hatte, daß Childe entkam, um das, was er gesehen hatte, weiterzuerzählen.

Childe fuhr achselzuckend weiter. Er hatte genug von dieser Geschichte, er wollte nur noch fort von hier. Allmählich glaubte er wirklich, daß ein hundertfünfzig Pfund schwerer Mann sich verflüssigen, Knochen und Fleisch in eine unmenschliche Gestalt verwandeln und während der Umwandlung hundertfünfundzwanzig Pfund ausscheiden konnte, als brauche er sie nur zu verdrängen, um sie später, wenn er sie benötigte, wieder aufzunehmen. Oder als wandere die verdrängte Masse neben ihm her wie ein unsichtbarer Düsenstrahl, ein angehängtes Energiegefieder, zur Wiederaufnahme bereit.

Vor ihm war das Tor der inneren Mauer. Childe öffnete es und fuhr hindurch. Er hielt vor der Außenmauer an. Nachdem er seine Fingerabdrücke mit einem Lappen aus dem Handschuhfach abgewischt hatte, ließ er den Rolls auf dem Weg stehen und ging durch das Tor zu seinem eigenen Wagen, der am Ende des Weges zwischen den Bäumen stand.

Er fand seinen (Wann? — Es kam ihm vor, als sei es Tage her) versteckten Schlüssel und fuhr los. Childe war halbnackt, blutig und voller Schrammen, und ihm taten alle Knochen weh. Er hatte noch immer eine Erektion, die sich automatisch zu einem neuen — Oh, Gott! — Orgasmus steigerte, aber es war ihm egal. Er würde in seine Wohnung gehen, und der Rest der Welt — der Smog, die Ungeheuer — konnte sich zum Teufel scheren. Er war eh auf dem besten Wege dazu.

Eine halbe Meile später fegte ein großer schwarzer Lincoln an ihm vorbei und hielt auf Igescus Landsitz zu. In dem Wagen saßen drei Männer und drei Frauen, die ausnahmslos gut aussahen und gut gekleidet waren. Ihre Gesichter jedoch wirkten grimmig. Childe ahnte, daß Igescus Haus ihr Ziel war, und er nahm an, daß sie sich deswegen so beeilten, weil sie sich schon verspätet hatten, zu irgendeiner geheimnisvollen Konferenz zu kommen, an der sie teilnehmen mußten. Oder weil irgend jemand im Haus sie zu Hilfe gerufen hatte. Der Wagen hatte eine kalifornische Nummer. Vielleicht kamen sie aus San Francisco.

Childe lächelte dünn. Sie würden eine unangenehme Überraschung erleben. Inzwischen machte er besser eine Fliege, da er nicht wußte, ob sie seine Autonummer gesehen hatten.

Bevor er eine Meile hinter sich gebracht hatte, war der Himmel noch finsterer geworden. Es grollte, donnerte und blitzte. Ein starker Wind riß den Smog auseinander, dann reinigte der Regen die Luft und die Erde anderthalb Stunden lang ohne Unterlaß.

Childe stellte den Wagen in die Kellergarage und nahm den Lift zu seiner Wohnung. Er traf niemanden, aber er rechnete damit, daß er beobachtet wurde. Er hatte keinerlei Entschuldigung für seine Nacktheit und seinen Steifen. Aber sähe es dem Leben — der großen Ironie — nicht wirklich ähnlich, wenn man ihn wegen obszöner Zurschaustellung und allem, was er sonst noch mitgemacht hatte, festnehmen würde, ihn, das mißhandelte Opfer? Aber er wurde von niemandem gesehen. Als er die Tür hinter sich geschlossen und die Kette vorgelegt hatte, ging er duschen, trocknete sich ab, zog einen Schlafanzug an, aß ein Sandwich mit Schinken und Käse, trank einen Viertelliter Milch und kroch ins Bett.

Ein paar Sekunden später, kurz vor dem Einschlafen, streckte er die Hand aus, um nach etwas zu suchen. Wonach? Dann wurde ihm klar, daß er nach Mrs. Grasatchows Handtasche tastete, in der sich die Häute befanden. Irgendwo zwischen dem Schlafzimmer des Barons und dem seinen hatte er sie verloren.

20. Kapitel

Childe verschlief — wenn auch oft unruhig — einen Tag, eine Nacht und den größten Teil des nächsten Tages. Er stand nur auf, um Blase oder Darm zu entleeren, ein paar

Frühstücksflocken oder ein Sandwich zu essen. Er erwachte hin und wieder am Ende eines feuchten Traums.

Seine Träume handelten oft vom Entsetzen, aber manchmal auch von angenehmen Kopulationen. Manchmal ritten Mrs. Grasatchow, Vivienne oder Dolores auf ihm, dann wachte er stöhnend und spritzend auf. Zu anderen Zeiten bestieg er Sybil oder irgendeine andere Frau, die er gekannt hatte — oder eine, an deren Gesicht er sich danach nicht mehr erinnern konnte. Und manchmal war er sogar hinter Wölfinnen und hübschen Wildkatzen her.

Wenn er erwachte, wunderte er sich über seine Träume, weil er wußte, daß die Freudianer darauf bestanden, daß alle Träume, die man hat, wie schrecklich oder grauenhaft sie auch sein mochten, Wünsche darstellten.

Als er ausgeschlafen hatte, waren sein Schlafanzug und seine Bettlaken zwar nicht mehr vorführbar, aber die Wirkung des Zäpfchens hatte sich verflüchtigt. Childe freute sich, wieder einen Schlappen zu haben. Er duschte und frühstückte, dann las er die neueste Ausgabe der *Los Angeles Times*. Das Leben war jetzt wieder normal; die Zeitungen wurden wieder pünktlich ausgetragen. Die Industrie arbeitete wieder mit Volldampf. Die Leute kamen wieder in die Stadt zurück, aber nun nicht mehr in so großen Massen. Die Friedhofsämter waren überlastet; Beerdigungen fanden bis in die späten Abendstunden hinein statt. Die Polizei wurde mit Meldungen über vermißte Personen überschwemmt. Ansonsten funktionierte die Stadt wie üblich. Der übliche Smog braute sich wieder zusammen, aber er würde nicht schlimm werden, wenn die momentane Brise anhielt.

Childe las die erste Seite und ein paar Artikel. Dann ging er zum Telefon, um Sybil anzurufen. Sie war nicht nach Hause gekommen. Ein Anruf in San Francisco wurde von Sybils Schwester Cherril beantwortet. Er erfuhr, daß ihre Mutter gestorben war und daß Sybil an sich zu ihrer Beerdigung hätte kommen wollen. Wahrscheinlich war sie gleich nach dem Packen aufgebrochen. Sie hatte jedoch kein Flugzeug kriegen können, und da ihr Wagen nicht angesprungen war, hatte sie zurückgerufen und bestellt, sie käme mit einem Freund, der die Stadt ebenfalls verlassen wollte.

Wer der Freund war? Cherril hatte keine Ahnung. Aber sie war nervös und hatte alles versucht, um Childe an die Strippe zu kriegen. Als er nach fünf Anrufen immer noch nicht geantwortet hatte, hatte sie aufgegeben. Die Polizei hatte gemeldet, Sybil sei nicht in einen der zahlreichen Verkehrsunfälle verwickelt gewesen, zu denen es während dieser Zeit zwischen Los Angeles und San Francisco gekommen war.

Childe sagte zu Cherril, sie solle sich keine Sorgen machen. Noch immer wurden noch viele Menschen vermißt. Sybil tauchte bestimmt gesund und munter wieder auf. Er würde nicht ruhen, bis er sie gefunden hatte. Und so weiter.

Als er den Hörer auflegte, fühlte er sich leer. Am nächsten Tag war es nicht anders, und er mußte sich eingestehen, daß er nicht mehr wußte, als er von Cherril erfahren hatte. Childe nahm an, daß der ›Freund‹, mit dem Sybil angeblich die Stadt verlassen hatte, Al Porthouse war, doch Al bestritt, sie seit zwei Wochen gesehen zu haben.

Childe gab fürs erste auf und wandte seine Aufmerksamkeit anderen Dingen zu. Das Haus des Barons war zwar abgebrannt, doch der Regen hatte verhindert, daß es völlig vernichtet worden war. Man hatte keine Leichen in den Ruinen, im Park oder in den Wäldern gefunden. Und auch Mrs. Grasatchows Handtasche nicht.

Childe fiel der Wagen ein, der an ihm vorbeigerast war, als er das Anwesen des Barons verlassen hatte. Wer immer die sechs Leute gewesen waren, sie hatten sorgfältig aufgeräumt.

Aber was war mit Dolores passiert?

Er fuhr zu Igescus Landsitz hinaus und stieg über die Mauer, da die Polizei das Haupttor abgeschlossen hatte. Sein Herumstochern führte zu nichts. Die Polizei kannte seine Geschichte natürlich nicht. Er war klug genug gewesen, um nicht mehr zu sagen, als daß er den Baron nur einmal — und zwar kurz — besucht hatte. Man hatte Childe zwar verhört und Erstaunen über das Verschwinden des Barons, seiner Sekretärin, der Bediensteten und des Chauffeurs ausgedrückt, aber bisher gab es keine weiteren Informationen. Die Polizei nahm an, daß er und seine Bediensteten mit unbekanntem Ziel verreist waren, daß das Haus zufällig abgebrannt war und daß der Baron sich vielleicht bald melden würde.

Am Spätnachmittag kehrte Childe in seine Wohnung zurück. Er war tief in Gedanken versunken und befaßte sich damit, irgendwohin zu ziehen, an irgendeinen Ort, an dem Smog für die kommenden Jahre keine Rolle spielte. Es dauerte einige Zeit, bis ihm auffiel, daß das Telefon mindestens ein Dutzendmal geklingelt hatte.

Die Stimme war ein angenehmer Bariton.

»Mr. Childe? Sie kennen mich nicht. Wir sind — wie erfreulich für Sie — einander zwar noch nicht begegnet, aber ich glaube, wir sind vor ein paar Tagen auf der Straße vor Baron Igescus Landsitz aneinander vorbeigefahren.«

Childe erwiderte einen Augenblick lang nichts, dann sagte er: »Was wollen Sie?«

Seine Stimme klang fest. Er hatte erwartet, daß sie knarren würde — wie das kristallisierte Eis, das ihn plötzlich einhüllte.

»Es war sehr diskret von Ihnen, Mr. Childe, daß Sie der Polizei nichts erzählt haben. Beziehungsweise — soweit wir wissen — einem anderen. Aber wir möchten sichergehen, daß Sie Ihr Schweigen auch bewahren, Mr. Childe. Wir könnten leicht dafür sorgen — mit Methoden, die Sie ja inzwischen sicher kennen. Aber es freut uns, daß Sie von uns wissen und doch nichts damit anfangen können.«

»Was haben Sie mit Sybil gemacht?« schrie Childe.

Schweigen. Dann sagte die Stimme: »Sybil? Wer ist das?«

»Meine Frau! Beziehungsweise meine Ex-Frau! Das wissen Sie doch, Sie verdammter...! Was haben Sie mit ihr gemacht, Sie schmieriges Ungeheuer, Sie abartiges...«

»Nichts, Mr. Childe. Ich versichere es Ihnen.«

Die Stimme klang kühl und spöttisch.

»Wir sind Ihnen sogar ziemlich zugetan, Mr. Childe — aufgrund dessen, was Sie erreicht haben. Herzlichen Glückwunsch. Sie haben es geschafft, eine Reihe unserer Freunde, die tatsächlich lange Zeit gelebt haben, für alle Zeiten zu töten. Natürlich wäre es Ihnen ohne die Hilfe der del Osorojo nicht gelungen, aber das konnten wir nicht vorhersehen. Der Baron hat es nicht erwartet, deswegen hat er für seine Sorglosigkeit und Ignoranz bezahlt. Und auch die, die bei ihm waren. Zumindest einige von ihnen.«

Es war seine letzte Chance, etwas über diese Leute in Erfahrung zu bringen.

»Warum die Filme?« fragte Childe. »Warum sind sie an die Polizei geschickt worden?«

»Die Filme dienten privaten Zwecken, Mr. Childe. Unserer Unterhaltung. Wir schicken uns dergleichen gegenseitig über die ganze Welt zu — natürlich mit Privatkurieren. Der Baron faßte den Entschluß, einen Präzedenzfall zu schaffen und die *anderen* hin und wieder mitwirken zu lassen. Er ging davon aus, das Entsetzen der Polizei würde uns erfreuen. Beziehungsweise das Entsetzen der ganzen Menschheit. Der Baron und seine Gruppe wollten in nächster Zeit sowieso ihren Aufenthalt wechseln, dann hätte es keinerlei Möglichkeit mehr gegeben, ihn mit den Filmen in Verbindung zu bringen.

Der Baron hatte den Plan, der Polizei auch die Filme früherer Versuchspersonen zuzuschicken. Die meisten Versuchspersonen stehen nämlich auf der Vermißtenliste, und die Polizei hat die Suche nach den ersten inzwischen eingestellt, weil ihre Fälle so lange zurückliegen. Sie haben die Häute dieser Leute gefunden. Und wieder verloren.

Sie hatten Glück. Oder Sie waren sehr gerissen. Sie haben eine unorthodoxe Ermittlungsmethode angewandt und sind dabei über die Wahrheit gestolpert. Da der Baron

Sie nicht wieder gehen lassen konnte, da Sie zuviel wußten, hat er beschlossen, Sie zu seiner letzten Versuchsperson zu machen. Jetzt braucht er nicht mehr umzuziehen, um dem Smog zu entgehen ...«

»Ich habe gesehen, wie die alte Baronin versucht hat, den Smog herbeizuzaubern!« sagte Childe. »Was ...«

»Sie hat versucht, ihn zu vertreiben, Sie Narr! Früher war dies hier eine herrliche Gegend, in der man leben konnte, aber ihr Menschen ...«

Childe spürte, daß der Zorn den Mann unverständlich machte. Doch als seine Stimme wieder zu hören war, war sie wieder kühl und spöttisch.

»Ich schlage vor, Sie werfen einen Blick in Ihr Schlafzimmer. Und vergessen Sie nicht: Schweigen Sie, Mr. Childe! Sonst ...«

Der Telefonhörer schien sich von allein aufzulegen. Doch vor dem Klicken vernahm Childe das Läuten von Glocken, und eine Orgel spielte den ersten Takt von *Gloomy Sunday*. Er konnte sich den Rest der Musik und das Quietschen der rostigen Scharniere dazudenken.

Er blieb eine Weile mit dem Telefon in der Hand stehen. Woolston Heepish? Kam dieser Anruf aus dem Haus von Woolston Heepish?

Unsinn! Es mußte eine andere Erklärung geben. Er hatte nicht einmal Lust, über die Implikationen nachzudenken, falls ... Nein, das vergessen wir lieber.

Childe stellte das Telefon hin, dann zuckte er zusammen und dachte an den Rat, den der Mann ihm gegeben hatte. Er ging langsam ins Schlafzimmer. Während seiner Abwesenheit hatte jemand die Lampe neben dem Bett angemacht.

Sie lag im Bett und schaute starr nach oben. Ein Laken lag über ihr, es endete unterhalb ihrer nackten Brüste. Ihr schwarzes Haar breitete sich auf dem Kissen aus.

Childe trat näher heran und murmelte: »Ich hätte nicht gedacht, daß sie dir etwas tun könnten, Dolores.«

Er zog die Decke zurück und rechnete damit, auf die

Spuren des Grauens zu stoßen, das man ihr angetan hatte. Doch sie war ohne jeden Makel.

Doch ihr Körper hob ab; ihre Füße hoben sich zuerst, dann folgten die steifen Beine, und dann fing ihr Leib an, geradewegs nach oben zu schweben, auf die Decke zu. Das schwere Haar und das kleine rote Ventil an ihrem Hals hielten sie davon ab, noch weiter in die Höhe zu steigen.

Ihr Make-up war sehr gut. Es verlieh ihrer Haut das Aussehen festen Fleisches und verhinderte, daß man durch sie hindurchsehen konnte.

Childe mußte den Raum für eine Weile verlassen und sich hinsetzen.

Als er zurückkehrte, piekste er mit einer Nadel in sie hinein. Sie explodierte mit einem Knall, der so laut war wie ein Pistolenschuß. Er schnitt sie mit einer Schere in Streifen und spülte sie durch die Toilette, nur nicht ihr Haar; er warf es in die Mülltonne.

Anderthalb Jahrhunderte des Spukens, ein kurzes Fleischlichwerden, ein paar kurze, wilde Kopulationen, ein paar Angriffe auf uralte Feinde, und damit hatte es sich. Damit hatte es sich gehabt. Ein dunkles Auge, lange Wimpern, eine dichte Braue — sie wirbelten im Kreis durch die Kloschüssel und wurden nach unten gesaugt.

Wenigstens hatte er nicht Sybils Haut in seinem Bett gefunden.

Wo steckte sie? Vielleicht kriegte er es nie heraus. Er nahm auch nicht an, daß diese ›Leute‹ es wußten. Der ›Mann‹ am Telefon hatte sich angehört, als sagte er die Wahrheit.

Es war nicht nötig, diese ›Leute‹ für Sybils Verschwinden verantwortlich zu machen. Die Menschheit verfügte über genügend eigene Ungeheuer.

ZWEITES RITUAL

Außer Atem

(BLOWN)

1. Kapitel

Es schien, als wollte der Regen nie mehr aufhören.

Am Abend des sechsten Tages verfolgte Herald Childe eine Frau namens Vivienne Mabcrough durch eine Stadt, die dem Planeten Venus aus einer Science-Fiction-Story von 1932 glich.

Wenige Minuten zuvor war er hinter einem großen, schwarzen Rolls Royce stehengeblieben, als er in Beverly Hills an der Kreuzung von Santa Monica Boulevard und Canon Drive auf das Umschalten der Ampel hatte warten müssen. Dank der Heckscheibenwischer, mit denen der Rolls ausgerüstet war, hatte Childe Vivienne Mabcrough entdecken können.

Sie saß neben einem Mann auf dem Rücksitz und drehte den Kopf in dem Moment, als die Ampel auf Grün sprang. Der Anblick ihres Profils ging Childe nicht mehr aus dem Sinn. Es war das schönste, was er je gesehen hatte, und als er es das erste Mal gesehen hatte, war er in einer Situation gewesen, in der er gern vergessen würde, aber er konnte es nicht.

Autohupen fingen hinter ihm zu blöken an, während er sekundenlang zögerte, ob er ihr nachfahren sollte oder nicht. Folgte er ihr, würde er ihr und ihresgleichen womöglich auffallen, und das konnte sich kein vernünftiger Mensch und nur wenige Verrückte wünschen.

Trotzdem hängte er sich mit seinem '72er Pontiac an den Rolls ran, überquerte die Kreuzung und wurde von einem Jaguar geschnitten, der ihm von links die Vorfahrt nahm. Die Jaguarhupe heulte auf, der Fahrer riß den Mund auf, doch seine Flüche blieben in der Glas- und Plastikkapsel des Wagens stecken. Eine Wasserfontäne spritzte über Childes Auto, die der Wischer wegschleuderte. Er sah den Rolls an der Little Santa Monica nach Westen biegen und bei Gelb durchfahren. Childe hielt vor der roten Ampel an, blickte sich in alle Richtungen nach einer Polizeistreife um (weit konnte man durch den grauen Regenvorhang nicht sehen) und fuhr weiter. Er sah die Heckleuchten des Rolls nach rechts abbiegen und folgte ihm. Vor dem Moonlark Restaurant blieb die schwarze Limousine stehen. Vivienne stieg mit ihrem Begleiter aus. Mit einem Schritt sprangen sie unter das Vordach des Eingangs. Ein Türsteher assistierte ihnen. Der Rolls fuhr weiter, und Childe entschloß sich, ihm zu folgen. Der Mann am Steuer war ein uniformierter Chauffeur; wahrscheinlich wollte er den Wagen zu Viviennes Wohnung zurückbringen, oder aber zu der ihres Partners. Nun, dessen Adresse interessierte Childe auch.

Obwohl er seit langem kein Privatdetektiv mehr war, hatte Childe sein Aufzeichnungsgerät im Wagen dabei. Er diktierte eine Beschreibung und das Kennzeichen des Rolls ins Mikrofon, dem er längs des Santa Monica und dann nach Norden über den Sunset Boulevard folgte. Die Limousine bog in die Lexington Avenue ein und schwenkte kurz darauf in eine kreisförmig angelegte Einfahrt, die zu einem riesigen georgianischen Wohnhaus führte. Der Chauffeur stieg aus und ging über einen Weg ums Haus. Childe rollte an der Einfahrt vorbei, parkte das Auto in einiger Entfernung und ging zu Fuß zurück. Im Regen und bei Dämmerlicht war es nicht möglich, von der Straße aus irgendein Hausschild zu erkennen. Er mußte auf den Gehweg und hoffte, unentdeckt zu bleiben. Die Villa war beleuchtet, aber es regte sich nichts.

Childe kehrte zum Wagen zurück und stieg von rechts ein, damit seine Schuhe nicht naß wurden. Dreckiges, graubraunes Regenwasser bedeckte die Straße von Rinnstein zu Rinnstein und schwappte über die Rasenstreifen zwischen Fahrbahn und Gehweg.

Im Auto notierte er die Adresse. Aber statt wieder loszufahren, blieb er lange Zeit vor dem Steuer sitzen und überlegte, was zu tun sei.

Seit jener Nacht im Haus von Baron Igescu hatten sie ihn nicht mehr belästigt; warum also sollte er ihnen jetzt auf die Füße treten?

Sie waren Mörder, Folterknechte und Entführer. Das wußte er zwar mit der Sicherheit all seiner Erfahrung, aber er konnte es nicht beweisen. Gab er das, was er erlebt hatte, zu Protokoll, würde man ihn ins Irrenhaus einweisen, was er den Behörden nicht einmal hätte verübeln können.

Es gab Zeiten, in denen er seinen eigenen lebhaften Erinnerungen nicht recht traute. An den entsetzlichen Moment, in dem er die komplette Haut von Dolores del Osorojo, ihre Augen und alles andere durchs Klo gespült hatte — daran konnte er fast selbst nicht mehr glauben.

Der Verstand akzeptierte nur bestimmte Formen und Kategorien, und seine Erfahrungen mit Igescu, Vivienne Mabcrough, Standing Grass, Fred Pao und den anderen Gästen des gewaltigen alten Hauses im Norden von Beverly Hills ließen sich mit diesen Denkschemata nicht mehr vereinbaren. Es war also nur allzu natürlich, daß er die fraglichen Erlebnisse aus seinem Bewußtsein zu streichen versuchte und in die staubigen, finsteren Keller des Unterbewußten verbannte.

Er hätte zu seiner Wohnung im Topanga Canyon zurückfahren und versuchen sollen, alles zu vergessen.

Childe stöhnte. Er hing am Haken und kam nicht frei. Er mußte dahinterkommen, was Igescu und seine Leute in Wirklichkeit waren. Waren sie wirklich Vampire, Werwölfe, Werbären, Werfüchse oder was immer auch gemeinhin dem Aberglauben zugeschrieben wird? Igescus fast wissenschaftlich klingende Auskunft über die Herkunft dieser Wesen, die er mit Zitaten des alten belgischen Gelehrten La Garrault belegt hatte, kamen Childe inzwischen absurd vor. Aber Igescus Erklärung war immer noch besser als Aberglaube.

Childe stöhnte erneut und fluchte. Er war jetzt entschlossen, der Sache auf den Grund zu gehen. Hätte er Vivienne an diesem Tag nicht gesehen, wäre ihm womöglich die Lust vergangen, den Leuten auf der Spur zu bleiben. Aber ihr Anblick hatte ihn wieder so neugierig gemacht wie einen Bluthund, der einen Fuchs im Wind wittert.

Er fuhr los und steuerte eine Tankstelle an. Dort hing ein Münzfernsprecher, von dem aus er die Polizei von Los Angeles anrief. Sein Freund Sergeant Furr kam schließlich an den Apparat. Childe bat ihn, das Kennzeichen des Rolls zu überprüfen. Furr versprach, in ein paar Minuten zurückzurufen. Drei Minuten später klingelte es in der Telefonzelle.

»Herald? Ich hab's. Der Wagen gehört einer Mrs. Vivienne ... ich buchstabiere: V-I-V-I-E-N-N-E Mabcrough. Ich weiß nicht, wie man den Nachnamen ausspricht. M-A-B-C-R-O-U-G-H. Mabcrow? Mabcruff? Keine Ahnung. Wie dem auch sei ...«

Sie war unter der Adresse gemeldet, wo der Rolls zur Zeit parkte.

Childe bedankte sich und legte den Hörer auf. Vivienne schien sicher zu sein, daß er ihr nicht noch einmal über den Weg laufen würde. Nach dem Komplott gegen ihn und dem Mord an seinem Partner, dem sie den Penis abgebissen hatte, hielt sie es offenbar immer noch nicht für nötig, den Namen zu wechseln. Vielleicht nahm sie an, sie hätte ihm einen so großen Schreck eingejagt, daß er um sie und ihresgleichen — wer oder was da auch zugehören mochte — fortan einen großen Bogen machte.

Er watete durch Regenpfützen, stieg ins Auto und fuhr langsam und vorsichtig zu dem Haus zurück, in dem Vivienne Mabcrough wohnte. Es war Nacht geworden. Die Straßen im Zentrum von Beverly Hills hatten sich in kleine Flüsse verwandelt. Kaum ein Fußgänger wagte sich nach draußen, obwohl an Donnerstagabenden sonst immer viel los war. Der übliche Verkehr blieb aus. Wo sonst Autos Stoßstange an Stoßstange die Straße verstopften, fuhr eine Handvoll Fahrzeuge umher. Auf dem Santa Monica Boulevard, der Hauptverbindung zwischen West Los Angeles und Teilen von Beverly Hills, war der Verkehr etwas dichter.

Die Autoscheinwerfer glichen den Augen vorsintflutlicher Monster, die fiebrig nach der Arche Ausschau hielten. Ein Fahrer würgte den Motor seines Wagens mitten auf der Kreuzung ab, was die übrigen Monster zu einem wilden Hupkonzert veranlaßte. Es dauerte zwei Ampelphasen, ehe Childe die Kreuzung passieren konnte.

Er fuhr mit zwanzig den Beverly Drive entlang, mußte aber nach kurzer Strecke auf fünfzehn runter. Das Wasser spritzte so hoch, daß er um die Zündung fürchtete; immer wieder gab er leichten Druck aufs Pedal, um die Bremsen trockenzuhalten. Ein paar Autos überholten oder kamen ihm entgegen. Sie fuhren so schnell, daß sein Wagen von den Wasserfontänen fast weggespült wurde. Childe war drauf und dran, das Fenster runterzukurbeln und sich lauthals über die Schweinerei zu beschweren, aber er wollte es nicht riskieren, vom nächsten Rowdy naßgespritzt zu werden.

Eine halbe Häuserzeile von der Mabcrough-Villa entfernt stellte er den Wagen ab. Stunden vergingen. Zuerst war er ungeduldig, dann fand er zur alten Ausdauer zurück, die er als Schnüffler über Jahre entwickelt hatte. Ein paar Mal pinkelte er in eine Vorrichtung, wie sie auch von Flugzeugpiloten benutzt wurde, schlang Kartoffelchips in sich hinein, knabberte an einem Stück Jagdwurst und trank Kaffee aus der Thermoskanne. Es wurde Mitternacht. Seine Geduld zerrann wie in einer Sanduhr. Seine Nerven fingen an zu flattern, er war drauf und dran aufzugeben.

Dann tauchte der Chauffeur hinterm Haus auf, stieg in den Rolls und fuhr los. Childe sah die dunkle Gestalt, umrissen vom Licht des Hauses. Er trug einen Regenmantel und ein transparentes Plastikhäubchen, das die Schirmmütze abdeckte. Als die Limousine vorbeirollte, duckte sich Childe hinters Steuerrad. Er gab dem Wagen genügend Vorsprung, schaltete die Scheinwerfer ein und fuhr hinterher. Es regnete immer noch; das Wasser flutete die Straßen.

Der Chauffeur sammelte Vivienne und ihren Begleiter beim Club ein und fuhr zur Villa zurück. Das hatte Childe auch gehofft; ihm wäre nicht danach gewesen, sie von einem zum anderen Ort zu verfolgen. Der Rolls hielt vor dem großen Portal. Das Pärchen ging rein, während der Chauffeur den Wagen um die Ecke steuerte, wahrscheinlich zur Garage hinterm Haus. Childe war ausgestiegen und schlich die Hausfront entlang. In der Etage über der Garage gingen Lichter an. Childe nahm an, daß dort der Chauffeur wohnte.

Er lief auf die Seitentür zu, die, von dichten Ranken umwuchert, weder vom Nachbarhaus noch von der Straße aus eingesehen werden konnte.

Nach wenigen Minuten, in denen er eine Reihe von Schlüsseln ausprobierte, ging die Tür auf. Mit eingeschalteter Taschenlampe suchte er nach Hinweisen auf eine Alarmanlage, fand aber nichts. Vorsichtig betrat er das Haus, sprungbereit, falls irgendwo ein Hund anschlug. Außer den Glockenschlägen einer alten Standuhr im zweiten Stock war nichts zu hören.

Wenige Augenblicke später kauerte er vor der spaltbreit geöffneten Tür zu Viviennes Schlafzimmer.

2. Kapitel

Das Zimmer war sehr groß. Ein einziges Licht brannte; es kam von einer Stehlampe, deren Sockel etwa anderthalb Meter hoch war. Er bestand aus rot unterlaufenen, quarzartigen Steinen, die zu einem Mosaik aus zwei Rücken an Rücken gelehnten nackten Nymphen oder weiblichen Satyren zusammengesetzt waren. Der Lampenschirm glich dünnem Pergament. Der Anblick ließ Childe zusammenfahren; ihm war, als würde ein riesiger Eiszapfen von seinem Hintern aus zu seinem Hirn vorstoßen. Er erinnerte sich an die Menschenhäute, die er in einer Schublade im Haus Igescus entdeckt hatte. Sie waren von Leichen — oder womöglich von ihren noch lebenden Besitzern — abgezogen und so zusammengenäht worden, daß sie sich zu Ballons aufblasen ließen.

Auf dem Lampenschirm prangten rote, blaue und violette Figuren menschenähnlicher Wesen, die sich in lodernden Flammen krümmten.

Die Wände waren mit einer Art Steppdecke verkleidet, auf der das mehrfach wiederholte Motiv einer dreiköpfigen Figurengruppe zu erkennen war: ein Satyr, mit einem Huf auf einem flachen Stein stehend, den anderen leicht angehoben; den Rücken nach hinten gewölbt, die Arme gehoben, mit einer Panflöte an den Lippen. Vor ihm, kniend, eine Nymphe, sein riesiges, violettes Geschlecht lutschend. Dahinter ein Wesen — halb Mensch, halb Schlange — mit dem Schwanz einer Riesenpython, weiß und violett getupft, und der Oberteil, vom Bauchnabel an aufwärts, eine Frau; ausladende, gewaltige Brüste mit scharlachroten Brustwarzen, die an Lanzenspitzen erinnerten; das schöne, dreikantige Gesicht von langen Silberlocken umrahmt. Sie spreizte mit schlanken Fingern die eierförmigen Gesäßbacken der Nymphe und hielt die lange, gegabelte Zunge auf ihren Spalt gerichtet.

Hinter der Lampe stand ein gewaltiges Bett, dessen roter Baldachin zwischen zwölf Pfosten aufgespannt war und von langen Fransen umrandet wurde. Auf dem Bett waren Vivienne und der Mann miteinander beschäftigt, beide waren nackt.

Sie lag auf dem Rücken und hatte die Beine über seine Schultern gelegt. Er war gerade dabei, seinen Schwanz einzuführen.

Childe sah zu. Er war auf alles gefaßt. Damals, als er durch die geheimen Gänge zwischen den Wänden von Igescus Haus geschlichen war, war er ihr schon einmal in einem Schlafzimmer auf die Schliche gekommen. Sie hatte sich unbeobachtet gefühlt und in einer für Childe unvergeßlichen Weise onaniert.

»Steck ihn dir rein, Schatz«, sagte der Mann. Er war an die fünfunddreißig, dunkel und behaart. Seine Haut wurde allmählich schlaff.

Plötzlich schrie er auf und kippte rücklings auf die Matratze, — fortgeschleudert von einer schnappenden Bewegung seines Körpers, die der Reflex auf einen schieren Schreck gewesen sein mußte.

Er rutschte über das Laken und versuchte vergeblich aufzuspringen. Er nahm vor Vivienne Reißaus. Ihre Beine schnellten wie zwei weiße Vögel aufgeschreckt auseinander.

Der Mann stürzte von der Bettkante krachend zu Boden. Der Schrei war in seinem Hals erstickt; er zitterte und stöhnte.

Vivienne kroch auf den Knien auf ihn zu und sah vom Bettrand auf ihn hinab. Ein langes Etwas mit dunklem Kopf zog sich zwischen ihre Schenkel zurück und verschwand.

»Was ist los, Bill?« fragte sie und musterte ihn. »Hat dich die Katze am Schwanz erwischt?«

Der Mann saß inzwischen aufrecht auf dem Boden, befummelte seinen Penis und betrachtete ihn. Dann schaute er verblüfft auf.

»Mein Gott! Was los ist? Du fragst, was los ist? Ich habe gedacht ... Wirklich, es hat sich angefühlt, als hättest du Zähne in der Möse.«

Er stand auf. Seine graue Haut rötete sich. Er zeigte ihr seinen Penis.

»Sieh dir das an! Da sind Abdrücke von Zähnen.«

Sie nahm den schlaffen Schwanz in die Hand, der wie ein großer, kranker Wurm aussah, und beugte sich vor, um ihn zu untersuchen.

»Wie kommst du darauf, daß das Abdrücke von Zähnen sind?«, sagte sie. »Ich sehe nur ein paar kleine Vertiefungen, halb so schlimm. Na, fühlt sich Mammis Liebling jetzt wieder besser?«

Sie hatte einen Kuß auf seine dunkelrote Eichel gedrückt und fuhr mit der Zunge an seinem Schaft entlang.

Er wich zurück. »Komm mir nicht zu nahe, Weib!«

»Du bist wohl nicht ganz dicht«, antwortete sie. Sie hockte auf dem Bettrand; ihre phantastisch prallen, konischen Brüste waren ihm zugewandt. Ihre dunkelroten, dreieckig auswuchernden Schamhaare hatten den gleichen Schimmer wie die vollen, langen Locken auf ihrem Kopf. Ihre Beine waren ungewöhnlich lang und sehr weiß.

Bill hielt sich weiter auf Distanz und sagte: »Im Ernst, da hat mich was gebissen. Du hast was mit Zähnen in der Möse.«

Vivienne warf sich aufs Bett zurück und ließ die Beine über den Rand hängen, so daß ihre Zehenspitzen den Boden berührten. »Steck deinen Finger rein, Schatz, und überzeug dich davon, daß du spinnst.«

Er musterte das kastanienbraune Vlies und den Spalt, der wegen ihrer gespreizten Beine leicht geöffnet war.

»An meinem Finger hänge ich auch«, sagte er.

Vivienne richtete sich ruckartig auf; ihr hübsches Gesicht war verzerrt. »Du Arschloch! Ich habe dich für einen normalen, gesunden Mann gehalten. Daß du an Verfolgungswahn leidest, konnte ich nicht ahnen. Zähne in der Möse ... also wirklich! Fahr zur Hölle, bevor ich die Leute von der Klapsmühle rufe!«

Bill sah verlegen aus. »Ehrenwort, ich weiß nicht, wie ich's erklären soll. Vielleicht bin ich übergeschnappt oder zu sehr im Streß und hab' mir den brennenden Schmerz nur eingebildet. Nein, das kann auch nicht sein; da waren wirklich winzige Zähnchen. Oder Nadeln oder so was.«

Vivienne stieg aus dem Bett und streckte die Hand nach Bill aus.

»Komm her, Schatz! Setz dich zu mir! Hierher!« Sie klopfte auf die Bettkante.

Bill schien zu fürchten, daß er einen Narren aus sich machte. Der Anblick ihres vollendet geformten Körpers und ihres überwältigend schönen Gesichts machte seine Bedenken zunichte. Sein Penis schwoll an, richtete sich aber nicht auf. Er rutschte auf die Bettkante, während Vivienne ans Kopfende tänzelte und ein Kissen besorgte. Zurückkehrend warf sie es vor seinen Füßen auf den Boden und kniete sich darauf.

»Ich hab' Zähne im Mund, Baby, und ich weiß sie zu gebrauchen«, sagte sie, nahm das schlaffe Organ in die Hand und ließ die Zunge hervorschnellen. Bill zuckte zurück, doch dann hielt er still und sah zu, wie sich ihr Mund über die Hälfte seines Schaftes stülpte. Ihr Kopf fuhr langsam auf und nieder. Sein Organ verschwand ganz in ihrem Mund, und kam dann feucht und glänzend bis zur roten Spitze wieder zum Vorschein.

Bill bebte und stöhnte. Er blickte starr auf den Penis, der zwischen ihren vollen, roten Lippen hin- und herfuhr. Offenbar brachte ihn schon der Anblick zunehmend in Ekstase.

Herald Childe war unschlüssig, ob er bleiben oder gehen sollte. Er wollte das Haus nach Beweisstücken durchstöbern, die er gegen Vivienne und ihre Partner hätte verwenden können. Falls es irgendwelche Namen, Adressen, Papiere, Aufzeichnungen oder Filme hier gab, die die kriminellen Aktivitäten der Bande bewiesen, war der Zeitpunkt jetzt günstig, danach zu suchen. Vivienne war beschäftigt und würde außer Schlafzimmergeräuschen nichts bemerken.

Aber Childe sorgte sich auch um den Mann. Seinem Verhalten nach zu schließen, ahnte er nichts von Viviennes physiologischen Besonderheiten und fatalen Neigungen. Zumindest glaubte Childe, daß sie fatal für andere waren. Er hatte sie zwar nie jemanden töten oder verletzen sehen, aber er war davon überzeugt, daß sie keinen Deut besser war als ihre monströsen Spießgesellen.

Bill war unschuldig im Sinne des Opfers. Möglicherweise hatte er weder Vivienne noch einen anderen aus ihrer Gruppe beleidigt noch verletzt. Er schien — wie Childes Partner — durch Zufall aufgegabelt worden zu sein.

Childe zitterte, als er an den Film dachte, den die Mörder an die Polizei von Los Angeles geschickt hatten. Sein Partner war darauf zu sehen gewesen. Man hatte ihm, wie Bill, den Schwanz gelutscht. Die Frau hatte ihre falschen Zähne plötzlich gegen ein rasiermesserscharfes Stahlgebiß eingetauscht und den Penis seines Partners unterhalb der Eichel abgebissen.

Das in roten Fontänen aufspritzende Blut geisterte immer wieder durch Childes Tag- und Nachtträume.

Er entschloß sich zum Einschreiten. Auf eine Hausdurchsuchung mußte er verzichten. Aber die Sicherheit des Mannes ging vor. Noch hielt sich Childe zurück. Er wollte abwarten, was passierte, und erst im Ernstfall zu Hilfe kommen.

Vivienne hob plötzlich den Kopf und ließ Bills roten, pulsierenden Stengel auf einen 45-Grad-Winkel zurückschnellen.

»Rück ein Stück weiter aufs Bett, Baby, und mach's dir bequem«, sagte sie.

Die nervöse Zurückhaltung, die Bill noch vor wenigen Minuten gezeigt hatte, schien mit steigendem Blutdruck zu verfliegen. Er rutschte zurück und legte den Kopf aufs Kissen, während sie auf das Bett stieg. Sie nahm sein Glied wieder in den Mund, schien jedoch nach einer Weile zu stutzen und fragte: »Bill?«

Er lag flach auf dem Rücken, die Arme gespreizt, das Gesicht starr nach oben gerichtet. Seine Augen waren geöffnet. Er gab keine Antwort.

»Bill?« wiederholte sie ein bißchen lauter.

Als er nicht reagierte, kroch sie nach vorn und sah in sein Gesicht. Sie kniff in seine Wange und pflügte dann mit den Fingernägeln über seine Haut. Blut sickerte aus vier Kratzwunden, doch Bill rührte sich nicht. Sein Penis aber stand aufrecht, dick, fleischig, rot-violett, glänzend.

Vivienne blickte sich um, und Childe sah ihr zufriedenes Grinsen. Was sie vorhatte, war nicht zu erkennen. Jedenfalls schien alles nach Plan zu laufen.

Jetzt war der Zeitpunkt für Childes Auftritt gekommen, aber er war zu neugierig und wollte das Schauspiel nicht unterbrechen. Bill schien gelähmt zu sein; warum, konnte er sich nicht erklären. Noch nicht. Dann sah er winzige Bißwunden in Bills Glied, womöglich von giftigen Zähnen geschlagen. Sein Leib war wie erstarrt, nur der Penis pulsierte noch.

Die Frau stieg rittlings über ihn, scheinbar in der Absicht, seinen Schwanz einzuführen. Aber sie ließ nur die Eichel in ihrem Spalt verschwinden und verharrte eine halbe Minute. Ihr Körper zitterte wie beim Orgasmus.

Dann richtete sie sich auf und gab den Penis frei. Er blieb prall. Aus mehreren Wunden unterhalb der Eichel sickerten kleine rote Rinnsale.

Vivienne nahm nun verkehrt herum über ihrem Opfer Platz. Sie langte mit der Hand unter ihr Gesäß und packte seinen Penis, den sie diesmal zum After führte und langsam bis zum Eichelrand in sich einfahren ließ.

Childe ahnte, was nun passierte. Ihm wurde übel, und er wußte, daß spätestens jetzt die makabre Vergewaltigung beendet werden mußte, aber er war zu gefangen von dem Wunsch, mit eigenen Augen das zu sehen, was, wie er glaubte, noch kein lebender Mensch gesehen hatte — die Betonung lag auf lebend.

Vivienne wartete. Plötzlich klaffte ihre Vagina auf. Der dichte dunkelrote Pelz öffnete sich und ein kleines Köpfchen tauchte auf, feucht vom Saft ihrer Möse. Es wies die Gesichtszüge eines Mannes auf und hatte schwarzes Haar, einen winzigen Schnauz- und einen Ziegenbart. Die Augen funkelten wie Granate unter Brauen, die nicht dicker waren als die Beine einer schwarzen Vogelspinne. Die Lippen waren so dünn, daß man sie nicht sehen konnte. Die Nase war lang und gebogen.

Der Kopf zog einen langen Körper hinter sich her, der schlangengleich aus der Vagina glitt. Childe glaubte ein Zischen zu hören, das aber, wie er dachte, wohl seiner Einbildung entsprang. Das gespenstische Ding glitt abwärts über Bills gefurchten Hodensack und hatte offenbar seinen Anus zum Ziel. Der Kopf verschwand, während der Schlangenleib zentimeterweise aus Viviennes Schlitz rutschte. Inzwischen schien der Kopf in den Darm des Opfers vorgestoßen zu sein.

Der Ekel befreite Childe aus dem Bann der Faszination. Er schüttelte sich wie schlaftrunken. Ihm war, als sei er durch den bizarren Anblick in eine Art Hypnose versetzt worden.

Er betrat das Zimmer, als Vivienne gerade dabei war, Bills Schaft ganz in ihren After zu zwängen. Ihre Augen waren geschlossen; ihr Gesicht zeigte wilde Verzückung. Unbemerkt schlich Childe näher, während sie sich auf und ab bewegte und Worte in einer fremden Sprache stöhnte. Außer ihren Lauten, dem gegen die Scheiben klatschenden Regen und den im Rhythmus ihres Rittes quietschenden Bettfedern war nichts zu hören.

Childe stand nun unmittelbar neben dem Bett und sah den schleimigen Schlangenleib, der im Anus des Mannes steckte. Der Kopf schien so weit vorgedrungen zu sein, wie er konnte oder wollte, denn die Bewegung hatte ausgesetzt. Childes Magen rebellierte bei der Vorstellung, daß der golfballgroße Kopf mit den widerlichen Augen, blind im Dunkel des Darms, wahrscheinlich mit den Zähnen an dem kaute, was er dort fand.

3. Kapitel

Childe langte mit der Hand nach den rosaroten, geschwollenen Warzen ihrer vollendeten Brüste.

Vivienne schreckte zusammen und riß ihre violetten Augen auf. Mit einem Ruck befreite sie sich von dem pulsierenden Penis und zerrte gleichzeitig den Schlangenleib aus Bills Darm. Beides, Penis und Schlange, kamen unter schmatzenden Geräuschen zum Vorschein. Das winzige Maul des Dings stieß einen Schwall schriller, wütender Flüche aus. Immerhin klang es für Childe wie ein Fluchen, obwohl es in einer Sprache vorgebracht wurde, die er nicht verstand. Die Wörter schienen lateinischen Ursprungs zu sein, sie klangen leicht französisch oder katalanisch oder lagen irgendwo dazwischen.

Als das Ding Childe entdeckte, richtete es sich wie eine Klapperschlange auf dem eingerollten Schwanz auf. Vivienne rutschte in den äußersten Winkel ihres Betts zurück. Dort blieb sie hocken, während das Ding, den Blick starr auf Childe gerichtet, sich rückwärts ringelnd in ihre Vagina zurückzog. Seine rotglühenden Augen waren so haßerfüllt, daß Childe glaubte, gebissen zu werden. Dann war der Kopf in Viviennes Schlitz verschwunden. Ihre Schamlippen schlossen sich. Es war, als hätte es das Ding nie gegeben. Und wenn es mit rechten Dingen zuginge, hätte es auch nie dagewesen sein dürfen.

Childe streckte die Hand aus und schlug Bill ins Gesicht. Seine Wange lief rot an, aber das war die einzige Reaktion des Mannes. Er starrte immer noch stumm an die Decke. Der Atem bewegte seine Brust langsam auf und ab. Seine Erektion ließ allmählich nach.

»Es nützt nichts, es sei denn, ich gebe ihm ein Gegengift«, sagte Vivienne.

Ihr Gesicht hatte wieder Farbe angenommen. Sie lächelte sogar.

»Dann tun Sie es!« verlangte Childe.

»Sonst . . .?« fragte sie, ohne dabei höhnisch zu klingen.

»Sonst rufe ich die Bullen.«

»In dem Fall werden Sie es sein, den man wegschleppt«, meinte sie gelassen. »Ich werfe Ihnen Einbruch vor, Hausfriedensbruch, versuchte Vergewaltigung und Körperverletzung, wenn nicht sogar versuchten Mord an meinem Freund hier.«

Childe wunderte sich, wieso sie ihm nur eine versuchte und keine vollzogene Vergewaltigung anhängen wollte. Doch dann fiel ihm ein, daß ihr an einer ärztlichen Untersuchung nicht gelegen sein konnte.

»Sie haben recht. Meine Position ist ungünstig«, sagte er. »Aber Ihre ist es auch, denn großen Wirbel in der Öffentlichkeit können Sie sich bestimmt nicht leisten.«

Vivienne stieg aus dem Bett, streifte ihn mit ihrer weichen Hüfte und schlenderte zur Frisierkommode. Dort steckte sie sich eine Zigarette an und lud ihn ein, daran zu ziehen. Er schüttelte den Kopf.

»Wie wär's also mit einem beiderseitigen Waffenstillstand?« schlug sie vor.

»Nicht bevor Sie ihm das Gegengift verabreicht haben. Anderenfalls mache ich ein Mordsspektakel, egal, was es kostet.«

»Na schön.«

Vivienne öffnete eine Schublade. Childe baute sich hinter ihr auf, um darauf zu achten, daß sie keine Waffe hervorkramte. Aber sie nahm nur eine große Nähnadel, die in einem ausgehöhlten, dunkelroten Holzklötzchen lag, ging damit auf den Mann zu und pikste dessen Halsschlagader an. Dann kehrte sie zur Frisierkommode zurück. Als sie die Nadel wieder weggelegt hatte, rührten sich Bills Kopf und Beine. Ein paar Minuten später richtete er stöhnend den Oberkörper auf und setzte die Füße auf den Boden. Mit blöder Miene gaffte er Childe und die immer noch nackte Vivienne an.

»Waren Sie die ganze Zeit bei Bewußtsein?« wollte Childe wissen.

Bill nickte. Er stierte Vivienne an wie ein Mondkalb.

»Ich kann's nicht fassen«, stammelte er. »Was, zum Teufel, hast du mit mir angestellt, du perverses Weibsstück?«

Childe staunte nicht schlecht über seine relativ harmlose Reaktion. Aber dann wurde klar, daß Bill nichts von dem bemerkt haben konnte, was aus ihrem Schlitz gekrochen war. Er nahm wahrscheinlich an, daß sie ihm irgendeinen Gegenstand in den Hintern geschoben hatte.

»Deine Sachen liegen da vorn«, sagte Vivienne und deutete auf einen Sessel links vom Bett. »Zieh dich an und verschwinde!«

Bill stand auf und wankte auf unsicheren Beinen ums Bett herum. Während er sich mit ungeschickten Bewegungen anzog, sagte er: »Ich hetz' dir die Bullen auf den Hals, sobald ich hier raus bin. Setzt mich unter *Drogen*; und das *mir!* Zum Teufel noch mal, was hast du vorgehabt?«

»An Ihrer Stelle würde ich die Polizei aus dem Spiel lassen«, meinte Childe. »Sie haben mitgekriegt, was die Frau gesagt hat. Ihnen wird das ganze Strafregister in die Schuhe geschoben, und glauben Sie mir, die Frau hat einflußreiche Freunde. Außerdem schreckt sie auch nicht vor Mord zurück.«

Bill bekam Angst und beeilte sich beim Anziehen.

Vivienne schaute auf die Armbanduhr und sagte: »Beeil dich! Herald und ich haben noch ein paar wichtige Dinge zu besprechen.«

»Das glaub' ich euch zwei Perversen aufs Wort«, schnauzte Bill und warf ihnen wütende Blicke zu.

»Um Himmels willen!« rief Childe. »Ich hab' Ihnen das Leben gerettet.«

Er sah Vivienne an. Sie lehnte an der Frisierkommode, hatte ihr Gewicht auf ein Bein verlagert und stand mit leicht geknickter Hüfte da. Er haßte sie. Sie war zum Verrücktwerden schön, so begehrenswert. Und so kühl, fatal, so monströs in allen Bedeutungsvarianten dieses abgenutzten, mißbrauchten Wortes.

Bill war bis auf den Regenmantel und die Gummimanschetten angezogen. Die lagen wohl noch, nahm Childe an, in der Garderobe unten in dem Korridor.

»Bis dann«, brummte Bill und stolperte durch die Tür. »Ich bring' euch in den Knast, darauf könnt ihr wetten.«

Vivienne lachte. Childe war geneigt, mit Bill wegzugehen. Er kriegte langsam kalte Füße in der Höhle dieser unheimlichen Clique um Vivienne. Nun, die Entscheidung, der Frau zu folgen, hatte sich immerhin für Bill gelohnt. Aber der Kerl war so dumm, daß er nicht einmal bemerkte, wie knapp er seinem Schicksal entronnen war. Er verdiente es offenbar nicht, daß man für ihn Kopf und Kragen riskierte.

Vivienne wartete, bis unten die Haustür ins Schloß fiel. Dann schlenderte sie langsam mit rollenden Hüften auf Childe zu.

Childe wich zurück und riet: »Kommen Sie mir nicht zu nahe. Falls Sie mich verführen wollen, lassen Sie's lieber bleiben. Ich hab' nämlich wirklich keine Lust auf Sie.«

Sie lachte wieder und setzte sich auf die Bettkante. »Natürlich, ich verstehe. Aber was wollen Sie überhaupt? Wir haben Sie in Frieden gelassen, obwohl es uns jederzeit ein leichtes gewesen wäre, Ihnen den Garaus zu machen. Es wäre wohl auch richtiger gewesen, nach dem, was Sie uns eingebrockt haben.«

»Wären Sie ein Mensch, wüßten Sie, warum ich Ihnen nachstelle.«

»Ach, Sie sprechen offenbar den affigen Sinn für Neugier an. Ich will Ihnen sagen, wie man in Malaysia Affen fängt. Man legt einen Köder in einen Krug, dessen Öffnung so groß ist, daß eine Affenpfote reinpaßt, aber nicht mehr rauskommt, es sei denn, der Kleine läßt vom Köder ab. Natürlich hält er den Fraß fest, und so können ihn die Jäger leicht schnappen.«

»Ich weiß«, entgegnete Childe. »Der Vergleich ist nicht schlecht. Ich bin hier, weil ich Sie und Ihre Kumpane für das Verschwinden meiner Frau verantwortlich mache. Streiten Sie es ruhig ab. Aber es ändert nichts an meinem Verdacht, daß Sie Sybil um die Ecke gebracht haben. Zuzutrauen wär's Ihnen. Sie sind zu allem fähig, was unmenschlich und grausam ist.«

»Unmenschlich?« sagte sie lächelnd.

»Jawohl. Sie haben richtig gehört«, antwortete er. »Nun, wir sind jetzt allein im Haus, und außer Bill weiß niemand, daß ich hier bin. Er weiß nicht mal, wer ich bin, und wird auch nichts über mich verlauten lassen ... Vorausgesetzt natürlich, daß er sich vorher die absehbaren Folgen vor Augen führt, besonders die Möglichkeit, selbst in Verdacht zu geraten.«

»Verdacht? In welchen?« fragte Vivienne, ihre faszinierenden violetten Augen weit geöffnet. Bevor Childe antworten konnte, fügte sie hinzu: »Ich rechne auch nicht damit, daß er den Mund aufmacht.«

»Wovon reden Sie?« sagte Childe, obwohl er zu wissen glaubte, worauf sie anspielte.

Sie sah auf die Uhr und meinte: »Inzwischen wird er wohl an Herzversagen gestorben sein.«

Sie sah Childe an und lächelte wieder. »Wie blaß Sie sind, Sie Ärmster. Wie schockiert! Was haben Sie sich vorgestellt, Sie Unschuldsengel? Daß ich ihn laufen lasse, damit er der Polizei Geschichten über mich erzählt? Sicher, ich brauchte ihm nur ein Bein zu stellen, dann flöge er auf meine Anzeige hin ins Kittchen. Aber ich will öffentliches Aufsehen vermeiden. Herald Childe, wie konnten Sie bloß so naiv sein?«

Childe riß sich aus der eisigen Beklemmung, die ihn zu lähmen drohte, los und sprang mit gekrümmten Fingern auf Vivienne zu. Sie versuchte, über das Bett auf die andere Seite auszuweichen, doch er erwischte sie am Fußgelenk und zerrte sie über das Laken. Sie stemmte die Ferse gegen seine Schulter, konnte aber nicht verhindern, daß er mit drei Fingern in ihre feuchte Vagina einfuhr und darin herumfummelte. Ein feuriger Schmerz entflammte in seinen Fingerkuppen, und er wußte, daß er gebissen worden war. Dennoch bohrte er weiter, so tief er konnte.

Vivienne schrie, doch er hörte nicht auf zu wühlen, und trotz der scharfen Bisse gelang es ihm, den winzigen Kopf zu packen. Er war schlüpfrig und sträubte sich dagegen, aus seinem Bau gezerrt zu werden. Aber es half nichts. Sein Beißwerkzeug arbeitete, und die winzigen Zähne schimmerten im Licht, die Augen, wie zwei rote Juwelen ins bärtige Puppengesicht gepflanzt, funkelten wild.

Childe preßte die Schultern gegen die Schenkel der Frau, um ihre Tritte zu parieren. Sie streckte die Hand aus und riß an seinem Haar. Der Schmerz war so groß, daß er das Ding beinahe losgelassen hätte. Aber er ließ nicht locker und warf sich mit aller Wucht zurück. Der Schlangenleib flutschte aus ihrer Scheide, während das kleine Maul aufkreischte wie ein sterbendes Kaninchen.

Als Childe rücklings zu Boden ging, sah er, wie das

Schwanzende aus ihrem Schlitz rutschte. Auf eine so reibungslose Entbindung war er nicht gefaßt gewesen. Vielmehr hatte er damit gerechnet, daß das Ding irgendwo in einem Fleischknoten verankert war.

Und tatsächlich — vom Schwanzende hingen rote, blutige Fetzen herab. Vivienne krümmte sich neben Childe auf dem Boden und stöhnte.

Childe sprang auf und schleuderte das Ding weg. Der Anblick des schleimigen, muskulösen Leibes, des schleimverschmierten Kopfes mit dem widerwärtigen Gesicht war so entsetzlich, daß er glaubte, sich erbrechen zu müssen. Es flog übers Bett, schlug auf dem Boden auf und kroch in Deckung.

Vivienne hatte sich beruhigt. Ihre Haut war grau, und ihre Augen glichen weißen Kieselsteinen mit violetten Einsprengseln. »Sie haben's geschafft«, sagte sie. »Hoffentlich kriege ich es wieder zusammen.«

»Wie?«

Childe verstand nicht recht. Der Schmerz in seinen Fingern ließ zwar nach, aber dafür machte sich ein taubes Gefühl in seinem Arm und seiner Seite breit. Ein Schleier trübte seinen Blick. Viviennes weißer Körper, das kastanienbraune Dreieck zwischen ihren Beinen und die zerrissenen, sehnigen Fasern, die aus ihrer Scheide hingen — vor seinen Augen geriet alles in kreisende Bewegung.

»Das verstehen Sie nicht, Sie dummer Mensch.«

Childe sank auf die Knie und hockte sich hin, mit einem Arm abgestützt, der wie Butter weich zu werden drohte. Sein Blick war genau auf Viviennes Scham gerichtet; deshalb sah er, was passierte, obwohl ihm zunehmend die Sicht verschwamm.

Am Ansatz rings um ihr Schamhaar brach die Haut auf. Ihr Schlitz klaffte auseinander; es war, als würden unsichtbare Messer ans Werk gehen.

Risse tauchten an ihrer Taille, ihren Schenkeln, ihren Knien und an den Waden und Füßen auf.

Childe beugte sich vor, um deutlicher sehen zu können.

Auch an den Handgelenken, den Ellbogen, rings um die Brüste und den Hals waren Sprünge zu erkennen. Vivienne sah aus wie eine auf dem Boden zerschellte chinesische Porzellanpuppe.

Als er wieder nach unten blickte, hatte ihre Möse den Platz zwischen den Schenkeln verlassen. Sie wanderte mit eigenen Beinen, einer Vielzahl nadeldünner, mehrfach gegliederter Stelzen von fleischroter Färbung. Den Rücken bildeten der dunkelrote Pelz, der Schlitz und die Schamlippen. Die Unterseite bestand aus dem Schutzmantel des vaginalen Kanals. Der Uterus lief auf vielen winzigen Beinchen hinter der Vagina her, als wolle er sie einholen und sich wieder mit ihr vereinigen. Aus der freigewordenen Höhlung drangen weitere Organe heraus. Manche waren zu identifizieren. Der faltige Fleischwulst mußte der Eierstock samt Eileiter sein. Aber was, zum Teufel, ging da vor?

Die Risse an den Brustansätzen klafften nun rundum auf, die Brüste rutschten über den steilen Hang der Rippen und kugelten herab. Eine landete auf winzigen Beinen und trollte sich davon; aber die andere fiel auf den Rücken — beziehungsweise auf die Vorderseite — und strampelte mit dünnen Spinnenbeinchen in der Luft, bis sie schließlich auf die Füße kam.

Der Bauch war senkrecht und waagerecht aufgespalten — wie auch der obere Teil des Rumpfes. Die beiden Gesäßbacken schleppten sich als Ganzes weg. Ihre Beine wirkten zwar stabiler, drohten aber dennoch unter der Fleischeslast einzuknicken. Viel schneller waren die Hände, denen die Finger als Beine dienten; sie wieselten quer durchs Zimmer und verschwanden unterm Bett.

Auch der Kopf wanderte in Richtung Bett. Ihn stützten acht Zentimeter hohe, streichholzdünne Beine. Vier längere Glieder, die hinter den Ohren herausragten, dienten als Ausleger und verhinderten ein seitliches Wegkippen. Viviennes weit geöffnete Augen zwinkerten. Sie war sich über ihre Auflösung offenbar voll im klaren, schenkte Childe aber keinen Blick.

Ihm wurde übel. Doch das Würgen seines Magens blieb aus. Seine Eingeweide waren bis auf ein unbestimmtes Kitzeln taub.

Childe kippte um und kam nicht wieder hoch, so sehr er sich auch abmühte. Alle Anstrengungen endeten als bloßer Vorsatz, denn seine Muskeln blieben schlaff. Sie zitterten nicht einmal.

4. Kapitel

Als er den golfballgroßen Kopf hinter der Bettkante hervorlugen sah, erkannte Childe, was er angerichtet hatte. Durch sein rabiates Zerren war das Ding aus der Verankerung in Viviennes Unterleib gerissen worden — was auch ganz in seiner Absicht gelegen hatte. Doch er hatte nicht ahnen können, daß die Frau wie eine dieser mexikanischen Überraschungspuppen reagieren würde, die man zu Weihnachten aufhängte.

Das schlangenähnliche Ding entsprach der Schnur, die die Hülle sprengt, wenn man sie herauszieht, und alle im Inneren verstauten Geschenke freigibt. Der Vergleich hörte jedoch bei den wandernden Einzelteilen auf, die aus den Visionen des Hieronymus Bosch zu stammen schienen.

Das Ding glitt ringelnd und mit aufgerichtetem Vorderteil über den Boden. Der schleimige, ziegenbärtige Kopf mit den Haifischzähnen, der Krummsäbelnase und den Granataugen zielte direkt auf Childe. Die unsichtbaren Lippen des verzerrten Mauls erzeugten ein seltsames Pfeifen.

Childe lag hilflos auf der Seite, sein Blick war starr auf das näherkommende Ding gerichtet, dessen Absicht nur Unheil bedeuten konnte. Sein Biß war fatal. Das Gift hatte Bill zwar gelähmt, doch seine Sexualorgane intakt gelassen. Womöglich stand ihm, Childe, ähnliches bevor. Dann war ein Gegengift nötig, und das konnte ihm bloß Vivienne verabreichen, allerdings nur in komplettem Zustand.

Ein Klumpen ineinander verschlungener Därme überquerte den Boden und verstellte Childe den Blick auf das Schlangending. Dahinter folgte die Rückgratgegend, ein fleischiger Tausendfüßler, der in blindem Lauf mit einem Fuß zusammenprallte, der verkehrt herum, die Sohle zur Decke richtend, von zwanzig Beinchen getragen wurde. Fuß und Rückgrat kippten zur Seite, strampelten mit den Beinen und schafften es schließlich wieder, in Gang zu kommen.

Das Schlangending kroch näher. Childe fragte sich, über welche Bewegungsmittel es wohl verfügte, um dieses ringelnde Gleiten zu ermöglichen. Ob es tatsächlich ein ophidisches Skelett aufwies?

Childe war zu benommen, um sich über all das zu wundern, was vor seinen Augen geschah. Er nahm es als gegeben hin.

Die vielbeinige Möse kam angewackelt, gefolgt vom vielbeinigen Uterus. Das Tierchen mit dem behaarten Rücken stieß gegen seinen Bauch, wankte zurück, änderte die Richtung und streifte an der Brust entlang. Nach einem Ausweichmanöver am Kinn erreichte es Childes Mund, wo es stehenblieb. Er konnte es zwar nicht sehen, doch er spürte, wie es sich an seine Lippen lehnte. Die Haare kitzelten seine Nase und lösten einen Niesreiz aus. Ein dezenter Moschusduft ging von dem Pelztierchen aus. Unter anderen Umständen hätte Childe ihn sehr genossen.

Die Möse blieb dicht an seinen Mund gepreßt; es schien, als habe sie in ihrer blinden, stummen Welt einen vertrauten Platz gefunden. Der Uterus schmiegte sich an seinen Hals und rieb seine feuchte Haut an Childes Stoppeln.

Das Schlangending kam näher und verschwand hinter Childes Kopf. Er versuchte es im Auge zu behalten, konnte aber den Kopf nicht wenden. Statt dessen spürte er, wie es über seinen Nacken kroch. Er wollte schreien, mit übermenschlichem Kraftaufwand aus der erstarrten Haut fahren und aus dem Zimmer rennen. Das Ding kringelte sich auf seiner Wange zusammen und kitzelte mit den feuchten Barthaaren sein Ohrläppchen.

Die Stimme war winzig und blechern.

Unverständliche Worte drangen an sein Gehör. Die Sprache schien, wie er schon vorher bemerkt hatte, ein Gemisch aus Französisch und Spanisch zu sein. Sie war frei von Nasallauten und deutlich akzentuiert. Vielleicht eine archaische Mundart des Französischen.

Die winzige, blecherne Stimme schnarrte wütend. Die gegabelte Zunge stocherte in seinem Gehörgang.

Plötzlich wurde es still. Das Schlangending rührte sich nicht mehr. Das Pelztierchen huschte weg; der mobile Uterus setzte ihm nach. Viviennes Kopf tauchte unter dem Bett hervor und wankte langsam auf Childe zu. Die Zunge baumelte aus ihrem schlaffen Mund, helle Augen starrten ihn an.

Eine Armeslänge von seinem Gesicht entfernt blieb der Kopf stehen. Die Augen wanderten nach oben und wandten sich anscheinend dem Ding auf seiner Wange zu. Die Lippen kamen in Bewegung, gaben aber keinen Laut von sich — was nicht anders zu erwarten war; schließlich fehlte die Lunge, die für den Luftstrom sorgen konnte. Die beiden Lungenflügelzwillinge walzten wie kranke Dinosaurier auf ausgetrockneten Sümpfen der gegenüberliegenden Wand entgegen.

Childe fragte sich, ob das Schlangending womöglich Lippenlesen konnte. Vielleicht gab Vivienne ihm Instruktionen zur Einleitung der Wiedervereinigung.

Aber was war, wenn diese Wiedervereinigung fehlschlug? Wenn die Vereinzelung nicht rückgängig zu machen war? Was, so fragte sich Childe, weiß ich schon über sie und ihresgleichen? Einer war seltsamer als der andere; aber Vivienne war die seltsamste von allen. Sie paßte weder in die Kategorie Vampir/Werwolf noch Lamia/Gespenst. Vielleicht war es um sie in dem Moment geschehen, als er die Reißleine — also die Schlange — herausgezogen hatte. In diesem verstümmelten Zustand konnte sie unmöglich überleben. Die Einzelteile unterlagen, wie jedes Lebewesen, den Gesetzen der Natur, so unnatürlich sie auch scheinen mochten. Sie mußten essen und ausscheiden können.

Im Universum gibt es nichts, was unnatürlich wäre. Was unmöglich erscheint, ist nur noch nicht erklärt. Alles kann auf Naturgesetze zurückgeführt werden. Wenn man bestimmte Gesetze noch nicht kennt, bleibt einiges unerklärlich.

Das Schlangending glitt über Childes Augen zu Boden, kroch auf Viviennes Kopf zu und hob sein Vorderteil auf Blickhöhe. Es schwankte wie eine Kobra hin und her und verdrehte manchmal den Kopf. Die Kieferchen arbeiteten, das Gesicht war wutverzerrt. Nur wenn es seinen Kopf in Childes Richtung drehte, konnte er die dünne Stimme hören, die in der unbekannten Sprache schnarrte.

Das Ding verständigte sich mit Vivienne, vielleicht machte es auch nur den Versuch einer Verständigung. Jedenfalls wandte es kurze Zeit später den Kopf und kroch an eine Stelle unterhalb von Childes Kinn. Was es dort unternahm, blieb ihm vorerst ein Rätsel. Aber dann sah er es vor seinen Augen vorbeikriechen, den Uterus im Schlepp. Sein Schwanz steckte im Inneren des Organs, wo es offenbar wieder zu wurzeln beabsichtigte. Für eine Weile verschwand die Formation aus Childes Blickfeld. Dann tauchte sie wieder auf. Der Kopf des Schlangendings schubste die Vagina vor sich her, trieb sie in die gewünschte Richtung.

Als es die Vagina in Position gebracht hatte, kroch es von hinten durch sie hindurch und tauchte im Schlitz wieder auf. Die Vagina glitt, wie von Psi-Kräften getrieben, zurück und klinkte in den Uterus ein.

Was jetzt? dachte Childe, der sich nun zum ersten Mal wieder Sorgen um seine Person machen konnte. Anscheinend ließ die Wirkung des Giftes nach. Vielleicht hatte Vivienne die Sache mit dem Gegengift nur erfunden. Das Mittel, das sie Bill verabreicht hatte, war womöglich nur ein Beschleuniger gewesen. Gleichzeitig hatte sie ihm wohl das Herzgift eingeimpft — oder auch in diesem Punkt gelogen.

Childe versuchte, die Glieder zu bewegen. Vergeblich. Sein Denk- und Sehvermögen schien jedoch wiederhergestellt zu sein.

Die absolute Fremdartigkeit des Lebens um ihn herum machte immer mehr Eindruck auf ihn. Daß ein lebendiger Körper in seine Bestandteile zerfallen konnte, die als mobile Einzelwesen weiterexistierten, war zwar unvorstellbar, aber Wirklichkeit. Wie konnten die Teile so lang überleben? Das Blut zum Beispiel, das auf jedes separate Glied verteilt war, konnte nicht mehr fließen. Ein Klumpen aus Herz, Venen und Arterien war auf dreißig kümmerlichen Beinen unters Bett geflohen. Irgendwie hatte ihn Childe an ein kopfloses Huhn erinnert.

Wie schafften es die Teile, ohne Sauerstoffzufuhr, ohne die Möglichkeit der Ausscheidung, zu überleben? Da mußten rätselhafte Energie- und Abfuhrhilfen wirken. Anders ging es nicht.

Wie hatte Vivienne die ganzen Bruchstellen und Spalten, die ganzen Beinchen und wer weiß, was noch an Mechanismen im Spiel war — wie hatte sie all dies unauffällig in ihrem Körper unterbringen können? Dabei hatte sie nun wirklich nicht fett und knotig gewirkt, nein, im Gegenteil: Ihre Figur war vollendet, und ihr Gesicht, das nun auf einem Satz mickriger Stelzen stand und von vier am Ohr verwurzelten Auslegern gestützt wurde, war unverschämt hübsch.

Das Schlangending machte nun im Verbund mit Uterus und Vagina in der klar erkennbaren Absicht, sich mit ihnen zu vereinen, Jagd auf Anus und Gesäßbacken. Doch wie sollte es weitergehen? Der Wurm wurde mit jedem neu einverleibten Organ schwerfälliger und schien es nicht mehr zu schaffen, die anderen Teile einzufangen.

Auch Viviennes Kopf war, wie Childe beobachten konnte, sehr fleißig gewesen. Er hatte unter größter Anstrengung die beiden Schultern in einer Zimmerecke zusammengetrieben und jagte nun verschiedenen Eingeweiden hinterher. Derweil kuppelte das Schlangending die Gesäßbacken und den Anus mit dem Rest seiner Gefolgschaft zusammen, wie eine Lok mit einzelnen Waggons verfährt.

In diesem Moment spürte Childe leichte Erschütterungen auf dem Boden. Zwei Sekunden später marschierten zwei große Schuhe an seinem Kopf vorbei. Bald darauf erkannte er den Chauffeur. Er war ein großer Mann mit der dunklen Haut eines sonnenverbrannten Sizilianers, obwohl sein Aussehen einen keltischen Einschlag verriet. Seine Wangenknochen traten wuchtig aus dem breiten Gesicht hervor; seine Stirn war hoch, das dunkle Haar glatt. Das Schauspiel in diesem Zimmer schien ihn nicht im geringsten zu beeindrucken.

Mit schnellen, geschickten Handgriffen setzte er Vivienne Mabcrough wieder zusammen. Die Einzelteile wurden aneinandergefügt oder ineinander verschachtelt, und bald lag sie komplett auf dem Boden ausgestreckt. Nähte und Spalten verschwanden, Aushöhlungen füllten sich. Als ihre Haut ihren Körper wieder makellos umhüllte, schlug der Mann mit der Faust auf Viviennes Brustbein. Sie schnappte nach Luft, atmete eine Weile tief durch und setzte sich schließlich aufrecht hin. Sie schien zwar noch etwas benommen zu sein, wies die helfende Hand des Chauffeurs aber zurück.

Der Kopf des Schlangendings lugte aus ihrem Schlitz hervor und musterte den Mann mit wütendem Blick.

»Barton«, sagte Vivienne, »wirf den Kerl aufs Bett und zieh ihn aus!«

Barton nahm Childe wortlos auf die Arme und legte ihn behutsam auf die Laken. Dann zog er ihm ein Kleidungsstück nach dem anderen aus und hängte jedes einzelne sorgfältig in den Schrank. Schuhe und Socken schob er unter einen Sessel. Childe konnte den ganzen Vorgang mitverfolgen, weil er inzwischen den Kopf drehen konnte. Sprechen konnte er jedoch immer noch nicht.

»Du kannst gehen, Barton«, sagte Vivienne.

Der große, dunkle Mann warf Childe einen mitleidlosen Blick zu, sagte: »Sehr wohl, Madam«, und zog sich zurück.

Childe fragte sich, welche Rolle wohl Barton in Viviennes Gruppe spielte. Er mußte an Glam denken, den riesenhaften Chauffeur Baron Igescus. Trotz seiner ungewöhnlichen Größe war Glam allem Anschein nach ein menschliches Wesen oder zumindest menschlicher Herkunft gewesen. Er hatte sich dummerweise in Magda Holyani verliebt. Da sie, die Werpython, seine Liebe nicht erwidert hatte, hatte Glam sie kurzerhand zu vergewaltigen versucht. Das Ergebnis: Sie hatte ihm fast alle Knochen gebrochen und seinen Körper wie eine Zitrone ausgequetscht.

Wenn Barton gleichfalls von Menschen abstammte, mußte man ihn zu den übelsten Kollaborateuren der Geschichten zählen, zumal die Geschichte weder von der realen noch möglichen Existenz dieser Unwesen keinerlei Kenntnis nahm.

Vivienne beugte sich über Childe und ließ ihre Brust wenige Zentimeter über seinem Mund schweben.

»Du hast mich frustriert, mein schöner Herald Childe, und das mag ich nicht«, sagte sie. »Du hättest mir Bill nicht wegnehmen dürfen. Er war zwar dumm wie Bohnenstroh, aber er hatte einen schönen langen Schwanz. Deshalb wirst du mir Ersatz leisten, obwohl du nun eigentlich tabu für mich bist.«

Childe wollte fragen, was sie mit ›tabu‹ meinte, aber er konnte den Mund nicht öffnen.

Vivienne küßte ihn. Sie schob ihre Zunge in seinen Mund und berührte seine Zähne und seinen Gaumen, während sie gleichzeitig mit einer Hand an seinem Glied spielte. Childe reagierte unwillkürlich; er spürte — soweit er etwas spüren konnte — ein Prickeln in seinem Schwanz, der wärmer wurde und anschwoll.

Vivienne rückte nach vorn und schob ihm eine Brustwarze in den Mund. Selbst wenn es ihm möglich gewesen wäre, daran zu saugen, hätte er es nicht getan. Sie war zwar die schönste Frau, die er je gesehen hatte, aber inzwischen war sie weit davon entfernt, auch die begehrenswerteste zu sein. Mit Mörderinnen wollte Childe nichts zu tun haben, und das in ihrem Leib zusammengerollte Ding widerte ihn an. Sein Anus verkrampfte sich, wenn er nur daran dachte.

Obwohl er nicht an ihr saugte, wurde die Brustwarze in seinem Mund groß und hart. Vivienne schob die andere zwischen seine Lippen, und auch die schwoll an. Dann küßte sie seine Brust und streichelte sein Gesicht mit den Fingern. Langsam fuhr sie mit der Zunge kreuz und quer über seinen Bauch und malte geometrische Muster auf die Haut.

Als sie den Ansatz seines Schamhaars erreichte, fuhr sie an seinem Rand entlang und arbeitete sich leckend weiter, bis alles naß war. Childes Penis hatte an Umfang und Länge zugelegt. Trotz größter Willensanstrengung konnte er nicht dagegen aufbegehren. Wahrscheinlich gehörte es mit zur Wirkung des lähmenden Bisses. Er haßte diese Frau. Er wollte schreien, wenn er an das Schlangending dachte. Doch Haß und Schrecken blieben stumpf. Die Lust, die ihre Zunge und ihre Lippen weckten, war sehr viel eindringlicher.

Als ihr Mund sich über seinen Hoden schloß, flutete eine heiße Woge von seinem Bauchnabel an abwärts, sie brandete gegen seine Schwanzwurzel und stieg durch den Schaft, der nun prall aufragte, nach oben.

Nach einer Weile schob sie seine Hoden mit der Zunge aus ihrem Mund und stülpte ihre feuchten Lippen sanft über seine Eichel. Ihre kreisende Zunge entlockte seinem Innersten ein dumpfes Stöhnen, und er konnte dem Verlangen nicht widerstehen, die Hüften zu heben, um seinen Schaft tiefer in ihren Mund zu stoßen. Doch das Verlangen war sinnlos; seine Hüften blieben bewegungslos.

Vivienne saugte weiter an seiner Eichel. Manchmal senkte sie den Kopf und rutschte mit den Lippen der Länge nach über seinen Schaft dahin. Die Wärme in seinen Leisten wurde zu einer Feuersäule, die sich zwischen Steißbein und Schwanzspitze legte. Der zähe, graue Saft passierte erregte Nervenenden und drängte zum Ausgang.

Plötzlich stand Vivienne auf, drehte sich um und präsentierte Childe ihren herrlichen Rücken und die eierförmigen Gesäßbacken. In gehockter Stellung langte sie mit zarter Hand nach seinem Schaft, führte ihn an ihren Anus heran und senkte sich langsam herab. Seine Eichel blieb eine Weile in der engen Öffnung stecken, glitt aber dann mühelos in den warmen, schlüpfrigen Kanal hinein, bis Viviennes Hintern sein Schamhaar berührte.

Langsam ruckte sie mehrmals auf und ab und brachte ihn damit in Ekstase. Viel mehr brauchte sie nicht, um ihn kommen zu lassen. Eigentlich lehnte Childe diese Spielart ab. Einigen Frauen zuliebe hatte er sich gelegentlich trotz der Abscheu, die er dabei empfand, darauf eingelassen. Auch jetzt meldete sich Ekel am Rande seines Bewußtseins, doch er kam gegen die Lust nicht zur Geltung.

Vivienne verharrte in einer Aufwärtsbewegung und ließ seinen Schwanz zur Hälfte stecken.

Childe wußte genau, was ihm bevorstand. Er knirschte mit den Zähnen. Trotzdem konnte der Schrecken nichts von dem in seinem Penis aufgestauten Blut abziehen.

Er spürte plötzlich, wie etwas über seine Hoden glitt. Es mußte der winzige, bärtige Kopf des Schlangenwesens sein. Er kroch weiter nach unten, berührte seinen Anus und zwängte sich durch die Rosette in seinen Darm. Childe kannte das widerliche Gefühl von Prostatauntersuchungen her, wenn einem der harte Finger des Arztes in den Hintern fuhr. Doch das abstoßende Gefühl wurde kurz darauf durch ein Gefühl von Wärme und Entspannung ersetzt. Vielleicht hatte ihn das bissige Ding mit einer Substanz geimpft, die diesen Wandel bewirkte.

Ein paar Sekunden später setzte Vivienne ihren Ritt fort.

Childe spürte auch, wie der Schlangenleib hin und her glitt in unabhängiger Bewegung. Sie war so schnell, daß der sehr viel langsamere Rhythmus der Frau nicht mit ihr in Zusammenhang stehen konnte.

Die Wärme und Entspanntheit in Rektum und Unterleib wich schließlich einem Gefühl heißer Wollust. Seine Eingeweide schienen sich, ebenso wie sein Penis, verströmen zu wollen. Die Erregungskurven beider Zonen verhielten sich zueinander wie phasenverschobene Sinuswellen. Als Vivienne ihren Rhythmus beschleunigte, doch das Schlangending sich in unveränderter Frequenz weiterbewegte, kamen die Wellen langsam zur Deckung.

Der Moment der Verzückung war da: Ein roter Blitz durchkreuzte Childes Blickfeld; ein heißer Bohrer stieß durch sein Gehirnzentrum. Er explodierte. Ihm war, als würde sein Innerstes nach außen in ein fünfdimensionales Kontinuum gekehrt. Er fühlte sich wie ein Fingerhandschuh, von der Hand gestreift und umgestülpt.

Vivienne blieb sitzen. Sie drehte sich um die Achse seines Schwanzes und sah ihn an. Mit der Kehrtwendung zog sie das Schlangending mit sich, das seinen Anus verließ und in ihre Scheide zurückglitt. Kopf und Leib waren verschmiert, und aus dem winzigen Maul triefte eine dicke graue Flüssigkeit. Als sie versiegte, fuhr sich das Ding mit der gespaltenen Zunge durch das Gesicht, um sich zu putzen. Kurze Zeit später sah das bärtige Frätzchen wie frisch geduscht aus.

Obwohl sein Blick weniger heimtückischer war als zuvor, schaute es immer noch recht gefährlich drein.

Childe war froh, das Ding verschwinden zu sehen, aber vorher mußte er noch miterleben, wie es über Viviennes Körper nach oben glitt und mit seinem dünnen Maul ihre Unterlippe küßte.

Kaum hatte sich das Ding in ihre Möse verzogen, stand Vivienne auf und ließ Childes Penis aus ihrem Hintern flutschen. Sie gab Childe einen Kuß und hauchte: »Ich liebe dich.«

Er konnte zwar nicht antworten, aber er dachte: Liebe? Am liebsten hätte er sich übergeben.

In dem Moment kamen drei Männer ins Zimmer. Einer von ihnen trug einen Stock, aus dem er einen Degen mit dünner Klinge hervorzog. Er drückte die Spitze in Viviennes Nacken.

Erbleichend sah sie sich um und sagte: »Warum brecht ihr den Waffenstillstand?«

5. Kapitel

Forest J (ohne Punkt) Ackerman, der sich im Gebüsch versteckt hielt, wurde immer nasser. Und immer wütender.

Vor drei Tagen war ihm mit der Post ein großes, flaches Paket aus England zugeschickt worden, das ein Originalgemälde von Bram Stoker enthielt. Es stellte den Grafen Dracula dar, der gerade einer jungen Blondine das Blut aus dem Hals saugte. Es hat etliche Darstellungen zu diesem Thema gegeben. Illustrationen zu diversen Dracula-Ausgaben zeigen den Grafen, wie er sich über eine schlafende Schönheit beugt. Unzählige Reklame- und Szenenfotos verschiedener Draculafilme haben ähnliches vor Augen geführt.

Dieses Gemälde war jedoch das einzige, das der Autor des Buches *Dracula* selbst geschaffen hatte. Von seiner Existenz war bis vor wenigen Monaten noch nichts bekannt gewesen. Aber dann hatte man in einem Dubliner Wohnhaus, das einem Freund Stokers gehört hatte, Dutzende von Ölbildern und Federzeichnungen gefunden. Der jetzige Besitzer des Hauses hatte die Entdeckung in einem verbretterten Wandschrank auf dem Speicher gemacht. Da er nicht gewußt hatte, wie hoch der Wert der Gemälde und Zeichnungen war, hatte er sie in dem Glauben, ein gutes Geschäft gemacht zu haben, für ein paar Pfund an einen Kunsthändler verkauft.

Der Kunsthändler hatte Handschriftenexperten zu Rate gezogen, die die Signatur der Werke als die Bram Stokers identifiziert hatten. Als Forry Ackerman von der Geschichte gehört hatte, hatte er ein Telegramm an den Dubliner Kunsthändler geschickt und jeden Preis für das besagte Gemälde geboten. Er hatte den Zuschlag bekommen und war zur Bank gegangen, um ein größeres Darlehen aufzunehmen. Dann hatte er ungeduldig auf die Ankunft des Bildes gewartet und konnte von nichts anderem mehr reden.

Als er das Paket auspackte, war er nicht enttäuscht. Zugegeben, Stoker konnte Künstler wie St. John, Bok, Finley oder Paul nicht das Wasser reichen. Aber sein Werk offenbarte tatsächlich jene derbe Kraft, die von Sachverständigen lobend hervorgehoben wurde. Stoker zählte zwar zu den primitiven Künstlern, war aber fraglos ausdrucksstärker als der Durchschnitt. Forry freute sich über den künstlerischen Wert des Werkes, obwohl er keine Ahnung von den Kriterien hatte, mit denen man ›gute Kunst‹ bewertete. Er wollte auch nichts davon wissen. Er verließ sich auf seinen eigenen Geschmack, und Stokers Gemälde gefiel ihm.

Auch wenn es weniger ausdrucksstark, derb und kraftvoll gewesen wäre, hätte Forry den Gefallen daran nicht verloren. Er besaß das *einzige Originalgemälde* von Dracula, gemalt vom Autor des Buches *Dracula*, und das konnte kein anderer von sich behaupten.

Das jedenfalls hatte er noch bis vor kurzem geglaubt.

Er war an diesem Abend zu seinem Haus am Sherbourne Drive 800 zurückgekehrt. Es hatte wie eh und je geregnet, und das Wasser plätscherte über die Einfahrt auf die Straße, wo der Pegel noch nicht ganz die Bordsteinkante erreichte. Es war kurz nach eins gewesen. Er war von einer Party bei Wendy gekommen und mußte noch an der Herausgabe eines Comic-Magazins arbeiten. Forry redigierte *Vampirella* und ein paar andere Horrormagazine, deren knapp bemessene Termine einzuhalten waren. Das Manuskript der neuesten *Vampirella*-Ausgabe mußte am Morgen per Eilboten an den Verleger in New York geschickt werden.

Er hatte die Haustür aufgeschlossen und trat in den Flur, der gewaltige Dimensionen aufwies und mit Umschlag-Originalen für Science-Fiction- und Fantasy-Romane dekoriert war, aber auch Auftragsarbeiten und Standfotos zu verschiedenen Horror- und Science-Fiction-Filmen. Hier hingen auch Fotos, die Lon Chaney als Wolfsmenschen, Boris Karloff als Boris Karloff und Bela Lugosi als Dracula zeigten. Jedes dieser Fotos war signiert und trug eine Widmung: Für ›Forry‹, mit herzlichen Grüßen und besten Wünschen ... An den Wänden hingen Masken und Attrappen, die unter anderem Frankensteins Ungeheuer, den Schrecken vom Amazonas, King Kong und weiterer Satansbraten darstellten. Die Bücherregale reichten vom Boden bis zur Decke und waren vollgestopft mit Werken von Science-Fiction-Autoren, Schauerromanen und einigen Bänden über exotische Sexualpraktiken.

Man mußte Forrys Haus kennen, um es sich vorstellen zu können. Jeder freie Winkel war mit Werken zugestellt, die zusammen auf über eine Million Dollar geschätzt wurden. Zum Wohnen blieb kein Platz; deshalb war er zu Wendy gezogen und benutzte sein Haus als Arbeitsplatz und Privatmuseum. Mit Schrecken dachte er daran, daß all dies eines Tages enden könne — das Ende seiner Freuden, das Ende des glücklichen Lebens, das er in einer wirklich gewordenen Traumwelt führte. Dann würde sein Privatmuseum der Öffentlichkeit zugänglich gemacht und von dem großen Ray Bradbury treuhänderisch verwaltet werden. Dann würden Menschen aus allen Teilen der Welt zusammenkommen, um seine Sammlung zu bewundern, seltene Bücher aufzustöbern oder in Gemälden, Manuskripten und Briefen zu recherchieren. Forry spielte mit dem Gedanken, seine Asche in eine Bronzebüste Karloffs als Frankenstein-Monster zu füllen und auf einen Sockel mitten in den Raum stellen zu lassen. Auf diese Weise konnte er zumindest körperlich gegenwärtig bleiben, denn an ein geistiges Fortdauern nach dem Tod glaubte er nicht.

Leider erlaubte das kalifornische Gesetz eine solche Beisetzung nicht. Die Lobby der Bestatter und Friedhofsbesitzer hatte darauf geachtet, daß man die entsprechenden Gesetze in ihrem Sinne verabschiedet hatte. Menschliche Asche mußte selbst dann auf einem Friedhof beigesetzt werden, wenn der Letzte Wille anders disponiert hatte. Zwar konnte man seine Asche ins Meer streuen lassen, aber nur von einem Flugzeug aus, und aus angemessener Höhe und Entfernung. Und auch dafür war eine Sondergenehmigung nötig. Die Lobby hatte sich erfolgreich gegen die Möglichkeit einer kostengünstigen Massenbeisetzung auf See zur Wehr gesetzt und die Verordnung durchgeboxt, daß jeweils nur die Asche eines Verblichenen beigesetzt werden durfte. So mußten die Trauernden ihren Tribut an die Friedhofsgeier und die Priester der Anubis entrichten.

Forry hatte Mühe, seine Wut im Zaum zu halten, wenn er an die geldgierigen, seelenlosen Beutelschneider dachte. Er überlegte, ob man seine Asche nicht einfach illegal in die Büste stopfen konnte. Warum nicht? Freunde würden ihm den Gefallen tun. Manche von ihnen waren recht lockere Vögel, die eine kleine Rechtswidrigkeit nicht so ernst nahmen.

Während Forry, im Korridor stehend, den Regenmantel auszog, warf er einen Blick auf seine Schätze. Da hing J. Allen St. Johns Gemälde von Circe und den in Schweine verwandelten Kumpels von Odysseus. Und dort das Prunkstück seiner Sammlung ... Ja, wo denn?

Der Stoker war weg!

Er hatte an einem Platz gegenüber der Tür gehangen, im Blickfang jeder eintretenden Person. Um den besten Platz für Dracula zu sichern, hatte er zwei Gemälde umgehängt, was gar nicht so leicht gewesen war, da es im ganzen Haus keinen freien Quadratzentimeter Wand mehr gab.

Und genau dort prangte jetzt ein leerer Fleck.

Forry durchquerte den Flur und setzte sich hin. Sein Herz klopfte nur einen Takt schneller. Der Schrittmacher war nicht in Ordnung. Er funktionierte nur innerhalb einer bestimmten Frequenzbreite. Deshalb mußte Forry beim Treppensteigen vorsichtig sein und durfte auf keinen Fall laufen. Auch Aufregungen waren zu vermeiden. Und nun, wo ein kräftiges Herzklopfen angebracht gewesen wäre, zitterte er vor Erregung.

Er dachte daran, die Polizei zu rufen, was er schon mehrere Male getan hatte. Seine Sammlung wurde von manchen Dieben begehrt — von Science Fiction- und Horror-Fans, die in ihrer Gier nach Büchern, Gemälden, Filmen, Manuskripten, Masken und Fotos alle Tugenden über Bord warfen. Tausende von Dollars hatte Forry schon durch Diebstahl verloren, und das war schlimm genug. Doch viel schlimmer schmerzte ihn die Tatsache, daß einige der verlorenen Werke unersetzlich waren. Er faßte es nicht, daß ihm jemand ein solches Übel antun konnte — ihm, der die Welt doch so sehr liebte, daß heißt die Menschen; auf die Natur gab er nichts.

Statt gleich die Polizei einzuschalten, entschloß Forry sich, zuerst einmal bei den Dummocks vorbeizuschauen. Das junge Paar war anstelle der früheren Hausmeister, dem Ehepaar Ward, eingezogen. Lorenzo und Hulia Dummock waren erst kurz zuvor (und wie schon oft) ohne Geld auf der Straße gelandet und hatten bei Forry Unterkunft gefunden. Sie hielten das Haus in Schuß und halfen gelegentlich aus, wenn er eine Party gab. Außerdem sollten sie Diebe abschrecken, da Forry selbst nicht mehr im Haus wohnte.

Er ging nach oben und klopfte ein paarmal, ohne Antwort zu bekommen. Das Schlafzimmer war der einzige Raum im Haus, den Gäste beziehen konnten. Da standen ein Bett, eine Kommode und ein Schrank: Möbel, die von den Dummocks in Beschlag genommen wurden. Kleidungsstücke lagen verstreut auf Bett und Boden, auf der Kommode und den Büchern, die sich in einer Ecke stapelten. Das Bett war seit Tagen nicht gemacht worden.

Die Dummocks waren nicht da, und Forry zweifelte, daß sie irgendwo im Haus steckten. Wahrscheinlich verbrachten sie die Nacht außerhalb, was sie recht oft taten. Woher sie das Geld zum Ausgehen hatten, war ihm schleierhaft. Hulia ging zwar arbeiten, aber auch nur dann, wenn sie zufällig mal keinen Asthmaanfall hatte. Lorenzo schrieb Geschichten, aber er hatte bisher nur ein paar von seinen extremen Pornostories verkaufen können. Forry nahm an, daß die beiden sich bei einem ihrer Gönner zum Schnorren aufhielten. Das ärgerte ihn. Immerhin gab er ihnen Unterkunft und Brot und beanspruchte als kleine Gegenleistung nur, daß sie nachts das Haus hüteten. Nicht mehr und nicht weniger. Sobald er aber davon anfing, reagierten sie jedesmal mit Schmäh und beschuldigten ihn der Ausbeutung.

Er durchsuchte das Haus, warf den Regenmantel über und ging zur Garage hinaus. Aber da war der Stoker auch nicht.

Fünf Minuten später klingelte das Telefon. Die flüsternde Stimme war nicht zu erkennen, obwohl sich der Anrufer mit dem Namen eines Freundes und Mitglieds der Graf-Dracula-Gesellschaft meldete: Rupert Vlad. Da Forry alle Gespräche über seinen Auftragsdienst entgegennahm, konnte er entscheiden, ob er sich melden wollte oder nicht. Die Stimme war ihm zwar unbekannt, aber sie war aufgrund der Namensnennung durchgestellt worden.

»Forry, ich bin nicht Vlad. Schätze, das haben Sie erraten.«

»Stimmt«, sagte Forry leise. »Wer spricht?«

»Ein Freund. Sie kennen mich, aber ich sage Ihnen besser nicht, wer ich bin. Ich bin in der Lord-Ruthven-Liga, aber auch in der Graf-Dracula-Gesellschaft. Mir steht zwar nicht der Sinn nach Scherereien, aber ich will Ihnen trotzdem was mitteilen. Mir ist bekannt, daß Sie das Dracula-Bild von Stoker bekommen sollen. Ich hatte vor, bei Gelegenheit bei Ihnen vorbeizuschauen, um es mir anzusehen. Aber heute war ich auf einer Ligaversammlung ... und da hab' ich es schon gesehen.«

»Was haben Sie?« schrillte Forry, der nur selten die Fassung verlor.

»Ja, ich habe das Bild gesehen. Es hing an der Wand von ... Auweia.«

»Verflucht, Mann, reden Sie! Ich habe ein Recht darauf!«

Eine Weile blieb es stumm in der Leitung.

»Nun, ich will niemanden in die Pfanne hauen. Er ...«

»Er ist ein Dieb!« schrie Forry. »Ein gemeiner Dieb! Sie hauen niemanden in die Pfanne. Wenn Sie den Namen nennen, gereicht's dem öffentlichen Wohl ... von dem meinen ganz zu schweigen.«

Selbst im Zorn konnte sich Forry seinen Zynismus nicht verkneifen.

»Tja ... ähm ... Sie haben ja recht. Ich sag's Ihnen. Gehen Sie doch mal ins Haus von Woolston Heepish. Sie werden schon sehen, wovon ich spreche.«

»Woolston Heepish!« stöhnte Forry. »Oh, nein!«

»Doch, doch. Wenn ich richtig informiert bin, geht der Kerl Ihnen wohl schon seit Jahren auf die Nerven. Sie tun mir leid, Ackerman. Aber ich muß sagen, Heepish hat eine hervorragende Sammlung. Kein Wunder, wo er doch manches von Ihnen hat.«

»Ich hab' ihm nie was gegeben!«

»Nein. Aber er hat sich einiges genommen. Machen Sie's gut, Ackerman!«

6. Kapitel

Fünfzehn Minuten später stand Forry vor Heepishs Haus, das nur zwei Parallelstraßen entfernt lag. In der verregneten Nacht sah es wie eine exakte Kopie der Ackermanschen Villa aus. Es war die kalifornische Version eines spanischen Bungalows mit grün abgesetzter Stukkatur. Die Auffahrt war, von der Straße aus gesehen, links, und wenn man um die gemauerte Verlängerung der Frontseite herumging, sah man einen großen Baum, der im Innenhof wuchs. Er neigte sich in einem fünfundvierzig Grad steilen Winkel gegen das Haus und legte seine Zweige wie eine Riesenhand über einen Teil des Ziegeldachs. Am Ende der Auffahrt stand eine Garage, vor der die gewaltige Holzschablone eines Filmmonsters aufgebaut war.

Rechts führte ein Weg an eine überdachte Holztür, die mit diversen Schildern zugeklebt war: RAUCHEN VERBOTEN. VOR DEM EINTRETEN SCHUHE UND VERSTAND ABSTREIFEN. HEEPISH HAT SIE IM VISIER. (Jeder Besucher wurde, bevor man ihm Eintritt gewährte, per Videokamera inspiziert.) HIER WIRD ESPERANTO UND VOLAPUK GESPROCHEN. (Darüber ärgerte Forry sich besonders. Es war seit langem begeisterter Esperantist. Heepish eiferte ihm darin nicht nur nach, sondern versuchte, ihn auszustechen, indem er Volapuk dazugelernt hatte, den schärfsten Rivalen des Esperanto.)

Forry blieb eine Weile vor der Tür stehen. Ein Finger lag druckbereit auf dem Klingelknopf. Die Wolken kippten immer noch ihre Kübel aus. Ringsum platschte das Wasser, rauschte durch die Traufen und überspülte den Innenhof. Aus dem Oberlicht in der Tür schimmerte es gespenstisch grün. Der Szene fehlten nur noch Blitz und Donner, sich quietschend öffnende Türen und ein langer, bleicher Mann mit roten Lippen, scharfen Konturen, schwarzen, an den Kopf geklatschten Haaren und einer tiefen Stimme mit ungarischem Akzent, der einen guten Abend wünschte.

Durch die Fenster drang kein Licht nach draußen. Sie waren allesamt entweder verhangen, zugebrettert oder von Bücherschränken verstellt. Forry hatte das Haus noch nie von innen gesehen. Nach dem, was er zu hören kriegte, mußte es genauso eingerichtet sein wie das seine.

Er nahm den Finger von der Klingel und beschloß, die Lage auszukundschaften. Wenn er einfach ins Haus platzte und sein Bild verlangte und dann möglicherweise erfuhr, daß sein Informant ihn reingelegt hatte, würde er wie ein Esel dastehen. Es wäre nicht das erste Mal, daß man ihn durch falsche Behauptungen in eine peinliche Situation brachte.

Er ging ums Haus und wieder zurück. Irgendwo hoffte er, Zugang zu einer Kammer oder einem Vorratsraum zur Küche zu finden. In seinem Haus waren auch diese Winkel mit Büchern und Magazinen vollgestopft. Seine vollständige Sammlung der *Doc Savage*-Magazine lag direkt hinter der Küchentür aufgestapelt.

Die Vorhänge waren dicht zugezogen. Forry legte ein Ohr an die Türverglasung, konnte aber nichts hören. Nach einer Weile kehrte er zur Vorderseite zurück. In der Auffahrt parkten zwei Autos; auf der Straße standen weitere Fahrzeuge. Allem Anschein nach hatte Heepish Besuch. Forry überlegte, ob es nicht besser sei, nach Hause zu gehen und von dort aus anzurufen.

Schließlich faßte er den Entschluß, Heepish direkt gegenüberzutreten. Dann hatte sein Rivale keine Gelegenheit mehr, das Bild zu verstecken oder den Klau abzustreiten.

Trotz seiner Entschlossenheit brachte Forry es nicht fertig, den Klingelknopf zu drücken. Er verkroch sich in die Büsche vor dem Haus. Der Regen fiel, und das Wasser lief in Strömen von den Zweigen auf ihn herab. Die Konfrontation würde schrecklich peinlich werden. Für beide. Mehr für Forry als für Heepish. Der Kerl war unerschütterlich wie ein Betonklotz.

Ein vorbeifahrendes Auto warf für einen Augenblick sein vom Regen durchkreuztes Scheinwerferlicht auf Forry. Blinzelnd trat er aus dem Versteck hervor. Warum länger warten? Heepish würde nicht herauskommen und ihn hineinbitten.

Er drückte den Klingelknopf — die Nase eines auf die Tür gemalten Scheusals. Drinnen war ein lautes Glockenläuten zu hören, dann folgten ein paar Orgeltakte aus *Gloomy Sunday*.

In der Tür war ein Guckloch, das jedoch inzwischen überflüssig war. Sobald jemand die Klingel drückte, schaltete sich eine Videokamera ein, die hinter dem linken, verspiegelten Seitenfenster hing.

Aus der an die Tür genagelten Frankensteinmaske tönte eine Stimme: »Mir verschlägt es den Atem! Forrest J (ohne Punkt) Ackerman! Ein dreifach herzliches Willkommen!«

Die Tür schwang laut knarrend auf, als lagere sie auf rostigen Scharnieren. Den Effekt besorgte ein mit der Tür synchronisiertes Tonbandgerät.

Woolston Heepish begrüßte Forry persönlich. Er war einsachtzig groß, schwergewichtig, sah weichlich aus und quetschte ein dickes Doppelkinn. Sein Walroßschnauzbart schimmerte bronzefarben; sein Haar war dunkelrot, glatt und fettig. Hinter seiner randlosen, quadratischen Brille blinkten graue Augen. Er hielt sich vornübergebeugt, als hätte er Zeit seines Lebens am Schreibtisch verbracht und Bücher gelesen. Oder unter einem tropfenden Busch gestanden, dachte Forry.

»Kommen Sie rein!« sagte Heepish höflich. Forry ließ sich die Hand schütteln, obwohl er die ausgestreckte Rechte Heepishs lieber ignoriert hätte. Aber schließlich war Heepishs Schuld noch nicht erwiesen.

Dann versteifte er sich plötzlich und ließ Heepishs Hand fallen.

Über der Schulter des Mannes sah er das Gemälde. Es hing genau an der Stelle, an der es auch in seinem Haus gehangen hatte. Dracula, wie er die langen Eckzähne in den Hals des blonden Mädchens bohrte!

Forry wurde so wütend, daß ihm für eine Weile die Sinne zu schwinden drohten.

Heepish nahm seinen Arm und führte ihn zum Sofa. »Es scheint Ihnen gar nicht gut zu gehen«, sagte er. »Oder habe ich eine so umwerfende Wirkung auf Sie?«

Es waren fünf weitere Personen im Zimmer anwesend; sie versammelten sich alle um das Sofa, auf dem Forry Platz nahm. Sie sahen schmuck und schön aus und trugen die teuersten, modischsten Sachen.

»Mein Gemälde!« stöhnte Forry. »Mein Stoker!«

Heepish blickte auf, faltete die Hände über der Wampe und baute mit den Zeigefingern einen Kirchturm. Unter dem Walroßschnauzer war ein Lächeln zu erkennen.

»Es gefällt Ihnen? Das freut mich. Ein wunderbares Sammlerstück.«

Forry schluckte und wollte aufstehen. Eine Besucherin, die aus Mexiko zu stammen schien, stieß ihn sanft aufs Polster zurück.

»Sie müssen sich entspannen. Ihr Gesicht ist ganz blaß. Was machen Sie auch bei solchem Wetter draußen auf der Straße? Sie sind ja ganz durchnäßt. Bleiben Sie hier. Ich besorge Ihnen eine Tasse Kaffee.«

»Ich will keinen Kaffee«, entgegnete Forry. Er versuchte erneut aufzustehen, aber ihm war zu schwindelig. »Ich will mein Bild zurückhaben.«

Die Frau brachte ein Tablett mit dampfendem Kaffee, eine Zuckerdose und ein Kännchen Sahne. Sie reichte ihm die Tasse und sagte: »Ich bin Mrs. Panchita Pocyotl.«

»Ach, wie ungalant von mir!« rief Heepish. »Verzeihen Sie, daß ich es versäumt habe, Sie vorzustellen, lieber Forry. Als Entschuldigung kann ich nur vorbringen, daß mich Ihr Zustand so sehr besorgt hat.«

Die andere Frau war eine große, schlanke Blondine mit schweren Brüsten. Sie hieß Diana Rumbow. Die drei Männer waren Fred Pao, ein Chinese, Rex Bilgreen, ein Mulatte, und George Bunyan, ein Engländer.

Auf Forry, der nun zum ersten Mal in die Runde blickte, machten die Gäste ausnahmslos einen finsteren Eindruck, auch wenn er sich nicht näher charakterisieren ließ. Vielleicht lag es an ihren Augen. Oder vielleicht lag es an seiner Wut über das gestohlene Gemälde, daß er jedem, der mit Heepish zu tun hatte, ein unlauteres Wesen unterstellte.

Als sie ihm den Kaffee reichte, beugte sich Mrs. Pocyotl so weit nach vorn, daß Forry ihre großen, vollmilchschokoladenfarbenen Brüste samt der breiten, roten Warzen zu sehen bekam. Unter dem dünnen, tief ausgeschnittenen Abendkleid hätte ein Büstenhalter nur gestört.

In anderer Lage wäre Forry sicher begeistert gewesen.

Dann ließ die blonde Diana Rumbow plötzlich ein Buch fallen und bückte sich, um es aufzuheben. Trotz seiner üblen Laune gingen Forry die Augen über; in seinen Lenden meldete sich ein nervöses Zucken. Auch Diana trug keinen Büstenhalter. Ihre Brüste waren weiß, ihre Warzen so groß wie sein Daumennagel und so rot, als wären sie nachgefärbt worden. Als Diana wieder aufstand, sah er die Spitzen dunkel durch das hauchdünne Kleid schimmern.

Diese Zurschaustellung von Reizen war natürlich nicht zufällig. Forry merkte genau, daß man ihn nur abzulenken versuchte.

Pocyotl setzte sich neben ihn und drückte ihren Schenkel an den seinen. Diana Rumbow nahm auf der anderen Seite Platz und schmiegte ihre Traumbrust an seinen Arm. Links wie rechts blickte Forry auf Schmollmünder und verschwenderische Dekolletés.

»Mein Gemälde!« krächzte er.

Heepish ging nicht auf seine Worte ein. Er zog einen Sessel vors Sofa, ließ sich hineinfallen und sagte: »Tja. Es ist mir eine besondere Ehre, Sie als Gast zu haben, Mr. Ackerman. Oder darf ich Sie Forry nennen?«

»Mein Gemälde! Mein Stoker!« Mehr brachte Forry nicht heraus.

»Endlich haben Sie einen Schlußstrich unter die alten Geschichten gezogen. Ich nehme an, Sie haben erkannt, daß Ihre Feindseligkeit mir gegenüber unbegründet war. Ja, wir haben uns viel zu erzählen; wir haben Stoff für die ganze Nacht. Bei dem Regen bleibt uns ja auch kaum etwas anderes übrig, als zu reden, nicht wahr? Wir haben so viel gemeinsam. Das weiß jeder, Freund wie Feind. Ich hoffe, daß wir uns besser kennenlernen. Wer weiß, vielleicht kommen wir eines Tages zu dem Entschluß, daß sich die Graf-Dracula-Gesellschaft und die Lord-Ruthven-Liga zusammenlegen lassen. Wir könnten gemeinsam einen Verein gründen ... den ›Großen Vampirsabbat‹ zum Beispiel. Oder klingt das Wort nur in Verbindung mit Hexe? Heh?«

»Mein Gemälde!« Forry ließ nicht locker. Heepish rede-te weiter auf ihn ein, während die anderen eigene Unter-haltungen führten. Ab und zu rückte ihm eine der Frauen dichter auf den Pelz. Er roch ihr Parfüm, exotische Düfte, die er nie zuvor wahrgenommen hatte. Sie stimulierten ihn trotz seiner Wut. Und diese Brüste! Die dunklen, blitzen-den Augen der Pocyotl, und das strahlende Blau der Rum-bow!

Forry schüttelte den Kopf. Welchen Hexentrick probier-ten sie an ihm aus? Er war mit dem festen Vorsatz gekom-men, sein Bild zu finden, es von der Wand zu nehmen und nach Hause zu gehen. Jetzt überlegte er, womit er das Bild einpacken sollte, um es vor dem Regen zu schützen. Der Mantel würde vielleicht ausreichen. Er selbst konnte ruhig naß werden. Wichtig war nur das Bild.

Aber er konnte nicht vom Sofa aufstehen, und Heepish ging mit keinem Wort auf das Gemälde ein. Auch die Gäste stellten sich taub.

Forry hatte das Gefühl, als wäre er in ein Paralleluniver-sum versetzt worden, das trotz leichter Phasenverschie-bung mit der Welt in Heepishs Haus Verbindung hielt. Eine Kommunikation war innerhalb gewisser Grenzen möglich; doch darüber hinaus stieß er mit seinen Äuße-rungen ins Leere. Als er sich umsah, erschien ihm der Ort ein wenig verschwommen.

Plötzlich ging ihm der Verdacht auf, daß der Kaffee wo-möglich eine Droge enthalten hatte.

Lächerlich, dachte er und versuchte, den Gedanken zu verwerfen. Trotzdem — Heepish war alles zuzutrauen. Im-merhin hatte er die Stirn, das Gemälde zu klauen und gut sichtbar aufzuhängen, wohlwissentlich, daß er, Forry, bald davon erfahren würde. Aber dennoch war er ganz un-geniert, ja freundlich zu ihm, dem Betrogenen. Er plauder-te mit ihm und tat so, als sei alles in bester Ordnung. Wer so war, war auch dazu fähig, Kaffee zu vergiften.

Aber was für ein Motiv sollte er haben, ihn zu vergiften? Schauergedanken passierten wie ein Trauerzug Forrys

Hirn. Er dachte an ein Kellerverlies mit Lehmboden und einer ausgehobenen, einsachtzig langen und einsachtzig tiefen Grube; an zentralverheizte Knochen; an Säuretanks mit verätztem Fleisch. Er wähnte sich in einem Ofen geröstet und der finsteren Bande zum Dinner serviert; aufrecht stehend eingemauert, während Heepish seinen Gästen mit Amontillado zuprostete; in einem Käfig gefangen, zusammen mit Dutzenden hungriger Ratten. Er stellte sich vor, wie sein sauber abgenagtes Skelett zusammengepuzzelt als makabres Schaustück aufgestellt und seinen Freunden zur Besichtigung vorgestellt wurde — hier, im Hause Heepishs, den man nach dem mysteriösen Verschwinden des großen Forry Ackerman zum neuen König krönen würde. Sie würden das Skelett betrachten, rätseln, von wem es stammte, womöglich den Schädel tätscheln — denn wer wollte nicht mal Hamlet spielen? —, und sich vielleicht sogar beim Anblick der Knochen Forry Ackermans unterhalten.

Forry schüttelte sich wie ein Hund, der aus dem Wasser kommt. Warum gleich paranoid werden? Er war gekommen, um sein Recht zu behaupten. Weigerte sich Heepish, würde er die Polizei rufen. Aber damit war kaum zu rechnen. Heepish hatte nicht den Mumm, gegen ihn aufzubegehren.

Forry stand so plötzlich auf, daß ihm noch schwindeliger wurde. »Ich nehm' jetzt mein Gemälde mit, Heepish«, sagte er. »Versuchen Sie nicht, mich daran zu hindern!«

Er drehte sich um, stieg aufs Polster und nahm das Bild vom Haken. Im Zimmer war es still geworden. Forry drehte sich um und sah in starrende Augen. Die Gäste hatten einen Halbkreis gebildet, der ihm den Weg zur Tür versperrte.

Ihre Augen blickten ernst drein und schienen größer und leuchtender zu werden. Fast glaubte er, ein werwolfhaftes Glitzern zu erkennen, aber das war wohl nur seiner Phantasie zuzuschreiben.

Mrs. Pocyotls Lippen zogen sich zurück und entblößten

ungewöhnlich lange Eckzähne. Wieso hatte er sie bisher übersehen? Ihm war nur aufgefallen, daß ihre Zähne sehr weiß und ebenmäßig waren.

Forry stieg vom Sofa herab und sagte: »Ich will meinen Mantel, Heepish.«

Heepish grinste. Auch seine Zähne schienen gewachsen zu sein. Seine grauen Augen waren so kalt und finster wie der New Yorker Winterhimmel.

»Ihren *Mantel* können Sie gern haben, Forry, da Sie es nun mal darauf anlegen, unfreundlich zu sein.«

Forry wußte die Betonung zu deuten. Mit dem Mantel durfte er gehen, aber ohne Bild.

»Ich rufe die Polizei an«, sagte er.

»Das glaube ich nicht«, meinte Diana Rumbow.

»Warum nicht?«

Forry wünschte, seinen Herzschlag beschleunigen zu können. Aber seine Pumpe blieb selbst unter Streß träge. Statt dessen zuckten seine Muskeln, und seine Augen blinzelten zweimal so schnell, als wollten sie für das Herz einspringen.

»Weil ich Sie dann wegen Vergewaltigung anzeige«, antwortete die Blonde.

»Wie bitte?«

Das Bild glitt ihm fast aus den Händen.

Diana Rumbow streifte ihr Kleid ab und machte deutlich, daß sie außer einem Miedergürtel und Nylonstrümpfen nichts anhatte. Ihr Schamhaar war lang, sehr dicht und strohgelb. Ihre Brüste hingen trotz ihrer Fülle kein bißchen.

Mrs. Pocyotl sagte: »Vielleicht hätten Sie auch gern zwei zum Preis von einer, Forry.«

Auch sie legte alles bis auf Strümpfe und Gürtel ab. Ihre Schamlöckchen waren schwarz wie Krähenfedern, ihre Brüste spitz.

Forry wich nach hinten aus und stieß mit den Kniekehlen an den Sofarand. »Was hat das zu bedeuten?«

»Nun, falls die Polizei kommt, wird sie das Haus verlassen vorfinden. Nur Sie und die Frauen werden da sein. Die eine ist ohnmächtig, die andere kreischt. Beide haben Sperma im Schritt, darauf können Sie sich verlassen. Und Blutergüsse. Sie sind nackt und so benommen, daß man glaubt, die Geilheit habe Ihnen, mein lieber Forry, den Verstand geraubt.«

Forry stierte in die Runde. Die Gäste grinsten hämisch und machten den Eindruck, als würden sie jedem Befehl Heepishs Folge leisten.

Forry wähnte sich in einem Alptraum gefangen. Was für üble Wesen bedrohten ihn da? Und all das wegen eines Bildes?

»Aus dem Weg!« rief Forry. »Ich gehe! Das Bild gehört mir! Sie werden mich nicht einschüchtern! Was Sie auch vorhaben, Sie kommen nicht damit durch. — Heepish, da Ihnen so viel an dem Gemälde liegt ... Vielleicht hätte ich's Ihnen geschenkt, wenn Sie mir ein guter Freund geworden wären. Aber so nicht! Gehen Sie mir aus dem Weg!«

Das Bild wie einen Schild oder Rammklotz vor sich her tragend, ging er auf Heepish und die nackte Rumbow zu.

7. Kapitel

Langsam fuhr Herald Childe durch den Regen und das Hochwasser. Der Wolkenbruch war so stark, daß die Scheibenwischer seines Wagens nicht in der Lage waren, mit der Situation fertig zu werden. Die Scheinwerfer versuchten die Finsternis zu durchdringen, aber viel erreichten sie nicht. Andere Fahrzeuge, von wagemutigeren Angelenos gefahren, fegten an ihm vorbei und verpaßten ihm eine Dusche nach der anderen.

Er brauchte über zwei Stunden, um sein Haus im Topanga Canyon zu erreichen. Während die mehrere Zentimeter hohen Wassermassen an ihm vorbeirauschten, fuhr er mit einem Tempo von fünfzehn Stundenkilometern die steile Umgehungsstraße hinauf. Als er das Steuer einschlug, um in seine Einfahrt einzubiegen, fiel ihm der

Wagen auf, der an der Straße unter einer Eiche stand. Schon wieder eine Karre, die man stehengelassen hatte, nahm er an. In den letzten paar Wochen hatte man sieben Automobile hier abgestellt. Alle vom gleichen Modell und Baujahr. Und alle hatten, als er am Morgen aufgestanden war, unter der Eiche gestanden. Manche hatten eine Woche lang dort gestanden, bevor die Cops endlich gekommen waren und sie abgeschleppt hatten. Andere hatten nur ein paar Tage dort gestanden und waren in den frühen Morgenstunden verschwunden.

Childe hatte keine Ahnung, warum jemand Autos vor seinem Haus stehenließ — oder wenn er sie nicht stehenließ, wieso er sie so lange dort parkte. Seine Nachbarn, die zwei Blocks rechts und links von ihm wohnten, wußten auch nichts über die Wagen.

Die Polizisten, die die Autos abgeschleppt hatten, hatten gesagt, sie seien gestohlen worden.

Jetzt stand also der siebente da. Wahrscheinlich war es der siebente. Bloß keine voreiligen Schlüsse ziehen. Er konnte auch jemandem gehören, der seine Nachbarn besuchte. Er würde es schon früh genug erfahren. Bis dahin würde er ins Bett gehen. Um zu schlafen. Von allen anderen Bettaktivitäten hatte er die Nase voll.

Das Haus war Childes Eigentum. Außer der jährlichen Steuer kostete es ihn nichts. Es war ein Bungalow mit fünf Zimmern im spanischen Stil, zu dem ein großer Hintergarten und eine Anzahl von Bäumen gehörten. Seine Tante hatte ihm das Haus hinterlassen, und nachdem sie im vergangenen Jahr gestorben war, hatte er es bezogen. Childe hatte seine Tante 1942 zum letzten Mal gesehen. Er war noch ein Kind gewesen, und sie hatten während der letzten zehn Jahre nicht mehr als drei Briefe gewechselt. Trotzdem hatte sie ihm ihren gesamten Besitz vermacht. Zu der Erbschaft hatte auch genügend Geld gehört, um das Haus nach Abzug der Erbschaftssteuer zu entschulden.

Childe war als Privatdetektiv tätig gewesen, doch nach seiner Begegnung mit Baron Igescu und dem Verschwinden seiner Ex-Frau hatte er den Job an den Nagel gehängt. Er war zu dem Schluß gekommen, daß er kein guter Detektiv war, und außerdem hatte ihm der Job zum Halse herausgehangen. Er hatte beschlossen, wieder aufs College zu gehen; er wollte Geschichte studieren, da sie ihn schon immer interessiert hatte. Er wollte sein Examen machen und irgendwann auch seinen Doktor. Er hatte vor, zuerst an einer Realschule und später an einer Universität zu lehren.

Wahrscheinlich wäre es günstiger für ihn gewesen, sich eine Wohnung in Westwood zu nehmen, wo er dem Gelände der Universität von Kalifornien näher war. Doch seine Finanzen waren begrenzt, und ihm gefiel das Haus und die relative Stille, die es umgab, deswegen fuhr er jeden Tag zur Schule. Um Benzin zu sparen und auf dem überfüllten Universitätsgelände leichter einen Parkplatz zu finden, fuhr er wochentags mit einem Motorrad.

Im Moment war die Schule wegen der Ferien geschlossen.

Es war ein einsames Leben. Das Studium fraß seine ganze Zeit auf, weil er so schnell wie möglich fertig werden wollte. Und dann mußte er sich auch noch um das Haus und den Garten kümmern. Hin und wieder brauchte er jedoch jemanden zum Reden und fürs Bett. Es gab ein paar Frauen, die ihn gelegentlich in seinem Haus besuchten: Lehrerinnen, die in seinem Alter oder etwas älter waren, ein paar ältere Studentinnen, und gelegentlich ein junges Häschen, dem sein Aussehen gefiel. Childe sah aus wie ein etwas gröber gestrickter Lord Byron. *Mit einem Klumpfußhirn,* fügte er etwas stumm hinzu, wenn ihn jemand darauf ansprach. Er wußte durchaus, daß er neurotisch war. Aber wer war es nicht? Es war ihm nur ein schwacher Trost.

Childe schaltete das Licht an und überprüfte die Fenster, um sich erneut zu versichern, daß sie dicht waren. Es war eine Zwangshandlung, die er jedesmal durchführte, wenn er das Haus verließ und zurückkehrte; er überprüfte die

Fenster immer wenigstens dreimal. Dann warf er einen Blick nach hinten hinaus. Der Garten war zwar nur schmal, aber sehr lang, und das gefiel ihm. Ganz am anderen Ende türmte sich ein Erdhügel auf, der sich bis jetzt noch nicht in einen schlammigen Abhang verwandelt hatte. Die auf ihn niederstürzenden Wassermassen liefen in den Garten hinunter. Die Fluten sammelten sich schon vor den Stufen der Veranda. Von seinen Nachbarn hatte Childe erfahren, daß der Erdhügel dem Haus früher näher gewesen war. Vor etwa zehn Jahren hatte ein Erdrutsch ihn absinken lassen. Die Erde hatte den ganzen Garten überschwemmt und war fast bis zum Haus gerutscht. Seine Tante hatte einen Haufen Geld ausgegeben, um die Erde fortschaffen und den Fuß des Hügels mit einer kleinen Betonmauer abstützen zu lassen. Und dann, vor zwei Jahren, hatte sich der Hügel bei einem außergewöhnlich starken Wolkenbruch wieder in Bewegung gesetzt. Er hatte allerdings nur die Mauer unter sich begraben und war kaum mehr als zwei Meter in den Garten hineingerutscht. Diesmal hatte seine Tante nichts dagegen unternommen; zwei Jahre später war sie gestorben.

Das gesamte Gebiet von Los Angeles, Ventura und Orange County war im Begriff, zu ersaufen. Der Gouverneur dachte darüber nach, Südkalifornien zum Katastrophengebiet zu erklären. Häuser waren weggespült, andere von Erdrutschen verschüttet worden. Ein Wagen war in einem Loch auf dem Ventura Boulevard verschwunden; eine Frau, die in der Innenstadt von Los Angeles auf den Bus gewartet hatte, war von einem Erdrutsch verschüttet worden, und überall rutschten Gebäude in die Pacific Palisades und die Canyons hinein.

Die Flutwelle hatte nur einen Vorteil. Es gab keinen Smog mehr.

Childe ging in die Küche, öffnete das Barfach und holte eine Flasche Jack Daniels heraus. Er trank selten, da er Marihuana bevorzugte, aber wenn er Ärger empfand und das Gefühl hatte, fertig zu sein, machte ein Joint seine Gedanken nur noch finsterer. Er brauchte etwas, um seinen Geist und seine Nerven zu lähmen, und Tennessee Mash on the Rocks war dafür genau das Richtige.

Er nippte an dem Zeug, schüttelte sich und schnitt eine Grimasse. Nach einer Weile konnte er es ohne Widerwillen trinken. Und noch etwas später suckelte er es mit Wohlbehagen. Er fühlte sich allmählich leicht betäubt — und sogar eine Spur glücklich. Er dachte zwar immer noch an Vivienne, doch jetzt schreckten ihn die Gedanken nicht mehr so stark.

Die drei Männer waren eingetreten, und einer von ihnen hatte vorsichtig die Spitze seines Degens an Viviennes Hals gelegt. Sie hatte etwas über das Brechen eines Waffenstillstandes gesagt.

Welcher Waffenstillstand? Er hatte es nie erfahren. Doch der Mann mit dem Stockdegen hatte sie und ihr Volk — er hatte sie Og genannt — beschuldigt, den Waffenstillstand zuerst gebrochen zu haben. Die Og hatten Childe gefangengenommen und mißhandelt. Ganz offenbar verstieß dies gegen die Regeln. Und Childe hatte nicht mal gewußt, daß es Regeln gab — von der Existenz der Toc ganz zu schweigen.

Des weiteren hatte es geheißen, sie hätten Childes Leben gefährdet. Ihr verantwortungsloses Verhalten hätte zu seinem Tod führen können. Und in der Tat, so die Toc, seien sie sich nicht mal sicher, ob die Og etwa noch immer darauf aus waren, Childe zu töten.

»So wie euch alles andere bekannt ist«, hatte der Mann mit dem Degen gesagt, »ist euch auch bekannt, daß wir vor dem Angesicht Barrukhs und dem Hoden Drammukhs gemeinsam beschlossen haben, (unverständliches Wort) sich entwickeln zu lassen, bis er bereit ist!«

Hat er ›Childe‹ gesagt? Es war ihm gerade so vorgekommen. Das Wort hatte wie sein Name geklungen. Oder?

Vivienne, immer noch auf dem Bett kniend, hatte gesagt: »Es sei ein Zufall gewesen, daß er zu unserem Haus kam — zu Igescus Haus, meine ich. Er war nicht davon abzuhalten, bei uns einzubrechen und uns auszuspionieren, und die Verlockung, an seiner Kraft teilzuhaben, war zu stark für uns. In dieser Hinsicht haben wir uns schuldig gemacht. Dann entglitt die Situation unserer Kontrolle. Ich gebe zu, daß wir ihn nicht korrekt behandelt haben. Wir vergaßen, daß man ihn besonders streng bewachen muß; er wirkt so menschlich, daß man diesen Fehler leicht begeht. Und manchmal hat er so dumm gehandelt, daß wir ihn leicht verachteten.«

»Ich glaube, daß ihr die Dummen seid«, hatte der Mann mit dem Degen erwidert. »Ihr wißt, daß er noch nicht erwachsen ist, also dürft ihr auch nicht erwarten, daß er sich wie ein Erwachsener benimmt. Was euch Og angeht, so bezweifle ich, daß ihr erwachsen seid.«

Vivienne hatte Childe plötzlich angesehen und gesagt: »Wir haben Englisch gesprochen!«

Sie brach in einen Wortschwall jener Sprache aus, den Childe schon früher gehört hatte, auch wenn er sie nicht verstand. Es war die gleiche Sprache, die seine Häscher benutzt hatten, als er Igescus Gefangener gewesen war.

Obwohl er nicht verstand, was sie nun beredet hatten, war es ihm gelungen, den Namen des Mannes mit dem Degen herauszuhören. Er hieß Hindarf.

Hindarf schien entschlossen gewesen zu sein, Vivienne zu durchbohren, doch sie hatte es ihm ausgeredet. Schließlich hatte Hindarf Childe mit einer Nadel gestochen, und er hatte sich wieder in der Lage gesehen, sich normal zu bewegen. Er hatte sich angezogen, man hatte ihn aus dem Haus eskortiert. Da er noch zu zittrig gewesen war, um selbst zu fahren, hatte Hindarf seinen Wagen gesteuert. Die beiden anderen waren ihnen in einem Wagen gefolgt. Hindarf hatte sich geweigert, Childes Fragen zu beantworten. Sein einziger Kommentar hatte gelautet, er solle sich von den Og fernhalten. Offenbar hatte er Viviennes Geschichte, daß er in ihr Haus eingedrungen war, geglaubt.

Ein paar Häuserblocks vor der Abbiegung zum Topanga Canyon hatte Hindarf den Wagen angehalten. »Ich glaube, von hier aus können Sie allein weiterfahren.«

Er war ausgestiegen und hatte einen Augenblick lang die Tür aufgehalten, während der Regen in den Wagen gerauscht war und den Lenker naßgemacht hatte.

Dann hatte er den Kopf noch einmal in den Wagen gesteckt und gesagt: »Bitte, bleiben Sie von dieser Bande weg! Sie ist tödlich. Sie sollten es eigentlich selbst wissen. Wenn es nicht . . .«

Dann hatte er einige Sekunden lang geschwiegen. »Lassen wir's dabei. Wir werden uns wiedersehen.«

Er hatte die Tür zugeworfen. Childe war auf den Fahrersitz gerutscht und hatte Hindarf und den anderen bei der Abfahrt zugesehen. Ihr Wagen hatte gewendet und war durch den Topanga Canyon gefahren.

Und jetzt, als er im Wohnzimmer saß, sich den Jack Daniels hinter die Binde kippte und die TV-Nachrichten zu verfolgen versuchte, dachte er über den Abend nach. Beinahe nichts ergab einen Sinn. Aber nun glaubte er, daß Igescu, die Krautschner, Bending Grass, Pao und die anderen keine Vampire, Werwölfe, Werbären oder etwas in dieser Art gewesen waren. Sie waren jedoch äußerst eigenartige Wesen, die an der Grenze des Unnatürlichen standen, beziehungsweise an der Grenze dessen, was die Menschen für unnatürlich hielten. Die Theorie, die der dem frühen 19. Jahrhundert entstammende Belgier Le Garrault angeblich formuliert hatte — Igescu hatte sie weiterentwickelt —, ›erklärte‹ die Existenz dieser Kreaturen. Doch Childe nahm allmählich an, daß Igescu ihn in die Irre geführt hatte. Er hatte zwar keine Ahnung, warum er ihn hätte belügen sollen, aber es gab offenbar eine Menge Dinge, von denen er nicht wollte, daß sie bekannt wurden.

Wenn Childe vernünftig war, beherzigte er Hindarfs Rat.

Das war das Problem. Es hatte ihm schon immer an genügend gesundem Menschenverstand gemangelt.

Die Narren werden niemals alle. Und so weiter. Nach vier Gläsern Whisky auf leeren Magen — auf einen Magen, der an Alkohol nicht mehr gewöhnt war —, ging Childe zu Bett. Er schlief unruhig und hatte eine Reihe von Träumen und Alpträumen, die er, kaum daß er aufgewacht war, schon wieder vergaß.

Das beharrliche Klingeln des Telefons riß ihn aus dem Schlaf. Er fühlte sich total zerschlagen, als hätte er unter Drogeneinfluß gestanden. Und so war es auch gewesen, denn auch Alkohol ist eine Droge. Als er nach dem Telefon tastete, warf er es zu Boden. Er hob den Hörer auf, und eine unbekannte Männerstimme sagte: »Bin ich mit McGivern verbunden?«

»Welche Nummer haben Sie gewählt?« fragte Childe.

Das Telefon klickte. Childe schaute auf die Leuchtziffern seiner Armbanduhr. Es war drei Uhr morgens.

Er versuchte noch einmal einzuschlafen, aber es klappte nicht. Um zehn nach drei stand er auf und ging ins Bad, um einen Schluck Wasser zu trinken. Er schaltete das Licht nicht ein. Als er aus dem Bad kam, beschloß er, vor dem Rückweg zum Bett einen Blick auf den Straßenzustand zu werfen. Es regnete immer noch stark, und die Straße hatte schon in knöcheltiefem Wasser geschwommen, als er vor dem Haus gehalten hatte.

Childe zog den Vorhang zurück und sah hinaus. Der Wagen, der unter der Eiche gestanden hatte, setzte sich gerade in Bewegung. Die Scheinwerfer des dahinter befindlichen Fahrzeugs zeigten, daß ein Mann am Steuer saß. Der Wagen wendete und fuhr langsam in Richtung Topanga Canyon die Straße hinunter. Die Lichter des zweiten Wagens beleuchteten das blasse Gesicht Fred Paos, des Chinesen, den er in Igescus Haus gesehen hatte. Die Scheinwerfer seines Fahrzeugs zeigten die Profile dreier Männer, die in dem umrißhaft erkennbaren anderen Wagen saßen. Einer von ihnen sah wie der Crow-Indianer — oder Crow-Werbär — Bending Grass aus, doch das konnte natürlich nicht sein. Bending Grass war unter den Rädern eines

Autos gestorben, als Childe aus dem brennenden Landhaus Igescus geflohen war.

Childe drehte sich um, rannte ins Schlafzimmer und stieg
in Hose und Schuhe, ohne auch nur an Socken zu denken.
Dann eilte er wieder ins Wohnzimmer, ergriff Hut und Regenmantel und nahm seine Brieftasche und die Autoschlüs-
sel aus der Schüssel mit den künstlichen Früchten — dem
Vermächtnis seiner Tante —, die auf dem Tisch im Speisezimmer stand. Er eilte zu seinem Wagen und setzte zurück.
Als er auf die Straße kam, plätscherte soviel Wasser unter
den Reifen, daß er sich wie ein Surfer vorkam. Er fuhr
schneller, als er es sich hätte erlauben dürfen — der Wagen
rutschte zweimal weg, und einmal spuckte der Motor, so
daß er schon glaubte, er hätte ihn abgewürgt.

Ein paar hundert Meter weiter in Richtung Topanga
holte er sie ein. Der Wagen an der Spitze verlangsamte
noch mehr, als wolle er auf einen Privatweg einbiegen, der
sich den steilen Hügel hinaufwand. Childe war zwar noch
nie dort oben gewesen, aber er wußte, daß der Weg zu
einem großen, dreistöckigen Gebäude führte, das schon
dort gestanden hatte, als die Straße noch nicht ausgebaut
gewesen war. Es stand auf der Spitze eines Hügels und
überblickte einen Großteil der Umgebung — einschließlich
sein eigenes Haus.

Der Wagen an der Spitze hielt abrupt an. Childe mußte
weiterfahren; sie wären mißtrauisch geworden, wenn er
ebenfalls gestoppt hätte. Auf dem nächsten Straßenkamm
verlangsamte er, fand eine Einfahrt, fuhr hinein und setzte
rückwärts wieder heraus. Als er über den Kamm zurück-
fuhr, sah er gerade noch, wie die beiden Autos durch den
Topanga Canyon zurückfuhren.

Er fragte sich, was sie dazu bewegt hatte, ihren Plan zu
ändern. Hatte er sie mißtrauisch gemacht? Hatten sie etwa
das Licht seiner Scheinwerfer gesehen, als er gewendet
hatte?

Childe folgte ihnen nach Los Angeles hinein. Die beiden
Wagen folgten einander vorsichtig durch den starken

Regen und die überfluteten Straßen bis an die San Vicente und La Cienega. Als die Ampel auf Grün schaltete, brüllten ihre Motoren urplötzlich auf. Mit sogar auf dem nassen Boden quietschenden Reifen jagten sie, Wasserfontänen verspritzend, davon. Childe trat aufs Gaspedal und folgte ihnen. Als sie die Sixth Street erreichten, bogen sie nach links ab, rutschten gegen die Verkehrsinsel, prallten ab, jagten auf der anderen Seite des Boulevards weiter auf die San Vicente hinauf und schlitterten nach rechts, um in Richtung Orange County weiterzufahren.

Sie hatten eine grüne Welle erwischt, aber Childe, der etwa einen Häuserblock hinter ihnen war, ebenfalls. Seine Hinterräder trafen den Rand der Verkehrsinsel, ein Reifen fuhr darüber hinweg, und dann krachte es. Childe nahm an, daß sein rechter Kotflügel die Ampel gestreift hatte, aber es schien die Fahrtüchtigkeit seines Wagens nicht zu beeinträchtigen. Er schoß hinter den beiden Autos her, obwohl er sich fragte, warum er eigentlich Leib und Leben riskierte. Doch die Tatsache, daß sie verzweifelt versuchten, ihn abzuhängen, und daß sie ihn an dem Haus auf dem Hügel bewußt auf eine falsche Fährte hatten lenken wollen, ließ ihn weitermachen.

Aber dennoch, als er nach Westen auf den Wilshire Boulevard einbog, fragte er sich allmählich, ob er die Verfolgung nicht aufgeben sollte. Die beiden anderen Wagen hatten eine rote Ampel überfahren, und als Childe die Kreuzung erreichte, sah er nur noch ihre verblassenden Rücklichter. Sie wirbelten immer noch eine Menge Wasser auf.

Er fuhr weiter hinter ihnen her und drückte noch mehr auf die Tube. Er wußte nicht mal, was er tun sollte, wenn er sie eingeholt hatte. Vier gegen einen? Und wenigstens einer von ihnen war ein Lebewesen mit äußerst seltsamen und tödlichen Kräften. Hindarfs Worte fielen ihm ein.

An der Ecke Wilshire/San Vicente fuhren die beiden Fahrzeuge erneut bei Rot durch — zwei Sekunden nach dem Umspringen der Ampel. Zwei Autos, die von Süden her aus der San Vicente kamen, rasten auf sie zu. Der erste

Wagen knallte in vollem Tempo in Fred Paos Fahrzeug, und der zweite donnerte gegen sein Heck. Der Wagen, der Pao folgte, fuhr von hinten auf. Kurz darauf knallte Childes Auto, das auf dem nassen Boden um die eigene Achse kreiste, mit dem Heck in das Fahrzeug, das Pao gefolgt war. Die ineinander verkeilten Wagen hingen aneinander fest und drehten sich wie ein fünfzackiger Stern im Kreis.

8. Kapitel

»Na schön, Forry«, sagte Heepish. »Wenn Sie es unbedingt haben möchten ...«

Er verbeugte sich geziert. Forry spürte, wie sich seine Wangen erhitzten. »Ob ich es haben *möchte? Es gehört mir!* Ich habe dafür mit meinem Geld bezahlt! Sie haben es gestohlen, wie ein gewöhnlicher Dieb!«

»Ein gewöhnlicher Dieb würde es nicht anrühren«, sagte Heepish.

Forry, dem nun klar wurde, daß es ihm nicht das geringste einbrachte, wenn er hier herumstand, marschierte weiter. Die anderen bahnten ihm eine Gasse, und Heepish lief sogar vor ihm her, um die Tür für ihn zu öffnen.

»Bis später, Forry«, sagte er.

»Yeah. Wahrscheinlich im Knast!«

Sobald er wieder in seinem eigenen Haus war, hängte Forry das Gemälde an die Wand und überprüfte dann die Türen, um sich zu vergewissern, ob sie abgeschlossen waren. Die Dummocks waren immer noch nicht zurückgekehrt; also beschloß er, die Nacht über zu bleiben und auf dem Sofa zu schlafen. Dann fiel ihm ein, daß er ja noch die neueste Nummer von *Vampirella* fertigstellen mußte. Er hatte es völlig vergessen.

Er braute sich einen Kaffee und ging dann in ein Hinterzimmer, in dem sich sein ›Büro‹ befand. Er schuftete bis 2.30 Uhr, dann hörte er irgendwo im Haus ein leises Geräusch. Er stand auf und wollte das Büro gerade verlassen, als das Licht ausging. Das war das letzte, was er noch brauchen konnte, um seinen Termin hoffnungslos zu überziehen!

Forry durchwühlte eine Schreibtischschublade nach Streichhölzern, obwohl er nicht glaubte, daß er welche finden würde, da er noch nie geraucht hatte. Da er keine fand, tastete er sich zur Küche durch. Die Küchenschränke waren voller Bücher und Zeitschriften, da er nicht zu Hause aß, sondern in Restaurants oder bei Wendy. Im Kühlschrank lagerten — von etwas Milch, Kaffee und ein paar Leckereien abgesehen — nur Mikrofilme.

Als Forry im Wintergarten nach einer Taschenlampe suchte, gingen die Lichter plötzlich wieder an. Trotzdem machte er weiter, bis er die Lampe gefunden hatte. Wenn der Strom noch einmal ausfiel, würde er eben im Schein der Taschenlampe weiterarbeiten.

Auf dem Rückweg ins Büro warf er einen Blick in den vorderen Raum. Der Stoker war *schon wieder* weg!

Er hatte keine Zeit, hier herumzustehen und nachzudenken. Er warf sich in Hut, Regenmantel und Gummistiefel und marschierte, so schnell sein Herz es zuließ, zum Wagen hinaus. Er stieg in seinen großen grünen Cadillac und setzte in den See zurück, zu dem der Sherbourne Drive geworden war. Er fuhr so schnell, wie er es wagte, und stand zwei Minuten später vor Woolston Heepishs Haus. Fred Pao, das Gemälde unter dem Arm, wandte sich gerade von seinem Wagen ab.

Forry ließ die Hupe ertönen und schaltete das Fernlicht ein. Der Chinese zuckte zusammen und hätte das Gemälde beinahe fallengelassen. Forry stieß einen Wutschrei aus und kurbelte dann das Fenster herunter, um Pao anzubrüllen.

»Ich rufe die Polizei an!«

Pao öffnete die hintere Tür seines Wagens und warf das Gemälde hinein. Dann umrundete er sein Fahrzeug, stieg ein und ließ den Motor aufheulen. Sein Mercury jagte mit kreischenden Reifen in Richtung auf die Olympic los. Forry starrte ein paar Sekunden lang fassungslos hinter ihm her, dann biß er sich auf die Unterlippe und folgte ihm auf die gleiche Weise. Dabei drückte er pausenlos auf die Hupe. Der Chinese hatte vor, seinen geliebten Dracula irgendwo zu verstecken, bis man nicht mehr nach ihm suchen würde. Und dann würde Woolston Heepish ihn kriegen!

Aber nicht, solange Forrest J (ohne Punkt) Ackerman, der Graue Lensman von Los Angeles, ihm noch auf den Fersen war! So wie Buck Rogers Killer Kane bis in seine Höhle verfolgt hatte, so würde FJA diesem Dieb auf den Fersen bleiben.

Paos Wagen bog nach Westen in die Olympic ein. Forry, der drauf und dran war, das Stopschild ebenfalls zu ignorieren, mußte auf die Bremse treten, als der Fahrer eines über die Olympic kommenden Wagens die Hupe ertönen und seinen Cadillac hinter einer Wasserwand verschwinden ließ. Forrys Wagen flutschte wie der Wagen Paos über den Asphalt und landete auf der Hauptstraße. Der sich ihm nähernde Wagen schlitterte nicht weniger, drehte sich plötzlich und rutschte nach Westen. Forry richtete seinen Cadillac aus und raste los, als steuere er ein Schnellboot. Rechts und links von ihm spritzte das Wasser hoch; er überholte den Wagen, den er beinahe gerammt hätte, und drückte dann kontinuierlich weiter auf die Tube, bis er Paos Rücklichter wieder sah, die gerade nach rechts auf die Robertson zuhielten. Pao nahm eine Ampel bei Rot und zwang zwei Autos zum Bremsen. Hupen blökten zornig. Forry verfolgte ihn die Robertson hinauf und den Charleville Boulevard hinunter. Trotz der zahlreichen Stopschilder hielt keiner von ihnen an. Dann wandte Pao sich erneut dem Wilshire Boulevard zu, bog von Westen her auf die Robinson ein, durchfuhr sie, ohne auf irgendein Stopschild oder eine Ampel zu achten, und schlitterte dann nach rechts zum Burton Way. Er ignorierte eine Rot zeigende Ampel nach San Vicente. Forry tat es ihm gleich. In der Ferne erklang das Jaulen einer Polizeisirene, und Forry hätte sein Tempo beinahe verlangsamt. Aber dann dachte er sich, daß er sein Vergehen erklären konnte. Und selbst wenn dem nicht so war — wenn die Cops Pao mit dem Diebesgut schnappten, war die Sache einen Strafzettel wert. Er hoffte, daß die Cops sich bald zeigten. Wenn nicht, fanden sie eventuell einen toten Chinesen.

Pao fuhr weiterhin die San Vicente hinunter. Er überfuhr ein weiteres Rotlicht an der Sixth Street, und Forry war nur noch zwei Autolängen von ihm entfernt. Trotz ihrer Fahrlässigkeit fuhr keiner über sechzig. Das Wasser war zu hart; bei einer höheren Geschwindigkeit donnerte es wie Keulenschläge gegen die Unterseite des Wagens.

An der Ecke Wilshire/San Vicente hatten sie beide Grün, aber zwei andere Wagen fuhren bei Rot durch, und Pao traf den vorderen Wagen voll in die Seite. Forry latschte auf die Bremse und verringerte leicht das Tempo, aber er krachte gegen das Heck des Chinesen. Sein Kopf knallte gegen irgend etwas, dann wurde alles schwarz um ihn herum.

9. Kapitel

Childe war leicht benommen. Nach dem Aufkreischen von Gummi, dem Krachen, Reißen und Knittern von Blech sowie dem Brechen und Klirren von Glas folgte ein Augenblick der Stille — wenn man von dem Regen und der sich von fern nähernden Polizeisirenen absah. Die Scheinwerfer einiger Wagen funktionierten noch; sie warfen einen bleichen, von Regenfäden durchzogenen Schein über die Wracks. Dann sprang ein großer, schwarzer Fuchs über Childes Kühler hinweg, hielt kurz inne, um ihn durch die Windschutzscheibe anzugrinsen, machte einen Satz auf die Straße und verschwand in der Finsternis hinter Stats Restaurant.

Ein Streifenwagen hielt mit leiser werdender Sirene

neben den Wagen an. Zwei Beamte stiegen aus. Im gleichen Moment lief ein großer Hund — nein, ein Wolf! — an Childe vorbei; er hielt ebenfalls auf die Rückseite des Restaurants zu.

Einer der Polizisten warf einen Blick in die Wagen, fluchte, und rief seinem Kollegen zu: »He, Jeff, schau dir das an! In dem hier liegen zwei Haufen leere Kleider, und in dem anderen einer, aber es ist niemand da, der sie getragen haben könnte! Was, zum Teufel, wird hier gespielt?«

Der Polizist sah sich einem echten Tohuwabohu gegenüber, und das in mehrfacher Hinsicht. Niemand schien tot oder ernsthaft verletzt worden zu sein. Childes Wagen war zwar vorn und seitlich eingedrückt, aber immer noch fahrtüchtig. Das Fahrzeug eines gewissen Mr. Ackerman mußte abgeschleppt werden; sein Kühler war eingedrückt. Paos Wagen war ein Wrack. Die anderen leckten stark an den Kühlern und würden es nicht weit schaffen.

Einer der Polizisten stellte Warnleuchten auf. Der andere konnte sich wegen der zurückgelassenen Kleidung immer noch nicht beruhigen. Er murmelte unentwegt: »Ich habe ja schon die verrücktesten Sachen gesehen, aber das setzt allem die Krone auf!«

Eine Viertelstunde später tauchte der nächste Streifenwagen auf. Die Beamten stellten fest, daß niemand ins Krankenhaus mußte. Sie befragten die Fahrer kurz, verteilten ein paar Strafzettel und entließen die Leute. Natürlich war der Fall damit keineswegs erledigt, aber aufgrund des Regens war es zu so vielen Unfällen gekommen, daß die Polizei gezwungen war, die normale Prozedur etwas abzukürzen. Einer der Beamten sagte, daß die beiden Mr. Paos und Mr. Batlang sich wegen des Verlassens eines Unfallortes würden verantworten müssen. Und wenn die Kleider überhaupt etwas bedeuteten, kriegten sie auch noch eine Anzeige wegen Nacktseins in der Öffentlichkeit und unsittlicher Zurschaustellung an den Hals; wahrscheinlich würde man sie auch zu einer psychiatrischen Untersuchung schicken.

Einer der Unfallbeteiligten meinte, sie hätten sich möglicherweise in einem Schockzustand befunden; er kenne sie alle, es handele sich um äußerst respektierte Bürger, die niemals einen Unfallort verlassen würden — es sei denn in einem Zustand, in dem sie nicht mehr wußten, was sie taten.

»Vielleicht«, sagte der Polizist. »Aber sie müssen doch wohl zugeben, daß es ganz schön komisch ist, wenn sich alle drei ausziehen — beziehungsweise aus ihren Kleidern herausrutschen; so sieht's für mich nämlich aus — und abhauen. Wir waren direkt hinter ihnen; wir haben sie nicht mal verschwinden sehen.«

»Es hat sehr stark geregnet«, sagte der Mann.

»So stark nun auch wieder nicht.«

»Ist das eine Nacht!« sagte der andere Polizist.

Childe unternahm den Versuch, mit den anderen in den Unfall verwickelten Personen zu reden, aber nur ein gewisser Forrest J (ohne Punkt) Ackerman war dazu bereit. Er schien sich ziemliche Sorgen um ein Gemälde zu machen, das auf dem Rücksitz von Paos Wagen gelegen hatte. Er hatte es kurz nach der Ankunft der Polizei aus dem Fahrzeug geholt und auf den Rücksitz seines Cadillacs gelegt. Falls die Polizisten es gemerkt hatten, ließen sie es sich nicht anmerken. Jetzt wollte Ackerman zu seinem Haus zurück.

»Ich nehme Sie mit, sobald man uns hier wegläßt«, sagte Childe. »Ihr Haus ist doch nicht weit von hier; es ist kein Umweg für mich.«

Er hatte keine Ahnung, welche Rolle Ackerman in dieser Affäre spielte. Er wirkte zwar wie ein unschuldiges Opfer, aber immerhin hatte er ein Gemälde aus Paos Wagen genommen. Wie war Pao in seinen Besitz gelangt? Außerdem schien es zwei Paos zu geben. Waren es Zwillinge?

Auf dem Weg zu seinem Haus erzählte Forry Ackerman, was ihm passiert war. Childe wurde ziemlich nervös, da er Woolston Heepish bei den Ermittlungen im Fall seines verschwundenen Partners Colben schon einmal begegnet war.

Ein Bekannter hatte ihn zu Heepish gebracht, weil dieser eine große Sammlung von Zeitungsausschnitten über Vampire besaß und in dem damals an die Polizei geschickten Film ein Vampir vom Typ Dracula bei der Verstümmelung Colbens mitgewirkt hatte.

Childe faßte den Entschluß, so zu tun, als glaube er Ackermans Geschichte. Der Mann wirkte angesichts dessen, was passiert war, wirklich echt verärgert und verwirrt. Aber es war nicht auszuschließen, daß er zu den Og gehörte, wie Hindarf sie genannt hatte. Er konnte aber auch zu den Toc gehören.

Als er vor Ackermans Haus anhielt, musterte er das Gebäude durch die Finsternis und den Regen und sagte: »Wenn ich es nicht besser wüßte, würde ich glauben, daß Heepish hier wohnt.«

»Dieser Mensch hat sein Haus bewußt so gestaltet, daß es dem meinen gleicht«, sagte Forry. »Deswegen nennt man ihn auch einen Ackerman für Arme, obwohl ich glaube, daß er so arm nicht ist.«

Sie gingen hinein, und während Ackerman das Gemälde aufhängte, sah Childe sich um. Die Raumaufteilung des Hauses war die gleiche, nur die Gemälde und sonstigen Sammlerstücke unterschieden sich. Außerdem war Ackermans Haus heller und mehr der Science Fiction zugeneigt als das Heepishs.

Als Forry mit einem zufriedenen Lächeln vom Sofa herunterkletterte, sagte Childe: »Mit diesem Unfall stimmt etwas nicht; und nicht wegen Paos Verschwinden. Ich meine damit, daß ich Pao in einem und drei weitere Männer in einem zweiten Wagen verfolgt habe. Und dennoch sagen Sie, Sie wären auch hinter ihm hergewesen.«

»Das stimmt«, sagte Forry. »Es ist verwirrend. Der ganze Abend war verwirrend und äußerst durcheinander. Ich muß noch die neue Ausgabe meines Comic-Magazins redigieren und an meinen New Yorker Verleger schicken. Ich bin schon weit über den Termin. Jetzt muß ich doppelt so schnell arbeiten, um es noch zu schaffen.«

Childe interpretierte seine Worte als freundlichen Rausschmiß. Der Mann schien wirklich in seiner Arbeit aufzugehen. Wie viele Menschen waren wohl dazu fähig, an den Schreibtisch zurückzukehren und eine Vampirgeschichte zu redigieren, obwohl sie gerade mit echten Vampiren zu tun gehabt hatten — von echten Werfüchsen und Werwölfen ganz zu schweigen?

»Wenn Sie mit Ihrer Arbeit fertig sind und Zeit für ein Gespräch haben«, sagte Childe, »müssen wir uns unbedingt treffen. Ich habe viele Fragen — aber auch manche Information, die Sie bestimmt interessiert, wenn ich auch nicht annehme, daß Sie sie glauben werden.«

»Ich bin zu müde, um an irgend etwas zu glauben«, sagte Forry. »Es sei denn, an eine Mütze Schlaf. Und die werde ich so bald nicht kriegen. — Ich bin wirklich nicht gern ungastlich, aber ...«

Childe zögerte. Sollte er die Zeit dieses Mannes noch weiter in Anspruch nehmen, um ihn zu warnen? Es war wohl besser, wenn er es nicht tat. Wenn Forry erfuhr, in welcher Gefahr er wirklich schwebte, konnte er sich wahrscheinlich nicht mehr auf seine Arbeit konzentrieren. Und das Wissen um diese Gefahr half ihm nur dann, wenn er sie ernstnahm und aus dieser Gegend verschwand. Und das sah unwahrscheinlich aus. Auch Childe hätte diese Geschichte nicht geglaubt, wenn er sie nicht am eigenen Leibe erfahren hätte.

Er gab Forry seine Telefonnummer und seine Adresse und sagte: »Rufen Sie mich an, wenn Sie Zeit für ein Gespräch haben. Ich kann Ihnen eine Menge erzählen. Vielleicht kommen wir zusammen zu einem vollständigeren Bild.«

Forry erklärte sich einverstanden. Er brachte Childe zur Tür, doch bevor er ihn hinausließ, sagte er: »Ich glaube, ich nehme das Bild lieber mit in mein Büro. Ich würde es Heepish zutrauen, daß er es noch einmal versucht.«

Childe fragte nicht danach, warum Forry nicht die Polizei verständigte. Wahrscheinlich tat er es deswegen nicht, weil es ihn noch länger davon abgehalten hätte, *Vampirelle* fertigzustellen.

10. Kapitel

Childe erreichte sein Zuhause erst am nächsten Morgen um sieben. Um 4.30 Uhr hatte der Regen zwar aufgehört, doch nun waren die Canyons reißende Ströme. Er wurde von der Polizei angehalten, aber als er erklärte, daß er in der Nähe der Hauptstraße wohnte, ließ man ihn passieren. Nur Anliegern war es gestattet, diesen Teil des Topanga Canyons zu befahren, aber auch ihnen gab man den Rat, die Gegend lieber zu meiden. Childe fuhr weiter und erreichte schließlich die Einfahrt zu seinem Haus. Er sah drei Häuser, die von ihrem Fundament gespült und zwischen zwei und sechs Meter weit den Abhang hinuntergerutscht waren. Zwei der Häuser wirkten verlassen, doch vor dem dritten sah er eine Familie beim Bergen ihrer Möbel und Kleider, die sie auf der Ladefläche eines Kleinlasters verstauten. Childe dachte kurz daran, ihnen zu helfen, aber dann kam er zu der Ansicht, daß sie mit der Angelegenheit schon selbst fertig wurden. Der Kleinlaster war bestimmt besser gegen das Hochwasser gerüstet als sein niedrighängender Wagen, und wenn sie sich unbedingt bei der Bergung eines Sofas das Kreuz brechen wollten, sollten sie diese Narretei gefälligst selbst ausbaden.

Unter den Ästen der Eiche stand schon wieder ein Wagen. Gleiches Baujahr, gleiches Modell. Das Wasser, das die Straße hinunterfloß, reichte bis an seine Radkappen. Die Strömung war so stark, daß sie Childes Wagen hin und wieder einen Zentimeter in die Höhe hob. Aber zu keiner Zeit hing er mit mehr als einem Rad in der Luft.

Er stellte den Wagen in der Einfahrt ab. Der Garagenboden stand unter Wasser, und außerdem wollte er schnell von hier verschwinden können. Er wußte nicht genau, ob das Wasser, das von dem Erdhügel in seinem Hintergarten herunterfloß, die Garage nicht irgendwann fortspülte. Wenn der Hügel zusammenfiel, rutschte er eventuell so weit, um die Garage zu erdrücken, denn sie war ihm näher als das Haus.

Childe schloß die Tür auf und hinter sich zu. Er wollte gerade den Raum durchqueren, als sich im blassen Licht des Tages ein formloser Umriß vom Sofa erhob. Er glaubte, sein Herz müsse stillstehen.

Die Gestalt verlor ihre Formlosigkeit. Sie basierte auf einer Decke, die sie verborgen hatte.

Einen Moment lang konnte er nicht fassen, wer da vor ihm stand. Dann schrie er: »Sybil!«

Es war seine Ex-Frau.

Sie eilte auf ihn zu, schlang die Arme um ihn, preßte das Gesicht an seine Brust und schluchzte. Childe hielt ihre Hand und flüsterte pausenlos: »Sybil! Sybil! Ich habe gedacht, du wärst tot! Mein Gott, wo bist du gewesen?«

Nach einer Weile hörte sie auf zu weinen und hob den Kopf, um ihn zu küssen. Sie war jetzt fünfunddreißig — vor sechs Tagen war ihr Geburtstag gewesen —, aber sie sah aus, als sei sie um fünf Jahre gealtert. Dunkle Ringe waren unter ihren Augen, und die Falten, die ihre Nase und ihren Mund umgaben, waren tiefer geworden. Sie sah auch dünner aus.

Childe führte sie zum Sofa, ließ sie Platz nehmen und sagte: »Bist du in Ordnung?«

Sie fing erneut an zu weinen, doch eine Minute später schaute sie zu ihm auf und sagte: »Ja und nein.«

»Kann ich irgend etwas für dich tun?« fragte er.

»Ja. Du kannst mir eine Tasse Kaffee machen. Und einen Joint, wenn du was da hast.«

Childe machte eine Geste mit der Hand, um anzuzeigen, daß er sich charakterlich völlig verändert hatte. »Ich habe kein Pot. Ich trinke wieder.«

Sie sah ihn erschrocken an, und er fügte hastig hinzu: »Nur einen kleinen, und sehr unregelmäßig. Ich gehe wieder zur Schule. Auf die Universität von Kalifornien. Geschichte; hab' schon ein Examen hinter mir.« Dann fragte er sie: »Wie hast du das Haus gefunden? Wie bist du hierhergekommen? Ist das dein Wagen, der draußen steht?«

»Jemand hat mich hergebracht und ins Haus gelassen. Ich nahm die Augenbinde ab und sah mich um. Als ich mein Foto auf dem Schränkchen neben dem Bett sah, wußte ich, wo ich war. Ich beschloß, auf dich zu warten. Dann bin ich eingeschlafen.«

»Einen Augenblick noch«, sagte Childe. »Es wird bestimmt eine lange Geschichte. Ich setze Kaffee auf und mache ein paar Brote, für den Fall, daß wir Hunger kriegen.«

Er hielt sie zwar nicht gern vom Weitererzählen ab, aber er wollte auch keine Unterbrechung haben, wenn sie erst einmal angefangen hatte. Er erledigte alles, was zu tun war, ziemlich schnell, und trug schließlich ein Tablett mit einer großen Kanne Kaffee, etwas zu essen und ein paar ziemlich ausgetrockneten Zigaretten, die er in der Küche fand, ins Wohnzimmer. Er rauchte zwar nicht mehr, aber er hatte immer Zigaretten für die Frauen da, die er gelegentlich mitbrachte.

Sybil sagte: »Oh, gut!« und griff nach den Zigaretten. Dann zog sie die Hand zurück und sagte müde: »Ich habe seit sechs Monaten nicht mehr geraucht; meinen Lungen geht's viel besser. Ich fange lieber nicht wieder damit an.«

Das hatte sie schon früher gesagt, und sie hatte es dabei stets ernst gemeint. Und jetzt schien sie es wieder wirklich ernst zu meinen. Irgend etwas war passiert, das sie verändert hatte.

»In Ordnung«, sagte Childe. »Du hast die Stadt verlassen, um zur Beerdigung deiner Mutter nach San Francisco zu fahren. Ich habe mit deiner Schwester telefoniert. Sie sagte, du hättest sie angerufen und ihr gesagt, du könntest keine Maschine kriegen, und dein Wagen spränge nicht an. Du hast ihr erzählt, du kämst mit einem Freund, aber du hast aufgelegt, ohne zu sagen, mit welchem. Das ist das letzte, was ich von dir gehört habe. Und jetzt, über ein Jahr später, tauchst du in meinem Haus auf.«

Sybil holte tief Luft und sagte: »Ich erwarte nicht, daß du mir glaubst, Herald.«

»Ich werde dir alles glauben. Aus guten Gründen.«

»Ich konnte dich nicht erreichen. Und nach unserem wahnsinnigen Krach dachte ich, du würdest mich nicht mehr sehen wollen. Ich mußte nach San Francisco, aber ich wußte nicht, wie. Dann fiel mir ein Freund ein, und ich ging zu seiner Wohnung rüber. Er wohnte nur einen Block weiter.«

»Er?«

»Bob Guilder. Du kennst ihn nicht.«

»Hattest du was mit ihm?« fragte Childe und spürte das Nagen der Eifersucht. Aber Gott sei Dank war es nicht mehr so stark wie früher — jedenfalls soweit es Sybil anbetraf.

»Ja«, sagte Sybil. »Früher. Wir sind aber nicht auseinandergegangen, weil wir uns nicht mehr ausstehen konnten. Wir konnten uns bloß sexuell nicht mehr hochbringen. Aber wir sind gute Freunde geblieben. Na ja, ich traf genau in dem Moment bei ihm ein, als er seine Sachen packte, um nach Carmel zu fahren. Er konnte den Smog nicht mehr aushalten, und obwohl der Gouverneur nicht wollte, daß noch jemand mit dem Wagen fuhr, wollte er los. Er freute sich, mich nach San Francisco fahren zu können, weil er dort ein paar Dinge zu erledigen hatte.«

Sie hatten die Stadt über den Ventura Boulevard verlassen, weil sie im Radio gehört hatten, daß es auf dem San Diego Freeway einen Stau gab. Und einen Verkehrsstillstand. Auf dem Ventura Boulevard war es zwar auch nicht besser gewesen, aber fünfzehn Kilometer pro Stunde waren halt mehr als null.

Kurz hinter der Tarzana-Auffahrt überhitzte sich der Wagen. Guilder hatte es noch bis nach Tarzana hinein geschafft, aber dort arbeitete nur eine Werkstatt. Die Inhaber der anderen waren entweder zu Hause geblieben oder versuchten ebenfalls, dem tödlichen Smog zu entkommen.

»Du wirst es nicht glauben«, sagte Sybil, »aber ich habe ein Motorrad geklaut. Es stand am Straßenrand, und der Zündschlüssel steckte. Niemand war in Sicht. Vielleicht war der Besitzer nur zehn Meter weit weg, aber der Smog war wahnsinnig dicht. Du weißt doch, daß ich schon mal auf Hondas gefahren bin? Ich hatte mal einen Freund, der eine Honda hatte, und er hat mir beigebracht, wie man damit fährt.«

Und eine Menge anderer Dinge, dachte Childe schmerzlos. Der Gedanke kam ihm automatisch, aber er freute sich, daß es ihm jetzt nicht mehr so viel bedeutete.

Es hatte keinen Zweck, einen Versuch zu starten, Frisco mit der Honda zu erreichen. Der Verkehr war so dicht und bewegte sich so langsam von der Stelle, daß sie keine Chance gesehen hatte, ihr Ziel — falls überhaupt — noch vor der Beerdigung zu erreichen. Also hatte Sybil beschlossen, in ihre Wohnung zurückzukehren. Mit brennenden Augen, schmerzenden Schläfen und pfeifenden Lungen war sie auf der Honda nach Hause gefahren. Es hatte zwei Stunden gedauert. Fahrzeuge, die alle in die gleiche Richtung gefahren waren, hatten zwar beide Fahrspuren gefüllt, aber sie hatte genug Platz zum Durchkommen gefunden — sie war hin und wieder über einen Bürgersteig gefahren.

Sie hatte ihre Wohnung erreicht. Fünf Minuten später klopfte jemand an die Tür. Sie hatte an einen Nachbarn gedacht, da es ohne Schlüssel schwierig war, das Haus überhaupt zu betreten.

Aber sie kannte die beiden Männer nicht, und bevor sie die Tür wieder schließen konnte, stürzten sie sich auf sie. Sie spürte, wie eine Nadel in ihren Arm drang und verlor das Bewußtsein. Als sie erwachte, befand sie sich in einer Drei-Zimmer-Suite mit Bad. Die Räume waren ausnahmslos groß und luxuriös möbliert, und während der ganzen Zeit ihrer Gefangenschaft wurde sie mit den besten Nahrungsmitteln, Spirituosen, Zigaretten und Marihuana versorgt, plus allem, was sie zur Körperpflege brauchte.

Ausgenommen Kleider. Sie hatte eine hübsche Robe und zwei dünne Negligés getragen, die jede Woche gereinigt wurden.

Als sie erwachte, war sie allein. Sie sah sich um und stellte fest, daß ihre Unterkunft fensterlos war. Die Türen waren verschlossen. Sie bemerkte einen großen Farbfernseher und ein Radio; beide funktionierten. Das Telefon war mit keinem Amt verbunden. Als sie den Hörer abnahm, antwortete ihr eine Männerstimme, und sie legte wieder auf, ohne irgend etwas zu sagen. Ein paar Minuten später flog eine Tür auf und zwei Männer und eine Frau traten ein.

Sybil beschrieb sie in allen Einzelheiten, als Childe fragte, wie sie ausgesehen hatten. Einer von ihnen konnte einer der Paos gewesen sein; die Frau vielleicht Vivienne Mabcrough. Der zweite Mann erinnerte ihn an niemanden, den er kannte.

Sybil bekam einen hysterischen Anfall. Man gab ihr eine weitere Spritze. Als sie erneut aufwachte, hielt sie sich zurück. Man informierte sie, daß ihr nichts geschehen und daß man sie irgendwann wieder freilassen würde. Als sie danach fragte, was man mit ihr vorhatte, erhielt sie keinerlei Antwort. Im Laufe der Zeit gelangte sie zu der Ansicht, daß ihre Häscher den Plan hatten, sie irgendwie gegen Childe auszuspielen.

Für Childe, der an die sexuelle Mißhandlung dachte, der er während seiner kurzen Anwesenheit in Igescus Haus ausgesetzt gewesen war, war es unvorstellbar, daß man Sybil nicht auf irgendeine Weise sexuell belästigt hatte. Er fragte sie, ob man sie vergewaltigt hätte.

»Oh, sehr oft!« sagte sie — beinahe sachlich.

»Haben sie dir wehgetan?« Seine Frage und ihre möglicherweise vorhandenen bösen Erinnerungen schienen ihr nichts auszumachen.

»Ein bißchen, am Anfang«, sagte sie.

»Wie fühlst du dich jetzt? Ich meine, waren deine Erfahrungen irgendwie traumatisch?«

Er kam sich allmählich wie ein Psychiater vor — oder zumindest wie ein Staatsanwalt.

»Komm her, setz dich zu mir!« sagte Sybil. Sie streckte ihm eine schlanke, blasse Hand entgegen. Er setzte sich neben sie, legte einen Arm um sie und küßte sie. Zuerst rechnete er damit, sie würde in Tränen ausbrechen, aber sie seufzte nur. Nach einer Weile sagte sie: »Ich bin doch immer sehr offen zu dir gewesen, nicht wahr?«

»Ja. Aber ich weiß nicht, ob zwanghafte Ehrlichkeit der Hauptfaktor dafür war«, sagte Childe. »Du hast es vielleicht so gesehen, aber für mich war deine Offenheit eher dazu geeignet, mich mehr zu verletzen als alles andere.«

»Vielleicht hast du recht«, sagte Sybil. Sie trank einen Schluck Kaffee, dann sagte sie: »Ich werde dir erzählen, was passiert ist, aber nicht, um dich zu verletzen. Jedenfalls ist es nicht meine Absicht.«

11. Kapitel

Sybil betrieb Gymnastik, rauchte mehr, als gut für sie war, schaute sich das Fernsehprogramm an, hörte Radio, las die Illustrierten und Bücher, die man ihr auf ihre Bitten hin besorgte, und versuchte ganz allgemein, bei geistiger Gesundheit zu bleiben. Die Ungewißheit ihrer Lage war das Element, das sie am meisten dem Verrücktwerden entgegentrieb. Es wäre jedoch schlimmer gewesen, wäre sie völlig allein gewesen. Der Mann am Telefon unterhielt sich mit ihr, und sie bekam mindestens fünfmal am Tag Besuch. Die Frau, die ihre Mahlzeiten brachte, setzte sich zu ihr und unterhielt sich mit Sybil, wenn sie darum bat, und ein Mann, der Stecker hieß, und eine Frau namens Panchita kamen ziemlich oft. Hin und wieder ließ sich auch die phantastisch schöne Vivienne Mabcrough bei ihr sehen.

»Sie haben mit mir über viele Dinge gesprochen«, sagte Sybil. »Und sie haben mir viele Fragen über dich gestellt.

Sie wollten hauptsächlich wissen, was ich über deine Kindheit weiß, aber sie wollten auch Informationen über deine persönlichen Eigenarten — was du liest, wie deine Träume aussehen — stell dir das mal vor, deine Träume! —, und alles andere, was ich aus unserer Ehe von dir weiß.«

Sybil hatte darin nichts gesehen, was ihm hätte schaden können. Außerdem hatte ihr Trieb, stets die Wahrheit zu sagen, sie mehr oder weniger dazu gezwungen, vollständige Antworten zu geben. Jedenfalls sah sie es so.

Nach einer Weile machte ihr die sexuelle Enthaltsamkeit zu schaffen. Ihre Brustwarzen erigierten, sobald sie mit Stoff in Berührung kamen. Ihre Möse juckte. Sie ertappte sich dabei, wie sie hin- und herrutschend auf ihrem Unterschenkel saß oder sich an einem Bettpfosten rieb. Sie behielt sogar eine Banane von ihrem Essen übrig und masturbierte damit.

»Wenn es dich irgendwie tröstet«, sagte sie, »ich habe mir dabei vorgestellt, du würdest mich lieben. Jedenfalls meistens.«

Childe fragte nicht, an wen sie sonst noch gedacht hatte. Eigentlich kümmerte es ihn nicht mehr. Aber das war auch seltsam, denn er verspürte jetzt echte Wärme und Zuneigung für sie, vielleicht sogar Liebe. Er freute sich, sie wiederzusehen und mit ihr zusammenzusein.

Sybil hatte sich vielleicht verändert, aber sie war kein völlig anderer Mensch geworden. Sie war immer noch darauf aus, ihm alles zu erzählen.

»Du brauchst auf den anderen nicht eifersüchtig zu sein«, sagte sie. »Es gibt ihn gar nicht. Er ist nur eine Fiktion. Kannst du erraten, wer es ist?«

»Jetzt ist zwar nicht die Zeit für Ratespiele«, sagte Childe, »aber ich wüßte nicht, wen du dir am anderen Ende der Banane vorgestellt hast.«

»Tarzan!« sagte Sybil.

»Tarzan? — Ich werd' verrückt! Aber warum eigentlich nicht? Bananen passen zu ihm. Und man kann eigentlich auch annehmen, daß der Herr des Dschungels jede Menge Druck auf der Pfeife hat.«

Er gab sich zwar sarkastisch, aber er war auch überrascht. Es gab immer noch Dinge, die er nicht über sie wußte. Tarzan!

Möglicherweise, meinte Sybil, habe man sie durch eine versteckte Kamera beobachtet. Warum sonst wäre Stecker an diesem Abend zu ihr hereingekommen, um ihr zu sagen, sie brauche fortan nicht mehr zu leiden?

Stecker war ein hochgewachsener, drahtiger Mann mit gesunder Sonnenbräune, schwarzem Haar, leicht spitzen Ohren und einem sehr attraktiven Gesicht. Er stand vor ihr und zog sich aus, während sie ihn fragte, was er vorhatte — als wüßte sie es nicht.

»Er hatte einen wunderbaren Körper mit herrlich glatter Haut; sie war beinahe wie Glas. Und sein Schwanz war groß. Er war nicht übergroß, aber einfach lang und dick. Und sein Ding hatte den dicksten Kopf, den ich je gesehen habe. Damit meine ich nicht die Eichel. Die war zwar auch dick, aber er hatte einen Auswuchs an der Seite, der wie eine Art Warze aussah. Also hab' ich ihm gesagt, daß mich das abtörnt.«

»Du klingst so«, sagte Childe, »als hätte dir die ganze Sache überhaupt nichts ausgemacht.«

»Na ja, ich war in einer Art Notstand. Die Banane war auch nicht gerade das Wahre. Und er sah nun einmal verdammt gut aus. Zudem hatten wir uns oft miteinander unterhalten, und ich mochte ihn irgendwie, auch wenn er mein Wärter war. Also erzählte ich mir den alten Witz; du weißt ja: Wenn du schon vergewaltigt wirst, lehn dich zurück und genieße es.«

»Wirklich?« sagte Childe.

»Na ja, eigentlich nicht. Ich hatte schon Angst. Aber dann sagte er, er würde mich nicht zwingen. Und das entspannte mich irgendwie.«

Stecker nahm neben ihr Platz und küßte sie. Sie versuchte, ihm auszuweichen, aber er drehte ihren Kopf sanft in seine Richtung. Sie wandte protestierend ein, er zwänge sie ja doch, und er erwiderte, er bäte sie doch bloß um einen Kuß. Wenn es ihr nicht gefiele, wolle er sie nicht noch einmal küssen.

Das erschien Sybil fair. Es war mehr, als sie erwartet hatte. Hätte er sie vergewaltigen wollen, hätte er es ohne weiteres tun können.

Sie hob ihm das Gesicht entgegen. Er legte ihre Hand auf seinen Riemen und schob ihr die Zunge in den Mund.

Der Schlag, der durch ihre Kehle und ihren Arm fuhr, fühlte sich beinahe so an, als hätte sie einen elektrisch geladenen Aal berührt.

»Ich meine, es war so etwas wie ein elektrischer Schlag, nur viel schwächer. Ich hatte einen Orgasmus in der Kehle und im Arm.«

Childe sprang auf und sagte: »Was?«

»Ja, ich weiß. Es klingt verrückt. Aber es ist wahr. Ich bin gekommen. Und du weißt doch, wenn ich komme, komme ich mit dem ganzen Körper. Aber diese Ekstase war dichter, ich meine intensiver — in meinem Mund und in der Kehle, und in der Hand und im Arm.«

Childe sagte nichts mehr. Seine Erfahrungen mit Igescus Mannschaft hatten für ihn Tore in eine Welt geöffnet, die mehr als exotisch war. Stecker war zwar jemand, der ihm noch nicht über den Weg gelaufen war, aber er nahm an, daß sich in dieser Gruppe noch weitere seltsame Lebewesen aufhielten.

Sybil hatte sich nicht gesträubt, als er ihr die Robe und das Negligé ausgezogen hatte. Sie hatte es zugelassen, daß er sie zum Bett trug, wo er sich zwischen ihre Schenkel gelegt und seine Zunge in ihre Möse geschoben hatte. Es war wie der Funke in einem Behälter voller verdunstetem Benzin gewesen. Ein Orgasmus nach dem anderen explodierte in ihr. Dann bauten sie sich allmählich langsamer auf — bis sie die Wonne nicht mehr ertragen konnte und in Ohnmacht fiel.

Als sie sich keuchend und stöhnend in den Nachwirkungen wälzte, setzte Stecker sich auf sie und schob seine Rute zwischen ihre Brüste. Auch sie erlebten das gleiche; die Ekstase war so stark, daß Sybil — aber natürlich war es nur Einbildung — blaue Funken aus den Spitzen ihrer Brustwarzen springen sah.

»Das Komische daran war, daß sein Ding gar nicht hart war«, sagte sie. »Auch als er es mir in den Mund schob und mir noch einen elektrischen Abgang verschaffte, wurde es nicht hart.«

»Ist er nicht in deinem Mund gekommen?« fragte Childe. »Ich meine, hat er keinen Abgang gehabt?«

»Abgespritzt hat er jedenfalls nicht«, sagte Sybil. »Ich nehme an, daß der elektrische Schlag sein Abgang war.«

Sie hatte eine ganze Reihe von Orgasmen erlebt, und zwar einen nach dem anderen, so schnell, daß sie sie nicht zählen konnte.

Hinterher hatte er ihren ganzen Leib geküßt, und jeder Quadratzentimeter ihrer Haut hatte einen kleinen Orgasmus erlebt, bis er ihr die Zunge in den After geschoben hatte. Das hatte sie fast in die Luft gehen lassen — und nach diesem Orgasmus hatte sie das Bewußtsein verloren.

Dann schwieg sie, als schwelge sie mit höchstem Genuß in dieser Erinnerung.

Schließlich sagte Childe: »Und ... hat er dir sein Ding je auch in die Möse geschoben?«

Er hatte es eigentlich nicht so hart sagen wollen, doch jetzt war er zum ersten Mal eifersüchtig.

»Nein, ich habe zwar versucht, ihn reinzukriegen, aber er sagte, es hätte keinen Zweck. Er kriegte ihn nicht hart; er flutschte immer wieder raus. Aber ich hatte Orgasmen in der Hand, als ich es versuchte. Ich sagte, daß es mir leid täte, weil ich nichts für ihn tun könnte, aber er sagte, es sei nicht schlimm; er wäre mehr als befriedigt. Ich glaube, ich habe richtig gelegen, als ich meinte, seine Abgänge waren elektrisch. Man könnte sagen, er hatte einen Hochspannungs-Abgang.«

Als Sybil sich genügend erholt hatte, um sich zu fürchten, hatte sie Stecker nach diesem Phänomen befragt. Er hatte erwidert, er sei halt anders strukturiert. Dann stand er auf, nahm seine Kleider und ging hinaus.

Danach kam er jeden vierten Tag. Sybil fragte ihn, warum er nicht öfter käme, und er sagte, er brauche so lange, um eine neue Ladung aufzubauen. Sie nahm ihn beim Wort, aber dann begann sie sich wieder zu fürchten. Welchen Irren war sie in die Hände gefallen? Doch wenn Stecker sie berührte, war ihre Furcht verschwunden.

Nachdem Stecker sie etwa fünfmal besucht hatte, betraten zwei Frauen — Panchita und Diana — ihr Zimmer. Sie unterhielten sich eine Weile mit ihr und gingen wieder. Sie kehrten alle paar Tage zurück. Dann fragte Panchita sie eines Nachmittags, ob sie gern einen Joint rauchen würde. Sybil war ziemlich wild darauf, weil der Stoff ihr helfen konnte, die langweiligen Augenblicke ihres Daseins zu überbrücken. Sie hatten sich zu dritt einen angesteckt.

»Aber das Zeug war kein echtes Pot«, sagte sie. »Es roch zwar so ähnlich, aber es muß etwas anderes gewesen sein. Es hat mich zwar ziemlich angemacht, aber es machte mich auch sehr beeinflußbar. Ich glaube, es hatte irgendwie ein hypnotisches Element.«

»Wirklich?« sagte Childe. Er fragte sich, was sie nun zu erzählen hatte.

»Ja. Ich wurde ganz schön high, und wir haben alle drei ziemlich hysterisch gelacht. Ich hatte völlig vergessen, daß ich ihre Gefangene und ihrer Gnade ausgeliefert war. Sie kamen mir wie alte Freundinnen vor und erschienen mir sehr liebenswert. Sie kamen mir sogar ... ah ... begehrenswert vor.«

»Hast du dich mit ihnen eingelassen?«

»Oh ja. Panchita setzte sich neben mich und legte ganz beiläufig einen Arm um meine Schulter. Dann legte sie plötzlich eine Hand um meine Brust und streichelte die Brustwarze. Ich war plötzlich richtig verliebt in sie. Ich hatte Lust auf sie. Es kam mir vor wie die natürlichste

Sache der Welt. Du weißt ja, Herald, daß ich auf so was nicht stehe. Ich habe bis dahin nie lesbische Beziehungen gehabt. Offen gesagt, ich habe mich immer davor geekelt.«

Childe schwieg.

Sybil fuhr fort: »Diana, eine Blondine mit perfekt geformten, gewaltigen Brüsten, nahm auf meiner anderen Seite Platz. Als Panchita mein Negligé hochzog und an meiner Brustwarze saugte, fing Diana an, mich zu küssen. Ich war wahnsinnig heiß. Diana und ich ... wir haben richtig geknutscht. Und dann spürte ich, wie Panchitas Lippen über meinen Bauch fuhren. Sie hat mich überall abgeküßt und hörte erst auf, als sie an meiner Möse angekommen war.

Diana hob mich hoch und ging dann mit mir zum Bett hinüber, wo sie mir das Negligé auszog. Ich legte mich rücklings hin, und Diana und Panchita zogen sich aus. Sie standen rechts und links von mir neben dem Bett, und sie nahmen meine Hände und schoben sie sich zwischen die Beine. Sie waren beide patschnaß. Ich schob einen Daumen in jeden Schlitz. Sie rutschten darauf hin und her und holten sich selbst einen runter.«

»Mußt du so in die Einzelheiten gehen?« fragte Childe.

»Es ist eine gute Therapie für mich«, sagte Sybil. Sie hatte die Augen geschlossen; ihr Kopf lehnte am Rückenteil des Sofas.

Die beiden Frauen hatten sich neben sie gelegt. Diana küßte und knetete ihre Brüste, während Sybil Dianas linke Brust liebkoste. Panchita hatte sich mit ihrer Zungenspitze erneut auf die Reise über ihren Bauch begeben. Nachdem sie Sybils Schamhaar umrundet hatte, hatte sie sich zwischen ihre Schenkel begeben. Sie hatte sie gespreizt und ein Kissen unter ihren Hintern geschoben. Dann war ihre Zunge plötzlich über Sybils Klitoris geglitten und hatte sich so tief, wie es nur ging, in ihre Möse gebohrt. Dort war sie geblieben, bis Sybil einen Orgasmus gehabt hatte.

»Dann tauschten Panchita und Diana die Plätze, und Diana hat mich mit der Zunge gefickt«, sagte Sybil. »Diana hat mich mehr stimuliert, ich bin mindestens fünfmal gekommen. Dann kniete Panchita sich über mich, und ich habe ihre Möse geleckt, mit der Zunge ihren Schlitz gefegt und ihre Klitoris bearbeitet. Sie ist mehrmals gekommen. Und dann kniete Diana sich über mich. Sie kam beinahe sofort.

Dann ging Panchita wieder nach unten. Sie drehte mich auf die Seite und leckte meinen Anus, während Diana meine Möse leckte. Nachdem ich ein paarmal gekommen war, bildeten wir ein Dreieck — immer ein Mund zwischen Beinen, und dabei einen Finger im Schlitz ... Es war wundervoll!«

»Das sagst du noch im nachhinein?«

»Nachdem sie weg waren, habe ich es nicht so empfunden. Da habe ich geheult, so schmutzig und widerlich kam ich mir vor. Da war die Droge nämlich schon abgeklungen. Aber Panchita und Diana besuchten mich immer wieder, und nach einer Weile hatte ich dann keine Schuldgefühle mehr. Es machte mir immer mehr Spaß. Und warum auch nicht? Was ist denn schlimm daran, es mit Frauen zu tun? Es tut doch niemandem weh.«

»Nein«, sagte Childe. »Aber hat das, was ihr gemacht habt, die Wirkung, die Stecker in dir hervorrief, irgendwie abgeschwächt?«

»Nicht im geringsten. Könnte man Orgasmen anhand einer Skala messen, würde ich sagen, die seinen waren Super-A-Plus, und die der Frauen B-Minus.«

»Gleich wirst du mir noch erzählen, daß Stecker und die beiden Frauen mit dir zusammen ins Bett gegangen sind«, sagte er.

Sybil öffnete die Augen, wandte den Kopf und sah ihn an.

»Woher weißt du das?« fragte sie. »Schenkst du mir bitte noch ein Täßchen Kaffee ein, Schatz?«

Childe reichte ihr die volle Tasse und sagte: »Hat Stecker es auch mit den beiden Frauen getrieben?«

»Oh, *ja!* Oft sogar. Er hat sich uns angeschlossen, wenn wir einen Dreier machten. Kannst du dir vorstellen, daß wir den elektrischen Schlag alle drei in der Möse und im Mund gespürt haben? Der Strom, oder was es auch war, fuhr durch uns alle.«

»Ich kann ja verstehen, daß du beim erstenmal auf die beiden reingefallen bist«, sagte Childe. »Schließlich standest du unter Drogeneinfluß. Aber nachdem du wußtest, was der Grund dafür war, hast du dich nicht geweigert, das Zeug noch mal zu rauchen?«

»Ich sagte doch schon, es hat mir Spaß gemacht. Jedenfalls habe ich beim zweitenmal nicht daran gedacht, ihr Angebot abzulehnen. Ich weiß auch nicht, warum.«

»Du hast es einfach abgeblockt«, sagte Childe. »Du wolltest mit ihnen ins Bett gehen, deshalb hast du einfach verdrängt, daß das Zeug dich manipulieren würde.«

»Ich bin doch keine Lesbierin!« rief Sybil aus. »Ich bin doch nicht auf Frauen fixiert! Ich kann's zwar mit ihnen treiben, aber ich kann es auch lassen!«

»Du bist doch gerade erst aus dem Knast gekommen«, sagte er. »Woher willst du es also wissen? — Aber lassen wir das. Wie haben sie die hypnotische Droge erklärt, wo sie doch vorher gesagt haben, sie würden dich zu nichts zwingen?«

»Sie sagten, mich hätte doch niemand gezwungen, das Zeug zu rauchen. Und später sagten sie dann, ich brauchte es nicht zu rauchen, da ich die Wirkung ja jetzt kenne.«

»Bist du von dem Zeug abhängig?«

»Nicht im geringsten.«

»Na, vielleicht hast du recht. Die Zeit wird's zeigen. Ich verstehe bloß ihre nicht-sadistische Handlungsweise nicht. Hättest du nicht ein paar bestimmte Leute beschrieben, die ich kenne, würde ich sagen, du wärst in den Fängen einer anderen Gruppe gewesen.«

»Wovon redest du? Welche andere Gruppe meinst du?«

»Ich erzähle dir später von meinen Abenteuern — vorausgesetzt, man kann sie so nennen.«

Sybil fuhr mit ihrer Erzählung fort. Childe fragte sich, ob es sich nicht tatsächlich um eine solche handelte: eine Erzählung. Er zweifelte zwar nicht daran, daß sie Panchita Pocyotl, Diana Rumbow und die anderen kannte. Und wenn sie sie kannte, mußte sie auch tatsächlich ihre Gefangene gewesen sein. — Aber diese sexuelle Schilderung ... War es wirklich so gewesen, wie sie behauptete, oder verheimlichte sie ihm etwas noch viel Schrecklicheres? Hatte Sybil eine dermaßen traumatische Behandlung hinter sich, daß sie sie unterdrückte und durch reine Phantasie ersetzte? Es kam ihm unwahrscheinlich vor, weil sie sich nicht psychotisch verhielt. Aber Psychopathen verhielten sich oft nicht anders als normale Menschen.

Wenn die Og, wie Hindarf sie genannt hatte, Sybil relativ zurückhaltend behandelt hatten, hatten sie bestimmt irgendeinen finsteren Plan im Hinterkopf.

Es gab jedoch, dachte er, einen Beweis für ihre Geschichte: Die Tatsache, daß Vivienne Mabcrough sie nicht angerührt hatte.

»Und dann«, sagte Sybil, »kam eines Tages diese wunderschöne Vivienne zu mir.«

»Was?«

Vivienne und Sybil rauchten die marihuanaähnliche Substanz, wobei Sybil genau wußte, was danach kam. Die beiden hatten es miteinander getrieben, doch die Schlange war in Viviennes Schoß geblieben. Sybil war sich ihrer Existenz nicht einmal bewußt, also erwähnte Childe sie auch nicht.

Danach war Vivienne sehr oft zu Sybil gekommen, manchmal allein und manchmal in Begleitung Panchitas, Dianas oder Steckers, manchmal auch mit allen dreien zusammen. Dann war Fred Pao — beziehungsweise sein Zwilling — aufgetaucht. Aber beide wollten nur abgelutscht werden, doch als Sybil sich erklärte, dies täte sie nur, wenn sie auch etwas bekäme, brachten sie Stecker mit. Während Sybil vornübergebeugt in der Mitte des Zimmers gekniet und Paos lange, schlanke Rute gelutscht hatte, war Stecker mit seinem elektrischen Riemen zwischen ihren Beinen zugange oder mit der Zunge.

»Alle Knastbrüder sollten es so gut haben«, sagte Childe. Er dachte an das, was Colben und den anderen passiert war — und was ihm hätte passieren können. Doch wenn er jetzt darüber nachdachte — vielleicht hatten Igescu und seine Leute gar nicht vorgehabt, ihn zu verstümmeln und zu töten. Sie schienen gewußt zu haben, daß er etwas Besonderes war — wenn er dem glauben konnte, was Hindarf und Vivienne in ihrem kurzen englischen Gespräch zueinander gesagt hatten.

Dennoch — sie hatten versucht, ihn umzubringen, nachdem er geflohen war und einige von ihnen umgebracht hatte. Aber vielleicht hatten sie es aus Gründen der Selbstverteidigung versucht, und nicht weil das Morden ihnen Spaß machte.

Es wird alles immer rätselhafter, dachte er.

Sybil war also eine Art Alice im Sexland gewesen. Bestimmt waren ihre Abenteuer genauso seltsam gewesen wie die der kleinen Alice.

»Ist dir an Vivienne nie etwas komisch erschienen?« fragte er.

»Nein. Hätte es so sein sollen?«

Dies schien ihre Geschichte, daß man sie sanft behandelt hatte, zu bestätigen. Hätte Vivienne ihr das Schlangending vorgeführt, und die beiden hätten es miteinander getrieben, hätte sie sich Sybils äußerst sicher sein müssen.

Trotz aller Genüsse und Drogen hatte Sybil jedoch auch viele Perioden der Depression und Frustration erlebt. Sie hatte sich danach gesehnt, von dort fortzukommen. Es hatte Zeiten gegeben, in denen sie sich wie eine Kuh vorgekommen war, die man mästete, um sie zu schlachten. Doch selbst nachdem sie ein entspanntes Verhältnis zu ihren Häschern entwickelt und sich flüssig mit ihnen unterhalten hatte — sie konnte niemanden dazu bewegen, ihr die Frage nach dem Grund ihrer Gefangenschaft zu beantworten.

Und dann, vor zwei Tagen, hatten alle — bis auf eine Frau, die sie gelegentlich mit Essen versorgte — die Besuche eingestellt. Die Frau hatte sich nicht nur geweigert, ihre Fragen zu beantworten — sie hatte sich sogar geweigert, ihr einen Guten Morgen zu wünschen. Sybil hatte sich das Fernsehprogramm angeschaut, Pot geraucht und sich gefragt, was da vor sich ginge. Sie hatte es wieder mit der Angst bekommen und sich die schrecklichsten Dinge ausgemalt, die ihr zustoßen konnten.

Und dann — in der vergangenen Nacht — war sie wachgerüttelt worden. Sie hatte sich im Bett aufrecht hingesetzt. Ihr Herz schlug bis zum Halse, als sie drei maskierte Männer neben sich sah. Einer von ihnen wies sie an, sich anzuziehen. Man hatte ihr von irgendwoher Kleider mitgebracht, wahrscheinlich aus einem Schrank in dem Haus. Dann hatte man ihr die Augen verbunden, sie aus dem Haus gebracht und hierhergefahren. Die Fahrt, schätzte sie, hatte zwei Stunden gedauert.

Childe sagte zwar nichts dazu, aber er hatte den Eindruck, daß man sie durchaus viel näher als zwei Stunden von hier entfernt gefangengehalten haben konnte. Wenn sie in einem Haus festgehalten worden war, das dem seinen nahe war, hatten ihre Häscher sie vielleicht in der Gegend herumgefahren, um den Eindruck zu erwecken, sie sei weit von ihm entfernt gewesen.

Andererseits war es auch nicht auszuschließen, daß sie in Viviennes Haus in Beverly Hills festgehalten worden war.

»Fühlst du dich in Ordnung?« fragte er.

»Was? Oh, ja, mir geht's gut. Ich bin nur etwas müde. Und ich freue mich, daß ich aus der Sache raus bin, obwohl es nicht nur eine unerfreuliche Erfahrung war. Aber sie war sehr verwirrend. Was, glaubst du, ist dafür verantwortlich, daß Stecker so ist? Ich meine, die Sache mit dem Strom? Glaubst du, man hat irgendeine Batterie in ihn implantiert? Es hört sich fast wie Science Fiction an, findest du nicht?«

Childe gab ihr einen Kuß und sagte: »Was hältst du von einer Runde sauberem Normalsex?«

»In Ordnung«, murmelte sie. »Es ist zwar spät, und ich bin müde, aber ich möchte auch mal wieder einen Mann haben, der mich wirklich liebt. Du liebst mich doch noch, oder? Auch wenn wir alle möglichen Schwierigkeiten hatten?«

»Offenbar ja«, sagte Childe. »Es hat im letzten Jahr manchmal Zeiten gegeben, in denen ich aus Angst um dich fast verrückt geworden bin.«

Er stand auf und sagte: »Ich nehme eine Dusche und rasiere mich. Und dann springe ich in den Schlafanzug.«

»Ich bin sauber«, sagte Sybil. »Ich warte hier auf dich. Du kannst mich ins Bett tragen. Hach, wäre das schön!«

Zehn Minuten später — Childe war mit seinen Vorbereitungen besonders schnell gewesen — kehrte er zu ihr zurück. Sie saß zusammengesackt auf dem Sofa und war fest eingeschlafen. Er lächelte, küßte sie auf die Stirn, legte sie ausgestreckt auf das Sofa, deckte sie zu, küßte ihre Stirn noch einmal und ging ins Schlafzimmer. Es hatte wieder angefangen zu regnen.

12. Kapitel

Als Forrest J (ohne Punkt) Ackerman erwachte, lag sein Kopf auf dem Schreibtisch, und das endlich fertig bearbeitete Päckchen mit dem Manuskript der neuesten *Vampirella*-Ausgabe lag neben ihm. Als er in den Morgenstunden damit fertig geworden war, hatte er an sich die Absicht gehabt, schnell zum Postamt auf der Robertson Street zu fahren und es abzuschicken. Aber irgendwie war er eingeschlafen.

Forrys erster Gedanke war: Das Gemälde! Hatte man ihn etwa unter Drogen gesetzt, um es noch einmal zu stehlen?

Aber es stand neben dem Schreibtisch an der Wand.

Forry seufzte vor Erleichterung — ein Teil seines Seufzers bestand wahrscheinlich aus unterdrücktem Zorn auf Woolston Heepish. Man mußte etwas gegen diesen Burschen unternehmen. Er war nicht nur ein Dieb, er war auch gefährlich. Ein Mensch, der zwei Frauen dazu bringen konnte, sich auszuziehen, um einen anderen dazu zu bewegen, ein Gemälde herzugeben — und das auch noch vor Zeugen — war nicht nur gefährlich. Er war auch irre.

Forry wankte in die Küche, wusch sich über dem Spülbecken das Gesicht, und nahm dann das dicke Päckchen mit dem *Vampirella*-Manuskript an sich. Erst als er auf der Straße stand, fiel ihm ein, daß er ja gar keinen Wagen mehr hatte. Auch das ging auf Woolston Heepishs Konto!

In diesem Augenblick tauchte der Wagen der Dummocks vor ihm auf — wie der Graue Lensman (oder Batman), um die verfahrene Situation zu retten. Lorenzo kroch aus seinem Wagen und näherte sich dem Haus langsam auf allen vieren. Er war ein mittelgroßer Jüngling von fünfunddreißig Jahren, mit schwarzem Haar, einer frischen Gesichtsfarbe, einem schwarzen Schnauzer, einem kleinen Paukenwanst und dünnen Beinen. Hulia, seine Gattin, konnte zwar noch gehen, aber eigentlich auch wieder nicht. Sie war eine kleine Frau mit gewaltigem Busen, einem falkenähnlichen Gesicht, dunklem Haar und einer dicken Brille. Sie war dreißig.

»Ich würde mir gern euren Wagen ausleihen«, sagte Forry. »Ich muß zur Post.«

»Er gehört dir«, sagte Lorenzo, ohne aufzuschauen.

»Die Schlüssel«, sagte Forry. »Die Schlüssel.«

»Hulia kannst du auch haben«, lallte Lorenzo. »Ihre Möse ist die deine. Sorg nur dafür, daß ich Zigaretten, was zu futtern, Fusel und Schreibpapier habe, Forry, dann gehört sie dir, alter Junge. Frag sie selbst; sie hat nichts dagegen.«

»Ich möchte deinen Wagenschlüssel«, sagte Forry laut. »Nicht deine Frau!«

Lorenzo kroch weiter auf das Haus zu. Dann wandte er

den Kopf und sagte: »Hulia! Beeil dich, hilf mir auf! Hast du den Schlüssel?«

Hulia blieb schwankend stehen; sie sah aus wie eine betrunkene Rieseneule. »Welchen? Den vom Wagen? Oder den vom Haus?«

»Scheiß drauf! Forry, kannst du mir die Tür aufmachen?«

Forry schaute in den Wagen. Wie er es vermutet hatte, steckte der Zündschlüssel noch. Er hatte zwar keine Ahnung, wie Lorenzo es geschafft hatte, in seinem Zustand noch zu fahren, ohne einen Unfall zu bauen, aber wahrscheinlich hatte ihn wieder mal das Glück der Süffel und Narren beschützt.

Forry ging zurück und öffnete die Haustür für die beiden. Nachdem Lorenzo über die Schwelle gekrochen und Hulia über ihn gestolpert und aufs Gesicht gefallen war, wollte Forry die Tür wieder schließen. Doch dann sagte er: »Wehe, ihr kotzt auf meine Sammlung! Wenn ihr's tut, fliegt ihr raus! Pronto!«

»Aber Forry!« sagte Hulia. »Haben wir je auf irgendwas gekotzt, das dir gehört?«

»Nur auf die Statue des Schreckens vom Amazonas«, sagte Forry. »Ich habe euch vergeben, weil man sie wieder säubern konnte. Aber wenn ihr auf eins meiner Bücher oder Gemälde oder auf irgend etwas anderes göbelt, fliegt ihr raus!«

»Du scheinst ja wirklich echt sauer auf uns zu sein, Forry-Liebling«, sagte Hulia. »So geladen haben wir dich ja noch nie gesehen. Und ich hab' dich immer für einen Heiligen gehalten!«

»Wenn ich auf was göbeln sollte, kannst du Hulia haben«, sagte Lorenzo und schaute aus seiner gebückten Haltung auf dem Boden zu ihm auf. »Aber unsere Ärsche kriegst du so leicht auch nicht aus deinem Haus. Ich schreibe jetzt den Großen Kosmischen Roman, Forry. Nicht den Großen Amerikanischen Roman. Den Großen *Kosmischen* Roman. Dagegen werden Tolstoi, Dostojewski und

Norman Mailer wie Wolfi Hohlfuß aussehen. In Wirklichkeit bin ich nämlich der Allergrößte, Forry; mein Mäzen, du Beschützer der Begabten und Genies. Dein Name wird in die Geschichte eingehen als Forrest J (ohne Punkt) Ackerman, der Mann, der dafür sorgte, daß Lorenzo Dummock ein Dach über dem Kopf, ein Bett zum Schlafen, einen Tisch zum Schreiben, was zu futtern, Zigaretten und Schreibpapier hatte. Und er hat auch noch die Schreibmaschine des Großen Lorenzo aus dem Leihhaus geholt!«

Das Schlimme an der Sache war, daß Lorenzo sich wirklich für den Größten hielt. Er glaubte seit seinem achtzehnten Lebensjahr daran. Die Welt schuldete ihm ein Auskommen, weil sie von ihm profitieren würde. Jene Welt, die Forry Ackerman hieß.

Lorenzo Dummock hatte versprochen, alles zu tun — er wollte selbst Schwänze lutschen, wenn es sein mußte —, um dem Ruf Apollos zu folgen. Er war bereit, alles zu tun — außer zu arbeiten. Daß Hulia arbeiten ging, war in Ordnung; sie sollte ihn ja auch unterstützen, während er schrieb. So ein Pech aber auch, daß Hulias Asthma und ihre gelegentlichen hysterischen Anfälle es verhinderten, einen festen Job zu behalten. Aber dagegen konnte man halt nichts machen, und wenn sie hin und wieder ein paar alte Schwänze lutschte, damit sie ein Dach über dem Kopf und Lorenzo Fusel, Zigaretten und Schreibpapier zur Verfügung hatte, was war denn daran so schlimm? Forry hatte ein Angebot Hulias, ihm einen zu blasen, abgelehnt. Er hatte ihr zu verstehen gegeben, daß er es lieber sähe, wenn sie das Haus in Ordnung hielte und hin und wieder helfend einspränge, wenn er eine Party gab. Hulia hatte sich zwar dazu bereit erklärt, aber das Lutschen von Schwänzen fand sie einfacher und machte mehr Spaß. Was ihre Möse anging, so war sie allein für Lorenzo reserviert. Schon der Gedanke, ein anderer Mann könne seine Rute in sie versenken, versetzte ihn in rasende Eifersucht. Als Haushälterin hatte sie bisher miserable Arbeit geleistet.

Forry wandte sich von den beiden ab, schwor sich, sie bei der erstbesten Gelegenheit rauszuwerfen, und wußte im gleichen Moment, daß er es doch nicht tun würde. Er stieg in den Wagen, einen ziemlich verbeulten 1960er Ford mit abgefahrenen Reifen, und überprüfte das, was er schon erwartet hatte. Die Tankanzeige stand auf Null.

Trotzdem ging der Motor an und brachte ihn, bevor er wieder ausging, einen Häuserblock weit die Olympic hinunter. Forry marschierte zur nächsten Tankstelle und kam mit einem Kanister voll Benzin zurück. Er wußte auch nicht, wie es kam, aber irgendwie liehen sie ihm ihren Wagen immer dann, wenn der Tank leer war.

Als Forry zum Haus zurückkam, stieß er auf Alys Merrie, die im vorderen Raum auf dem Sofa saß. Irgendwo im Haus roch es nach Erbrochenem. Lorenzo hatte es also wieder mal getan.

»Hallo, Alys«, sagte Forry, während ihm das Herz wie eine Liftkabine, deren Seile gerissen sind, in die Hose rutschte. »Was führt dich zu mir? Und wie bist du reingekommen?«

»Du hast mir doch mal einen Schlüssel gegeben«, sagte sie. »Weißt du das nicht mehr?«

»Und als ich ihn zurückhaben wollte, hast du ihn mir gegeben«, sagte Forry.

»Dann habe ich wohl inzwischen ein paar Duplikate machen lassen«, sagte Alys. »Freust du dich denn gar nicht, mich zu sehen, Forry? Es gab mal Zeiten ...«

»Entschuldige, ich muß mal eben was erledigen.«

Forry ging zur untersten Stufe der Treppe und schaute hinauf. Auf halber Höhe zum ersten Absatz lag der entsetzliche Mageninhalt Lorenzos. Hulia hatte sich nicht einmal die Mühe gegeben, ihn wegzuwischen!

Forry war zurückgekehrt, weil er noch ein paar lebenswichtige Briefe schreiben mußte, bevor er zum Schlafen zu Wendy ging. Aber Lorenzos Spur und Alys Merrie waren zuviel auf einmal, um darüber hinwegsehen zu können. Er war drauf und dran, zuzuschlagen — wie Seaton beim Anblick von Duquesne.

Alys Merrie sah die Sache anders. Sie war eine mittelgroße Blondine mit guter Figur und ungefähr vierzig Jahre alt. Sie war zwar einmal verheiratet gewesen, aber nachdem sie ihn auf einem Science-Fiction-Weltkongreß kennengelernt hatte, war sie — laut ihren eigenen Worten — »total auf den göttlichen Forry abgefahren«. Forry hatte sich darüber zwar ziemlich lange amüsiert und geschmeichelt gefühlt, doch dann hatte Alys sich als Nervensäge entpuppt. Er hatte sie nicht geliebt, und auch wenn ihre Verehrung eine Sache war, die ihm geschmeichelt hatte, war sie ihm bald auf den Wecker gegangen. Besonders seit dem Tag, an dem ihr Mann gedroht hatte, ihn bei seinem Scheidungsprozeß mit vor den Kadi zu zerren.

»Die Dummocks sind zu beschäftigt, um sich über den Fladen aufzuregen«, sagte Alys. »Als ich Lärm hörte, bin ich mal kurz raufgegangen, um nachzusehen, was los ist. Du wirst es nicht glauben, aber dieser pomadisierte Lorenzo saß in einem Sessel und ließ sich von Hulia einen blasen! Es ist zwar nichts besonderes, aber er schaute ihr dabei zu und machte sich gleichzeitig Notizen! Er machte sich *Notizen!* Ich frage mich, ob er seinen Füller schon mal mit seinem Schniedel verwechselt hat!«

»Warum gehst du nicht rauf und schaust zu?« sagte Forry. »Ich muß jetzt gehen, Alys. Ich bin die ganze Nacht auf gewesen; mein Wagen ist ein Schrotthaufen; ich bin erschöpft, ich habe Sorgen und ... um es kurz zu machen: Ich bin fix und fertig.«

»Ja, das weiß ich doch alles.«

Forry sah sie erstaunt an. »Das weißt du alles? Und von wem weißt du es?«

»Ich habe von Anfang an in der Sache dringesteckt«, sagte Alys. Sie entnahm ihrer Handtasche eine Zigarette, zündete sie an und maß ihn mit einem gelassenen Blick. Sie wußte, daß er es nicht zuließ, daß in seinem Haus geraucht wurde — außer oben im Schlafzimmer —, aber sie hatte bestimmt einen Grund dafür. Forry beschloß, ihr Verhalten zu ignorieren.

»In *was* hast du von Anfang an dringesteckt?« fragte er. Trotz seiner Müdigkeit fing die Sache an, ihn zu interessieren.

»In der *ganzen* Geschichte. Sie hat schon vor so vielen Jahren angefangen, daß du es nicht glauben würdest. Und falls doch — würde es dich verängstigen. Verängstigen wird es dich auf jeden Fall, weil du es glauben wirst, noch bevor ich fertig bin.«

Forry setzte sich ihr gegenüber in einen Sessel und sagte: »Vor wie vielen Jahren hat es angefangen?«

»Vor ungefähr zehntausend irdischen Jahren«, sagte Alys.

Forry sagte eine Weile nichts. Alys Merrie war, wenn sie nicht gerade wütend auf einen war oder es gerade mit jemandem trieb, stets zu Scherzen aufgelegt. Sie wußte genau, wie tief Forry in der Science Fiction verwurzelt war. Manchmal hielt Forry sich sogar für einen Leviathan im großen Meer der Science Fiction oder für eine Art Fliegenden Holländer des Weltraums. Und sie hatte ihn hin und wieder damit aufgezogen. Doch jetzt schien ihm nicht die richtige Zeit für derlei Scherze zu sein. Doch Alys war nie eine ernste Natur gewesen.

»Sieh dich um!« sagte Alys und machte eine Geste mit ihrer Zigarette. »Sieh dir all diese ausgeflippten Gemälde und Fotos an! Fremde Planeten; außerirdische Lebensformen; Marsmenschen mit gewaltigen Brustkörben und elefantenhaften Leibern; Menschen mit Schwingen; intelligente Maschinen; Rieseninsekten; synthetisch erzeugte Menschen. — Was du willst. Du hast Bücher über bizarre Lebewesen und Welten gelesen, du hast tonnenweise Science Fiction und Fantasy gesammelt und ein Monument von ihr — und aus dir — gemacht. In diesem Raum befindet sich ein ganzes Leben voller Liebhaberei und Arbeit.

Du mußt an diese — deine — exotische Anderswelt glauben. Sonst wärst du nie so tief in die Materie eingestiegen, um die Artefakte der Anderswelt um dich zu versammeln.«

Heute war Alys Merrie irgendwie anders. So etwas hatte sie noch nie gesagt. Bisher hatte sie stets den Eindruck erweckt, als könne sie weder ernsthaft sein noch lange Sätze bilden.

»Zehntausend Jahre«, sagte sie. »Würdest du glauben, daß ich zehntausend Jahre alt bin? Nein! Und wie wär's mit zwölftausend?«

»Zwölftausend?« sagte Forry. »Ich bitte dich, Alys! Zehntausend würde ich dir vielleicht abnehmen, aber zwölftausend? Mach dich doch nicht lächerlich!«

»Ich sehe nicht mal wie vierzig aus, nicht wahr?« sagte sie. »Was meinst du, Forry?«

Forry war plötzlich, als sähe er sich *Das Land des Grauens* oder *In den Fesseln von Shangri-La* an, nur umgekehrt. Doch statt daß sich die hübsche junge Frau in eine schauderhafte Greisin verwandelte, saß hier eine Frau vor ihm, die nun ihre Falten verlor und zu einem hübschen jungen Mädchen wurde. Das hätte er Helen Gahagan und Jane Wyatt auch gewünscht.

Forry wäre es am liebsten gewesen, wenn sein Herz schneller geschlagen hätte. Vielleicht hätte er dann nicht so gezittert. Es stimmte also doch! Alles, was er gelesen und sich erträumt hatte, entsprach der Wahrheit! Na ja, vielleicht nicht alles. Aber zumindest ein Teil davon.

»Wer und was bist du?« fragte er. Der Raum erschien ihm nun ein bißchen vernebelt, und die Illustrationen von Paul, Finlay, St. John, Bok und dem Rest der verrückten Truppe wurden dreidimensional. Wahrscheinlich hatte er einen leichten Schock.

»Gefällt dir der Gedanke?« fragte Alys.

»Na klar«, sagte Forry. »Aber du hast meine Frage nicht beantwortet.«

»Ich bin eine ... ähm ... sagen wir — Toc«, erwiderte Alys. »Wir sind die Gegner der Og. Du hast vergangene

Nacht ein paar von ihnen kennengelernt — Fred Pao, Diana Rumbow, Panchita Pocyotl. Und Woolston Heepish.«

13. Kapitel

»Heepish!« rief Forry laut aus. »Heißt das, er ist kein Mensch?«

»Wir sind nicht nur *keine* Menschen«, sagte Alys. »Wir stammen nicht mal von der Erde. Nicht mal aus diesem Sonnensystem. Und noch mehr: Nicht mal aus dieser Galaxis. Die Heimat der Toc ist der vierte Planet, der einen Stern in der Andromeda-Galaxis umkreist.«

Mann, dachte Forry, habe ich ein Glück. Eigentlich wollte ich ja nur in der Science-Fiction-Szene arbeiten; es ist mir sogar gelungen, mir meinen Lebensunterhalt damit zu verdienen. Eigentlich wollte ich nur der größte Science-Fiction- und Fantasy-Sammler der Welt sein, und das ist mir auf die gleiche natürliche Weise gelungen, wie sich eine Schnecke ihr Häuschen wachsen läßt. Da brauche ich einen Job, und ein Verleger möchte eine Reihe von Gruselfilm-Magazinen für Kinder herausgeben — und wer ist dann der Kompetenteste und Bereitwilligste, um die Redaktion zu übernehmen? Ich habe die Größen der Branche kennengelernt, ich bin mit ihnen befreundet gewesen, ich habe noch vor meinem Tod den ersten Menschen auf dem Mond landen sehen. Mann, habe ich ein Glück gehabt!

Und jetzt auch noch das! Auch wenn ich es mir oft vorgestellt habe, ich hätte es als Traum zurückgewiesen, an den nur ein Irrer glauben kann. Die außerirdischen Intelligenzen nehmen durch mich Kontakt mit den Erdlingen auf!

Ganz stimmte es so natürlich nicht. Wenn das, was Alys sagte, korrekt war, standen die ETs schon seit zehntausend Jahren mit den Menschen in Kontakt. Aber hatten sie sich etwa schon mal einem Erdling gegenüber zu erkennen gegeben? *Das* war doch das Wichtige.

»Du darfst dich nicht so aufregen, Forry«, sagte Alys. »Ich weiß, daß dir jetzt tausend Fragen durch den Kopf gehen. Aber du wirst alles viel schneller verstehen, wenn du still zuhörst, was ich zu erzählen habe. — Okay? Gut! Lehn dich also zurück, sei ein braver Junge, und hör zu!«

Am Rande der 800 000 Lichtjahre weit entfernten Galaxis Andromeda gab es einen etwa erdgroßen und erdähnlichen Planeten, der um eine Sonne vom Sol-Typ rotierte. Sein Himmel war eine Lohe leuchtenden Gases, und durch dieses Gas schienen gewaltige Sterne. Der Planet der Toc hatte keinen Mond, also kannte er auch keine Gezeiten.

Der fünfte Planet verfügte zwar über zwei kleine Monde, doch nicht über Meere, in denen Gezeiten wirksam werden konnten. Dies war die sterbende Welt der Og, einer bösen Rasse.

Mann, ist das toll! dachte Forry, und die Stärke seiner Erregung kann man anhand seines Ausdrucks leicht erkennen, denn er verabscheute Superlative jeglicher Art und verwendete sie nicht einmal in seinen Gedanken. Ist das toll! Es ist genau wie bei Gernsback! Oder bei Campbell, als er noch jung war!

Die Toc und die Og waren keine menschlichen Wesen. Sie waren amphibische Geschöpfe, die ständig zwischen einem energetischen und einem materiellen Zustand hin- und herpendelten. In dem einen Zustand sahen sie aus wie gebündelte Energie, und in dem anderen wie etwas Festes. Ihre Gestalt hing von dem ab, was sie zu imitieren — oder zu erschaffen — wünschten. Doch ihre Größe und Form war Begrenzungen unterworfen. Der kleinste Körper, den sie nachahmen konnten, war der eines großen Fuchses, und wenn sie in die Luft gingen, der einer Riesenfledermaus. Wenn sie sich als Kleintiere ausgaben, zogen sie ihren Energieüberschuß in der Art eines Kondensstreifens hinter sich her. Oder aber, auch so konnte man die Analogie ausdrücken, sie schleppten die Energie in einem ungreifbaren, transparenten Koffer mit sich herum.

»Und wie siehst du in Wirklichkeit aus?« fragte Forry.

»Du sollst mich doch nicht unterbrechen«, sagte Alys und fletschte ihre weißen Zähne. Sie sah so hübsch und jung aus, daß Forry einen Anflug von Verlangen spürte. Oder sehnte er sich nur nach seiner verlorenen Jugend?

»Wir haben keine feste Form; es sei denn, du meinst die, die wir am häufigsten annehmen. Das könnte man vielleicht, da der oftmalige Einsatz einer bestimmten Gestalt zu einer Art Verhärtung der ursprünglichen Form führt. Mit der Zeit wird es immer schwieriger, diese Form zu wechseln. Dann erfordert es immer mehr Energie, in eine nichtmenschliche Gestalt zurückzukehren. Da die meisten von uns seit langer Zeit in menschlicher Gestalt agieren, könnte man sagen, daß dies unsere wahre Gestalt ist.«

Die Og und Toc waren nach den ersten Weltraumflügen miteinander in Kontakt getreten. Keine der beiden Rassen verwendete Raketen- oder Antigrav-Fahrzeuge. Man reiste mit Hilfe eines äußerst seltsamen Geräts durch den Weltraum — beziehungsweise war dieses Gerät nur aus menschlicher Sicht seltsam.

Es handelte sich um einen aus synthetischem Metall geformten großen Becher oder Kelch. Diese Form war erforderlich, weil nur sie die mentale Energie eines Bewegers sammeln oder fokussieren konnte. Eine bessere Übersetzung des Toc-Wortes ›Beweger‹ war eventuell ›Kapitän‹. Der Kapitän war die einzige Person, die das Gerät aktivieren konnte, damit sich die Toc im Weltraum von einem Punkt zum andern teleportieren konnten.

»Warum sollte nur der Kapitän dazu fähig sein, dieses Gerät — diesen Kelch — zu aktivieren?« fragte Forry.

»Es liegt an den Begrenzungen des Instruments«, sagte Alys. »Nennen wir es Gral. — Es weist eine gewisse oberflächliche Ähnlichkeit mit dem Gral eurer mittelalterlichen Mythen auf, obwohl seine Innenfläche eine Geometrie hat, die auf menschliche Augen fremdartig — um nicht zu sagen, erschreckend — wirkt.

Der Gral besteht zwar aus Materie, aber er wird nur von einer bestimmten und sehr seltenen Energieausstrahlungsart aktiviert. Du würdest sie wahrscheinlich Hirnwellen-Strahlung nennen, aber sie ist mehr als das. Jedenfalls muß der Gral, um als Raumschiff oder Teleportationsanlage zu funktionieren, von einem Beweger oder Kapitän kontrolliert werden. Aber auf eine Million von uns werden nur etwa hundert Kapitäne geboren.«

»Geboren?« sagte Forry und zog die Brauen hoch. »Wie kann Energie geboren werden?«

Alys fuchtelte ungeduldig mit der Hand und sagte: »Das meine ich doch nur sinnbildlich! Wenn ich dir erst jedes Detail unserer äußerst komplizierten Zivilisation erklären soll, sitzen wir noch in zwanzig Jahren hier. Laß mich weiterreden!«

Die Og hatten ihre Grale und Kapitäne zur gleichen Zeit wie die Toc entdeckt. Unmittelbar danach hatte es Reisen von einem Planeten zum anderen gegeben, und dann einen kurzen Krieg. Die Og waren böse und wollten die Toc versklaven.

Forry hatte ein paar Vorbehalte gegen diese Behauptung, deswegen nahm er sich vor, sich erst dann ein Urteil zu bilden, wenn er gehört hatte, wie die Og die Sache sahen.

Die Toc hatten die Og zurückgeschlagen, aber auf beiden Seiten hatte es große Verluste gegeben. Schließlich kam der Frieden. Die Toc und Og wandten ihre Aufmerksamkeit anderen Welten zu. Da es für die Grale keine Entfernungen gab, und man hunderttausend Lichtjahre ebenso schnell überwinden konnte wie einen Kilometer — das heißt in Nullkommanichts —, stand beiden Rassen das Universum offen.

Da es im Universum Milliarden von bewohnbaren Planeten gab, aber nur eine begrenzte Anzahl von Kapitänen, konnte man jedoch nur wenige erforschen. Zu denen, die man erforschen wollte, hatte auch die Erde gehört; etwa eintausend Toc waren hier gelandet. Fast zur gleichen Zeit hatten auch die Og eine Expedition zur Erde entsandt. Und da der Friede sich nicht auf Planeten außerhalb ihres Sonnensystems bezog, hatten die Og keine Skrupel, die Toc anzugreifen.

Die Og und die Toc hatten sich in einem für beide Seiten verlustreichen Krieg aufgerieben. Sie hatten den jeweiligen Gral der anderen vernichtet und alle Kapitäne getötet. Und damit waren sie auf der Erde gestrandet.

»Wir haben zwar *unter* den Menschen gelebt, aber nicht *von* ihnen«, sagte Alys. »Unsere Fähigkeit, unterschiedliche Gestalt anzunehmen, hat den Aberglauben an übernatürliche Erscheinungen wie Vampire, Werwölfe, Feen und dergleichen erst hervorgerufen. Auf uns Toc sind die Geschichten über die guten Feen zurückzuführen, auch wenn wir uns sehr oft in tierischer oder anderer Gestalt gezeigt haben. Aber wir waren den menschlichen Lebewesen gegenüber nie feindlich gesinnt — das heißt, wir waren es nie, solange sie den richtigen ethischen Grundsätzen gefolgt sind.

Während dieser zehntausend Jahre haben der Krieg, gelegentliche Tötungen durch Menschen und Selbstmorde unsere ursprüngliche Zahl von zweitausend auf etwa je hundert Og und Toc reduziert. Doch war kein Og oder Toc, dessen feste Gestalt getötet wurde, wirklich tot. Er wurde wieder zu einem Wesen aus Energie, das erneut feste Form annehmen konnte. Doch dieser Prozeß dauert auf der Erde lange, weil die magnetischen Bedingungen hier nicht so sind wie auf den Mutterwelten.«

»Und das waren dann die Gespenster?« fragte Forry.

»Ja. Menschliche Gespenster gibt es nicht. Wenn Menschen sterben, sind sie für immer tot. Aber ein in menschlicher Gestalt gestorbener Og oder Toc braucht nur dort zu bleiben, wo er ein Optimum an magnetischen Bedingungen und menschlichen Lebewesen vorfindet. Er muß sich von der Energie der menschlichen Lebewesen ... nennen wir es ›ernähren‹. Und wenn er genug ›Form‹ errungen hat und sich in einer Phase befindet, die ihr Menschen ektoplasmisch nennt, benötigt er Blut oder Sex, um wieder einen vollen materiellen Körper zu erlangen. Die Toc brauchen dazu Sex, die Og Blut.«

Alys hielt inne. Dann sagte sie: »Eine von uns nahm vor kurzem wieder feste Gestalt an, weil sie mit Herald Childe in Kontakt kam. Sie hat sich ihren Körper buchstäblich zusammengevögelt. Aber mit Childe schaffte sie es natürlich viel schneller, als mit einem hundertprozentigen Menschen.«

14. Kapitel

»Was, zum Teufel, soll das heißen?« fragte Forry, der so gut wie nie fluchte.

»Ich meine damit, daß Childe der einzige existierende Kapitän ist. Aber er weiß es noch nicht.«

»Und warum nicht?«

»Weil er als Halbmensch geboren und von menschlichen Eltern aufgezogen wurde. Kapitäne haben nämlich eine empfindliche psychische Konstitution und müssen mit größter Sorgfalt behandelt werden, bis sie völlig ausgereift sind. Im körperlichen Sinn ist Childe zwar ein reifer Mann, aber im Vergleich mit seinen geistigen Kräften ist er noch ein Säugling.«

»Momentchen mal!« sagte Forry. »Ich will ja nicht abschweifen, aber wenn ihr wieder ins Leben zurückkehren könnt, nachdem man euch umgebracht habt, warum sind dann die umgebrachten Kapitäne nicht auch wieder materiell geworden?«

»Manche sind es, doch sie wurden immer wieder von der anderen Seite umgebracht, weil man ihre Existenz nicht geheimhalten konnte. Andere haben es deswegen nicht geschafft, weil sie nie die richtigen Bedingungen vorfanden. Weißt du, Forry, hätten wir einen Kapitän *und* einen Gral gehabt, hätten wir nicht nur zu unserer Heimatwelt zurückkehren, sondern auch all unsere verstorbenen Kameraden zurückholen können. In seiner rein energetischen Phase ist der Og oder Toc ein ziemlich geistloses Wesen. Er verfügt zwar über einige Intelligenz, doch der

Hauptgrund, der ihn materiell werden läßt, ist ein Trieb, ein Instinkt. Er wandert herum, bis er zufällig an irgendeinen Ort kommt, der ihm die richtigen Bedingungen für eine Verwandlung bietet. Und die Verwandlung dauert im allgemeinen sehr, sehr lange.«

»Verzeih die Unterbrechung«, sagte Forry.

Hätte Forry Alys' Umwandlung in ein junges Mädchen nicht selbst gesehen, wäre er davon ausgegangen, daß ihm jemand den Streich des Jahrhunderts spielte. Aber er war überzeugt. Er sprach tatsächlich — von Angesicht zu Angesicht — mit einer Außerirdischen. Mit einer Außerirdischen, die die seltsamste Kreatur der Science Fiction abgegeben hätte, inklusive jener, über die man in dem eher weltlichen Magazin *Weird Tales* lesen konnte.

Auf gewisse Weise, dachte Forry, bringt sie mir nahe, daß die Marsmenschen und die Venusier im Untergrund um die Herrschaft über die Erde kämpfen. Ach, hätte Hugo das noch erleben können! Mannomann, könnte ich doch jetzt auf einen Knopf drücken und die Jungs vom Perry-Rhodan-Club und von der Graf-Dracula-Gesellschaft mithören lassen!

Dann wurde Forry nüchterner. Wenn es stimmte — und er glaubte, daß es stimmte —, dann hatte die ganze Sache mit den Space Operas, die die Herzen aller Kinder erfreute, nichts zu tun. Hier spielte sich ein tödlicher Krieg ab!

»Und Childe?« fragte er.

»Gehen wir ins Jahr 1788 zurück«, sagte Alys. »Zum Tag der Geburt jenes Menschen, aus dem später George Gordon — Lord Byron — wurde, der berühmte, wenn nicht gar großartige englische Dichter. Als er geboren wurde, wußte natürlich noch niemand — auch wir nicht —, daß er einst weltberühmt werden würde. Wir konnten nicht einmal voraussagen, ob ein Kapitän oder ein ganz normales menschliches Wesen aus ihm werden würde. Oder irgendein x-beliebiger Toc.«

»Ich platze zwar vor Neugierde«, warf Forry ein, »aber ich halte mich zurück.«

»Er war der erste von uns, der hier geboren wurde«, sagte Alys. »Auf Toc, wo die Bedingungen optimal sind, kommen Geburten nur sehr selten vor. Das heißt, es kommt nicht allzu oft zu Geburten als Folge einer Kopulation während der energetischen Phase. Aber wir halten das Gleichgewicht aufrecht, weil wir auch selten sterben.

Hier auf der Erde war es uns nie gelungen, während der Energiephase einen Nachkömmling anzusetzen. Dann nahm ein Kapitän wieder seine materielle Gestalt an. Einer von uns hatte die Idee, für den Fall, daß er getötet werden sollte — wozu es später kam —, seine genetischen Fähigkeiten zu speichern. Zufälligerweise lebte der Kapitän damals in Byrons Nähe, und er wurde mit dem Ziel, sie zu schwängern, der Liebhaber Lady Byrons. In der Nacht, als sie George empfing, hatten sich etwa hundert von uns — fast unser ganzer Trupp — in der Nähe versammelt. Ich glaube, es war der einzige Fall — von einem anderen abgesehen —, in dem hundert Personen kopulierten, um ein Kind zu zeugen. Wir ließen unsere geistigen Energien in Lady Byron fließen und hatten Erfolg. Die Erschaffung des Energieembryos ging mit der Verschmelzung des Spermas und des Eies Hand in Hand. Dieser Embryo wurde am Körper von Byron Junior angebracht — nein, mit ihm verschmolzen. Man könnte sagen, daß er bis dahin der einzige Mensch war, der wirklich eine Seele hatte.«

»Verzeihung, aber wie hat sich das Energieembryo entwickelt? Wurde es zu einer eigenständigen Entität, oder . . .«

»Es verschmilzt mit dem Nervensystem und wird eins mit der physischen Entität. Nicht identisch, aber fast. Es überlebt nach dem Tod des Körpers.

Allerdings erfordert die derartige Zeugung eines Kindes von uns eine riesige Energieabgabe. Als wir uns auf unsere mentalen Energien konzentrierten, rammelten wir alle in unserer menschlichen Gestalt wie wahnsinnig. Es war möglicherweise der größte Rudelbums der Geschichte, wenn du diese Ausdrücke bitte entschuldigen willst, mein lieber Forry. Ich weiß ja, daß du keine *schmutzigen* Wörter magst, und sie auch nicht hören möchtest.

Obwohl der Kleine heranwuchs und bald allerhand bemerkenswerte Talente zeigte, entwickelte er leider nicht die geistigen Fähigkeiten eines Kapitäns. Aber selbst wenn es so gewesen wäre, hätte er uns nicht viel genützt, da wir ja keinen Gral hatten. Aber wir hatten die Hoffnung, das Metall für einen Gral erzeugen zu können; wir hatten es im Laufe mehrerer tausend Jahre Stück für Stück erschaffen. Auf Toc hätten wir es in einem Jahr machen können, aber hier, wo die Mineralien rar und die Materialien zum Bau der Potentialisatoren noch rarer sind, brauchten wir eine wahnsinnig lange Zeit, um das zusammenzukriegen, was wir brauchten. Dann überfielen uns die Og und stahlen uns das Metall, das wir schon hatten.

Sie wußten, daß Byron unser Kapitän werden würde. Sie haben sich eingemischt und seine Bekanntschaft gemacht, und wir konnten so gut wie nichts dagegen tun. Als die dann merkten, daß er nicht die Fähigkeiten eines Kapitäns hatte, ließen sie ihn links liegen.

Eine Zeitlang waren wir sehr verzweifelt. Aber da Byron schließlich das genetische Potential eines Kapitäns aufwies, beschlossen wir, uns dieses Vorteils zu versichern. Wenn er kein Kapitän werden konnte, konnte sich vielleicht sein Kind zu einem Kapitän entwickeln.«

»Childe?« sagte Forry, der kein Wortspiel ausließ.*

Alys nickte und sagte: »Genau. Wir besorgten uns mit einer Methode, auf die ich jetzt nicht näher eingehen will, Proben seines Spermas und froren sie ein. Nicht mit Eis oder flüssigem Wasserstoff, sondern mit einer energetischen Konfiguration. Und dann warteten wir ab.

Wir warteten, während unsere Feinde, die Og, immer

---

* Das von Lord Byron (1788–1824) verfaßte epische Gedicht *Childe Harold's Pilgrimage* (dt. *Junker Harolds Pilgerfahrt*) erschien 1812. Forrys Anspielung auf Herald Childes Namen bezieht sich im amerikanischen Original auf Alys' Erwähnung von Byrons Kind, da im Englischen die Worte ›Child‹ (= Kind) und ›Childe‹ absolut gleich klingen. *Anm. d. Übers.*

mehr Metall ansammelten — genug, um einen Gral zu bauen. Dann wählten wir eine Frau mit — um es in menschlichen Ausdrücken zu sagen — genügend genetischen Qualitäten aus, denn auch die Mutter eines Kapitäns darf nicht irgendwer sein. Niemand möchte, daß der Kapitän körperlich oder geistig minderbemittelt ist. Und auf Mrs. Childe haben wir uns bewußt wegen ihres Namens geeinigt — und natürlich wegen der Assoziation zu Byron. Immerhin bedienen wir uns menschlicher Sprachen, deswegen denken wir auch irgendwie in menschlichen Kategorien. Aber nur so ähnlich, nicht genau so.«

»Dann kommt Herald Childe also von Childe Harold?«

»Ja. Er ist das Kind, das die Wiedergeburt, beziehungsweise die Materialisation unserer energetischen Gespenster ankündigt. Und unsere Rückkehr in das Gelobte Land unseres Heimatplaneten. Die Toten werden wiederauferstehen, und wir werden den Fluß Zion in das Land Beulahs überqueren, wenn du nichts dagegen hast, wenn ich ein paar Zitate vermische. Aber du hast es schon richtig erfaßt.«

»Und was ist mit Childe und dem Gral?« fragte Forry.

Alys öffnete zwar den Mund, um ihm zu antworten, doch sie schloß ihn wieder, als jemand gegen die Tür schlug und etwas schrie.

15. Kapitel

Gegen Mittag wurde Childe von der Türklingel geweckt. Er wankte im Wohnzimmer an der noch schlafenden Sybil vorbei und riß die Tür auf. Ein Regenguß machte ihn naß und bedeckte die drei Männer, die auf seiner Veranda standen. Childe wurde auf der Stelle klar, daß es besser gewesen wäre, vorsichtiger zu sein, aber jetzt war es zu spät. Der erste Mann trat mit einer Sprühdose in der Hand ein. Childe hielt die Luft an und rannte zum Schlafzimmer zurück, wo er sein Schießeisen aufbewahrte. Doch als der Mann »Childe! Ihre Frau!« rief, blieb er stehen.

Der zweite Mann stand neben Sybil und hielt ihr ein Messer an die Kehle. Der dritte — Fred Pao, oder sein Zwilling — hatte eine Luftpistole in der Hand.

Der erste Mann sprühte Sybil mit dem Gas ein, als sie gerade die Augen öffnete und: »Wa...?« sagte.

Sie fiel sofort wieder in den Schlaf. Pao sagte: »Es wird ihr nicht schaden. Jetzt sind Sie an der Reihe, Mr. Childe.«

Childe hätte immer noch ins Schlafzimmer laufen können. Aber diese Kerle würden Sybil die Kehle selbst dann durchschneiden, wenn sie der Meinung waren, daß es ihnen nicht das geringste einbrachte. Natürlich hätte er sie eventuell alle drei umlegen können, aber was nützte es Sybil dann noch? Aber andererseits — waren Sybil und er nicht so gut wie tot, wenn er sich ergab?

Er wußte es nicht. Das war der Faktor, der ihn lähmte. Er hatte keine Ahnung. Aber nach dem, was zwischen Vivienne und Hindarf geschehen war, konnte er wohl davon ausgehen, daß er etwas Besonderes darstellte.

»In Ordnung«, sagte er. »Ich ergebe mich.«

Der Mann mit der Sprühdose kam auf ihn zu und spritzte ihm eine Ladung ins Gesicht. Childe hatte vor, den Atem anzuhalten, aber es erwies sich als närrisch, sich dem Unausweichlichen zu widersetzen. Er warf einen Blick auf seine Armbanduhr und atmete ein.

Dreißig Minuten später wachte er wieder auf. Er lag auf einem bequemen Bett und sah zu einem Baldachin hinauf. Als er den Kopf wandte, sah er, daß Sybil neben ihm lag. Sie war noch ohne Bewußtsein. Childe stieg mit einiger Anstrengung aus dem Bett und stellte fest, daß er leichte Kopfschmerzen und einen ekligen Geschmack im Mund hatte. Er hatte den Eindruck, als wären seine Zähne größer als vorher.

Ihr Gefängnis bestand aus einem Schlafzimmer mit Bad. Nur eine Tür führte hinaus.

Sybil erwachte. Sie blieb eine Weile liegen und stand dann auf. Sie kam zu ihm, und Childe legte einen Arm um sie und sagte: »Tut mir leid. Hätte ich dich fortgeschickt, wärst du jetzt nicht in dieser beschissenen Lage.«

»Das nützt jetzt auch nichts mehr«, sagte Sybil. »Glaubst du, daß wir je wieder hier rauskommen? Ich wünschte, ich hätte eine Ahnung, was diese Leute von uns wollen.«

»Früher oder später werden wir es herauskriegen« sagte Childe. Er ließ ihre Hand los und untersuchte den Raum. Über der Frisierkommode war ein großer Spiegel befestigt, und an der gegenüberliegenden Zimmerwand gab es einen, der vom Boden bis zur Decke reichte. Childe nahm an, daß es Einwegspiegel waren.

Eine Stunde verging. Sybil sagte nichts mehr, sie versuchte etwas zu lesen — ausgerechnet einen Kriminalroman, den sie in einem Bücherschrank gefunden hatte. Childe sah sich erneut um. Er spielte mit der Vorstellung, etwas zu finden, das ihnen die Flucht ermöglichte. Ihm fiel auf, daß die Tür aus schwerem Stahl bestand und dicht an der Wand lag. Sie ging nach außen auf.

Anderthalb Stunden nach seinem Erwachen wurde die Tür geöffnet. Pao und zwei Männer traten ein. Zu einem von ihnen sagte Sybil: »Stecker!«

Stecker war ein hochgewachsener, gut gebauter Mann mit dunkler Haut. Seine Hände waren lang und schmal, und er hatte lange, gepflegte Finger, die Protuberanzen aufwiesen; ein Detail, das Sybil nicht erwähnt hatte.

»Unsere Feinde — und die Ihren — schalten schnell«, sagte Pao. »Deswegen mußten wir Sie beide mitnehmen. Es tut mir leid; es tut uns allen leid. Aber wir mußten es tun. Sonst wären Sie den Toc in die Hände gefallen.«

»Den Toc?« fragte Childe.

»Man wird Ihnen alles erklären«, sagte Pao. »Und zwar bald. Bis dahin ist Ihre Anwesenheit anderswo erforderlich.«

»Und Sybil?«

»Sie wird hierbleiben müssen. Aber ihr wird nichts geschehen.«

Childe gab Sybil einen Kuß und sagte: »Ich komme zurück. Ich glaube nicht, daß sie etwas Böses mit uns vorhaben. Jedenfalls nicht im Moment.«

Er sah, wie Stecker die Tür schloß. In ihrer Mitte war ein Knopf. Wenn man ihn drückte, wurde ein Schließmechanismus aktiviert. Childe streckte den Arm aus und drückte den Knopf ein; die Tür ging sofort wieder auf.

Pao sagte. »Was machen Sie da?« Er drückte den Knopf, und die Tür schloß sich wieder.

»Ich wollte nur mal sehen, wie es funktioniert«, sagte Childe.

Sie gingen über einen Teppich durch einen breiten und luxuriös möblierten Korridor. Nach ein paar Schritten hielt Childe an. Er hatte recht gehabt. Es war wirklich ein Einwegspiegel. Er konnte Sybil in der Mitte des Zimmers stehen sehen; sie hatte beide Hände zu Fäusten geballt.

Childe beschloß herauszufinden, wie wertvoll er ihnen war.

»Ich möchte, daß der Spiegel abgeschaltet wird«, sagte er. »Ich mag es nicht, wenn man mich bespitzelt.«

Pao zögerte. Dann sagte er: »Na schön.«

Er drückte einen neben dem Spiegel befindlichen Knopf, und der Spiegel verfinsterte sich.

»Das gilt auch für den anderen Spiegel«, sagte Childe.

»Ich werde dafür sorgen«, sagte Pao. »Aber jetzt kommen Sie!«

Childe folgte ihnen. Die beiden anderen Männer gingen hinter ihm her. Am Ende des Korridors bogen sie nach links in einen anderen Gang ab, der in einen großen Raum mündete. Er sah aus wie der Salon eines Millionärs in einem Fernsehfilm. An seinem anderen Ende stand ein gewaltiger Konzertflügel; teure Möbel im Louis-Quinze-Stil waren überall verteilt. Ein ganz besonderer Gegenstand jedoch war der aus Glas oder transparentem Metall bestehende Würfel, der in der Mitte des Zimmers stand. In seinem Innern befand sich ein mit schlanken Beinen versehener Holztisch, auf dessen Platte ein silbriger Kelch stand. Beziehungsweise ein halber Kelch. Die eine Seite wirkte komplett, doch die andere fehlte. Es war, als sei er mit einer Schere in einem Winkel von fünfundvierzig Grad zerschnitten worden.

Pao geleitete Childe zu dem transparenten Würfel und bedeutete einem anderen Mann, eine Sitzgelegenheit zu bringen. Childe sah sich um. Es gab sechs Ausgänge, und manche davon waren breit genug, um drei Männer nebeneinander eintreten zu lassen. Etwa fünfzig Männer und Frauen hielten sich in dem Raum auf; die meisten befanden sich zwischen ihm und den Ausgängen. Sie trugen ausnahmslos lange Gewänder. Pao und seine Begleiter waren die einzigen, die mit Anzügen bekleidet waren. Childe erkannte Panchita Pocyotl und Vivienne Mabcrough. Vivienne trug ein scharlachrotes, eng geschnittenes Kleid, das bis zum Boden reichte; sie hatte einen V-förmigen Ausschnitt, der bis an ihren Nabel ging. Ihre helle Haut und ihr tizianrotes Haar kontrastierten auf geradezu barbarische Weise mit ihrem Gewand. Sie hielt einen großen Fächer aus Straußenfedern. Als sie bemerkte, daß er sie ansah, lächelte sie.

Die Menge hatte sich unterhalten, als Childe den Raum betreten hatte, doch nun, als man ihn vor den Würfel brachte, wurde die Konversation leiser. Pao hob eine Hand, und die Gespräche verstummten. Ein Mann brachte einen Stuhl mit drei Beinen, ein schweres, hölzernes Ding, in dessen Rückenteil ein Symbol eingeschnitzt war. Es war ein Delta, dessen Ende im geöffneten Maul eines tobenden Fisches steckte.

»Bitte, setzen Sie sich«, sagte Pao.

Childe nahm auf dem Stuhl Platz und lehnte sich nach hinten. Er spürte, wie sich das Relief der Rückenlehne in sein Kreuz drückte. Gleichzeitig wurde das stumpfe Silber des Kelchs im Innern des Würfels hell und strahlend. Die Helligkeit nahm zu, bis das Ding glühte und zu schmelzen schien.

Ein Gemurmel, das Childe irgendwie an Ehrfurcht erinnerte, brandete durch den Raum.

Pao sagte lächelnd: »Wir würden es zu schätzen wissen, wenn Sie sich auf den Kelch konzentrieren würden, Herald Childe.«

»Konzentrieren?« fragte Childe. »Wie denn?«

»Schauen Sie ihn nur an. Schauen Sie ihn sich gründlich an. Denken Sie an nichts anderes. Sie werden schon merken, was ich meine.«

Childe zuckte die Achseln. Warum nicht? Das, was sie mit ihm taten, und der Kelch hatten sein Interesse geweckt. Und ihre Absichten kamen ihm nicht bösartig vor. Immerhin behandelte man ihn viel besser als seinerzeit im Haus Igescus.

Childe saß auf dem Stuhl und beäugte den glänzenden Kelch. Er hatte ein breites Fundament, auf dem kleine, erhabene Figuren mit undeutlichen Umrissen zu sehen waren. Als er sie eine Weile angesehen hatte, wurden sie klarer. Es handelte sich um nackte Männer, Frauen und Tiere, die sich zu einer sexuellen Orgie zusammengefunden hatten. Zwischen ihnen tauchten immer wieder Kelche auf, die dem glichen, vor dem Childe saß. Nur waren sie vollständig. Er sah eine eigenartige Szene, in der eine winzige Frau sich bemühte, sich über einen Kelchrand zu ziehen, während ein Geschöpf, das aussah wie Henry Hull in der Rolle des Werwolfs von London, seinen langen Pimmel in ihren Hintern rammte. An der Seite des Kelchfundaments, fast außer Sichtweite, erhob sich ein Mann aus einem anderen Kelch. Seine Beine waren noch in der Trinkschale, aber sein steifer Penis ragte über den Rand und wurde vom Tentakel einer Kreatur geknetet, die aussah wie ein sechsbeiniger Tintenfisch mit menschlichen — hermaphroditischen — Organen.

Childe hatte zwar keine Ahnung, was die Szene darstellte, aber er hatte den Eindruck, daß es etwas mit Befruchtung zu tun hatte. Aber nicht im Sinne einer Befruchtung mit dem Ziel, Kinder zu zeugen, sondern ...

Er stand ganz knapp am Rande der Erkenntnis dessen, was das Spiel der Figuren bedeutete — doch dann entglitt sie ihm.

Der Stiel des Kelchs war dünn. Ein schlangenartiges Ding aus Silber schlängelte sich um ihn herum; sein Kopf verflachte und wurde zur Unterseite der Trinkschale. Seine beiden verdrehten Augen waren die einzigen dunklen Punkte auf dem hellen Silber des Kelchs.

Die Außenseite der Trinkschale war — abgesehen vom Kopf der Schlange — leer. Doch ihre Innenseite wies irgendwelche erhabenen geometrischen Figuren auf, die sich veränderten, während er sie ansah. Hin und wieder konnte Childe sie eine halbe Sekunde lang soweit erkennen, daß sie einen Sinn ergaben, obwohl sie ihm völlig unvertraut waren.

Der Kelch erstrahlte nun noch heller. Im Raum wurde es stiller, und dann konnte Childe plötzlich das Atmen eines jeden Anwesenden hören — nur nicht seinen eigenen —, und weit, sehr weit entfernt, das Prasseln des Regens auf dem Dach. Und noch weiter entfernt: das Gurgeln des Wassers auf der Straße vor dem Haus.

Dann ertönte ein Zischen, das er zuerst nicht identifizieren konnte. Es war zu schwach, kam aus zu weiter Ferne. Dann erkannte er es. Er brauchte nicht einmal den Kopf zu drehen, um hinzusehen; es hätte auch keinen Zweck gehabt, wenn er es getan hätte. Das Ding war unter Viviennes Kleid versteckt. Es war aus ihr herausgeglitten und baumelte zwischen ihren Beinen. Sein kleiner, von einem Bärtchen umgebener Mund war offen, seine Zunge fuhr hin und her, und es zischte vor Zorn oder Lüsternheit. Vielleicht aber auch aufgrund eines anderen Gefühls. Ehrfurcht?

Das Licht, das von dem Kelch ausging, wurde intensiver. Erstaunlicherweise konnte Childe es ansehen, ohne daß seine Augen schmerzten. Das Weiß schien sich in seine Augen zu bohren und sein Gehirn zu überfluten. Das Innere seines Schädels war weiß; sein Hirn ein glühendes Juwel.

Die Umstehenden holten tief Luft, dann ging das Licht aus. Die nachfolgende Finsternis war schmerzhaft. Childe hatte das Gefühl, als sei irgend etwas gestorben, das er sehr geliebt hatte. Sein Leben war leer; er hatte keinen Grund mehr, weiterzuleben.

Er weinte.

16. Kapitel

Nachdem sein Schluchzen verstummt war — er wußte noch immer nicht, warum er sich so verwaist gefühlt hatte —, schaute Childe auf. Die Anwesenden redeten zwar nicht, aber sie rührten sich wieder, und das erzeugte einige Geräusche. Mehrere Personen bewegten sich durch die Menge und servierten in kleinen Kelchen eine Flüssigkeit. Die Leute leerten sie in einem Zug und stellten die Kelche dann auf die großen Silbertabletts zurück.

Pao tauchte mit einem Tablett hinter Childe auf. Er sah einen mit einer dunklen Flüssigkeit gefüllten Kelch und mehrere Sandwiches. Das Brot war grob und schwarz.

»Trinken Sie, und dann essen Sie etwas«, sagte Pao.

»Und wenn ich es nicht tue?«

Pao wirkte zwar panisch, doch dann zuckte er die Achseln und sagte: »Wir können Sie nicht dazu zwingen. Aber ich schwöre bei meiner Mutterwelt, daß das Getränk und das Essen Ihnen nicht schaden werden.«

Childe warf einen erneuten Blick auf den Kelch. Er sah nicht mehr ganz so stumpf aus wie zuvor. Wenn er ihn ansah, blitzte er auf. Wenn er von ihm wegschaute, konnte er ihn immer noch aus den Augenwinkeln sehen, doch dann wurde er wieder stumpf.

»Wann werde ich erfahren, was das alles zu bedeuten hat?« fragte er.

»Vielleicht während der Zeremonie. Es ist besser, wenn Sie sich ... von selbst erinnern.«

»Erinnern?«

Pao schien ihm keine weitere Erklärung geben zu wollen. Childe roch an der Flüssigkeit. Sie roch zwar weinartig, aber hinter ihrem Geruch verbarg sich noch etwas anderes; ein Duft, der in seinem Geist das Abbild des unendlichen, schwarzen Weltraums mit vereinzelten Sternen aufblitzen ließ. Dann sah er das Bild eines nächtlichen Himmels, auf dem weiße Feuerstreifen und riesige rote, blaue, gelbe, granatene, smaragdene und violette Sterne sichtbar wurden. Und eine glatte Landschaft aus rotem Gestein, pilzförmige Gebäude aus weißen und roten Steinen, auf dem Kopf stehende Bäume, deren Äste in der Erde steckten und deren Wurzeln in die Luft griffen. Ein dünner Streifen aus scharlachroten, blaßgrünen und weißen Fäden, wie die Ringe des Saturns, zog in der Nähe des Horizonts über den Himmel.

Childe leerte den kleinen Kelch mit einem Zug. Sofort danach fühlte er sich hungrig und aß die Sandwiches. Der Belag schmeckte nach Rindfleisch mit Käse.

Nachdem die Kelche wieder eingesammelt worden waren und alle herumstanden, als warteten sie darauf, daß etwas passierte, hob Pao die Hände und sagte mit lauter Stimme: »Alle Macht dem Kinde!«

Wie freundlich er plötzlich ist, dachte Childe. Aber was meint er damit?

Die Menge antwortete in einem lauten Chor: »Alle Macht dem Kinde!«

»Es gibt nur einen Weg, daß es die Macht erringt!« sagte Pao.

»Es gibt nur einen Weg, daß es die Macht erringt!« wiederholten die Anwesenden.

»Und wächst!«

»Und wächst!«

»Und zum Manne wird!«

»Und zum Manne wird!«

»Und zu unserem Kapitän wird!«

»Und zu unserem Kapitän wird!«

»Um uns endlich nach Hause zu bringen!«

»Um uns endlich nach Hause zu bringen!«

»Und uns erlaubt, über unsere Feinde, die Toc, zu triumphieren!«

»Und uns erlaubt, über unsere Feinde, die Toc, zu triumphieren!«

»Durch das Nichts und die schreckliche Kälte soll er uns
führen!«

Sie klopften noch ein paar andere Sprüche, die Childe
nicht weniger unklar waren — außer, daß sie auf ihre Feinde, die Toc, hinwiesen. Bei den Toc schien es sich um jene
Leute zu handeln, von denen er bislang nur drei gesehen
hatte. Jene drei, die ihn vor Vivienne gerettet und sie beschuldigt hatten, den Waffenstillstand nicht einzuhalten.

Childe fühlte sich von dem Getränk berauscht. Das
Essen hatte ihm Stärke verliehen. Er schaute auf den Kelch
— er leuchtete, als strahle sein Bild Radium auf ihn ab.

Schließlich beendete Pao seinen Sprechgesang. Auf der
Stelle wurde die Menge lauter. Die Anwesenden unterhielten sich und lachten. Außerdem zogen sie sich aus. Panchita Pocyotl glitt aus ihrem Gewand und enthüllte, daß
sie darunter nur ein scharlachrotes Mieder und lange
Strümpfe trug. Vivienne folgte ihrem Beispiel. Sie trug
einen Strapsgürtel und Strümpfe. Das Schlangending hatte
sich in ihre Möse zurückgezogen; ihr kastanienroter Busch
sah faszinierend aus.

Pao, ebenfalls nackt — seine lange schlanke Rute baumelte zwischen seinen Schenkeln —, sagte: »Würden Sie
sich bitte ausziehen, Kapitän?«

Childe verspürte einen leichten Schwindel. Er stand auf
und sagte: »Kapitän?«

»Sie werden erkennen, was ich meine«, sagte Pao. »Ich
hoffe es zumindest.«

Childe fiel mit schmerzlicher Pein ein, wie ihn die unglaublich dicke Mrs. Grasatchow behandelt hatte, als er
ihren Händen in Igescus Haus ausgeliefert gewesen war.

»Wird man mich mißhandeln?« fragte er.

»Niemand würde jetzt an so etwas denken«, sagte Pao.
»Vivienne hat einen schlimmen Fehler begangen, und

wenn wir nicht so sehr auf sie angewiesen wären, hätten wir sie umgebracht. Aber Ihre Kraft hat sie übermannt, und das ist eine verständliche Entschuldigung für ihre Taten. Aber es wird ihr trotzdem nicht gestattet sein, Sie heute abend anzutasten.«

Childe sah die nackte und äußerst wohlgeformte Frau an und spürte, wie sein Penis sich aufrichtete. Die Flüssigkeit schien sich an der Stelle hinter seinem Nabel konzentriert und dort ein Feuer entzündet zu haben. Die Flamme breitete sich aus; sie ging nach oben und nach unten — hauptsächlich jedoch nach unten. Seine Schwanzwurzel war mit kochendem, flüssigem Eisen gefüllt; es breitete sich nach oben aus, füllte seinen Schwanz und ließ ihn pulsieren.

»Na schön«, sagte Childe und zog sich aus.

Pao nahm seine Kleider und verließ den Raum. Als Childe nackt dastand, kam er sich wie ein Trottel vor, deswegen nahm er wieder Platz. Die anderen schienen zu wissen, was von ihnen erwartet wurde; sie nahmen einander in die Arme und streichelten sich — ob sie nun standen oder auf dem Boden oder dem Sofa lagen. Sie gingen jedoch noch nicht voll zur Sache, sondern schienen auf jemanden oder etwas zu warten.

Pao kehrte zurück. Er ging zu Childe, nahm seine Hand und sagte: »Ihren Segen, Kapitän.«

Er legte seinen dünnen Pimmel in Childes Hand, und der schlappe Wurm erwachte zum Leben. Er wurde rot, schwoll an und richtete sich in seiner Hand steil auf. Pao trat zurück, dann verbeugte er sich und küßte Childes Hand an der Stelle, wo sein Pimmel gelegen hatte.

»Ich danke Ihnen, Kapitän«, sagte er.

Danach rappelten sich die Paare auf und stellten sich in einer bestimmten Reihenfolge, die ihnen bestens bekannt zu sein schien, zu zweit nebeneinander auf. Niemand unternahm einen Versuch, sich vorzudrängeln.

Die beiden ersten waren Panchita Pocyotl und ein großer Mann mit skandinavischen Gesichtszügen. Sie blieben vor Childe und dem Kelch in dem Würfel stehen.

»Mit Verlaub, Kapitän«, sagte der Mann. Er nahm Childes Hand und schloß die Finger um seinen halb erigierten Riemen. Childes Berührung reichte aus, um die mit einer dicken Eichel versehene Rute wie einen Zeppelin aufsteigen zu lassen, in den Gas gepumpt wurde. Das Ding lag hart und pulsierend in Childes Hand, und ein kleiner Tropfen Flüssigkeit spritzte aus dem Eichelschlitz. Der Mann trat zurück. Panchita ging in die Knie, nahm Childes Penis in die Hand und küßte ihn. Dann stand sie auf, schaute mit ihren großen, glänzenden, dunkelbraunen Augen in die seinen und zog sich mit dem Mann zurück.

Childe schaute ihnen zu. Sie gingen zu einem Sofa und ließen sich darauf nieder. Panchita legte die Beine über seine Schultern, er drang in ihren schwarzen, glänzenden Busch ein und fing an zu stoßen. Sein roter Hintern wurde schneller und schneller, und dann stöhnten und zuckten sie plötzlich beide; doch schon ein paar Minuten später fickte er sie kniend von hinten.

Dies erregte Childe; er wünschte sich, daß die nächste Frau, die sein Glied küßte, weitermachte. Doch sie zog sich zurück, murmelte »Vielen Dank, Kapitän« und verschwand mit ihrem untersetzten indianischen Partner, der einen dicken, stummelartigen Penis hatte.

Die Paare kamen nun schneller. Die Männer legten ihre Pimmel in seine Hand, und die Frauen küßten oder leckten sein Glied, als sei er ein Fruchtbarkeitsgott. Es gab jedoch auch Ausnahmen. Es gab auch ein paar Männer, die sich vor ihn hinknieten und ihn kurz küßten oder saugten, und ein paar Frauen, die seine Hand nahmen und sie auf ihre Möse legten.

Am Anfang fühlte Childe sich leicht abgestoßen, doch je mehr Paare auf ihn zukamen, um anschließend zu ficken oder sich oral zu betätigen, desto schneller nahm er es als etwas Natürliches hin. Allmählich kam es ihm so vor, als sei er ihnen etwas schuldig; als ginge es hier um etwas Altvertrautes. Vor seinem inneren Auge blitzten die exotischen und außerirdischen Landschaften immer öfter auf —

und zwar jedesmal dann, wenn er einen Schwanz in der Hand hielt oder sich ein Lippenpaar um die Eichel oder den Schaft seines Schwanzes schloß.

Während der Zeremonie hatte die Leuchtkraft des Kelchs zugenommen. Nach jedem weiteren Paar leuchtete er ein bißchen heller. Das weiße Glühen in seinem Schädel wurde nur noch von dem weißen Feuer in seinem Penis übertroffen. Das Gefühl war stark; er war beinahe enttäuscht, als er an sich hinunterblickte und seine Eichel und den Schaft nicht in weißem Licht erstrahlen sah.

Ihm fiel auf, daß Pao keine feste Partnerin hatte. Er ging von einer zur anderen, und wo er einen freien Mund fand, lud er ihn zum Flötenspiel. Es schien ihn nicht zu kümmern, welches Geschlecht sein Partner hatte. Er kam jedesmal nach wenigen, heftigen Stößen, dann zog er seinen tropfenden, aber immer noch steifen Pimmel heraus und begab sich zum nächsten.

Stecker, fiel Childe plötzlich auf, war der einzige, den er nicht sah. Er war als einer der ersten bei Childe gewesen und hatte ihm einen leichten Schlag versetzt, als sich die Hand um seinen warzigen Schwanz geschlossen hatte. Childe hatte dabei ein zunehmendes Gefühl der Ekstase verspürt, aber das war alles gewesen. Er hatte den Eindruck, daß Stecker seine persönliche Bioelektrizität irgendwie auf ein Minimum heruntergeschraubt hatte. Nachdem er seine Partnerin kurz gefickt hatte, hatte er sie besinnungslos zurückgelassen.

Childe dachte kurz darüber nach. Er empfing ein Bild und sah Stecker durch den Korridor zu Sybils Zimmer gehen. Was hatte der Hundesohn mit ihr vor? Wollte er es ihr wieder mit seinem Elektrischen besorgen? Doch dann, als die nächste Frau mit ihrer Zunge seinen Penis liebkoste, vergaß er ihn.

Die Orgie der Außerirdischen kam nun so richtig in Schwung. Obwohl die Anwesenden, verglichen mit dem, was die anderen Paare taten, ziemlich ernst an ihn herantraten, wurden sie wild, sobald sie an der Reihe gewesen waren. Sie redeten laut, stießen Obszönitäten aus, küßten sich, saugten sich schmatzend ab und erfüllten den Raum mit plitschenden, klatschenden, flutschenden Geräuschen. Sie ächzten und stöhnten oder schrien ekstatisch auf, wenn sich ein Orgasmus ankündigte. Die Luft war gesättigt vom Geruch schwitzender Leiber, Gleitflüssigkeit und Sperma.

Die phantastisch schöne Vivienne, der man untersagt hatte, ihn anzurühren, tobte sich mit ihren Freunden aus. Sie stand vorgebeugt da und lutschte den Schwanz eines großen Schwarzen, während Pao sie von hinten bearbeitete und das unter seinen Eiern schwebende Schlangending in seinen Hintern einfuhr. Ihrem Zucken und Ächzen nach zu urteilen, schienen sie alle gleichzeitig zu kommen. Der Schwanz des Schwarzen rutschte aus Viviennes Mund, die gierig schluckte. Auch Pao ließ von ihr ab und stand tropfend halbmast, während sich das Schlangending zögernd aus ihm zurückzog und ausspuckte.

Während die letzte Frau Childes Segen erbat, kam Pao, dessen Schwanz sich wieder aufrichtete, obwohl er immer noch Sperma absonderte, auf ihn zugeeilt. Childe sah ihn schweigend an. Er war einem Abgang nahe; sein Schniepel zuckte in der Luft. In einer Ecke seines Bewußtseins wurde ihm klar, daß auch der Kelch zu pulsieren angefangen hatte. Seine Helligkeit flammte fortwährend auf und nahm wieder ab.

Kurz bevor Pao ihn erreichte, wurde Childe alles klar. Der Kelch strahlte synchron mit dem Pulsieren seines Glieds Impulse aus.

Pao nahm Childes Hand und hob sie hoch. Sein Glied richtete sich so hoch auf, daß er fast seinen Nabel berührte. Childes eigenes Organ schien sich zu ducken, sein Kopf berührte seinen Bauch. Das Pulsieren nahm zu, die warme, graue Flut in seine Hoden schwoll schneller an; dann drängte die Herrlichkeit, die ihn erfüllte, zum Ausstoß.

»Komm her!« sagte er erregt zu Pao.

Pao machte eine Geste, und Childe verstand, daß er seine Wahl treffen sollte.

Er sah sich schnell um. Er hatte eine großartige Auswahl, da es in diesem Kreis nur wenige Frauen gab, die nicht von außergewöhnlicher Schönheit waren.

»Vivienne!« sagte er.

Pao öffnete überrascht den Mund — offenbar wollte er protestieren. Doch er schloß ihn wieder, und winkte Vivienne mit einem Finger.

Vivienne war nicht weniger überrascht. Sie deutete auf sich und fragte: »Ich?«

Pao nickte und gab ihr mit einer Geste zu verstehen, daß sie sich beeilen sollte. Sie tat es; das Schlangending klatschte dabei gegen ihre Beine und protestierte gegen diese Behandlung. Als Vivienne Childe erreicht hatte, fiel sie auf die Knie und sagte: »Vergeben Sie mir, mein Kapitän.«

Dann fing sie an, seinen Schwanz zu lutschen. Ekstase überschwemmte Childe in trägen Wellen; von der Innenseite seines Nabels bis zu den Knien wurde er zu Eis.

Es gelang ihm, Pao zuzukeuchen: »Reiß das Ding raus!«

»Was?« sagte Pao.

»Zieh das Ding aus ihr heraus! Schnell!«

Pao kniete sich hinter Childe, langte zwischen seine Beine und packte das Schlangending, das sich gerade um Childes Schenkel winden wollte. Es hatte eben vor, sich in seinem Hintern zu verkriechen. Pao erwischte es knapp hinter dem Kopf und zerrte heftig.

Vivienne fiel auseinander.

Childe stand auf. Er hielt ihren Kopf zwischen den Händen, und sein Penis war in ihrem Mund. Ihre Augen starrten ihn in violettem Feuer an, und ihr Mund und ihre Zunge leckten und lutschten weiter. Ihre anderen Körperteile waren wieder auf die Beine gekommen und liefen im Raum umher. Der große Schwarze, den Vivienne gelutscht hatte, schnappte sich die vielbeinige Möse, klemmte sie auf seinen Schwanz und schob sie auf und nieder. Die Mösenbeinchen strampelten, als bewegten sie sich im Orgasmus.

Das Pulsieren des Kelches wurde immer schneller. Childe hielt Viviennes Kopf an den Ohren fest und rammte seine Rute immer fester zwischen ihre Lippen. Seine Eichel drang tief in ihre Kehle ein, zog sich zurück, bis sie ihren herrlichen Lippen beinahe entglitt, und rammte dann so tief in sie hinein, bis sein Schamhaar gegen ihren Mund drückte.

Schneller und schneller. Heller und heller. Pulsierende Ekstase.

Das Eis wurde zu Feuer. Childe spritzte mit einem Aufschrei ab; er zuckte so heftig, daß er den Kopf beinahe hätte fallen lassen. Sein Schambein drückte gegen Viviennes Nase, und sein Pimmel steckte tief in ihrer Kehle. Er kam und kam, und der Kelch erglühte, als sei er das Herz der Sonne.

Die anderen, allen voran Pao, traten heran, um die Tropfen aufzufangen, die aus ihrem abgetrennten Hals rannen, um damit ihr Geschlecht oder ihre Lippen zu bestreichen.

Childes Spritzen und Zucken endete. Das Licht des Kelches flackerte; bald war es nur noch ein schwaches Glimmen.

Er zog Viviennes Kopf von seinem erschlaffenden Riemen und warf ihn Pao zu. »Jetzt könnt ihr sie wieder zusammensetzen«, sagte er. »Ich habe meine Rache gehabt.«

Childe setzte sich hin und warf einen letzten Blick auf den Kelch. Er fühlte sich sehr erschöpft.

Die Menge versammelte sich um ihn und unterhielt sich in einem ehrfürchtigen Tonfall. Zuerst verstand er nicht, worüber sie sprachen, doch als er eine Frau sagen hörte »Er ist gewachsen, zwar nur ein bißchen, aber immerhin!«, verstand er, was sie so in Verwunderung versetzte.

Die unvollständige Seite des Kelchs war nun halb geschlossen. Das Metall war von selbst gewachsen.

»Sie sind wirklich der Kapitän und das Kind«, sagte Pao und nahm Childes erschlafftes Glied in die Hand. »Aber ein Kind sind Sie jetzt nicht mehr.«

Ohne die Details zu kennen, verstand Childe, was er sagte. Während der letzten Orgasmusexplosion hatte er auf dem Bildschirm seines Geistes viele Dinge gesehen. Irgendwie hatte das, was er erlebt hatte, eine rassische Erinnerung berührt. Nein, keine rassische. Das war nicht der korrekte Begriff. Der Begriff genetische Erinnerung kam dem näher.

17. Kapitel

Forry Ackerman sprang auf, als das Donnern an seiner Tür ertönte. Daß er sie öffnete, ohne die Identität des Besuchers zu überprüfen, war ein deutliches Zeichen dafür, daß er gegenwärtig recht durcheinander war.

Ein hochgewachsener, gut aussehender Mann mit blondem Haar und dunkelblauen Augen stand vor ihm. Bei ihm waren zwei weitere Männer.

»Ich bin Hindarf«, sagte der Mann. »Diese beiden sind Bellow und Grunder. Wir sind alte Freunde von Alys Merrie. Wir würden gern reinkommen.«

»Daß Sie mir bloß hier drin nicht rauchen«, sagte Forry, als ihm einfiel, daß Alys eine Zigarette nach der anderen paffte.

Er ließ sie hinein und schloß die Tür. Zwei der Männer nahmen Platz, ohne vorher um Erlaubnis gebeten zu haben; Hindarf blieb in der Mitte des Raumes stehen, als habe er die Absicht, ihn zu dominieren. Und das tat er auch.

»Ich bin hier, um den Rest des Plans durchzuführen«, sagte Hindarf.

»Welchen Plan denn?« fragte Forry.

Er sah sich um. Dieser Raum war für ihn stets der Mittelpunkt des Universums gewesen. Er enthielt Illustrationen, die den gesamten Kosmos wiedergaben — und sie waren von Männern angefertigt worden, die den Planeten Erde körperlich nie verlassen hatten. Erinnerungen an den

Mars. Anderen kam all dies vielleicht ausgeflippt vor, aber für ihn war es sein Zuhause.

Doch jetzt wandelte sich die Realität seines Hauses und zerrte an ihren Verankerungen. Das Eindringen echter Aliens machte diesen Ort ebenfalls zu etwas Fremdem. Die Aliens existierten wirklich — und die Produkte der Phantasie waren Fälschungen. Im Gegensatz zu dem, was Forry stets geglaubt hatte, war die Wirklichkeit viel phantastischer als die Phantasie.

»Sie fragen sich bestimmt, warum man Sie auserwählt hat«, sagte Hindarf. »Weshalb wir einen Erdling in unseren Kampf gegen die Og hineinziehen. Warum wir Sie bei unseren Bemühungen brauchen, den Kapitän zurückzugewinnen.«

Forry neigte den Kopf und musterte ihn mit gerunzelter Stirn. »Ja«, sagte er dann sehr gedehnt, »genau das habe ich mich auch gefragt. Wer bin ich denn schon? Ich besitze ja nicht mal einen funktionierenden Blaster!«

Hindarf lächelte nicht, aber er schaute auch nicht verdutzt drein. »Es gibt ein paar Erdlinge«, sagte er, »die über das verfügen, was wir *Resonanz* nennen. Aufgrund eines genetischen Zufalls kommen sie mit einer psychischen Wesensverwandtschaft zur Welt — beziehungsweise mit einem psychophysikalischen Komplex, der etwas erzeugt, das wir in Ermangelung eines besseren Begriffes den *Weißen Lärm* nennen. Diese Vibration läuft fast synchron mit der, die die Toc ausstrahlen. Sie macht den Erdling den Toc sympathisch, erzeugt aber auch Störungen und Verwirrungen im Geist der Og. Doch diese Kraft existiert, und ihre Wirkung kann die Vibrationen, die ein Toc erzeugt, neutralisieren. Mit anderen Worten, Og und Toc spüren es, wenn sie einander nahe sind. Wir wittern einander, wie eine Antilope einen Löwen wittert, wenn der Wind richtig weht. Aber wenn einer der resonanten Erzeuger des *Weißen Lärms* bei uns ist, können die Og uns nicht aufspüren.«

Forry legte die Fingerspitzen aneinander. »Ich habe aber nie zu denen gehört«, sagte er, »die alles nur Schwarz oder

Weiß sehen. Im Universum gibt es viel mehr Grautöne als schwarze oder weiße.«

»Fällt Ihnen eventuell auch etwas Gutes über die Nazis ein?« fragte Hindarf.

»Nun ja ... Sie haben die ersten Raketen abgeschossen. Und das hat zum ersten Menschen auf dem Mond geführt.«

Alys Merrie rümpfte die Nase und sagte: »Dann leck mich am Arsch und nenn mich Hitler!«

»Woolston Heepish ist ein Og«, sagte Hindarf. »Er hat sich nicht nur als Ihr Rivale aufgebaut, sondern ist auch zu einer Karikatur von Ihnen geworden. Er hat Sie bestohlen. Glauben Sie, er weist mehr Grau als Schwarz auf?«

»Er ist so schwarz wie das Kleinhirn des Satans«, sagte Forry. »Erst gestern nacht ...«

Hindarf machte eine ungeduldige Handbewegung und sagte: »Ich weiß. Die Frage ist: Wollen Sie uns helfen? Es wird nicht ungefährlich sein. Aber für uns wird es weniger gefährlich sein, wenn Sie uns begleiten. Wir haben die Absicht, Childe zu retten. Die Og halten ihn gefangen. Und die Emanationen, die heute aus ihrem Haus gedrungen sind, zeigen an, daß er an einer Gralwachs-Zeremonie teilgenommen hat. Er weiß zwar möglicherweise nicht, was er tut, aber das macht keinen Unterschied. Er tut das, was sie von ihm verlangen.«

»Gibt es denn keine anderen Erdlinge, die mit Ihnen gehen könnten?« sagte Forry. Ihm fielen gerade ein paar seiner jugendlichen Phantasien ein, in denen er zum Mittelpunkt der Aufmerksamkeit zweier im Geheimen operierenden Gruppen von Marsmenschen und Venusiern geworden war, die im Untergrund um die Kontrolle über die Erde kämpften. In der Phantasie war er im allgemeinen stets auf seiten der Marsmenschen. Die Venusier hatten nämlich etwas Bösartiges, Undurchsichtiges, Heimtückisches, Schlüpfriges und Gänsehauterzeugendes an sich. Und dann regnete es auch noch so ... Jetzt, wo er darüber nachdachte, fiel ihm auf, daß die Sintflut der letzten sieben

Tage Los Angeles in genau das verwandelt hatte, was sich die SF-Autoren in *Science Wonder Stories* und *Astounding* in der guten alten Zeit unter der Venus vorgestellt hatten.

»Nein«, sagte Hindarf. »In dieser Gegend haben wir keinen. Es gibt auch niemanden, der einen so starken *Weißen Lärm* erzeugen könnte wie Sie.«

»Es mag Ihnen in diesem Augenblick bestimmt unwichtig erscheinen«, sagte Forry, »aber warum beklaut Heepish mich überhaupt?«

»Weil er Ihre Sachen für die Sammlung braucht, die er zum Planeten der Og mitnehmen will. Er ist ein gieriger und nur auf Eigennutz bedachter Patron, deswegen hat er mehrere Sachen aus Ihrer Sammlung gestohlen — statt die Abreise abzuwarten und Ihre ganze Sammlung mitzunehmen.«

»Was?!« sagte Forry schrill. »Meine ganze Sammlung?«

»Oh, ja«, sagte Alys Merrie und hüllte ihn in Zigarettenrauch ein. »Er hat den Plan, dein ganzes Haus zu leeren, und die Garage auch. Er braucht nämlich nur ein paar Minuten dazu, wenn er einen Kapitän dazu bewegt, es für ihn zu tun. Er will die ganze Sammlung in einen großen Raum in einen Stall hinter dem momentanen Hauptquartier der Og bringen. Und wenn der Kapitän die Og dann zu ihrem Heimatplaneten bringt, nimmt er auch deine Sammlung mit. Die ganzen Sachen landen dann — zusammen mit einer Menge anderer irdischer Kunstschätze — in den Museen der Og.«

»Wenn Sie wollen«, sagte Hindarf, »können Sie unseren Planeten ja mal besuchen. Sie könnten auch Heepishs Sammlung übernehmen. Sie wird ihm nichts mehr nützen, wenn er tot ist.«

»Tot?«

Hindarf nickte. »Natürlich«, sagte er. »Wir haben vor, alle Og zu töten.«

Die Vorstellung, daß jemand umgebracht werden sollte, behagte Forry gar nicht — auch wenn Heepish den Tod verdient hätte. Doch der Gedanke, zu einem fremden Planeten zu reisen, der so weit entfernt war, daß er nicht einmal in dieser Galaxis lag ... Er ganz allein, der einzige Mensch der Welt, würde zu einer anderen Welt reisen! Schon als kleines Kind hatte er sich erträumt, der erste Mensch auf dem Mond zu sein. Er hatte diesen Traum fast vergessen, weil er nicht mal als Tourist auf den Mond kommen würde. Und jetzt bot man ihm eine kostenlose Fahrkarte zu einem Planeten an, der noch viel fremdartiger und bizarrer war als der Mond je sein würde! Ein Planet unter einer fremden Sonne, eine unvorstellbar exotische Welt!

»Und ich kann jederzeit wieder zurückkehren?« fragte Forry. »Wissen Sie, ich möchte Los Angeles nämlich nicht für immer den Rücken kehren. Schließlich habe ich hier meine Sammlung und all meine wunderbaren Freunde.«

»Kein Problem«, sagte Hindarf.

»Ich muß sie allerdings warnen«, sagte Forry. »Ich kann keinen großen Stress vertragen ... Mein Herz ...«

»Das hat Alys uns alles schon erzählt«, sagte Hindarf.

Forrys Blick weitete sich. »Alles?«

»Nur die medizinischen Aspekte«, sagte Hindarf.

»Also in Ordnung«, sagte Forry. »Ich werde Ihnen helfen. Aber nur als Generator für *Weißen Lärm.* Bitten Sie mich bloß nicht, bei der Killerei mitzumachen.«

Alys und die drei Männer lächelten.

Forry lächelte zwar auch, aber er wußte immer noch nicht, ob er nicht doch einen Pakt mit dem Teufel geschlossen hatte. Es sah zwar so aus, als seien die Og wirklich die Bösen, aber vielleicht waren die Toc auch keine Unschuldslämmer. Vielleicht bekämpfte hier nur eine Bande von Satansbraten eine andere.

18. Kapitel

Childe erwachte mit einem Gefühl von Leere und Scham.

Er sah Sybil an, die neben ihm schlief, dann starrte er lange Zeit an die Decke. In der vergangenen Nacht war etwas mit ihm passiert. Er nahm jedenfalls an, daß es in der vergangenen Nacht gewesen war, da er keine Ahnung hatte, wie spät es war. Seine Armbanduhr war weg.

Als sei in seinem Innern ein Schlüssel herumgedreht worden, der eine Erinnerung freigelassen oder ein programmiertes Band gelöst hatte, hatte er diese Zeremonie ohne einen falschen Schritt durchlaufen — und ohne daß ihm jemand gesagt hatte, was als nächstes zu tun sei.

Als er das pulsierende Licht erzeugt hatte, hatte er eine Ekstase verspürt, die auf irgendeine unerklärliche Weise der eines sexuellen Orgasmus überlegen gewesen war. Es fiel ihm zwar schwer, das Sexuelle vom Photonischen zu trennen, doch ein Teil seiner Wonne war aus dem Kelch gekommen.

Der Höhepunkt des Abends, die Sache mit Viviennes abgelöstem Kopf, war ihm in diesem Augenblick als absolut gerechtfertigt und höchst herrlich erschienen. Doch an diesem Morgen kam sie ihm häßlich und pervers vor. Er konnte nicht verstehen, welcher Dämon ihn geritten hatte.

Das Schlimmste war, erkannte er, daß er das gleiche noch einmal — oder zumindest etwas ähnlich Abscheuliches — tun würde, wenn er wieder vor dem Kelch saß. Er machte sich nichts vor.

Doch das Allerschlimmste war, daß er mit Leuten — oder Lebewesen — zusammenarbeitete, die das Böse verkörperten.

Doch als man ihn vor den Kelch gesetzt hatte, hatte er sich ihren Wünschen nicht verweigern können. Auf eine gewisse Weise hatte der Kelch ihn mehr aktiviert als umgekehrt.

Worin bestand das Endergebnis dieser Zeremonie — und der zweifellos noch folgenden?

Childe nahm sich vor, erst dann wieder etwas zu tun, wenn er über alles genau Bescheid wußte.

Er dachte an Sybil. Würde man sie foltern, wenn er sich weigerte, den Plänen der Og zu entsprechen? Nach allem, was er bisher über sie wußte, zweifelte er eigentlich nicht daran, daß sie alles tun würden, was sie für erforderlich hielten. Und dann würde man Sybil ... Er schüttelte sich.

Jemand klopfte an die Tür. Das Klopfen war zwar nur schwach, da die Tür aus dickem Metall bestand, aber er hörte es dennoch. Sein Gehör schien nach den Erfahrungen der letzten Nacht schärfer geworden zu sein. Childe stand auf, stellte fest, daß er nackt war, und ging zur Tür, ohne einen Gedanken daran zu verschwenden. Er klopfte gegen die Füllung, die Tür schwang auf. Vivienne stand da; hinter ihr stand Pao.

»Wenn ihr technisch wirklich so weit fortgeschritten seid«, sagte Childe, »solltet ihr euch etwas Besseres einfallen lassen, um meine Aufmerksamkeit zu erregen.«

»Sie haben Privatsphäre verlangt«, sagte Vivienne. »Deswegen haben wir die Einwegfenster polarisiert und den TV-Monitor und das Interkom abgeschaltet.«

»Wie nett von euch«, sagte Childe und dachte darüber nach, welche Mühe sie sich doch gaben, ihn von ihrer Nettigkeit zu überzeugen. »Zeigt mir, wo das Interkom ist, dann melde ich mich, sobald ich jemanden sehen will. Und laßt die anderen Dinger bloß abgeschaltet!«

»Wie der Kapitän wünscht«, murmelte Pao.

»Im Augenblick«, sagte Childe, »wünsche ich — nach einem guten Frühstück — Antworten auf meine Fragen.«

»Natürlich«, sagte Pao, als wundere er sich, daß der Kapitän einen Grund haben könne, an etwas anderes zu denken.

»Dann sehen wir uns in zehn Minuten«, sagte Childe. »Sagt mir, wo der Frühstücksraum ist. Und laßt die Tür unverschlossen.«

Pao sah fassungslos aus. »Es tut mir wirklich leid, Kapitän«, sagte er. »Aber Sie werden hierbleiben müssen. Es geht um die Sicherheit Ihrer Person. Es gibt bösartige Kreaturen, die Ihnen übelwollen. Sie können diesen Raum nicht verlassen. — Außer natürlich zum Gralen.«

»Zum ›Gralen‹?«

»Um den Kelch wachsen zu lassen. Den *Gral*.«

»Dann geht es also weiter?« »Jawohl.« »Na schön«, sagte Childe. »Dann bin ich also ein Gefangener.«

Pao verbeugte sich leicht. »Ein Schutzhäftling, Kapitän. Es geht nur um Ihren Schutz.«

Childe knallte ihnen die Tür vor der Nase zu und weckte Sybil auf. Sie hatte zwar noch keine Lust zum Aufstehen, aber er wollte, daß sie alles mithörte, was man besprach. Dann wollte er ins Bad gehen, doch auf halbem Weg hielt er inne. Er sah einen spitzen, behaarten Kopf unter dem Bett hervorlugen. Er glich vage einem schlafenden, schwarzen Hund von der Größe einer dänischen Dogge. Childe gab ihm einen Klaps auf die feuchte, hundeartige Nase, und das Viech öffnete weit die Augen.

»Was, zum Teufel, bist du, und was, zum Teufel, machst du unter meinem Bett?« fragte er.

Die Augen waren dunkelbraun und kamen ihm vertraut vor. Doch das Tier, das unter dem Bett hervorkroch, war ihm unbekannt. Seine vordere Hälfte glich der eines großen Spaniels, doch die hintere war eher affenähnlich. Das Wesen stellte sich auf seine halbmenschlichen Beine, eierte auf einen Sessel zu und nahm Platz. Dann stützte es seinen wuscheligen, langohrigen Kopf auf zwei Pfoten. Der affenhafte Teil war zwar auch behaart, doch nicht so schlimm wie der andere. Childe erspähte ein Paar menschlich aussehender Hoden und einen warzigen Penis.

»Eben hatte ich noch Hunger«, sagte Childe, »aber wenn ich dich so ansehe ...«

Er fühlte sich zwar abgestoßen, aber er hatte keine Angst. Das Ding sah nicht gefährlich aus — jedenfalls nicht im Moment. Seine Müdigkeit und seine großen, feuchten Augen trugen noch zu seinem harmlosen Aussehen bei.

Doch eins bewirkte seine Gegenwart: Childe verspürte erneut die Fremdheit und Unmenschlichkeit dieser Leute.

Sybil schien auch keine Angst zu haben; Childe hatte damit gerechnet, sie hysterisch kreischen zu sehen.

»Sybil«, sagte er, »war das letzte Nacht dein Bettgefährte?«

»Teilweise«, sagte sie.

»Dann hat es mehr als einen gegeben?«

Soweit Childe wußte, war nur Stecker bei der Zeremonie nicht dabei gewesen.

»Ich glaube nicht«, sagte sie. »Ich glaube, er hat sich eine halbe Stunde nachdem wir aufhörten, in das da verwandelt.«

Er brauchte sie nicht erst zu fragen, mit was sie aufgehört hatten.

»Er hat gesagt, er wäre fast leer«, sagte Sybil. »Bevor er zu mir kam, ist er bei den drei Toc-Gefangenen gewesen. Da hat er viel von seiner elektrischen Energie verloren. Erst dann kam er zu mir.«

Childe hatte das Gefühl, nicht in der richtigen Position zu sein, um sie zurechtzuweisen. Was hätte es außerdem gebracht? Sie trieb es, mit wem sie wollte, und es machte ihr Spaß. Und die ganze Zeit über versicherte sie ihm, daß er ihre einzige Liebe sei. In Wahrheit war Sex ihre einzige Liebe. Sex ohne geistige Anteilnahme.

Das unglaubliche Element in dieser Sache war weniger Steckers Metamorphose in dieses Hundeaffentier, sondern die Gelassenheit, mit der Sybil seine Verwandlung hinnahm. Eigentlich hätte sie sich in einem starken Schockzustand befinden müssen.

»Weswegen hat Stecker es für nötig gehalten, die Gefangenen zu stimulieren?« fragte Childe.

»Er hat gesagt, jeder im Haus Anwesende müsse ins ›Gralen‹ mit einbezogen werden, und das sei nur möglich, wenn auch ich und die Gefangenen es mit einem Og trieben.«

Aus einer Jadefigur, die auf einem Tisch neben dem Bett an der Wand stand, sagte eine Stimme: »Wünschen Sie etwas, Kapitän?«

»Ja!« sagte Childe und sah die Figur an. »Schafft dieses Ding hier raus! Stecker macht mich krank!«

Kurz darauf schwang die Tür auf, und der blonde Mann, der bei der Zeremonie der erste gewesen war, trat ein. Hinter ihm kamen zwei Frauen mit Tabletts. Der Mann nahm Stecker an die Pfote und führte ihn hinaus, während die Frauen das Frühstück auftrugen. Der Kaffee war ausgezeichnet, und die Eier mit Speck, der Toast und die Warzenmelone schmeckten köstlich.

Während des Essens sah Childe Sybil fortwährend an. Sie redete in einem fort, als bemerke sie seinen prüfenden Blick überhaupt nicht. Sie hatte sich während ihrer Gefangenschaft bestimmt ein stählernes Nervenkostüm zugelegt.

Nach dem Frühstück ging sie ins Bad, um sich, wie sie es ausdrückte, für den Tag zurechtzumachen. Pao und Vivienne traten ein. Das erste, was Vivienne machte, war ein Kniefall. Dann murmelte sie: »Mit Ihrer Erlaubnis, Kapitän« und küßte seinen Penis.

Childe sagte nichts dazu. Man mußte mit den Wölfen heulen. Doch dieser Brauch schlug den des höfischen Handkusses buchstäblich um Längen.

Pao berührte Childes Penis mit einem Finger und murmelte ebenfalls: »Mit Ihrer Erlaubnis, Kapitän.«

Dort also, dachte Childe, sind die Macht und die Herrlichkeit gelagert. Kein Wunder, daß Igescu, die Grasatchow, Dolores del Osorojo und Magda Holyani nicht hatten widerstehen können, ihn sexuell zu mißbrauchen. Laut dem, was er der kurzen Unterhaltung zwischen Vivienne und dem Anführer der Männer entnommen hatte, die ihn vor ihr bewahrt hatten, waren die Og dazu verpflichtet, ihn in Ruhe zu lassen, damit er sich zu irgend etwas entwickelte.

Er fragte sich, ob die beiden Werwölfe ihn hatten töten wollen, als sie ihn angegriffen hatten. Er hatte es geglaubt. Vielleicht hatten sie ihn nur in sein Gefängnis zurücktreiben wollen. Der Werleopard, der ihn angesprungen hatte, als er mit dem Degen auf Igescu losgegangen war, hatte ihn vielleicht nur verjagen wollen.

Jetzt war es Childe klar: Man erwartete von ihm, daß er

sich zu einem Kapitän entwickelte. Aber es gab immer noch eine Menge Fragen, die nach Antworten heischten. Was, zum Beispiel, hatten die vor seinem Haus abgestellten Autos zu bedeuten?

»Vor einigen Jahren«, sagte Vivienne, »hatten wir eine Gralhälfte in unserem Besitz. Es war das Ergebnis eines mehrtausendjährigen Sammelns jener Materialien, die man zum Erzeugen des Metalls benötigt. Dann haben die Toc es uns gestohlen. Wir haben sie verfolgt und den Dieb, nachdem wir zwei seiner Komplizen getötet hatten, gestellt. Er war auf ein Bahngelände geflohen, um zu entkommen, doch als er sah, daß er uns nicht mehr entwischen konnte, warf er den Gral in einen Waggon voller Schrott. Damals wußten wir noch nichts davon. Später hat er uns die Information dann gegeben.«

»Ich stell's mir gerade vor«, sagte Childe, schloß die Augen und schüttelte sich.

»Doch bis dahin war der Gral schon mit dem Schrott zusammen im Hochofen eines Stahlwerks gelandet. Wir mußten ziemlich eingehende und kostenträchtige Detektivarbeit leisten, bis wir herausfanden, daß diese spezielle Ladung zu einer Lieferung gehörte, aus der man eine Anzahl Autos des gleichen Modells hergestellt hatte. Also . . .«

»Aber ihr wußtet nicht genau, in welchen Autos das Metall steckte?« fragte Childe. Er verstand allmählich.

»Glücklicherweise sind alle diese Wagen in die nähere Umgebung verkauft worden. Wir hatten ihre Zahl inzwischen auf etwa dreihundert eingeengt. Dann fingen wir an, sie zu stehlen, und haben sie vor Ihrem Haus stehen lassen. Wir hatten sehr viel Glück. Drei der Wagen enthielten Spuren des benötigten Gralmetalls. Sobald Sie in die Nähe des Metalls kamen, aktivierte es sich, aber Sie konnten es nicht sehen, weil die Farbe das Leuchten, das eh nicht sonderlich stark war, verdeckte.

Wir haben die Wagen zu Schrott gefahren und von einem Mann einschmelzen lassen, den wir gut dafür bezahlten. Wir haben das Gralmetall buchstäblich *durchge-seiht*, und die winzigen Teilchen dann als Detektor einge-setzt, um nach den anderen Wagen zu suchen. Bringt man ein Stück Gralmetall in die Nähe eines anderen, leuchten beide auf. Von da an brauchten wir keine Wagen mehr vor Ihrem Haus abzustellen, da wir nun genau wußten, in wel-chen sich das Metall befand. Wir mußten noch ein paar Beamte bestechen, um die Namen der Autobesitzer zu er-fahren. Alle Fahrzeuge hätten wir sowieso nicht stehlen können.

Aber wir bekamen genug zusammen, um es als Saat zum Wachsen von mehr Metall zu verwenden. Die Prozedur ist zwar für einen Kapitän sehr ermüdend und erschöpft alle, die an der Zeremonie teilnehmen, aber sie muß getan wer-den.«

Childe verstand längst nicht alles. Er forderte Pao auf, ihn über alles in Kenntnis zu setzen. Es dauerte anderthalb Stunden, und ihm fielen ständig weitere Fragen ein.

Childe akzeptierte auch nicht Paos Aussage, daß die Toc die Bösen und die Og die Guten waren. Er wollte zwar nicht ausschließen, daß die Toc böse waren, aber wenn es zutraf, standen die Og ihnen in nichts nach.

Was die Og von ihm wollten, war etwas, das er nicht ablehnen durfte, wenn ihm etwas an der Erde lag. Im Ge-genteil. Wenn er die Og zu ihrem Heimatplaneten brachte, erwies er seiner Welt einen großen Dienst. Auch wenn ihm die Menschheit für seine Heldentat niemals einen Orden verleihen würde. Es war wahrscheinlicher, daß er in einer Klapsmühle landete, wenn er die Untaten der Og enthüllte.

Das Dasein eines Kapitäns brachte ein paar verwirrende Dinge mit sich. Eins bestand darin, daß er zur Erde zurück-kehren und auch den Rücktransport der Toc in die Wege leiten konnte. Wenn die Og Autos klauen und einen Gral herstellen konnten, konnten die Toc es ebenfalls. Es waren immer noch eine Menge Fahrzeuge übrig, die diesem Ziel dienen konnten.

Aber an diese Möglichkeit hatten die Og sicher gedacht.

Wie wollten sie das Problem lösen? Childe fragte sie nicht gern danach, denn er fürchtete die Wahrheit ebenso wie eine Lüge. Wenn sie vorhatten, ihn auf ihrer Welt umzubringen oder einzusperren, würden sie es ihm natürlich nicht auf die Nase binden. Und wenn er sie danach fragte, würden sie wissen, daß man ihn umbringen oder einsperren mußte. Er würde auf jeden Fall verlieren.

»Es wird herrlich werden«, sagte Vivienne. »Wenn der Gral komplett ist, können Sie, mein Kapitän, sämtliche Og, die über das Angesicht dieses Planeten wandern, als Energiekomplexe materialisieren lassen.«

Obwohl Childe geglaubt hatte, nichts könne ihn mehr aus der Fassung bringen, war er überrascht.

»Soll das heißen, man erwartet von mir, daß ich euren sämtlichen Toten einen ... äh ... neuen Körper gebe?« fragte er.

»Sie werden sie dazu befähigen, sich selbst mit materiellen Körpern zu versorgen«, erwiderte Vivienne.

»Für uns wird es der Tag der Wiederauferstehung sein«, sagte Pao. Seine geschlitzten, fuchsartigen Augen funkelten. Das Licht der Lampe reflektierte sich rötlich in ihnen.

»Und wo genau wird diese Wiederauferstehung — beziehungsweise Rematerialisation — stattfinden?« fragte Childe.

»Sie werden in dem Stall hinter dem Haus rematerialisiert«, sagte Vivienne. »Dort ist mehr als genug Platz, trotz der Güter, die dort gelagert sind.«

»Es sind ungefähr neunhundert«, sagte Pao. »Sie brauchen ja nicht alle gleichzeitig zu rematerialisieren. Sie können es bestimmen, Kapitän. Jedesmal zehn oder zwanzig: wir können sie dann ins Haus bringen oder auf die Stallräume verteilen.«

Theologen der Wiederauferstehung, dachte Childe. Bin ich wirklich eine Art Gott?

»Wird Lord Byron, mein wirklicher Vater, bei ihnen sein?« fragte er.

»Oh, nein«, sagte Pao. »Sie vergessen, daß ...«

Er wollte nicht weiterreden. Kein Wunder. Byron gehörte zu den Toc, die nicht rematerialisiert werden würden. Und Pao schien erraten zu haben, was Childe in Erwägung zog: Wie konnte er die Schlußfolgerung vermeiden, daß die Toc vielleicht doch die Guten waren, wenn sein eigener Vater ein Toc gewesen war?

»Byron war zwar ein hochtalentierter Mann«, sagte Pao langsam, »aber auch ein sehr bösartiger. Die Historie enthüllt seine Boshaftigkeit zwar nicht, aber es gibt Hinweise. Natürlich hat die Welt seine wahre Geschichte nie erfahren. Hätte sie es, wäre er hingerichtet worden. Es tut mir leid, dies über Ihren Vater sagen zu müssen, aber es muß ausgesprochen werden. Es ist Ihr Glück, daß wir Sie vor den Toc bewahrt haben.«

Damit schien er zu meinen, daß sie ihn auch davor bewahrt hatten, in die bösartigen Fußstapfen seines Vaters zu treten.

»Ich muß über eine Menge nachdenken«, sagte Childe, »deswegen möchte ich gern allein sein. Welche Pläne habt ihr für den heutigen Tag — gibt es überhaupt welche?«

Pao sagte in entschuldigendem Tonfall: »Die Toc sammeln sich, um dieses Haus zu überfallen. Deswegen ist unsere Zeit so knapp wie nie zuvor. Wir sind davon ausgegangen, daß Sie sich ausruhen, damit wir heute abend wieder gralen können.«

»Dann bis nach dem Abendessen«, sagte Childe.

Pao verbeugte sich, Vivienne machte Anstalten, erneut Childes Glied zwischen die Lippen zu nehmen, doch er hielt sie zurück und sagte: »Ich muß meine Kräfte sparen.«

Diese Antwort schien Pao zu gefallen, doch Vivienne runzelte die Stirn und biß sich auf die Unterlippe. Als sie sich zum Gehen wandte, sagte Childe: »Einen Augenblick noch, Vivienne! Gestern abend ... Weißt du, was passiert ist? Ich meine, bist du bei Bewußtsein, wenn du dich ... äh ... auflöst?«

»Ich bin noch schwach bei Besinnung gewesen«, sagte sie. »Als ich wieder richtig zu mir kam, konnte ich mich vage an das erinnern, was vorgefallen ist. Es war wie ein Traum, an den man sich nur bruchstückhaft erinnert.«

»Kannst du einen Orgasmus haben, wenn du in diesem Zustand bist?«

»Nicht, daß ich wüßte. Würden Sie Vergeltung üben, wäre es nur ein blasser Schatten, so wie ich wahrscheinlich nur den blassen Schatten eines Orgasmus kriegen würde.«

»Ich kann die Eigenarten der anderen gut verstehen, schließlich kennt man sie aus den Legenden und dem Aberglauben. Aber von deinem Typ habe ich nie gehört. Ist deine Art je unter den Menschen bekannt gewesen?«

Vivienne sagte: »Wenn Sie sich damit auf meine Struktur und das Ding in mir beziehen — auf meinen Zusatz, wie ich es nenne — nein. Ich bin einmalig. Und ich bin erst vor kurzem entstanden. Ich bin 1562 materialisiert. Nach der momentanen Zeitrechnung bin ich 1431 gestorben. Das Ding in meinem Schoß starb 1440. Er war damals — in unserem öffentlichen Leben als Menschen und in unserem privaten Og-Leben — ein guter Freund.«

»Das Ding war menschlich?«

»Ja. Als wir 1562 rematerialisierten, fanden wir uns zu unserem gegenwärtigen Arrangement zusammen. Wir können derlei innerhalb gewisser Grenzen tun. Wir müssen uns zwar den Gesetzen der Biologie unterwerfen, aber wenn man über großes Wissen verfügt, kann man mit der Materie Dinge anstellen, die ihr Menschen für unmöglich halten würdet.

Wir haben uns über eine Symbiose dieser Art unterhalten, damit wir die Intensität unserer sexuellen Aktivitäten verdoppeln können. Deswegen materialisierten wir in diesem Zustand. Wir machten nur einen Fehler — beziehungsweise ich machte ihn. Ich hatte die Vorstellung, meine Einzelteile könnten, wenn ich mich zerlege, ebenfalls ein Sexualleben führen und Orgasmen haben. Ich nahm an, sie könnten einander die einzelnen Orgasmen übermitteln ... Nun, es hat so nicht funktioniert.«

Childe fragte sich, ob sie ihm die Wahrheit erzählte. Es

kam ihm zu phantastisch vor. Gab es überhaupt jemanden, der freiwillig eine solche Gestalt annahm? War es
nicht wahrscheinlicher, daß ihre Feinde, die Toc, sie geschnappt hatten, als sie und das Ding rematerialisiert
waren, und daß sie ihr diese Gestalt gegeben hatten? Er
hatte zwar keine Ahnung, warum die Toc derlei hätten tun
sollen, aber es kam ihm wahrscheinlicher vor, daß jemand
dergleichen eines sadistischen Witzes wegen tat, als daß jemand es sich absichtlich selbst zufügte.

»Wir hatten beide starke traumatische Erfahrungen
während unseres Lebens im fünfzehnten Jahrhundert«,
sagte Vivienne. »Er wurde gleichzeitig erhängt und verbrannt, und ich starb auf dem Scheiterhaufen.«

»Du warst eine Hexe?« sagte Childe. »Dann waren nicht
alle, die als Hexen verbrannt wurden, unschuldig?«

»Oh, nein! Ich war zwar nicht unschuldig, aber ich war
keine Hexe in dem Sinne, wie meine Henker glaubten. Es
waren übrigens die Engländer, die mich verbrannt haben,
wußten Sie das?«

»Nein«, sagte Childe. »Ich hatte keine Ahnung. Wer
warst du? Jemand, den ich kennen müßte?«

»Bestimmt«, sagte sie. »Ich war Johanna von Orleans.
Und das Ding in mir war Gilles de Rais.«

19. Kapitel

Nachdem die beiden Og gegangen waren, legte Childe sich
aufs Bett. Sybil hatte nur die letzten fünf Minuten mitbe-
kommen, also wiederholte er das Gespräch für sie. »Ich
bin immer der Meinung gewesen, daß die Engländer Johanna unschuldig verbrannt haben; hat sie denn nicht bewiesen, daß sie keine Hexe war?«

»Es war die Kirche, die sie verdammt hat, aber man hat
sie später rehabilitiert und heiliggesprochen. Ich nehme an,
weil sie bei den Franzosen als große Heldin galt.«

»Das verstehe ich nicht«, sagte Sybil. »Was war diese
Vivienne oder Johanna, oder das, was sie getan hat?

Warum sollte eine Og versuchen, Frankreich vor den Engländern zu beschützen?«

»Vielleicht aus Eigennutz. Wer weiß, was sie getan hätte, nachdem das Land an einen französischen Herrscher gefallen wäre? Vielleicht hätte sie es ihm weggenommen — oder Frankreich mit ihm als Marionette regiert. Sie kann sogar vorgehabt haben, die Engländer aus dem Land zu jagen, um sie hinterher zu überfallen und beide Nationen wieder unter einer Herrschaft zu vereinigen. Ich habe sie nicht gefragt, welche Pläne sie und de Rais hatten. Aber ich werde die Gelegenheit dazu schon noch kriegen. Im Moment bin ich einfach noch zu gelähmt.«

»Wer war Gilles de Rais?«

»Ein französischer Großmarschall, einer der besten Feldherrn, die Frankreich je hatte. Er war ein brutaler Sadist und Homosexueller, der Hunderte von kleinen Jungen mißbraucht, gefoltert und geopfert hat. Ich glaube, auch kleine Mädchen. Angehörige des Adels konnten sich in diesen Zeiten zwar eine Menge erlauben, aber er ist zu weit gegangen. Er wurde der Hexerei, ritueller Morde und einer Menge anderer Dinge beschuldigt, einschließlich Sodomie, glaube ich. Er wurde hingerichtet; ich nehme an, zu Recht. Nur wenige Menschen sind so bestialisch gewesen. Neben ihm war Jack the Ripper nur ein Fummelbruder.«

Sybil schüttelte sich, sagte aber nichts. Childe stand auf und zog sich aus. Sie sah ihn mit weit geöffneten Augen an.

»Zieh dich aus!« sagte er.

»Weshalb?«

»Weil ich dich vögeln möchte. Überrascht dich das?«

»Nach der letzten Nacht, ja«, sagte sie. Sie fing an, ihre Bluse aufzuknöpfen, doch dann hielt sie inne.

»Solltest du dich nicht für heute abend aufsparen?«

»Komm, ich helf' dir beim Ausziehen«, sagte er.

Er fing mit ihren Knöpfen an.

»Ja«, sagte er, »soll ich. Aber was die anderen wollen, ist nicht unbedingt das, was ich will. Außerdem — was wollen sie dagegen tun, wenn ich leer bin?«

»Oh, nein! Das darfst du nicht tun!«

»Auf wessen Seite bist du?«

»Natürlich auf deiner! Aber ich möchte auch nicht, daß sie wütend auf dich werden. Oder auf mich.«

»Du kannst immer noch sagen, ich hätte dich dazu gezwungen«, sagte er grinsend.

»Ich sollte es eigentlich nicht tun«, sagte sie und musterte seinen leicht anschwellenden Schwanz.

»Fang an! Nimm ihn!«

»Ich bin zwar kein Og«, sagte Sybil, »aber wenn du's sagst . . .«

Er zog ihr die Bluse und den Büstenhalter aus. Sybil hatte volle, wohlgeformte Brüste. Er küßte ihre Brustwarzen, sah sie erigieren und saugte abwechselnd an ihnen. Sie drückte sich an ihn, legte den Kopf leicht zurück und stöhnte. Dann langte sie nach unten und knetete zärtlich seinen Schaft, der immer größer wurde. Childe küßte Sybils Brüste und schob sie auf das Bett zurück, wo er sie niederlegte. Er zog ihr Rock und Höschen aus und rutschte zwischen ihre Schenkel. Das dichte, schwarze Vlies war schon feucht. Childe leckte an ihrem Schlitz entlang, schob die Zunge zwischen ihre Schamlippen und ließ sie von oben nach unten wandern. Dann drückte er die Spitze gegen ihre Klitoris, leckte sie ebenfalls und schob zwei Finger in ihren Schlitz. Sybil kam mit einem leidenschaftlich dumpfen Stöhnen und zerrte dabei an seinem Haar.

Danach richtete Childe sich auf und kniete sich über sie. Er hob ihren Kopf hoch und drückte ihn in Richtung auf seinen Penis, der nun hoch aufragte.

Sybil leckte seine Hoden und schob ihm eine Fingerspitze in den After. Childe stöhnte vor Wollust. Dann fuhr ihre Zunge sanft über den Schaft seines Glieds und befeuchtete sein Schamhaar. Schließlich nahm sie seine Eichel zwischen die Lippen. Ihre Zunge tanzte über den kleinen Schlitz, und die Kanten ihrer Zähne bürsteten gegen seine gespannte und empfindliche Haut.

Er kam, und Sybil schluckte und lutschte weiter. Sie bearbeitete ihn und hielt nur gelegentlich inne, um irgend etwas zu murmeln. Als Childes Rute wieder in voller Größe stand, sagte er, sie solle sich hinlegen. Er legte sich auf sie und stieß tief in sie hinein, bis sich ihre Schamhaare aneinanderrieben. Er blieb eine ganze Weile auf ihr liegen und genoß die Wärme, Feuchtigkeit und Zärtlichkeit.

»Du weißt, daß ich kein Übermensch bin, Sybil«, sagte er. »Wenn ich's ein- bis zweimal am Abend bringe, bin ich normalerweise fertig. Aber als ich bei Igescu war, hat mir die Grasatchow, dieses schweinische Weib, ein Zäpfchen in den Arsch geschoben, das wie ein Aphrodisiakum wirkte. Letzte Nacht hat man mir einen Drink verpaßt, der die gleiche Wirkung hatte. Vielleicht ist irgend etwas von dem Zeug noch in mir; vielleicht hab' ich deswegen so schnell wieder einen Steifen gekriegt. Aber vielleicht liegt's auch daran, daß ich so lange ohne dich war, und daß du mein Aphrodisiakum bist. Jedenfalls liebe ich dich. Und ich habe vor, den ganzen Tag mit dir zu ficken.«

»Ich liebe dich auch«, keuchte Sybil. »Willst du dich jetzt wieder bewegen, Herald?«

Er fing an zu stoßen, zuerst langsam, und dann, als er spürte, wie es sich in ihm zusammenbraute und zum Ausstoß drängte, schneller. Childe kam mit einem Stöhnen — und Sybil schrie auf.

Wahrscheinlich war seine Annahme, daß die Droge noch in ihm arbeitete, nicht falsch. Nachdem Childe abgespritzt hatte, verlor er zwar einen geringen Teil seiner Steife, doch er blieb in ihr, und zwei Minuten später bereitete er sich darauf vor, an die vorhandenen Reserven zu gehen.

Diesmal jedoch stieg die graue Flüssigkeit nicht so schnell hoch. Er bumste sie etwa eine Viertelstunde lang, und obwohl er immer ekstatischer wurde, konnte er sich nicht entladen. Sybil hatte einen Orgasmus nach dem anderen. Ihre Augen waren offen, sie schlug mit den Armen um sich und warf den Kopf von einer Seite zur anderen.

Plötzlich stieß sie einen Schrei aus und schien die Besinnung zu verlieren. Childe machte sich keine Sorgen, denn dies kam regelmäßig bei ihr vor. Wenn sie einen besonders herrlichen Orgasmus hatte, wurde sie ohnmächtig.

Doch ihr weißer Leib, der unter ihm lag, wurde rötlich. Ihre glatte, feucht-schlüpfrige Haut bedeckte sich mit Haaren, die denen eines irischen Setters glichen. Sie waren so naß, als sei sie gerade aus dem Wasser gestiegen. Ihr Gesicht wurde länger und nahm ein schnauzenhaftes Aussehen an, ihr langes Haupthaar schrumpfte zu einer Bürste, ihre Augen wechselten an die Seiten ihres Kopfes, und aus ihren kleinen Öhrchen wurden lange, behaarte Lauscher.

Ihre langfingrigen, feinmanikürten Hände wurden zu Pfoten mit stumpfen, gekrümmten Krallen. Die auf Childes Schultern zuckenden Beine wurden haarig, und ein großer, harter Penis drückte sich gegen seinen Körper. Er spürte, daß sein Glied im behaarten After der Kreatur steckte.

Es war zu spät für Childe, um aufzuhören. Als die Metamorphose stattfand, stand er kurz vor dem Orgasmus. Außerdem hatte er schon vermutet, daß dieses Ding nicht Sybil war. Sie hatte zu gelassen auf Steckers Verwandlung reagiert; sie hatte überhaupt zu gelassen auf alles reagiert, was passierte, und sie war zu willig gewesen, mit ihm zu ficken. Sybil hätte zwar auch nichts dagegen gehabt, aber sie hätte bestimmt zuviel Angst gehabt, ihn auszupressen und ihre Häscher dadurch wütend zu machen. Dieses Ding hier hätte ein bißchen mehr Furcht zeigen sollen — vielleicht hatte es sich auch gefürchtet —, aber es hatte der Verlockung nicht widerstehen können, die Macht und die Herrlichkeit des Kapitänschwanzes für sich allein zu haben.

Damit hatte es sich selbst enttarnt. Es hatte sich zu sehr von seinen Gelüsten treiben lassen und die Kontrolle über sich verloren. Allem Anschein nach hatte es noch immer nichts davon bemerkt.

Childe explodierte im rotbehaarten Hintern der Kreatur. Die Stärke seines Orgasmus war so groß, daß er dem Wesen hinterher beinahe vergeben hätte.

Keuchend blieb er eine Weile auf dem nassen, behaarten

Leib liegen. Dann verließ er das Bett und packte den Hals des Dings mit beiden Händen. Es war zwar so groß und fast so schwer wie er, aber es war auch entsetzt. Seine braunen Augen traten vor, als ihm die Luft abgedrückt wurde; seine Pfoten tapsten ziellos durch die Luft.

Childe wandte sich um, stieß das Ding von den Beinen und schleifte es zur Tür. Er schrie, bis die Tür geöffnet wurde, dann schubste er es mit einem Tritt gegen seinen langen, buschigen Schwanz in den Flur. Die drei, die es in Empfang nahmen, schauten ihn fassungslos an.

»Das ist der letzte Streich, den ihr mir gespielt habt!« schrie Childe. »Wo ist meine Frau? Schafft Sybil her, und zwar schnell, sonst kriegt ihr aus mir nichts mehr raus! Auf welche Weise ihr es auch versucht!«

Das Ding erhob sich vom Boden, betastete seine Wirbelsäule mit einer Pfote und winselte. Es sagte etwas, doch die Form seines Mauls taugte nicht zur menschlichen Sprache.

»Bringt es um!« schrie Childe. »Bringt es um, und zeigt mir seine Leiche! Und dann bringt Sybil zu mir, meine Frau!«

Die Tür schwang nach innen und schloß sich. Childe wütete eine Weile in seinem Zimmer herum. Schließlich brach er in Tränen aus und weinte ziemlich lange. Dann stand er auf, nahm eine Dusche und kleidete sich wieder an. Pao und O'Brien, der blonde Schwedentyp, traten ein.

20. Kapitel

Um 21.00 Uhr trafen sich Forry Ackerman und vier Toc, darunter auch Alys Merrie, zu ihrer Verabredung. Forry hatte seine Phantasie bis zum Zerreißen strapazieren müssen, um Wendy sowie der Gastgeberin und dem Gastgeber zu erklären, warum er nicht auf der monatlichen Soiree erscheinen konnte. Zwar glaubte er nicht, daß seine Ausreden irgend jemanden zufriedengestellt hatte, aber sie waren viel zufriedenstellender als die Wahrheit.

Nach 17.00 Uhr hatte der Regen aufgehört. Die Wolken waren dünner geworden. Doch dann waren die Finsternis und das Wetterleuchten zurückgekehrt. Und dann der Donner. Eine halbe Stunde später hatte es dann wieder geregnet.

Sämtliche TV- und Rundfunkprogramme beschäftigten sich mit den Schäden und den Opfern, die die Überflutungen gefordert hatten. Im Radio gab es überhaupt nichts anderes zu hören, wenn man von der donnernden Rockmusik absah. Über zweitausend Eigenheime waren aufgegeben worden, und mindestens noch einmal so viele schwebten in Gefahr, abzurutschen oder fortgespült zu werden. Die meisten Canyons waren selbst für jene gesperrt, die dort wohnten. Die kleinen Rinnsale und Bächlein aus den Bergen waren zu kleinen Flüssen und furchterregenden Gewässern geworden. Im Basin und im San Fernando Valley stand das Wasser stellenweise knietief. Das Geschäftsleben war zum Erliegen gekommen; die meisten Buslinien hatten den Betrieb eingestellt. Der Gouverneur hatte nun doch noch drei Bezirke des Landes zum Katastrophengebiet erklärt. Die Bürger schrien nach Dämmen, und ein aufgebrachter Eigenheimbesitzer hatte einen Versicherungsvertreter erschossen, weil er sein Haus aufgrund einer Schlammlawine verloren hatte. Die Lebensmittelläden meldeten schon Versorgungsengpässe. Es gab Wasservergiftungen und einen Rückstau in den Abflußrohren. Trotz des beinahe pausenlosen Regens kam es zu zahlreichen Bränden. Ein Feuerwehrfahrzeug, das an diesem Tag zum zwanzigsten Einsatz ausgerückt war, sackte in ein gewaltiges Loch, das die von den Hügeln herabströmenden Erdmassen erzeugt hatten. Ertrunken war zwar niemand, doch der Wagen war weg.

Kurz vor dem Aufbruch erhielt Forry einen Anruf von Wendy. Man hatte die Party abgesagt, auch wenn die meisten Gäste des monatlich stattfindenden Treffens aus Science Fiction-Freaks und Normalos im Umkreis von acht Kilometern um das Haus der Gastgeber herum wohnten.

Natürlich hätte man sie schon vor mehreren Tagen absagen sollen, aber die Gastgeberin war stur gewesen.

Forry seufzte vor Erleichterung. Das Erzählen von Lügen hatte ihn nämlich schon ordentlich niedergedrückt und wütend gemacht. Doch warum sollte er sich eigentlich schäbig vorkommen, eine Party-Einladung nicht wahrzunehmen, wenn das Schicksal der Welt davon abhing, was er und die Toc an diesem Abend taten? Aber Kummer machte es ihm trotzdem.

Hindarf fuhr einen Kleinlaster, der mehrmals bis über die Räder im Wasser steckte. An der Ecke Sunset und Beverly Drive fuhr er an den Bordstein. Fünf Minuten später näherte sich ihnen eine Zugmaschine mit großem Anhänger und hielt mit zischenden Bremsen an. Sie stiegen aus dem Kleinlaster und wateten durch knöcheltiefes Wasser auf den Anhänger zu. Um zu verhindern, daß die Strömung sie von den Beinen riß, mußten sie sich aneinander festhalten. Ein Stück Holz, das so aussah, als hätte es irgendwo als Schwarzes Brett gedient, schoß an ihnen vorbei. Hätte es jemanden am Bein getroffen, hätte es einen Knochenbruch gegeben.

Im Innern des Anhängers hielten sich zwanzig Leute auf. Die rückwärtige Tür wurde geschlossen, und die Zugmaschine fuhr an. Mit ihrem hochliegenden Rumpf und ihrer Kraft würde sie noch durch Wasser fahren können, in dem andere Autos nicht mehr weiterkamen.

Unterwegs gab Hindarf ihnen Instruktionen. Außer Forry hatte sie zwar jeder schon gehört, aber er wollte dafür sorgen, daß jeder sie auch richtig verstand. Die Ausgabe der Instruktionen dauerte etwa eine Viertelstunde, und das Anlegen der Taucheranzüge, Schwimmflossen, Sauerstofftanks und Taucherbrillen noch einmal zehn. Forry wies zwar darauf hin, daß er in seinem Leben noch nie getaucht sei, doch man teilte ihm mit, daß er nur für eine knappe Minute unter Wasser sein würde. Der Hauptgrund, weswegen man diese Anzüge trug, war der, daß niemand fror, wenn sie durch das Wasser gingen.

Der Truck hielt an einem steilen Abhang. Die Türen wurden geöffnet, und man ließ für Forry eine kleine Leiter hinab. Die anderen sprangen einfach auf die Straße. Sie befanden sich im Topanga Canyon — und zwar kurz vor der Einfahrt zu einer Straße, die zum Haus der Og hinaufführte. Die braune Flut, die von dem Hügel herunterlief, traf sich mit dem knöcheltiefen Strom, der durch den Canyon rann. Forry freute sich zwar, daß er Schwimmflossen und einen Taucheranzug trug und der Tank ihm mehr Gewicht verlieh, um der Strömung zu widerstehen, aber er bezweifelte, daß er ihn würde den Berg hinaufschleppen können.

»Klar können Sie es«, sagte Hindarf. »Setzen Sie die Brille auf und fangen Sie an, durch das Mundstück zu atmen.«

»Jetzt?« fragte Forry.

»Jetzt.«

Forry tat es, und schon zwei Atemzüge später fühlte er sich stärker als je zuvor in seinem Leben. So stark hatte er sich seit seiner Kindheit nicht mehr gefühlt. Die Luft erfüllte seinen ganzen Leib mit einer Kraft und einem *joié de vivre*, daß er am liebsten laut gesungen hätte. Aber das war natürlich unmöglich — mit diesem Ding im Mund.

»Vor uns liegt möglicherweise ein schwerer Kampf«, sagte Hindarf. »Die kondensierte Droge im Atemsystem wird uns zwar mit Kraft versorgen, doch der Effekt ist nur kurzlebig.«

Sie gingen mit klatschenden Schwimmflossen die Straße hinauf. Mit diesen Froschfüßen, den buckligen Lufttanks, den Brillen und den Mundstücken sehen sie aus wie Venusier, dachte Forry. Ein paar der Männer schleppten sogar Dreizacke und Fischspeere. Der Regen rauschte schwer auf sie hernieder, und alles war dunkel und naß, als befänden sie sich unter den Wolken auf der Nachtseite des zweiten Planeten der Sonne.

Bevor sie an eine Wegbiegung kamen, die sie den Blikken vom Haus aus ausgesetzt hätte, machten sie sich daran, den Hügel zu erklimmen. Er war steil und matschig, und sie kamen nur voran, weil sie sich an den Sträuchern festhielten und daran hinaufzogen. Jetzt wußte Forry den Anzug erst recht zu schätzen, denn er bewahrte ihn davor, daß er naß und schmutzig wurde. Das Gewicht des Tanks schien ihm keiner Rede wert, so stark fühlte er sich. Sein Herz pumpte im üblichen Tempo vor sich hin, was bedeutete, daß die zusätzliche Kraft, die er brauchte, von der Droge im Luftsystem erzeugt wurde.

Nachdem Forry einige Male ausgerutscht und sich an den Sträuchern festgehalten hatte, robbten sie über den Hügelkamm. Ein weiterer Hügel, rechts von ihnen, bewahrte sie davor, vom Haus aus gesehen zu werden — obwohl Forry eigentlich nicht verstand, wieso man sie in dieser Dunkelheit überhaupt sehen konnte.

Hindarf führte sie um den höheren Hügel herum und auf eine Ziegelmauer zu. Auf der Mauer prangte ein Stacheldrahtzaun, der knapp einen Meter hoch war. Mehrere Toc klappten eine Leiter — beziehungsweise einen Zauntritt — auseinander und schoben sie über die Mauer und den Drahtzaun. Hindarf warnte jeden davor, den Draht zu berühren, da er mit Starkstrom geladen war. Sie stiegen nacheinander die Leiter hinauf und auf der anderen Seite wieder herunter.

Sie befanden sich in einem Obstgarten, der mehrere hundert Meter weit nach Norden und Süden verlief. Im Westen war sein Ende nicht zu erkennen. Der Zauntritt wurde abgebaut, zusammengeschoben und unter den Sträuchern versteckt. Hindarf führte sie zwischen den Bäumen hindurch, bis sie an einen weiteren Abhang kamen. Er erhob sich steil und endete an einer niedrigen Ziegelmauer. Im Schein der Taschenlampen, die Hindarf und ein paar andere zückten, sah Forry eine kleine Treppe aus rotem Gestein.

Forry war zuerst schockiert gewesen, als sie ihre Lampen hatten aufleuchten lassen, doch Hindarf gab ihm zu verstehen, daß es sich dabei um eine Art Schwarzlicht handelte. Forry konnte das Licht nur sehen, weil das Glas seiner Brille besonders behandelt worden war. Hindarf bezweifelte, daß die Og irgend etwas besaßen, womit sie diese Form der Beleuchtung entdecken konnten.

Als sie das Ende der Treppe erreichten, konnten sie in einer Entfernung von fünfzig Metern den schwarzen Umriß des Hauses erkennen. Außer einem Lichtschlitz war es völlig dunkel. Sie gingen weiter und kamen an ein langgezogenes Schwimmbecken. Es war übergelaufen, hatte die Steinplatten, den Patio und den Vorplatz überschwemmt. Das Wasser lief die Stufen hinunter, die sie gerade hinter sich gebracht hatten.

Hindarf wiederholte noch einmal die Instruktionen, dann begab er sich über eine Eisenleiter in den Pool hinab. Ein Mann, der sich um ihn kümmern sollte, führte Forry ebenfalls in das Becken. Einen Moment lang war alles schwarz, und Forry hatte keine Ahnung, wo oben und unten — beziehungsweise Norden und Süden — war. Dann erhellte ein Licht die Umgebung, und er konnte seinen Führer direkt vor sich sehen. Er hielt die Lampe. Hindarfs Schwimmflossen waren nur ein kleines Stück von der Lichtquelle entfernt.

Sie schwammen unter Wasser durch das sechzig Meter lange Becken und blieben dabei so nahe wie möglich am Boden. Forry erblickte seltsame, auf den Beckenboden gemalte Figuren. Greife; Werwölfe, die sich aus Menschen in Tiere verwandelten; einen beinlosen Drachen; einen Hahn mit penisförmigem Schnabel und Flossen statt Schwingen; einen Teufelsfisch, der anstelle eines Mauls ein weibliches Geschlechtsteil aufwies; und einen bösartig aussehenden Krebs, auf dem eine nackte Frau ritt. Fischköpfe ersetzten ihre Brüste. Und dann sah er noch ein großes, finsteres Ding, das hinterhältig und amorph wirkte.

Dann hatten sie das tiefe Ende des Beckens erreicht. Hindarf und Forrys Führer entfernten eine Platte von der Wand. Sie sah so aus wie jede andere Wandsektion, aber sie war dünn und breit, und als man sie entfernt hatte, enthüllte sie ein großes, dunkles Loch. Hindarf schwamm hinein. Forrys Führer folgte ihm. Forry zögerte kurz, machte sich klar, daß die Ehre der Erdlinge ganz allein von ihm abhing, und schwamm hinter ihnen her. Natürlich hatte man den Tunnel in die Erde gegraben, aber seine Wände bestanden aus vielen kleinen, zusammengeschraubten Platten. Forry fragte sich, wie lange die Toc daran gearbeitet hatten. Sie mußten Jahre dafür gebraucht haben, weil sie nur in den frühen Morgenstunden loslegen konnten, bevor die Sonne aufging.

Es war aber auch möglich, daß die Og diesen Tunnel als Fluchtweg gebaut hatten. Die Toc hatten ihn entdeckt und bedienten sich jetzt der Vorteile, die er ihnen bot.

Forry wußte nicht, wie lange sie durch den Tunnel schwammen. Es kam ihm sehr lange vor. Der Tunnel ging nach unten — zumindest hatte er den Eindruck. Dann tauchten sie in einer Kammer auf. Sie wurde von einem hellen Lichtbogen bestrahlt, der an einer Kette von der Decke hing. Eine Leiter verschaffte ihnen Zutritt zu einer Plattform, an deren Ende zahlreiche Taucheranzüge hingen. Hier standen auch Regale; sie waren voller Taucherbrillen und Atemgeräte.

Seine zweite Annahme stimmte also. Der Tunnel war ein Fluchtweg der Og. Aber warum hatten sie weder eine Wache aufgestellt noch eine Alarmanlage installiert?

Hindarf erklärte, daß sie in dieser Richtung nicht mehr weitergehen könnten. Die Tür am Ende der Kammer war verschlossen und mit einer Alarmanlage verbunden. Sie mußten durch einen anderen Tunnel gehen, den sie selbst gegraben und getarnt hatten.

Sie tauchten erneut, und Forry sank bis zum Boden des Tunnels hinab. Er sah Hindarf durch ein Loch verschwinden, das so schmal war, daß sein Atemgerät gegen die Wände schrammte. Der Tunnel verlief in einem Bogen und führte sie auf einen Kurs, von dem er annahm, daß er parallel zu dem der Og verlief. Er endete etwa fünfzehn Meter westlich von ihm.

Forry tauchte in einer anderen Kammer auf. Sie war viel

kleiner als die erste. Er sah ein Floß, das aus Holz und aufblasbaren Pontons bestand. Es lag nahe an der Wand, wo es auch eine drei Meter lange, zur Decke hinaufführende Leiter gab.

Hindarf zog Forry auf das Floß. Ein Mann händigte Hindarf in einem versiegelten Umschlag einen Bauplan aus. Hindarf öffnete ihn, nahm den Bauplan heraus und faltete ihn auseinander. Im Schein der mitgebrachten Lampen, begleitet vom sanften Plätschern des Wassers und dem schweren Atmen der Männer, wurden die Platten untersucht, die die Decke der Kammer bildeten. Zwei Männer, die auf der Leiter standen, lösten sie ab.

Über ihnen ertönte ein lauter Knall.

Die Erschütterung kam urplötzlich und war gewaltig. Die Plattform hob sich aus dem Wasser in die Luft und riß die Männer mit. Von allen Seiten fiel Erde auf sie herunter. Sie traf die Männer, sandte Wasserschwälle in die Luft und klatschte auf das Floß, das zuerst auf die eine und dann auf die andere Seite kippte.

Doch die Wände stürzten nicht ein, auch wenn die Platten sich wellten, buckelten und da und dort zerbrachen. Der donnernde Krach war gekommen und gegangen, als wäre über ihnen etwas explodiert. Dann war alles still — abgesehen vom lauten Klatschen des Wassers, das gegen die Kammerwände schlug, und dem Ächzen der auf und nieder tanzenden Plattform.

Hindarf war der erste, der das Schweigen brach. »Das war entweder ein Erdbeben«, sagte er, »oder das Haus fängt an zu rutschen. Wir machen weiter wie geplant. Bald sind wir hier heraus — und im Haus.«

Die beiden Männer über ihm hatten sich an der Leiter festgehalten, denn sie hatte den Eindruck erweckt, als würde sie kippen. Nun kehrten sie wieder an ihre Arbeit zurück. Sie entfernten die Platten, bis über ihnen eine große Öffnung sichtbar wurde.

Forry fragte sich, warum sie so langsam arbeiteten. Es drängte ihn, die Platten und alles andere, was sich zwischen ihm und dem freien Himmel befand, einfach wegzureißen. Aber es gelang ihm, die Panik zu unterdrücken. Schließlich — und dies sagte er sich nicht zum ersten Mal — war er im Begriff, die Ehre der Erdlinge aufrechtzuerhalten.

Hindarf bestieg die Leiter und kratzte mit einem kleinen Pickel an der Erde. Forry ging zur Seite, um der fallenden Materie zu entgehen, die nun in großen Klumpen herunterfiel. Sein Führer deutete auf den Bauplan und sagte: »Wir sind jetzt genau unter dem Raum, in dem Childe wahrscheinlich festgehalten wird.«

»Woher haben Sie den Bauplan?« fragte Forry.

»Aus dem Stadtarchiv. Die Og haben geglaubt, sie hätten alle Pläne des Hauses beiseitegeschafft. Es ist ja auch schon ziemlich alt. Aber es gab noch einen Plan. Man hatte ihn nur falsch abgelegt. Die Suche hat uns zwar eine Menge Geld gekostet, aber sie hat sich gelohnt.«

»Wieso glauben Sie, daß Childe in dem Raum über uns ist?«

»Die Og haben dort schon früher wichtige Gefangene eingesperrt. Sowohl Toc als auch Erdlinge. Wir könnten uns zwar irren, aber dann wären wir schon mal im Haus.«

Hindarf hörte mit dem Kratzen auf und lauschte in ein Gerät hinein, dessen anderes Ende er gegen das Gestein drückte. Dann schob er das Ding in die Tasche seines Anzugs und arbeitete mit einer Bohrmaschine weiter. Forry lauschte sehr aufmerksam, aber er hörte nicht den kleinsten Laut. Von seinem Führer erfuhr er, daß das Ding mit Ultraschallwellen arbeitete.

Das Beiseiteschaffen diverser Steinblöcke brauchte Zeit. Hindarf und ein weiterer Mann standen nebeneinander auf der schmalen Leiter und reichten die Steine einzeln nach unten weiter, bis sie jene Männer erreichte, die am Fuß der Leiter standen.

Dann lauschte Hindarf erneut. Als er das Gerät einsteckte, sah er verdutzt aus.

»Ich höre ein komisches Rauschen und Plätschern«, sagte er leise.

Einer seiner Leute reichte ihm einen großen Metallwürfel. Hindarf schraubte ihn an die Unterseite des Hausbodens. Von einer Seite des Würfels führte ein Kabel zu einem Metallkasten, den ein Mann auf dem Floß festhielt.

Alle außer Hindarf verließen die Leiter und nahmen seitlich Aufstellung. Hindarf nickte dem Mann mit dem Kasten zu, und dieser drückte einen an der Oberseite befindlichen Knopf.

Der Metallwürfel und die Bodensektion fielen an Hindarf vorbei.

Eine feste Wassersäule brüllte durch die Öffnung. Sie warf Hindarf von der Leiter, krachte auf die Plattform, ergoß sich über das Floß und riß alle, die auf ihm standen, von den Beinen und in das Kammerbecken.

Forry Ackerman gehörte zu denen, die abgetrieben wurden.

21. Kapitel

»Ihre Frau ist vor drei Monaten gestorben«, sagte Pao.

»Ihr habt sie umgebracht!« tobte Childe. »Ihr habt sie umgebracht! Habt ihr sie gefoltert, bevor ihr sie umgebracht habt?«

»Nein«, sagte Pao, »wir wollten ihr nicht wehtun, weil wir die Absicht hatten, sie zu Ihnen zu bringen, sobald Sie für uns reif gewesen wären. Aber sie ist gestorben.«

»Wie?«

»Es war ein Unfall. Vivienne, Stecker und Ihre Frau haben einen Dreier gemacht. Stecker stimulierte Viviennes Zunge mit der seinen, Ihre Frau hatte sein Glied im Mund und die Mösen der Frauen berührten sich fast. Ich glaube, Gilles war gerade von hinten mit Ihrer Frau beschäftigt, da ...«

»Ich könnte mir zwar vorstellen, daß Sybil sich einen Dreier nicht entgehen läßt«, sagte Childe, »aber ich kann nicht glauben, daß sie es zulassen würde, von Vivienne angefaßt zu werden. Das Schlangending würde sie zu Tode erschrecken.«

»Wenn Stecker einem eine Ladung verpaßt«, sagte Pao, »schwebt man in solchen Höhen, daß man eine Menge mitmacht, an das man sonst nicht dächte. — Ich habe keinen Grund, Sie zu belügen. Die Wahrheit ist die: Gilles ist ausgeklinkt. Er hat nicht viel Grips im Kopf — sein Gehirn ist im Grunde nur ein Fetzelchen Hirngewebe —, und er kennt weder seinen Namen, noch versteht er sein eigenes Geschwätz ... Jedenfalls ist er durchgedreht. Ich nehme an, Stecker hat ihn zur Raserei gebracht. Gilles hat Ihre Frau gebissen, und sie ist verblutet. Sie hat sogar noch nach dem Tod auf Steckers elektrische Entladungen reagiert, deswegen haben Vivienne und er eine ganze Weile nicht gemerkt, war passiert war.«

Childe fühlte sich kotzelend. Er setzte sich auf die Bettkante. Sein Herz war gebrochen. Pao blieb schweigend stehen.

Ein paar Minuten später schaute Childe zu ihm auf. Paos Gesicht war glatt und ausdruckslos. Seine gelbe Haut, sein dünnlippiger, nach unten abfallender Mund, die gekrümmte Nase, seine hohen Wangenknochen, seine geschlitzten schwarzen Augen und das schwarze, in der Mitte gescheitelte Haar ließen ihn wie einen glattrasierten Fu Manchu aussehen. Aber dennoch mußte dieser Mann — oder Og — hinter seinem glänzenden, dunklen Gesicht große Furcht empfinden. Er konnte die üblichen Mittel nicht anwenden, um Childe zur Kooperation zu zwingen. Nicht einmal die schlimmste Folter konnte dem Kapitän die Kraft zum Gralen nehmen. Wenn ein Kapitän Schmerz erlitt, konnte er seinen Pflichten nicht nachkommen.

Childe dachte an Vivienne, Stecker, Gilles de Rais und die Kreatur, die sich in Sybil verwandelt hatte. Wie war ihr Name? Breughel?

O'Brien war hinausgegangen. Hatte er es getan, um ihm zu gehorchen und Breughel zu töten? Pao schluckte und sagte: »Was kann ich nur tun, um Sie zufriedenzustellen?«

Was er meinte, war: »Auf welche Weise möchten Sie sich

rächen?« Er dachte wahrscheinlich — mit Sicherheit —, daß Childe ihn für Sybils Tod verantwortlich machte.

»Ich verlange nur«, sagte Childe, »daß das Schlangending getötet wird.«

Pao schaute zwar erleichtert drein, doch dann sagte er: »Dann muß auch Vivienne sterben!«

Childe biß sich auf die Lippe. Seine geplante Rache sollte nur das Schlangending treffen; man konnte es ohnehin nicht als Lebewesen bezeichnen. Jedenfalls war es kein intelligentes Lebewesen. Er wollte zwar, daß das Ding getötet wurde, aber er wollte auch, daß Vivienne weiterlebte: Sie sollte sehen, was aus ihr und den restlichen Og werden würde.

»Bringt Vivienne herein«, sagte er.

Pao ging. Kurz darauf kam er mit Vivienne zurück. O'Brien und ein paar weitere traten ebenfalls ein.

»Ich brauche ein Metzgerbeil, Verbandszeug, Salbe und Morphium«, sagte Childe.

Vivienne wurde blaß. Außer ihr schien niemand zu erkennen, was er vorhatte.

»Ach ja«, sagte Childe, »Und bringt auch einen Stuhl und eine lange Zange mit.«

Vivienne setzte sich zitternd auf den Stuhl.

»Steh auf und zieh dich aus!« sagte Childe.

Sie stand auf und entledigte sich zögernd ihrer Kleidung.

»Jetzt kannst du dich wieder hinsetzen«, sagte er.

O'Brien kam mit den verlangten Werkzeugen zurück.

»Ich habe den Film gesehen, in dem du Colbens Schwanz mit deinen Eisenzähnen abgebissen hast«, sagte Childe. »Winsle also nicht um Gnade.«

»Ich winsle ja gar nicht«, sagte Vivienne. »Aber ich war es nicht, die ihm den Schwanz abgebissen hat.«

»Keine Diskussion«, sagte Childe. »Du bist aber dazu in der Lage. Und wahrscheinlich hast du so was — oder noch schlimmere Dinge — mit anderen getan.«

Es wäre ihm am liebsten gewesen, wenn sie geheult und ihn angefleht hätte. Aber sie war sehr würdevoll und tapfer. Was konnte man auch anderes von einer Frau erwarten, die einst Johanna von Orleans gewesen war?

»Haltet sie fest«, sagte er zu den anderen, »und spreizt ihre Beine!«

Pao und O'Brien zogen Viviennes Beine auseinander. Sie hatte hübsche, absolut perfekt geformte Beine, und ihre Haut war ohne jeden Makel. Der Busch auf ihrem Venushügel war dicht und kastanienbraun. Möglicherweise hatte sie die anziehendste Muschi, die er je gesehen hatte: Sie zeigte nicht das geringste Anzeichen des in ihr hausenden Grauens. Childe hätte den nächsten Schritt am liebsten von einem anderen ausführen lassen, aber wenn er schon soweit gegangen war, um dergleichen überhaupt anzuordnen, dann war er auch dazu verpflichtet, ihn selbst zu tun.

Vorsichtig führte er die Zange ein. Vivienne zuckte zusammen und fing an zu zittern, aber sie schrie nicht auf.

Childe schob die Zange in sie hinein und tastete in ihr herum. Seine ursprüngliche Absicht, die Zange um den Kopf de Rais' zu schließen, kam ihm jetzt idiotisch vor. Er konnte die Zange nicht weit genug öffnen, und außerdem war das Ding zu aktiv. Aber er konnte es hinaustreiben, und das tat er auch.

De Rais' dunkelhaariger, schwarzbärtiger Kopf schoß an den Zangengreifern vorbei nach außen. Sein winziger Mund war offen und entblößte spitzige Zähne. Seine gespaltene Zunge zischte ihn an.

Childe packte ihn mit der Linken hinter dem Kopf. Er zog das zuckende Ding langsam heraus und legte dann seinen Kopf auf eine freie Stelle des Stuhls.

Pao holte tief Luft. Allem Anschein nach hatte er bis zu diesem Moment geglaubt, Childe wolle das Ding an der Wurzel herausreißen und so Vivienne erneut in ihre Einzelteile zerlegen.

»Her mit dem Beil!« sagte Childe.

Vivienne schaute zu, wie er es an sich nahm. Sie zuckte mit keiner Wimper.

»Geben Sie ihr soviel Morphium, wie nötig«, sagte

Childe zu O'Brien. »Sie wissen doch, wie so was geht, oder?«

»Ich weiß es«, sagte O'Brien. »Sie haben offenbar erkannt, daß ich Arzt bin. Aber das Morphium wird ihr nichts nützen. Sie ist immun dagegen.«

»Ich möchte nicht, daß sie körperliche Schmerzen hat«, sagte Childe. »Oder jedenfalls nur so wenig wie möglich. Haben Sie ein anderes Anästhetikum? Ich möchte, daß sie es sieht. Sie soll das Bewußtsein nicht verlieren.«

»Das ist mir alles egal!« sagte Vivienne. »Ich will es endlich hinter mir haben! Ich möchte die Trennung voll und ganz spüren!«

Childe fragte nicht, was sie damit meinte. Er sah auf das Schlangending hinunter, das sich zischend wand. Dann hob er das Beil und schlug fest auf das flexible Rückgrat.

Blut spritzte, der Kopf rollte vom Stuhl und fiel zu Boden. Pao hob ihn auf und legte ihn neben den Rest des Schlangenleibs. Der Kopf bewegte mehrmals den Mund, und seine Augen starrten Childe an, als wünschten sie ihm selbst nach dem Tod noch alles Böse. Dann wurden die Augen glasig, und die Lippenbewegungen hörten auf.

Vivienne war grau geworden. Ihre Augen waren zwar offen, doch ihre Pupillen waren nach oben gerollt. Nur das Weiße war noch zu sehen.

O'Brien behandelte den amputierten Schlangenleib. Das Blut hörte sofort auf zu fließen. Wahrscheinlich war die Salbe sämtlichen Ärzten der Erde unbekannt. O'Brien verwendete sie wahrscheinlich auch nicht in seiner Praxis.

O'Brien bandagierte die Wunde, dann wurde Vivienne auf dem Stuhl hinausgetragen. Der Schlangenleib baumelte herunter und schrammte über den Boden, bis einer der Männer ihn zusammenrollte und auf Viviennes Schoß legte.

Zwei Frauen traten ein, um das Zimmer zu säubern. »Was sollen wir mit dem Kopf machen?« fragte Pao.

»Schmeißt ihn in den Müllschlucker.«

»In Ordnung«, sagte Pao. »Werden Sie heute abend die Zeremonie durchführen?«

»Ich werde es versuchen«, sagte Childe. »Obwohl Breughel mich ausgesaugt hat.«

»Breughel behauptet, Sie hätten ihn darum gebeten, mit ihm ins Bett zu gehen«, sagte Pao.

»Ich könnte mir vorstellen, daß es seine Pflicht gewesen wäre, sich eine Entschuldigung auszudenken und mich zurückzuweisen. Er wußte doch, daß ich heute abend wieder bereit sein muß.«

»Das stimmt zwar, aber die Verlockung war wirklich groß. Und Sie haben um das gebeten, was Sie haben wollten. Wenn Sie es noch wollen, wird Breughel natürlich getötet.«

»Laßt ihn leben«, sagte Childe. »Und wenn niemand was dagegen hat, würde ich jetzt gern allein sein. *Ganz* allein. Schaltet alles ab — außer dem Interkom natürlich. Und bringt mir erst dann etwas zu essen, wenn ich darum bitte. Ich möchte meditieren, und später etwas schlafen.«

»Wie Sie wünschen«, sagte Pao.

Childe nahm für eine Weile in einem Sessel Platz. Er hatte es in Erwägung gezogen, das zu tun, was die Og von ihm verlangten — bis zu dem Punkt, der die Rückkehr zu ihrem Heimatplaneten anbetraf. Ihm war die Idee gekommen, sie auf eine andere Welt zu bringen; er wollte sie einfach dort absetzen, auf einem Planeten, der zwar bewohnbar war, aber ihnen außer einer harten Existenz nichts bot. Und dann wollte er wieder verschwinden.

Pao hatte ihn über einige Ergebnisse des Gralens informiert, deswegen wußte er, daß er während der Reisezeremonie dazu befähigt war, einen Teil des Kosmos zu überblicken. Childe wußte zwar noch nicht, wie er dies bewerkstelligen würde, doch Pao hatte ihm versichert, der Weltraum werde offen vor ihm liegen. Das bedeutete, er konnte jeden Planeten betreten, den er während der Zeremonie sah, da die Kraft ihn beherzt machen würde.

Doch inzwischen hatte Childe es sich anders überlegt. Er wollte fliehen. Er mußte hier raus und verschwinden. Das Abhacken des Schlangending-Kopfes hatte ihn krank gemacht. Wenn er noch länger bei den Og blieb, würde er so werden wie sie. Vielleicht wurde er dann ebenso gefühllos und grausam. Er mußte hier raus.

Eine Stunde verging. Dann, als ihm klar wurde, daß er nicht mehr viel Zeit hatte, um den Plan auszuführen, den er sich zurechtgelegt hatte, stand er auf. Er ging ins Bad und drehte sämtliche Wasserhähne auf. Er schraubte das Sieb der Dusche mit einer Nagelfeile ab und verstopfte den Wannenüberlauf mit Stoff. Dann tat er die Stöpsel in den Ablauf des Waschbeckens und der Badewanne. Schließlich sah er sich nach Waffen und Werkzeugen um. Die Og hatten das Hackbeil und die Zange mitgenommen.

Das einzige Ding, das einer Waffe am nächsten kam, war die Jadefigur, die er als Keule verwenden konnte. Zudem konnte er sie dazu benutzen, um ins Interkomsystem zu horchen, denn sie arbeitete drahtlos.

Childe durchwühlte das Zimmer und suchte nach anderen nützlichen Gegenständen, doch er fand keine mehr. Dann setzte er sich aufs Bett und wartete ab. Es würde lange dauern, bis das Wasser so hoch gestiegen war, daß es den Baldachin über dem Bett erreichte. Wenn es soweit war, würde er auf dem Baldachin sitzen. Er war stark genug, um ihn zu tragen.

Stunden vergingen. Das Wasser floß aus dem Bad und breitete sich auf dem Schlafzimmerboden aus. Es dauerte wahnsinnig lange. Aber dann kam die Zeit, als er auf den Bladachin klettern und dort weiter warten mußte.

Die Jadefigur in seiner Hand sagte: »Kapitän, es ist Essenszeit. Möchten Sie etwas zu sich nehmen?«

»Nicht jetzt!« sagte Childe. Er schätzte ab, wann das Wasser den Rand des Baldachins erreichen würde. »In einer Stunde ungefähr. Ich esse das gleiche wie gestern abend! Ach, übrigens: Wann wird die Zeremonie anfangen?«

Pause. Dann sagte die Stimme: »Gegen neun, Kapitän. Oder später, wenn es Ihnen lieber ist.«

»Ich denke, ich werde jetzt ein wenig schlafen«, sagte

Childe. »Ich möchte auf alle Fälle zehn Minuten vor dem Essen geweckt werden.«

Als das Wasser über den Rand des Baldachins schwappte und seinen Hintern näßte, schwamm Childe in den Raum hinaus. Die Tür, die zum Bad führte, lag schon fast unter Wasser. Er tauchte hindurch und kam zwischen der Badezimmerdecke und dem Wasserspiegel in eine Lufttasche. Dann tauchte er erneut. Das Deckenlicht war noch an, deswegen konnte er durch das klare Wasser sehen. Childe drehte in einem Zug sämtliche Wasserhähne zu und schwamm wieder nach oben. Er tauchte erneut durch die Tür und schwamm zum Baldachin zurück.

Als er sich wieder hinaufzog, verspürte er einen Schlag. Das Wasser kippte auf eine Seite des Raumes zu, als hätte das Haus sich geneigt. Dann rauschte es zurück.

Einen Moment lang verwirrte ihn die Bewegung, und er empfand Panik. Was, zum Teufel, war passiert?

Die Stimme sagte: »Kapitän! Wenn Sie es soeben bemerkt haben, machen Sie sich keine Sorgen! Wir nehmen an, daß ein Teil des Hügels abgerutscht ist! Wir untersuchen den Schaden sofort! Das Haus ist mindestens fünfzehn Meter vom Abhang entfernt!«

Jedermann in diesem Haus war dermaßen auf das Gralen fixiert, daß sich niemand wegen der Überschwemmung und ihrer möglichen Auswirkungen Gedanken machte. Auch wenn andere Häuser Abhänge herunterrutschten und sich überschlugen, weil der Regen den Boden unter ihnen wegwusch — diese Leute taten so, als beträfe sie die Katastrophe nicht. Sie beschäftigten sich mit weit wichtigeren Dingen.

Jetzt war seine große Chance. Wenn sich die meisten außerhalb des Hauses aufhielten und nach dem Erdrutsch sahen, bedeutete dies für Childe einen Vorteil, den er sich gar nicht erhofft hatte.

»Ich möchte jetzt essen«, sagte er in die Jadefigur hinein.

»Aber das Essen ist noch nicht fertig, Herr«, sagte eine Stimme.

»Dann schickt jemanden her«, sagte Childe. »Der Erdrutsch hat ein Rohr platzen lassen. Mein Zimmer wird überflutet.«

»Ja, Herr.«

Childe wartete ab. Er klemmte die Figur hinter seinen Gürtel und hoffte darauf, daß die Wassermassen die Tür schneller aufschoben, als es normalerweise der Fall war.

Das Abrutschen der Hügelfront war zweifellos der Hauptfaktor der Wasserbewegung gewesen. Aber das enorme Gewicht des Wassers in diesem Zimmer hatte bestimmt dazu beigetragen. Jetzt kam es nur noch darauf an, daß alles klappte.

Plötzlich ging die Tür auf. Ein Schrei erklang und wurde vom Aufbrüllen des durch die Tür drängenden Wassers erstickt. Das Wasser peitschte und schäumte, als es durch den engen Ausgang strömte.

Childe wartete eine Weile ab, dann tauchte er unter. Er wurde von der Strömung erfaßt und durch den Türrahmen gewirbelt. Er ratschte an ihm vorbei und spürte einen Schmerz an den Rippen. Dann krachte er gegen die gegenüberliegende Korridorwand und wurde hilflos durch den Gang getragen, wobei er sich mehrmals überschlug. Offenbar war das Haus während des Erdrutsches leicht nach vorn — zur Straße hin — gekippt. Die Flut schien sich in diese Richtung zu bewegen.

22. Kapitel

Die Flut stürzte wie ein Wasserfall durch das Loch im Boden, krachte auf die schmale Plattform, ließ sie erbeben und drohte sie zu zerschlagen. Das Floß wirbelte herum, so daß mehrere Männer, die im Wasser hingen und sich an seinen Seiten festhielten, gegen die Wand gedrückt wurden.

Forry, der an einem Mann hing, der auf dem Floß hockte, nahm an, daß das Haus einen erneuten Rutscher getan hatte. Diesmal würde es nicht wieder anhalten. Es würde den Abhang hinunterschlittern, und jeder, der sich in ihm aufhielt, würde unter Tonnen von Schlamm begraben werden. Besonders die, die sich in diesem unterirdischen Loch aufhielten!

Das Schlimmste war, daß sie ihre Lufttanks abgelegt hatten und deswegen nicht durch den Tunnel zurückschwimmen konnten.

Oder doch? Es war wirklich nicht einfach, folgerichtig zu denken, während das Wasser durch das Loch herunterprasselte und das Floß so herumwirbelte, daß man aufgrund des Sprühens und Klatschens in der Umgebung kaum etwas sehen konnte. Aber Forry hatte den Eindruck gehabt, als sei die Strecke durch den Tunnel ziemlich kurz gewesen — und einmal im Schwimmbecken angekommen, konnte er ja sofort auftauchen.

Doch der Gedanke an den gekrümmten Schlauch, dessen Wände jede Sekunde einstürzen konnten, nervte ihn mächtig. So schrecklich es auch war, in diesem Loch eingeschlossen zu sein, er würde hier bleiben.

Inzwischen waren alle Lichter ausgegangen. Er befand sich in absoluter Finsternis.

Plötzlich — das Floß bewegte sich zwar noch — nahmen die Turbulenzen spürbar ab. Ein Licht ging an, dann sah er ein anderes. Es kam durch das Loch über ihnen. Zwar fiel noch immer Wasser auf sie herab, aber im Vergleich mit dem ersten Ansturm war es nur noch ein Tröpfeln.

Hindarf rief ihnen zu, sie sollten leise sein. Er war auf wunderbare Weise nicht verletzt worden.

Unter seiner Anleitung wurde die Leiter wieder aufgerichtet, und er stieg hinauf. Seine Männer folgten ihm. Dann wurde Forry von jemandem nach vorn geschubst und zum Gehen gedrängt. Er kletterte schnell, wenn auch nicht ohne Furcht, die Leiter hinauf. Als er den Kopf durch die Öffnung schob, schaute er in ein Schlafzimmer, das noch vor wenigen Minuten unter Wasser gestanden hatte. Der einzige Ausgang war mit Stühlen, Tischen und einem Bett versperrt. Die Strömung hatte alles hinter sich hergezogen.

Die Toc machten sich sofort an die Arbeit, um die Möbelstücke wegzuschaffen. Hindarf und die anderen suchten nach Childe, aber er war nicht da.

»Was ist passiert?« sagte Forry zu Hindarf.

»Ich weiß auch nicht. Aber ich würde annehmen, daß Childe — oder wer sonst hier einsaß — den Raum überschwemmt hat. Und als die Tür aufging, hat er sich zusammen mit dem Wasser hinausspülen lassen. Vielleicht ist er entkommen.«

»Gut!« sagte Forry. »Können wir dann auch gehen?«

Hindarf warf einen Blick in den Korridor und sah sich die Bescherung an. Dort, wo der Gang einen Knick machte, hatten sich diverse Tische, Vasen und zusammengeschobene Läufer angesammelt. Dort, wo die Wassermassen zuerst zugeschlagen hatten, war ein Teil der Wand eingedrückt. Vor ihr lag ein Mann mit gebrochenem Genick. Er wurde als Glinsch identifiziert — ein Og, der das mittelalterliche Deutschland in der Gestalt eines Werwolfs in Angst und Schrecken versetzt hatte. In den letzten zwanzig Jahren war er für das Finanzamt von Los Angeles tätig gewesen.

Hindarf erteilte Befehle. Ein Teil der Toc sollte durch den Korridor gehen und nach allem Ausschau halten, was Childes Flucht behindern konnte. Außerdem sollten sie die gefangenen Toc und den Gral aufstöbern. Er selbst, Forry, und der Rest seines Trupps würden in die andere Richtung gehen.

Als sie sich trennten, riß ein erneutes Beben sie von den Beinen. Irgendwo im Innern des Hauses splitterte und krachte es laut.

»Wir haben bestimmt nicht mehr viel Zeit!« sagte Hindarf. »Beeilt euch!«

Sie schlugen eine Tür ein, die sich wegen der verschobenen Wände verkeilt hatte. Dahinter stießen sie auf die drei Toc; sie waren nackt, hungrig und verängstigt. Im nächsten Raum fanden sie Vivienne, die jeder außer Forry kannte. Sie lag unter einer Decke im Bett und stöhnte vor

Schmerzen. Als Hindarf die Decke zurückzog, quollen Forry die Augen aus den Höhlen. Ein mehr als meterlanger Penis mit amputierter Eichel lag zwischen ihren Beinen, und sein anderes Ende steckte in ihrer Möse.

»Dann hat also endlich jemand Gilles de Rais umgebracht?« sagte Hindarf.

»Childe hat es getan«, stöhnte Vivienne.

Sie ächzte und warf den Kopf hin und her. Hindarf streckte die Hand aus und zerrte wild an dem Ding zwischen ihren Beinen. Was danach passierte, war etwas, was Forry in seinem ganzen Leben nie vergessen würde.

Hindarf hob die vielbeinige Möse auf und klatschte sie gegen die Wand. »Da haben Sie was für Ihre Sammlung«, sagte er und warf Forry den Kopf mit den um sich tretenden Beinen zu. Forry drehte sich auf dem Absatz herum und ergriff die Flucht.

Irgendwo im Haus wurde geschrien. Dann wurde geschossen. Hindarf fegte an Forry vorbei und eilte durch den Korridor. Forry schloß sich den anderen an und gelangte schließlich in einen gewaltigen Raum, in dem etwa ein Dutzend Toc mit zehn Og kämpften. Inmitten des Schlachtfeldes erhob sich ein gläserner Würfel, unter dem ein mattglänzender grauer Kelch auf einem Sockel stand.

Ein Toc trat mit dem Fuß gegen den Würfel; die Einfriedung fiel krachend um und riß Sockel und Kelch mit sich. Der Kampf wurde immer wüster, dann kippte der Fußboden plötzlich mit dem betäubenden Krachen splitternden Holzes. Der Würfel rutschte zum anderen Ende des Raums, während die Kämpfenden, von den Beinen gerissen, unter ihm herschlitterten.

Forry erhielt eins auf die Rübe und rutschte auf dem Gesicht ein paar Meter weit über den Boden. Obwohl die Reibung auch seinen Händen und Knien übel mitspielte, nahm er sie im Augenblick nicht wahr. Der Kelch war aus dem Würfel geflogen, er blieb dreißig Zentimeter vor seinem Gesicht liegen.

»Packen Sie ihn — und hauen Sie ab!« schrie Hindarf,

dann warf sich eine Og-Frau, in der Forry Panchita Pocyotl erkannte, von hinten auf ihn und schleuderte ihn zu Boden.

Hätte Forry gewußt, was sich daraus entwickeln würde, hätte er den Kelch nie angerührt. Doch vom Befehl des Toc erregt und in Schwung versetzt, rappelte er sich auf und riß ihn an sich. Trotz seines hektischen Zustandes bemerkte er die ungewöhnliche Wärme und das Pulsieren, das er auszustrahlen schien. Und außerdem spürte er, daß ein Anfall von Stärke und Mut ihn überschwemmte.

Forry rannte, obwohl er es eigentlich gar nicht nötig hatte. Er verließ den Raum und wetzte durch den Korridor, doch dann ertönte ein abscheuliches, knirschendes Geräusch: ein Stöhnen, ein Kreischen, ein wahnsinniges Donnern. Der Boden sackte ab; Forry stürzte, den Kelch fest in der Hand.

Der Raum schien auf dem Kopf zu stehen. Forry flog an die Decke, die aufplatzte, bevor er sie berührte. Die Lichter waren inzwischen ausgegangen, aber von irgendwoher kam das Licht einer Taschenlampe. Vielleicht war es ein Og, der das Haus gerade betreten hatte. Der Strahl der Lampe wanderte über den Kelch und seine nähere Umgebung.

Halb gelähmt schaute Forry zu, wie der Kelch langsam von ihm wegrollte. Eine dunkle Gestalt kam in den Lichtkreis und jagte hinter ihm her. Da sie keinen Taucheranzug trug, nahm Forry an, daß es ein Og war.

Als der Og sich mit einem triumphierenden Aufschrei erhob und den Kelch an seine Brust preßte, trat Forry ihm in den Hintern. Sein nackter Fuß — er hatte die Schwimmflossen längst abgestreift — traf den Og unterhalb der rechten Arschbacke. Im gleichen Moment machte das Haus einen erneuten Satz, und der Og flog schreiend nach vorn. Der Kelch entfiel seinem Griff und rollte durch die Tür, die gerade zusammenbrach.

Kalter, nasser Schlamm hob Forry in die Höhe und schob ihn durch die Tür, als säße er in einem Gummiboot.

Dann schloß sie sich hinter ihm. Forry flutschte wie ein Stück Seife aus der nassen Hand eines Badenden durch einen weiteren Raum. Der Kelch tauchte wieder vor ihm auf — er ritt umgestülpt auf einer Erdwoge dahin. Forry streckte die Hände nach ihm aus. Er packte ihn und drückte ihn an seine Brust, auch wenn das Entsetzen ihn nun dazu zwang, ein lautes Kreischen anzustimmen.

Dann stand er auf dem Kopf. Schlamm wälzte sich über ihn hinweg und drang ihm in Mund und Nase. Forry würgte und kämpfte gegen das nasse, schwere Zeug, das im Begriff war, ihn umzubringen.

Irgend etwas traf ihn seitlich am Kopf, und er stürzte in eine Dunkelheit und Stille, die noch schwärzer und ruhiger war als der Schlamm.

23. Kapitel

Halb gelähmt, als er gegen die Wand an der ersten Korridorbiegung knallte, wurde Childe in den nächsten Gang gespült. Er machte am zweiten Knick eine leichte Drehung, wurde von einer großen, schäumenden Welle beiseite geschoben und schoß wieder in einen anderen Korridor. Er führte direkt auf den Ausgang und seitlich auf ein großes Zimmer zu. Dort teilten sich die Wasser; eine Hälfte der Strömung rauschte, nachdem sie die Haustür eingedrückt hatte, ins Freie, die andere endete in dem besagten Raum.

Die sich teilende Flut verlor an dieser Stelle einen Großteil ihrer Kraft und Höhe. Childe schrammte sich am Türsturz Knie und Hände auf, als er durch den Ausgang ins Freie getragen wurde und am Anfang der Verandatreppe zum Halten kam. Taumelnd — wegen des Wassers, das immer noch gegen seinen Rücken klatschte — kroch er zur Seite und kam auf die Beine. Er nahm zwei Stufen, dann schrie er auf und fiel wieder hin. Der Schlamm einer steilen Anhöhe riß ihn mit sich fort, und er rutschte, mit dem Gesicht nach unten, eine ganze Strecke, bis er bis zu den

Schultern in dem klebrigen Zeug hängenblieb. Er kämpfte sich wieder frei, blieb auf dem Rücken liegen und starrte in die Luft.

Licht strömte durch die offene Tür und mehrere Fenster. Er lag genau auf dem Kamm der Aushöhlung. Und wenn er nicht bald Mücke machte, würde ihn das gesamte Gewicht des großen Hauses zerquetschen. Schon jetzt ächzte und schwankte es; die Schlammwellen, die es umflossen, kündeten einen größeren Erdrutsch an.

Obwohl er am liebsten liegengeblieben wäre und sich ausgeruht hätte, drehte Childe sich um, kam auf die Beine und schlurfte, so schnell ihn die Beine trugen, vom Haus weg, das sich drohend über ihm auftürmte. Einmal stolperte er über einen festen Gegenstand. Hätte er nicht aufgestöhnt, hätte er ihn für einen kleinen Felsen gehalten. Childe kniete sich hin und betastete die Rundungen — es war der Kopf einer Frau, die bis zum Hals im Schlamm vergraben war.

»Wer sind Sie?« fragte er.

»Ich bin's«, sagte die Frau.

»Wer?«

»Diana Rumbow. — Und wer sind Sie?« Dann sagte sie: »Helfen Sie mir!«

Plötzlich stand ihm der Schlamm bis an die Fesseln. Childe schaute auf, doch er sah nichts außer dem Haus, das nun ein wenig mehr zu kippen schien. Plötzlich gingen die Lichter aus. Ein lautes, knirschendes Geräusch ertönte.

Childe ging, so schnell er konnte, weiter. Es würde zu lange dauern, sie auszugraben; das Haus stürzte sicher jede Sekunde auf sie. Außerdem war er keinem Og etwas schuldig — es sei denn, den Tod.

Als er abseits stand — weit genug von der Gefahr entfernt, die das Haus darstellte, doch immer noch in der Nähe des Abhangs —, drehte er sich um. Und genau in diesem Moment tat das Gebäude einen Aufschrei und rutschte den Steilhang herunter. Obwohl es so dunkel war, konnte Childe deutlich sehen, daß es so schnell auf

die Seite gekippt war, daß die Erde unter ihm davon-
spritzte.

Childe wollte die Ruine zwar so schnell wie möglich erreichen, aber er war einfach zu fertig und zitterte am ganzen Leib. Er setzte sich in den Dreck und hätte am liebsten
geheult. Nach einer Weile stand er auf, trottete durch den
Schlamm und sank bei jedem Schritt bis an die Knie ein. Es
hatte überhaupt keinen Zweck, sich zu beeilen — je fester
er ausschritt, desto tiefer sank er ein.

Der erste, auf den er stieß, war Forry Ackerman. Er lag
auf einem Schlammberg. Sein Gesicht war dreckver-
schmiert, doch die Brille hatte er nicht verloren. Ein
Scheinwerferpaar, das die Straße heraufkam, zeigte Childe
Forrys blasses Gesicht.

»Forry?« sagte er.

Die schmutzbedeckten Lippen teilten sich und zeigten
schmutzbedeckte Zähne.

»Jaaa?«

»Sie leben!« rief Childe. Und dann: »Was, zum Teufel,
machen Sie hier? Was geht hier vor?«

»Helfen Sie mir auf!« sagte Forry.

Childe zerrte ihn hoch, doch Forry blieb auf den Knien
hocken und fing an, den Boden abzutasten. Die Autoscheinwerfer kamen über den Kamm der unter ihnen liegenden Straße, und nun konnte Childe besser sehen. Aber
er sah nicht das, wonach Forry suchte.

»Ich hatte ihn!« stöhnte Forry. »Ich hatte ihn!«

»Wen?«

»Den Gral! Den Gral!«

»Sie hatten ihn? Wieso? Sagen Sie mal, Forry, was ist
hier eigentlich los?«

Forry wühlte im Dreck herum, stieß Flüche aus, die seinem Charakter überhaupt nicht entsprachen, und weihte
ihn ein.

Childe zog ihn hoch. »Hören Sie, in dem Dreck werden
Sie ihn nie finden. Wir gehen besser zum Haus — falls wir
noch in dieses Durcheinander reinkommen — und suchen

nach unseren Freunden. — Falls sie unsere Freunde sind.«

Forry riß ruckartig den Kopf hoch. »Was meinen Sie damit, *falls* es unsere Freunde sind?«

»Wieviel wissen wir denn über die Toc?« fragte Childe. »Sie waren zwar nett zu uns, aber dazu haben sie auch allen Grund. Selbst die Og haben sich als nett erwiesen, nachdem sie einen Grund hatten, sich meiner Mitarbeit zu versichern. Also ...«

»Ich muß den Gral finden«, sagte Forry. »Ich möchte nämlich zum Planeten der Toc fliegen. Es ist die einzige Chance, die ich je kriegen werde!«

»Na schön, Forry«, sagte Childe. »Irgendwie werden wir ihn schon kriegen. Ich möchte ihn ja selbst gern haben, damit ich diese Sache ein- für allemal hinter mich bringen kann! Aber jetzt sehen wir lieber nach, wen wir noch retten können. Schließlich fühlen auch Og und Toc Schmerzen, ob sie nun menschlich empfinden oder nicht. Sie sind auf unsere Hilfe angewiesen.«

Der Wagen kam so nah heran, wie der Fahrer es wagte. Vier Leute stiegen aus und kamen durch den Schlamm auf sie zu. Es nahm ein paar Minuten in Anspruch, bis sie endlich erfuhren, daß es sich bei den Neuankömmlingen um Toc handelte. Man hatte sie vom anderen Ende der Welt gerufen, und sie hatten es gerade noch geschafft, hierherzukommen.

»Machen Sie sich keine Sorgen, Kapitän«, sagte Tish, der Anführer. »Wir werden den Gral schon finden. Sie brauchen sich nur auf ihn zu konzentrieren, dann fängt er an zu leuchten. Das Leuchten dringt sogar durch Tonnen von Schlamm.«

24. Kapitel

Die Toc und die Og hatten einen Saal gemietet.

Man hatte zwei Drittel des großen Tanzsaals der American Legion in Quadrate eingeteilt. Das restliche Drittel war für die knapp hundert Überlebenden der beiden Gruppen gedacht. Und für Kapitän Childe sowie den Gral und seinen Sockel. Und für Forry Ackerman, der als Beobachter neben ihm saß. Er würde zwar an der Zeremonie teilnehmen, doch die Ausstrahlung nur ganz am Rande abbekommen. Wenn der Zeitpunkt der Reise gekommen war, würde er sich in den direkten Einfluß der Macht begeben und — wenn alles gutging — mit den anderen zu den Sternen fliegen.

Childe saß vor dem Gral in einem Sessel. Hinter ihm standen in Zwölferreihen die Toc und Og. Sie waren nackt. Alle im Saal Anwesenden waren nackt.

Sie waren es, weil Childe es befohlen hatte. Er hatte bekanntgegeben, daß er den Gral vernichten und sich weigern würde, ihr Kapitän zu sein, wenn die beiden Gruppen nicht einen Waffenstillstand aushandelten und einhielten. Nur wenn sie sich bereit erklärten, Frieden zu halten und zusammenzuarbeiten, wollte er die beiden Gruppen zu ihren Heimatplaneten bringen.

Es hatte nicht lange gedauert, um zu einer Übereinkunft zu finden.

Childe war sich seiner Fähigkeit, die Leute durch den intergalaktischen Raum zu transportieren und die exakte Position ihrer Welten in Erfahrung zu bringen, immer noch nicht sicher. Aber er hoffte, daß es funktionierte. Es bedeutete, daß er die Erde von einer Anzahl von Ungeheuern und potentiellen Ungeheuern befreite. Am liebsten hätte er dergleichen auch mit irdischen Monstern getan.

Hindarf und Pao waren von den mächtigen Balken des Hauses und mehreren Tonnen Schlamm erschlagen worden. Man hatte Tish zum Zeremonienmeister gewählt. Er hatte auch dafür gesorgt, daß die Behörden die Ruinen des Hauses nicht untersuchten. Er hatte die Polizei und jede Menge anderer Leute mit viel Geld zum Wegsehen animiert; und die Og und Toc hatten ihre Toten heimlich beerdigt.

Nun rief Tisch die einzelnen Paare nacheinander auf,

mit der Zeremonie zu beginnen. Man hatte die Teilnehmer gemischt; jedes Paar bestand aus Angehörigen zweier Völker. Damit blieben vier Frauen übrig, die sich als erste paaren sollten.

Alle traten paarweise vor Childe hin und gingen in die Knie. Sie berührten seine Genitalien, küßten seinen Penis und standen dann auf. Während sein Glied mit jedem Kuß größer und größer wurde und schließlich seine volle Erektion erreichte, blickte Childe auf den Gral. Der Gral fing an zu leuchten und pulsierte. Das Auf- und Abschwellen seines Lichts lief synchron zum Pulsieren seines Glieds.

Einer nach dem anderen kniete sich vor ihn hin und liebkoste seinen Schwanz. Dann gingen sie alle auf ihre Positionen zurück, um abzuwarten, bis das letzte Paar an die Reihe kam.

Das Licht des Grals wurde heller und heller, bis ihn außer Childe niemand mehr ansehen konnte. Das Licht füllte zwar seine Augen und seinen Schädel aus, aber er konnte die hinter ihm stehenden Leute immer noch erkennen.

Schließlich ging Tish auf ihn zu, kniete sich hin, streichelte Childes Eier und küßte seine glänzende Eichel. Childes Leib war vom Nabel bis zu den Knien zu Eis geworden, und sein Glied zuckte auf und nieder, während die Flüssigkeit in ihm immer stärker zum Ausgang drängte. Er winkte einer zierlichen Thailänderin — sie war eine Toc —, und sie eilte zu ihm und beugte sich über ihn, um es in den Mund zu nehmen. Sofort baute sich der Mann, der ihr Partner war, hinter ihr auf, kniete sich zwischen ihre Beine und vergrub sein Gesicht zwischen ihren Beinen. Die nächste Frau ging auf alle viere nieder und fing an, seinen Schwanz zu lutschen. Der nächste leckte sie. Eine Frau kroch zwischen seine Beine und saugte; ein Mann schob seine Zunge in ihren Schlitz; eine Frau legte sich unter ihn und fing an, seinen Penis mit der Zunge zu bearbeiten, und so ging es immer weiter. Den Schluß der Kette bildete eine Frau, die auf dem Rücken lag und einen Mann blies, ohne daß es ihr jemand besorgte.

Tish schritt die Reihe der grunzenden, stöhnenden, schmatzenden und zuckenden Männer und Frauen ab. Dann kniete er sich zwischen die gespreizten Beine der letzten Frau und ließ sein Glied in ihren Schlitz gleiten.

Während Tish sie stieß, rief er Worte in einer seltsamen Sprache. Es war mehr ein Gesang, und Childe verstand seine Worte, obwohl er nicht in der Lage war, sie zu übersetzen.

Childe blieb still sitzen. Er ließ die Frau seinen Schwanz lutschen und mit der Zunge bearbeiten. Seine Ekstase nahm immer mehr zu. Plötzlich stieß er einen kurzen Schrei aus und spritzte ab. Der Gral schien zu brennen; er versprühte ein pulsierendes Licht, das jeden Schatten aus dem Saal vertrieb. Tish sang weiter; er war offenbar noch nicht gekommen. Doch dann, als Childes Pimmel zum letztenmal zuckte und spritzte, schrie er auf.

Die Luft über den Quadraten wurde dunkler. Kleine Wolken bildeten sich. Die Luft wurde sehr kalt und ließ die schwitzenden Leiber frösteln. Ein Wind kam auf, als würde sich die Luft auf die dämmerigen Flecken jedes Quadrates zubewegen. Zu Anfang war er sanft, doch nach einer Minute pfiff er aus jeder Ecke des Saals und ließ die Fenster erzittern. Vom Boden stieg Staub auf und wirbelte in kleinen Zyklonen davon.

Der Gral pulsierte noch immer blendend hell, obwohl Childes Ejakulation beendet war. Er erhellte die Schatten über den Quadraten jedoch nicht; er schien sie noch dunkler zu machen.

Der erste, den Childe erkannte, war Igescu, der Og, den er mit einem Degenstich durchs Herz in seinem Baumstammsarg aus Eichenholz getötet hatte. Danach war seine Leiche im Feuer des großen Hauses zu Asche verbrannt.

Childe hatte nie damit gerechnet, das lange, hagere Gesicht mit der hohen Stirn, den buschigen Brauen, den hohen Wangenknochen, den großen Augen und dem langen dünnen Pimmel wiederzusehen.

Und da war Magda Holyani, die hübsche blonde Werschlange.

Und da war Hindarf, und neben ihm Pao.

Sie waren alle nackt und hatten menschliche Gestalt angenommen.

Und da war Dolores del Osorojo, das hübsche kalifornisch-spanische ›Gespenst‹, die sich buchstäblich einen Körper aus Fleisch und Blut erfickt hatte — um anschließend von den Og getötet und gehäutet zu werden.

Childe sah sie in einem Quadrat inmitten der Menge. Ihr nackter Leib war noch genauso wunderschön wie damals, als sie ihr Gewand aus dem 19. Jahrhundert getragen hatte. Sie lächelte ihm zu, und ihre Hüften rotierten leicht, als erfreue sie sich an der Erinnerung ihrer diversen Begegnungen.

Die Luft erwärmte sich, der Wind erstarb.

Der Saal war von zahlreichen Stimmen erfüllt. Die Lebenden und kürzlich Verstorbenen unterhielten sich und lachten.

Tish wartete fünf Minuten, dann verlangte er nach Ruhe.

Langsam kehrte Stille ein, denn die Toc und Og waren in dem Sinne menschlich, daß sie ihre Emotionen ausdrükken mußten.

»Und jetzt die Reise!« rief Tish.

Alle sahen Childe erwartungsvoll an. Childe musterte Forry, der auf einem Stuhl saß, aus den Augenwinkeln. Die Augen quollen ihm aus den Höhlen, er war schweißgebadet. Childe hatte keine Ahnung, ob Forrys Reaktion auf die Zeremonie zurückzuführen war oder auf den Gedanken an die Reise.

Es lag ganz an ihm, ob er mit wollte oder nicht. Wenn er sich zum Mitkommen entschloß, brauchte er sich von der Seite des Saals nur in die Mitte zu begeben, dann war er automatisch dabei.

Tish hatte die Vorstellung zwar nicht behagt, daß Forry an der Zeremonie nicht teilnehmen sollte, aber er hatte zugegeben, daß seine Nichteinbeziehung die Wirkung des Grals nur zu einem Minimum beeinträchtigte.

Tish winkte einer Frau. Sie trat mit einer Schüssel vor, in der sich eine dunkle Flüssigkeit befand. Nachdem sie Childes Penis geküßt hatte, nahm sie neben ihm Aufstellung und die Zeremonie wurde auf der Stelle fortgesetzt. Jedesmal, bevor jemand Childes Pimmel küßte, benetzte sie seine Genitalien mit ein paar Tropfen der dunklen Flüssigkeit. Tish stand an der anderen Seite, und jeder dritte Teilnehmer tauchte seine Finger in die Flüssigkeit und führte sie über Childes Lippen. Das Zeug schmeckte wie Honig mit einer Spur ranzigem Hüttenkäse. Als die Schüssel leer war, gab Tish das Zeichen zum Wiederauffüllen, und die Zeremonie ging weiter.

Der Gral pulsierte weiterhin mit großer Helligkeit. Sein grelles Licht setzte Childe allmählich zu. Er wurde zwar nicht blind oder unfähiger, das zu sehen, was um ihn herum vorging, aber er nahm kurz aufblitzende, seltsame Szenen wahr. In der Regel war es so, als stünde er auf der Oberfläche eines Planeten, doch er fegte auch mehrmals an rötlichen, grünlichen oder bernsteinfarbenen Sternen vorbei. Er hatte den Eindruck, kaum mehr als hundertfünfzigtausend Kilometer von den riesenhaften Lichtquellen entfernt zu sein. Doch trotz ihrer Helligkeit und Nähe spürte er keine Hitze, sondern eine sich bis in die Knochen ausbreitende Eiseskälte.

Tish nahm seinen seltsamen Sprechgesang wieder auf. Childe deutete auf Dolores, die freudig zu ihm kam, wobei ihre großen, wohlgeformten Brüste im Takt ihrer Füße auf und nieder hüpften. Sie ging vor ihm in die Knie, verbarg das Gesicht in seinem Schoß und weinte. Dann nahm sie die Spitze seines halbschlaffen Organs und fing an, es zu lutschen. Sofort richtete es sich auf, als werde es aufgeblasen; es wurde hart, pulsierte, und erzeugte die erste Wärme unterhalb des Nabels.

Der Gral pulsierte schneller, und Childes Eindrücke der fremdartigen Topographien und hellen Farben nahmen an Zahl und Vielfalt zu.

Dolores lutschte fester und bewegte den Kopf auf und

nieder. Dann trat Igescu hinter sie und zog sie hoch, bis sie mit durchgedrückten Knien vor ihm stand. Er ließ sein Glied in ihren Hintern gleiten und fing an zu stoßen. Stecker ging hinter Igescus Rücken in die Knie, spreizte seine Backen, schob die Zunge hinein und bearbeitete den Hintern des Vampirs.

Childe spürte jeden Schlag, den Steckers Zunge austeilte, noch durch den Mann und die Frau. Hoffentlich kamen die anderen nun auch bald zur Sache — wenn nicht, war alles umsonst. Er würde bald kommen. Der Kreis mußte komplett — oder fast komplett — sein, wenn er kam, sonst mußten sie die Reisezeremonie wieder von vorn beginnen.

Der Raum fing an zu rotieren. Die nackten Leiber der Männer und Frauen schienen am Rande einer sich drehenden Scheibe Schlittschuh zu laufen. Sie rutschten von hier nach da, hielten sich aneinander fest, gingen in die Knie, züngelten an Schwänzen und Mösen und stießen in alles, was sich ihnen darbot.

Und da war auch Vivienne. Bei ihr war ein großer Mann mit schwarzem Bart und brennenden Augen. Seine Gesichtszüge waren nun zwar viel deutlicher erkennbar, doch seine Ähnlichkeit mit Gilles de Rais war frappierend. Er war in seinem ursprünglichen Körper materialisiert und schob gerade seine Rute zwischen die gespreizten Hinterbacken eines schlanken, blonden Mannes, der Vivienne leckte.

Dann zogen Vivienne, de Rais und alle anderen sich an den Rand des wirbelnden Tellers zurück, der der Große Ballsaal gewesen war. Dem Gral entströmten weiße Lichtfinger, scharlachrote Blitze, smaragdfarbene Zickzacklinien, gelbe Streifen und violette Schwertklingen mit gezacktem Rand. Die Blitze zuckten aus dem Gral nach oben, prallten von der Decke ab, fielen in Spiralen nach unten, trafen auf die nackten, zuckenden Leiber der Männer und Frauen und landeten wie bunte, zerschmetterte Stalaktiten auf dem Boden.

Childe spürte, wie es in ihm zum Ausstoß drängte, doch als er nach unten schaute, sah er nur Dolores' rote Lippen, die sein Glied umschlossen hielten. Er konnte in seinen eigenen Körper hineinsehen; die graue Flüssigkeit war so rot wie das Quecksilber in einem Thermometer, und sie stieg, als würde man das Thermometer in einen Hochofen halten. Der rote Faden jagte in die Höhe und explodierte wie scharlachrotes Schießpulver zwischen Dolores' Lippen.

Der Gral explodierte lautlos in einer sich ausdehnenden karmesinrot-gelben Wolke, durch die Stücke weißlich glühenden Metalls flogen.

25. Kapitel

Forry verstand bis zum letzten Moment überhaupt nichts.

Zuerst hatte die Orgie ihn abgestoßen. Sich solche Sachen in einem schlüpfrigen Film anzusehen, war eins — aber in Fleisch und Blut ... Es war ihm unbehaglich, und er verspürte Übelkeit. Nach einer Weile regte ihn die Aura der dampfenden Sexualität, der zügellosen Orgasmen jedoch an. Er wurde sogar eifersüchtig, als er sah, wie Alys Merrie den rothäutigen Schwanz eines großen Indianers lutschte und verspürte den Impuls aufzustehen, um in das Chaos der sturmgepeitschten See aus Haar und Fleisch einzutauchen.

Doch wenn's um die Wurst ging (nicht mal jetzt kann ich auf Wortspielchen verzichten, dachte er), fehlte ihm eben doch der Mumm. Trotzdem — die Vibrationen erreichten ihn, und er hoffte, daß die Zeremonie nicht zu lange dauerte. Sonst überwand er womöglich noch seine Vorbehalte und nahm an dem Späßchen teil.

Erst ein paar Sekunden später kapierte er, was Childe überhaupt vorhatte. Er wußte zwar nicht, daß es Childes Gehirn war, das ihm diese Information zukommen ließ, aber er vermutete es. Es gab keinen Zweifel, daß Childe und der Gral, die auf irgendeine psychosexoneurale Weise miteinander verkettet waren, Fokus und Erzeuger der eigenartigen Kraft bildeten, der durch die Halle strahlte.

Die kurzen Eindrücke der fremden Welten, die Forry auffing, sahen aus wie die Illustrationen, die Bonestell, Paul, Sime, Finley, St. John, Emshwiller und andere Größen aus den Reihen der Science Fiction-Titelbildzeichner entworfen hatten. Nur waren sie dreidimensional und lebendig. Aus den Gemälden wurde Wirklichkeit.

Die Welten waren nur Scheiben; es war, als würde Childe den kosmischen Kuchen in dünne Scheibchen schneiden und ihm zuwerfen.

Forry sprang von seinem Stuhl auf und wankte auf unsicheren Beinen auf die komplizierte, sich stetig verändernde Fleischstruktur zu. Er war zwar nur ein paar Schritte von ihr entfernt, doch sie schien auf den Horizont zugeschnellt zu sein. Zwischen ihm und den im Glanz der Macht und der Herrlichkeit des Grals zuckenden Leibern war eine große Entfernung.

Er mußte sich beeilen. Childe legte los. Wenn er nicht inmitten des Geflackers stand, würde er zurückbleiben. Dann würde er allein, pudelnackt und flennend im Großen Saal der American Legion stehen. Dies war die einzige Chance, die er je kriegen würde. Er, Forry Ackerman, der einzige Mensch mit einem Ticket für eine intergalaktische Reise, an deren Ende eine fremdartige, bizarre und wunderbare Welt in einer anderen Milchstraße auf ihn wartete. Seine Kindheitsträume würden sich in einem Universum erfüllen, in dem man kein Anrecht darauf hatte, daß Träume wahr wurden. In einem Universum, in dem er sich ein Haus gebaut hatte, um seine Träume mit gerade noch zumutbaren Faksimiles darzustellen. In einem Universum, in dem die Pseudowelten in der Schattenwelt eines Heims nur für Sekundenbruchteile real gewirkt hatten. In einem Universum, in dem wie Riesenjuwelen aussehende Sterne, scharlachrote Landschaften, tentakelbewehrte Bäume, ballonbrüstige Marsmenschen mit elefantenhaften Leibern und sechs Fingern, großäugige, gefiederte Nymphen, und langzahnige, rotlippige Vampire in ewiger, erschreckender Starre lebten.

Jetzt konnte er auf die Reise gehen.

Als der Gral einen Wolkenpilz aus roten, grünen, gelben, violetten und weißen Blitzen ausspuckte, rannte Forry auf die zusammenschrumpfenden Gestalten zu. Er rannte auf sie zu, aber sie schienen sich, als bewegten sie sich auf Rollschuhen, von ihm zu entfernen.

»Wartet auf mich!« rief er. »Ich will doch mit!«

Der Horizont, der so fern gewesen war, kehrte sich plötzlich um. Er kam Forry entgegen und war bei ihm, ehe er stehenbleiben konnte. Wie eine aus einem Tunnel auftauchende Lokomotive überrollte er Forry mit blitzendem Smaragd-, Topas- und Rubinlicht, das, statt wie ein Zug zu wispern, auf ihn einschrie und ihn statt mit eisernen Rädern mit schnell rotierenden hellweißen Wölkchen und Weltraumschwärze durchschnitt.

Wieviel Zeit er auch gebraucht hatte, für ihn geschah alles in einem Augenblick. Eben war er noch im Saal gewesen, jetzt befand er sich in einem gewaltigen Raum mit grauen Wänden, grauem Boden und grauer Decke. Es gab weder Möbel noch Türen und Fenster. Das einzige Licht war das, das in Wellen aus dem Gral kam.

Childe und die anderen waren auch da. Sie sahen einander benommen an. Einige von ihnen hatten sich noch nicht einmal getrennt.

Der Gral stand vor Childe auf seinem Sockel.

Hindarf trat an die Wand und sagte ein Wort. Ein großer Teil der Wand wurde durchsichtig, und sie blickten auf die ödeste Landschaft, die Forry je gesehen hatte. Dort draußen gab es nur nackten, schartigen Fels. Es gab weder Vegetation noch Wasser. Dennoch war der Himmel so blau wie auf der Erde, was bewies, daß es hier eine Atmosphäre gab.

»Kommen Sie her, Forry!« sagte Childe. »Nehmen Sie meine Hand!«

»Warum?« fragte Forry, doch er gehorchte.

Hindarf aktivierte an der gegenüberliegenden Wand

ebenfalls ein Fenster. Auch hier sah man nur windge-
peitschtes Gestein, doch in der Ferne, am Horizont, befand
sich ein grüner Fleck und etwas, das nach den Gipfeln
hoher Bäume aussah.

»Das ist weder unsere Welt noch die der Og!« rief Hindarf aus. Er deutete auf den Himmel, und Forry erspähte
einen blassen Mond. Er sah so groß aus wie der Mond der
Erde, doch in seiner Mitte war ein finsterer Fleck, der ihn
an das Muster auf den Schwingen einer Totenkopfmotte
erinnerte.

Childe winkte Dolores del Osorojo, und sie kam zu ihm,
lächelte und nahm seine andere Hand. Childe sagte etwas
auf Spanisch zu ihr, und sie nickte lächelnd.

»Damit ist mein Spanisch zwar schon erschöpft«, sagte
Childe, »aber sie möchte lieber bei mir bleiben. Und ich
möchte, daß sie bei mir ist.«

»Das ist ja der Mond von Gruthrath!« rief Hindarf aus.
Er wirbelte herum und eilte auf Childe zu. »Kapitän! Sie
haben uns auf den Ödplaneten Gruthrath versetzt!«

»Es ist zwar öde, aber er kann euch und die Og doch
leicht ernähren, wenn ihr rausgeht und ein bißchen um-
grabt, oder?«

Hindarf wurde bleich. »Ja«, sagte er schwach, »aber Sie
denken doch wohl nicht daran ...«

»Meine genetischen oder Ur-Erinnerungen — wie Sie es
auch nennen wollen — sind wieder da«, sagte Childe. »Ich
weiß, daß die Chance nur sehr gering ist, daß ihr oder die
Og mich gehen laßt, sobald ich einmal einen Fuß auf einen
von euren Planeten gesetzt habe. Ihr habt Kapitäne, die
viel mehr können als ich, und sie können meine Kräfte so
lange neutralisieren, bis man mich auch körperlich festset-
zen kann. Und das würdet ihr tun müssen, weil ich teilweise ein Erdenmensch bin und ihr mir niemals trauen könn-
tet. Auf welchen Planeten ich auch als erstes gehen würde
— ob auf den der Og oder den der Toc —, man würde
mich ergreifen. Und die Angehörigen der gegnerischen
Rasse ebenso.«

»Das stimmt nicht!« schrien Hindarf und Igescu.

»Ich weiß es«, sagte Childe. »Ihr beiden habt in einer kosmischen Lotterie gespielt. Ihr konntet nicht wissen, welchen Planeten ich für die erste Landung auswählen würde, und ihr konntet mich nicht mal danach fragen, weil ich es auch nicht wußte, bevor es für mich feststand. Hättet ihr mich zu sehr bedrängt, wäre ich mißtrauisch geworden. Also seid ihr das Risiko eingegangen und habt auf eure Chance gehofft. Doch ihr habt beide verloren.«

»Das können Sie nicht tun!«

Die Toc und Og strömten auf Childe zu.

Forry hätte ihn beinahe losgelassen, da es so aussah, als würde man sie alle drei in Stücke reißen.

Childe umfaßte Forrys Hand so fest, daß seine Knochen knackten.

Dann schrie er auf: »Ihr könnt mich alle mal!« Und dann waren sie wieder weg.

Neben Forry wirbelte ein kleines Dreieck aus Nichts vorbei. Stumme Purpurflammen flammten unter seinen Füßen auf, dann erblickte er die vertrauten Wände des Saales der American Legion und hatte wieder einen Boden unter den Füßen, den er kannte.

Einen Moment sprach Forry kein Wort. Dann sagte er: »Wo ist der Gral?«

»Ich habe ihn zurückgelassen. Es geht nämlich auch so, selbst wenn es bedeutet, daß er meiner Reichweite jetzt für immer entzogen ist. Solange ihn kein anderer Kapitän hierherbringt.«

»Das ist alles?« fragte Forry. »Sie meinen, das war schon der *ganze* Trip?«

»Immerhin *leben* Sie noch«, sagte Childe.

»Als ich mir *Barbarella* anschaute, hatte ich einen besseren Trip«, sagte Forry.

Childe lachte und sagte: »Ihnen würde auch noch ein Spruch einfallen, wenn die Schlinge schon um Ihren Hals läge.«

Sie zogen sich an und machten Anstalten, den Saal zu

verlassen. »An Ihrer Stelle«, sagte Childe, »würde ich niemandem etwas davon erzählen. Und ich glaube, es ist auch besser, wenn wir uns nicht wiedersehen.«

Forry musterte Dolores. Sie trug eine durchsichtige weiße Bluse und hautenge Hosen, die eine der Toc-Frauen zurückgelassen hatte.

»Was wird aus ihr?«

Childe drückte die dunkelhaarige Frau an sich und sagte: »Ich werde mich um sie kümmern. Sie mag ja vielleicht eine von *ihnen* sein, aber sie war eine von den Guten.«

»Das hoffe ich«, sagte Forry. Er hielt Childe die Hand entgegen. »Na, dann viel Glück. Oder *adiau*, wie wir Esperantisten sagen.«

»Mast- und Schotbruch«, sagte Childe.

Forry sah ihm hinterher, als er, den Arm um Dolores' schlanke Taille und die Hand auf ihren Hintern gelegt, davonging. Wieso hatte der Bursche so leichtfertig der Kraft entsagt, die ihn dazu befähigte, zwischen den Sternen zu reisen?

Doch als er in die altvertraute Welt von Los Angeles zurückkehrte, fühlte Forry sich wieder wohl. Der Regen hatte aufgehört, die Autos hupten, das Wasser spritzte auf die Fußgänger, wenn gewissenlose Autofahrer durch die Pfützen rasten, aus einem Radio dröhnte Rockmusik, und irgendwo heulte die Sirene einer Ambulanz.

Eine halbe Stunde später betrat Forry sein Haus. Er blieb stehen. Seine Kinnlade klappte herunter. Der Stoker war schon wieder weg!

Dann kam Lorenzo Dummock die Treppe herunter und kratzte seine behaarte Brust und seine feiste Wampe. »Hei, Forry«, sagte er. »Sach ma, könnteste mir 'n paar Kröten für'n paa Kippen und 'n Bier pumpen? Ich häng' ma wieder völlig durch, und ...«

»Das Gemälde!« sagte Forry und deutete auf die leere Stelle an der Wand.

Lorenzo blieb stehen und gaffte. Dann sagte er: »Ach ja,

das wollte ich dir noch erzählen. Dieser Typ da ... Wie heißt er doch gleich? Woolston Heepish? Er kam vor 'ner Stunde rüber und sagte, du hättest gesagt, er könnte den Stoker haben. Da hab' ich ihn gelassen. War das nicht richtig?«

Forry eilte in sein Büro und wählte Heepishs Nummer. Sein Herz raste, als er die ölige Stimme wieder hörte.

»Warum sind Sie nicht mit den anderen verschwunden?« fragte Forry.

»Na so was — Forry! Sie sind wieder da! Ich dachte, Sie wären für immer und ewig verschwunden! — Deswegen bin ich hiergeblieben. Mir gefällt dieses Leben; ich konnte mir doch nicht die Chance entgehen lassen, mir Ihre Sammlung einzuverleiben!«

Forry schwieg eine Weile, dann sagte er: »Moment mal! Ich dachte, Sie wären bei dem Erdrutsch umgekommen?«

Heepish kicherte. »Aber *ich* doch nicht! Ich kam ohne den kleinsten Kratzer raus und habe mich verdünnisiert. Ich hatte genug von Childe, den Toc und den Og, selbst wenn die Og mein Volk sind.«

»Ich will mein Gemälde wiederhaben!«

»Würden Sie's eventuell gegen ein seltenes Buch tauschen?«

Forry fragte sich, ob dieser Typ LSD in seinen Kaffee geschüttet hatte. Vielleicht war alles, was hinter ihm lag, nur eine Lysergsäuren-Fantasy?

Heepishs Stimme, die nun flatterte wie die Schwingen einer Fledermaus in der Nacht, sagte: »Vielleicht können wir uns bald mal treffen? Zu einem kleinen Schwätzchen?«

»Wenn Sie versprechen, meinen Weg nie wieder zu kreuzen«, sagte Forry, »dann können Sie das Bild behalten!«

Heepish kicherte. »Konnte Dr. Jekyll sich etwa Mr. Hyde vom Hals schaffen?«

DRITTES RITUAL

Fleisch

(FLESH)

Die Menge vor dem Weißen Haus unterhielt sich, ließ laute Rufe erschallen und lachte. Man hörte schrille Frauenstimmen und die dumpfen Bässe von Männern. Die hohen Stimmen der Kinder waren diesmal nicht zu hören: die Kinder waren zu Hause und befanden sich in der Obhut ihrer älteren, noch nicht geschlechtsreifen Brüder und Schwestern oder Vettern und Cousinen. Es war nicht passend, daß sie das zu sehen bekamen, was heute abend passieren würde. Die Kinder würden die allerheiligsten Riten, die man zu Ehren der Großen Weißen Mutter praktizierte, nicht verstehen.

Außerdem wären sie nicht sicher gewesen, wenn sie an den Riten teilgenommen hätten. Vor Jahrhunderten (nach dem alten Kalender schrieb man das Jahr 2860), als man die Riten zum ersten Mal durchgeführt hatte, war es den Kindern noch erlaubt gewesen, dabei zu sein. Viele waren bei der Raserei umgebracht und buchstäblich in Stücke gerissen worden.

Der heutige Abend war schon für die Erwachsenen gefährlich genug. Stets wurde eine Reihe von Frauen schlimm zugerichtet oder gar umgebracht. Und stets wurde eine Anzahl Männer von spitzzahnigen Frauen mit langen Fingernägeln jener Wurzeln entkleidet, die sie zu Männern machten. Anschließend rannten die Frauen dann mit lautem Geschrei durch die Straßen, hoben ihre Trophäen hoch oder klemmten sie zwischen die Zähne, bevor sie im Tempel der Finsteren Erde auf den Altar der Großen Weißen Mutter gelegt wurden.

In der darauf folgenden Woche, am Freitagssabbat, würden die weißgewandeten Priester und Priesterinnen die Überlebenden im Namen der Mutter tadeln, weil sie es wieder einmal ein Stück zu weit getrieben hatten. Worte des Tadels waren freilich das Schlimmste, was jene zu erwarten hatten, denen die Predigt galt, doch nicht immer servierte man sie mit Nachdruck. Schließlich konnte man niemanden dafür verantwortlich machen, wenn er von einer echten Göttin besessen war. Und außerdem — was erwartete man denn von ihnen? Kam dergleichen nicht an jedem Abend vor, an dem ein Sonnenheld oder Bockskönig geboren wurde? Nun ja — jene, die im Namen der Mutter sprachen, hatten halt den Eindruck, daß es notwendig war, die Jünger abzuwiegeln, damit sie wieder in ein normales Leben zurückkehrten. Man lauschte der Predigt — und vergaß sie dann. Und freute sich auf die nächste Zeremonie.

Außerdem hatten die Opfer keinen Grund, sich zu beklagen. Man würde sie in einem Tempel zur letzten Ruhe betten. Man würde für sie beten und ihnen zu Ehren einen Hirschbock opfern. Die Geister der Erschlagenen würden sein Blut trinken, dreifach heilig gesprochen und somit gestärkt werden.

Die blutrote Sonne versank hinter dem Horizont; die Nacht kam mit kühlen, finsteren, flüsternden Schwingen. Als sich die Vertreter der großen Bruderschaften auf der Pennsylvania Avenue in Reih und Glied aufstellten, wurde die Menge stiller. Es gab eine böse Auseinandersetzung zwischen den Anführern der Elche und Wapitis. Jeder forderte, seine Bruderschaft solle dem Umzug anführen. Waren sie nicht beide Geweihträger? Trug der Sonnenheld in diesem Jahr nicht ebenfalls ein Geweih?

John Barleycorn — er war von Kopf bis Fuß in ein grünes Ritualgewand gekleidet — versuchte schwankend, den Streit zu schlichten. Doch wie üblich, war er bei Einbruch der Nacht zu sehr abgefüllt, um noch klar reden zu können; und was er sagte, schien ihn auch nicht sonderlich zu scheren. Seine wenigen verständlichen Worte erbrachten nichts anderes, als daß die beiden Anführer noch wütender wurden. Und auch das war kein Wunder, denn sie waren ebenfalls mehr als angetrunken. Sie gingen sogar so weit, daß sie die Griffe ihrer Messer packten. Allerdings hätte es weitaus größerer Provokationen bedurft, um sie zu veranlassen, sie auch zu ziehen.

Eine Abteilung der Ehrengarde des Weißen Hauses verließ ihren Posten, um die Angelegenheit geradezubiegen. Die hochgewachsenen Mädchen marschierten von der Veranda herunter, und ihre hohen, kegelartigen Helme funkelten im Licht der Fackeln. Das Haar fiel ihnen bis auf die Schultern, ihre weißen Gewänder leuchteten. Sie trugen den Bogen in der einen und Pfeile in der anderen Hand. Im Gegensatz zum Rest der Washingtoner Jungfrauen entblößten sie nur die linke Brust. Die rechte — beziehungsweise nicht vorhandene — wurde von ihren Gewändern verborgen, denn die Bogenschützen des Weißen Hauses ließen es traditionell sehr gern zu, daß man sie entfernte, damit sie beim Einsatz des Bogens nicht störte. Dieser Mangel war kein Nachteil, wenn sie sich zur Ruhe setzten und sich einen Gatten suchten. Wenn der Sonnenheld sie an diesem Abend mit der Saat der Göttlichkeit versah, hatten sie unter den heiratswilligen Männern die freie Auswahl. Ein Mann, dessen Weib in der Ehrengarde der Einbrüstigen gedient hatte, war ein stolzer Mann.

Der Hauptmann der Ehrengarde fragte ernst nach dem Grund der Auseinandersetzung. Nachdem sie die beiden Anführer angehört hatte, sagte sie: »Es ist noch nie vorgekommen, daß die Dinge so jämmerlich organisiert sind. Vielleicht brauchen wir einen neuen John Barleycorn!«

Mit dem Pfeil, den sie in der Hand hielt, deutete sie auf den Anführer der Wapiti-Bruderschaft.

»Ihr werdet die Führung des Umzuges übernehmen. Und du und deine Brüder werdet die Ehre haben, den Sonnenhelden aus dem Haus zu begleiten.«

Der Anführer der Elch-Bruderschaft war entweder ein tapferer Mann oder ein Trottel, denn er protestierte. »Als ich gestern abend mit dem Barleycorn getrunken habe, hat er gesagt, die Elche würden die Ehre haben! Ich will wissen, wieso man statt uns nun die Wapitis auswählt!«

Der weibliche Hauptmann maß ihn mit einem kalten Blick, dann legte sie den Pfeil auf die Sehne und spannte den Bogen. Sie war jedoch zu gut ausgebildet, um einen Angehörigen der mächtigen Elch-Bruderschaft zu töten.

»Barleycorn scheint von Geistern besessen zu sein, die mit der Göttin auf keinem gutem Fuß stehen«, sagte sie. »Es steht nämlich schon seit geraumer Zeit fest, daß die Wapitis den Sonnenhelden zum Capitol begleiten. Der Sonnenheld ist doch ein Bock! Du weißt doch selbst, daß ein männlicher Hirsch ein Bock ist, und ein männlicher Elch ein Bulle!«

»Das ist wahr«, sagte der Anführer der Elche. Als der weibliche Hauptmann den Pfeil auf die Sehne gelegte hatte, war er blaß geworden. »Ich hätte nicht auf John Barleycorn hören sollen. Aber normalerweise wären die Elche jetzt an der Reihe. Im letzten Jahr waren es die Berglöwen, und im Jahr davor die Lämmer. Wir hätten als nächste an der Reihe sein müssen.«

»So wäre es auch gekommen — wenn *das da* nicht wäre.« Sie deutete an ihm vorbei über die Pennsylvania Avenue. Der Anführer der Elche drehte sich um und schaute. Die Straße führte vom Weißen Haus aus sechs Blocks weiter und endete abrupt vor einem hoch aufragenden Baseballstadion. Und über das Stadion hinaus ragte die glänzende Nadel eines Gefährts, das man seit siebenhundertundsechzig Jahren nicht mehr gesehen hatte. Erst vor einem Monat war es donnernd und flammensprühend aus dem Spätnovemberhimmel gekommen, um mitten im Stadion zu landen.

»Du hast recht«, sagte der Anführer der Elche. »Noch nie zuvor ist ein Sonnenheld, den die Große Weiße Mutter persönlich geschickt hat, aus dem Himmel zu uns herabgestiegen. Und indem sie ihm den Namen Bock gegeben hat, hat sie auch klar zu erkennen gegeben, welche Bruderschaft sie ehren will.«

Er marschierte an der Spitze seiner Männer von dannen — und zwar genau im richtigen Augenblick.

Vom Capitol her, das jetzt nur noch sechs Blocks vom Weißen Haus entfernt war, kam ein lauter Schrei. Der

Schrei brachte die Menge zum Verstummen, lähmte sie und führte dazu, daß die Männer erbleichten. Die Frauen, die sich in der Menge aufhielten, rissen die Augen auf — sie wirkten bereit und erwartungsvoll. Mehrere von ihnen stürzten zuckend und stöhnend zu Boden. Dann ertönte ein zweiter Schrei, und nun sah man, daß der schreckliche Ton aus den Kehlen zahlreicher junger Mädchen kam, die die Treppenstufen des Kongreßgebäudes herunterliefen.

Es waren Priesterinnen. Die Göttliche Hochschule von Vassar hatte sie erst kürzlich entlassen. Sie trugen hohe, kegelartige, schwarze Hüte mit schmaler Krempe, und ihr Haar fiel lose bis auf ihre Hüften. Zwar waren ihre Brüste so nackt wie die jeder anderen Jungfrau, doch sie würden noch weitere fünf Jahre dienen müssen, bevor sie den Büstenhalter der reifen Frau anlegten. Die Saat des Sonnenhelden war heute abend nicht für sie bestimmt; ihre Teilnahme an den Riten diente nur der Eröffnung der Zeremonien. Sie trugen grelle, glockenförmige Röcke aus weißem Stoff, und darunter mehrere Unterröcke. Statt Gürteln hatten sich einige von ihnen zischende Klapperschlangen um den Leib gewickelt, die anderen trugen die tödlichen Schlangen auf den Schultern. Sie hielten drei Meter lange Peitschen aus Schlangenhaut in den Händen.

Trommelschläge ertönten; und über das Trommeln hinweg war ein Horn zu hören. Zymbeln erschallten; Panflöten schrillten.

Kreischend und mit wilden Augen rannten die Jungpriesterinnen über die Pennsylvania Avenue und bahnten sich mit ihren Peitschen eine Gasse. Plötzlich waren sie an dem Tor, das den Park des Weißen Hauses umgab. Es gab ein kurzes Scheingefecht, als die Ehrengarde so tat, als wolle sie sich der Invasion widersetzen. Ein Teil des Kampfes war nicht ganz so harmlos, da sowohl die Bogenschützen als auch die Priesterinnen den wohlverdienten Ruf hatten, gemeine kleine Bestien zu sein. Sie zogen einander zwar an den Haaren, kratzten und kniffen sich gegenseitig in die Brüste, doch die älteren Priesterinnen ließen ihre Peitschen auf den Rücken derjenigen tanzen, die zu begeistert bei der Sache waren. Heulend trennten sich die Mädchen und konzentrierten sich wieder auf die Sache.

Sie zogen kleine Goldsicheln aus den Gürteln und schwangen sie drohend durch die Luft, doch gleichzeitig war ihr Tun auch deutlich als Ritual erkennbar. Als hätte er seinen Auftritt genau geplant — und genau das hatte er —, erschien plötzlich John Barleycorn im Haupteingang des Weißen Hauses. Er hielt eine halbleere Whiskyflasche in der Hand. Es gab keinen Zweifel, wohin ihr Inhalt verschwunden war, denn er schwankte hin und her und fummelte an der Kordel, die an seinem Hals hing, bevor es ihm gelang, die daran befestigte Flöte zu finden. Dann nahm er sie zwischen die Lippen und stieß einen schrillen Pfiff aus.

Sofort erhob sich am Versammlungsplatz der Wapitis ein Geheul.

Mehrere der Wapitis stürmten an den Gardisten vorbei und rannten auf die Veranda. Sie trugen Hirschledermützchen, an denen kleine Geweihe befestigt waren, dazu Umhänge aus dem gleichen Material, und Gürtel, an denen Wapitihirschschwänze hingen. Ihre Beinkleider ähnelten phallisch geformten Ballons, und sie gingen nicht auf normale Weise, sondern bewegten sich wie Balettänzer auf den Zehenspitzen voran und imitierten den Gang von Hirschen. Die Wapitis bedrohten die Priesterinnen. Die Priesterinnen machten ein lautes Geschrei, als fürchteten sie sich vor ihnen, dann zerstreuten sie sich, damit die Wapitis das Weiße Haus betreten konnten.

Hier, im Innern der großen Empfangshalle, blies John Barleycorn erneut auf seiner Flöte. Dann stellte er die Männer nach dem Rang auf, den sie in der Bruderschaft einnahmen. Schließlich ging er unsicher auf die breite Wendeltreppe zu, die in den zweiten Stock hinaufführte.

Dabei verlor er seine Ehre, indem er das Gleichgewicht verlor und rückwärts in den Armen des Anführers der Wapiti-Bruderschaft landete.

Der Anführer fing den Barleycorn auf und stieß ihn beiseite. Unter normalen Umständen hätte er es nicht gewagt, dermaßen ruppig mit dem Sprecher des Weißen Hauses zu verfahren, doch sein Wissen, daß der Bursche in Ungnade gefallen war, machte ihn dreist. Barleycorn stolperte auf das Geländer zu, fiel rückwärts darüber hinweg und landete mit dem Kopf zuerst auf den marmornen Bodenfliesen der Empfangshalle. Dort blieb er liegen; sein Hals war auf groteske Weise verdreht. Eine Jungpriesterin eilte nach vorn, fühlte seinen Puls, warf einen Blick in seine glasigen Augen und zückte dann ihre Goldsichel.

In diesem Augenblick knallte eine Peitsche über ihre nackten Schultern und Brüste. Sie hinterließ einen Striemen, aus dem Blut sickerte.

»Was erlaubst du dir?« schrie eine ältere Priesterin.

Die Jungpriesterin zuckte zwar zusammen und neigte den Kopf, doch sie wagte es nicht, die Hände zu heben, um sich vor der Peitsche zu schützen.

»Ich wollte mein Recht ausüben«, winselte sie. »Der Große John Barleycorn ist tot. Ich bin eine Inkarnation der Großen Weißen Mutter. Ich wollte die Frucht ernten.«

»Ich würde dich nicht davon abhalten«, sagte die ältere Priesterin. »Es wäre dein Recht, ihn zu kastrieren — wenn es nicht noch um etwas anderes ginge. Er ist durch einen Unfall gestorben, nicht während der Fruchtbarkeitsriten. Und das weißt du.«

»Columbia, vergib mir«, winselte die Jungpriesterin. »Ich konnte nichts dagegen tun. Es liegt an diesem Abend; heute wird der Sohn zum Manne; heute wird der Gehörnte König gekrönt, und die Maskottchen verlieren ihre Unschuld.«

Das strenge Gesicht der älteren Priesterin überzog nun ein Lächeln. »Ich bin sicher, daß Columbia dir vergeben wird. Es liegt etwas in der Luft, das uns allen die Sinne nimmt. Es ist die göttliche Gegenwart der Großen Weißen Mutter in ihrer Verkörperung als Virginia, der Braut des Sonnenhelden und Großen Bocks. Auch ich spüre es, und ...«

In diesem Augenblick wurde im zweiten Stock ein Röhren hörbar. Die beiden Frauen schauten auf. Die Wapiti-Meute kam die Treppe herunter; sie trugen den Sonnenhelden auf Händen und Schultern.

Der Sonnenheld war ein in jeder Hinsicht prächtig gebauter nackter Mann. Obwohl er auf den Schultern zweier Wapitis saß, konnte man deutlich erkennen, daß er auch sonst sehr groß war. Sein Gesicht mit den vorstehenden Wangenknochen, der langen, gebogenen Nase und dem festen Kinn, hätte gut das eines Schwergewichts-Weltmeisters sein können. Doch in diesem Moment war alles, was man mit Begriffen wie ›gut aussehend‹ oder ›häßlich‹ hätte umschreiben können, aus seinem Gesicht verschwunden. Sein Gesicht zeigte einen Ausdruck, den man nur als ›besessen‹ beschreiben konnte. Dies war genau der Begriff, den jedermann in Washington und alle Angehörigen der Dici-Nation angewendet hätten. Langes, rotblondes Haar hing bis auf die Schultern. Aus den gekräuselten Wellen, die sich über dem Haaransatz der Stirn erhoben, wuchs ein Geweih.

Dabei handelte es sich nicht um ein künstliches Geweih, wie es die Wapitis trugen. Es war ein lebender Organismus.

Das Geweih ragte fast dreißig Zentimeter in die Luft. Es maß an der breitesten Stelle mehr als vierzig Zentimeter und war von einer blassen, glänzenden Haut überzogen. Jede Geweihstange wurde von einer großen Arterie durchzogen, die beide synchron mit dem Herzschlag des Sonnenhelden pulsierten. Offenbar war das Geweih erst kürzlich auf seine Stirn transplantiert worden, denn es war von blutigen Rändern umgeben.

Das Gesicht des Sonnenhelden unterschied sich von den Gesichtern der Menge. Es gehörte zu einer anderen Epoche. Das Schönheitsideal der Gegenwart wies Ähnlichkeit mit den Zügen von Hirschen auf: dreieckige Gesichter mit großen, dunklen Augen und langen Wimpern, hohe Bakkenknochen, ein kleiner, voller Mund, ein spitz zulaufendes Kinn. Der Mann auf den Schultern der Wapitis war hingegen in einer früheren Epoche geboren worden. Jeder einfühlsame Beobachter mußte es sehen. So wie ein Historiker beim Anblick eines Gemäldes sagen konnte: »Dieser Mensch stammt aus der Antike«, oder »Das ist ein Gesicht der Renaissance«, so würde er beim Anblick des Sonnenhelden sagen: »Dieser Mann wurde geboren, als es auf der Erde von Menschen wimmelte. An ihm ist etwas Insektenhaftes. Und trotzdem — er gehört jener Spezies an, die es verstand, sich über die Insekten zu erheben.«

Die Menge trug ihn die breite Freitreppe herunter, zur Veranda des Weißen Hauses.

Bei seinem Erscheinen brach das Volk auf der Straße in ein lautes Jubeln aus. Trommeln wurden geschlagen; Blasinstrumente schmetterten; Flöten schrillten. Die Priesterinnen auf der Veranda schwangen die Sicheln gegen die Wapitis, aber noch war ihre Zeit nicht gekommen. Die Wapitis schubsten die Mädchen lachend zur Seite oder warfen sie zu Boden.

Der Geweihträger wurde im Triumphzug durch das große, schmiedeeiserne Tor auf den Bürgersteig der Pennsylvania Avenue hinausgetragen. Dort setzte man ihn auf den Rücken eines schwarzen Bocks. Das Tier keilte aus und wollte den Reiter abschütteln, doch die Männer packten seine Hörner und das Zottelhaar seiner Flanken, und hinderten ihn daran, über die Straße zu rennen. Der Mann auf dem Rücken des Tiers hielt sich krampfhaft an den Hörnern fest. Sein Rücken krümmte sich. Seine Armmuskeln spannten sich, als er den mächtigen Nacken des Bocks nach hinten zwang. Der Bock röhrte, und im Fackelschein konnte man das Weiß seiner Augen sehen. Und dann, gerade als die Menge befürchtete, der Mann könne dem Tier das Genick brechen, gab der Bock nach und blieb mit bebenden Flanken stehen. Aus seinem Maul tropfte Speichel, in seinen großen Augen stand Furcht. Der Geweihträger hatte ihn gebrochen.

Die Wapitis nahmen in Zwölferreihen hinter dem Bock

und seinem Reiter Aufstellung. Nach ihnen kam eine Kapelle, die ebenfalls aus Angehörigen ihrer Bruderschaft bestand. Dann folgten die Elche mit ihren Musikanten. Die Berglöwen trugen Wildkatzenschädel als Helme und Felle als Umhänge. Drei Meter über ihnen schwebte ein Ballon in Form eines Phallus. In der Gondel saßen schwangere Frauen, die Blumen und Reis über der Menge verstreuten. Dahinter kamen die Angehörigen der Hahn-Bruderschaft mit ihrem eindrucksvollen Totem — einem überdimensionalen Federkiel. Ihnen folgten die Elefanten, Maultiere, Kaninchen, Forellen, Ziegenböcke und viele andere. Dann kamen die Schwesternschaften: die Wildtauben, die Bienenköniginnen, die Katzen, die Berglöwinnen und die Nachtigallen.

Der Sonnenheld achtete nicht auf den Zug hinter sich. Er überschaute die Straße. Sie wurde zu beiden Seiten von einer dichten Menschenmenge gesäumt, deren Auswahl nicht dem Zufall unterworfen war. Sie standen in der Reihenfolge ihres Ranges da. Direkt an der Straße standen die Mädchen zwischen vierzehn und achtzehn. Sie trugen Blusen mit Stehkragen und langen Ärmeln, die vorn geöffnet waren, um ihre Brüste zu entblößen. Ihre Beine wurden von weißen Röcken und zahlreichen Unterröcken verhüllt, und an den Füßen mit den rotlackierten Zehennägeln trugen sie weiße Sandalen. Das lange, offen getragene Haar fiel ihnen bis auf die Taille. Jede von ihnen trug ein Bukett aus weißen Rosen in der rechten Hand. Sie hatten geweitete Augen und waren ungeduldig. Und sie schrien pausenlos: »Sonnenheld! Gehörnter König! Mächtiger Bock! Großer Sohn und Liebhaber!«

Hinter ihnen standen die Matronen. Den Ratschlägen nach zu urteilen, die sie den Mädchen zuriefen, schienen sie ihre Mütter zu sein. Zwar trugen auch sie Stehkragenblusen mit langen Ärmeln, doch ihre Brüste waren bedeckt. Sie trugen auch keine Unterröcke, um ihren Kleidern Glockenform zu verleihen; ihre Röcke fielen zwar glatt nach unten, waren jedoch vorn mit Tournüren versehen, damit sie einen schwangeren Eindruck erweckten. Sie trugen das Haar zu Knoten geflochten, und in jedem Knoten steckten rote Rosen — eine für jedes Kind, das sie geboren hatten.

Hinter den Matronen standen die Väter. Jeder einzelne trug das Gewand seiner Bruderschaft und hielt das dazugehörige Totem in der Hand. In der anderen Hand hielten sie Flaschen, aus denen sie in regelmäßigen Abständen tranken oder sie nach vorn zu ihren Frauen durchreichten.

Alle riefen und schrien und drängten sich so weit nach vorn, wie die Straße es erlaubte. Dies entsprach nicht den Regeln, da ein gewisser Weg für die Paradierenden offengehalten werden mußte. Die Ehrengarde und die Vassar-Jungpriesterinnen eilten vor dem Bock und seinem Reiter her. Die Gardisten stachen mit Pfeilen auf jene ein, die die weiße Linie am Rinnstein übertraten, und die Priesterinnen schlugen mit den Peitschen zu. Die Jungfrauen in der ersten Reihe gaben weder Laute von sich, noch wichen sie zurück, wenn Blut floß — sie taten einen Schrei, als freue es sie, das eigene Blut fließen zu sehen.

Die Menge verstummte. Trommeln, Hörner und Panflöten setzten einen Moment lang aus.

Aus dem Weißen Haus kamen mehrere Jungfrauen, die den Leichnam John Barleycorns auf den Schultern und den Händen trugen. Er saß auf einem Stuhl, und sein Kopf hing schlaff zur Seite. Auch diese Jungfrauen trugen die Gewänder ihrer Schwesternschaft — lange, gestärkte Kleider von grüner Farbe, damit sie wie Maiskolben aussahen. Auf dem Kopf trugen sie grüne Ährenkronen. Sie gehörten der Korn-Schwesternschaft an und trugen das einzige männliche Mitglied ihrer Vereinigung. Barleycorn war tot. Doch dem Anschein nach schien es der Menge nicht bewußt zu werden, denn als sie seinen Leichnam sah, lachte sie. Es war nicht das erste Mal, daß John Barleycorn in der Öffentlichkeit die Besinnung verlor, und außer den Korn-Jungfrauen konnte sowieso niemand den Unterschied erkennen. Sie nahmen den ihnen zugewiesenen Platz in der

Prozession hinter der Garde und den Priesterinnen ein, direkt vor dem Sonnenhelden.

Das Trommeln setzte erneut ein. Die Hörner schmetterten; die Panflöten schrillten. Männer brüllten, Frauen kreischten.

Der Bock sprang mit seinem Reiter weiter.

Man mußte den Mann auf seinem Rücken mit Gewalt davon abhalten, abzusitzen und sich zu den minderjährigen Mädchen zu gesellen, die die Straße säumten. Sie schrien ihm Wünsche zu, die einen Seemann hätten erröten lassen, und er gab ihnen mit lauter Stimme zu verstehen, was er gern mit ihnen machen würde. Sein Gesicht — es hatte nicht die Spur eines Intellekts gezeigt, als er die Treppe heruntergekommen war — wirkte nun dämonisch. Er tat alles, um von dem Reittier herunterzuspringen. Als die Wapitis ihn zurückdrängten, schlug er mit den Fäusten auf sie ein. Die Wapitis sanken mit blutenden Nasen zurück und fielen auf die Straße, wo die Menge über sie hinwegmarschierte. Andere nahmen ihre Stelle ein. Zahlreiche Hände ergriffen den Sonnenhelden.

»Halt ein, Großer Bock!« riefen sie aus. »Warte, bis wir die Kuppeln erreicht haben! Dort lassen wir dich frei, dann kannst du tun, was du willst! Dort erwartet dich die Hohepriesterin Virginia in der jungfräulichen Verkörperung der Großen Weißen Mutter! Und dort warten auch die hübschesten Maskottchen Washingtons auf dich — zärtliche Mädchen, erfüllt von der göttlichen Präsenz Columbias und ihrer Tochter Amerika! Sie warten darauf, mit der göttlichen Saat des Sohnes gefüllt zu werden!«

Der Mann mit dem Geweih schien sie weder zu hören noch zu verstehen — was unter Umständen teilweise daran lag, daß seine Sprache, das amerikanische Englisch der alten Zeiten, lediglich eine Variante der ihren war. Aber teilweise lag es auch an dem Ding, das ihn beherrschte: Es machte ihn taub für alles. Er lauschte nur noch dem Blut, das in ihm brüllte.

Obwohl die Marschierer den Versuch unternahmen, ihrem sechs Blocks entfernt liegenden Ziel gemächlich entgegenzuschreiten, konnten sie nichts dagegen tun, daß ihr Schritt schneller wurde, je näher sie kamen. Vielleicht hatten die Schmähungen und Drohungen der jungen Mädchen etwas damit zu tun, die ihnen zuriefen, man würde sie in Stücke reißen, wenn sie sich nicht beeilten. Die Peitschen und Pfeile erzeugten noch mehr Blut. Trotzdem drängten die Mädchen weiter heran, und einmal machte eine junge Zuschauerin einen phantastisch hohen Luftsprung und warf sich über eine Priesterin. Sie prallte ab, rappelte sich wieder auf und hängte sich an den Hals eines Wapitis, doch dann verlor sie das Gleichgewicht und taumelte in die Reihen der Zuschauer zurück. Man behandelte sie äußerst brutal; die Männer rissen ihr die Kleider vom Leib und zwickten und betatschten sie, bis sie blutete. Ein Mann hatte die Absicht, dem Sonnenhelden zuvorzukommen, doch seine Blasphemie wurde von den anderen verhindert. Er bekam einen Schlag auf den Kopf, und das Mädchen wurde hinter die Linie zurückgezerrt.

»Warte, bis du an der Reihe bist, Schätzchen!« schrien die Zuschauer. Sie lachten, und einer rief: »Wenn der Große Bock dir nicht reicht, Kleine, können dir anschließend vielleicht die kleinen Böcke dienlich sein, Baby!«

Gleichzeitig mit diesem Zwischenfall, hatte die Prozession am Fuß der Capitolstufen angehalten. Hier kam es zu einer kurzfristigen Konfusion, als Gardisten und Priesterinnen sich bemühten, die Mädchen zurückzudrängen. Die Wapitis zogen den Sonnenhelden von seinem Reittier und machten Anstalten, ihn die Treppe hinaufzuführen.

»Einen Moment noch, Großer Bock!« sagten sie. »Reiß dich zusammen, bis du die Treppe hinter dir hast. Dann lassen wir dich los.«

Der Sonnenheld maß sie mit einem wütenden Blick, doch er ließ es zu, daß sie sich an ihn hängten. Er musterte das Standbild der Großen Weißen Mutter am oberen Ende der Treppenstufen, neben dem Gebäudeeingang. Es bestand aus bearbeitetem Marmor, war fünfzehn Meter hoch und zeigte gewaltige Brüste, an denen ein männliches Baby nuckelte. Eins ihrer Beine zertrat einen bärtigen Drachen.

Die Menge ließ ein lautes Brüllen hören.

»Virginia! Virginia!«

Die Hohepriesterin von Washington war aus den Schatten der Säulen auf die riesige Veranda getreten, die sich um das Capitol zog.

Das Licht der Fackeln beleuchtete ihren langen Rock und ihre nackten Schultern und Brüste. Es verdunkelte das honigblonde Haar, das ihr bis an die Oberschenkel fiel, und ihren Mund, der im Tageslicht so rot wie eine Wunde war. Es verdunkelte auch ihre Augen; in der Sonne waren sie tiefblau.

Der Sonnenheld röhrte wie ein Bock, der in der Paarungszeit ein Weibchen wittert. Und er schrie: »Virginia! Jetzt wirst du mich nicht mehr zurückweisen! Jetzt kann mich niemand mehr aufhalten!«

Der dunkle Mund öffnete sich. Zähne blitzten im Schein der Fackeln weiß auf. Ein langer, schlanker Arm winkte ihm zu. Der Sonnenheld riß sich von den zahlreichen Händen los, die ihn hielten, und rannte die Treppe hinauf. Er war sich nur schwach der Tatsache bewußt, daß das Trommeln und Pfeifen hinter ihm zu einem Crescendo angeschwollen war. Das Kreischen symbolisierte die aufgepeitschte Lüsternheit einer Meute junger Mädchen. All dies nahm er nur am Rande wahr ... Daß seine Leibwächter um ihr Leben kämpften, als sie sich dagegen zur Wehr setzten, zertrampelt oder von den langen, spitzen Nägeln der Jungfrauen zerrissen zu werden, bemerkte er überhaupt nicht. Er sah auch nicht, daß zwischen den gestürzten Leibern der Männer die weißen Röcke und Blusen der barbusigen Mädchen aufblitzten.

Es gab nur eins, das ihn eine Sekunde lang innehalten ließ. Und das war der plötzliche Anblick eines Mädchens in einem eisernen Käfig, der zu den Füßen des Standbildes der Großen Weißen Mutter stand. Auch dieses Mädchen war jung, aber es war ganz anders gekleidet als die Menge. Es trug eine Baseballmütze mit Schirm, ein lose fallendes Hemd, auf dem sich irgendeine unleserliche Aufschrift befand, weite, halblange Hosen, dicke Strümpfe und Schuhe mit dicken Sohlen.

Über dem Käfig befand sich ein großes Schild mit deutlich erkennbaren Buchstaben in der Dici-Schrift:

MAESST
GAKEATI REA KESILAE

Und das bedeutete:

MASKOTTCHEN
GEFANGEN BEI EINEM ÜBERFALL AUF CASEYLAND

Das Mädchen maß den Sonnenhelden mit einem entsetzten Blick, dann schlug es die Hände vors Gesicht und wandte ihm den Rücken zu.

Sein verwirrter Gesichtsausdruck verschwand. Er lief auf die Hohepriesterin zu. Sie schaute ihm entgegen und breitete die Arme aus, als wolle sie ihn segnen. Doch der Bogen ihres Rückens, der nach hinten gerichtet war, und ihre vorgeschobenen Hüften zeigten deutlich, daß die lange Zeit des Wartens vorüber war. Sie würde sich nicht widersetzen.

Er grollte so dumpf, daß das Geräusch aus der Wurzel seines Rückgrats zu kommen schien, dann packte er ihre Robe und riß daran.

Hinter ihm stießen zahllose Kehlen ein irrsinniges Kreischen aus, und dann, vom Fleisch umgeben, verschwand der Sonnenheld aus dem Blickfeld der Väter und Mütter, die sich am Fuße der Treppe versammelt hatten.

1. Kapitel

Immer wieder umkreiste das Sternenschiff die Erde.

Wo die Lufthülle endet und der Weltraum beginnt, jagte es vom Nordpol zum Südpol und wieder zurück. Und dann das gleiche noch einmal.

Schließlich wandte sich Kapitän Peter Bock vom Bildschirm ab.

»Die Erde hat sich ziemlich stark verändert, seit wir vor achthundert Jahren hier waren. Wie interpretierst du das, was wir gesehen haben?«

Dr. Calthorp strich über seinen langen, weißen Bart, dann legte er unterhalb des Bildschirms einen Schalter um. Die Felder, Flüsse und Wälder, die sich unter ihnen ausbreiteten, wurden größer und rutschten beiseite. Die Vergrößerungsautomatik zeigte nun eine Stadt, die sich an den Ufern eines Flusses erhob. Der Fluß war offenbar der Potomac. Die Stadt umfaßte etwa fünfzehn Quadratkilometer, und man konnte ihre Einzelheiten so deutlich erkennen, als befände man sich zweihundert Meter über ihr.

»Wie ich das, was ich sehe, interpretiere?« sagte Calthorp. »Deine Einschätzung wäre ebenso gut wie meine. Als ältester Anthropologe der Erde müßte ich an sich in der Lage sein, eine ordentliche Analyse der uns zur Verfügung stehenden Daten vorzunehmen — vielleicht müßte ich sogar erklären können, wie sich einige der Dinge entwickelt haben. Aber ich kann es nicht. Ich bin nicht mal sicher, ob das da unten Washington ist. Wenn es zutrifft, hat man die Stadt ziemlich planlos neu gebaut. Ich weiß es nicht. Ich weiß nicht mehr als du. Warum gehen wir also nicht runter und sehen uns um?«

»Eigentlich haben wir keine andere Wahl«, sagte Peter Bock. »Wir haben kaum noch Treibstoff.«

Plötzlich schlug er mit der Faust in seine offene Hand.

»Aber was ist, wenn wir erst einmal gelandet sind? Ich habe auf der ganzen Erde nicht ein Bauwerk gesehen, das so aussieht, als beherberge es einen Reaktor. Wir haben auch nichts gesehen, das Maschinen gleicht, wie wir sie kennen. Wo ist die Technik geblieben? Man verwendet wieder Pferd und Wagen — wenn man davon absieht, daß es keine Pferde mehr gibt. Pferde scheinen zwar ausgestorben zu sein, aber man hat einen Ersatz für sie gefunden. Irgendeine Art hornloser Hirsche.«

»Wenn man es genau nimmt«, sagte Calthorp, »haben Hirsche keine Hörner, sondern Geweihe. — Ich würde sagen: Die Amerikaner von heute haben Hirsche und Elche, vielleicht auch beide, dazu abgerichtet, die Stelle der Pferde und Rinder einzunehmen. Falls es dir aufgefallen ist — es gibt eine große Vielfalt von Rotwildarten. Die Großen dienen als Zug- und Packtiere und als Fleischlieferanten; andere hat man mehr oder weniger zu Rennpferden gemacht. Es sind Millionen.« Er zögerte. »Aber ich mache mir Sorgen. Mehr noch als das scheinbare Nichtvorhandensein von radioaktivem Treibstoff besorgt mich ... «

»Was?«

»... welchen Empfang man uns wohl bereiten wird, wenn wir landen. Ein großer Teil der Erde ist verödet. Die Erosion, das Rasiermesser Gottes, hat ihr Gesicht zerfetzt. Schau dir doch mal an, was aus den guten alten USA geworden ist. Eine Kette von Vulkanen, die Feuer und Staub an der Pazifikküste entlangblasen! Wenn man's genau nimmt, ziehen sie sich an der gesamten Landmasse entlang — an Nord- und Südamerika. Und das gleiche Bild haben wir in Asien, Australien und auf den pazifischen Inseln. Überall gibt es aktive Vulkane. Das ganze Kohlendioxid und der Staub, der in die Atmosphäre drängt, hat radikale Auswirkungen auf das terrestrische Klima gehabt. Die Eiskappen der Arktis und Antarktis schmelzen. Die Meere sind um mindestens zwei Meter gestiegen — und werden weiter steigen. In Pennsylvania wachsen Palmen. Die einstigen Wüstengebiete im amerikanischen Südwesten, die man kultiviert hat, sehen aus, als hätte der heiße Atem der Sonne sie verbrannt. Der Mittelwesten ist ein Staubbekken. Und ... «

»Was hat das mit dem Empfang zu tun, den man uns eventuell bereitet?« fragte Peter Bock.

»Laß mich ausreden. — Die zentralatlantische Küste scheint auf dem Weg zu sein, sich zu erholen. Deswegen empfehle ich, daß wir dort landen. Aber die dort vorhandene technisch-soziale Infrastruktur ist die eines Bauernstaates. Du hast gesehen, daß es in der Küstenregion wie in einem Bienenstock wimmelt. Die Leute dort pflanzen Bäume, heben Bewässerungsgräben aus und bauen Dämme und Straßen. Fast jede Aktivität, in der wir einen Sinn erkennen können, dient dem Wiederaufbau.

Und die Zeremonien, die wir über den Bildschirm beobachtet haben, waren offenbar Fruchtbarkeitsriten. Das Nichtvorhandensein einer fortgeschrittenen Technik könnte auf verschiedene Dinge hinweisen. Erstens: Die Naturwissenschaft, wie wir sie kennen, ist in Vergessenheit geraten. Zweitens: Wahrscheinlich lehnt man die Naturwissenschaften und die Leute, die sie ausüben, ab. Weil man sie — ob zu Recht oder Unrecht, sei dahingestellt — für den Holocaust verantwortlich macht, der die Erde heimgesucht hat.«

»Und?«

»Deswegen haben die Leute wahrscheinlich vergessen, daß die Erde einst ein Schiff ausgeschickt hat, um den interstellaren Raum zu erforschen und jungfräuliche Planeten ausfindig zu machen. Möglicherweise halten sie uns für Teufel oder Ungeheuer — besonders dann, wenn wir uns als Repräsentanten jener Wissenschaften erweisen, die man sie als Geist des Teufels zu verabscheuen gelehrt hat. Meine Warnungen kommen nicht unbedingt aus dem hohlen Bauch: Ich ziehe meine Schlüsse aus den Bildern, die ich auf Tempelwänden und Statuen gesehen habe. Und einige der Umzüge, die wir beobachtet haben, zeigen deutlich den Haß auf die Vergangenheit. Wenn wir aus der Vergangenheit zu diesen Leuten kommen, weist man uns unter Umständen zurück. Und das wäre ziemlich fatal für uns.«

Bock ging auf und ab.

»Wir haben die Erde vor achthundert Jahren verlassen«, sagte er leise. »War es die Sache wert? Unsere Generation — unsere Freunde und Feinde, unsere Gattinnen, Geliebten, Kinder, deren Kinder und Kindeskinder ... sind begraben und zu Staub zerfallen. Der Staub, der diesen Planeten umweht, ist der Staub der zehn Milliarden, die zu unserer Zeit gelebt haben — und von wer weiß wie vielen anderen. Es gab einmal ein Mädchen, das ich nicht geheiratet habe, weil ich an diesem großartigen Abenteuer teilnehmen wollte ...«

»Und du lebst immer noch«, sagte Calthorp. »Nach irdischer Zeitrechnung bist du achthundertundzweiunddreißig Jahre alt.«

»Aber physiologisch gesehen bin ich erst zweiunddreißig«, sagte Bock. »Wie können wir diesen einfachen Menschen erklären, daß unser Schiff zwischen den Sternen umhergekrochen ist und wir dabei wie eingefrorene Fische im Tiefschlaf gelegen haben? Wissen sie überhaupt etwas vom Tiefschlafverfahren? Ich bezweifle es. Wie sollen sie also begreifen, daß wir nur dann wach waren, wenn wir nach Planeten vom Erdtyp Ausschau hielten? Und daß wir zehn Planeten dieser Art entdeckt haben, von denen einer die besten Aussichten für ein Kolonisationsprojekt bietet?«

»Wahrscheinlich haben wir die Erde während deiner Rede zweimal umkreist«, sagte Calthorp. »Warum steigst du nicht von deinem Rednerpodest herunter und bringst uns zur Erde, damit wir sehen, was uns erwartet? Vielleicht findest du dann auch eine Frau, die jene ersetzen kann, die du zurückgelassen hast.«

»Frauen!« rief Bock aus. Nun wirkte er plötzlich nicht mehr verträumt.

»Was?« sagte Calthorp. Der unerwartete Gefühlsausbruch des Kapitäns hatte ihn zusammenzucken lassen.

»Frauen! Ich habe achthundert Jahre hinter mir, in denen ich nicht eine einzige, einsame, verlorene Frau gesehen habe! Ich habe eintausendfünfundneunzig Hängolin-Pillen genommen. Das ist genug, um aus einem Elefantenbullen einen Kapaun zu machen! Aber ihre Wirkung läßt nach! Ich bin gegen das Zeug immun geworden! Trotz aller Pillen möchte ich eine Frau haben. Ich könnte es sogar mit meiner eigenen zahnlosen und blinden Urgroßmutter treiben. Ich komme mir wie Walt Whitman vor, als er damit prahlte, er hätte genug Saft, um künftige Republiken zu bevölkern. — In mir stecken Dutzende von Republiken!«

»Es freut mich zwar, wenn ich sehe, daß du die Rolle des nostalgischen Dichters ablegst und nur noch du selbst bist«, sagte Calthorp, »aber du solltest nicht so große Töne spucken. Du wirst deine Frauen schon noch früh genug bekommen. Nach allem, was ich gesehen habe, scheinen die Frauen nämlich hier das Regiment zu führen — und ich weiß, daß du den herrschsüchtigen Teil der Weiblichkeit nicht riechen kannst.«

Bock trommelte wie ein Gorilla mit den Fäusten gegen seine Brust.

»Jede Frau, die mich beherrschen will, wird sich die Zähne an mir ausbeißen!«

Dann lachte er und sagte: »Eigentlich habe ich Angst. Es ist so lange her, daß ich mit einer Frau geredet habe. Ich weiß gar nicht, wie ich mich geben soll.«

»Vor allen Dingen solltest du nicht vergessen, daß Frauen sich nicht ändern. Ob in der Steinzeit oder im Atomzeitalter — die Offiziersgattin und Judy O'Grady sind immer noch die gleichen.«

Bock lachte erneut und schlug Calthorp freundschaftlich auf den Rücken. Dann erteilte er den Befehl zur Landung.

Doch während des Abstiegs sagte er: »Glaubst du, es besteht eine Chance, daß man uns einen würdigen Empfang bereitet?«

Calthorp zuckte die Achseln.

»Vielleicht hängen sie uns auf. Es könnte aber auch sein, daß man uns zu Königen macht.«

Wie es der Zufall wollte, wurde Bock zwei Wochen nach ihrer triumphalen Landung in Washington gekrönt.

»Du siehst in jeder Hinsicht wie ein König aus, Peter«, sagte Calthorp. »Heil Peter dem Sechsten!«

Trotz seines ironischen Tonfalls meinte er das, was er sagte, wirklich ernst.

Bock war einsneunzig groß und wog über zweihundertzehn Pfund. Sein Brustumfang betrug hunderfünfzehn, seine Taille maß siebenundsiebzig und seine Hüftlinie siebenundachtzig Zentimeter. Sein rotblondes Haar war lang und wellig. Sein Gesicht war so hübsch, wie das eines Adlers hübsch war. Und in diesem Moment sah er auch wie ein Adler aus — wie ein Adler in einem Käfig, denn er ging auf und ab, hatte die Hände wie zusammengefaltete Schwingen auf dem Rücken verschränkt, den Kopf nach vorn gebeugt, und seine dunkelblauen Augen funkelten aufgebracht. Hin und wieder warf er Calthorp einen finsteren Blick zu.

Der Anthropologe lümmelte in einem großen, goldverzierten Sessel. Zwischen seinen Lippen klemmte ein langes, juwelenbesetztes Zigarrenmundstück. Wie Bock hatte auch er seine Gesichtsbehaarung verloren. Einen Tag nach der Landung hatte man sie abgeseift, gebadet und massiert. Lakaien hatten sie rasiert. Man hatte ihnen einfach eine Creme ins Gesicht geschmiert und sie dann mit einem Handtuch abgewischt. Für beide Männer war dies zwar eine erfreulich leichte Rasiermethode gewesen, doch dann hatten sie erkannt, daß die Creme ihnen für immer das Recht genommen hatte, sich — wenn ihnen danach war — einen Bart wachsen zu lassen.

Calthorp trauerte seinem Bart zwar nach, aber er hatte sich nicht gegen die Rasur gewehrt, da die Einheimischen ihm zu verstehen gegeben hatten, daß Bärte in ihren Augen eine Abscheulichkeit darstellten und den Zorn der Großen Weißen Mutter heraufbeschworen. Doch jetzt beklagte er sein Verschwinden. Der fehlende Bart hatte ihn nicht nur seines patriarchalischen Äußeren beraubt, sondern stellte auch sein fliehendes Kinn zur Schau.

Bock hielt plötzlich inne und blieb vor dem Spiegel stehen, der eine ganze Wand des gewaltigen Raumes einnahm. Er musterte sein Abbild ebenso eingehend wie die Krone, die sein Haupt zierte. Sie war aus Gold und hatte vierzehn Zacken, an deren Enden sich große Diamanten befanden. Er warf einen Blick auf den seinen Hals umschließenden bombastischen grünen Samtkragen und seinen nackten Brustkorb, den das Gemälde einer flammenden Sonne zierte. Dann musterte er angewidert den breiten Gürtel aus Jaguarfell, der sich um seine Taille schlang. Er trug einen scharlachroten Kilt und glänzende weiße, kniehohe Lederstiefel. Er betrachtete den König von Dici in seiner ganzen Pracht und schnaubte verächtlich. Dann riß er sich die Krone vom Kopf und warf sie wütend durch den ganzen Raum. Sie prallte gegen die gegenüberliegende Wand und rollte quer durch den Raum zurück, bis sie vor seinen Füßen liegenblieb.

»Jetzt bin ich also der gekrönte Herrscher von Dici!« rief er. »Der König der Töchter der Columbia. Oder — wie man in diesem degenerierten Amerikanisch sagt — Ken-a dot uh K'lumpaha. — Was für ein Monarch bin ich überhaupt? Man gesteht mir nicht eins der Privilegien zu, die ein König haben sollte! Jetzt bin ich seit zwei Wochen Herrscher dieses Frauenstaates! Man hat zu meinen Ehren alle möglichen Bälle gegeben. Man hat mich überall, wo ich mit meiner einbrüstigen Ehrengarde aufgetaucht bin, buchstäblich in den Himmel hochgelobt. Man hat mich in die Wapiti-Bruderschaft aufgenommen ... Und ich wiederhole: Dieses Volk praktiziert die gespenstischsten Riten, die mir je untergekommen sind. Man hat mich zum Groß-Wapiti des Jahres ernannt ...«

»Na klar«, sagte Calthorp. »Wenn man Bock heißt, gehört man halt zu den Hirschen. — Welche ein Glück, daß sie nicht erfahren haben, daß dein zweiter Vorname Leo ist. Es hätte bis in alle Ewigkeit gedauert, bis man sich darüber einig geworden wäre, ob du zu den Wapitis oder zu den Löwen gehörst. Nur ...«

Calthorp runzelte die Stirn. Bock salbaderte weiter.

»Man sagt mir, ich sei der Landesvater. Wenn ich es bin, warum kriege ich dann keine Chance, ein echter Vater zu werden? Man läßt nicht zu, daß eine Frau mit mir allein ist. Wenn ich mich darüber beschwere, sagt mir dieses herrliche Weib von einer Hohepriesterin, es sei mir nicht erlaubt, eine einzelne Frau zu bevorzugen. Ich bin der Vater, Liebhaber und Sohn jeder Frau in Dici!«

Calthorps Gesichtsausdruck wurde immer finsterer. Er erhob sich aus dem Sessel und trat an das große Balkonfenster im zweiten Stock des Weißen Hauses. Die Einheimischen nahmen an, daß man das Gebäude zu Ehren der Großen Weißen Mutter so nannte. Calthorp wußte es zwar besser, aber er war intelligent genug, nicht darüber zu reden. Er gab Bock mit einer Geste zu verstehen, er möge zu ihm kommen und einen Blick nach draußen werfen.

Bock folgte seiner Einladung zwar, aber er zog dabei laut die Nase hoch und verzerrte sein Gesicht zu einer Grimasse.

Calthorp deutete durch das Fenster auf die Straße. Mehrere Männer waren damit beschäftigt, ein großes Faß auf die Ladefläche eines Gespanns zu hieven.

»Früher hat man sie Jauchefahrer genannt«, sagte Calthorp. »Sie kommen jeden Tag vorbei und sammeln das Zeug für ihre Felder ein. Wir leben jetzt in einer Welt, in der jeder kleine Grunzer zum Ruhme der Nation und zur Bereicherung der Scholle beiträgt.«

»Man sollte eigentlich annehmen, wir hätten uns inzwischen daran gewöhnt«, sagte Bock, »aber der Mief scheint jeden Tag stärker zu werden.«

»Nun ja, für die Umgebung von Washington ist er nicht gerade neu. Auch wenn der Gestank früher weniger von den Menschen als vom Rindvieh erzeugt wurde.«

Bock sagte grinsend: »Wer hätte je gedacht, daß Amerika, das Land, in dem jedes Haus zwei Bäder hat, eines Tages zu der kleinen Hütte mit Herzchen in der Tür zurückkehrt? — Bloß hat die kleine Tür mehr. Es liegt aber nicht daran, daß die Leute keine Ahnung von der Klempnerei haben. In unseren Räumen gibt es schließlich fließendes Wasser.«

»Alles, was aus der Erde kommt, muß auch wieder in die Erde zurück. Sie versündigen sich nicht gegen die Natur, indem sie Millionen Tonnen von Phosphaten und anderen Chemikalien in die Meere kippen. Sie sind nicht so, wie wir mal waren — blinde und dämliche Idioten, die die Erde im Namen des wirtschaftlichen Fortschritts schrittweise gekillt haben.«

»Du hast mich doch nicht ans Fenster gerufen, um mir eine Predigt zu halten«, sagte Bock.

»Doch. Ich wollte dir die Wurzeln dieser Zivilisation erklären. Oder es zumindest versuchen. Mein Wissen ist freilich noch sehr unvollständig, weil ich die meiste Zeit damit verbracht habe, die Sprache zu erlernen.«

»Man spricht Englisch. Aber die Sprache hier ist weiter von der unseren entfernt, als unsere einst vom britischen Englisch.«

»Sie ist im linguistischen Sinne degeneriert, und zwar weitaus früher, als man prophezeit hat. Möglicherweise wegen der Isolation kleiner Gruppierungen nach der Verwüstung. Und auch deswegen, weil die meisten Menschen Analphabeten sind. Die Kunst des Lesens ist fast ganz im Besitz der Kirchenfürsten und der Hiradah.«

»Hiradah?«

»Aristokraten. Ich glaube, das Wort hieß ursprünglich Hirschreiter. Es war nur den Privilegierten erlaubt, Hirsche zu reiten. Deswegen Hiradah. Es entspricht dem spanischen Caballero oder dem französischen Chevalier. Beides hat usprünglich Reiter bedeutet. Ich muß dir noch ein paar Dinge zeigen, aber sehen wir uns doch noch mal die Mauer dort an.«

Sie gingen zur gegenüberliegenden Wand des Raums und blieben vor einem gewaltigen und farbenprächtigen Fresko stehen.

»Dieses Gemälde«, sagte Calthorp, »beschreibt den großen und elementaren Mythos, auf dem das Land Dici basiert. Wie du siehst« — er deutete auf die Gestalt der Großen Weißen Mutter, die sich über winzigen Ebenen, Bergen und noch kleineren Menschen erhob —, »ist sie sehr zornig. Sie hilft ihrem Sohn, dem Sonnengott, die Geschöpfe der Erde hinwegzufegen. Sie zieht den blauen Schild beiseite, den sie einst um die Erde gelegt hat, um sie vor den peinigenden Strahlen der Sonne zu bewahren.

Der Mensch hat die Erde, die ihm die Gottheit geschenkt hat, in seiner Blindheit, Gier und Arroganz verseucht. Seine Ameisenhaufenstädte haben ihren Dreck in die Flüsse und Meere entleert und sie in Kloaken verwandelt. Der Mensch hat die Luft mit tödlichen Gasen vergiftet. Ich nehme an, daß es nicht nur Treibgase waren, sondern auch radioaktive Rückstände der Industrie. Aber die Bewohner von Dici wissen natürlich nichts von Atombomben.

Dann zog Columbia, die nicht mehr zusehen wollte, wie der Mensch die Erde vergiftete, den sie beschützenden Schild zurück und ließ zu, daß die Sonne ihre Pfeile mit voller Kraft auf alle lebenden Geschöpfe warf.«

»Ich sehe, wie Menschen und Tiere auf der ganzen Erde zu Boden fallen«, sagte Bock. »Auf Straßen, Feldern, Meeren und in der Luft. Das Gras verdorrt, die Bäume verwittern. Nur jene Menschen und Tiere haben überlebt, die das Glück hatten, nicht der Sonne ausgesetzt zu sein.«

»Es war kein Glück«, sagte Calthorp. »Sie sind zwar nicht an den Sonnenstrahlen gestorben, aber sie hatten nichts mehr zu essen. Die Tiere kamen in der Nacht heraus und fraßen das Aas und einander. Und nachdem die Menschen alles verzehrt hatten, was es in Dosen gab, aßen sie die Tiere. Und dann sich selbst.

Zum Glück hielt die harte Sonnenstrahlung nur kurze Zeit an, vielleicht nur eine Woche. Dann erbarmte sich die Göttin wieder und setzte den Schild an seinen alten Platz.«

»Aber *was* hat nun genau zu der Verwüstung geführt?«

»Ich kann es nur vermuten. Weißt du noch, daß die

Regierung, kurz bevor wir die Erde verließen, ein Forschungsinstitut mit der Entwicklung eines Systems beauftragt hat, das Energie über den ganzen Planeten senden sollte? Man hat einen Schacht in die Erde gebohrt, der tief genug war, um die Hitze des Erdkerns anzuzapfen. Die Hitze wurde in Elektrizität umgewandelt und rund um die Welt geschickt, wobei man die Ionosphäre als Leiter einsetzte.

Theoretisch hätte jedes elektrische System des Planeten diese Energie anzapfen können. Zum Beispiel hätte man der Ionosphäre in Manhattan die gesamte Energie entnehmen können, die nötig ist, um Gebäude zu beleuchten und zu beheizen und sämtliche Fernseher und Fahrzeuge — nach der Installation von Elektromotoren — zum Laufen zu bringen.

Ich nehme an, daß diese Idee fünfundzwanzig Jahre nach unserem Aufbruch von der Erde realisiert wurde. Ich glaube auch, daß die Warnungen, die manche Wissenschaftler — speziell Cardon — geäußert haben, gerechtfertigt waren. Cardon prophezeite, das würde einen Teil der Ozonschicht vernichten.«

»Mein Gott!« sagte Bock. »Wenn man genug Ozon vernichtet ...!«

».. . dann werden die kürzeren Wellen des ultravioletten Spektrums nicht mehr absorbiert und treffen jedes Lebewesen, das sich dem Sonnenlicht aussetzt. Tiere — aber auch Menschen — sterben an Sonnenbränden. Ich könnte mir vorstellen, daß Pflanzen etwas mehr aushalten. Doch trotz alledem scheinen die Auswirkungen ausgereicht zu haben, um die großen Ödgebiete zu erzeugen, die wir überall auf der Erde gesehen haben.

Und als wäre dies noch nicht genug gewesen, hat die Natur — oder die Göttin, wenn du es lieber hörst — genau in dem Moment auf den Menschen eingeschlagen, als er gerade im Begriff war, sich zitternd auf die Beine zu erheben. Das durch die Zerstörung der Ozonschicht erzeugte Ungleichgewicht kann nur kurze Zeit gedauert haben, dann haben natürliche Prozesse die normalen Verhältnisse wiederhergestellt. Doch etwa fünfundzwanzig Jahre später, als der Mensch sich anschickte, da und dort kleine, isolierte Gemeinwesen zu gründen — die Bevölkerung muß in einem Jahr von zehn Milliarden auf etwa eine Million abgesunken sein —, brachen überall auf der Erde erloschen geglaubte Vulkane aus.

Ich weiß nicht. Vielleicht haben die Erdbohrungen die zweite verheerende Umwälzung hervorgerufen — sie verzögerte sich um fünfundzwanzig Jahre, weil die Erde zwar langsam, aber gründlich arbeitet.

Der größte Teil Japans versank. Krakatau verschwand. Hawaii flog in die Luft. Sizilien wurde in zwei Teile zerrissen. Manhattan versank mehrere Meter unter den Meeresspiegel und tauchte wieder auf. Der Pazifik war von feuerspeienden Vulkanen umgeben. Das Mittelmeer war ein kleineres Inferno. Springfluten rasten weit ins Land hinein; sie machten erst vor den Bergen halt. Die Berge bebten. Wer den Springfluten entkommen war, wurde unter Lawinen begraben.

Das Resultat: Der Mensch wurde in die Steinzeit zurückgeworfen. Die Atmosphäre war voll mit Dreck und Kohlendioxid. Dies führte zu prächtigen Sonnenuntergängen und dem subtropischen Klima von New York. Die Eiskappen schmolzen ...«

»Kein Wunder, daß es so wenig Gemeinsames zwischen unserer Zivilisation und der Kultur der Überlebenden der Verwüstung gibt«, sagte Bock. »Aber trotzdem sollte man eigentlich annehmen, daß sie inzwischen wieder das Schießpulver erfunden haben.«

»Wieso?«

»Wieso? Weil die Herstellung von Schwarzpulver einfach und logisch ist!«

»Klar«, sagte Calthorp. »So einfach und logisch, daß die Menschheit bloß eine halbe Million Jahre gebraucht hat, um zu erkennen, daß die richtige Mischung aus Holzkohle, Schwefel und Kaliumnitrat eine explosive Mixtur ergibt. Mehr nicht.

Aber geh doch mal von einer doppelten Umwälzung wie der der Verwüstung aus: Es gibt kaum noch Bücher. Man hat eine Periode von über hundert Jahren hinter sich, in der die wenigen Überlebenden dermaßen damit beschäftigt waren, um ihr Leben zu ringen, daß sie einfach keine Zeit hatten, dem Nachwuchs das Buchstabieren beizubringen. Und das Ergebnis? Abgrundtiefes Unwissen und ein fast völliger Verlust der eigenen Geschichte. Für diese Menschen wurde die Welt Anno Domini 2100 neu erschaffen. Für sie war es das Jahr 1. So sagen es ihre Mythen.

Ich gebe dir ein Beispiel. Baumwollanbau. Als wir die Erde verließen, wurde keine Baumwolle mehr angebaut, weil Kunststoffe die Naturfaserkleidung abgelöst hatten. Wußtest du, daß die Baumwollweberei erst vor zwei Jahrhunderten neu erfunden wurde? Korn und Tabak sind nie verschwunden. Aber noch vor dreihundert Jahren waren die Menschen entweder mit Tierhäuten oder mit gar nichts bekleidet. Meist mit gar nichts.«

Calthorp führte Bock von dem Wandgemälde zum offenen Balkonfenster. »Ich schweife ab, auch wenn wir nur wenig zu tun haben. — Schau dir das an, Peter: Du siehst ein Washington vor dir — oder Woschtin, wie es jetzt genannt wird —, das mit der Stadt, die wir kennen, keinerlei Ähnlichkeit hat. Seit wir die Erde verlassen haben, ist die Stadt zweimal geschliffen worden. Das Washington der Gegenwart wurde vor zweihundert Jahren auf den Ruinen zweier früherer Städte erbaut. Zwar hat man den Versuch gemacht, die Stadt der vorherigen Metropole nachzuempfinden, aber die Erbauer waren von einem anderen Zeitgeist besessen. Sie haben die Stadt so gebaut, wie ihr Glaube und ihre Mythen es diktierten.«

Calthorp deutete auf das Capitol. Zwar glich das Gebäude dem Capitol, an das sie sich erinnerten, doch statt einer Kuppel wies es jetzt zwei auf, und auf der Spitze einer jeden befand sich ein rotes Türmchen.

»Sie haben es nach den Brüsten der Großen Weißen Mutter modelliert«, sagte Calthorp. Er deutete auf das

Washington-Monument, das jetzt knapp hundert Meter links vom Capitol stand. Es war über hundert Meter hoch — ein Turm aus Eisen und Beton, mit roten, weißen und blauen Streifen versehen. An seinem höchsten Punkt ragte eine runde, rote Struktur auf.

»Ich brauche dir wohl nicht zu sagen, was dieses Ding darstellen soll. Die Legende besagt, daß es dem Vater des Landes gehört. Angeblich ist Washington darunter begraben worden. Ich habe die Geschichte gestern nacht gehört; John Barleycorn hat sie mir in aller Bescheidenheit höchstpersönlich erzählt.«

Bock trat durch das offene Balkonfenster auf die Terrasse seiner im zweiten Stock liegenden Zimmerflucht hinaus, doch Calthorp ging nur ein kurzes Stück um die Ecke. Bock, der erwartet hatte, daß er ihm folgte, fand ihn an der Balkonbrüstung. Sie bestand aus kleinen Marmorstatuen, auf deren Köpfen sich breite Tabletts befanden. Calthorp deutete über die Wipfel der saftigen Obstbäume im Garten des Weißen Hauses hinweg.

»Siehst du das weiße Gebäude, auf dessen Dach die gewaltige Frauenstatue steht? Es ist Columbia, die Große Weiße Mutter, die über ihr Volk wacht und es beschützt. Für uns ist sie nichts anderes als die Gestalt einer heidnischen Religion, aber für ihr Volk — unsere Nachfahren — ist sie eine lebendige und lebenswichtige Kraft, die die Nation auf den Weg ihrer Bestimmung bringt. Und sie ist in der Wahl ihrer Mittel nicht zimperlich. Wer sich ihr in den Weg stellt, wird — auf diese oder jene Weise — zerschmettert.«

»Als wir nach Washington kamen, habe ich den Tempel gesehen«, sagte Bock. »Wir sind auf dem Weg zum Weißen Haus daran vorbeigekommen. Weißt du noch, daß Sarvant sich fast zu Tode geschämt hat, als er die Stuckfiguren an den Wänden sah?«

»Was hältst du davon?«

Bock errötete, dann brummte er: »Ich habe mich immer für einen abgehärteten Burschen gehalten, aber *das*! Widerlich, obszön, absolut pornografisch! Wie kann man einen Ort so dekorieren, der religiösen Zwecken dient?«

Calthorp schüttelte den Kopf. »Ist doch gar nicht wahr. Du hast doch an zwei Messen teilgenommen. Sie wurden mit großer Würde und außerordentlicher Schönheit inszeniert. Die Staatsreligion besteht aus einem Fruchtbarkeitskult, und die Figuren stellen die verschiedenartigen Mythen dar. Sie erzählen Geschichten, deren offensichtliche Moral darin besteht, daß der Mensch die Erde einst wegen seines schrecklichen Stolzes fest vernichtet hätte. Der Mensch und seine Wissenschaft und Arroganz haben das Gleichgewicht der Natur gestört. Doch jetzt, wo sie sich wieder im Gleichgewicht befindet, liegt es an ihm, seine Demut beizubehalten und mit der Natur Hand in Hand zu arbeiten. Man hält die Natur für eine lebende Göttin, deren Töchter sich mit den Helden paaren. Falls es dir aufgefallen ist: die Göttinnen und Helden, die auf dem Fresko abgebildet sind, drücken durch ihre Posen die Wichtigkeit der Anbetung der Natur und der Fruchtbarkeit aus.«

»Tatsächlich? Einige von ihren Posen, meine ich, deuten aber nicht unbedingt darauf hin, daß sie der Fruchtbarkeit sonderlich dienlich sind.«

Calthorp lächelte. »Columbia ist halt auch die Göttin der Erotik.«

»Ich werde das Gefühl nicht los«, sagte Bock, »daß du mir unterschwellig etwas mitteilen willst. Aber du gehst nicht gerade einen direkten Weg. Außerdem habe ich das Gefühl, als würde mir das, was du mir zu sagen versuchst, nicht gerade gefallen.«

In diesem Moment hörten sie aus dem Raum, den sie kurz zuvor verlassen hatten, einen scheppernden Gong. Sie eilten zurück, um nachzusehen, was sich dort abspielte.

Sie wurden von Trompetengeschmetter und einem Trommelwirbel empfangen. Eine aus Musikanten-Priestern bestehende Kapelle der naheliegenden Georgetown-Universität marschierte auf. Es handelte sich ausnahmslos um wohlgenährte Burschen, die sich zu Ehren der Göttin — und um eine Lebensstellung in Ansehen und Sicherheit zu bekommen — kastriert hatten. Sie trugen, wie Frauen, langärmelige Blusen mit Stehkragen und knöchellange Röcke.

Hinter ihnen trat der Mann ein, der allgemein als John Barleycorn bekannt war. Bock kannte seinen wirklichen Namen nicht — ›John Barleycorn‹ war offenkundig ein Titel. Bock wußte auch nicht, welche genaue Stellung Barleycorn in der Regierung von Dici bekleidete. Er wohnte im dritten Stock des Weißen Hauses und schien viel mit der Regierung des Landes zu tun zu haben. Seine Funktion war eventuell mit der eines Premierministers im alten Großbritannien zu vergleichen.

Die Sonnenhelden waren — wie die Monarchen Großbritanniens — mehr oder weniger Galionsfiguren, die Treue und Tradition miteinander verbanden; echte Macht hatten sie nicht. Jedenfalls kam es Bock so vor, der keine andere Wahl hatte, als über die Bedeutung der meisten Phänomene, mit denen er während seiner Gefangenschaft in Berührung gekommen war, nachzuspekulieren.

John Barleycorn war ein hochgewachsener und sehr hagerer Mann von etwa fünfunddreißig Jahren. Sein langes Haar war hellgrün gefärbt, und er trug eine grüne Brille. Seine lange Nase sah wie eine Sprungschanze aus, und sein Gesicht war von geplatzten Äderchen durchzogen. Er trug einen grünen Zylinder. An seinem Hals hing eine Ährenkette. Sein Oberkörper war nackt. Sein Kilt war grün, und die Felltasche, die an seinem Gürtel hing, bestand aus steifem Stoff in Maisblattform. Seine Sandalen waren gelb.

In der rechten Hand trug er das Symbol seiner Stellung, eine große Flasche Weißer Blitz.

»Heil dir, Mensch und Mythos!« sagte er zu Bock. »Ich grüße den Sonnenhelden! Und Grüße entbiete ich auch dem stampfenden und röhrenden Bock des Wapiti-Totems! Grüße an den Vater des Landes, an das Kind und den Liebhaber der Großen Weißen Mutter!«

Er nahm einen langen Zug aus der Flasche, schmatzte laut und gab sie dann an Bock weiter.

»Das kann ich gut gebrauchen«, sagte Bock. Er kippte einen. Eine Minute später gab er die Flasche zurück. Er war beinahe an einem Hustenanfall erstickt und wischte sich die Tränen aus den Augen.

Barleycorn wirkte erfreut. »Eine großartige Vorstellung, Edler Wapiti! Columbia muß dich höchstpersönlich mit einer besonderen Kraft gesegnet haben, daß du dem Weißen Blitz begegnen konntest! In der Tat — du bist wirklich göttlich! Als ich, ein gewöhnlicher Sterblicher, den Weißen Blitz zum ersten Mal trank, verfiel ich ihm auf der Stelle. Aber ich muß auch zugeben, daß ich schon als Junge fähig war, die heilige Präsenz der Göttin in der Flasche zu erkennen. Und sie hat ebenso auf mich gewirkt wie auf dich. Aber ein Mann kann sich unter Umständen selbst vor dem Göttlichen abhärten — möge sie mir diesen Ausspruch verzeihen. Habe ich dir schon erzählt, wie Columbia einen Blitzstrahl verflüssigte und in eine Flasche sperrte? Und wie sie sie dem ersten Menschen gab, der kein geringerer war als Washington persönlich? Und wie entwürdigend er sich aufführte und dadurch den Zorn der Göttin heraufbeschwor?

Ich habe es schon erzählt? Nun, dann kommen wir zur Sache. Ich bin als Vorhut der Hohepriesterin gekommen, um dir eine Nachricht zu bringen. Hör mich an! — Morgen ist der Geburtstag des Sohnes der Großen Weißen Mutter. Du, das Kind Columbias, wirst morgen geboren werden. Und dann wird sein, was sein wird.«

Er genehmigte sich noch einen Schluck, verbeugte sich vor Bock, fiel beinahe auf die Nase, rappelte sich wieder auf und wankte aus dem Raum.

Bock rief hinter ihm her: »Moment mal! Ich möchte wissen, was aus meiner Mannschaft geworden ist!«

Barleycorn blinzelte. »Wie ich schon sagte — sie befindet sich in einem Gebäude der Universität von Georgetown.«

»Ich möchte wissen, wo die Männer stecken — jetzt, in diesem Augenblick!«

»Man behandelt sie bestens. Sie bekommen alles, was sie wollen — außer ihrer Freiheit. Und die bekommen sie übermorgen.«

»Warum erst dann?«

»Weil auch du dann losgelassen wirst. Natürlich wirst du nicht in der Lage sein, sie zu treffen. Du wirst dann die Große Runde machen.«

»Die Große ... *was?*«

»Du wirst es noch erfahren.«

Barleycorn wandte sich zum Gehen, doch Bock sagte: »Sag mal, warum wird das Mädchen da in einem Käfig festgehalten? Du weißt doch — die, über der das Schild mit der Aufschrift hängt ›Maskottchen, gefangen bei einem Überfall auf Caseyland‹.«

»Auch das wirst du erfahren, Sonnenheld. — Doch bis dahin rate ich dir, keine Fragen mehr zu stellen. Es entwürdigt die Wichtigkeit deiner Stellung. Die Große Weiße Mutter wird alles erklären, wenn die Zeit gekommen ist.«

Nachdem Barleycorn gegangen war, sagte Bock zu Calthorp: »Welchen Unfug will er mit diesem Quatsch verdekken?«

Calthorp runzelte die Stirn. »Das wüßte ich auch gern. Aber leider waren meine Möglichkeiten, die sozialen Strukturen dieser Kultur zu untersuchen, äußerst begrenzt. Es ist halt so, daß ...«

»Daß was?« fragte Bock aufgebracht. Calthorp machte einen finsteren Eindruck auf ihn.

»Morgen ist Wintersonnenwende. Mittwinter — wenn die Sonne ihre südlichste Position erreicht hat und auf der nördlichen Hemisphäre am schwächsten ist. Auf dem Kalender unserer Zeit war das der einundzwanzigste Dezember. Soweit ich mich erinnere, war es in prähistorischen und historischen Zeiten ein wichtiges Datum. Es gibt jede Menge Zeremonien, die mit diesem Datum zusammenhängen, wie etwa .... Oh!«

Calthorps Ausruf war eher ein Klagen, statt ein Ausdruck plötzlich zurückkehrender Erinnerungen.

Bock empfand noch größere Erregung. Er wollte Calthorp gerade fragen, was seiner Meinung nach nicht in Ordnung war, als ein erneuter Tusch der Kapelle ihn unterbrach. Die Musikanten und sonstigen Anwesenden drehten sich zur Tür, sanken auf die Knie und riefen wie aus einem Munde: »Hohepriesterin — lebendiger Leib Virginias, Tochter der Columbia! Heilige Jungfrau! Schönheit! Virginia, die ihr geheiligtes und zartes Hymen bald dem lüsternen Bock opfern wird — dem achtlosen, wilden, ungestümen Mann! Gesegnete und verdammte Virginia!«

Ein hochgewachsenes Mädchen von achtzehn Jahren betrat den Raum. Sie wirkte arrogant, doch sie war trotz ihres hohen Nasenansatzes und ihres ziemlich weißen Gesichts schön. Ihre vollen Lippen waren rot wie Blut, und ihre blauen Augen stechend und unnachgiebig wie die einer Katze. Lockiges, honigblondes Haar fiel ihr bis auf die Hüften. Sie war Virginia, eine Absolventin der Vassar-Hochschule für Orakel-Priesterinnen; die fleischgewordene Tochter Columbias.

»Hallo, Sterbliche«, sagte sie mit hoher, klarer Stimme.

Dann sah sie Bock an.

»Hallo, Unsterblicher.«

»Hallo, Virginia«, erwiderte Bock. Er spürte, wie das Blut in seinen Adern pochte. In seinem Brustkorb und in seinen Lenden machte sich ein Schmerz breit. Jedesmal wenn er Virginia begegnete, verspürte er ein beinahe unwiderstehliches Verlangen. Eins war ihm klar: Wenn man ihn mit ihr allein ließe, würde er über sie herfallen, ohne einen Gedanken an die Konsequenzen zu verschwenden.

Virginia deutete in keiner Weise an, daß sie sich der Wirkung, die sie auf Bock ausübte, bewußt war. Sie musterte ihn mit dem kühlen, gelassenen Blick einer Berglöwin.

Wie alle Jungfrauen trug sie ein hochgeschlossenes, knöchellanges Gewand, doch das ihre war mit großen Perlen bestickt. Eine große, dreieckige Öffnung in ihrem Kleid enthüllte große, nach oben gerichtete Brüste. Ihre Warzenvorhöfe waren rot bemalt und mit zwei Ringen von blauer und weißer Farbe umgeben.

»Morgen, Unsterblicher, wirst du sowohl zum Kind als auch zum Liebhaber der Mutter werden. Deswegen ist es nötig, daß du dich vorbereitest.«

»Was soll ich tun, um mich vorzubereiten?« fragte Bock. »Und warum soll ich es tun?«

Er sah sie an; wieder schmerzte sein ganzer Körper.

Virginia machte eine Geste mit der Hand. Sofort tauchte John Barleycorn auf; er hatte offenbar hinter der nächsten Ecke gewartet. Jetzt hatte er zwei Flaschen bei sich — den Weißen Blitz und irgendeinen Schnaps von dunkler Farbe. Ein Priester-Eunuch hielt ihm eine Schale entgegen. Barleycorn füllte sie mit der dunklen Flüssigkeit und reichte sie an die Priesterin weiter.

»Nur du, der Landesvater, darf es trinken«, sagte Virginia und reichte Bock die Schale. »Es ist das Beste. Es wurde aus den Wassern des Sticks gemacht.«

Sticks? Bock nahm das Gefäß an sich. Er musterte es mit einem mißtrauischen Blick, versuchte aber, gelassen zu bleiben. »Wieder so ein Treppenschmeißer, was?« scherzte er. »Na, dann wollen wir mal. Niemand soll sagen, Peter Bock könne nicht die größten Trinker unter den Tisch saufen. — Aaourr*wutsch!*«

Trompeten schmetterten, Trommeln dröhnten. Die Anwesenden applaudierten und ließen ihn hochleben.

Erst dann hörte Bock Calthorp protestieren. »Peter — du hast sie falsch verstanden! Sie hat nicht Sticks gesagt, sondern *Styx*. Die Wasser des S-T-Y-X! Verstehst du?«

Bock hatte es zwar verstanden, aber jetzt war es zu spät. Der Raum wirbelte im Kreis um ihn herum, und dann stürzte sich die Dunkelheit mit großen Fledermausschwingen auf ihn.

Inmitten des Trompetengeschmetters und des allgemeinen Jubels fiel er der Länge nach zu Boden.

3. Kapitel

»Hab ich einen Kater!« stöhnte Bock.

»Damit mußt du leben lernen«, sagte eine Stimme, die er vage als die Calthorps erkannte.

Bock richtete sich auf. Dann schrie er vor Schmerzen. Dazu kam noch der Schock. Er rollte sich über das Bett, fiel vor Schwäche auf die Knie, rappelte sich wieder auf und taumelte auf den mannshohen dreiteiligen Spiegel zu. Er war nackt. Seine Hoden waren blau bemalt, sein Penis rot, sein Hinterteil weiß. Aber deswegen machte er sich keine Gedanken. Er konnte an nichts anderes denken als an die beiden Dinger, die in einem Winkel von fünfundvierzig Grad ungefähr dreißig Zentimeter aus seiner Stirn ragten und sich in viele Enden teilten.

»Hörner! Was soll das bedeuten? Wer hat sie mir verpaßt? Bei Gott, wenn ich diesen Scherzkeks in die Hände kriege . . . « Er versuchte, die Dinger aus seinem Kopf zu ziehen. Dann schrie er vor Schmerzen auf, ließ die Hände sinken und starrte in den Spiegel. Am Ansatzpunkt eines Horns war ein Blutfleck aufgetaucht.

»Wenn man's genau nimmt«, sagte Calthorp, »sind es keine Hörner, sondern ein Geweih. — Aber es ist keins von der harten und hornigen Art. Es ist ziemlich weich und samtig. Und es pulsiert. Wenn du es mit dem Daumen berührst, spürst du, daß genau unter der Oberfläche eine Arterie klopft. Ob es sich später härtet, wie bei einem — Verzeihung! — Bock, weiß ich nicht.«

»Also gut Calthorp!« brüllte Bock. »Steckst du mit diesen Leuten unter einer Decke? — Wenn es so ist, breche ich dir jeden Knochen einzeln!«

»Du siehst nicht nur wie ein Tier aus«, murmelte Calthorp, »du benimmst dich allmählich auch so.«

Bock hätte den kleinen Anthropologen erwürgen können. Doch dann sah er, wie blaß Calthorp war. Seine Hände zitterten. Er hatte offenbar große Angst und versuchte, sie zu verheimlichen.

»Na schön«, sagte Bock und beruhigte sich ein wenig.
»Was ist passiert?«

Calthorp informierte ihn mit zitternder Stimme, daß er
von den Priestern bewußtlos aus dem Raum getragen worden sei. Dann war ein Priesterinnenrudel aufgetaucht und
hatte ihnen Bock entrissen. Einen schrecklichen Augenblick lang hatte Calthorp angenommen, die beiden Fraktionen würden ihn in der Mitte auseinanderreißen. Doch
der Kampf war nur vorgetäuscht gewesen — ein Ritus. Die
Priesterinnen mußten das Scheingefecht gewinnen.

Man hatte Bock ins Schlafzimmer getragen. Calthorp
hatte ihm zwar folgen wollen, doch man hatte ihn hinaus-
geworfen.

»Ich kam bald dahinter. Sie wollten nicht, daß sich
außer dir noch ein Mann hier aufhielt. Sogar die Chirur-
gen waren Frauen. Als ich sah, wie sie zu dir hineingingen,
und Sägen, Bohrer, Verbandszeug und alles mögliche andere mit sich schleppten, bin ich fast ausgerastet, das
kannst du mir glauben! Besonders, als ich sah, daß die
Frauen ausnahmslos betrunken waren. Es war eine völlig
durchgedrehte Bande! John Barleycorn hat mich rauskom-
plimentiert. Er sagte, es sei nicht auszuschließen, daß die
Frauen in diesem Zustand jeden Mann in Stücke rissen, der
ihnen begegnete. Er deutete an, einige der Musikanten
hätte sich nicht freiwillig als Priester-Kandidaten qualifi-
ziert — sie waren nur nicht klug genug, den Damen am
Abend der Wintersonnenwende schnell genug aus dem
Weg zu gehen.

Barleycorn fragte mich, ob ich ein Wapiti sei. Nur die
Totem-Brüder des Großen Bocks wären wegen dieser Zeit
relativ sicher. Ich erwiderte, ich sei zwar kein Wapiti, aber
Mitglied des Lions-Clubs. Da meinte er, im vergangenen
Jahr wäre ich sicher gewesen, denn da war der Sonnenheld
ein Löwe. Doch jetzt schwebe ich in großer Gefahr. Er bestand darauf, daß ich das Weiße Haus verließ, bis der
Sohn — womit er dich meinte — geboren sei. Das habe ich
dann getan. Ich bin im Morgengrauen zurückgekommen,

aber außer dir war niemand mehr da. Ich bin an deinem Bett geblieben, bis du wach wurdest.«

Er schüttelte den Kopf und kicherte leise.

»Weißt du was?« sagte Bock. »Ich kann mich plötzlich an ein paar Dinge erinnern. Ich sehe sie zwar nur vage und durcheinander vor mir, aber jetzt weiß ich, daß ich irgendwann wieder zu mir gekommen bin. Ich war so schwach und hilflos wie ein Säugling. Um mich herum war ein entsetzlicher Krach. Da waren Frauen . . . Sie haben geschrien wie beim Schmerz einer Geburt . . .«

»Du warst der Säugling«, sagte Calthorp.

»Ja. Woher weißt du das?«

»Die Sache nimmt allmählich ein vertrautes Muster an.«

»Laß mich doch nicht im dunkeln herumtappen, wenn du Bescheid weißt!« bat Bock. »Jedenfalls war ich die meiste Zeit nur halb bei Bewußtsein. Ich wollte mich wehren, als sie mich auf einen Tisch legten und mir ein weißes Lämmchen auf die Brust setzten. Ich hatte nicht die geringste Ahnung, was sie vorhatten — bis sie ihm die Kehle durchschnitten. Sauerei! Ich war von Kopf bis Fuß mit Blut besudelt.

Dann nahmen sie das Lamm weg. Man schob mich durch die enge, dreieckige Öffnung irgendeines Metallskeletts, aber ich war von irgendwelchem rosaroten Schaumstoff umgeben. Zwei Priesterinnen hielten meine Schultern und zogen mich hindurch. Die anderen haben schrecklich geheult, wie Gespenster. Obwohl ich kaum bei mir war, gefror mir das Blut in den Adern. Ein solch entsetzliches Geschrei hast du in deinem ganzen Leben noch nicht gehört!«

»Habe ich doch«, sagte Calthorp. »Ganz Washington hat es gehört. Die ganze erwachsene Bevölkerung stand vor den Toren des Weißen Hauses.«

»Ich blieb in der Öffnung stecken, und die Priesterinnen zerrten wild an mir herum. Meine Schultern verkeilten sich. Plötzlich spürte ich, wie Wasser über meinen Rücken lief. Jemand hat mich offenbar mit einem Schlauch bespritzt. Ich erinnere mich daran, daß ich gedacht habe, sie müssen irgendeine Pumpe im Haus haben, denn der Wasserdruck war unheimlich stark.

Dann bin ich durch die Öffnung gerutscht — aber nicht auf den Boden gefallen. Zwei Priesterinnen packten meine Beine. Ich wurde hochgehoben, bis ich mit dem Kopf nach unten hing. Und dann haben sie mir den Hintern versohlt. Es überraschte mich so, daß ich laut geschrien habe.«

»Genau das haben sie auch damit bezweckt.«

»Dann haben sie mich auf einen anderen Tisch gelegt. Sie haben mir die Nase und den Mund abgeputzt. Komisch — bis dahin war mir gar nicht aufgefallen, daß irgendein dickflüssiges, moschusartiges Zeug in meinem Mund und meiner Nase war. Ich muß Schwierigkeiten beim Atmen gehabt haben, aber es war mir nicht bewußt. Und dann ... dann ...«

»Dann?«

Bock wurde rot.

»Dann trugen sie mich zu einer ungeheuer dicken Priesterin, die zwischen allerei Kissen in meinem Bett lag. Ich hatte sie vorher noch nie gesehen.«

»Vielleicht ist sie aus Manhattan gekommen«, sagte Calthorp. »Ich weiß von Barleycorn, daß die dortige Hohepriesterin ein gewaltiger Fleischberg ist.«

»Gewaltig ist genau das richtige Wort für sie«, fuhr Bock fort. »Es war die riesigste Frau, die ich je gesehen habe. Ich gehe jede Wette ein, daß sie bestimmt so groß war wie ich. Und sie wog wenigstens dreieinhalb Zentner. Sie war am ganzen Leib gepudert — wahrscheinlich hat man ein ganzes Puderfaß gebraucht, um sie zu bedecken. Sie war riesig, rund und weiß. Eine menschliche Bienenkönigin, die nur aus dem Grund auf die Welt gekommen ist, um Millionen von Eiern zu legen, und ...«

»Und?« fragte Calthorp, nachdem Bock fast eine Minute lang geschwiegen hatte.

»Man hat mich so auf sie gehievt, daß mein Kopf auf ihrer Brust zu liegen kam. Sie hatte die größten Brüste der

Welt, das schwöre ich dir; sie kamen mir vor wie Globen. Dann packte sie meinen Kopf und drehte ihn herum. Ich wollte mich wehren, aber ich war so schwach, daß ich nichts zustande brachte. Ich konnte überhaupt nichts tun.

Ich kam mir plötzlich wie ein Säugling vor. Ich war kein erwachsener Mann mehr; ich war der gerade zur Welt gekommene Peter Bock. Wahrscheinlich war es eine Auswirkung der Droge. Ich bin sicher, daß sie mit einem hypnotischen Agens versetzt war. Jedenfalls war ich ... war ich ...«

»Hungrig?« sagte Calthorp leise.

Bock nickte.

Dann legte er eine Hand auf sein Geweih und sagte in einem deutlich erkennbaren Versuch, das Thema zu wechseln: »Hm. Die Hörner sind fest eingepflanzt.«

»Das Geweih«, sagte Calthorp. »Aber von mir aus kannst du auch Hörner sagen. Mir ist aufgefallen, daß auch die Einheimischen den falschen Begriff verwenden. Tja, auch wenn sie in ihrer Sprache nicht zwischen Hörnern und Geweihen unterscheiden — ihre Wissenschaftler sind wunderbare Biologen. Sie mögen zwar keine große Ahnung von Physik und Elektronik haben, aber in der Medizin sind sie wahre Künstler. Übrigens ist das Geweih mehr als nur ein Symbol und eine Verzierung. Es erfüllt eine Funktion. Ich wette zehntausend zu eins, daß es Drüsen enthält, die alle möglichen Hormone in deinen Blutkreislauf pumpen.«

Bock zuckte zusammen. »Wie kommst du denn darauf?«

»Barleycorn hat ein paar Andeutungen in dieser Richtung gemacht. Außerdem hast du dich unglaublich schnell von der Operation erholt. Immerhin war es nötig, zwei Löcher in deine Schädeldecke zu bohren, das Geweih zu transplantieren, die Blutgefäße abzubinden, deinen Blutkreislauf mit dem Geweih zu verbinden und wer weiß, was sonst noch.«

Bock sagte brummend: »Irgend jemand wird dafür geradestehen müssen. Bestimmt steckt diese Virginia dahinter! Wenn sie mir wieder über den Weg läuft, reiße ich sie in Stükke! Ich habe es satt, immer nur herumgestoßen zu werden.«

Calthorp musterte ihn mit einem furchtsamen Blick. Dann sagte er: »Fühlst du dich jetzt in Ordnung?«

Bock blies die Nasenflügel auf und schlug sich gegen die Brust. »Zuerst nicht. Aber jetzt habe ich das Gefühl, ich könnte die Welt aus den Angeln heben. Nur eins ist komisch: Ich habe Hunger wie ein Bär, der gerade aus dem Winterschlaf erwacht ist. Wie lange bin ich ohne Bewußtsein gewesen?«

»Ungefähr dreißig Stunden. Wie du siehst, wird es draußen schon wieder dunkel.« Calthorp legte eine Hand auf Bocks Stirn. »Du hast Fieber. Kein Wunder. Dein Körper ist aktiv wie das Feuer der Hölle. Er läßt überall neue Zellen entstehen und pumpt wie wahnsinnig Hormone in deinen Leib. Du brauchst einfach Brennstoff.«

Bock schlug mit der Faust auf den Tisch. »Ich brauche auch was zu trinken! Ich trockne allmählich aus.«

Er schlug wiederholt mit der Faust gegen den Gong, bis das Donnern im ganzen Palast zu hören war. Lakaien eilten herbei, als hätten sie nur auf sein Signal gewartet. Sie schleppten Tabletts mit zahlreichen Gerichten und Trinkbehältern.

Bock vergaß alle Regeln der Höflichkeit. Er entriß einem Lakaien das Tablett und fing an, Fleisch, Kartoffeln, Sauce, Maiskolben, Tomaten sowie Brot und Butter in sich hineinzustopfen. Seine Kiefer mahlten pausenlos, und er hielt nur inne, um die Nahrung mit gewaltigen Biermengen hinunterzuspülen. Er bekleckerte sich mit Essen und Flüssigkeit, und obwohl er stets auf Tischsitten geachtet hatte, kümmerte er sich nicht darum.

Einmal — nach einem gewaltigen Rülpser, der beinahe einen Lakaien zu Boden gehen ließ — brüllte er: »Ich freß und sauf euch alle unter den Tisch ...!« Erneut unterbrach ihn ein mächtiger Rülpser, dann fiel er erneut über das Essen her — wie ein Schwein am Trog.

Calthorp wandte sich schaudernd ab. Es waren nicht nur Bocks Tischsitten, die dazu führten, daß ihm beinahe übel wurde — es war auch die tiefere Bedeutung seines Tuns. Die Hormone beseitigten offenkundig alle Hemmungen und enthüllten den tierischen Teil des menschlichen Charakters. Was würde wohl als nächstes kommen?

Schließlich stand Bock auf. Sein Bauch stand vor wie der eines Gorillas. Er schlug sich gegen die Brust und rief: »Ich fühle mich großartig, einfach großartig! He, Calthorp, du solltest dir auch ein paar Hörner zulegen! Ach was — ich hab ja ganz vergessen, daß du schon welche hast! Das war doch der Grund, warum du die Erde verlassen hast, stimmt's? Haaa-ha!«

Der kleine Anthropologe stieß einen Wutschrei aus und rannte, das Gesicht zu einer Grimasse verzerrt, auf Bock zu. Bock lachte, packte ihn am Hemd und hob ihn eine Armeslänge von sich entfernt in die Luft. Calthorp stieß Verwünschungen aus und schlug mit seinen kurzen Armen um sich. Dann spürte er plötzlich, wie der Raum an ihm vorbeiflog. Er knallte hart gegen etwas, das sich hinter ihm befand. Ein lautes Scheppern ertönte, und als er halb betäubt auf dem Boden saß, erkannte er, daß Bock ihn gegen den Gong geworfen hatte.

Eine große Hand legte sich um Calthorps Fessel und riß ihn schmerzhaft auf die Beine. Vor lauter Angst, daß Bock ihn umbringen würde, ballte er die Fäuste zu einem mutigen, aber sinnlosen Schlag. Dann ließ er die Hände wieder sinken.

Aus Bocks Augen liefen Tränen.

»Großer Gott, was ist mit mir los? Ich kann sie doch wohl nicht mehr alle haben, wenn ich so mit meinem besten Freund umspringe! Was ist *passiert*? Wie konnte ich das nur tun?«

Er schluchzte, zog Calthorp in seine mächtigen Arme und preßte ihn freundschaftlich an sich. Calthorp quiekte laut auf, denn er hatte plötzlich den Eindruck, als gäben seine Rippen nach. Bock ließ ihn los. Er wirkte tief betroffen.

»Na schön, ich verzeihe dir«, sagte Calthorp und zog sich vorsichtig zurück. Ihm war inzwischen klar geworden, daß Bock für seine Handlungen nicht veranwortlich zu machen war. Er war irgendwie wieder zum Kind geworden. Aber Kinder sind nicht völlig egoistisch, sie können manchmal auch liebreizend sein. Es tat Bock wirklich leid, und er schämte sich.

Calthorp trat an die Balkontür und schaute hinaus.

»Die Straße ist voller Menschen und brennenden Fakkeln«, sagte er. »Heute abend findet offenbar schon wieder ein Schwof statt.«

Nicht einmal in seinen eigenen Ohren klang dieser Satz ehrlich. Er wußte sehr gut, daß die Dici sich zu einer Zeremonie versammelten, bei der sein Kapitän als Ehrengast auftreten würde.

»Du meinst wohl ein Orgie«, sagte Bock. »Dieses Volk kennt keine Grenzen, wenn es eine Fete feiert. Man legt seine Hemmungen ab wie die Schlangenhaut vom letzten Jahr. Und es schert sie einen Dreck, wenn jemand dabei zu Schaden kommt.«

Dann sagte er etwas, das Calthorp überraschte.

»Hoffentlich fangen sie bald mit der Fete an. Je eher, desto besser.«

»Warum, um Himmels willen?« fragte Calthorp. »Hast du noch nicht genug gesehen, um dir vor Angst in die Hosen zu machen?«

»Ich weiß nicht. Aber in mir ist irgend etwas, das vorher nicht da war. Ich verspüre eine Ungeduld und Kraft, die ... Es ist eine Kraft, die ich vorher nie hatte. Ich fühle mich ... Ich fühle mich ... wie ein Gott! In mir ist die Kraft der ganzen Welt! Ich möchte am liebsten explodieren! Du kannst dir nicht vorstellen, was das für ein Gefühl ist. — Kein gewöhnlicher Mensch kann es sich vorstellen!«

Draußen rannten die Priesterinnen kreischend über die Straße.

Die beiden Männer verfielen in Schweigen und hörten ihnen zu. Sie standen da wie steinerne Statuen, als sie dem

Scheingefecht zwischen den Priesterinnen und der Ehrengarde zusahen. Und dann kam die Schlacht, in der die Wapitis die Priesterinnen schlugen.

Schließlich wurden auf dem Korridor die Schritte der Wapitis laut. Sie brachen die Tür so gewaltsam mit ihren Leibern auf, daß sie aus den Angeln gerissen wurde.

Sie hoben Bock auf die Schultern und trugen ihn hinaus.

Bock schien sein normales Ich nur noch für eine Sekunde zu beherrschen. Er drehte sich um und rief: »Hilf mir, Doc! Hilf mir!«

Calthorp konnte nur noch weinen.

4. Kapitel

Sie waren acht: Churchill, Sarvant, Lin, Jastschemsky, Al-Masyuni, Steinborg, Gbwe-hun und Chandra.

Diese Männer waren zusammen mit Bock und Calthorp, die nicht mehr bei ihnen waren, die Überlebenden jener ursprünglich dreißigköpfigen Mannschaft, die die Erde vor achthundert Jahren verlassen hatte. Man hatte sie im großen Entspannungsraum des Gebäudes untergebracht, in dem sie seit sechs Wochen gefangengehalten wurden. Und im Augenblick hörten sie Tom Tobacco zu.

Tom Tobacco war nicht sein Taufname. Wie sein richtiger Name lautete, wußte keiner von ihnen. Sie hatten zwar danach gefragt, doch Tom Tobacco hatte erwidert, daß er ihn weder nennen noch ausgesprochen hören dürfe. An dem Tag, an dem er zu Tom Tobacco geworden war, war er kein Mensch mehr gewesen, sondern ein Halb. Allem Anschein nach war Halb die Abkürzung für Halbgott.

»Wäre alles normal verlaufen«, sagte Tobacco gerade, »würde nicht ich mit Ihnen reden, sondern John Barleycorn. Aber die Große Weiße Mutter war der Ansicht, sein Leben müsse vor den Fruchtbarkeitsriten enden. Man hat eine Wahl abgehalten, und als Anführer der Tabak-Bruderschaft habe ich seine Stellung als Herrscher von Dici übernommen. Und ich werde es bleiben, bis ich zu alt und zittrig für dieses Amt bin. Dann wird das geschehen, was ihr Wille ist.«

In der kurzen Zeit, die die Mannschaft des Sternenschiffes in Washington zugebracht hatte, hatte sie die Phonetik, Morphologie, Syntax und das Grundvokabular der Standardsprache von Dici erlernt. Obwohl die Lernmaschinen von der *Terra* die Männer befähigt hatte, fließend Dici zu sprechen, gelang es ihnen nicht, die gleiche Betonung an den Tag zu legen wie die Einheimischen. Der Aufbau des Englischen hatte sich stark verändert; die aktuelle Sprache enthielt mehrere Klänge, die es weder im Englischen noch im Deutschen je gegeben hatte. Die Dici-Sprache kannte viele Worte unbekannten Ursprungs; Dehnungs- und Tonfallkombinationen spielten eine wichtige Rolle bei der Bedeutung bestimmter Begriffe.

Außerdem verhinderte auch ihr Wissensmangel über die Dici-Kultur ein besseres Verständnis der Sprache. Und um die Probleme noch zu verschlimmern, war nicht einmal Tom Tobacco in der Lage, die gebräuchliche Standardsprache richtig anzuwenden. Er war nämlich in Norfolk, Virginia, aufgewachsen, der am weitesten im Süden liegenden Dici-Stadt. Das dort gesprochene Nafek unterschied sich so stark vom Woschtin — beziehungsweise dem Washingtonischen — wie das Spanische vom Französischen oder das Schwedische vom Isländischen.

Tom Tobacco war, wie sein Vorgänger John Barleycorn, ein hochgewachsener, hagerer Mann. Er trug einen braunen Zylinder, ein Wams aus steifbraunem Stoff in Tabakblattform, einen braunen Umhang, einen grünlichen Kilt, an dem eine fast sechzig Zentimeter lange Zigarre baumelte, und schenkellange Stiefel von brauner Farbe. Sein langes Haar war ebenfalls braun, seine rein dekorative Brille war braungefleckt, und zwischen seinen tabakfleckigen Zähnen klemmte eine große, braune Zigarre. Während er redete, zog er Zigarren aus seiner Kilttasche und verteilte sie. Außer Sarvant wurden sie von allen Männern angenommen. Sie schmeckten ausgezeichnet.

Tom Tobacco blies eine dichte, grüne Rauchwolke aus und sagte: »Sobald ich gehe, werden Sie freigelassen. Es dauert nicht mehr lange. Ich bin ein beschäftigter Mann. Ich muß viele Entscheidungen treffen, viele Schriftstücke unterzeichnen, und an zahlreichen Veranstaltungen teilnehmen. Ich kann über meine Zeit nicht verfügen; sie gehört der Großen Weißen Mutter.«

Churchill paffte an seiner Zigarre, um sich Zeit zum Nachdenken zu gönnen, bevor er das Wort ergriff. Die anderen redeten alle durcheinander, doch wenn Churchill etwas sagte, verfielen sie in Schweigen. Er war der Erste Offizier der *Terra*, und jetzt, wo Bock nicht mehr bei ihnen war, war er nicht nur ihr offizieller Anführer, sondern auch ihr wirklicher: dafür sorgte seine starke Persönlichkeit.

Churchill war ein untersetzter, stämmiger Mann mit kräftigem Hals und starken Armen und Beinen. Sein Gesicht hatte sowohl etwas Babyhaftes als auch etwas Starkes. Er hatte dichtes, lockiges Haar von dunkelroter Farbe und einen rötlichen, leicht sommersprossigen Teint. Seine Augen waren so rund und klar wie die eines Säuglings, und auch seine Nase war kurz und rund. Zwar konnte man ihn auf den ersten Blick für ein hilfloses Knäblein halten, aber er wies auch den Starrsinn eines Kleinkindes auf, das daran gewöhnt war, andere herumzukommandieren. Seine Stimme paßte zu seiner Statur — sie war tief und hatte ein reiches Volumen.

»Sie mögen ja ein beschäftigter Mann sein, Mr. Tobacco, aber so beschäftigt, daß Sie uns nicht mal sagen können, was hier vor sich geht, sind Sie doch gewiß nicht. Man hat uns eingesperrt. Man hat uns verboten, daß wir uns mit unserem Kapitän oder Dr. Calthorp in Verbindung setzen. Wir haben guten Grund zur Annahme, daß man ihnen übel mitgespielt hat. Und trotzdem — wenn wir danach fragen, was aus ihnen geworden ist, kriegen wir nur zu hören, *was geschehen wird, wird geschehen*. Ist das nicht toll? Und irgendwie beruhigend?

Ich verlange jetzt, daß wir Antworten auf unsere Fragen bekommen, Mr. Tobacco. Glauben Sie bloß nicht, wir könnten Sie nicht auf der Stelle in Stücke reißen, auch wenn Sie Wachen vor der Tür postiert haben. Wir wollen jetzt endlich Antworten, und zwar sofort!«

»Rauchen Sie eine Zigarre und regen Sie sich ab«, sagte Tom Tobacco. »Ich verstehe Ihre Neugier und Erregung durchaus. Aber kommen Sie mir bloß nicht mit Rechten. Sie sind keine Bürger von Dici, und außerdem befinden Sie sich in einer sehr prekären Lage.

Ich will Ihnen jedoch ein paar Antworten geben; das ist auch der Grund meines Hierseins. — Erstens, man wird Sie freilassen. Zweitens, man wird Ihnen einen Monat geben, sich an das Leben in Dici anzupassen. Drittens, wenn Sie am Ende dieses Monats nicht den Eindruck erwecken, daß gute Bürger aus Ihnen werden können, wird man Sie umbringen. — Man wird Sie nicht ins Exil schicken, sondern töten. Würden wir Sie an die Grenze eines anderen Landes bringen, würden wir nur unsere Gegner stärken. Und diese Absicht liegt uns fern.«

»Tja, jetzt wissen wir wenigstens, wo wir stehen«, sagte Churchill, »wenn auch nur ganz vage. Dürfen wir die *Terra* betreten? In unserem Schiff liegen die einmaligen Ergebnisse zehnjähriger Studien.«

»Nein, Sie haben keinen Zutritt. Man wird Ihnen jedoch Ihre persönliche Habe aushändigen.«

»Danke«, sagte Churchill. »Wissen Sie eigentlich, daß wir — von ein paar Büchern abgesehen — überhaupt keinen *persönlichen* Besitz haben? — Und wie sollen wir uns über Wasser halten, solange wir uns Arbeit suchen? Für Angehörige unserer Berufe gibt es in dieser ziemlich primitiven Zivilisation wohl kaum einen Bedarf.«

»Das kann ich Ihnen auch nicht sagen«, erwiderte Tom Tobacco. »Aber immerhin haben wir Ihr Leben verschont. Es gibt ein paar Leute, die nicht einmal dazu bereit waren.«

Er schob zwei Finger in den Mund und pfiff. Ein Mann trat ein; er hielt einen kleinen Beutel in der Hand.

»Ich muß jetzt gehen, meine Herren. Die Amtsgeschäfte rufen. Doch damit sie nicht aufgrund von Unwissenheit die Gesetze dieser gesegneten Nation brechen, und sich der Verlockung entziehen können, etwas zu stehlen, wird dieser Herr sie über unsere Gesetze unterrichten und Ihnen soviel Geld borgen, wie Sie für eine Woche brauchen — um sich zu ernähren. Wenn Sie Arbeit gefunden haben, werden sie es zurückzahlen. *Falls* Sie Arbeit kriegen. — Columbia segne Sie.«

Eine Stunde später standen die acht Männer vor dem Gebäude, aus dem man sie gerade gebracht hatte.

Sie waren nicht gerade fröhlich. Jeder verspürte leichten Schwindel und kam sich ein wenig hilflos vor.

Churchill sah sie an. Obwohl er sich nicht anders fühlte, sagte er: »Um Himmels willen, tut etwas! Was ist denn mit euch los? Wir haben doch schon schlimmere Situationen erlebt. Wißt ihr noch, wie wir auf Wolf 69 III waren und diesen großen juratypischen Sumpf auf einem Floß überqueren mußten? Wißt ihr noch, wie das Ballonwesen uns erschreckte, wie unsere Waffen ins Wasser rutschten und wir den Rückweg zum Schiff ungeschützt antreten mußten? Damals war die Lage weitaus schlimmer — aber da hat keiner von euch so niedergeschlagen ausgesehen. Was ist los? Seid ihr nicht mehr Männer, die ihr einmal wart?«

»Ich fürchte, nein«, sagte Steinborg. »Es ist ja nicht so, daß wir den Mut verloren hätten. Wir haben einfach zuviel erwartet. Wenn wir auf einem neuentdeckten Planeten gelandet sind, haben wir mit dem Unerwarteten und Verhängnisvollen gerechnet. Wir waren richtig wild darauf. Aber hier ... Na ja, wir haben uns zuviel erhofft. Und dazu kommt noch, daß wir tatsächlich hilflos sind. Wir sind unbewaffnet. Wenn wir in eine üble Lage geraten, können wir uns den Rückweg zum Schiff nicht mehr freischießen.«

»Wollt ihr lieber hier herumstehen und darauf warten,

daß sich alles von selbst regelt?« fragte Churchill. »Um Himmels willen! Ihr wart die Elite der Erde! Man hat euch wegen eurer Intelligenz, eurer Ausbildung, eures Erfindungsreichtums und eurer körperlichen Zähigkeit aus Zehntausenden von Kandidaten ausgewählt! Jetzt seid ihr bei einem Volk gestrandet, dessen Wissen nicht mal an das heranreicht, was ihr im kleinen Finger habt! Ihr müßtet euch hier wie Götter fühlen, aber ihr benehmt euch wie Mäuse!«

»Nun mach mal halblang!« sagte Lin. »Wir stehen immer noch unter Schock. Wir wissen nicht, was wir tun sollen — und *das* ist es, was uns Angst macht.«

»Ich werde jedenfalls nicht hier stehenbleiben und darauf warten, daß jemand vorbeikommt und mich an die Hand nimmt«, sagte Churchill. »Ich werde handeln — und zwar sofort!«

»Und was hast du vor?« fragte Jastschemsky.

»Ich werde mir die Stadt ansehen, bis ich etwas finde, das nach Aktion schreit. Wenn ihr mitkommen wollt — bitte! Aber wenn ihr lieber der eigenen Nase nachlauft, ist es auch in Ordnung. Ich bin zwar bereit, euer Anführer zu sein, aber euer Kindermädchen bin ich nicht.«

»Du verstehst nicht«, sagte Jastschemsky. »Sechs von uns stammen nicht mal von diesem Kontinent. Ich möchte gern nach Sibirien zurück. Gbwe-hun möchte nach Dahomey. Chandra will nach Indien; Al-Masunyi nach Mekka; Lin nach Shanghai. Aber es ist fast unmöglich. Steinborg könnte es vielleicht nach Brasilien schaffen, aber selbst wenn es ihm gelingt ... Dort trifft er wahrscheinlich nur Wüsten, Urwälder und heulende Wilde an. Deswegen ...«

»Deswegen müßt ihr hierbleiben und das tun, was Tobacco vorgeschlagen hat — ihr müßt euch anpassen. Und genau das werde ich tun. Kommt jemand mit?«

Churchill wartete keinerlei Gegenvorschläge ab. Er ging über die Straße, ohne einen Blick zurückzuwerfen. Als er um eine Ecke gegangen war, blieb er jedoch stehen, um sich eine Gruppe nackter kleiner Mädchen und Jungen anzusehen, die mit einem Ball spielten.

Nach ungefähr fünf Minuten seufzte er. Allem Anschein nach folgte ihm niemand.

Aber er hatte sich geirrt. Als er weitergehen wollte, hörte er, wie jemand nach ihm rief. »Warte, Churchill!«

Es war Sarvant.

»Wo stecken die anderen?« fragte Churchill.

»Die Asiaten wollen den Versuch machen, in ihre Heimatländer zurückzukehren. Als ich sie verließ, stritten sie sich gerade darum, ob sie ein Boot klauen sollen, um über den Atlantik zu kommen, oder Hirsche, um zur Beringstraße zu reiten und dort mit einem Boot nach Sibirien überzusetzen.«

»Entweder sind sie die mutigsten Burschen der Welt oder die größten Schwachköpfe. Glauben Sie wirklich, daß sie es schaffen können? Oder daß die Lebensumstände dort besser sind als hier?«

»Sie haben keine Ahnung, wie's dort aussieht, aber sie sind halt verzweifelt.«

»Ich würde zwar gern zurückgehen und ihnen Glück wünschen«, sagte Churchill, »aber es endet ja doch nur damit, daß ich versuche, ihnen diesen Plan auszureden. Die Burschen sind mutig. Auch wenn ich sie als Mäuse bezeichnet habe — ich habe es immer gewußt. Ich wollte sie nur aus ihrer Starre locken. Vielleicht habe ich ein bißchen übertrieben.«

»Ich habe ihnen meinen Segen gegeben, auch wenn die meisten von ihnen Agnostiker sind«, sagte Sarvant. »Aber ich fürchte, ihre Gebeine werden auf diesem Kontinent bleichen.«

»Und was ist mit dir? Willst du versuchen, nach Arizona zu kommen?«

»Das, was ich von Arizona aus dem Orbit gesehen habe, sah nicht gerade nach einem organisierten Staatswesen aus; ich habe auch kaum Menschen gesehen. Ich würde vielleicht gern nach Utah gehen, aber dort sieht es auch nicht viel besser aus. Sogar der Salzsee ist ausgetrocknet. Dort gibt es nichts, wohin man zurückkehren könnte. Es macht auch nichts. — Hier gibt es Arbeit für ein ganzes Leben.«

»Arbeit? Du willst doch wohl nicht Predigen?«

Churchill schaute Sarvant ungläubig an — als sähe er seinen wahren Charakter zum ersten Mal.

Nephi Sarvant war ein kleiner, dunkelhaariger Mann von etwa vierzig Jahren. Sein Kinn stand so weit vor, daß es den Eindruck erweckte, es sei nach oben gemeißelt worden. Sein Mund war so dünnlippig, daß er nur ein Strich war. Seine Nase war, ebenso wie sein Kinn, überentwikkelt. Sie bog sich nach unten, als bemühe sie sich, mit dem Kinn zusammenzustoßen. Seine Mannschaftskameraden waren der Ansicht, daß er im Profil frappierend einem Nußknacker glich.

Sarvants große braune Augen waren sehr ausdrucksvoll — und schienen nun in einem inneren Licht zu leuchten. Während der Sternenreise hatten sie oft geleuchtet — immer dann, wenn Sarvant die Verdienste seiner Kirche als Einzig Wahre gepriesen hatte, die es noch auf Erden gab. Er gehörte einer Sekte an, die sich ›Die Letzten Aufrechten‹ nannte. Bei ihr handelte es sich um den strengen, orthodoxen Kern einer Kirche, die sich der Liberalisierung der meisten anderen Kirchen verweigert hatte. Man hatte die Angehörigen von Sarvants Sekte ursprünglich für komische Käuze gehalten. Später hatten sie sich von den restlichen Christen unterschieden, weil sie auch dann noch regelmäßig Gottesdienste abgehalten hatten, als das spirituelle Feuer der anderen längst ausgebrannt war.

Die Letzten Aufrechten hatten es abgelehnt, die sogenannten Laster ihrer Mitmenschen anzunehmen. Sie hatten sich in Arizona allesamt in eine eigene Stadt namens Vierter Juli zurückgezogen und von dort aus Missionare in eine desinteressierte und amüsierte Welt hinausgeschickt.

Man hatte Sarvant nur in die Mannschaft der *Terra* berufen, weil er eine herausragende Kapazität auf dem Gebiet der Geologie war. Man hatte ihn allerdings erst in die Crew aufgenommen, nachdem er versprochen hatte, niemanden zu agitieren. Er hatte zwar nie einen offenen Versuch gemacht, jemanden zu bekehren, doch er hatte den Männern die Bibel seiner Kirche geliehen und sie gebeten, darin zu lesen. Und er hatte mit ihnen diskutiert.

»Natürlich will ich predigen!« sagte Sarvant. »Dieses Land bedarf heute ebenso des Evangeliums wie damals, als Kolumbus hier landete. Ich will dir was sagen, Rud ... Als ich die Verwüstungen im Südwesten sah, war ich voller Verzweiflung. Es sah so aus, als sei meine Kirche vom Angesicht der Erde hinweggefegt worden. Wenn es so gewesen wäre, hätte es bedeutet, daß sie eine falsche Kirche war, denn wir sind davon ausgegangen, daß sie ewig existiert. Aber ich habe um Beistand gebetet — und dann kam die Wahrheit zu mir. Sie besagt, daß *ich* noch existiere! Und durch mich kann die Kirche wieder wachsen — wachsen wie nie zuvor, denn wenn ich diese heidnischen Geister erst einmal von der Wahrheit überzeugt habe, werden sie die Ersten Jünger sein. Das Wort wird sich wie ein Buschfeuer verbreiten. Wir Letzten Aufrechten haben bei den Christen nämlich nur deswegen so wenig erreicht, weil sie glaubten, schon im Besitz der Wahrheit zu sein. Aber ihre Kirche war kaum mehr als ein Verein, in dem man sich zum Austausch von Klatsch und Tratsch traf. Sie waren nicht auf dem richtigen Weg ins wahre Leben. Sie ...«

»Ich versteh dich schon«, sagte Churchill. »Aber eins muß ich dir sagen: Bezieh mich da nicht mit ein. Es wird auch so schon schwierig genug werden. — Und jetzt laß uns gehen.«

»Wohin?«

»Irgendwohin, wo wir diese Affenanzüge gegen einheimische Kleidung eintauschen können.«

Sie befanden sich auf einer Straße namens Conch. Sie verlief nach Norden und Süden, und so ging Churchill davon aus, daß sie ins Hafenviertel kommen mußten, wenn sie ihr in südlicher Richtung folgten. Falls sich nicht viel verändert hatte, mußte es dort mehr als einen Laden geben, wo sie ihre Kleider eintauschen und bei dem Handel eventuell einen kleinen Gewinn herausschlagen konnten. Ihre momentane Umgebung war für Trödler einfach zu fein: Die Häuser, in der Umgebung gehörten sichtlich wohlhabenden Leuten oder waren im Besitz der Regierung. Die Residenzen standen weit zurückgezogen inmitten wohlgepflegter Gärten und bestanden aus Ziegelsteinen oder Beton. Sie waren einstöckig und zeigten breite Fronten, und die meisten wiesen Anbauten auf, die rechtwinklig von der Vorderseite abwichen. Die Gebäude waren bunt bemalt und wiesen allerlei Verzierungen auf. Vor jedem Haus stand ein großer Totempfahl. Sie bestanden meist aus bearbeitetem Gestein, da man Holz zum Bau von Schiffen, Kutschen, Waffen und als Brennmaterial reservierte.

Die Regierungsgebäude standen dicht an der Straße und waren aus Marmor oder Ziegelstein. Ihre Mauern waren krumm und von dachlosen Veranden mit hohen Säulen umgeben. Auf jedem der kuppelartigen Dächer war eine Statue zu sehen.

Churchill und Sarvant liefen etwa zehn Häuserblocks weit über den Asphalt. Bürgersteige gab es nicht. Hin und wieder mußten sie sich eng an die Hauswände drücken, damit sie nicht von jenen Männern über den Haufen geritten wurden, die auf Hirschen durch die Straße sprengten. Es gab auch Kutschen, und sie fuhren nicht weniger rasant. Die Reiter trugen kostbare Kleider und erwarteten offensichtlich von den Fußgängern, daß sie ihnen schnellstens Platz machten, wenn sie kamen. Die Kutscher schienen irgendwelche Kuriere zu sein.

Und dann wurde die Straße schäbig.

Die Häuser wiesen zwar massive Frontseiten auf, doch jetzt befanden sich auch schmale Gäßchen zwischen ihnen. Offenbar handelte es sich um ehemalige Regierungsgebäude, die man an private Makler verkauft hatte. Nun waren kleine Läden oder Mietskasernen aus ihnen geworden.

Nackte Kinder spielten vor den Häusern auf der Straße — sie waren nicht im entferntesten so sauber wie die, die sie zuvor gesehen hatten.

Churchill fand den Laden, nach dem er suchte. Er trat ein, und Sarvant folgte ihm auf dem Fuße. Das Ladeninnere bestand aus einem kleinen Raum, der mit Kleidern aller Art vollgestopft war. Das Ladenfenster und der Betonboden waren schmutzig; der Gestank von Hundekot erfüllte den Raum. Zwei Hunde, die einer unidentifizierbaren Rasse angehörten, gaben den Männern Pfötchen.

Der Trödler war ein kleiner, kahlköpfiger Mann mit dickem Bauch und Doppelkinn. An seinen Ohren baumelten gewaltige Ohrringe aus Messing, und er sah so aus, wie Trödler seiner Art schon vor Jahrhunderten ausgesehen hatten — wenn man davon absah, daß seine Züge den hirschartigen Stempel der Gegenwart aufwiesen.

»Wir möchten unsere Kleider verkaufen«, sagte Churchill.

»Sind sie etwas wert?« fragte der Trödler.

»Als Kleider nicht viel«, erwiderte Churchill, »aber als Kuriositäten sind sie bestimmt eine ganze Menge wert. Wir gehören zum Sternenschiff.«

Die kleinen Augen des Mannes wurden größer. »Ah — Brüder des Sonnenhelden!«

Churchill hatte keine Ahnung, was dieser Ausruf alles umfaßte. Er wußte nur, daß Tom Tobacco beiläufig erwähnt hatte, daß man Kapitän Bock zum ›Sonnenhelden‹ gemacht hatte.

»Ich bin sicher, daß Sie jedes von unseren Kleidungsstücken für ein hübsches Sümmchen an den Mann bringen können. Diese Sachen sind auf fernen Sternen gewesen — auf so fernen Sternen, daß man ohne Pause die halbe Ewigkeit wandern müßte, um sie zu Fuß zu erreichen. Das Licht fremder Sonnen und die Luft exotischer Welten sind in den Fasern dieser Anzüge gefangen. Und an unseren Schuhen sind immer noch die Spuren jener Erden, auf denen Ungeheuer leben, die größer sind als dieses Haus, und die bei jedem Schritt ein Beben erzeugen.«

Der Trödler zeigte sich unbeeindruckt. »Aber hat der Sonnenheld diese Gewänder auch angefaßt?«

»Sehr oft sogar. Diese Jacke hat er sogar einmal getragen.«

»Ahhh!«

Offenbar wurde dem Burschen nun klar, daß er seine Begeisterung zu deutlich zum Ausdruck brachte. Er setzte einen Schlafzimmerblick auf, und sein Gesicht legte sich in gleichgültige Falten.

»Das ist ja alles sehr schön, aber ich bin ein armer Mann. Die Seeleute, die in meinen Laden kommen, haben nicht viel Geld. Und wenn sie die Tavernen abgeklappert haben, verkaufen sie mir manchmal sogar ihre eigenen Kleider.«

»Das mag ja stimmen, aber ich bin sicher, daß Sie auch Kontakte zu wohlhabenderen Bürgern haben, denen Sie diese Sachen verkaufen können.«

Der Trödler holte ein paar Münzen aus der Tasche seines Kilts.

»Ich gebe euch für alles zusammen vier Columbias.«

Churchill winkte Sarvant zu und machte Anstalten, den Laden zu verlassen. Noch ehe er die Tür erreicht hatte, versperrte der Trödler ihm den Weg.

»Vielleicht könnte ich auf fünf Columbias ausgeben.«

Churchill deutete auf einen Kilt und ein Paar Sandalen. »Wie teuer ist das? Vielleicht sollte ich lieber fragen, was Sie dafür berechnen?«

»Drei Fische.«

Churchill überlegte. Ein Columbia war ungefähr das gleiche wie eine Fünfdollarnote aus seiner Zeit. Ein Fisch war ungefähr ein Vierteldollar.

»Sie wissen so gut wie ich, daß Sie an uns einen Gewinn von tausend Prozent machen. Ich möchte zwanzig Columbias für unsere Sachen haben.«

Der Trödler warf mit einer verzweifelten Geste die Arme in die Luft.

»Stellen Sie sich doch nicht so an«, sagte Churchill.

»Ich könnte ja auch dort, wo die Reichen wohnen, von Haus zu Haus gehen und die Sachen zum Verkauf anbieten. Aber ich habe nicht die Zeit dazu. Geben Sie uns zwanzig oder nicht? Das ist mein letztes Wort.«

»Damit verurteilen Sie meine armen Kinder zwar zum Hungertod ... aber ich akzeptiere Ihren Preis.«

Zehn Minuten später verließen die beiden Sternenfahrer den Laden. Sie trugen Sandalen, Kilts und runde Hüte mit breiten Krempen. An ihren breiten Ledergürteln hingen Scheiden, in denen lange Stahlmesser steckten, und jeder hatte acht Columbias in der Tasche. Und sie trugen jeder einen Beutel mit einem Regenumhang.

»Und jetzt zu den Werften«, sagte Churchill. »Als ich noch auf dem College war, habe ich im Sommer für reiche Leute immer den Segelmeister gespielt.«

»Ich weiß, daß du Segeln kannst«, sagte Sarvant. »Weißt du nicht mehr, daß du das Segelboot kommandiert hast, das wir gestohlen haben, als wir auf dem Planeten Vixa aus dem Kerker ausgebrochen sind?«

»Hab ich vergessen«, sagte Churchill. »Aber ich will mich mal umsehen, wie die Chancen stehen, an einen Job zu kommen. Hinterher schnüffeln wir dann ein bißchen rum. Vielleicht können wir rauskriegen, was aus Bock und Calthorp geworden ist.«

»Rud«, sagte Sarvant, »hinter deinem Vorhaben steckt doch mehr als nur der Gedanke, Arbeit zu kriegen. Warum bist du gerade auf Boote aus? Ich kenne dich doch gut genug, um zu wissen, daß du bei allem, was du machst, immer Hintergedanken hast.«

»Na schön. Ich weiß ja, daß du keine Plaudertasche bist. — Wenn es mir gelingt, ein passendes Schiff zu finden, krallen wir uns Jastschemskys Bande und verziehen uns über Europa nach Asien.«

»Es freut mich sehr, das zu hören«, sagte Sarvant. »Ich habe nämlich schon gedacht, du hättest sie einfach im Stich gelassen. Aber wie willst du sie finden?«

»Willst du mich auf den Arm nehmen?« sagte Churchill lachend. »Dazu brauche ich doch nur in den nächsten Tempel zu gehen.«

»In den nächsten Tempel?«

»Na klar! Es ist doch ganz offensichtlich, daß die Regierung uns im Auge behält. Offen gesagt, seit wir unser Gefängnis verlassen haben, klebt jemand an unseren Fersen.«

»Wo ist er?«

»Schau dich jetzt nicht um. Ich zeige ihn dir später. Geh jetzt einfach weiter.«

Churchill blieb abrupt stehen. Eine Reihe von Männern, die auf dem Boden knieten, versperrten ihm den Weg. Es gab zwar keinen Grund, weswegen er nicht hätte um sie herumgehen können, aber er hielt an und schaute ihnen über die Schulter.

»Was machen sie?« fragte Sarvant.

»Sie zocken mit Würfeln.«

»Es ist gegen meine Prinzipien, Würflern zuzusehen. Ich hoffe doch, daß du nicht die Absicht hast, mitzumachen.«

»Ja, ich glaube, genau das habe ich vor.«

»Tu's nicht, Rud«, sagte Sarvant und legte eine Hand auf Churchills Arm. »Das kann zu nichts Gutem führen.«

»Ich bin keins von Ihren Schäfchen, Kaplan. — Vielleicht halten sie sich ja sogar an die Regeln. Mehr will ich gar nicht.« Churchill nahm drei Columbias aus der Tasche und sagte laut: »Kann ich noch in die Runde einsteigen?«

»Sicher«, sagte ein großer, dunkelhaariger Mann mit einer Augenklappe. »Du kannst so lange mitspielen, wie dein Geld reicht. Bist du gerade an Land gekommen?«

»Es ist schon etwas länger her«, sagte Churchill. Er ging in die Hocke und legte eine Columbia auf den Boden. »Dann bin ich jetzt dran, was? — Na, kommt schon, meine Kleinen, Papa braucht 'n Haufen Kohle!«

Eine halbe Stunde später ging Churchill grinsend mit einer Handvoll Silbermünzen auf Sarvant zu. »Der Sündenlohn«, sagte er.

Als er einen lauten Schrei hinter sich vernahm, löste sich

sein Grinsen freilich auf. Als er sich umdrehte, sah er, daß die drei Würfler hinter ihm herkamen. Der große Einäugige schrie ihm etwas zu.

»Moment mal, Kumpel, wir haben noch 'n paar Fragen!«

»Au weia«, sagte Churchill aus dem Mundwinkel heraus. »Mach dich abmarschbereit. Die Typen da sind keine guten Verlierer.«

»Du hast sie doch wohl nicht beschummelt?« fragte Sarvant nervös.

»Natürlich nicht! Du solltest mich eigentlich besser kennen! Außerdem würde ich mir gegen diese harten Burschen keine Chance ausrechnen.«

»Hör mal, du«, sagte der Einäugige, »du redest aber komisch. Wo kommst du her? Aus Albany?«

»Manitowoc, Wisconsin«, sagte Churchill.

»Nie von diesem Ort gehört. Was ist das — irgend 'n Mistkaff im Norden?«

»Im Nordnordwesten. Warum willst du das wissen?«

»Wir mögen hier keine Fremden, die nicht mal richtig Dici sprechen können. Fremde kennen komische Tricks, besonders beim Würfeln. Erst vor einer Woche haben wir uns 'ne Teerjacke aus Norfolk geschnappt, der die Würfel mit Zauberei gelenkt hat. Wir haben ihm die Zähne ausgeschlagen und ihn mit einem Gewicht um den Hals ins Hafenbecken geschmissen. Wir haben ihn nie wiedergesehen.«

»Warum habt ihr denn beim Spiel nichts gesagt, wenn ihr glaubt, ich hätte geschummelt?«

Der einäugige Seemann überhörte Churchills Frage und sagte: »Ich sehe auch gar keine Bruderschaftszeichen an euch. Zu welcher Bruderschaft gehörst du?«

»Lambda Chi Alpha«, sagte Churchill und legte eine Hand auf den Griff seines Messers.

»Was ist das denn für ein Kauderwelsch? Lambda? Meinst du die Lamm-Bruderschaft?«

Churchill hatte den Eindruck, daß man sie gleich wie

Lämmer abmetzeln würde, wenn sie nicht beweisen konnten, daß sie unter dem Schutz irgendeiner mächtigen Bruderschaft standen. Er hatte zwar keine Skrupel, den Burschen einen Bären aufzubinden, wenn es dazu beitrug, sie aus dieser gefährlichen Lage zu bringen, aber die Verstimmung, die sich während der letzten sechs Wochen in ihm aufgestaut hatte, brach in plötzlicher Wut aus ihm hervor.

»Ich gehöre der menschlichen Rasse an!« schrie er. »Und das ist mehr, als du von dir behaupten kannst!«

Der einäugige Seemann wurde rot. Dann grollte er: »Bei Columbias Brüsten, dafür schneide ich dir das Herz heraus! Kein stinkender Ausländer darf so mit mir reden!«

»Kommt doch her, ihr schrägen Vögel!« fauchte Churchill. Er zückte sein Messer und rief Sarvant im gleichen Augenblick zu: »Hau ab, so schnell du kannst!«

Der Einäugige hatte jetzt auch sein Messer gezogen. Er näherte sich Churchill mit blitzender Klinge. Churchill warf dem Mann die Handvoll Silbermünzen ins Gesicht und trat gleichzeitig vor. Die Innenfläche seiner Hand krachte gegen das Gelenk der Messerhand des anderen. Der Seemann ließ sein Messer fallen, und Churchill stieß ihm die Klinge in den fetten Bauch.

Er zog das Messer zurück, machte einen Satz nach hinten und duckte sich, um sich den anderen zu widmen. Aber wie alle Seeleute wußten auch sie, wie man mit unerlaubten Mitteln kämpft. Einer der Männer griff in einen Schutthaufen, nahm einen dort liegenden Ziegel und warf ihn Churchill an den Kopf. Die Welt wurde zunehmend dunkler, und Churchill nahm kaum noch wahr, wie ihm das Blut aus einer Stirnwunde in die Augen lief. Als er seine Sinne wiederfand, bemerkte er, daß sein Messer weg war. Zwei kräftige Seeleute packten seine Arme.

Ein dritter Mann, ein kleiner, dürrer Bursche, dem mehrere Zähne fehlten, trat knurrend vor ihn hin und zielte mit seinem Messer genau auf Churchills Bauch.

Peter Bock erwachte. Er lag flach auf dem Rücken, und zwar auf etwas Weichem, und über ihm breiteten sich die Äste einer großen Eiche aus. Durch das Geäst konnte er einen hellen, wolkenlosen Himmel sehen. Auf den Ästen saßen Vögel — ein Sperling, eine Spottdrossel und ein großer Häher, der auf dem Hinterteil hockte und seine nackten, menschlichen Beine baumeln ließ.

Die Beine waren gebräunt, schlank und wohlgeformt. Der Rest des Körpers war vom Kostüm eines riesigen Hähers verborgen. Kaum hatte Bock die Augen geöffnet, als der Häher seine Maske abnahm und das hübsche Gesicht eines dunkelhaarigen Mädchens mit großen Augen enthüllte. Es griff hinter sich und zog ein Horn hervor, das an einer Kordel an seiner Schulter hing. Bevor Bock dem Mädchen Einhalt gebieten konnte, blies es einen langen, schwingenden Ton.

Sofort ertönte irgendwo in seiner Umgebung lautes Gemurmel.

Bock richtete sich auf und drehte sich herum, um die Quelle des Lärms ins Auge zu fassen. Er wurde von einer Menschenmenge erzeugt, die auf der anderen Straßenseite stand. Die Straße war ein breiter, betonierter Highway, der an landwirtschaftlich genutzten Feldern vorbeiführte. Bock saß ein paar Schritte von seinem Rand entfernt auf einem dicken Deckenstapel, den jemand fürsorglich unter ihm ausgebreitet hatte.

Er hatte keine Ahnung, wie er an diesen Ort gelangt war. Oder wo er sich befand. Er erinnerte sich lediglich an die Ereignisse, die kurz vor Morgengrauen passiert waren. Danach war in seinem Kopf alles leer. Der Stand der Sonne deutete an, daß es ungefähr elf Uhr morgens war.

Das Häher-Mädchen ließ sich von dem Ast herab, blieb einen Moment lang daran hängen und sprang zu Boden. Dann stand es auf und sagte: »Guten Morgen, Edler Bock. Wie fühlst du dich?«

Bock stöhnte und sagte: »Als hätte ich im Rinnstein geschlafen. Mir tun alle Knochen weh. Und ich habe abscheuliche Kopfschmerzen.«

»Nach dem Frühstück wirst du dich sofort besser fühlen. — Und ... Darf ich sagen, daß du vergangene Nacht großartig warst? Ich habe noch keinen Sonnenhelden gesehen, der es mit dir hätte aufnehmen können. Aber jetzt muß ich gehen. Dein Freund Calthorp hat gesagt, ich solle dich für eine Weile allein lassen, wenn du aufgewacht bist.«

»Calthorp!« sagte Bock. Er stöhnte erneut. »Er ist der letzte, den ich jetzt sehen will.« Aber das Mädchen war schon über die Straße gelaufen und gesellte sich zu den Menschen.

Calthorps weißer Kopf tauchte hinter einem Baum auf. Er kam auf Bock zu und schleppte ein großes Tablett. Er lächelte zwar, aber es war offenkundig, daß er sich verzweifelt bemühte, seine Besorgtheit nicht zu zeigen.

»Wie fühlst du dich?« rief er.

Bock sagte es ihm. »Wo sind wir hier?«

»Ich würde sagen, wir sind dort, wo früher die Bundesstraße 1 war, aber jetzt nennt man sie Marys Landstraße. Wir sind ungefähr fünfzehn Kilometer von der gegenwärtigen Stadtgrenze Washingtons entfernt. Etwa drei Kilometer von hier liegt ein kleines Bauerndorf namens Fair Grace. Normalerweise leben dort zweitausend Menschen, aber jetzt sind es ungefähr fünfzehntausend. Die Bauern und ihre Töchter aus der ganzen Umgebung haben sich dort versammelt. In Fair Grace kann man es kaum erwarten, dich zu sehen. Aber du bist ja nicht ihr Laufbursche, sondern der Sonnenheld, also mach mal Pause und ruh dich aus! — bis Sonnenuntergang. Dann mußt du wieder die gleiche Vorstellung geben wie gestern abend.«

Bock sah an sich hinunter. Erst jetzt bemerkte er, daß er immer noch nackt war.

»Hast du mich gestern abend gesehen?« Er sah den älteren Mann flehentlich an.

Nun war Calthorp an der Reihe, zu Boden zu schauen.

»Ich hatte einen besonders guten Platz — jedenfalls für eine Weile. Ich bin um die Menge herumgeschlichen und in ein Haus gegangen. Dann habe ich mir die Orgie von einem Balkon aus angesehen.«

»Hast du eigentlich gar kein Schamgefühl?« fragte Bock aufgebracht. »Es ist doch schon schlimm genug, daß *ich* nichts dagegen tun kann. Daß du meine Erniedrigung mit angesehen hast, macht die Sache nur noch schlimmer.«

»Erniedrigung ist wirklich gut! Ja, ich habe dich gesehen. Immerhin bin ich Anthropologe. Ich hatte zum ersten Mal Gelegenheit, einen Fruchtbarkeitsritus aus nächster Nähe zu beobachten. Und da ich nun mal dein Freund bin, habe ich mir natürlich auch Sorgen um dich gemacht. Aber dazu gab es keinen Grund. Du hast schon auf dich selbst geachtet. Andere übrigens auch.«

Bock sah ihn an. »Willst du mich verarschen?«

»Um Gottes willen, nein! Ich wollte keinen Witz machen, sondern nur mein Erstaunen ausdrücken. Vielleicht auch meinen Neid. Natürlich ist das Geweih daran schuld, daß du so unheimlich loslegen konntest. Wenn ich nur einen Teil von der Kraft hätte, die das Geweih in dir erzeugt . . .«

Calthorp setzte das Tablett vor Bock ab und zog das darüberliegende Tuch beiseite. »Hier ist dein Frühstück. So eins hast du noch nie gehabt.«

Bock wandte den Kopf zur Seite. »Nimm es weg! Mir ist übel. Nicht nur im Magen. Auch meine Seele könnte kotzen, wenn ich daran denke, was ich gestern nacht alles getan habe.«

»Ich hatte den Eindruck, es würde dir gefallen.«

Bock schnaubte wütend, und Calthorp hob abwehrend eine Hand. »Nein, ich wollte dich nicht beleidigen. Aber ich habe dich nun mal gesehen, und ich kann es nicht vergessen. Na, komm schon, Junge, iß! Schau mal, was ich dir mitgebracht habe: Frisch gebackenes Brot. Butter. Und Marmelade. Eier, Speck, Schinken, Forelle, Wildbret —

und einen halben Liter kaltes Bier. Und du kannst Nachschlag haben, soviel du willst.«

»Ich hab dir doch gesagt, daß mir übel ist! Ich würde nichts davon runterkriegen.«

Bock blieb ein paar Minuten lang schweigend sitzen. Er schaute über die Straße auf die grellfarbenen Zelte und die Menschenmenge, die sich um sie versammelt hatte. Calthorp nahm neben ihm Platz und steckte sich eine lange grüne Zigarre an.

Plötzlich nahm Bock das Bierglas und schüttete den Inhalt in sich hinein. Er stellte ihn wieder hin, wischte sich mit dem Handrücken den Schaum von den Lippen, rülpste und griff dann zu Messer und Gabel. Er fing an zu essen, als stünde die erste Mahlzeit seines Lebens vor ihm — oder auch die letzte.

»Ich *muß* essen«, entschuldigte er sich zwischen zwei Bissen. »Ich bin so schwach wie ein neugeborenes Kätzchen. Schau dir an, wie meine Hand zittert.«

»Du mußt für hundert Männer essen«, sagte Calthorp. »Schließlich hast du ja auch die Arbeit von hundert Männern getan — vielleicht sogar die von zweihundert.«

Bock langte mit der Hand nach oben und betastete sein Geweih. »Es ist noch da. — He! Aber es ist nicht mehr so steif und ragt auch nicht mehr so auf wie gestern abend! Es ist erschlafft! Vielleicht schrumpft es ein und trocknet aus.«

Calthorp schüttelte den Kopf. »Nein. Wenn du deine Kraft wieder hast und dein Blutdruck steigt, richtet es sich wieder auf. Es ist kein Geweih im üblichen Sinne. Hirschgeweihe bestehen aus Knochengewächs ohne Hornüberzug. Deins scheint zwar ein Knochenfundament zu haben, aber der obere Teil besteht hauptsächlich aus von Haut und Blutgefäßen umgebenem Knorpel. — Es ist kein Wunder, daß das Ding erschlafft ist. Ein Wunder ist es allerdings, daß du keins der Blutgefäße zerrissen hast. Oder etwas in der Art.«

»Was die Hörner auch in mich reingepumpt haben«,

sagte Bock, »es ist nicht mehr da. Abgesehen davon, daß ich mich schwach und mürrisch fühle, komme ich mir normal vor. Könnte ich mir doch nur diese Hörner vom Hals schaffen! Kannst du sie nicht absägen, Doc?«

Calthorp schüttelte traurig den Kopf.

Bock wurde blaß. »Dann werde ich es also *wieder* tun müssen?«

»Ich fürchte ja, alter Junge.«

»Heute abend? In Fair Grace? Und morgen abend in einer anderen Stadt? Und so weiter, bis ... wann?«

»Es tut mir leid, Peter. Ich habe keine Ahnung, wie lange es so weitergehen wird.«

Calthorp stieß einen lauten Schmerzensschrei aus, als eine gewaltige Hand sein Handgelenk packte.

Bock löste seinen Griff. »Tut mir leid, Doc. Ich bin halt aufgeregt.«

»Nun ja«, sagte Calthorp und massierte seinen Unterarm, »es gibt da eine Möglichkeit. Da das ganze Theater am Tag der Wintersonnenwende angefangen hat, könnte es unter Umständen bei der Sommersonnenwende enden. Also am 21. oder 22. Juni. Du bist das Symbol der Sonne. Tatsächlich habe ich den Eindruck, daß diese Leute dich für die Sonne persönlich halten — besonders deswegen, weil du auf einer feurigen Stute aus Eisen aus dem Himmel zu ihnen kamst.«

Bock legte den Kopf in beide Hände. Tränen liefen zwischen seinen Fingern hervor; seine nackten Schultern bebten. Calthorp tätschelte sein goldenes Haupt, aber auch er heulte wie ein Schloßhund. Er wußte, wie entsetzlich sich sein Kapitän fühlen mußte, wenn er den Panzer seiner Hemmungen durchbrechen und weinen konnte.

Schließlich stand Bock auf und ging über das Feld auf einen in der Nähe fließenden Bach zu. »Ich muß ein Bad nehmen«, murmelte er. »Ich komme mir schmutzig vor. Wenn ich schon ein Sonnenheld sein muß, will ich wenigstens ein sauberer sein.«

»Da kommen sie«, sagte Calthorp und deutete auf die

Menschenmenge, die in einer Entfernung von fünfzig Metern gewartet hatte. »Deine gläubigen Jünger, und deine Leibwächter.«

Bock verzog das Gesicht. »Im Moment kann ich mich selbst nicht mehr riechen. Aber gestern abend hat mir das, was ich getan habe, großen Spaß gemacht. Ich hatte keinerlei Hemmungen. Ich habe den geheimen Traum eines jeden Mannes ausgelebt — unbegrenzte Gelegenheit und unerschöpfliche Kraft. Ich war ein *Gott*!«

Er hielt inne und packte erneut Calthorps Arm.

»Geh zum Schiff zurück! Besorg dir ein Schießeisen und schmuggle es an den Wachen vorbei. Dann kommst du zurück und verpaßt mir einen Kopfschuß — damit ich endlich von dieser Sache erlöst bin!«

»Tut mir leid, aber ich wüßte nicht, wo ich ein Schießeisen herkriegen sollte. Ich weiß von Tom Tobacco, daß alle Waffen aus dem Schiff entfernt und in einen geheimen Raum eingeschlossen wurden. Und zweitens . . . Ich kann dich nicht töten. Wo es Leben gibt, gibt es auch noch Hoffnung. Wir werden schon aus diesem Tollhaus herauskommen.«

»Dann sag mir, wie!« verlangte Bock.

Doch sie hatten keine Zeit mehr, das Gespräch fortzusetzen. Die Menge hatte das Feld inzwischen überquert und umringte sie. Es war unmöglich, ein Gespräch zu führen, wenn Hörner und Trommeln einem die Ohren volldröhnten, Panflöten schrillten und Männer und Frauen mit lauter Stimme quasselten, und außerdem bestand eine Gruppe wunderschöner Mädchen darauf, Bock zu baden, abzutrocknen und anschließend mit duftenden Ölen einzureiben. Es dauerte nicht lange, dann hatte die Menge die beiden Männer getrennt.

Bock fühlte sich allmählich besser.

Die geschickten Hände der Mädchen massierten seine Bärbeißigkeit weg, und als die Sonne sich dem Zenit näherte, wuchsen seine Kräfte wieder. Um vierzehn Uhr strotzte er vor Vitalität. Er wollte aufstehen und sich ein bißchen umsehen.

Leider war aber Siestazeit. Die Menge verteilte sich unter den Bäumen und anderswo, um sich in den Schatten zu legen.

Ein paar Gläubige blieben um Bock herum stehen. Er erkannte an ihrem schläfrigen Gesichtsausdruck, daß sie sich am liebsten auch hingelegt hätten. Doch das konnten sie nicht. Sie waren seine Garde — schlanke, hagere Männer, mit Speeren und Messern bewaffnet. Ein paar Meter weiter standen einige Bogenschützen. Sie hatten eigenartige Pfeile bei sich, deren Schäfte statt breiter Eisenspitzen lange Nadeln aufwiesen. Zweifellos waren sie mit einer Droge bestrichen worden, um jene Sonnenhelden zu lähmen, die vielleicht das Wagnis eingingen, sich davonzustehlen.

Bock hielt es für töricht, Wachen aufzustellen. Jetzt, wo er sich besser fühlte, dachte er nicht im Entferntesten an eine Flucht. Ganz im Gegenteil — er fragte sich, wie er nur auf einen solch blöden Einfall gekommen war.

Warum sollte er weglaufen und das Risiko eingehen, getötet zu werden, wenn es für ihn noch soviel zu erleben gab?

Er wanderte über die Felder, und die Wachen folgten ihm in respektvollem Abstand. Auf der Wiese standen etwa vierzig Zelte, und dreimal so viele Leute hatten sich zum Schlafen ausgestreckt. Im Moment interessierte Bock sich überhaupt nicht für sie.

Er wollte mit dem Mädchen in dem Käfig reden.

Seit man ihn ins Weiße Haus gebracht hatte, hatte er sich pausenlos gefragt, wer sie war und warum man sie gefangenhielt. Seinen Fragen war man mit dem ihn in Wut versetzenden *Was geschehen wird, wird geschehen* begegnet. Ihm fiel ein, daß er das Mädchen gesehen hatte, als man ihn zur Hohepriesterin Virginia gebracht hatte. Seine Erinnerung brachte zwar auch das quälende Gefühl der Scham zurück, das er vor einer kurzen Weile empfunden hatte, doch es löste sich rasch wieder auf.

Der Käfig stand auf einem Karren im Schatten einer Platane; der Hirsch, der ihn zog, äste in der Nähe. Im näheren Umkreis waren keine Wachen zu sehen.

Das Mädchen saß auf einem eingebauten Klohocker in einer Käfigecke. In ihrer Nähe stand ein Bauer; er rauchte eine Zigarre und wartete darauf, daß sie fertig wurde. Wenn es soweit war, würde er den Topf aus der Nische unter dem Hocker nehmen und ihn auf sein Feld tragen, um den Boden zu düngen.

Das Mädchen trug eine Baseballmütze mit langem Schirm, ein graues Hemd, und die schenkellangen Hosen aller Maskottchen, doch im Moment hingen sie auf ihren Knöcheln. Das Mädchen hielt den Kopf gebeugt, doch Bock glaubte nicht, daß es damit zu tun hatte, daß es sich schämte, in aller Öffentlichkeit ein Bedürfnis verrichten zu müssen. Dazu hatte er zuviel vom beiläufigen — für ihn natürlich-tierischen — Verhalten dieses Volkes gesehen. Zwar empfanden Dici Scham und Hemmungen bei einer ganzen Reihe von Dingen, doch die öffentliche Exkretion gehörte nicht dazu.

Dicht an der Käfigdecke war eine Hängematte befestigt. In einer Ecke stand ein Besen, und in der gegenüberliegenden befand sich ein am Boden festgeschraubtes Schränkchen. Möglicherweise enthielt es Toilettenartikel, da ein seitlich angebrachtes Regalbrett ein Waschbecken und Handtücher zeigte.

Bock warf einen erneuten Blick auf das Schild, das wie eine Haifinne über dem Käfig aufragte. ›Maskottchen, gefangen bei einem Überfall auf Caseyland.‹ Was hatte das zu bedeuten?

Er wußte, daß man mit dem Wort ›Maskottchen‹ in Dici eine menschliche Jungfrau bezeichnete. Das Wort ›Jungfrau‹ war den jungfräulichen Göttinnen vorbehalten. Aber es gab noch viel, das Bock nicht verstand.

»Hallo«, sagte er.

Sie zuckte zusammen, als hätte er sie aus dem Schlaf gerissen. Dann hob sie den Kopf, um ihn anzusehen. Sie hatte große, dunkle Augen und zarte Gesichtszüge. Ihre

Haut war hell, doch als sie Bock sah, wurde sie noch weißer und drehte den Kopf zur Seite.

»Hallo, habe ich gesagt. Kannst du nicht reden? Es tut dir bestimmt nicht weh.«

»Ich möchte nicht mit dir sprechen, du Tier«, erwiderte sie mit zittriger Stimme. »Geh weg!«

Bock hatte einen Schritt auf den Käfig zugetan, doch jetzt hielt er inne.

Natürlich hatte sie ihn gestern abend beobachtet. Und selbst wenn sie die Augen geschlossen hatte — das Geschrei konnte ihren Ohren nicht entgangen sein. Wahrscheinlich hatte die Neugier sie gezwungen, die Augen wieder zu öffnen. Zumindest dann und wann.

»Ich konnte nichts dafür«, sagte er. »Das Ding hier hat es getan, nicht ich.« Er berührte sein Geweih. »Es beeinflußt mich irgendwie. Ich bin nicht mehr ich selbst.«

»Geh weg!« sagte sie. »Ich möchte nicht mit dir sprechen. du bist ein heidnischer Teufel.«

»Etwa deswegen, weil ich nichts anhabe?« fragte Bock. »Ich könnte mir ja einen Kilt anziehen.«

»Geh weg!«

Ein Wächter trat neben ihn. »Großer Bock, möchtest du das Mädchen haben? Du kannst es später bekommen, aber nicht jetzt. Nicht vor dem Ende der Reise. — Dann wird die Große Weiße Mutter es dir geben.«

»Ich will mich nur mit ihm unterhalten.«

Der Gardist lächelte. »Ein kleines Feuer unter ihrem süßen kleinen Arsch würde sie vielleicht zum Reden bringen. Leider ist es uns *noch* nicht gestattet, sie zu foltern.«

Bock drehte sich um. »Ich werde schon eine Methode finden, um sie zum Reden zu bringen. Aber später. Im Moment möchte ich erst ein kühles Bier.«

»Sofort, Herr!«

Der Gardist blies schrill in eine Flöte, ohne sich darum zu scheren, daß er damit das halbe Lager aufweckte. Ein Mädchen kam um eine Zeltecke gerannt.

»Kaltes Bier!« schrie der Gardist.

Das Mädchen rannte auf das Zelt zu und kehrte rasch mit einem Tablett zurück, auf dem ein kupferner Krug stand. Tropfen liefen an ihm herunter.

Bock nahm den Krug, ohne dem Mädchen zu danken, an sich und setzte ihn an die Lippen. Er setzte ihn erst wieder ab, als er leer war.

»Das war gut«, sagte er laut. »Aber Bier bläht einem nur den Bauch auf. Habt ihr keinen eisgekühlten Blitz?«

»Natürlich, Herr.«

Das Mädchen kehrte mit einem silbernen Krug voller Eisstücke und einem weiteren mit klarem Whisky aus dem Zelt zurück. Sie kippte den Schnaps auf das Eis und reichte Bock das Gefäß.

Er leerte den Krug zur Hälfte, dann stellte er ihn auf das Tablett zurück.

Der Gardist wurde unruhig. »Großer Bock, wenn du in diesem Tempo weitermachst, müssen wir dich nach Fair Grace tragen!«

»Ein Sonnenheld«, sagte das Mädchen, »kann soviel vertragen wie zehn Männer, und auch dann kann er in einer Nacht noch hundert Maskottchen umlegen.«

Bock lachte dröhnend. »Natürlich, Sterblicher, weißt du das nicht? Was ist außerdem der Vorteil, ein Großer Bock zu sein, wenn man nicht das tun darf, was man will?«

»Vergib mir, Herr«, sagte der Gardist. »Es ist halt so, daß ich weiß, wie begierig die Bewohner von Fair Grace sind, dich willkommen zu heißen. Im vergangenen Jahr, als der Sonnenheld ein Löwe war, hat er nämlich die andere Straßenseite genommen, die aus Washington herausführt. Die Bewohner von Fair Grace konnten nicht an den Zeremonien teilnehmen. Wenn du dich nicht bei ihnen zeigst, würden sie sehr traurig sein.«

»Sei kein Narr«, sagte das Mädchen. »Du solltest nicht so mit dem Sonnenhelden reden. Stell dir vor, er wird wütend und beschließt, dich zu töten! Das ist schon vorgekommen, wie du weißt.«

Der Gardist erbleichte. »Mit deiner Erlaubnis, Herr, werde ich zu meinen Freunden zurückkehren.«

»Tu das!« sagte Bock lachend.

Der Gardist trottete auf eine Gruppe von Wächtern zu, die etwa fünfzig Meter von ihnen entfernt standen.

»Ich habe schon wieder Hunger«, sagte Bock. »Bring mir was zu essen. Jede Menge Fleisch.«

»Jawohl, Herr.«

Bock sah sich das Lager an. Als er auf einen grauhaarigen, dicken Mann stieß, der in einer zwischen zwei Dreibeinen baumelnden Hängematte schnarchte, kippte er ihn um und ließ ihn zu Boden fallen. Brüllend vor Lachen strolchte er im Lager umher und schrie in das Ohr aller Schläfer, die er sah. Die Leute richteten sich erschreckt und mit klopfendem Herzen auf. Bock ging lachend weiter, packte das Bein eines Mädchens und kitzelte seine Fußsohlen. Das Mädchen kreischte vor Lachen, dann fing es an zu heulen und bat ihn, aufzuhören. Ein junger Mann — ihr Verlobter — stand dabei, ohne Anstalten zu machen, ihm zu helfen. Er ballte zwar die Fäuste, aber es wäre Gotteslästerung gewesen, sich dem Sonnenhelden in den Weg zu stellen.

Bock schaute auf und musterte ihn. Dann runzelte er die Stirn, ließ das Bein des Mädchens los und stand auf. In diesem Moment näherte sich das Mädchen, das er um Nahrung geschickt hatte, mit einem Tablett. Darauf standen zwei Krüge mit Bier. Bock nahm einen Krug und leerte den Inhalt gelassen über den Kopf des jungen Mannes. Die beiden Mädchen lachten — und dies schien das Signal zu sein, um das gesamte Lager zu wecken. Die ganze Meute lachte los.

Das Mädchen mit dem Tablett nahm den anderen Bierkrug und schüttete ihn über den Kopf des Dicken, den Bock aus der Hängematte geworfen hatte. Die kalte Flüssigkeit ließ ihn spuckend aufspringen. Er rannte in sein Zelt und kam mit einem kleinen Bierglas zurück. Er stülpte ihn um und machte das Mädchen naß.

Im gesamten Lager brach eine Bierspritz-Party aus. Auf der ganzen Wiese gab es keinen Menschen, der nicht vom Bier oder Whisky tropfnaß war — ausgenommen das Mädchen im Käfig. Selbst der Sonnenheld wurde geduscht. Als die kalte Flüssigkeit über seinen Körper lief, lachte er und beeilte sich, für Nachschub zu sorgen. Doch unterwegs kam ihm eine neue Idee: Er stürzte die Zelte um, damit die Leute, die sich gerade darin aufhielten, festsaßen. Heulende Wutschreie kamen aus dem Innern der eingestürzten Zelte. Die anderen fingen an, Bocks Handlung nachzuahmen. Kurz darauf stand auf der Wiese kaum noch ein Zelt.

Bock packte das Mädchen, das ihn bedient und das, dessen Fuß er gekitzelt hatte. »Ihr beiden müßt Maskottchen sein«, sagte er, »sonst wärt ihr nicht halbnackt. — Wieso habe ich euch gestern abend übersehen?«

»Wir sind nicht schön genug für den ersten Abend.«

»Dieses Urteil können nur Blinde abgegeben haben!« brüllte Bock. »Ihr seid die schönsten und begehrenswertesten Mädchen, die ich je gesehen habe!«

»Wir danken dir. Doch es ist nicht nur die Schönheit, Herr, die einen befähigt, Braut des Sonnenhelden zu werden. Auch wenn ich es nicht gern sage, denn ich habe Angst vor dem, was passieren könnte, wenn eine Priesterin mich hört. — Aber es ist wahr: Wenn mein Vater zufällig reich wäre und Beziehungen hätte, wären meine Chancen viel größer gewesen.«

»Und warum hat man euch beide dann ausgewählt, zu meinem Hofstaat zu gehören?«

»Wir haben bei den Miss Amerika-Wahlen zweite Plätze belegt, Herr. Zu deinem Hofstaat zu gehören, ist zwar keine so große Ehre wie ein Debüt in Washington, aber immer noch eine große Ehre. Und wir hoffen, daß heute abend in Fair Grace ...«

Die beiden sahen ihn mit großen Augen an. Ihre Lippen und Brustwarzen schwollen an, und sie atmeten schwer.

»Warum bis heute abend warten?« schrie Bock.

»Es entspricht nicht dem Brauch, zur Sache zu kommen, bevor die Riten beginnen, Herr. — Jedenfalls erholen sich die meisten Sonnenhelden von der vergangenen Nacht erst gegen Abend ...«

Bock genehmigte sich noch einen Krug. Dann warf er das leere Gefäß so hoch in die Luft, wie er konnte und lachte.

»Ich bin eben ein Sonnenheld, wie ihr noch keinen erlebt habt! Ich bin der *wahre* Bock!«

Er packte die Taillen der Mädchen, klemmte sich eins unter jeden Arm und trug sie ins Zelt.

6. Kapitel

Churchill wich zurück und versuchte, noch ein paar Zähne aus dem zahnlückigen Seemannsmund zu treten. Doch der Ziegelstein, der ihn getroffen hatte, hatte ihn benommener gemacht, als vermutet. Er konnte kaum noch die Beine heben.

»Hättste wohl gern, was?« quäkte Zahnlücke.

Er war bei Churchills bedrohlicher Bewegung zurückgewichen. Jetzt trat er siegesgewiß wieder vor, und sein Messer zuckte auf Churchills Solarplexus zu.

Ein Kreischen ertönte; ein kleiner Mann machte einen Satz nach vorn und schob seinen Arm in die gleiche Richtung, die auch die Klinge nahm. Die Spitze fuhr durch seine geöffnete Handfläche und kam blutigrot an der anderen Seite heraus.

Es war Sarvant, der diesen plumpen, doch wirkungsvollen Versuch unternommen hatte, um seinen Freund vor dem Tod zu bewahren.

Doch das Messer hielt nur einen Augenblick in seiner Bewegung inne. Ein anderer Seemann versetzte Sarvant einen Schubs, so daß er nach hinten fiel. Das Messer steckte noch immer in seiner Hand. Der Seemann fuhr herum, um das zu beenden, woran sein Kumpan gehindert worden war.

487

Dann fingen Churchills Ohren ein äußerst schrilles Pfeifen auf. Der Mann hielt inne. Der Pfeifer streckte einen langen Schäferstab aus, dessen gekrümmtes Ende sich um Zahnlückes faltigen Hals legte.

Der Pfeifer war hellblau gekleidet, und seine blauen Augen paßten dazu. Sie waren so kalt, wie Augen sein können.

»Diese Männer stehen unter Columbias persönlichem Schutz«, sagte der Fremde. »Ihr werdet sofort verschwinden — es sei denn, ihr legt Wert darauf, in zehn Minuten zu hängen. Und ihr werdet auch keinen Versuch machen, euch später an diesen Männern zu rächen. — Verstanden?«

Die Seeleute wurden unter ihrer tiefen Sonnenbräune blaß. Sie nickten schluckend und nahmen die Beine in die Hand.

»Ich schulde Ihnen mein Leben«, sagte Churchill zitternd.

»Sie schulden es der Großen Weißen Mutter«, sagte der Mann in Blau. »Und sie wird es nehmen, wann es ihr gefällt. Ich bin nur ihr Diener. Für die nächsten vier Wochen stehen Sie unter ihrem Schutz. Ich hoffe, Sie werden sich ihrer Wertschätzung würdig erweisen.«

Er sah sich Sarvants tropfende Hand an. »Ich glaube, Sie schulden auch diesem Mann Ihr Leben. Wenn er auch nur ein Werkzeug Columbias war — er hat ihr gut gedient. Kommen Sie mit! Wir werden uns um die Hand kümmern.«

Sie folgten ihm die Straße entlang. Sarvant stöhnte vor Schmerz; Churchill stützte ihn.

»Das ist der Mann, der uns beschattet hat«, sagte Churchill. »Hatten wir ein Glück! Und — danke für deine Hilfe.«

Sarvants Gesicht verlor seinen schmerzlichen Ausdruck und wurde ekstatisch.

»Ich habe es gern für dich getan, Rud. — Ich würde es auch mit Freuden wieder tun, selbst wenn ich weiß, wie weh es tut. Ich kam mir vor wie ein Gerechter.«

Da Churchill keine Ahnung hatte, was er auf diese Worte antworten sollte, sagte er nichts.

Die beiden Männer schwiegen, bis sie das Gebiet der Werften verlassen hatten und einen Tempel erreichten, der weit von der Straße entfernt lag. Ihr Führer geleitete sie in das kühle Innere. Dort sprach er mit einer Priesterin in einem langen, weißen Gewand, die sie daraufhin in einen kleinen Raum führte. Man bat Churchill, er möge warten. Dann nahm man Sarvant mit.

Churchill widersprach nicht. Er war sicher, daß man Sarvant gegenüber keine bösen Absichten verfolgte — im Moment.

Laut einer großen Sanduhr, die auf einem Tisch stand, schritt er eine Stunde lang auf und ab. Der Raum war dunkel und kühl, und es war sehr ruhig hier.

Als er gerade dazu ansetzte, die Sanduhr umzustülpen, kehrte Sarvant zurück.

»Wie geht's der Hand?«

Sarvant hielt sie hoch, damit Churchill sie ansehen konnte. Sie war nicht bandagiert. Man hatte das Loch verklebt; irgendein transparenter Film bedeckte die Wunde.

»Man hat mir erzählt, daß ich sofort wieder schwere Arbeit verrichten kann«, sagte Sarvant nachdenklich. »Rud, dieses Volk mag zwar in mancherlei Hinsicht rückständig sein, aber wenn es um die Biologie geht, braucht es sein Licht nicht unter den Scheffel zu stellen. Die Priesterin hat mir erzählt, daß dieses dünne Zeug Pseudofleisch ist. Es wird wachsen und die Wunde schließen, als wäre sie nie dagewesen. Man hat mir eine Bluttransfusion gegeben, dann habe ich etwas gegessen. Hinterher fühlte ich mich wie mit Energie aufgeladen. — Aber gratis war die Behandlung nicht«, schloß er sarkastisch. »Ich kriege später eine Rechnung.«

»Ich habe den Eindruck, daß diese Zivilisation keine Nassauer toleriert«, sagte Churchill. »Wir sollten uns lieber eine Arbeit suchen, und zwar fix.«

Sie verließen den Tempel und nahmen ihre unterbrochene Reise zu den Werften wieder auf. Diesmal erreichten sie den Potomac River ohne Zwischenfälle.

Die Kaimauern erstreckten sich mindestens zwei Kilometer am Ufer entlang. An vielen Stellen waren Schiffe vertäut, doch manche ankerten auch mitten im Fluß. »Sieht aus wie ein Bild aus einem Hafen des frühen neunzehnten Jahrhunderts«, sagte Churchill. »Segler aller Größen und Typen. Ich habe zwar nicht damit gerechnet, auf Dampfer zu stoßen, aber ich kann mir eigentlich nicht vorstellen, daß dieses Volk nicht weiß, wie man sie baut.«

»Die Öl- und Kohlevorräte waren doch längst erschöpft, als wir die Erde verließen«, sagte Sarvant. »Aber natürlich könnten Dampfer auch Holz verbrennen. Es gibt zwar viele Bäume hier, aber ich habe den Eindruck, daß man sie nur dann fällt, wenn es unvermeidbar ist. Entweder hat man das Herstellungsverfahren von atomarem Brennstoff vergessen, oder das Wissen wird unterdrückt.«

Die Kraft des Windes mag zwar langsam sein«, sagte Churchill, »aber sie kostet nichts, und jeder kann sich ihrer bedienen. Und wenn man Zeit hat, kommt man auch ans Ziel. — Mensch, schau dir den tollen Kahn mal an!«

Er deutete auf einen Einmaster, eine Jacht mit weißem Kiel und scharlachrotem Segel. Das Schiff drehte gerade bei und machte Anstalten, genau vor ihnen an der Kaimauer anzulegen.

Churchill winkte Sarvant zu und ging die Stufen hinunter, die am Ufer endeten. Er unterhielt sich gern mit Schiffern, und die Leute an Bord der Jacht wirkten wie jener Menschenschlag, für den er während der College-Sommerferien gearbeitet hatte.

Der Mann am Ruder war ein grauhaariger, kräftiger Bursche von Mitte fünfzig. Die beiden anderen sahen aus wie sein Sohn und seine Tochter. Der junge Mann war hochgewachsen, hatte eine sportliche Figur und sah gut aus. Er war blond und etwa Mitte zwanzig. Seine Schwester war klein. Ihre Oberweite war gut entwickelt, und sie hatte eine schmale Taille, lange Beine, ein hübsches Gesicht und langes, honigblondes Haar. Sie war irgendwo zwischen sechzehn und achtzehn, trug weite, glockenförmige Hosen und eine kurze blaue Jacke. Ihre Füße waren nackt.

Sie stand am Bug der Jacht, und als sie die beiden Männer sah, die am Kai warteten, blitzten ihre weißen Zähne auf, und sie rief: »Pack mal das Tau, Seemann!«

Churchill fing es auf und zog die Jacht an die Kaimauer. Das Mädchen sprang von Bord und lächelte. »Danke, Seemann!«

Der junge blonde Mann langte in die Tasche seines Kilts und warf Churchill eine Münze zu. »Für Ihre Mühe, mein Lieber.«

Churchill drehte die Münze um. Es war eine Columbia. Wenn jemand für einen solch geringen Dienst so großzügige Trinkgelder geben konnte, war er es bestimmt wert, daß man seine Bekanntschaft machte.

Er warf dem jungen Mann die Münze zurück. Obwohl es ihn überraschte, fing er sie geschickt mit der Hand auf.

»Ich danke Ihnen«, sagte Churchill, »aber ich bin keines Menschen Lakai.«

Die Augen des Mädchens weiteten sich. Churchill sah, daß es dunkle, blaugraue Augen hatte.

»Wir wollten Sie nicht beleidigen«, sagte es. Die Stimme gefiel Churchill. Sie war tief und kehlig.

»Ich habe mich auch nicht beleidigt gefühlt«, sagte Churchill.

»An ihrer Betonung höre ich, daß Sie nicht aus Dici sind«, sagte das Mädchen. »Würde es Sie beleidigen, wenn ich Sie frage, wo Ihre Heimatstadt liegt?«

»Nicht im geringsten. — Ich wurde in Manitowoc geboren, einer Stadt, die nicht mehr existiert. Mein Name ist Rudyard Churchill, und mein Gefährte heißt Nephi Sarvant. Er stammt aus Mesa in Arizona. Wir sind zwar achthundert Jahre alt, doch für unser Alter noch ziemlich gut in Schuß.«

Das Mädchen holte tief Luft. »Oh — Brüder des Sonnenhelden!«

»Ja, wir sind Gefährten von Kapitän Bock.« Es freute Churchill, daß sie so großen Eindruck auf das Mädchen machten.

Der Vater des Mädchens streckte eine Hand aus, und an dieser Geste erkannte Churchill, daß man ihn und Sarvant als Gleichgestellte akzeptierte — jedenfalls im Augenblick.

»Ich bin Res Withrow. Das sind mein Sohn Bob und meine Tochter Robin.«

»Sie haben ein wunderbares Schiff«, sagte Churchill, der wußte, daß dies die beste Methode war, um mit jemandem wie Withrow ins Gespräch zu kommen.

Res Withrow fing sofort an, die Vorzüge seiner Jacht zu schildern, und seine Kinder trugen begeistert zu der Lobeshymne bei. Nach einer Weile kam es in ihrer Konversation zu einer kurzen Pause, und Robin sagte atemlos: »Oh, Sie müssen so viele Dinge gesehen haben — so viele wunderbare Dinge, wenn es stimmt, daß sie auf anderen Sternen waren! Ich würde so gern etwas davon hören!«

»Ja«, sagte Withrow, »das würde ich auch sehr gern. Warum sind Sie heute abend nicht meine Gäste? Oder — haben Sie vielleicht für heute abend schon eine Verabredung?«

»Es wäre uns eine Ehre«, sagte Churchill. »Aber ich fürchte, wir haben nicht die richtige Kleidung, um uns an Ihren Tisch zu setzen.«

»Machen Sie sich deswegen keine Sorgen«, sagte Withrow herzlich. »Ich würde schon dafür sorgen, daß Sie so eingekleidet werden, wie es den Brüdern des Sonnenhelden zusteht.«

»Können Sie mir vielleicht sagen, was aus Bock geworden ist?«

»Soll das heißen, Sie wissen es nicht? — Tja, aber es kann schon gut möglich sein. Wir können heute abend darüber reden. Es gibt offenbar auch ein paar Dinge, die Sie nicht über die Erde wissen, die Sie vor so phantastisch langer Zeit verlassen haben. Ist es die Möglichkeit? Vor achthundert Jahren? Columbia, steh uns bei!«

Robin hatte sich ihrer Jacke entledigt und stand nun von der Taille aufwärts nackt da. Sie hatte zwar einen umfangreichen Busen, aber sie schien darauf nicht stolzer zu sein als auf ihre anderen Körperteile. Es war ihr gewiß nicht unbekannt, daß sie hübsch war, aber sie machte nicht den Eindruck, als hätte dieses Wissen irgendwelchen Einfluß auf die Grazie ihrer Bewegungen, oder als wolle sie irgendwie kokett wirken.

Ihr Verhalten blieb auf Sarvant nicht ohne Wirkung: er ließ es nicht zu, daß sein Blick — abgesehen von sehr kurzen Intervallen — auf ihrem Körper verweilte. *Wie komisch*, dachte Churchill. *Obwohl Sarvant die Kleidung der Jungfrauen von Dici verdammt, hat er sich offenbar nicht gestört gefühlt, als wir durch die Straßen von Washington gegangen sind.* Vielleicht hatte es damit zu tun, daß er die anderen Mädchen unpersönlicher — wie die wilden Eingeborenen eines fremden Landes — sah, solange sich aus einer Bekanntschaft keine persönlichen Beziehungen entwickelten.

Gemeinsam gingen sie die Kaitreppe hinauf. Oben wartete eine Kutsche auf sie. Sie wurde von zwei großen Rotwildhirschen gezogen. Außer dem Kutscher gab es noch zwei Bewaffnete, die auf einer Plattform am Ende der Kutsche standen.

Withrow und Sohn setzten sich und luden Churchill ein, neben ihnen Platz zu nehmen. Robin setzte sich ohne zu zögern sehr eng neben ihn. Eine ihrer Brüste drückte gegen Churchills Arm. Er spürte, wie die Hitze von seinem Arm bis in sein Gesicht stieg und verwünschte sich, weil er die Wirkung, die sie in ihm erzeugte, nicht verbergen konnte.

Sie fuhren in einem flotten Tempo durch die Straßen, wobei es dem Kutscher offenkundig klar war, daß die Fußgänger ihm entweder aus dem Weg gingen oder die Konsequenzen tragen mußten. Nach fünfzehn Minuten hatten sie die Regierungsgebäude hinter sich gelassen und befanden sich in einem Viertel, das für die Reichen und Mächtigen reserviert war. Sie bogen in eine lange Einfahrt ein, die mit Schotter bestreut war, und hielten vor einem großen weißen Haus.

Churchill sprang ab und streckte die Hand aus, um Robin aus der Kutsche zu helfen. Sie lächelte und sagte: »Vielen Dank«, aber schon fiel sein Blick auf den in ihrem Garten stehenden, großen Totempfahl. Er wies die stilisierten Köpfe mehrerer Tiere auf, aber die meisten waren Katzen.

Withrow erkannte, was Churchill tat. »Ich bin ein Löwe«, sagte er. »Meine Frau und meine Töchter gehören der Schwesternschaft der Waldkatzen an.«

»Ich war nur verwundert«, sagte Churchill. »Ich weiß zwar, daß das Totem ein mächtiger Faktor in ihrer Zivilisation darstellt, aber die Vorstellung ist immer noch eigenartig für mich.«

»Mir ist aufgefallen, daß Sie nichts tragen, was Sie mit einer Bruderschaft in Verbindung bringt«, sagte Withrow. »Ich glaube, ich könnte etwas tun, damit Sie in die meine aufgenommen werden. Es ist besser, wenn man einer Bruderschaft angehört. Außer Ihnen beiden kenne ich niemanden, der keiner angehört.«

Sie wurden von fünf jungen Leuten unterbrochen, die aus dem Haupteingang schwärmten und sich freudig an den Hals ihres Vaters hängten. Withrow stellte die nackten Jungen und Mädchen vor, und dann, als sie die Veranda erreichten, machte er sie mit seiner Gattin Angela bekannt. Sie war eine dicke Frau in den mittleren Jahren, die früher wahrscheinlich sehr schön gewesen war.

Sie begaben sich alle in einen kleinen Vorraum und traten dann in einen Saal, der die Länge des gesamten Hauses einnahm. Es war eine Kombination aus Wohn-, Schlaf- und Eßzimmer.

Withrow beauftragte seinen Sohn Bob, dafür zu sorgen, daß seine Gäste gebadet wurden. Churchill und Sarvant begaben sich in das Innere des Hauses, wo sie eine Dusche nahmen und feine Kleider anlegten, wobei Bob darauf bestand, daß sie sie behielten.

Anschließend kehrten sie in den Hauptraum zurück, wo Robin sie mit einem Glas Wein versorgte. Churchill nahm Sarvant, der sich weigern wollte, das Getränk zu nehmen, beiseite.

»Ich weiß, daß es gegen deine Prinzipien ist«, sagte er leise zu ihm, »aber wenn du ablehnst, beileidigst du vielleicht unsere Gastgeber. Trink wenigstens einen kleinen Schluck.«

»Wenn ich schon bei Kleinigkeiten nachgebe, gebe ich vielleicht später auch bei großen Dingen nach«, sagte Sarvant.

»Na schön, dann bleib halt ein sturer Trottel«, flüsterte Churchill wütend. »Aber du solltest wissen, daß man von einem Glas nicht betrunken werden kann.«

»Ich werde das Glas an die Lippen setzen«, sagte Sarvant. »Aber weiter kann ich wirklich nicht gehen.«

Churchill war zwar wütend auf ihn, aber er war nicht zornig genug, um das ausgezeichnete Bouquet des Weines nicht schätzen zu können. Als er sein Glas geleert hatte, wurde er zu Tisch gerufen. Withrow bat seine Gäste, rechts von ihm, auf dem Ehrenplatz zu sitzen. Churchill saß direkt neben ihm.

Robin saß ihm am Tisch gegenüber. Er war glücklich; es war eine Freude, sie nur anzusehen.

Angela Withrow saß am anderen Ende des Tisches. Withrow sprach Gebete, zerteilte das Fleisch und reichte es den Gästen und seiner Familie. Angela redete zwar ziemlich viel, doch sie unterbrach ihren Gatten nie. Obwohl die Kinder kicherten und miteinander flüsterten, achteten sie sorgfältig darauf, ihren Vater nicht zu verärgern. Selbst die ungefähr zwanzig Hauskatzen, die überall im Raum herumschlichen, wußten sich bestens zu benehmen.

Die Tafel machte keinesfalls den Eindruck, als lebe man in einem armen Land. Neben allen einheimischen Früchten und Gemüsen gab es Wildbret, Ziegensteaks, Hähnchen- und Truthahnfleisch, Schinken und gebratene Heuschrecken und Ameisen. Lakaien sorgten dafür, daß ihre Wein- und Biergläser stets gefüllt waren.

»Ich bin zwar wirklich gespannt darauf, was Sie auf Ihrer Sternenreise alles erlebt haben«, dröhnte Withrow, »aber lassen Sie uns später darüber reden. Während des Essens wollen wir uns keine komplizierten Themen vornehmen. Ich werde Ihnen etwas über meine Familie erzählen, damit sie uns besser kennenlernen und sich wie zu Hause fühlen.«

Withrow schaufelte große Essensmengen in den Mund und redete dabei. Er war auf einem kleinen Bauernhof in Südvirginia zur Welt gekommen, nicht weit von Norfolk entfernt. Sein Vater war ein ehrenwerter Mann gewesen, da er Schweine gezüchtet hatte — und wie jeder (außer den Sternenfahrern) wußte, gab es in Dici keine höher respektierten Menschen als Schweinezüchter.

Withrow jedoch hatte sich nicht den Schweinen verschrieben. Da er schon immer in Schiffe vernarrt gewesen war, hatte er den Bauernhof nach der Schule verlassen und war nach Norfolk gegangen. Seine Schulausbildung war ungefähr mit der achten Hauptschulklasse in Churchills Zeiten zu vergleichen. Withrow führte aus, daß es in Dici keine Schulpflicht gab. Es hatte seinen Vater eine Menge Geld gekostet, ihn zur Schule zu schicken. Die meisten Menschen waren Analphabeten.

Withrow war als Schiffsjunge auf einem Fischerboot gefahren. Nach ein paar Jahren hatte er genügend gespart, um in Norfolk auf eine Schule zu gehen, wo nautische Navigation gelehrt wurde. Aufgrund der Anekdoten, die er über seinen dortigen Aufenthalt erzählte, erfuhr Churchill, daß man wenigstens den Kompaß und den Sextanten noch kannte.

Obwohl Withrow Seemann gewesen war, hatte er sich keiner Seemannsbruderschaft angeschlossen. Schon in jungen Jahren hatte er weit in die Zukunft geplant. Er wußte, daß die mächtigste Bruderschaft in Washington die der Löwen war. Es war zwar nicht einfach für einen relativ armen jungen Mann, von dieser Bruderschaft aufgenommen zu werden, aber er hatte eine Glückssträhne gehabt.

»Columbia nahm mich höchstpersönlich unter ihre Fittiche«, sagte er und klopfte dreimal auf die Tischplatte. »Ich prahle nicht, Columbia, ich lasse diese Männer lediglich von deiner Güte wissen! — Ja, ich war nur ein gewöhnlicher Seemann, auch wenn ich am Mathematischen Institut von Norfolk mein Examen machte. Ich brauchte die Patronage eines reichen Mannes, damit man mich überhaupt empfing, um den Aufnahmeantrag zu stellen. Und diesen Patron bekam ich! — Es war während meiner Zeit auf der Handelsbrigg *Petrel*, wir waren nach Miami in Florida unterwegs. Die Floridaner hatten gerade eine große Seeschlacht verloren und ersuchten um Frieden. Wir waren das erste Dici-Schiff, das nach zehn Jahren Waren nach Florida brachte, deswegen erwarteten wir ein tolles Geschäft. Wir gingen davon aus, daß die Floridaner uns die Waren aus den Händen reißen würden, auch wenn ihnen unsere Gesichter nicht gefielen. Doch unterwegs wurden wir von karelianischen Piraten überfallen.«

Im ersten Moment glaubte Churchill, die Karelianer stammten aus Carolina, doch ein paar weitere Einzelheiten Withrows machten ihm klar, daß er sich geirrt hatte. Dann gewann er den Eindruck, daß die Karelianer aus Europa kamen. Wenn es stimmte, war Amerika doch nicht so isoliert, wie er angenommen hatte.

Die karelianischen Schiffe hatten die Brigg gerammt. Dann hatten die Piraten die *Petrel* geentert. Während des folgenden Kampfes hatte Withrow einen reichen Passagier davor bewahrt, von einem karelianischen Breitschwert in zwei Hälften gehauen zu werden. Zwar hatte man die Karelianer besiegen können, doch nur mit großen Verlusten. Da alle Offiziere umgekommen waren, hatte Withrow das Kommando übernommen. Statt nach Hause zurückzukehren, war er nach Miami gesegelt und hatte die Ladung mit großem Gewinn verkauft.

Von diesem Tag an war es nur noch aufwärts gegangen.

Man hatte ihm ein eigenes Schiff gegeben. Als Kapitän hatte er viel mehr Möglichkeiten gehabt, ein eigenes Vermögen anzuhäufen. Außerdem hatte der Mann, dem er das Leben gerettet hatte, genau gewußt, was in der Geschäftswelt von Washington und Manhattan vor sich ging: Er hatte Withrow finanzielle Vorteile verschafft.

»Ich war oft Gast in seinem Haus«, sagte Withrow, »und dort habe ich Angela kennengelernt. Nachdem ich sie geheiratet hatte, wurde ich Geschäftspartner ihres Vaters. Jetzt gehören mir fünfzehn große Handelsschiffe und mehrere Bauernhöfe, und ich bin der stolze Vater dieser hübschen und gesunden Kinder. Möge Columbia uns auch weiterhin wachsen lassen!«

»Trinken wir einen darauf«, sagte Churchill und trank noch einen Wein — seinen zehnten. Er hatte zwar ein paar Anstrengungen unternommen sich zurückzuhalten, damit sein Kopf klar blieb, aber Withrow bestand darauf, daß seine Gäste immer dann tranken, wenn auch er einen Schluck nahm. Sarvant hatte sich geweigert. Withrow sagte zwar nichts dazu, aber er sprach nur noch mit ihm, wenn Sarvant eine direkte Frage an ihn richtete.

Inzwischen war es am Tisch ziemlich laut geworden. Die Kinder tranken Bier und Wein, selbst der jüngste, ein sechsjähriger Junge. Jetzt kicherten sie nicht mehr, sondern lachten laut, besonders dann, wenn Withrow Witze erzählte, die sogar Rabelais entzückt hätten. Die Lakaien, die hinter den Stühlen standen, lachten, bis ihnen die Tränen übers Gesicht liefen und hielten sich die Seiten.

Dieses Volk hatte offenkundig nur wenige Hemmungen. Ihre Gastgeber schmatzten laut und hatten nichts dagegen, mit vollem Mund zu sprechen. Wenn Withrow laut rülpste, bemühten sich seine Kinder, ihn noch zu übertreffen.

Im ersten Moment hatte Churchill der Anblick Robins abgestoßen. Sie aß wie ein Schwein. Ihr Verhalten machte ihm bewußt, wie groß die Kluft war, die sich zwischen ihnen ausbreitete — es war eine Kluft, die mehr war als nur ein Altersunterschied. Nach dem fünften Glas Wein schien sich seine Abscheu jedoch aufzulösen. Churchill begriff, daß ihre Art, mit der Nahrung umzugehen, tatsächlich gesünder war als die seiner Zeit. Außerdem waren Tischsitten an sich weder gut noch schlecht. Es waren die Landessitten, die bestimmten, was akzeptabel war und was nicht.

Sarvant schien nicht so zu denken. Während des Mahls wurde er immer schweigsamer, und gegen Ende traute er sich kaum noch, den Blick von seinem Teller zu erheben.

Withrow wurde noch ausgelassener. Als seine Gattin an ihm vorbeiging, um einer Küchenhilfe etwas zu sagen, versetzte er ihr einen harten, liebevollen Klatsch auf das breite Hinterteil. Er lachte und sagte, es erinnere ihn an die Nacht, in der sie Robin gezeugt hatten. Und dann ging er etwas weiter auf die Einzelheiten dieser besagten Nacht ein.

Mitten in der Geschichte stand Sarvant plötzlich auf und ging aus dem Haus. Hinter ihm herrschte betretene Stille.

Schließlich sagte Withrow: »Ist Ihr Freund krank?«

»In gewisser Hinsicht ja«, sagte Churchill. »Er kommt aus einem Ort, wo Geschlechtlichkeit ein Tabu ist.«

Withrow zeigte Erstaunen. »Aber ... Wie ist das nur möglich? Welch *kurioser* Brauch!«

»Ich könnte mir vorstellen, daß auch Sie Tabus haben«, sagte Churchill. »Sarvant kämen sie wahrscheinlich ebenso kurios vor. Wenn Sie mich bitte entschuldigen wollen? Ich möchte ihn nur fragen, was er vorhat. Ich komme gleich zurück.«

»Sagen Sie ihm bitte, er soll wieder hereinkommen. Einen Mann, der so *verdrehte* Ansichten hat, muß ich mir genauer ansehen.«

Churchill traf Sarvant in einer äußerst ungewöhnlichen Situation an. Er hing auf der halben Höhe des Totempfahls und klammerte sich an einen Tierkopf, um zu verhindern, daß er abstürzte.

Churchill warf einen kurzen Blick auf die vom Mondlicht erhellte Szenerie und machte dann einen Satz ins Haus zurück. »Draußen ist eine Löwin! Sie hat Sarvant auf den Pfahl gejagt!«

»Ach, das ist Alice«, sagte Withrow. »Wir lassen sie nach Einbruch der Dunkelheit immer ins Freie, um Einbrecher abzuschrecken. Robin kann sich um sie kümmern. Sie und ihre Mutter können besser mit größeren Katzen umgehen als ich. — Robin, kannst du Alice wieder in den Zwinger bringen?«

»Ich würde sie lieber mitnehmen«, sagte Robin. Sie sah ihren Vater an. »Hättest du was dagegen, wenn Mr. Churchill mich jetzt zum Konzert begleitet? Du kannst dich doch später noch mit ihm unterhalten. Ich bin mir sicher, daß er unsere Einladung annimmt, solange unser Gast zu sein, wie er will.«

Irgend etwas schien zwischen Vater und Tochter zu geschehen. Withrow grinste und sagte: »Natürlich habe ich nichts dagegen. Mr. Churchill, möchten Sie unser Hausgast werden? Wir würden uns freuen, wenn Sie so lange blieben, wie es ihnen behagt.«

»Ich fühle mich geehrt«, sagte Churchill. »Schließt diese Einladung Sarvant mit ein?«

»Es liegt ganz bei ihm. Aber ich bin mir nicht so sicher, ob er sich bei uns wie zu Hause fühlen wird.«

Churchill öffnete die Tür und ließ Robin vor sich hergehen. Sie ging ohne zu zögern, und packte die Löwin am Halsband. Churchill rief: »Komm runter, Sarvant. Es ist noch nicht an der Zeit, den Löwen einen Christen vorzuwerfen.«

Sarvant kam zögernd herunter. »Ich hätte nicht weichen sollen. Aber ich habe mich wirklich erschreckt. Es war das letzte, was ich erwartet hätte.«

»Niemand nimmt es dir übel, daß du dich verdünnisiert hast«, sagte Churchill. »Ich hätte es nicht anders gemacht. Berglöwen sind nichts, auf das man freiwillig zugeht.«

»Warten Sie einen Moment«, sagte Robin. »Ich gehe eben eine Leine für Alice holen.«

Sie streichelte den Kopf der Löwin und kraulte sie unter dem Kinn. Die große Katze schnurrte wie ein fernes Gewitter, doch dann folgte sie ihrer Herrin um das Haus.

»Na schön, Sarvant«, sagte Churchill. »Warum hast du dich davongemacht wie ein dummer Junge? Weißt du denn nicht, daß so etwas einen Gastgeber tödlich beleidigen kann? Glücklicherweise ist Withrow nicht wütend auf mich geworden. Beinahe hättest du die größte Glückssträhne sabotiert, die wir seit langem hatten.«

Sarvant sah ihn aufgebracht an. »Du hast doch wohl nicht erwartet, daß ich sitzen bleibe und mir dieses tierische Verhalten ansehe? Und dann noch diese obszöne Beschreibung der Kopulation mit seiner Frau!«

»Ich schätze, daran ist wohl in diesen Zeiten und an diesem Ort nichts falsch«, sagte Churchill. »Dieses Volk ist einfach ... nun, einfach erdverbunden. Rammeln macht ihnen eben Spaß; und es gefällt ihnen auch, darüber zu reden.«

»Gütiger Gott, soll das heißen, du verteidigst sie noch?«

»Sarvant, ich verstehe dich nicht. Du bist doch schon Hunderten von Bräuchen begegnet, die viel abscheulicher und *wirklich* ekelerregend waren. Auf Vixa zum Beispiel. Und doch habe ich nie gesehen, daß du rot geworden bist.«

»Das war etwas anderes. Die Vixaner sind ja auch keine Menschen.«

»Sie sind *humanoid*. Man kann sie nach unseren Maßstäben beurteilen.«

»Soll das etwa heißen, die Anekdoten über sein sexuelles Verhalten haben dir Spaß gemacht?«

»Nun ja, ich habe mich schon ein bißchen betreten gefühlt, als er davon geredet hat, wie sie Robin gezeugt haben ... Aber ich glaube, es lag nur daran, weil sie mit am Tisch saß. — Doch ihr war es gewiß nicht peinlich. Sie hat sich beinahe kaputtgelacht.«

»Diese Leute sind degeneriert! Man sollte sie geißeln!«

»Ich dachte, du wärst ein Diener des Friedensfürsten.«

»Was?« sagte Sarvant. Er schwieg eine Weile, dann sagte er recht leise: »Du hast recht. Ich habe gehaßt, wo ich hätte lieben sollen. Aber schließlich bin ich auch nur ein Mensch. Es geschieht mir recht, wenn man mich zur Ordnung ruft — selbst wenn es ein Heide wie du tut.«

»Withrow läßt dich bitten, zurückzukehren.«

Sarvant schüttelte den Kopf. »Nein, dazu fehlt mir wirklich der Mumm. Gott allein weiß, was vielleicht passiert, wenn ich die Nacht dort verbringe. Es würde mich nicht überraschen, wenn er mir auch noch seine Frau anböte.«

Churchill lachte und sagte: »Damit rechne ich eigentlich nicht. Withrow ist schließlich kein Eskimo. Aber du solltest nicht davon ausgehen, daß sie eine lockerere Sexualmoral haben, bloß weil sie lockere Reden führen. Vielleicht sind sie in anderer Hinsicht prüder als wir es zu unserer Zeit waren. — Was willst du jetzt machen?«

»Ich sehe mich nach einer Herberge um und verbringe die Nacht dort. — Und was hast du vor?«

»Ich glaube, Robin will mich zu einem Stadtbummel mitnehmen. Später werde ich dann hier schlafen. Ich möchte mir diese Möglichkeit nicht verscherzen. Withrow ist eventuell genau der richtige Mann, um uns in Dici zu einer ordentlichen Position zu verhelfen. In mancherlei Hinsicht hat Washington sich nicht sonderlich verändert; es zahlt sich immer noch aus, wenn man jemanden mit Einfluß kennt.«

Sarvant streckte ihm die Hand entgegen. Sein Nußknackergesicht trug einen ernsten Eindruck.

»Gott sei mir dir«, sagte er, dann ging er langsam auf die dunkle Straße hinaus.

Robin kam um die Hausecke zurück. Sie hielt eine Leine an der Hand, und in der anderen einen großen Lederbeutel. Offenbar hatte sie noch etwas mehr getan, als die Löwin nur an die Leine zu legen. Obwohl das einzige Licht vom Mond her kam, konnte Churchill erkennen, daß sie sich umgezogen und neues Make-up aufgelegt hatte. Außerdem hatte sie ihre Sandalen gegen hochhackige Schuhe vertauscht.

»Wohin ist Ihr Freund gegangen? fragte sie.

»Er will die Nacht irgendwo anders verbringen.«

»Gut! Er war mir nicht sehr sympathisch. Und ich hatte schon Angst, ich würde grob zu ihm sein müssen. Ich wollte ihn nämlich nicht dazu einladen, mit uns zu kommen.«

»Ich kann mir gar nicht vorstellen, daß Sie grob sein können. Machen Sie sich keine Vorwürfe, weil er ihnen nicht sympathisch ist. Ich glaube, er leidet gern. Wohin gehen wir?«

»Eigentlich wollte ich mir das Parkkonzert anhören. Aber das würde bedeuten, daß wir sehr lange stillsitzen müssen. Wir könnten auch in den Vergnügungspark gehen. Hat es so etwas auch zu Ihrer Zeit gegeben?«

»Ja. Vielleicht ist es ganz interessant, sich mal anzusehen, wie sie sich verändert haben. Aber im Grunde ist es mir gleich, wohin wir gehen. — Wenn ich nur bei Ihnen sein kann.«

»Ich dachte mir schon, daß Sie mich mögen«, sagte Robin lächelnd.

»Welcher Mann würde Sie nicht mögen? Aber ich muß zugeben, es überrascht mich, daß Sie mich offenbar auch mögen. Ich bin doch wirklich keine Schönheit. Ich bin bloß ein rothaariger Ringer mit einem Babygesicht.«

»Ich mag Babies«, erwiderte Robin lachend. »Aber Sie brauchen nicht so zu tun, als wären sie überrascht. Sie haben doch bestimmt schon hundert Mädchen flachgelegt.«

Churchill krümmte sich zusammen. Er war der direkten Sprache der Bewohner von Dici gegenüber keineswegs so unempfindlich, wie Sarvant glaubte.

Er war jedoch klug genug, nicht aufzuschneiden. »Ich schwöre Ihnen«, sagte er, »daß Sie die erste Frau sind, die ich seit achthundert Jahren berührt habe.«

»Große Columbia — dann ist es ein Wunder, daß der Druck Sie noch nicht hat explodieren lassen!«

Robin lachte fröhlich, doch Churchill errötete. Er war froh, daß sie nicht im hellen Licht standen.

»Ich habe eine Idee«, sagte sie. »Warum gehen wir heute abend nicht segeln? Es ist Vollmond, und da sieht der Potomac sicher wunderschön aus. Außerdem wäre es dort etwas kühler. Auf dem Fluß weht immer ein Wind.«

»Schön, aber es ist ein weiter Weg.«

»Virginia, behüte uns! Sie glauben doch nicht, daß wir zu Fuß gehen? Die Kutsche wartet schon auf uns.«

Robin griff in die Tasche ihres glockenförmigen Rocks und zog eine kleine Flöte hervor. Kaum hatte sie einen schrillen Pfiff darauf erzeugt, als auch schon das Geräusch von Hufen und das Knirschen von Wagenrädern auf dem Schotter erklang. Churchill half ihr hinein. Die Löwin sprang hinter ihnen her und legte sich zu ihren Füßen auf den Boden. Der Kutscher rief »Hü!«, und der Wagen fegte über die mondbeschienene Straße. Da zwei Bewaffnete auf der hinteren Plattform mitfuhren, fragte Churchill sich, warum Robin unbedingt die Löwin hatte mitnehmen wollen. Aber wahrscheinlich war sie doppelt geschützt, wenn Alice bei ihr war. Die Löwin war bei einem Kampf zehn Männer wert.

Dann stiegen sie wieder aus. Robin wies die Bediensteten an, so lange zu warten, bis sie von ihrer Segelpartie zurückkehrten. Auf dem Weg zur Kaimauer fragte Churchill: »Werden sie sich nicht langweilen, wenn sie auf uns warten?«

»Kaum. Sie haben eine Flasche Weißen Blitz und einen Würfelbecher mitgenommen.«

Alice sprang als erste an Bord der Jacht. Sie ließ sich in der kleinen Kabine nieder und nahm offenbar an, dort könne ihr das Wasser nichts tun. Churchill löste das Haltetau, stieß das Schiff von der Mauer ab und sprang an Bord. Dann beschäftigten er und Robin sich damit, die Segel zu setzen. Es gab auch noch andere Dinge zu tun.

Es war eine herrliche Fahrt. Der Vollmond versorgte sie mit allem Licht, das sie brauchten und sich wünschten, und die Brise war gerade stark genug, um ihnen die richtige Geschwindigkeit zu verleihen. Die Stadt sah mit ihren vielen tausend flammenden Augen — den Fackeln der sich auf den Straßen aufhaltenden Menschen — wie ein schwarzes Ungeheuer aus. Churchill hielt das Ruder in der Hand. Robin saß neben ihm, und er erzählte ihr, wie Washington zu seiner Zeit ausgesehen hatte.

»Die Stadt bestand aus zahllosen Türmen, die dicht nebeneinander standen und in der Luft durch viele Brücken und unter der Erde durch zahlreiche Tunnels verbunden waren. Sie ragten anderthalb Kilometer hoch in die Luft und reichten ebenso weit in die Tiefe. Es gab keine Nacht mehr, weil die Lichter so hell waren.«

»Und jetzt gibt es das alles nicht mehr«, sagte Robin. »Alles ist geschmolzen und mit Erde bedeckt.«

Sie fröstelte, als mache der Gedanke an all die steinerne und stählerne Pracht und die Millionen Menschen, die längst tot waren, sie frieren. Churchill legte einen Arm um sie, und da sie sich nicht wehrte, küßte er sie.

Churchill hielt diesen Augenblick für den richtigen, um die Segel zu reffen und den Anker auszuwerfen. Er fragte sich, wie die Löwin darauf reagieren würde, aber bestimmt kannte sich Robin in dieser Hinsicht genau aus. Er wäre zwar lieber an Deck geblieben, aber vielleicht war es besser, wenn sie in die kleine Kabine gingen.

Doch dazu kam es nicht. Als Churchill ihr offen sagte, warum er die Segel einholen wollte, erklärte sie ihm, daß es nicht dazu kommen würde. Jedenfalls jetzt noch nicht.

Robin sprach mit leiser Stimme und lächelte ihn dabei an. Sie sagte sogar, daß es ihr leid täte.

»Du machst dir keine Vorstellung, was du mir bedeutest, Rud«, sagte sie. »Ich glaube, ich liebe dich. Aber ich weiß nicht genau, ob ich dich wegen deiner Persönlichkeit liebe, oder weil du ein Bruder des Sonnenhelden bist. Für mich bist du mehr als ein Mensch — in mancherlei Hinsicht bist du ein Halbgott. Du bist vor achthundert Jahren zur Welt gekommen und an so fernen Orten gewesen, daß mir schwindlig wird, wenn ich nur daran denke. Für mich bist du von einem Licht umgeben, das sogar am hellichten Tag strahlt. Aber ich bin ein braves Mädchen. Auch wenn Columbia weiß, daß ich es möchte — ich kann mir nicht erlauben, es mit dir zu tun. Nicht, bevor ich genau weiß ... Aber ich weiß, wie du dich fühlen mußt. Warum gehst du morgen nicht zum Gotew-Tempel?«

Churchill hatte keine Ahnung, wovon sie sprach. Er hatte bloß Angst, ob er sie so beleidigt hatte, daß sie ihn nicht wiedersehen wollte. Es war nicht nur Lüsternheit, die ihn zu ihr hinzog, das wußte er genau. Er liebte dieses wunderschöne Mädchen; er hätte Robin auch dann noch haben wollen, wenn er gerade mit einem ganzen Dutzend Frauen geschlafen hätte.

»Laß uns umkehren«, sagte sie. »Ich fürchte, ich habe dir die gute Laune verdorben. Es ist meine Schuld. Ich hätte dich nicht küssen sollen. − Aber ich wollte es auch.«

»Dann bist du mir nicht böse?«

»Warum sollte ich es sein?«

»Eben«, sagte Churchill. »Aber jetzt bin ich wieder froh.«

Nachdem sie das Schiff wieder vertäut hatten und die Treppe hinaufgingen, hielt Churchill Robin an.

»Robin − wie lange, glaubst du, wird es dauern, bis du dir sicher bist?«

»Ich gehe morgen zum Tempel. Wenn ich zurückkomme, kann ich es dir sagen.«

»Willst du um Erleuchtung beten, oder sowas in der Art?«

»Ich werde beten. Aber das ist nicht der Hauptgrund, warum ich zum Tempel gehe. Ich möchte, daß eine Priesterin einen Test an mir vornimmt.«

»Und nach diesem Test wirst du wissen, ob du mich heiraten möchtest oder nicht?«

»Aber nein!« sagte sie. »Bevor ich daran denken kann, dich zu heiraten, muß ich dich erst viel besser kennenlernen. Nein, ich unterziehe mich einem Test, um herauszufinden, ob ich mit dir schlafen kann.«

»Was ist das für ein Test?«

»Was du nicht weißt, macht dich nicht heiß. Aber morgen habe ich Gewißheit.«

»In welcher Angelegenheit?« sagte Churchill verärgert.

»Dann werde ich wissen, ob ich es mir erlauben kann, mich nicht mehr wie eine Jungfrau zu verhalten.«

Ihr Gesicht wurde ekstatisch.

»Dann weiß ich nämlich, ob ich das Kind des Sonnenhelden trage!«

7. Kapitel

An dem Morgen, an dem Bock die Prozession nach Baltimore anführen sollte, regnete es. Er und Calthorp hielten sich in einem großen, mit Öffnungen versehenen Zelt auf und tranken Weißen Blitz, um sich warmzuhalten. Bock war reglos wie eine Statue, als er sich der üblichen morgendlichen Bemalung seiner Genitalien und seines Hinterns unterziehen ließ; dies war notwendig, weil sich die Farbe nachts abrieb. Er sagte keinen Ton und schenkte auch dem Gekicher und den Komplimenten der drei Mädchen keine Aufmerksamkeit, die an seiner täglichen Renovierung arbeiteten. Auch Calthorp, der in der Regel wie ein Irrer schwätzte, um Bocks Lebensgeister aufzurichten, wirkte düster.

Schließlich sagte Bock: »Weißt du, Doc, es ist jetzt zehn Tage her, seit wir Fair Grace verlassen haben. Zehn Tage, zehn Städte. Eigentlich hätten wir inzwischen einen Fluchtplan ausarbeiten können. Wenn wir wirklich die Männer wären, die wir früher einmal waren, wären wir schon längst über alle Berge. Aber ich habe immer nur morgens früh Zeit zum Nachdenken, und dann fühle ich mich immer zu erschöpft und zu elend, um etwas Konstruktives auf die Beine zu stellen. Mittags interessiert mich die Sache dann einen Dreck. Dann *gefällt* mir, wie ich bin!«

»Ich bin dir auch keine große Hilfe gewesen, was?« fragte Calthorp. »Ich besaufe mich ebenso wie du. Auch mir ist morgens übel. Ich kriege überhaupt nichts mehr zustande.«

»Was, zum Teufel, ist passiert?« sagte Bock. »Ist dir eigentlich klar, daß ich nicht mal weiß, wohin ich unterwegs bin und was mit mir geschieht, wenn ich mein Ziel erreiche? Ich weiß nicht mal, was ein Sonnenheld überhaupt ist!«

»Es ist hauptsächlich meine Schuld«, sagte Calthorp. Er seufzte und nippte an seinem Getränk. »Es sieht wirklich so aus, als kriegte ich nichts mehr zustande.«

Bock musterte einen der Wächter, der in der Nähe im Eingang eines Zeltes stand. »Glaubst du, er wird mir was erzählen, wenn ich ihm drohe, daß ich ihm den Hals rumdrehe?«

»Versuch's doch mal!«

Bock erhob sich von seinem Stuhl. »Reichst du mir bitte mal den Umhang? Die Leute haben doch bestimmt nichts dagegen, wenn ich ihn trage, solange es regnet.«

Damit spielte er auf einen Zwischenfall vom Tag zuvor an, als er einen Kilt angezogen hatte, bevor er das Mädchen im Käfig besucht hatte, um mit ihm zu reden. Der Hofstaat hatte zuerst schockiert dreingeschaut, dann hatte man die Wache alarmiert. Die Männer hatten Bock umringt, und ehe er ihre Absichten erkannt hatte, hatte ihm jemand von hinten den Kilt heruntergerissen und war damit im Wald verschwunden.

Der Mann war den ganzen Tag nicht wieder aufgetaucht. Wahrscheinlich fürchtete er Bocks Zorn. Aber Bock hatte zumindest begriffen. Man erwartete von einem Sonnenhelden, daß er sich dem Volk in seiner ganzen nackten Pracht präsentierte.

Bock legte den Umhang an und ging auf nackten Füßen über das nasse Gras. Die Gardisten traten zwar aus ihren Zelten und folgten ihm, aber sie kamen ihm nicht sehr nahe.

Vor dem Käfig blieb Bock stehen. Das darin sitzende Mädchen schaute auf, dann wandte es das Gesicht von ihm ab.

»Du brauchst dich nicht zu schämen, mich anzusehen«, sagte er. »Ich habe etwas an.«

Stille. Dann sagte er: »Um Gottes willen, sprich doch mit mir! Ich bin ein Gefangener, wie du! Ich sitze auch in einem Käfig!«

Das Mädchen umklammerte die Gitterstäbe und drückte das Gesicht dagegen. »Du hast ›Um Gottes willen‹ gesagt! Was hat das zu bedeuten? Kommst du etwa auch aus Caseyland? Das kann doch nicht sein. Du sprichst nicht so wie meine Landsleute. Aber wie eine Dici sprichst du eigentlich auch nicht ... Deinen Akzent habe ich überhaupt noch nie gehört. — Sag mir, glaubst du an Columbia?«

»Wenn du mich Mal zu Wort kommen läßt, werde ich dir alles erklären«, sagte Bock. »Aber Gott sei dank — wenigstens sprichst du jetzt.«

»Du hast es schon wieder gesagt«, sagte sie. »Dann kannst du unmöglich ein Jünger dieser schrecklichen Schlampengöttin sein. — Aber wenn du es nicht bist, warum bist du dann ein Gehörnter König?«

»Eigentlich habe ich gehofft, du könntest es mir sagen. Aber wenn du's nicht kannst, kannst du mir vielleicht ein paar andere Dinge erzählen, die ich gern wissen möchte.«

Er hielt ihr die Flasche hin.

»Möchtest du einen trinken?«

»Ja, das würde ich gern. Aber von einem Feind kann ich nichts annehmen. Und ich weiß noch nicht, ob du einer bist.«

Bock verstand sie nur mit Schwierigkeiten. Zwar verwendete sie genügend Worte, die man auch in Dici kannte, so daß er das meiste ihrer Sätze verstand, aber sie sprach die Vokale reichlich eigenartig aus. Ihre Betonung war auch ganz anders als die, die er kannte.

»Sprichst du Dici?« fragte er. »Ich kann dir nur sehr schwer folgen.«

»Ich spreche es ganz gut«, erwiderte sie. »Welche Sprache sprichst du denn?«

»Das Amerikanisch des einundzwanzigsten Jahrhunderts.«

Ihre Kinnlade fiel herunter, und ihre großen Augen wurden noch größer.

»Wie ist das möglich?«

»Ich wurde im einundzwanzigsten Jahrhundert geboren. Am dreißigsten Januar 2030, im Jahre des Herrn. — Das müßte ungefähr ... «

»Das brauchst du mir doch nicht zu erzählen«, erwiderte sie in seiner eigenen Sprache. »Es müßte ungefähr ... ähm ... Nun ja, das Jahr eins ist Anno Domini 2100. Nach dem Dici-Kalender müßtest du dann im Jahr siebzig V.V. geboren worden sein. Vor der Verwüstung. Aber was macht das schon? In Caseyland richten wir uns nach dem alten Kalender.«

Bock, der sie die ganze Zeit über angestarrt hatte, sagte überrascht: »Du sprichst ja meine Sprache! Zumindest klingt sie ganz ähnlich!«

»Ja. Normalerweise wird sie nur von Geistlichen gesprochen, aber mein Vater ist ein reicher Mann. Er hat mich auf die Universität Boston geschickt; dort habe ich Kirchenamerikanisch gelernt.«

»Soll das heißen, Amerikanisch ist eine liturgische Sprache?«

»Ja. Nach der Verwüstung ist das Latein in Vergessenheit geraten.«

»Ich glaube, jetzt kann ich einen Schluck vertragen«, sagte Bock. »Willst du zuerst?«

Sie lächelte und sagte: »Ich verstehe zwar nicht viel von dem, was du sagst, aber das Getränk nehme ich an.«

Bock schob die Flasche durch das Gitter. »Zumindest kenne ich inzwischen deinen Namen. Er lautet Mary Ich-bin-dem-Paradies-verheißen-Little-Casey. Aber mehr habe ich aus meinen Wächtern nicht herausbekommen.«

Mary gab ihm die Flasche zurück. »Es hat herrlich geschmeckt. Ich war schon ganz ausgetrocknet. — Hast du Wächter gesagt? Wozu brauchst du Wächter? Ich dachte, alle Sonnenhelden seien Freiwillige.«

Bock erzählte ihr seine Geschichte. Er hatte natürlich

keine Zeit, in sämtliche Einzelheiten zu gehen, und außerdem konnte er an Marys Gesicht sehen, daß sie nur die Hälfte seiner Worte begriff. Und hin und wieder mußte er wieder in die Dici-Sprache wechseln, denn ihm wurde klar, daß sie, obwohl sie seine Sprache studiert hatte, keine Expertin war.

»Du siehst also«, schloß er, »daß ich ein Opfer dieser Hörner bin. Ich bin für das, was ich tue, nicht verantwortlich.«

Mary wurde rot. »Darüber möchte ich nicht sprechen. Es macht mich in der Seele krank.«

»Mich auch«, sagte Bock. »Jedenfalls morgens. Später dann ... «

»Kannst du nicht weglaufen?«

»Aber klar. Aber ich käme ziemlich schnell zurück.«

»Ahhh, dieses schreckliche Volk! Sie müssen dich verhext haben! Nur ein Dämon, der in den Lenden sitzt, kann einen Mann so besessen machen! Wenn es uns gelänge, nach Caseyland zu fliehen, könnte dich vielleicht ein Priester exorzieren.«

Bock schaute sich um. »Sie brechen schon das Lager ab. Gleich werden wir weiterziehen. Nach Baltimore. — Hör zu! Ich habe dir von mir erzählt. Aber ich weiß immer noch nichts über dich — woher du kommst und wieso man dich gefangen hat. Und ich weiß auch noch nicht, wozu ich als Sonnenheld diene ...«

»Ich verstehe nicht. Wieso hat Cal ...«

Sie legte eine Hand auf ihren Mund.

»Cal? Meinst du Calthorp? Was hat er damit zu tun? Sag bloß, er hat mit dir geredet. — Zu mir hat er gesagt, er wüßte nicht das geringste!«

»Er hat mit mir geredet. Ich habe gedacht, er hätte es dir erzählt.«

»Er hat überhaupt nichts gesagt! Er hat nur gesagt, er hätte nicht die geringste Ahnung, was hier vor sich geht! Warum hat er das ...«

Sprachlos drehte er sich um und rannte von dem Käfig fort.

Als er die Wiese halb überquert hatte, fand er seine Stimme wieder und schrie den Namen des kleinen Anthropologen.

Die Leute, die in Bocks Weg standen, spritzten auseinander. Wahrscheinlich nahmen sie an, daß der Große Bock wieder einmal Amok lief. Calthorp trat aus dem Zelt. Als er Bock auf sich zurennen sah, floh er über die Straße. Er ließ sich auch nicht von der Steinmauer aufhalten, die seinen Weg versperrte. Er stützte sich auf ihrem Rand ab und sprang hinüber. Sobald er auf der anderen Seite war, rannte er, so schnell ihn seine spindeldürren Beine trugen, über eine Wiese und um ein Bauernhaus herum.

Bock schrie hinter ihm her: »Wenn ich dich zu fassen kriege, Calthorp, breche ich dir alle Knochen! Wie konntest du mir das antun?«

Er blieb für einen Moment wutschäumend stehen. Dann drehte er sich wieder um und murmelte vor sich hin: »Warum? Warum?«

In diesem Moment hörte der Regen auf. Ein paar Minuten später brachen die Wolken auf, und die mittägliche Sonne brannte heiß auf die Welt herab.

Bock zog den Umhang von seinen Schultern und warf ihn zu Boden. »Zum Teufel mit dir, Calthorp! Ich brauche dich nicht; ich habe dich nie gebraucht! Verräter! Lumpenhund!«

Er rief Sylvia, eine Bedienstete, und ließ sich etwas zu essen und zu trinken bringen. Er haute rein wie an jedem Nachmittag, und als er fertig war, sah er sich wild um. Das Geweih, das zuvor bei jedem seiner Schritte hin- und hergewackelt war, ragte nun steif und hart auf.

»Wie viele Kilometer sind es nach Baltimore?« brüllte er.

»Zweieinhalb, Herr. Soll ich die Kutsche rufen?«

»Zum Teufel mit der Kutsche! Ich lasse mich doch nicht von ein paar Rädern am Weiterkommen hindern! Ich werde die Stadt im Sturm nehmen! Ich werde über den Leuten sein, bevor sie es nur merken! Sie werden glauben, der Großvater aller Böcke ist über sie hergefallen! Ich werde durch die Stadt toben und alle Frauen flachlegen! Diesmal nehme ich mir nicht nur die Maskottchen vor! Ich werde mich nicht nur mit dem zufriedengeben, was man mir reicht! Heute abend nehme ich mir die ganze Stadt!«

Sylvia war entsetzt. »Aber Herr! So ... so geht es doch nicht! Seit undenklichen Zeiten ...«

»Bin ich der Sonnenheld oder bin ich's nicht? Bin ich nicht der Gehörnte König? Ich werde genau das tun, was mir Spaß macht!«

Er packte die auf Sylvias Tablett stehende Flasche und lief zur Straße.

Zuerst blieb er auf dem Straßenbelag. Doch obwohl seine Fußsohlen inzwischen so hart wie Eisen geworden waren, empfand er den Boden als zu rauh, und so lief er neben der Straße auf dem weichen Gras weiter.

»So ist es besser«, sagte er vor sich hin. »Je näher ich Mutter Erde bin, desto besser ist es für mich, und desto besser gefällt es mir. Es mag ja abergläubischer Quatsch sein, daß der Direktkontakt mit der Erde einen Menschen erfrischt, aber trotzdem hat diese Ansicht etwas für sich. Ich *spüre*, wie die Kraft aus dem Herzen von Mutter Erde mich durchdringt. Sie strömt in meinen Leib und kräftigt meinen Körper. Und ich spüre auch die Stärke, die mit dieser Kraft kommt. Sie ist so überwältigend, daß mein Leib nicht ausreicht, sie in sich aufzunehmen. Der Überfluß schießt aus der Krone, die ich auf dem Kopf trage; er flammt zum Himmel hinauf. Ich kann es wirklich spüren.«

Er blieb für einen Moment stehen, um die Flasche zu öffnen und einen Schluck zu trinken. Jetzt fiel ihm auf, daß die Gardisten hinter ihm herrannten. Sie waren noch mindestens zweihundert Meter entfernt. Sie hatten einfach nicht sein Tempo und seine Kraft. Ihn stärkten nicht nur seine Muskeln, sondern auch das Geweih. *Wahrscheinlich*, dachte er, *bin ich der schnellste und stärkste Mensch, der je gelebt hat*.

Er nahm noch einen Schluck. Die Gardisten kamen

näher, aber sie hatten Schiß, denn ihr Schritt wurde langsamer. Sie hielten Pfeil und Bogen im Vorhalt, aber Bock glaubte nicht, daß sie schießen würden, solange er auf der Straße nach Baltimore blieb. Er hatte nicht die Absicht, sie zu verlassen. Er wollte nur über die gekrümmte Brust der Erde laufen und spüren, wie ihre Kraft ihn durchpulste. Und er wollte die Ekstase seiner Gedanken genießen.

Bock rannte schneller. Hin und wieder machte er riesige Luftsprünge und stieß eigenartige Schreie aus. Sie symbolisierten pure Freude, Ausgelassenheit und namenloses Sehnen und Erfüllung. Er äußerte sie in der Sprache der ersten Menschen der Erde, in dem gebrochenen, chaotischen sprachlichen Tasten, das die aufrechtgehenden Affen bei dem Versuch, die sie umgebenden Dinge mit Namen zu belegen, mit der Zunge geformt hatten. Bock unternahm den Versuch, Gefühlen Namen zu geben. Und er hatte dabei ebenso wenig Erfolg wie seine Vorfahren vor hunderttausend Jahren.

Doch wie sie empfand auch er bei diesem Bemühen Freude. Und er erlebte ein Gefühl, das er noch nie zuvor empfunden hatte; es war neu für seine Spezies, vielleicht war es auch neu für jedes Geschöpf auf der Welt.

Er rannte auf einen Mann, eine Frau und ein Kind zu, die über die Straße spazierten. Als sie ihn sahen, hielten sie an, und als sie erkannten, wer er war, warfen sie sich auf die Knie.

Bock hielt nicht an. Er rannte an ihnen vorbei. »Es sieht vielleicht so aus, als wäre ich allein!« schrie er ihnen zu. »Aber das stimmt nicht! Die Erde ist bei mir — eure Mutter und meine! Sie ist meine Braut, und sie geht mit mir dorthin, wohin auch ich gehe! Ich kann sie nicht verlassen. Selbst als ich durch den Raum gereist bin, zu unglaublich weit entfernten Orten, war sie bei mir. Und der Beweis ist, daß ich jetzt wieder hier bin und mein achthundert Jahre altes Versprechen erfülle, sie zu heiraten!«

Als er fertig war, war er schon weit von den Leuten entfernt. Es war ihm gleich, ob sie ihn gehört hatten oder nicht. Er wollte nur eins: reden, reden, reden. Schreien, schreien, schreien. Wenn es nicht anders ging, bis seine Lungen platzten. Aber er mußte die Wahrheit hinausschreien.

Dann hielt er plötzlich inne. Sein Blick war auf einen großen Hirschbock gefallen, der auf einer Wiese hinter einer Mauer äste. Es war das einzige männliche Tier einer Herde, und wie die meisten seiner Art, die man wegen ihrer Milch und ihres Fleisches züchtete, wies er deutlich schwerfällige Züge auf. Sein Körper war dick, seine Beine kurz, sein Hals kräftig, seine Augen dumm und lüstern. Bestimmt war dieser Hirsch ein reinrassiges und preisgekröntes Zuchttier.

Bock setzte über die Mauer, obwohl sie einen Meter sechzig hoch war und aus hartem Gestein bestand, das nicht nachgegeben hätte, wäre er gestrauchelt. Er landete auf den Füßen und rannte auf das Tier zu. Der Hirsch röhrte und blieb stehen. Sein Harem lief in eine Ecke des Geheges, und die Kühe wandten den Kopf, um zu sehen, was nun geschah. Sie röhrten aufgeregt und erzeugten einen solchen Lärm, daß der Besitzer der Herde aus dem Stall gelaufen kam.

Bock rannte auf den großen Hirsch zu. Das Tier wartete, bis sich ihm der Mensch auf zwanzig Meter genähert hatte. Dann senkte er das Geweih, forderte ihn mit einem Trompetenstoß heraus und griff an.

Bock lachte freudig und jagte auf ihn zu. Er stimmte seine Schritte genau ab und machte in dem Moment einen Luftsprung, als die großen, verzweigten Hörner dort die Luft durchfegten, wo er gerade noch gewesen war. Damit das Geweih ihn nicht traf, zog er die Knie an und streckte die Beine so aus, daß seine Füße hinter dem Hirschgeweih aufkamen, genau im Nacken des Tiers. Eine Sekunde später riß der Hirsch in der Hoffnung den Kopf nach oben, ihn so zu erwischen. Doch der Kopf war für Bock nicht mehr als ein Sprungbrett; er katapultierte ihn auf seinen Rücken. Bock landete auf dem breiten Gesäß des Hirsches.

Statt wieder zu Boden zu springen, machte er in der Absicht, auf dem Hals des Hirsches zu landen, eine Rolle rückwärts. Doch er glitt aus, rutschte von dem Tier herunter und landete neben ihm auf dem Boden.

Der Hirsch wirbelte herum und ließ eine neue Aufforderung ertönen. Erneut senkte sich sein Geweih, erneut griff er an. Doch Bock war schon wieder auf den Beinen. Als das Tier einen Satz machte, sprang er zur Seite, packte eins der großen Ohren und schwang sich auf den Rücken.

Während der nächsten fünf Minuten schaute der verblüffte Bauer zu, wie der nackte Mann auf dem bockenden, austretenden, sich im Kreise drehenden, schnaubenden und trompetenden Vieh ritt und es schaffte, trotz aller Abwehrmanöver nicht herunterzufallen. Plötzlich hielt der Hirsch inne. Seine Augen quollen hervor, er hatte Schaum vor dem Maul. Sein Atem pfiff, er schnappte verzweifelt nach Luft.

»Das Tor auf!« schrie Bock dem Bauern zu. »Ich werde auf diesem Vieh nach Baltimore reiten, wie es eines Gehörnten Königs würdig ist!«

Der Bauer riß wortlos das Gatter auf. Natürlich wäre es ihm nie eingefallen, etwas dagegen zu haben, wenn der Sonnenheld sein preisgekröntes Zuchttier haben wollte. Er hätte auch nichts dagegen gehabt, wenn er es auf sein Haus, seine Frau, seine Tochter oder sein Leben abgesehen gehabt hätte.

Bock ritt auf dem Tier über die Straße nach Baltimore. Weit vor sich sah er eine Kutsche auf die Stadt zurasen. Selbst aus dieser Entfernung konnte er erkennen, daß sie von Sylvia gelenkt wurde — sie fuhr voraus, um die Bewohner der Stadt zu informieren, daß der Gehörnte König früher als geplant bei ihnen auftauchte. Und zweifellos wollte sie auch davon berichten, daß der Gehörnte König vorhatte, die ganze Stadt flachzulegen.

Am liebsten wäre Bock hinter ihr hergeeilt, um mit ihr zusammen in der Stadt einzutreffen. Aber sein Hirsch atmete immer noch schwer; deswegen erlaubte er ihm, langsam zu gehen, bis er wieder zu Atem gekommen war.

Einen halben Kilometer von Baltimore entfernt, trat Bock dem Hirsch mit nackten Füßen in die Flanken und schrie in seine Ohren. Der Hirsch nahm einen Trott auf, dann verfiel er unter dem Drängen seines Reiters in einen Galopp. Er jagte zwischen zwei niedrigen Hügeln dahin und befand sich plötzlich auf der Hauptstraße Baltimores. Sie führte in gerader Richtung zwölf Blocks weit zum Zentralplatz, wo sich schon eine große Menschenmenge versammelt hatte. Als Bock die Stadtgrenze überquerte, spielte eine Kapelle *Columbia, du Meeresjuwel*, und eine Gruppe von Priesterinnen marschierte dem Sonnenhelden entgegen.

Hinter ihnen formierten sich jene Maskottchen, die das Glück gehabt hatten, zu Bräuten des Sonnenhelden erwählt zu werden. Sie sahen in ihren weißen Glockenrökken und Spitzenschleiern wunderschön aus, und auch ihre Brüste waren von weißem Tüll umgeben. Jede von ihnen trug einen Strauß weißer Rosen.

Bock ließ den Hirsch in einen Trott verfallen, damit er für den Endspurt Kräfte sammeln konnte. Er verbeugte sich und winkte den Männern und Frauen zu, die die Straße säumten und ihm lauthals zujubelten. Den jungen Mädchen, die bei ihren Eltern standen, weil es ihnen versagt geblieben war, bei den Miss Amerika-Wahlen erste Plätze zu belegen, rief er zu: »Weint nicht! Heute abend werde ich euch nicht abweisen!«

Dann erfüllten Fanfarengeschmetter, Trommelwirbel und das Schrillen von Panflöten die Straßen. Die Priesterinnen kamen auf ihn zu. Sie waren in hellblaue Gewänder gekleidet, jene Farbe, die der Göttin Mary vorbehalten war, der Schutzpatronin von Maryland. Den Legenden zufolge war Mary die Enkelin Columbias und die Tochter Virginias. Sie hatte eine besondere Zuneigung zu den Bewohnern dieser Region entwickelt und sie unter ihre Fittiche genommen.

Die Priesterinnen, fünfzig an der Zahl, marschierten auf Bock zu. Sie sangen, warfen Ringelblumen vor sich auf den Weg und stießen hin und wieder ein langes Kreischen aus, bei dem es einem kalt über den Rücken lief.

Bock wartete, bis sie fünfzig Meter vor ihm waren. Dann trat er dem Hirsch in die Seiten und versetzte ihm ein paar Faustschläge auf den Schädel. Der Hirsch röhrte und schlug aus, dann galoppierte er geradewegs auf die Priesterinnen zu, die ihren Gesang sofort einstellten und in verblüfftem Schweigen verharrten. Und dann, als sie kapierten, daß der Sonnenheld nicht die Absicht hatte, sein Reittier zu bremsen, daß der Hirsch nicht an Tempo verlor, sondern im Gegenteil noch schneller wurde, kreischten sie auf und stoben auseinander. Doch sie mußten feststellen, daß die Menge, die den Straßenrand säumte, wie eine feste Mauer stand. Und als sie sich erneut umdrehten und vor dem galoppierenden Hirsch wegrannten, warfen sie einander zu Boden, trampelten sich gegenseitig nieder und behinderten sich bei jedem Schritt.

Nur eine Priesterin wurde nicht von der Panik erfaßt. Es war die Oberpriesterin, eine Frau von fünfzig, die sich zu Ehren ihrer Schutzgöttin die Jungfräulichkeit bewahrt hatte. Sie blieb stehen, als hätte der Mut sie an den Boden genagelt, und streckte die Hand aus — und zwar auf die gleiche Weise, wie sie es getan hätte, um Bock zu segnen, hätte er sich ihr auf normale Weise genähert. Dann warf sie Ringelblumen vor ihn hin und beschrieb mit der anderen Hand, in der sie eine Goldsichel hielt, ein religiöses Symbol.

Die Ringelblumen landeten genau vor den Hufen des Hirsches. Er zertrat sie; dann warf er die Oberpriesterin um. Sie fiel zu Boden, und ein fliegender Huf traf ihren Schädel.

Nachdem der Hirsch die Priesterin umgeworfen hatte, war sein Ansturm ungebremst, denn er wog mindestens eine Tonne. Er rammte den Schädel in die feste Menge aus zappelnden und sich windenden Frauen.

Das Tier hielt an, als sei es gegen eine Steinmauer gerannt, aber Bock flog weiter.

Er flog über den gesenkten Hals und das Geweih und schwebte durch die Luft. Einen Moment lang schien er gewichtslos zu sein. Unter ihm befand sich die Gruppe der blaugekleideten Priesterinnen, die der Aufprall des gewaltigen Körpers in zwei Fraktionen geteilt hatte. Die Frauen stürzten in alle Richtungen auseinander — die einen rücklings, die anderen Hals über Kopf, und wieder andere schlugen Rad. Ein abgetrennter Kopf flog an Bock vorbei; das Hirschgeweih hatte ihn abgerissen.

Dann war Bock hinter der blauen Trümmerwand und fiel in eine Masse aus weißen Schleiern, roten Lippen, weißen Glockenröcken und nackten, jungfräulichen Brüsten.

Dann tauchte er in der Falle aus Spitze und Fleisch unter und verschwand von der Bildfläche.

8. Kapitel

Peter Bock erwachte erst am Abend des nächsten Tages. Dennoch war er der erste aus seiner Gruppe, der aufstand. Wenn man von einem anderen absah. Dies war Dr. Calthorp, der an der Bettkante seines Kapitäns saß.

»Wie lange bist du schon hier?« fragte Bock.

»In Baltimore? Ich bin dir sofort gefolgt. Ich habe gesehen, wie du diesen Hirsch in die Priesterinnen hineingejagt hast — und alles, was danach passierte.«

Bock setzte sich hin und stöhnte. »Ich habe das Gefühl, als hätte jeder meiner Muskeln einzeln auf der Streckbank gelegen.«

»So ungefähr war es auch. Du bist erst gegen zehn Uhr morgens eingeschlafen. Eigentlich müßtest du etwas mehr spüren als nur Muskelkater. Tut dein Kreuz nicht weh?«

»Ein bißchen. Fühlt sich an wie ein leichtes Brennen, knapp über dem Hintern.«

»Mehr nicht?« Calthorp runzelte die Stirn. »Tja, dann

kann ich nur annehmen, daß dein Geweih noch etwas mehr tut, als nur philoprogenitive Hormone in deinen Blutkreislauf zu pumpen. Wahrscheinlich restauriert es auch deine Zellen.«

»Was willst du damit sagen?«

»Nun ja, gestern abend hat dir jemand ein Messer in den Rücken gestoßen. Es hat dich aber nicht sonderlich aufgehalten, und jetzt sieht die Wunde fast verheilt aus. Aber die Klinge ist nur knapp drei Zentimeter tief eingedrungen. Du hast verdammt harte Muskeln.«

»Ich kann mich schwach daran erinnern«, sagte Bock. Dann zuckte er zusammen. »Was ist aus dem Mann geworden?«

»Die Frauen haben ihn in Stücke gerissen.«

»Aber warum hat er mich gestochen?«

»Er war offenbar geistig unausgeglichen. Dein außerordentliches Interesse an seiner Frau hat ihm mißfallen, deswegen hat er zugestochen. Natürlich hat er damit eine schreckliche Gotteslästerung begangen. Die Frauen haben es ihm mit Krallen und Zähnen gegeben.«

»Wieso sagst du, er sei geistig unausgeglichen gewesen?«

»Weil er es war — zumindest vom Standpunkt dieser Kultur her. Kein Mensch, der seine fünf Sinne beisammen hat, würde etwas dagegen haben, wenn ein Sonnenheld seine Frau bespringt. Tatsächlich ist es eine große Ehre, weil die Sonnenhelden es normalerweise nur mit Jungfrauen treiben. In der vergangenen Nacht hast du freilich eine Ausnahme gemacht ... mit der ganzen Stadt. Jedenfalls hast du es versucht ...«

Bock seufzte und sagte: »Die letzte Nacht war die allerschlimmste. Es sind bestimmt mehr Menschen als üblich dabei umgekommen, oder?«

»Das kannst du den Leuten aus Baltimore kaum verübeln. Du bist ihnen ja selbst mit großem Beispiel vorangegangen, als du auf die Priesterinnen losgingst. Wie bist du überhaupt auf diese Idee gekommen?«

»Ich weiß auch nicht. Als ich es tat, kam es mir genau

Zwischendurch: ████████████████████████████
██
██
████████████████████████████████
██
██
██
██

████████████████████████████ Ein schönes Buch, eine spannende
Handlung, dramatische Geschehnisse: Trotzdem gibt es Augenblicke, da man das Bedürfnis verspürt, eine Pause einzulegen,
bevor man weiterverfolgt, wie sich die verwickelten Fäden der
Story entwirren... ██████████████████████████████████
██
██
██
██
██
██
██

████████████████████████ Und wenn man dann noch Lust auf eine
wohlschmeckende Zwischenmahlzeit für den kleinen Hunger hat,
kann man diese Pause auf angenehme Weise füllen: man braucht
dazu nur fünf Minuten Geduld, heißes Wasser und... ███████
██
██
██
██
████████████████████████████████████
██
██
██

Zwischendurch: ▬▬▬▬▬▬▬▬▬▬▬
▬▬▬▬▬▬▬▬▬▬▬▬▬▬▬
▬▬▬▬▬▬▬▬▬▬▬▬▬▬▬

Die kleine, warme Mahlzeit in der Eßterrine. Nur Deckel auf,
Heißwasser drauf, umrühren, kurz ziehen lassen und genießen.

▬▬▬▬▬▬▬▬▬▬▬▬▬▬▬
▬▬▬▬▬▬▬▬▬▬▬▬▬▬▬
▬▬▬▬▬▬▬▬▬▬▬▬▬▬▬
▬▬▬▬▬▬▬▬▬▬▬▬▬▬▬
▬▬▬▬▬▬▬▬▬▬▬▬

▬▬▬Die 5 Minuten Terrine gibt's in vielen leckeren Sorten –
▬▬▬▬▬▬▬▬▬▬▬▬ guten Appetit!

richtig vor ... Wahrscheinlich war ich unterbewußt darauf aus, mich an ihnen zu rächen, weil sie für das Ding hier verantwortlich sind.« Er berührte das Geweih. Dann musterte er Calthorp mit einem festen Blick. »Du Judas! Warum hast du mir nicht gesagt, daß du alles weißt?«

»Woher weißt du es? Von dem Mädchen?«

»Ja. Aber das spielt jetzt keine Rolle mehr. — Also los, Doc, pack aus! Auch wenn es mir wehtun sollte — tu dir keinen Zwang an! Ich werde dir nichts tun. Du kannst an meinem Geweih erkennen, daß ich ganz normal bin. Sieh dir an, wie labbrig es ist!«

»Als ich anfing, die Sprache zu verstehen, ging mir allmählich auf, was hier gespielt wird«, sagte Calthorp. »Ich war mir jedoch erst sicher, nachdem man dir das Geweih implantiert hat. Aber ich wollte dich erst in Kenntnis setzen, wenn ich einen Fluchtplan ausgearbeitet hatte. Ich dachte, du würdest vielleicht auf der Stelle fliehen. Dann hätte man dich niedergeschossen. Und dann wurde mir klar, daß unsere Flucht gar nichts gebracht hätte: Wenn du am frühen Morgen weggelaufen wärst, wärst du am Abend wieder zurückgekommen, wenn nicht noch eher. Der biologische Mechanismus, den du auf dem Kopf trägst, tut weitaus mehr, als dich nur mit einer unerschöpflichen Samenmenge auszustatten: Er zwingt dich auch dazu, ihn zu *verteilen*. Er hat dich völlig in der Hand — er macht dich besessen. Du bist der größte Fall von Satyriasis, den die Welt je erlebt hat.«

»Ich weiß genau, welche Wirkung das Geweih auf mich hat«, sagte Bock ungeduldig. »Aber ich will endlich wissen, welche Rolle ich hier spiele! Was ist meine Bestimmung? Und was sollen diese ewigen Einsätze?«

»Möchtest du nicht zuerst einen trinken?«

»Nein! Ich will meinen Kummer nicht in Alkohol ersäufen. Heute will ich etwas erreichen. Eine ordentliche Kanne Wasser reicht mir. Und ich sehne mich nach einem Bad, damit ich mir endlich den ganzen Schweiß und das Primitive vom Leib spülen kann. Aber das kann warten. Ich möchte deine Geschichte hören. Fang endlich an!«

»Ich habe jetzt nicht die Zeit, um tiefer in die Mythen dieses Landes einzusteigen«, sagte Calthorp. »Das können wir morgen nachholen. Aber ich kann ziemlich gut erklären, welche Ehrenposition du hier einnimmst.

Um es kurz zu machen: Du spielst gleich zwei religiöse Rollen — die des Sonnenhelden und die des Bockskönigs. Der Sonnenheld ist ein Mensch, der jährlich auserwählt wird, um symbolisch den Weg der Sonne um die Erde nachzuspielen. — Ja, ich weiß, daß sich die Erde um die Sonne dreht. Auch die Priesterinnen von Dici und die lese- und schreibunkundigen Leute wissen es. Doch aus einer Reihe von praktischen Gründen umkreist die Sonne nun mal die Erde, und davon gehen selbst Wissenschaftler aus, wenn sie nicht gerade wissenschaftlich denken.

Der Sonnenheld wird also auserwählt. Er wird symbolisch während einer Zeremonie geboren, die um den 21. Dezember herum stattfindet. Warum? Weil dies das Datum der Wintersonnenwende ist. Dann ist die Sonne am schwächsten und hat ihre südlichste Position erreicht.

Deswegen hast du die Geburtszeremonie durchlaufen.

Und deswegen nimmst du jetzt die nördliche Route. Du bist dazu bestimmt, so zu reisen wie die Sonne nach der Wintersonnenwende — nach Norden. Und wie die Sonne wirst du dabei stärker und stärker werden. Du hast bemerkt, daß die Wirkung des Geweihs immer stärker wird; ein Beweis dafür war dein verrücktes Unternehmen von gestern, als du den Wapitihirsch bezwungen und die Priesterinnen über den Haufen geritten hast.«

»Und was geschieht, wenn ich den nördlichsten Punkt erreicht habe?« fragte Bock. Seine Stimme war leise. Er hatte sich zwar unter Kontrolle, doch er war unter seiner tiefbraunen Haut blaß geworden.

»Dies wird in der Stadt sein, die wir früher unter dem Namen Albany kannten. Sie liegt im alten Bundesstaat New York und ist die nördlichste des Landes Dici. Dort lebt auch die Schweinsgöttin Alba. Alba ist ihre eigene Columbia — die Todesgöttin. Das Schwein ist ihr heilig, weil es, wie auch der Tod, ein Allesfresser ist. Alba ist aber auch die Weiße Mondgöttin; auch sie ist ein Symbol des Todes.«

Calthorp hielt inne. Er sah so aus, als könne er es nicht ertragen, das Gespräch fortzuführen. Seine Augen waren feucht.

»Erzähl weiter!« sagte Bock. »Ich werd's schon ertragen.«

Calthorp holte tief Luft und sagte: »Laut den Mythen dieses Landes gibt es im Norden einen Ort, an dem die Mondgöttin den Sonnenhelden gefangennimmt. — Eine etwas umständliche Umschreibung dafür, daß er ...«

»... stirbt«, beendete Bock den Satz für ihn.

Calthorp schluckte. »Ja. Der Zeitplan sieht vor, daß der Sonnenheld die Große Runde zur Zeit der Sommersonnenwende beendet — um den 22. Juni herum.«

»Und was gibt es über den Großen Bock und den Gehörnten König zu sagen?«

»Die Bewohner von Dici sehen es rein wirtschaftlich. Sie kombinieren die Rolle des Sonnenhelden mit der des Bockskönigs. Er ist das Symbol der Männlichkeit. Er wird als schwacher und hilfloser Säugling geboren und wächst heran, um zu einem lüsternen, kräftigen Mann, Geliebten und Vater zu werden. Doch auch er beendet die Große Runde und muß sich schlußendlich dem Tod stellen. Wenn er ihm begegnet, ist er blind, kahlköpfig, schwach und impotent. Er ... kämpft zwar bis zum letzten Atemzug, aber ... Alba wird ihn gnadenlos töten.«

»Keine symbolischen Sprüche, Doc«, sagte Bock. »Ich will die Tatsachen hören — aber so, daß ich sie verstehen kann.«

»In Albany wird man eine gewaltige Zeremonie durchführen — die letzte. Aber dort wirst du keine zarten Jungfrauen bekommen, sondern die weißhaarigen, hängebrüstigen alten Priesterinnen der Schweinsgöttin. Man wird dir deine natürliche Aversion gegen die Greisinnen nehmen, indem man dich in einen Käfig sperrt, bis die Lüsternheit dich dermaßen packt, daß du jede Frau nehmen würdest, selbst eine hundertjährige Urgroßmutter. Und hinterher ...«

»Hinterher?«

»Hinterher wird man dich blenden, skalpieren, kastrieren und hängen. Man wird wegen dir eine ganze Woche Staatstrauer anordnen. Dann wird man dich in Fötushaltung unter einem großen, steinernen Grabmal beerdigen. Man wird für dich beten und über deinem Grab Hirschböcke opfern.«

»Wie tröstlich«, sagte Bock. »Hör mal, Doc, warum hat man eigentlich ausgerechnet mich für diese Rolle ausgesucht? Ist es nicht üblich, daß die Sonnenhelden Freiwillige sind?«

»Die Männer streben ebenso nach dieser Ehre, wie die Jungfrauen danach streben, Braut des Bocks zu werden. Der Auserwählte ist der stärkste, gutaussehendste und männlichste Mann der ganzen Nation. Es war dein Pech, daß du nicht nur all diese Attribute erfüllt hast, sondern auch noch der Anführer der Männer warst, die auf einer feurigen Stute vom Himmel herabstiegen. Es gibt einen Mythos, nach dem man einen solchen Mann erwartet. Ich schließe aber auch nicht aus, daß die Dici-Regierung den Plan verfolgt, die Crew durch dein Verschwinden soweit zu verunsichern, daß sie nicht auf die Idee kommt, die alten und verhaßten Wissenschaften wieder einzuführen.

Ich sehe gerade, daß Mary Casey dir winkt. Ich glaube, sie möchte mit dir reden.«

9. Kapitel

»Warum siehst du mich nicht an, wenn du mit mir redest?« fragte Peter Bock.

»Weil es mir schwerfällt«, sagte Mary Casey, »euch' beide auseinanderzuhalten.« »Uns *beide?*«

»Den Peter, den ich morgens treffe, und den, den ich in der Nacht zu sehen kriege. Es tut mir leid, aber ich kann nichts dagegen machen. Abends mache ich zwar die Augen zu und versuche an etwas anderes zu denken, aber meine Ohren kann ich nicht verschließen. — Obwohl ich weiß, daß du für dein Handeln nicht verantwortlich bist, verabscheue ich dich. Es tut mir leid. Ich kann einfach nichts dagegen machen.«

»Und warum hast du mich dann gerufen?«

»Weil ich weiß, daß ich mich nicht nachsichtig verhalte. Weil ich weiß, daß du ebenso gern aus dem Käfig deines Fleisches fliehen würdest, wie ich aus meinem eisernen. Weil ich hoffe, daß wir uns zusammen eine Fluchtmöglichkeit ausdenken können.«

»Calthorp und ich haben schon mehrere Fluchtpläne ausgeheckt, aber wir wissen nicht, wie wir es bewerkstelligen können, mich von einer Rückkehr abzuhalten. Sobald die Hörner mich vereinnahmen, würde ich sofort zu den Frauen zurücklaufen.«

»Hast du denn gar keinen eigenen Willen mehr?«

»Nicht mal ein Heiliger könnte sich gegen diese Hörner wehren.«

»Dann ist es hoffnungslos«, sagte Mary mutlos.

»Nicht ganz. Ich habe nämlich nicht die Absicht, den ganzen Weg bis nach Albany zurückzulegen. Irgendwo zwischen Manhattan und Albany werde ich mich in die Wildnis schlagen. Es ist besser, bei diesem Versuch zu sterben, als wie ein Ochse zum Schlachthof zu gehen.

Laß uns das Thema wechseln. Erzähl mir was von dir und deinem Volk! Meine Unwissenheit ist auch ein Faktor, der mir nicht dienlich ist. Ich weiß einfach nicht genug, um einen Ausweg zu finden.«

»Ich erzähle dir gern etwas«, sagte Mary Casey. »Auch ich brauche jemanden, mit dem ich reden kann, selbst wenn es ein ... Verzeihung.«

Im Verlauf der nächsten Stunde, während Bock vor ihrem Käfig stand und sie den Blick zu Boden gerichtet hielt, berichtete sie von sich und ihrer Heimat Caseyland. Bock unterbrach sie hin und wieder und stellte Fragen, denn Mary neigte dazu, sein Wissen zu überschätzen.

Caseyland bedeckte jene Fläche, die man einst als New England gekannt hatte, war aber weder so dicht bevölkert noch so wohlhabend. Das Volk beschäftigte sich zwar damit, den Boden wieder fruchtbar zu machen, aber in der Hauptsache war es von der Schweine- und Hirschzucht abhängig und betrieb Fischerei. Obwohl es mit den Ländern Dici im Südwesten, den Karelianern im Norden und den Irokesen im Nordwesten im Krieg lag, trieb es Handel mit den Gegnern. Man lebte in einem eigenartigen Zustand, der ›Vertragskrieg‹ hieß. Der Vertragskrieg begrenzte laut einer gegenseitigen Absprache die Zahl der Krieger, die pro Jahr zum Morden und Brandschatzen über die Grenzen geschickt werden durften, und legte auch die Kriegsgesetze fest. Die Dici und Irokesen hielten sich an den Vertrag, aber die Karelianer brachen ihn gelegentlich.

»Wie kann denn unter diesen Umständen jemand an den Sieg glauben?« fragte Bock verwirrt.

»Das tut ja keiner. Ich glaube, man hat den Vertragskrieg aus irgendwelchen Gründen von unseren Vorfahren übernommen. Damit die, die sich gern prügeln, eine Möglichkeit haben, ihre überschüssige Kraft loszuwerden. Die Mehrheit des Volkes kann sich dann dem Aufbau widmen. Ich glaube, man wird die Kriegsgesetze erst dann nicht mehr achten, wenn die Bevölkerung eines Landes zu groß geworden ist. Aber bis dahin hält sich keine Nation für mächtig genug, um einen vertragslosen Krieg vom Zaun zu brechen. Die Karelianer mißachten die Regeln nur deswegen, weil sie von der Rüstung leben.«

Mary fuhr mit einer kurzen Zusammenfassung der Ursprünge ihrer Nation fort. Es gab zwei Legenden, die erklärten, wie Caseyland zu seinem Namen gekommen war: Eine ging davon aus, daß der Orden der ›Kolumbus-Streiter‹ nach der Verwüstung in der Nähe von Boston erfolgreich einen Stadtstaat gegründet hatte. Dieses Gemeinwesen war — wie die ehemalige Kleinstadt Rom — gewachsen und hatte ihre Nachbarn absorbiert. Man hatte den Stadtstaat nach den ›Kolumbus-Streitern‹ K. S. genannt; später hatte man die beiden Buchstaben dem Namen eines legendären namengebenden Gründers namens ›Casey‹ zugeschrieben.

Die andere Geschichte behauptete, es habe in der Tat eine Familie namens Casey gegeben, die eine Stadt mit ihrem Namen gegründet hatte. Diese Familie hatte angeblich auch das momentan herrschende Clan-System eingeführt, laut dem jeder Casey hieß, der in ihrer Nachbarschaft lebte.

Es gab noch eine dritte Version, die freilich nicht überall akzeptiert wurde: Sie betraf eine Kombination beider Legenden. Danach hatte ein Mann namens Casey die ›Kolumbus-Streiter‹ angeführt.

»Vielleicht stimmt keine dieser Legenden«, sagte Bock.

Seine Worte schienen Mary zwar nicht zu behagen, aber im Grunde schien es ihr auch egal zu sein. Sie gab zu, daß die Möglichkeit bestand.

»Was ist mit den Behauptungen der Dici?« fragte er. »Sie sagen, ihr betet einen Gottvater namens Kolumbus an und hättet seinen Namen von der Göttin Columbia abgeleitet. Sie sagen, ihr hättet die Göttin und ihren Namen nur vermännlicht. Stimmt es nicht, daß euer Gott zwei Namen hat — Jehova und/oder Kolumbus?«

»Das ist nicht wahr!« sagte Mary aufgebracht. »Die Dici verwechseln den Namen unseres Gottes mit dem des Heiligen Kolumbus. Es stimmt zwar, daß wir ziemlich oft zum Heiligen Kolumbus beten, damit er für uns bei Jehova vermittelt, aber wir beten ihn nicht an!«

»Und wer ist dieser Heilige Kolumbus?«

»Ich bitte dich! Jeder weiß doch, daß er über das Meer aus dem Osten gekommen und in Caseyland gelandet ist! Er war derjenige, der die Bürger der Vaterstadt Caseys zum wahren Glauben bekehrte und den Orden der Kolumbus-Streiter gründete. Hätte es den Heiligen Kolumbus nicht gegeben, wären wir heute noch alle Heiden!«

Bock wurde allmählich nervös, aber bevor er sie verließ, gelang es ihm, ihr noch eine Frage zu stellen.

»Ich weiß, daß das Wort *Maskottchen* die Bedeutung von *Jungfrau* hat. Hast du eine Erklärung dafür, wie es dazu gekommen ist?«

»Man hat es schon immer in diesem Sinn verwendet«, erwiderte Mary und sah ihn zum ersten Mal direkt an. »Maskottchen bringen nämlich Glück. Vielleicht hast du beobachtet, daß die Dici keine Gelegenheit auslassen, das Haar pubertierender Maskotten zu berühren. Sie tun es, weil das Glück dann oft auf sie übergeht. Und natürlich nehmen Krieger, die zu einer Schlacht ausziehen, auch ein Maskottchen mit, damit es ihnen Glück bringt. Als ich gefangen wurde, war ich mit einem Kommando zusammen, das gegen Poughkeepsie zog. Was da oben auf dem Schild steht, ist eine Lüge! Da wird behauptet, man hätte mich bei einem Überfall auf Caseyland gefangen. Es war genau umgekehrt. Aber natürlich kann man von einem Volk, das die Mutter der Lügen verehrt, nicht erwarten, daß es die Wahrheit sagt.«

Bock kam zu dem Schluß, daß das Volk von Caseyland nicht weniger verwirrt und fehlgeleitet war wie die Dici. Es war sinnlos, sich auf eine Diskussion einzulassen oder den Versuch zu machen, die Mythen von der Historie zu trennen.

Die dicken Arterien am Fuße seines Geweihs fingen nun heftig an zu pulsieren. Das Geweih versteifte sich.

»Ich muß jetzt gehen«, sagte er. »Wir sehen uns morgen wieder.«

Er drehte sich um und schritt schnell von dannen. Nur die reine Willensanstrengung hielt ihn davon ab, loszurennen.

So vergingen Tage und Nächte. Morgens früh, wenn er schwach war, diskutierte Bock mit Calthorp über Fluchtpläne. Tagsüber fraß und soff er und ließ gewaltig die Sau raus. Und abends ... Seine Nächte waren Visionen kreischender weißer Leiber. Dann war er das gewaltige Pulsieren, das im Gleichklang mit dem Herzen der Erde schlug. Dann wurde aus einem Individuum eine Naturgewalt. Ein geistloser Rausch, dessen Körper dem Willen des Prinzips gehorchte. Er war ein Handlungsreisender, der keine andere Wahl hatte, als sich dem zu unterwerfen, was ihn steuerte.

Die Große Runde führte von Washington über die Columbia-Landstraße — die einstige Bundesstraße 1 — durch Baltimore und wechselte dann auf das über, was einst die Bundesstraße 40 gewesen war. Nun nannte man sie ›Marys Weg‹. Hinter Wimlin, dem ehemaligen Wilmington in Delaware, bogen sie ab und folgten der alten New Jersey-Schnellstraße. Auch sie war nach einer Tochter Columbias benannt worden: Njuschi.

Bock blieb eine Woche in Kaept (Camden) und registrierte eine große Anzahl von Soldaten in der Stadt. Man erzählte ihm, daß dies daran liege, weil Philadelphia, am anderen Ufer des Dway (Delaware) die Hauptstadt des gegnerischen Landes Penself (Pennsylvania) war.

Die Soldaten führten Bock auf der ehemaligen Bundesstraße 30 aus dem Camden heraus, bis er wieder tief genug im Inland war, um sicher zu sein. Dort verließen sie ihn, und er und seine Gefolgschaft näherten sich der Stadt Berlin.

Nach dem Umzug und den Orgien, die darauf folgten, bewegte sich Bock über die einstige Bundesstraße 30 nach Talant (Atlantic City).

Atlantic City hielt ihn zwei Wochen auf. Die Stadt war eine Metropole mit dreißigtausend Einwohnern, aber die Bevölkerung verfünffachte sich, als die Landbevölkerung in die Stadt strömte, um an den Sonnenheld-Riten teilzunehmen. Von dort aus folgte Bock dem ehemaligen Garden State Parkway, bis er auf den ehemaligen Highway 72 abbog. Er führte auf den Highway 70, und der Highway 70 wiederum mündete auf die einstige Bundesstraße 206. Diese Straße nahm er, um nach Trint (Trenton) zu kommen, wo er erneut auf eine starke Leibwache stieß.

Als er Trenton verließ, war er bald wieder auf der Columbia-Landstraße, der Ex-Bundesstraße 1. Nach den üblichen Umzügen durch die relativ großen Städte Elizabeth, Newark und Jersey City nahm er die Fähre zur Insel Manhattan. Den längsten Aufenthalt hatte er im Gebiet von Groß-New York, da in Manhattan fünfzigtausend Menschen lebten, und die Städte der Umgebung fast ebenso groß waren.

Außerdem fingen gerade die Baseball-Meisterschaften an.

Bock mußte nicht nur den ersten Ball der Saison werfen, sondern auch bei jedem Spiel zugegen sein. Erst jetzt wurde ihm klar, wie sehr sich die Regeln geändert hatten. Man betrieb das Spiel nun auf eine Weise, die kaum einen Spieler, gleich welcher Mannschaft, unverletzt ließ.

Die erste Hälfte der Meisterschaften bestand aus Spielen zwischen den Meistern der unterschiedlichen Landesligisten. Das Endspiel um die Kontinentsmeisterschaft fand zwischen den Meuchlern von Manhattan und den Würgern von Washington statt. Die Meuchler gewannen zwar, aber sie verloren so viele Spieler, daß sie gezwungen waren, in der zweiten Spielhälfte die Hälfte der Würger als Reserve einzusetzen.

Die internationale Hälfte der Meisterschaft fand zwischen den nationalen Meistern von Dici, Penself, Caseyland, dem Irokesen-Bund, den karelianischen Piraten, Florida und Buffalo statt. Die letztgenannte Nation bewohnte ein Gebiet, das von der Stadt Buffalo ausging und Teile der Küstengebiete des Ontario- und Erie-Sees umfaßte.

Das Endspiel war eine blutige Schlacht zwischen Dici und Caseyland. Die Caseyländler trugen als Teil ihres Trikots rote Beinkleider, doch als das Spiel zu Ende war, wiesen sie diese Farbe von Kopf bis Fuß auf. Bittere Gefühle kamen auf — nicht nur unter den Spielern, sondern auch unter den Fans. Ein Teil des Stadions war für die Caseyländler reserviert und vom Rest durch einen hohen Stacheldrahtzaun abgetrennt. Des weiteren hatte die Polizei von Manhattan ihre Leute in der Nähe postiert, um sie zu beschützen, falls es zu Krawallen kam.

Leider machte der Schiedsrichter, ein Karelianer, von dem man annahm, seine Neutralität würde dazu führen, daß er beide Mannschaften gleichermaßen ungerecht behandelte, einen folgenschweren Entscheidungsfehler.

Es war in der neunten Runde: es stand 7:7. Die Meuchler waren am Schlag. Einer ihrer Männer stand auf dem dritten Mal, und obwohl er eine Schramme am Hals hatte, war er kräftig genug, um ins Ziel zu laufen, sollte sich ihm die Chance bieten. Zwei Spieler waren draußen, und zwar im wahrsten Sinne des Wortes. Einer lag zwischen dem zweiten und dritten Mal unter einer Decke, weil er umgehauen worden war. Der andere saß stöhnend im Unterstand, während ein Arzt die Risse in seinem Schädel zuklebte.

Der Mann am Schlagstock war der beste Punktemacher von Dici, und er stand dem besten Werfer von Caseyland gegenüber. Er trug ein Trikot, das sich seit dem 19. Jahrhundert nicht sonderlich verändert hatte, und ein dicker Klumpen Kautabak wölbte seine Wange. Er schwang den Schlagstock hin und her. Das Sonnenlicht funkelte auf den metallenen Seiten, denn die obere Hälfte des Schlagstocks war mit dünnen, vertikal verlaufenden Messingstreifen bedeckt. Der Spieler wartete darauf, daß der Schiedsrichter *Einwurf!* rief, doch als der Ruf ertönte, trat er nicht etwa zum Schlagmal.

Er drehte sich um und wartete, bis das Maskottchen aus dem Unterstand zu ihm gelaufen war.

Das Maskottchen war eine hübsche, zierliche Brünette und trug das Trikot eines Baseballspielers. Der einzige Unterschied zu der uralten Tradition bestand in der dreieckigen Öffnung ihres Hemdes, die ihre kleinen, aber festen Brüste enthüllte.

Big Bill Appletree, der Mann am Schlagstock, rieb seine Knöchel am schwarzen Haar des Maskottchens, küßte es auf die Stirn und versetzte ihm einen spielerischen Klaps auf den Hintern, bevor es zum Unterstand zurücklief. Dann trat er in das Schlagmal, ein mit Kreide auf den Boden gezeichnetes Quadrat, und nahm die alte Position eines Spielers ein, der darauf wartet, daß der Werfer zur Aktion schreitet.

Lanky John über-alle-Berge-und-den-Jordan Mighty Casey spuckte einen Kautabakstrahl aus und holte aus. In seiner Rechten befand sich ein Ball von normaler Größe, aus dem vier halbzöllige Stahlspitzen herausragten — je eine aus den Kugelpolen, und zwei aus dem Äquator. John Casey mußte den Ball so halten, daß er sich beim Werfen nicht in die Finger stach. Dies war zwar ein Nachteil aus der Sicht eines Werfers alter Zeiten, aber er stand auch sechs Meter näher an Appletree, und das war durchaus genug, um einen Ball zu werfen.

John Casey wartete, bis das Maskottchen aus Caseyland zu ihm kam, um ihr ein Kopfnüßchen zu geben. Dann holte er aus und ließ den Ball fliegen.

Der mit Spitzen versehene Ball fegte zweieinhalb Zentimeter an Big John Appletrees Gesicht vorbei. Appletree zwinkerte zwar, machte aber keinen Rückzieher.

Diese Demonstration von Mut rief ein begeistertes Brüllen hervor.

»Erster Ball!« schrie der Schiedsrichter.

Die Fans der Caseyländler buhten. Von ihrem Standort aus hatte es so ausgesehen, als sei der Ball, der Appletrees Gesicht nahegekommen war, exakt auf der Kreidelinie des Schlägermals gewesen. Deswegen hätte der Wurf einen Punkt geben müssen.

Appletree schlug nach dem nächsten Ball, haute jedoch daneben.

»Erster Treffer!«

Beim dritten Wurf holte Appletree aus und erzielte einen Anschluß. Der Ball segelte jedoch nach links. Es war offenkundig aus.

»Zweiter Treffer!«

Der nächste Wurf, der heranzischte, war auf Appletrees

Bauch gezielt. Appletree zog den Bauch ein und sprang zurück — nicht weiter als er mußte, um nicht getroffen zu werden, aber nicht soweit, um aus dem Schlagmal herauszutreten, was einem Treffer gleichgekommen wäre.

Der nächste Wurf. Appletree holte aus und haute daneben. Der Ball freilich nicht. Appletree fiel zu Boden; die Ballspitze steckte in seiner Seite.

Die Menge schrie auf. Dann, als der Schiedrichter anfing zu zählen, wurde sie vergleichsweise still.

Appletree hatte zehn Sekunden zum Aufstehen und zum Schlagen, sonst würde man ihm einen Treffer berechnen.

Das Dici-Maskottchen, ein hochgewachsenes, hübsches Mädchen mit außergewöhnlich langen Beinen und einer wallend roten Mähne, die ihm bis auf die festen, runden Hinterbacken fiel, rannte die Knie hochreißend auf ihn zu. Als das Mädchen den Spieler erreichte, hockte es sich hin, beugte den Kopf und warf das Haar nach vorn, damit Appletree es streicheln konnte. Auf diese Weise sollte die Kraft eines Maskottchens, das sich der Großen Weißen Mutter gewidmet hatte, auf ihn übergehen. Doch allem Anschein nach reichte die Kraft nicht aus. Appletree sagte etwas zu ihr. Sie stand auf, knöpfte ihr Höschen auf und beugte sich erneut zu ihm hinunter. Die Menge brüllte auf, denn dies bedeutete, daß Appletree so schwer verletzt war, daß er eine doppelte Dosis spirituell-physischer Kraft benötigte.

Bei acht stand Appletree wieder auf den Beinen. Die Menge jubelte. Selbst die Fans der Caseyländler erwiesen ihm Beifall — alle ehrten einen Mann mit Mumm.

Appletree zog die Spitze aus seiner Seite, ließ sich von dem Maskottchen eine Bandage geben und drückte sie auf die Wunde. Die Bandage blieb haften, ohne geklebt zu werden, denn ihr Pseudofleisch fuhr sofort eine Anzahl kleiner, spitzer Tentakel aus, die sie verankerten.

Er nickte dem Schiedsrichter zu, daß er fertig sei.

»Spiel ab!«

Jetzt war Appletree mit dem Werfen an der Reihe. Er hatte einen Versuch, den Werfer auszuschalten. Wenn es ihm gelang, konnte er als erster losgehen.

Er holte aus und warf den Ball. John Casey stand im Innern des engen Quadrats, das nun seine Bewegungen einschränkte. Trat er über den Rand, würde er in Ungnade fallen und kriegte eine Abreibung. Dann konnte Appletree den Weg zum zweiten Mal zurücklegen.

Er stand mit durchgedrückten Knien an seinem Platz, damit er sich in beide Richtungen schwingen konnte.

Der Ball ging zwar technisch daneben, doch der Rand einer rotierenden Spitze schnitt in Caseys rechte Hüfte.

Dann hob er den Ball auf und holte aus.

Die Dici-Fans beteten stumm, verschränkten die Finger und streichelten das Haar aller Maskottchen, die in der Nähe waren. Die Caseyländler brüllten sich heiser. Die Penselfer, Irokesen, Floridaner und Buffalos überschütteten die Mannschaft, die sie am meisten haßten, mit Schmähungen.

Der Dici-Mann auf dem dritten Mal reagierte nervös. Er wartete auf einen Ziellauf, wenn er die Chance dazu bekam. Casey behielt ihn zwar im Auge, machte aber keine bedrohliche Bewegung.

Statt dessen warf er einen geraden Ball über das Mal hinweg, da es ihm lieber war, daß Appletree einen langen Wurf abwehrte, statt ihm auszuweichen und vielleicht einen weiteren Treffer gutgeschrieben bekam. Nach vier Bällen konnte Appletree zum ersten Mal laufen.

Der große Dici-Schläger traf den Ball voll. Aber wie es oft vorkam, traf er auch eine der Spitzen. Der Ball flog hoch über den Pfad von der Heimbasis zum ersten Mal und ging an einer Stelle nieder, die halb zwischen Heimbasis und Mal Eins lag.

Appletree warf, wie es sein Recht war, dem Werfer seinen Schlagstock zu und rannte zu Mal Eins. Auf halber Strecke traf der Ball ihn am Kopf. Der Mal Eins-Spieler, der losrannte, um ihn zu fangen, krachte gegen ihn. Appletree fiel hart zu Boden, prallte wie ein Gummiball ab, machte mehrere Schritte und rutschte auf dem Bauch auf Mal Eins zu.

Der Mal Eins-Spieler, der immer noch am Boden lag, hatte den Ball jedoch aufgehoben und warf ihn Appletree zu. Sofort danach sprang er auf und jagte zur Heimbasis. Der Ball klatschte in den großen, dicken Handschuh des Fängers, kurz bevor der Spieler auf Mal Drei seinen Abgang machte.

Der Schiedsrichter schickte den Dici-Spieler vom Platz — deswegen gab es keine Streitigkeiten. Doch der Mal Eins-Spieler ging auf ihn zu und gab mit lauter Stimme bekannt, er habe Appletree beim Weglaufen berührt. Deswegen müsse Appletree ebenfalls vom Platz.

Appletree stritt ab, daß er berührt worden war.

Der Mal Eins-Spieler sagte, er könne es beweisen. Er habe den Dici-Spieler mit einer Ballspitze in den rechten Unterschenkel gestochen.

Der Schiedsrichter verlangte, daß Appletree seinen Strumpf auszog.

»Sie haben da eine frische Wunde«, sagte er. »Und sie blutet noch. — Damit sind Sie draußen.«

»Bin ich nicht!« brüllte Appletree und spuckte ihm eine Ladung Kautabaksaft ins Gesicht. »An der Hüfte blute ich auch aus zwei Wunden, und die habe ich mir bei der letzten Runde zugezogen! Dieser Gottvater-Anbeter ist ein Lügner!«

»Woher soll er wissen, wo ich nachschauen muß, wenn er Sie nicht an dieser Stelle verletzt hat?« brüllte der Schiedsrichter zurück. »Ich bestimme hier! Und ich sage, Sie sind draußen! — *Draußen!* Soll ich's Ihnen buchstabieren?«

Seine Entscheidung kam bei den Dici-Fans nicht sonderlich gut an. Er wurde ausgebuht, und dann ertönte das traditionelle »Macht ihn *kapuuutt*!«

Der Karelianer erbleichte zwar, wich aber nicht zurück. Leider waren ihm weder seine Integrität noch sein Mut von

Nutzen, als die Meute sich ins Stadion ergoß und ihn an einen Eisenträger hängte. Anschließend vermöbelten die Fans die Caseyland-Mannschaft. Wahrscheinlich hätte man sie totgeschlagen, doch die Polizei von Manhattan griff ein und schlug die schäumenden Fans mit der flachen Degenklinge zurück. Die Polizei schaffte es auch, den Karelianer abzuschneiden, bevor die um seinen Hals gelegte Schlinge ihn vollends erdrosselte.

Bis dahin hatten auch die Fans der Caseyländler einen Versuch gemacht, ihre Mannschaft zu retten. Obwohl sie nie bis zu den Spielern durchkamen, kam es zu einigen Balgereien mit den Dici-Fans.

Bock schaute sich das Handgemenge eine Weile an. Sein erster Gedanke war, sich mitten in die Masse der wütend um sich schlagenden Fans zu stürzen und mit seinen gewaltigen Fäusten nach rechts und links Schläge auszuteilen. Seine Kampflust erwachte. Er stand auf, um sich auf die Meute zu stürzen, doch in diesem Moment stürzte sich eine Gruppe von Frauen, die der Kampf ebenfalls in Erregung versetzt hatte, auf ihn.

10. Kapitel

In dieser Nacht schlief Churchill schlecht. Er konnte den ekstatischen Ausdruck auf Robins Gesicht nicht vergessen, als sie gesagt hatte, sie hoffe darauf, das Kind des Sonnenhelden zu tragen.

Zuerst verfluchte er sich, weil er nicht darauf gekommen war, daß sie zu den hundert auserwählten Jungfrauen gehört hatte, die während der Riten debütiert hatten. Sie war einfach zu hübsch, und ihr Vater war zu bekannt, um sie zurückzuweisen.

Dann entschuldigte er sich damit, daß er wirklich wenig über die Kultur dieses Landes wußte. Sein eigenes Verhalten war zu sehr von seiner Zeit geprägt. Er hatte auf Robin reagiert wie auf ein Mädchen des frühen zwanzigsten Jahrhunderts.

Er verfluchte sich, weil er sich in sie verliebt hatte. Seine Reaktion entsprach eher der eines Jugendlichen von Zwanzig statt der eines Mannes von zweiunddreißig — nein, eines Mannes von achthundertzweiunddreißig. Er war viele Milliarden Kilometer gereist und hatte den interstellaren Raum zu seiner Domäne gemacht. Und jetzt verknallte er sich in ein achtzehnjähriges Mädchen, das nur einen winzigen Fleck der Erde und einen ebenso winzigen Zeitabschnitt kannte!

Doch Churchill war ein praktischer Mensch. Tatsachen waren nun mal Tatsachen. Und es war eine Tatsache, daß er Robin Withrow zur Frau haben wollte — zumindest hatte er sie bis zu dem Augenblick haben wollen, als sie ihn mit ihrer Bekanntmachung gelähmt hatte.

Einen Augenblick lang hatte er Peter Bock gehaßt. Er hatte schon immer leichte Vorbehalte gegen den Kapitän gehabt, weil er groß war, gut aussah und eine Position ausfüllte, von der er wußte, daß er sie ebenso gut ausfüllen konnte. Er hatte zwar nichts gegen Bock, er respektierte ihn sogar, aber wenn er ehrlich mit sich war, mußte er zugeben, daß er ihn beneidete.

Der Gedanke, daß Bock ihm — wie üblich — wieder mal zuvorgekommen war, war ihm fast unerträglich. Er kam ihm stets zuvor.

Aber es war ihm eben nur *fast* unerträglich.

Im Verlauf der Nacht stieg Churchill aus dem Bett, steckte sich eine Zigarre an, ging auf und ab und zwang sich, ehrlich zu sich zu sein.

Es war weder Bocks noch Robins Schuld, daß es dazu gekommen war. Und Robin war bestimmt nicht in Bock verliebt. Bock, der arme Hund, war zu einem kurzen, ekstatischen Leben verurteilt.

In erster Linie ging es für Churchill jetzt darum, ob er eine Frau heiraten wollte, die ein anderer geschwängert hatte. Es ging jetzt nicht darum, daß man weder sie noch den Vater des Kindes dafür verantwortlich machen konnte. Die Frage war, ob er bereit war, Robin zu heiraten und das Kind als sein eigenes aufzuziehen.

Schließlich ging er wieder zu Bett und schaffte es, mit Hilfe einiger Yoga-Techniken Schlaf zu finden.

Er erwachte etwa eine Stunde nach Sonnenaufgang und verließ den Schlafraum. Von einem Lakai erfuhr er, daß Withrow in sein Stadtbüro gegangen war. Robin und ihre Mutter waren zum Tempel unterwegs. Sie wollten in ungefähr zwei Stunden zurück sein.

Churchill fragte nach Sarvant, aber er war noch nicht aufgetaucht.

Churchill frühstückte mit einigen der Kinder. Als sie ihn baten, er solle ihnen eine Geschichte über seine Sternenreise erzählen, berichtete er von einem Zwischenfall auf Wolf. Auf der Flucht vor den Luputiern war die Mannschaft beim Überqueren eines Sumpfes mit einem Floß von einem Ballon-Oktopoden angegriffen worden. Dies war ein gewaltiges Geschöpf, das mit Hilfe eines gasgefüllten Beutels durch die Luft flog und seine Beute mit langen, herumtastenden Tentakeln packte. Die Tentakel verteilten Stromstöße, die jedes Opfer lähmten oder töteten; danach riß die Ballon-Krake den Kadaver mit den scharfen Klauen, die sich an den Enden ihrer acht muskulösen Tentakel befanden, auseinander.

Die Kinder hörten ihm mit weit aufgerissenen Augen zu und sagten kein Wort, als er die Geschichte erzählte, doch als er fertig war, sahen sie ihn wie einen Halbgott an. Als Churchill mit dem Frühstück fertig war, befand er sich in verbitterter Stimmung, und sie verstärkte sich noch, als ihm einfiel, daß Bock ihm das Leben gerettet hatte: Er hatte einen Tentakel abgehackt, der ihn ergriffen hatte.

Als er vom Tisch aufstand, bettelten die Kinder nach weiteren Geschichten. Er konnte sich nur befreien, indem er ihnen versprach, nach der Rückkehr weiterzuerzählen.

Churchill wies das Personal an, Sarvant auszurichten, er solle auf ihn warten. Für Robin hinterließ er die Nachricht, daß er nach seinen Mannschaftskameraden suchen wolle. Die Lakaien bestanden darauf, daß er die Kutsche und zwei Leibwächter mitnahm. Da Churchill nicht noch tiefer in Withrows Schuld geraten wollte, hätte er gern abgelehnt, aber wahrscheinlich wäre es eine Beleidigung gewesen. Schließlich ließ er sich in schnellem Tempo über die Conch Avenue fahren — bis in die Nähe des Stadions, in dem die *Terra* stand.

Es bereitete Churchill einige Schwierigkeiten, an die zuständigen Stellen zu gelangen. In mancherlei Hinsicht hatte Washington sich nicht verändert. Ein bißchen Geld hier und dort brachte ihm jedoch die korrekten Informationen, und dann fand er sich im Büro des Mannes wieder, dem die *Terra* unterstand.

»Ich möchte wissen, wo die Mannschaft ist«, sagte Churchill.

Der Beamte entschuldigte sich. Dann ging er eine Viertelstunde hinaus. Wahrscheinlich prüfte er die Akten, in denen stand, wo die Ex-Mannschaft sich gerade aufhielt. Als er zurückkehrte, berichtete er, sie hielten sich alle bis auf einen im Haus der Verlorenen Seelen auf. Dies, so führte er aus, war ein Quartier für Ausländer und Durchreisende, deren Bruderschaften in der Stadt kein Heim unterhielten.

»Wären Sie der Sonnenheld und kämen in eine andere Stadt«, sagte der Beamte, »könnten Sie im Heim der Wapitis schlafen. Aber solange Sie keiner Bruderschaft angehören, müssen Sie sich eine öffentliche oder private Unterkunft suchen. Das ist nicht immer einfach.«

Churchill dankte ihm und ging hinaus. Er folgte den Angaben des Beamten und fuhr zum Haus der Verlorenen Seelen.

Hier fand er alle Männer wieder, die er verlassen hatte. Auch sie trugen einheimische Kleidung und hatten ihre Uniformen verkauft.

Sie tauschten Neuigkeiten über das aus, was seit dem Vortag passiert war. Churchill fragte, wo Sarvant steckte.

»Wir haben kein Wort von ihm gehört«, sagte Gbwehun. »Und wir wissen noch immer nicht, wohin wir gehen sollen.«

»Wenn ihr bereit seid, euch in Geduld zu üben«, sagte Churchill, »kommt ihr vielleicht doch noch nach Hause.«

Er legte ihnen auseinander, was er über die Handelsmarine von Dici wußte und daß sie eventuell eine Chance hatten, ein Schiff in die Hände zu bekommen. Dann schloß er mit den Worten: »Wenn ich ein Schiff kriegen kann, sorge ich dafür, daß man euch anheuert. Aber zuerst müßt ihr euch seemännische Kenntnisse aneignen. Das bedeutet, daß ihr euch einer Seemannsbruderschaft anschließen und eine Ausbildung absolvieren müßt. Der Plan wird seine Zeit brauchen. Wenn er euch nicht liegt, könnt ihr es immer noch auf dem Landweg versuchen.«

Die Männer diskutierten ihre Chancen, und zwei Stunden später faßten sie den Beschluß, Churchill zu folgen.

Er stand vom Tisch auf. »In Ordnung. Bis auf weiteres schlagt ihr hier euer Hauptquartier auf. Ihr wißt, wo ihr mich erreichen könnt. Bis dann. Und viel Glück.«

Da Churchill keine Eile hatte, erlaubte er seinem Gespann, das Tempo vorzulegen, das ihm gefiel. Er fürchtete sich vor dem, was er vielleicht zu hören bekam, wenn er das Haus der Withrows erreichte. Und er hatte noch immer keine Ahnung, wie er darauf reagieren würde.

Schließlich blieb die Kutsche vor der Haustür stehen. Die Lakaien spannten die Hirsche aus. Churchill mußte sich dazu zwingen, das Haus zu betreten. Er fand Robin und ihre Mutter an einem Tisch sitzend vor, und sie tratschten miteinander wie zwei fröhliche Waschweiber.

Robin sprang auf und rannte auf ihn zu. Ihre Augen strahlten, sie lächelte wie berauscht.

»Oh, Rud, es ist geschehen! Der Sonnenheld hat mich geschwängert — und die Priesterin hat gesagt, es ist ein Junge!«

Churchill versuchte ein Lächeln, aber es mißlang. Selbst als Robin die Arme um ihn legte, ihn küßte und dann fröhlich durch den Raum tanzte, brachte er kein Lächeln zuwege.

»Trinken Sie ein kaltes Bier«, sagte Robins Mutter. »Sie

sehen so aus, als hätten Sie gerade eine schlimme Nachricht erhalten. Hoffentlich irre ich mich. Heute sollte ein Tag der Freude sei. Ich bin die Tochter eines Sonnenhelden, eine meiner Töchter ist das Kind eines Sonnenhelden, und einer meiner Enkel wird ebenfalls das Kind eines Sonnenhelden sein. Columbia hat dieses Haus dreimal gesegnet. Wir sollten sie mit einem Lachen der Dankbarkeit belohnen.«

Churchill nahm Platz und trank von dem kalten, dunklen Bier, das sie ihm in einem Steinkrug reichte. Er wischte sich den Schaum von den Lippen und sagte: »Sie müssen mir verzeihen. Ich habe gerade erfahren, wie schlecht es meinen Leuten geht. Aber das braucht Sie natürlich nicht zu grämen. Aber ich würde gern wissen, was Robin jetzt vorhat?«

Angela Withrow schenkte ihm einen schlitzohrigen Blick: Sie schien zu ahnen, was in ihm vorging.

»Nun ja — sie wird irgendeinen glücklichen jungen Mann zum Gatten nehmen. Aber das wird ihr sicher schwerfallen, weil es mindestens zehn Männer mit ernsthaften Absichten gibt.«

»Gibt es einen, den sie besonders mag?« fragte Churchill recht beiläufig.

»Sie hat mich zwar noch nicht eingeweiht«, erwiderte Robins Mutter, »aber wenn ich Sie wäre, Mr. Churchill, würde ich sie auf der Stelle fragen — bevor die anderen kommen.«

Churchill war zwar überrascht, doch er behielt sein Pokergesicht bei.

»Woher wissen Sie, daß das meine Absicht war?«

»Sie sind doch ein Mann, nicht wahr? Und ich weiß, daß Robin Sie am meisten mag. Ich glaube auch, daß Sie der beste Gatte für sie wären.«

»Vielen Dank«, murmelte Churchill. Er blieb einen Moment lang sitzen und trommelte mit den Fingern auf die Tischplatte. Dann stand er auf, ging zu Robin hinüber, die gerade eine Hauskatze streichelte, und nahm ihre Schultern.

»Robin, willst du mich heiraten?«

»Oh, ja!« rief sie und warf sich in seine Arme.

Und damit hatte es sich.

Jetzt, wo Churchill sich zu einem Entschluß durchgerungen hatte, gelangte er immer mehr zu der Ansicht, daß er nicht den geringsten Grund hatte, Bocks Kind nicht zu mögen. Schließlich, sagte er sich, hätte ich auch nichts dagegen gehabt, wenn Robin mit Bock verheiratet gewesen und er gestorben wäre. Die Situation war mehr oder weniger die gleiche. Robin war sozusagen nur eine Nacht mit seinem Ex-Kapitän verheiratet gewesen. Und wenn Bock auch noch nicht tot war — bald würde er es sein.

Er hatte sich völlig falsch verhalten. Es gab keinen Grund, mit Wertmaßstäben zu arbeiten, die aus der Vergangenheit stammten. Churchill hätte es zwar gern gesehen, wenn seine Braut Jungfrau gewesen wäre. Aber sie war eben keine mehr, und damit hatte es sich.

Trotzdem wurde er das Gefühl nicht los, irgendwie betrogen worden zu sein.

Er hatte nicht viel Zeit zum Nachdenken. Man rief Withrow aus dem Büro nach Hause. Er weinte, umarmte seine Tochter und seinen zukünftigen Schwiegersohn, und betrank sich. Zwischenzeitlich wurde Churchill von einigen Zofen beiseitegenommen. Sie schnitten sein Haar und badeten ihn. Hinterher wurde er massiert, eingeölt und parfümiert. Als er aus dem Badehaus kam, war Angela Withrow schon damit beschäftigt, den Ball vorzubereiten, der am Abend stattfinden sollte.

Kurz nach dem Abendessen strömten die Gäste herein. Inzwischen hatten Withrow und Churchill schon ein gewaltiges Faß aufgemacht. Die Gäste fanden nichts Unschickliches daran. Tatsächlich schienen sie genau das erwartet zu haben, denn sie bemühten sich sofort, den Vorsprung der beiden aufzuholen.

Es wurde gelacht und viel geredet und geprahlt. Es kam nur zu einem häßlichen Zwischenfall: Einer der Männer, die Robin den Hof gemacht hatten, machte eine Anspielung auf Churchills eigenartigen Akzent und forderte ihn zu einem Duell heraus. Er schlug vor, daß man sie mit gezückten Messern an den Totempfahl band, damit sie um Robin kämpften.

Churchill versetzte dem jungen Mann einen Kinnhaken, und seine Freunde schleppten den Besinnungslosen lachend und witzereißend hinaus zu seiner Kutsche.

Gegen Mitternacht zog Robin sich von ihren Freundinnen zurück und nahm Churchills Hand.

»Laß uns zu Bett gehen«, flüsterte sie.

»*In welches? — Jetzt?*«

»In meins, du Dummerchen. — Und natürlich *jetzt*!«

»Aber Robin — wir sind doch noch gar nicht verheiratet! Oder bin ich so blau, daß ich es nicht gemerkt habe?«

»Nein, die Hochzeit findet am nächsten Wochenende im Tempel statt. Aber was hat das damit zu tun, daß wir es miteinander treiben?«

»Nichts«, sagte Churchill achselzuckend. »Andere Zeiten, andere Sitten. — So geh denn voraus, MacDuff!«

Robin kicherte und sagte: »Was brabbelst du da vor dich hin?«

»Was machst du, wenn ich vor der Trauung einen Rückzieher mache?«

»Du scherzt wohl, wie?«

»Natürlich. Aber du mußt dir auch mal klarmachen, liebste Robin, daß ich nicht sehr viel über die Sitten eures Landes weiß. Ich bin einfach nur neugierig.«

»Na schön. Also, *ich* würde gar nichts tun, aber für meinen Vater und meinen Bruder wäre es eine tödliche Beleidigung. Sie müßten dich umbringen.«

»Ich wollte es nur wissen.«

In der folgenden Woche waren sie sehr beschäftigt. Zusätzlich zu den normalen Vorbereitungen, die die Hochzeitszeremonie erforderte, mußte Churchill die Entscheidung treffen, welcher Bruderschaft er sich anzuschließen gedachte. Es war undenkbar, daß Robin einen Mann ehelichte, der kein Totem besaß.

»Ich würde am liebsten mein eigenes Totem vorschlagen«, sagte Withrow, »den Löwen. — Aber es wäre besser für dich, in einer Bruderschaft zu sein, die direkt mit deiner Arbeit zu tun hat. Dann hast du auch den Segen jenes tierischen Schutzgeistes, mit dem du zu tun haben wirst.«

»Du meinst eine Fisch- oder Schildkröten-Bruderschaft?« fragte Churchill seinen Schwiegervater.

»Was? Aber nicht doch, keineswegs! Ich meine das Schweinstotem. Es wäre nicht klug, Säue zu züchten und zu gleicher Zeit das Löwentotem zu tragen. Immerhin ist der Löwe ein Feind des Schweins.«

»Na, hör mal!« protestierte Churchill. »Was habe *ich* denn mit Schweinen zu tun?«

Jetzt war Withrow an der Reihe, überrascht zu sein. »Dann hast du also mit Robin noch nicht darüber gesprochen? Kein Wunder! Sie hatte ja auch *so* wenig Zeit dazu, obwohl ihr zwei von Mitternacht bis zum frühen Morgen jede Nacht allein seid. — Na ja, ihr habt gewiß Interessanteres zu tun gehabt. Ach, wäre ich doch auch noch einmal jung! Nun, mein Junge, die Lage ist die folgende: Ich habe von meinem Vater, der stets in der ersten Reihe stand, wenn es irgendwo Geld zu verdienen gab, mehrere Höfe geerbt. Und aus verschiedenen Gründen brauche ich dich, damit du sie leitest.

Erstens traue ich meinem gegenwärtigen Verwalter nicht. Ich glaube, daß er mich betrügt. Wenn du beweisen kannst, daß er in die eigene Tasche arbeitet, lasse ich ihn hängen.

Zweitens haben die Karelianer mehrmals meine Höfe überfallen und die besten Viecher und schönsten Frauen geraubt. Zwar haben sie keine Häuser und Stallungen niedergebrannt oder mich restlos ausgeplündert, aber diese Überfälle müssen aufhören.

Drittens weiß ich, daß du Genetiker bist. Deshalb müßtest du in der Lage sein, mein Zuchtvieh zu verbessern.

Viertens wirst du, wenn ich an den Busen der Großen Weißen Mutter zurückkehre, einige der Höfe erben. Die Handelsflotte geht an meine Söhne.«

Churchill stand auf. »Darüber muß ich erst mit Robin sprechen.«

»Tu das, mein Sohn! Aber du wirst erkennen, daß sie meiner Meinung ist.«

Withrow hatte recht. Robin wollte nicht, daß ihr Gatte zur See fuhr. Sie wollen nicht über längere Zeit von ihm getrennt sein.

Churchill wandte ein, er könne sie doch auf seine Reisen mitnehmen.

Robin erwiderte, daß dies nicht ginge. Die Frauen der Seeleute durften ihre Männer nicht begleiten. Sie standen ihnen im Weg und verteuerten jede Fahrt, und was das Schlimmste war: sie brachten den Schiffen Unglück. Sogar wenn ein Schiff zahlende weibliche Passagiere mitführte, mußte es von einem Priester mit einem besonders starken Segen versehen werden, damit es nicht vom Pech heimgesucht wurde.

Churchill konterte mit dem Argument, daß sie sich mit seiner zeitweiligen Abwesenheit abfinden würde, wenn sie ihn wirklich liebte.

Robin wies seinen Einwand mit dem Argument zurück, daß er sie gar nicht erst allein lassen würde, wenn er sie wirklich liebte. Und was, bitteschön, sei mit den Kindern? Jeder wußte doch, daß Kinder aus Familien mit schwachen oder häufig abwesenden Vätern zu geistigen Schäden neigten. Kinder brauchten einen starken Vater, der immer da war, wenn sie Zuneigung oder eine Lektion in Sachen Disziplin benötigten.

Churchill brauchte zehn Minuten, um darüber nachzudenken.

Wenn er sein Eheversprechen zurücknahm, hatte er Withrow und dessen Sohn am Hals. Dann mußte einer von ihnen sterben — und er war irgendwie davon überzeugt, daß es ihn treffen würde. Doch auch wenn es ihm gelang, sich gegenüber Robins Vater und Bruder zu behaupten ... Selbst wenn er sie umbrachte ... Dann hatte er den Rest ihrer Verwandtschaft am Hals, und das waren nicht wenige.

Natürlich konnte er Robin auch dazu kriegen, daß *sie*

ihn nicht mehr haben wollte. Aber er wollte sie nicht verlieren.

Schließlich sagte er: »Na schön, Liebling. Dann werde ich eben Schweinezüchter. Aber um eins bitte ich dich: Ich möchte, bevor ich Wurzeln schlage, wenigstens eine letzte Seereise machen. Können wir ein Schiff nach Norfolk nehmen und dann über Land zu den Höfen reisen?«

Robin wischte sich die Tränen ab. Sie lächelte, küßte ihn und sagte, sie wäre in der Tat ein hartherziges Luder, wenn sie ihm diesen Wunsch abschlüge.

Churchill ging, um seinen Kameraden mitzuteilen, daß sie sich auf dem Schiff, das Robin und er nehmen wollten, eine Passage erkaufen mußten. Er würde dafür sorgen, daß sie genug Geld bekamen. Wenn das Schiff vom Land aus nicht mehr zu sehen war, mußten sie es übernehmen. Dann würden sie über den Atlantik segeln und auf Osten zuhalten. Es war ein großes Pech, daß sie keine Möglichkeit hatten, bis dahin genügend seemännische Kenntnisse zu erwerben. Sie mußten sich unterwegs schulen.

»Wird deine Frau nicht wütend sein?« fragte Jastschemsky.

»Mehr als das«, sagte Churchill. »Aber wenn sie mich wirklich liebt, geht sie mit mir. Wenn sie es nicht will, setzen wir sie mit der Mannschaft an Land ab, bevor wir verschwinden.«

Wie sich zeigte, erhielt die Mannschaft der *Terra* nie eine Gelegenheit, das Schiff zu entführen. Am zweiten Tag der Reise wurden sie von karelianischen Piraten überfallen.

11. Kapitel

Als Bock das Universitätsgelände von Vassar betrat, vernahm er das gleiche Lied — beziehungsweise eine Variante desselben —, das er immer hörte, wenn man ihm die Schlüssel der Stadt aushändigte, oder, wie in diesem Fall, die Ehrendoktorwürde verlieh. Doch diesmal gab es keine große Menschenmenge, die ihn mit Gesang willkommen hieß. Ein Chor von Erstsemester-Novizinnen begrüßte ihn. Die älteren Frauen — Priesterinnen und Professorinnen — standen in ihren blauen Gewändern halbmondförmig hinter dem weißgekleideten Chor, der ein Delta bildete. Als die Novizinnen sangen, nickten die anderen gnädig vor sich hin, genossen ihre Vorstellung und schlugen mit den Knäufen ihrer Merkurstäbe auf den Boden, da sie sich über Bocks Anwesenheit freuten.

Das Kommando aus Panself, das auf das Universitätsgelände stürmte, kam für die Priesterinnen völlig überraschend. Irgendwie hatten die Fremden erfahren, daß der Sonnenheld um Mitternacht an einer Privatzeremonie teilnehmen würde. Sie wußten, daß man der Bevölkerung von Poughkeepsie geraten hatte, dem Gelände fernzubleiben. Bock war der einzige Mann auf dem Grundstück, und die Priesterinnen zählten etwa hundert.

Das Kommando stürzte aus der Dunkelheit hervor und kam ins Licht der Fackeln. Die Frauen waren zu sehr mit ihrem Gesang und der Beobachtung des Spektakels beschäftigt, das Bock gerade mit einer jungen Novizin veranstaltete, deswegen bemerkten sie die Eindringlinge nicht. Erst als die Panselfer einen vielstimmigen Schrei anstimmten und jene Priesterinnen köpften, die außerhalb des Kreises standen, erkannten sie, daß es sich um einen Überfall handelte.

Bock wußte nicht mehr, was danach gewesen war. Er hatte gerade noch den Kopf heben können, um zu sehen, wie ein Mann auf ihn zusprang und die flache Klinge seines Breitschwertes auf seinen Kopf niedersausen ließ.

Als er wieder zu sich kam, hing er wie ein erlegter Hirsch an einem Stab, der auf den Schultern zweier Krieger lag. Seine Arme und Beine waren taub; die Lederschlingen, die ihn an den Stab fesselten, hatten seine Blutzirkulation abgeschnitten. Sein Kopf fühlte sich an, als würde er gleich platzen; er schmerzte nicht nur wegen des Schlages, sondern auch wegen des Blutes, das ihm aufgrund seiner hängenden Stellung in den Kopf geflossen war.

Der Mond stand hoch am Himmel. Er war voll. In seinem hellen Licht konnte er die nackten Beine und den Oberkörper des Mannes sehen, der hinter ihm ging. Als Bock den Kopf drehte, erkannte er im Schein des Mondes die gebräunte Haut von Männern und die weiße Robe einer Priesterin.

Plötzlich ließ man ihn auf den harten Boden fallen.

»Unser Sexprotz ist aufgewacht«, sagte eine tiefe männliche Stimme.

»Können wir den Lumpenhund nicht abschneiden, damit er selbst läuft?« fragte eine andere Stimme. »Der Kerl ist verdammt schwer. Der verdammte Stab schneidet mir fast zwei Zentimeter in die Schulter.«

»In Ordnung«, sagte eine dritte Stimme, die allem Anschein nach jemanden gehörte, der das Kommando führte. »Schneidet ihn los! Aber bindet ihm die Arme auf den Rücken und legt eine Schlinge um seinen Hals! Wenn er einen Fluchtversuch macht, erwürgt er sich eben. – Und paßt auf! Er sieht so stark aus wie ein Elchbulle!«

»Oh, er ist so *stark!*« flötete eine vierte Stimme, die viel höher war als die anderen. »Und so ein *süßer* Fratz!«

»Du willst mich wohl eifersüchtig machen, was?« sagte ein anderer Mann. »Mach nur so weiter, Täubchen, dann wirst du bald sehen, was du davon hast. Reiz mich nicht, sonst schneide ich dir die Leber raus und serviere sie deiner Mutter.«

»Wie kannst du es wagen, *solche* Sachen im Zusammenhang mit meiner *Mama* zu sagen, du *haariges* Ding!« sagte der Mann mit der hohen Stimme. »Allmählich gehst du mir *wirklich* auf die Nerven!

»Im Namen Columbias, unserer gesegneten Mutter! Hört endlich mit diesen Eifersüchteleien auf! Ich kann es nicht mehr hören! Wir sind auf einem Feldzug, nicht auf dem Tuntenball! – Macht weiter, schneidet ihn ab! Aber behaltet ihn im Auge!«

»*Ich* könnte ihn wohl nicht bewachen, was?« fragte der Mann mit der hohen Stimme begierig.

»Du willst mir wohl Hörner aufsetzen, wie?« sagte der Mann, der ihn schon zuvor bedroht hatte. »Versuch's doch, wenn du meinst, daß dein Gesicht ohne Zähne hübscher aussieht!«

»Zum letzten Mal: Haltet die Klappe!« sagte der Anführer zähneknirschend. »Dem nächsten, der mir einen Grund liefert, schlitze ich die Kehle auf, verstanden? Also los! Laßt uns weitergehen! Bis wir aus dem Feindesland heraus sind, liegt noch ein verdammt langer Weg vor uns, und es kann nicht mehr lange dauern, bis sie uns die Bluthunde auf den Hals hetzen!«

Bock konnte der Unterredung mühelos folgen. Die Sprache der Männer war dem in Dici gesprochenen Idiom ähnlicher als das Niederländische dem Deutschen. Er hatte sie schon einmal in Camden gehört. Eine Gruppe von Panself-Gefangenen, die man während eines Überfalls geschnappt hatte, hatten bei einer Zeremonie zu seinen Ehren die Köpfe verloren. Einige von ihnen hatten sich als äußerst tapfer erwiesen; sie hatten Bock so lange verhöhnt, bis man ihnen die Kehle aufgeschlitzt hatte.

Im Moment wäre es Bock freilich lieber gewesen, man hätte alle Männer in Panself einen Kopf kürzer gemacht. Seine Arme und Beine fingen entsetzlich an zu schmerzen. Er hätte am liebsten aufgeschrien, aber ihm war klar, daß die Panselfer ihn wahrscheinlich mit einem Schlag ins Land der Träume zurückversetzten, damit er still blieb. Außerdem wollte er nicht, daß sie Befriedigung in dem Wissen fanden, daß sie ihm wehgetan hatten.

Man band ihm die Arme auf den Rücken, legte eine Schlinge um seinen Hals und versprach, ihm ein Messer zwischen die Rippen zu stecken, wenn er irgendeine verdächtige Bewegung machte. Dann schubsten die Männer ihn vor sich her.

Anfangs war Bock kaum in der Lage, zu gehen, doch nach einer Weile zirkulierte sein Blut wieder normal, und der Schmerz ließ nach. Schließlich konnte er mit den anderen Schritt halten. *Na prima*, dachte er. Jedesmal wenn er strauchelte, spürte er, wie sich die Schlinge um seinen Hals zusammenzog und ihm die Luft abschnitt.

Der Trupp ging bergab durch ein spärlich bewaldetes Gelände. Er bestand aus etwa vierzig Männern, die in einer Doppelreihe gingen. Sie trugen Breitschwerter, Lanzen, Keulen sowie Pfeil und Bogen, aber sie waren in keiner Weise gepanzert. Wahrscheinlich waren sie so mobiler. Sie trugen das Haar auch nicht lang, wie die Männer in Dici. Es war sehr kurz und lag eng am Schädel an. Ihre Gesichter kamen ihm ziemlich komisch vor, da sie ausnahmslos dichte, schwarze Schnauzbärte trugen. Sie waren die ersten Menschen mit Gesichtsbehaarung, die Bock seit der Landung auf der Erde zu sehen bekam.

Der Trupp verließ das Waldgebiet und näherte sich dem Ufer des Hudson River. Bock hatte nun bessere Möglichkeiten, die Männer aus Panself zu beobachten: Er stellte fest, daß ihre Schnauzbärte entweder aufgemalt oder eintätowiert waren.

Außerdem trug jeder eine Tätowierung auf der nackten Brust. Da stand in großen Buchstaben das Wort *Mutter*.

Die Panselfer hatten sieben Gefangene gemacht: Bock, fünf Priesterinnen und — sein Herz setzte für einen Schlag aus — Mary Casey. Auch den anderen hatte man die Hände auf den Rücken gefesselt. Bock versuchte, in Marys Nähe zu gelangen, um ihr etwas zuzuflüstern, doch das um seinen Hals liegende Seil zog ihn wieder nach hinten.

Der Trupp hielt an. Einige der Männer räumten einen Reisigstapel beiseite. Kurz darauf enthüllten sie eine Anzahl großer Kanus, die in einer Erdvertiefung aufeinandergestapelt waren. Sie wurden ans Flußufer getragen.

Man zwang die Gefangenen, in die Kanus zu steigen. Pro Kanu gab es einen Gefangenen. Dann paddelte die Flotte zum anderen Ufer hinüber.

Nachdem man es erreicht hatte, wurden die Kanus in den Fluß zurückgestoßen und der Strömung überlassen.

Der Trupp marschierte erneut durch einen Wald. Hin und wieder strauchelte eine Gefangene und fiel auf die Knie oder aufs Gesicht. Die Panselfer traten sofort zu und drohten, man würde ihnen die Kehle durchschneiden, wenn sie nicht aufhörten, sich wie plumpe Kühe aufzuführen.

Einmal fiel Mary Casey hin. Ein Mann trat ihr in die Rippen, und sie zuckte vor Schmerz zusammen. Bock grollte vor Zorn und sagte: »Wenn ich die Fesseln je abkriege, du Arsch, erwürge ich dich mit deinen eigenen Armen!«

Der Mann lachte und sagte: »Versuch's doch mal, Schnucki! Es wäre mir eine *Freude*, von einem wie dir so behandelt zu werden!«

»Um Mutters willen, halt die Schnauze!« fauchte der Anführer. »Sind wir hier auf dem Kriegspfad oder bei einem Balzwettbewerb?«

Den Rest der Nacht wurde nur wenig gesprochen. Die Männer legten für eine Weile ein Dauerlauftempo vor und schritten dann wieder normal aus. Im Morgengrauen hatten sie zwar viele Kilometer hinter sich gebracht, aber nicht so viele, wie eine Krähe im Flug zurücklegen kann. Der Weg wand sich zwischen vielen Hügeln hindurch.

Kurz nachdem es im Osten zu Tagen begonnen hatte, rief der Anführer seine Männer zu einem Halt. »Wir legen uns hin und schlafen bis zum Mittag. Wenn die Umgebung dann einigermaßen sicher aussieht, marschieren wir weiter. Am Tag kommen wir schneller voran, auch wenn man uns dann besser sehen kann.«

Man fand einen Felsüberhang. Die Männer rollten Decken auf dem harten Boden aus und legten sich hin. Ein paar Minuten später schliefen alle außer den Wächtern, die man zur Bewachung der Gefangenen eingeteilt hatte, und die darauf achten sollten, daß sich niemand aus Dici näherte.

Bock war die zweite Ausnahme. Leise rief er einem Wächter zu: »He, ich kann nicht schlafen! Ich habe Hunger!«

»Du ißt dann, wenn die anderen essen«, sagte der Wächter. »Das heißt, falls du überhaupt was kriegst.«

»Du verstehst mich nicht«, sagte Bock. »Ich brauche mehr als ein normaler Mensch. Wenn ich nicht alle vier Stunden etwas esse — und zwar doppelt so viel wie ein anderer Mensch —, frißt mein Körper sich selbst auf. Es liegt an den Hörnern. Sie beeinflussen meinen Körper so, daß ich wie ein Elchbulle fressen muß, um am Leben zu bleiben.«

»Dann hol ich dir 'n bißchen Heu«, sagte der Wächter und lachte.

Hinter Bock flüsterte jemand: »Mach dir keine Sorgen, Schätzchen. *Ich* besorg dir was zu essen. Ich könnte es *niemals* zulassen, daß ein *süßer* Kerl wie du verhungert. — Es wäre doch eine *wahnsinnige* Verschwendung!«

Hinter ihm rührte sich etwas. Jemand öffnete einen Rucksack. Die Wächter schauten neugierig zu, dann fingen sie an zu grinsen.

»Sieht so aus, als hättest du bei Abner einen Stein im Brett«, sagte einer von ihnen. »Paß bloß auf! Wenn Luke wach wird und was mitkriegt, wird er ziemlich böse werden!«

Ein anderer sagte: »Ein Glück, daß Abner keinen Hunger hat. Er steht nämlich auf *Würstchen mit Pulsschlag*. Ha, ha, ha!«

Der Mann, der ihm etwas zu essen angeboten hatte, kam nun in Bocks Blickfeld. Es war der Kleine, der ihn in der vergangenen Nacht ganz offen bewundert hatte. Er hielt einen halben Brotlaib, zwei dicke Scheiben Schinken und eine Feldflasche in den Händen.

»Komm, setz dich hin, Schätzchen! Mama wird Süßi jetzt füttern.«

Die Wächter lachten, wenn auch nicht sehr laut. Bock wurde rot, aber war zu hungrig, um das Essen zurückzuweisen. Er spürte, wie das Feuer in ihm brannte; Fleisch verdaute Fleisch.

Abner war etwa zwanzig. Er war klein und hatte äußerst

schmale Hüften. Im Gegensatz zu den anderen Panselfern war sein Haar nicht kurzgeschnitten. Es war weizengelb und ziemlich lockig. Eine Frau hätte sein Gesicht als ›schön‹ bezeichnet, doch der aufgemalte Schnauzer verlieh ihm ein bizarres Äußeres. Lange dunkle Wimpern zierten seine großen braunen Augen. Seine Zähne waren so weiß, daß sie falsch wirkten, und seine Zunge war sehr rot; wahrscheinlich wegen der gummiartigen Substanz, die er kaute.

Es gefiel Bock zwar überhaupt nicht, in der Schuld eines Menschen wie Abner zu stehen, aber sein Mund schien sich wie automatisch zu öffnen und das Essen zu verschlingen.

»Na, *siehst* du«, sagte Abner. Er tätschelte Bocks Geweih und fuhr mit den Fingern durch sein Haar. »Fühlt sich Süßi jetzt besser? Wir wär's jetzt mit einem *Küßchen*, um deine Dankbarkeit zu zeigen?«

»Süßi wird dir einen gewaltigen *Arschtritt* verpassen, wenn du noch näher herankommst«, sagte Bock.

Abners große Augen wurden noch größer. Er wich zurück, und seine Unterlippe zitterte vor Unmut.

»Behandelt man so einen Freund, der einen gerade vor dem Verhungern bewahrt hat?« fragte er in einem ziemlich beleidigten Tonfall.

»Zugegeben, so was tut man nicht«, sagte Bock. »Aber ich wollte nur klarstellen, daß ich dich umbringe, wenn du das tust, das du, wie ich glaube, tun willst.«

Abner lächelte und klimperte mit seinen langen Wimpern. »Ach, dieses *dämliche* Vorurteil wirst du doch wohl überwinden, Baby. Außerdem habe ich gehört, daß ihr Gehörnten einen *wahnsinnigen* Druck habt und nicht mehr aufzuhalten seid, wenn er euch erst mal steht. — Was willst du machen, wenn keine *Frauen* in der Nähe sind?«

Als das Wort ›Frauen‹ fiel, nahm sein Gesicht einen höhnischen Ausdruck an. Das Wort, das er wirklich verwendet hatte, war im Grunde auch nur eine sehr freie Übersetzung dessen, was er wirklich meinte: Zu Bocks Zeiten hatte man es nur in einem sehr herabsetzenden und anatomiebezogenen Sinn benutzt. Bock erfuhr erst später, daß die Männer von Penself dieses Wort nur dann aussprachen, wenn sie unter sich waren — wenn Frauen zugegen waren, bezeichnete man sie als ›Engel‹.

»So weit pflege ich nicht vorauszuplanen«, sagte Bock. Dann schloß er die Augen und schlief ein.

Als man ihn weckte, hatte er zwar den Eindruck, nur eine Minute geschlafen zu haben, doch die Sonne stand im Zenit. Er blinzelte, setzte sich hin und hielt nach Mary Casey Ausschau. Ihre Hände waren nicht mehr gefesselt. Sie aß etwas; neben ihr stand ein Mann mit einem Degen.

Der Name des Anführers war Raf. Er war ein großer Mann mit breiten Schultern, einer schmalen Taille, einem außerordentlich gut aussehenden Gesicht und blondem Haar. Seine blauen Augen waren hell und eiskalt.

»Mary Casey hat mir erzählt, daß du gar nicht aus Dici stammst«, sagte er. »Sie sagt, du wärst in einem feurigen Eisenschiff aus dem Himmel gekommen und hättest die Erde vor über achthundert Jahren verlassen, um die Sterne zu erforschen. Ist sie eine Lügnerin?«

Bock skizzierte ihm kurz seine Vergangenheit und ließ Raf dabei nicht aus den Augen. Er hoffte, daß der Mann ihn nicht das Schicksal erleiden ließ, das Dici-Bewohner in seiner Stellung normalerweise erwartete.

»Du bist wirklich 'n irrer Vogel«, sagte Raf enthusiastisch, obwohl sich der Blick seiner eisblauen Augen nicht änderte. »Und erst deine Hörner! Sie machen dich *verdammt* männlich! Ich hab gehört, daß Gehörnte Könige das Stehvermögen von fünfzig Zuchtbullen haben, wenn sie geil werden.«

»Das ist eine bekannte Tatsache«, erwiderte Bock zurückhaltend. »Aber ich würde gern wissen, was jetzt mit uns passiert?«

»Das entscheiden wir, wenn wir aus dem Dici-Territorium raus sind und den Delaware überquert haben. Vor uns liegen noch zwei harte Tagesmärsche, aber wenn wir erst mal hinter den Shawangunk Mountains sind, sind wir relativ sicher. Hinter den Bergen ist das Niemandsland; die einzigen, die wir da treffen, sind Räuber. Aber sie sind uns nicht alle feindlich gesinnt.«

»Könnt ihr mich nicht losbinden?« fragte Bock. »Nach Dici kann ich sowieso nicht zurück. Da kann ich ebenso gut bei euch bleiben.«

»Willst du mich auf den Arm nehmen?« sagte Raf. »ich werde doch keinen tollwütigen Wapiti loslassen! Ich bin zwar ein verdammt guter Mann, Schätzchen, aber mit dir möchte ich mich nicht balgen — jedenfalls nicht in einem *Kampf.* — Nein, nein, du bleibst gefesselt.«

Der Trupp nahm sein Tempo wieder auf. Zwei Späher liefen voraus und sorgten dafür, daß sie nicht in einen Hinterhalt gerieten. Als sie die Shawangunk Mountains erreicht hatten, näherten sie sich vorsichtig dem Paß und versteckten sich, bis die Späher das verabredete Zeichen gaben. Um Mitternacht rasteten sie hinter einem hohen, felsigen Grat.

Bock versuchte, mit Mary Casey zu reden, um sie moralisch aufzurüsten. Sie sah inzwischen sehr erschöpft aus. Jedesmal wenn sie strauchelte, wurde sie geschlagen und verflucht. Abner war besonders gemein zu ihr; er schien sie zu hassen.

Am Abend des dritten Tages wateten sie an einer seichten Stelle durch den Delaware River. Sie schliefen, standen im Morgengrauen wieder auf und marschierten weiter. Um acht Uhr morgens erreichte der Trupp im Triumphzug das Grenzstädtchen High Queen.

In High Queen lebten etwa fünfzig Menschen. Sie hausten in würfelförmigen Steingebäuden, die von einer acht Meter hohen Mauer aus Stein und Beton umgeben war. Alle Gebäude waren zur Straße hin fensterlos; die Eingänge saßen tief im Innern der Mauern. Fenster gab es nur auf den Hausrückseiten, sie gingen in einen Innenhof.

Die Häuser hatten zwar keine Vorgärten, da sie genau

mit der Straße abschlossen, doch sie waren durch leere, unkrautbewachsene Plätze voneinander getrennt, auf denen Ziegen grasten, Hühner pickten und schmutzige, nackte Kinder spielten.

Die Menge, die den Trupp begrüßte, bestand hauptsächlich aus Männern; die wenigen anwesenden Frauen zogen sich bald auf Anweisung ihrer Gatten zurück. Sie waren verschleiert und trugen Gewänder, die sie vom Hals bis zum Boden verhüllten. Obwohl der einzige Götze der Ortschaft eine Granitstatue der Großen Weißen Mutter war, nahmen die Frauen in High Queen offenbar eine untergeordnete Stellung ein.

Später erfuhr Bock, daß die Penselfer zwar die Göttin Columbia anbeteten, aber in Dici hielt man sie dennoch für eine ketzerische Sekte. Laut der in Penself vorherrschenden Theologie war jede Frau eine lebendige Inkarnation Columbias, und deswegen ein heiliges Gefäß der Mutterschaft. Doch die Männer von Penself wußten auch, daß das Fleisch schwach war. Sie bekämpften ihre diesbezüglichen Gelüste, indem sie den Frauen keine Möglichkeit gaben, ihre Reinheit zu beflecken.

Sie sollten gute Dienerinnen und Mütter sein, mehr nicht. Deswegen wurden sie von allen Blicken und Verlockungen so gut wie möglich abgeschirmt. Die Männer hatten nur dann Geschlechtsverkehr mit ihren Gattinnen, wenn sie Kinder zeugen wollten, aber sonst trafen sie — ob in der Familie oder in der Öffentlichkeit — so selten mit ihnen zusammen wie möglich. Sie waren polygam und vertraten die Theorie, Vielweiberei sei eine ausgezeichnete Methode, dünnbesiedeltes Land neu zu bevölkern.

Die Frauen, von den Männern isoliert und nur in Gesellschaft des eigenen Geschlechts lebend, waren oft lesbisch. Obwohl die Männer ihr diesbezügliches Verhalten förderten, schliefen sie mindestens dreimal pro Woche mit ihnen. Dies war für ein Ehepaar selbst dann eine heilige Pflicht, wenn es einem der Gatten — oder gar beiden — unangenehm war. Das Ergebnis bestand in beinahe permanenten Schwangerschaften.

Dies war genau der Zustand, den sich die Männer von Panself ersehnten. Laut ihrer ketzerischen Theologie waren schwangere Frauen rituell unrein und durften nicht angefaßt werden, außer von anderen unreinen Frauen oder Geistlichen.

Die Gefangenen wurden in eins der größeren Steingebäude gesperrt. Bevor die Frauen kamen, um ihnen Nahrung zu bringen, zwang man Bock, einen Kilt anzulegen, damit sie sich nicht erschreckten. Dann feierte Rafs Trupp mit den Bewohnern des Ortes. Sie betranken sich außerordentlich.

Gegen neun Uhr abends stürzten Rafs Leute in ihre Zelle und schleppten Bock, Mary Casey und die Priesterinnen zum Dorfplatz. Hier stand die von großen Scheiterhaufen umgebene Statue Columbias. Im Mittelpunkt eines jeden Holzstoßes ragten Pfähle in die Luft.

An jeden Pfahl wurde eine Priesterin gefesselt.

Bock und Mary blieben zwar ungebunden, aber man zwang sie zum Bleiben und zum Zusehen.

»Es ist unbedingt nötig, diese bösen Hexen durch das Feuer zu läutern«, erklärte Raf. »Wir haben sie mitgenommen, weil sie uns leid tun. Die anderen, die durch das Schwert fielen, sind nämlich für immer verloren — verfluchte Seelen, die durch die Ewigkeit wandern müssen. Aber diese hier werden durch das Feuer geläutert. Sie werden ins Land der glücklichen Seelen eingehen. — Es ist zu schade«, fügte er hinzu, »daß es in High Queen keine heiligen Bären gibt, sonst hätten wir diese Dirnen an sie verfüttert. Du mußt nämlich wissen, daß Bären ebenso Instrumente der Läuterung sind wie das Feuer. — Ihr braucht keine Angst zu haben, daß euch hier irgend etwas passiert. Wir würden euch nicht an dieses Kaff verschwenden. Ihr geht mit uns nach Filla, wo die Regierung die Verantwortung für euch übernehmen wird.«

»Filla? Meinst du Philadelphia, die Stadt der brüderlichen Liebe?« Mehr Humor konnte Bock an diesem Abend nicht aufbringen.

Die Scheiterhaufen wurden angezündet, und die Zeremonie der Läuterung nahm ihren Anfang.

Bock sah einen Augenblick hin, dann schloß er die Augen. Zum Glück konnte man die Frauen nicht schreien hören, denn sie waren geknebelt. Priesterinnen, die auf dem Scheiterhaufen brannten, hatten nämlich die Angewohnheit, ihre Mörder zu verfluchen, und das wollten sich die Männer von Panself nun doch nicht antun.

Doch gegen den Geruch des verbrannten Fleisches konnte er nichts tun. Bock und Mary wurde nicht nur übel, sie mußten auch noch das amüsierte Lachen ihrer Häscher über sich ergehen lassen.

Schließlich gingen die Feuer aus, und man brachte die beiden Gefangenen wieder in den Kerker zurück. Mary wurde festgehalten; zwei Männer zogen sie aus, legten ihr einen Keuschheitsgürtel an und bekleideten sie dann mit einem Kilt.

Bock protestierte; die Männer sahen ihn erstaunt an.

»Was soll das?« fragte Raf. »Sollen wir sie etwa der Versuchung aussetzen? Sollen wir zulassen, daß eine reine Tochter Columbias besudelt wird? Du mußt verrückt sein! Würden wir sie mit dir, einem Gehörnten König, allein lassen, wäre das Ergebnis doch unausweichlich! Und da ich deine Ausdauer kenne, ginge es bestimmt tödlich für sie aus. Du solltest uns dafür dankbar sein. Du weißt doch genau, was du mit ihr machen würdest!«

»Solange ich nicht mehr zu essen kriege als das, was ihr mir vorsetzt«, sagte Bock, »kann ich überhaupt nichts tun. Der Hunger hat mich völlig geschwächt.«

Im Grunde wollte er gar nichts essen. Die mageren Portionen, die er bekommen hatte, hatten sein Geweih sichtlich erschlaffen lassen. Zwar litt er immer noch unter seinem starken Trieb — was ihn zur ständigen Zielscheibe des Hohns seiner Häscher machte —, doch das, was er im Moment spürte, war im Vergleich mit seinem früheren Zustand so gut wie gar nichts.

Er hatte tatsächlich Angst, daß er über Mary Casey herfiel, wenn es etwas aß — ob sie nun einen Keuschheitsgürtel trug oder nicht. Aber ebenso fürchtete er sich davor, am nächsten Morgen tot zu sein, wenn er nichts zu beißen bekam.

Vielleicht, dachte er, *kann ich soviel essen, daß es meinen Körper am Leben und das Geweih aufrecht erhält, aber mich nicht so in Hitze versetzt, daß ich die Beherrschung verliere.*

»Wenn ihr so genau wißt, daß ich über sie herfalle«, sagte er, »warum steckt ihr mich dann nicht in eine andere Zelle?«

Raf sah ihn erstaunt an. Sein Blick war allerdings ein wenig *zu* verblüfft. Bock erkannte sofort, daß er ihn dazu hatte bringen wollen, genau dieses Argument vorzubringen.

»Natürlich! — Es muß an meiner Müdigkeit liegen, daß ich nicht von selbst darauf gekommen bin«, sagte Raf. »Wir sperren dich in einen anderen Raum.«

Der andere Raum befand sich im gleichen Gebäude — auf der anderen Seite des Innenhofes. Von seinem Fenster aus konnte Bock das Fenster von Marys Zelle sehen. Obwohl sie nicht über ein eigenes Licht verfügte, reichte der in den Hof fallende Mondschein aus, um sie zu sehen. Das helle Licht beleuchtete fahl ihr Gesicht, als sie es gegen die Eisengitter preßte.

Bock wartete zwanzig Minuten lang ab; dann hörte er das Geräusch, das er schon erwartet hatte: Jemand schob einen Schlüssel in die eiserne Tür seines Gefängnisses.

Die Tür schwang knarrend auf ungeölten Scharnieren zurück. Abner trat mit einem großen Tablett ein. Er stellte es auf den Tisch und sagte dem Wächter, daß er ihn rufen würde, falls er ihn brauchte. Der Wächter machte zwar den Mund auf, um einen Einwand vorzubringen, doch als er Abners Blick sah, machte er einen Rückzieher. Er gehörte zu den Einheimischen, deswegen hatte er für die Truppen aus Philadelphia nur Bewunderung übrig.

»Na, Süßi?« sagte Abner. »Schau mal, was ich dir für Leckereien mitgebracht habe! Meinst du nicht auch, daß du mir *dafür* etwas schuldig bist?«

»Ganz bestimmt«, sagte Bock. Für etwas zu essen hätte er im Moment fast alles getan. »Und es ist genau das, was ich brauche. — Angenommen, ich brauchte noch mehr; könntest du es mir ebenso schnell besorgen?«

»Aber *sicher*. Die Küche ist am Ende des Korridors. Die Köchin ist zwar schon nach Hause gegangen, aber ich würde sehr gern alles für dich machen, was sonst die *Frauen* tun. Wie wäre es mit einem Kuß, um deine Dankbarkeit zu zeigen?«

»Wenn ich nicht vorher etwas esse«, sagte Bock und zwang sich dazu, Abner anzulächeln, »käme dabei bestimmt nicht viel raus. Warte noch einen Moment.«

»Sei doch nicht so schüchtern, Süßi«, sagte Abner. »Aber bitte, bitte — beeil dich mit dem Essen! Wir haben nicht viel Zeit. Ich habe so eine Ahnung, als würde der Lustmolch Raf heute abend hier aufkreuzen. Und ich bin auch nervös, weil mein Freund Luke ... Wenn er *wüßte*, daß ich hier *ganz allein* mit dir bin ...«

»Wie soll ich denn essen, wenn ich die Hände auf dem Rücken gefesselt habe?«

»Das weiß ich auch nicht«, sagte Abner zögernd. »Wie groß und *stark* du bist! — Du könntest mich mit bloßen Händen in Stücke reißen ... Und was du für *große* Hände hast!«

»Dann wäre ich aber schön blöd«, sagte Bock. »Dann hätte ich doch keinen mehr, der mir was zu futtern besorgt. — Dann würde ich ja verhungern.«

»Das stimmt«, sagte Abner. »Außerdem — du würdest *mir* doch nicht *wehtun* — oder? Was du unterwegs gesagt hast, hast du doch nicht ernst gemeint, oder?«

»Natürlich nicht«, sagte Bock und mampfte kalten Schinken, Brot, Butter und Gürkchen. »Das habe ich doch nur gesagt, damit Luke nicht auf die Idee kommt, zwischen uns könnte was sein.«

»Du bist nicht nur *entsetzlich schön*, du bist auch *sehr klug*, sagte Abner. Er keuchte leise. »Fühlst du dich *jetzt* stark genug?«

Bock wollte gerade sagen, daß er alles restlos verputzen mußte, bevor er seine Kraft zurückgewönne, aber dann überlegte er es sich anders. Er brauchte auch nichts mehr zu sagen, da in diesem Augenblick vor der Tür ein Geräusch ertönte. Er legt das Ohr gegen die eiserne Füllung.

»Es ist dein Freund Luke. Er hat dem Wächter gerade gesagt, er wisse, daß du bei mir seist. Er will ebenfalls reingelassen werden.«

Abner erbleichte. »Oh, *Mutter*! Er wird uns beide *töten*! Er ist wirklich ein eifersüchtiges *Luder*!«

»Ruf ihn rein! Ich werde mich um ihn kümmern. Natürlich bringe ich ihn nicht um; aber eine ordentliche Abreibung kann ihm wohl nicht schaden. — Damit er endlich kapiert, wie die Dinge zwischen dir und mir stehen.«

Abner quiekte vor Entzücken. »Das wäre *göttlich*!«

Er knetete Bocks Arm und rollte ekstatisch mit den Augen. »Mutter, ist das ein *Bizeps*! Wie *groß* und *hart* er ist!«

Bock klopfte mit der Faust gegen die Tür und rief dem Wächter zu: »Abner sagt, du kannst ihn ruhig reinlassen!«

»Ja«, sagte Abner hinter ihm. »So ist es genau richtig. Laß Luke rein!«

Er küßte Bock von hinten auf den Hals. »Ich kann mir genau vorstellen, was er für ein Gesicht macht, wenn du ihm von uns erzählst. Ich kann seine ewigen Eifersüchteleien schon lange nicht mehr ertragen.«

Die Tür ging quietschend auf. Luke stürmte mit dem Säbel in der Hand herein. Der Wächter knallte die Tür hinter ihm zu, und die drei Männer waren eingeschlossen.

Bock vergeudete keine Zeit. Seine Handkante knallte gegen Lukes Hals. Der Mann fiel um, sein Säbel klirrte auf den Steinboden.

Abner stieß ein unterdrücktes Kreischen aus. Dann öffnete er den Mund zu einem lauteren Schrei, denn nun sah er, daß Bock auf ihn zukam. Doch bevor er Laut geben konnte, lag auch er auf dem Boden.

Sein Kopf war in einem grotesken Winkel verdreht. Bocks Faust hatte ihn so hart getroffen, daß er ihm das Genick gebrochen hatte.

Bock schleifte die beiden Männer zur Seite, damit sie von der Tür aus nicht zu sehen waren. Dann nahm er den Säbel und köpfte Luke mit einem kräftigen Hieb.

Schließlich schlug er gegen die Tür und schrie mit einer Stimme, von der er annahm, daß sie eine passable Imitation von Abners Organ war: »Wache! Wache! Schnell, Luke mißhandelt den Gefangenen!«

Der Schlüssel drehte sich im Schloß, der Wächter trat ein. Er hielt einen Säbel in der Hand, doch Bock traf ihn von hinten. Der Kopf des Mannes kollerte über den Boden, aus seinem durchtrennten Hals spritzte Blut.

Bock steckte das Messer des Wächters in seinen Gürtel und trat in den Korridor hinaus. Er war eng, doch am anderen Ende flackerte eine Fackel. Bock ging das Risiko ein, daß dort unten die Küche war, und machte sich auf den Weg. Die Tür führte in einen großen Raum. Er sah Regale voller Lebensmittel, fand einen Leinenbeutel und füllte ihn mit Nahrung und mehreren Flaschen Wein. Dann kehrte er in den Gang zurück.

In diesem Moment öffnete Raf die Korridortür und trat ein.

Er wirkte sehr angespannt; wahrscheinlich bemerkte er deswegen nicht, daß der Wächter weg war. Außer einem Messer, das in einer Scheide an seinem Gürtel steckte, war er unbewaffnet.

Bock fegte durch den Gang auf ihn zu. Raf schaute auf und sah, wie der gehörnte Mann mit dem blutigen Säbel in der Hand auf ihn zustürmte; in der anderen hielt er einen großen Sack, der über seiner Schulter hing.

Raf machte eine Wendung und versuchte, durch die Tür

zu entkommen, doch Bocks Klinge grub sich tief in seinen Hals.

Bock sprang über den Toten hinweg und ging in den Hof hinaus. Dort stieß er auf zwei Männer, die auf dem Boden schliefen. Wie die meisten Leute in High Queen hatten auch sie sich heute bis zur Besinnungslosigkeit betrunken. Doch Bock war nicht bereit, das Risiko einzugehen, daß sie sich ihm später in den Weg stellten; außerdem hatte er sich vorgenommen, jeden Penselfer zu töten, der ihm über den Weg lief. Nach zwei schnellen Hieben eilte er weiter.

Er überquerte den Hof und betrat einen Korridor, der genauso aussah, wie der, den er hinter sich gelassen hatte. Vor der Tür zu Marys Zelle stand ein Wächter, der gerade an einer Flasche nuckelte.

Er sah Bock erst, als dieser schon bei ihm war. Eine Sekunde lang war der Mann vor Überraschung wie gelähmt und konnte sich nicht bewegen. Für Bock war es genug. Er schlug mit der Spitze seiner Waffe zu.

Die Spitze traf genau das ›U‹ der *Mutter*-Tätowierung auf der nackten Brust des Wächters. Der Schlag ließ den Mann nach hinten taumeln; seine Hand schloß sich um die Klinge. Seltsamerweise ließ er die Flasche nicht fallen.

Die Spitze war nicht allzu tief eingedrungen, deswegen ließ Bock den Sack fallen, stieß noch einmal zu und setzte größeren Druck hinter den Griff seiner Waffe.

Mary Casey fiel beinahe in Ohnmacht, als die Tür aufging und der gehörnte, blutige Mann eintrat. Dann keuchte sie: »Peter Bock! Wie ...?«

»Später!« sagte er. »Wir haben jetzt keine Zeit!«

Sie rannten zusammen aus den Schatten des Gebäudes in einen anderen, bis sie die Mauer und das hohe Tor erreichten, durch das sie den Ort betreten hatten. Vor dem Tor waren zwei Wächter postiert, zwei weitere hielten sich in den kleinen Türmen auf.

Zum Glück schliefen alle ihren Rausch aus. Bock hatte keine Probleme, die Kehlen der am Boden liegenden Männer durchzuschneiden. Dann kletterte er rasch auf die

Türme und behandelte die beiden anderen auf die gleiche Weise. Es gab auch keine Schwierigkeiten, den gewaltigen Eichenriegel zurückzuziehen, der die Torhälften zusammenhielt.

Sie gingen den gleichen Weg zurück, den sie gekommen waren. Sie legten hundert Meter laufend zurück, gingen die nächsten hundert, liefen wieder, und gingen.

Sie erreichten den Delaware und durchquerten ihn an der gleichen seichten Stelle. Mary bat um eine Ruhepause, aber Bock drängte sie zum Weitermarschieren.

»Wenn der Ort wach wird und man die Leichen findet, werden sie sich an unsere Fersen heften. Sie werden erst aufhören, wenn sie uns gefunden haben, es sei denn, wir erreichen vorher Dici-Gebiet. Aber auch in Dici droht uns Gefahr. Wir sollten versuchen, nach Caseyland zu kommen.«

Dann kam die Zeit, in der sie nur noch gingen. Mary konnte sein Tempo einfach nicht durchhalten. Um neun am Morgen setzten sie sich hin.

»Wenn ich nicht ein bißchen schlafen kann, kann ich keinen Schritt mehr tun.«

Etwa hundert Meter vom Weg ab fanden sie eine Mulde. Mary fiel sofort in tiefen Schlaf. Bock aß und trank etwas; erst dann legte auch er sich hin. Zwar wäre er am liebsten wachgeblieben, aber er wußte, sie würden erst in vielen Stunden wieder rasten können. Er brauchte seine Kraft; vielleicht mußte er Mary sogar irgendwann tragen.

Er war vor Mary wach. Und aß erneut etwas.

Als Mary ein paar Minuten später die Augen öffnete, sah sie, wie Bock sich über sie beugte.

»Was hast du vor?«

»Sei still«, sagte er. »Ich versuche diesen blöden Keuschheitsgürtel aufzukriegen.«

12. Kapitel

Nephi Sarvants Gesicht war der Index seines Charakters. Im Profil glich es einem Nußknacker oder den gekrümmten Kiefern einer Kneifzange. Und wie sein Gesicht, so war auch er: Wenn er sich einmal in etwas verbissen hatte, ließ er es nicht mehr los.

Nachdem er Withrows Haus verlassen hatte, schwor er sich, nie wieder einen Fuß auf ein Grundstück zu setzen, auf dem das Laster blühte. Außerdem schwor er sich, sein Leben, wenn es sein müßte, der Aufgabe zu widmen, den götzenanbetenden Heiden dieser Nation das Evangelium zu bringen.

Er legte die fünf Kilometer zum Haus der Verlorenen Seelen zurück und verbrachte dort eine Nacht in unbehaglichem Schlaf. Kurz nach Morgengrauen verließ er das Haus. Obwohl es noch sehr früh war, waren die Straßen voller Karren, auf denen sich Fracht türmte; und auch Seeleute, Händler, Kinder und Frauen waren unterwegs und boten Waren feil. Sarvant lugte in mehrere Eßlokale hinein, empfand sie als zu schmutzig und beschloß, sein Frühstück in Form von Obst an einem Straßenstand einzunehmen. Er unterhielt sich mit dem Obsthändler über die Möglichkeit, einen Arbeitsplatz zu finden und erhielt den Tip, daß man im Tempel der Göttin Gotew einen Hausmeister suchte. Der Händler wußte davon, weil sein Schwager dort gearbeitet und seine Stelle am vorigen Abend verloren hatte.

»Man kann zwar nicht viel dort verdienen, aber dafür gibt's freie Kost und Logis. Und die Stelle hat auch noch andere Vorzüge, wenn man ein Mann ist, der viele Kinder gezeugt hat«, sagte der Händler. Er zwinkerte Sarvant zu. »Mein Schwager ist rausgeflogen, weil er sich weniger um die Sauberkeit der Räume als um die sonstigen Vorteile gekümmert hat.«

Sarvant fragte nicht, was das bedeutete. Er ließ sich den Weg beschreiben und zog los.

Diese Stelle konnte sich — vorausgesetzt, er bekam sie — als äußerst nützlich für sein Studium der Dici-Religion erweisen. Und außerdem war sie ein erstklassiges Testgelände zum Missionieren. Oh, natürlich würde es gefährlich sein, aber welcher Missionar, der es mit dem Glauben ernst meinte, hatte sich je von so etwas abschrecken lassen?

Der Weg zum Tempel war nicht unkompliziert. Kurz darauf hatte Sarvant sich verlaufen. Einen knappen Häuserblock weiter erblickte er eine Frau, die gerade ein großes Gebäude verlassen hatte. Sie war seltsam gekleidet, denn sie trug eine Robe, die sie von Kopf bis Fuß verhüllte. Zuerst glaubte Sarvant, eine Bedienstete vor sich zu haben, denn inzwischen wußte er, daß Aristokraten niemals zu Fuß gingen, wenn sie reiten konnten. Aber als er näherkam, sah er, daß ihr Gewand zu teuer war. Angehörige der Unterklasse konnten sich derlei nicht leisten.

Sarvant folgte der Frau mehrere Blocks weit, bevor er sich dazu durchrang, sie zu beleidigen, indem er sie ansprach. Schließlich rief er ihr zu: »Darf ich Ihnen in aller Demut eine Frage stellen, meine Dame?«

Sie drehte sich um und sah ihn hochmütig an. Die Frau war hochgewachsen und etwa zweiundzwanzig Jahre alt. Wäre ihr Gesicht nicht so verkniffen gewesen, hätte man es hübsch nennen können. Sie hatte große, tiefblaue Augen, und dort, wo es nicht von der Kapuze verhüllt wurde, war ihr Haar hellblond.

Sarvant wiederholte seine Frage, und die Frau nickte. Dann fragte er sie nach dem Weg zu Gotews Tempel.

Die Frau sah ihn aufgebracht an und sagte: »Wollen Sie mich verhöhnen?«

»Nein, nein«, sagte Sarvant. »Warum sollte ich das tun? Ich verstehe nicht, was Sie meinen.«

»Vielleicht verstehen Sie es wirklich nicht«, sagte sie. »Sie klingen wie ein Ausländer. Natürlich — welchen Grund sollten Sie auch haben, mich bewußt zu beleidigen. Meine Familie würde Sie töten — auch wenn ich die Beleidigung nicht wert bin.«

»Glauben Sie mir, ich hatte keine derartige Absicht. Wenn ich Sie beleidigt habe, entschuldige ich mich.«

Die Frau zeigte den Anflug eines Lächelns und sagte: »Ich nehme Ihre Entschuldigung an, Fremder. Doch sagen Sie mir, was Sie im Gotews Tempel wollen? Haben Sie eine Gattin, die ebenso unglücklich und verflucht ist wie ich?«

»Meine Gattin lebt schon lange nicht mehr«, sagte Sarvant. »Und ich weiß auch nicht, was Sie damit meinen, wenn Sie sagen, Sie seien unglücklich und verflucht. Nein, ich möchte mich im Tempel um eine Stelle als Hausmeister bewerben. — Wissen Sie, ich gehöre zu den Männern, die erst kürzlich zur Erde kamen ...« Und er erzählte ihr von seinem Leben, wenn auch nur in knappen Sätzen.

»Dann«, sagte die Frau, »dürfen Sie wohl als Ebenbürtiger zu mir reden, auch wenn ich mir nur schwer vorstellen kann, daß ein Hiradah Böden schrubbt. Ein echter Hiradah würde eher verhungern. Aber wie ich sehe, tragen Sie kein Totemsymbol. Würden Sie einer großen Bruderschaft angehören, könnten Sie vielleicht eine Arbeit bekommen, die Ihrer würdig ist. Oder haben Sie niemanden, der für sie bürgt?«

»Totems sind abergläubische Götzenanbeterei!« sagte Sarvant. »Ich würde nie einer Bruderschaft beitreten.«

Die Frau runzelte die Stirn. »*Sie* sind vielleicht ein komischer Mensch! Ich weiß nicht, wie ich Sie einordnen soll. Als Bruder des Sonnenhelden sind Sie ein Hiradah. Aber Sie sehen weder so aus, noch benehmen Sie sich so. Ich gebe Ihnen den Rat, sich wie ein Hiradah aufzuführen, damit unsereiner weiß, wie er sich in Ihrer Gegenwart benehmen soll.«

»Ich danke Ihnen«, sagte Sarvant. »Aber ich muß das bleiben, was ich bin. Könnten Sie mir jetzt bitte sagen, wie ich den Tempel finde?«

»Gehen Sie einfach hinter mir her«, sagte die Frau und ging weiter.

Verwirrt, einen Abstand von mehreren Schritten einhaltend, ging Sarvant hinter ihr her. Am liebsten hätte er zwar ein paar ihrer Aussagen in einem Gespräch vertieft, aber am Verhalten der Frau war etwas, das ihn veranlaßte, auf weitere Fragen zu verzichten.

Gotews Tempel lag auf der Grenze zwischen dem Hafengebiet und einem wohlhabenden Bürgerviertel und war ein imposantes Bauwerk aus Spannbeton, das die Form einer halboffenen Auster mit roten und weißen Streifen aufwies. Breite Stufen aus Granitplatten liefen zur Unterlippe der Austernschale hinauf; das Innere war kühl und matt beleuchtet. Der obere Teil der Auster wurde von mehreren schlanken Steinsäulen getragen, in die man das Antlitz der Göttin Gotew geschlagen hatte. Gotew war eine stattliche Frau mit traurig-nachdenklichem Gesicht. Dort, wo ihr Bauch hätte sein sollen, befand sich eine Mulde. In der Mulde war die große Steinreproduktion einer von Eiern umgebenen Henne zu sehen.

Zu den Füßen der Säulen der Göttin saßen Frauen. Sie trugen ähnliche Gewänder wie Sarvants Führerin. Einige der Roben waren fadenscheinig, andere sahen nach Reichtum aus. Reich und arm saßen hier beisammen.

Die Frau ging ohne zu zögern auf eine Gruppe zu, die im Innern des dunklen Raums auf dem Boden saß. Etwa zwölf Frauen umringten die Säule. Es sah so aus, als hätten sie die hochgewachsene, schlanke Blondine erwartet, denn man hatte ihr einen Platz freigehalten.

Sarvant stieß auf einen blaßgesichtigen Priester, der am Ende des Raums vor einer Reihe großer Séparées stand, und fragte ihn, ob die Hausmeisterstelle noch frei war. Zu seiner Überraschung bemerkte er, daß er mit dem Hauptverantwortlichen des Tempels redete; er hatte damit gerechnet, daß eine Priesterin hier das Kommando führte.

Bischof Andi zeigte sich wegen Sarvants Akzent neugierig. Er fragte ihn das gleiche, was man ihn schon zuvor gefragt hatte. Sarvants Antworten waren zwar ehrlich, aber er stieß einen Seufzer der Erleichterung aus, als der Bischof die Frage vergaß, ob er überhaupt an Columbia glaubte.

Dann brachte ihn der Mann zu einem untergebenen Geistlichen, der Sarvant über seine Pflichten und seinen Verdienst informierte, ihm sagte, wo er essen und schlafen würde und wie seine Arbeitszeit aussah. Dann schloß er mit der Frage: »Sind Sie Vater vieler Kinder?«

»Sieben«, erwiderte Sarvant und verschwieg, daß sie schon seit acht Jahrhunderten nicht mehr lebten. Möglicherweise war der Priester sogar ein Nachfahre von ihm; es war nicht mal ausgeschlossen, daß alle, die sich unter diesem Dach aufhielten, ihn als Stammvater ihrer Familie reklamieren konnten.

»Sieben?« sagte der Priester. »Ausgezeichnet! In diesem Fall haben Sie die gleichen Vorrechte wie jeder andere Mann, der seine Fruchtbarkeit unter Beweis gestellt hat. Man wird Sie jedoch einer medizinischen Untersuchung unterziehen, weil wir uns nicht auf das Wort eines Mannes verlassen können, der eine solch ernste Pflicht auf sich nimmt. Ich rate Ihnen allerdings, dieses Privileg nicht zu mißbrauchen. Ihr Vorgänger wurde entlassen, weil er sich zu wenig auf seinen Besen konzentriert hat.«

Sarvant fing an, den rückwärtigen Teil des Tempels zu fegen. Er hatte gerade die Säule erreicht, an der die blonde Frau saß, als er einen Mann bemerkte, der neben ihr stand und mit ihr redete. Er konnte zwar nicht hören, was sie sagten, doch plötzlich stand die Frau auf und öffnete ihr Gewand. Sie trug nichts darunter.

Dem Mann gefiel offenbar, was er zu sehen bekam, denn er nickte. Die Frau nahm seine Hand und führte ihn in ein Séparée im hinteren Teil des Tempels. Sie traten ein, und die Frau zog einen Vorhang vor den Eingang.

Sarvant war sprachlos. Es dauerte mehrere Minuten, bis er wieder in der Lage war, seiner Arbeit nachzugehen. Und dann sah er, daß sich das, was er gerade gesehen hatte, überall im Tempel wiederholte.

Sein erster Impuls bestand darin, den Besen wegzuwerfen, den Tempel eilenden Fußes zu verlassen und nie wieder zurückzukehren. Doch dann sagte er sich, daß er in

Dici, wohin er auch ging, überall auf das Böse stoßen würde. Also konnte er ebenso gut hierbleiben und sich bemühen, irgend etwas im Dienst der Wahrheit zu tun.

Dann wurde er gezwungenermaßen zum Zeugen einer Geschichte, die beinahe dazu geführt hätte, daß er sich übergab. Ein großer Seemann ging auf die blonde Frau zu und fing ein Gespräch mit ihr an. Sie stand auf, öffnete ihr Gewand und war kurz darauf auch mit ihm in einem Séparée verschwunden.

Sarvant zitterte vor Zorn. Es hatte ihn zwar schon genügend schockiert, daß die anderen Frauen derlei taten, aber daß auch *sie* ... ausgerechnet *sie* ...

Er blieb stehen und dachte nach.

Warum sollte ihr Tun ihn mehr schockieren als das der anderen? Weil — gib's zu! — er sich von ihr angezogen fühlte. Er fühlte sich *sehr* von ihr angezogen. Sie hatte Gefühle in ihm erweckt, die er bei keiner Frau mehr verspürt hatte, seit er seiner Gattin begegnet war.

Sarvant nahm seinen Besen, ging ins Büro seines unmittelbaren geistlichen Vorgesetzten und verlangte zu wissen, was hier vor sich ging.

Der Geistliche zeigte sich erstaunt. »Sind Sie ein solcher Neuling in unserer Religion, daß Sie nicht wissen, daß Gotew die Schirmherrin der sterilen Frauen ist?«

»Nein, das wußte ich nicht«, erwiderte Sarvant mit zitternder Stimme. »Aber was hat das damit zu tun, daß ...« Er hielt inne, weil es in Dici — jedenfalls so weit er es wußte — keine Worte für Prostitution und Hurerei gab. Dann sagte er: »Warum bieten sich diese Frauen fremden Männern an, und was hat die Anbetung Gotews damit zu tun?«

»Na, hören Sie, natürlich alles! Die Frauen sind unglücklich, weil sie mit einem unfruchtbaren Schoß gestraft sind. Sie kommen erst dann zu uns, wenn sie ein Jahr lang versucht haben, von ihren Gatten ein Kind zu empfangen. Dann werden sie gründlich von uns untersucht. Manche Frauen haben ein Problem, das wir diagnostizieren und korrigieren können, aber das gilt nicht für alle. — Für manche können wir überhaupt nichts tun.

Wenn die Wissenschaft versagt, muß man sich an den Glauben halten. Diese unglücklichen Frauen kommen jeden Tag zu uns, außer and den Feiertagen, wo sie anderswo an großen Zeremonien teilnehmen. Sie beten zu Gotew, daß sie ihnen einen Mann schickt, dessen Samen ihren toten Schoß belebt. Wenn sie nach einem Jahr nicht mit einem Kind gesegnet sind, treten sie gewöhnlich in einen Orden ein, in dem sie ihr Leben der Göttin und dem Volk widmen dürfen.«

»Und was ist mit Arva Linkon?« fragte Sarvant, denn so hieß die blonde Frau. »Es ist einfach unvorstellbar, daß eine Frau ihrer Schönheit und Herkunft sich mit jedem Mann ... ah ... abgibt, der ihr über den Weg läuft.«

»Tsk, tsk«, machte der Geistliche. »Ich muß doch sehr bitten, mein Lieber! Sie läßt sich doch nicht von *jedem* Mann besteigen! Vielleicht ist Ihnen nicht aufgefallen, daß die Männer, die zu uns kommen, zuerst in einen Nebenraum gehen. Meine hochgeschätzten Brüder untersuchen sie dort und stellen fest, ob sie vor gesundem Samen überfließen. Natürlich weisen wir jeden Mann zurück, der krank oder aus anderen Gründen nicht zum Vater geeignet ist. Ob er gut aussieht oder häßlich ist, spielt dabei keine Rolle. Uns interessieren nur der Samen und der Schoß. Persönlicher Geschmack ist nicht wichtig. — Warum lassen Sie sich nicht auch mal untersuchen? Es gibt doch keinen Grund, seinen Nachwuchs selbstsüchtig auf eine einzelne Frau zu beschränken. Sie schulden Gotew nicht weniger als jeder anderen Verkörperung der Großen Weißen Mutter.«

»Ich muß jetzt wieder an meine Arbeit«, murmelte Sarvant und verließ eilig das Büro.

Er schaffte es zwar, den Hauptteil des Tempels zu reinigen, doch dies gelang ihm nur, weil er seinen ganzen Willen zusammennahm. Von Zeit zu Zeit mußte er Arva Linkon einen Blick zuwerfen. Sie verließ den Tempel gegen Mittag und kehrte für den Rest des Tages nicht zurück.

In dieser Nacht schlief Sarvant schlecht. Er träumte davon, wie Arva mit den Männern ins Séparée ging. Es waren insgesamt zehn gewesen; er hatte sie gezählt. Und obwohl er wußte, daß er die Sünder eigentlich lieben mußte (man durfte nur die *Sünde* hassen), haßte er jeden einzelnen von ihnen.

Als der Morgen kam, schwor er sich, daß er die Männer, die zu Arva kamen, nicht mehr hassen würde. Im gleichen Atemzug wurde ihm klar, daß er seinen Eid nicht halten konnte.

An diesem Tag zählte Sarvant sieben Männer, die sie bestiegen. Als der siebente den Tempel verließ, mußte er sich in sein Quartier zurückziehen, um nicht hinter ihm herzulaufen und ihn mit bloßen Händen zu erwürgen.

In der dritten Nacht betete er um göttlichen Beistand.

Sollte er den Tempel verlassen und sich anderswo nach Arbeit umsehen? Wenn er blieb, trug er auf indirekte Weise dazu bei, daß dieser Sündenpfuhl erhalten blieb. Zudem war es nicht ausgeschlossen, daß er irgendwann die schreckliche Sünde eines Mordes auf sein Gewissen lud und das Blut eines Menschen vergoß. Und das wollte er nicht. Oh, doch, und wie er es wollte! Aber er durfte es nicht wollen!

Wenn er ging, hatte er keinen Handschlag getan, um dem Bösen eine Abfuhr zu erteilen. Eine Flucht war feige. Außerdem konnte er Arva dann nicht klarmachen, daß sie Gott ins Gesicht schlug, wenn sie an diesem abscheulichen und pervertierten religiösen Ritus teilnahm. Er wollte, daß sie nicht mehr in diesen Tempel ging. Noch nie im Leben hatte er sich etwas so stark gewünscht. Es war ihm sogar wichtiger als sein damaliger Drang, auf der *Terra* mitzufliegen, um den unwissenden Heiden auf anderen Planeten das Evangelium zu predigen.

Er hatte in den letzten achthundert Jahren keinen einzigen Menschen bekehrt. Obwohl er es versucht hatte. Er hatte sein Bestes gegeben. Was konnte er dafür, daß die Ohren der Menschen taub wurden, wenn sie die frohe Botschaft hörten, und ihre Augen blind wurden, wenn sie das Licht der Wahrheit sahen?

Am nächsten Tag wartete er, bis Arva Anstalten machte, den Tempel zu verlassen. Es war gegen Mittag. Sarvant lehnte den Besen und die Wand und folgte ihr auf die sonnenbeschienene, von Menschen wimmelnde Straße hinaus.

»Frau Arva!« rief er. »Ich muß mit Ihnen reden!«

Sie blieb stehen. Ihr Gesicht lag zwar im Schatten der überhängenden Kapuze, aber sie sah leidend aus und wirkte zutiefst verschämt. Oder sah sie nur deswegen so aus, weil er es sich wünschte?

»Darf ich Sie nach Hause begleiten?« fragte er.

»Warum?« fragte sie überrascht.

»Weil ich den Verstand verliere, wenn ich es nicht tue.«

»Ich weiß nicht«, sagte sie. »Es stimmt zwar, daß Sie ein Bruder des Sonnenhelden sind, und es ist meiner Würde sicher nicht abträglich, wenn Sie neben mir hergehen ... Aber andererseits haben Sie kein Totem und verrichten die allerniedrigsten Arbeiten.«

»Wer sind Sie denn«, fauchte Sarvant, »daß ausgerechnet Sie mir vorwerfen, daß ich mich erniedrige? Sie, die es mit jedem treibt, der Ihren Weg kreuzt?«

Arva riß die Augen auf. »Was habe ich denn getan? Wie können Sie es *wagen*, in diesem Ton mit einer Linkon zu reden?«

»Sie sind eine ... eine *Hure!*« schrie Sarvant in englischer Sprache, obwohl er wußte, daß sie das Wort nicht verstehen würde.

»Was ist das?« fragte sie.

»Eine Prostituierte! Eine Frau, die ihren Körper für Geld verkauft!«

»So etwas habe ich noch nie gehört«, erwiderte Arva. »Was ist das für ein Land, aus dem Sie kommen, in dem ein Gefäß der Heiligen Mutter sich dermaßen entehren würde?«

Sarvant gab sich alle Mühe, sie zu beruhigen. Mit leiser,

doch zitternder Stimme sagte er: »Arva Linkon, ich möchte mich nur mit Ihnen unterhalten. Ich möchte Ihnen etwas sagen ... Es wird das Wichtigste sein, was Sie je gehört haben. Es ist tatsächlich das Allerwichtigste überhaupt.«

»Ich weiß nicht. Ich glaube fast, Sie sind nicht ganz bei Sinnen.«

»Ich schwöre Ihnen, es würde mir nicht im Traum einfallen, Ihnen ein Leid anzutun!«

»Schwören Sie es beim heiligen Namen Columbias?«

»Nein, das kann ich nicht. Aber ich schwöre bei meinem Gott, daß ich keine Hand an Sie legen werde.«

»*Gott?* — Sie beten den Gott der Caseyländler an?«

»Nein, nicht *ihren* Gott! Meinen! Den einzig wahren Gott!«

»Jetzt weiß ich, daß Sie verrückt sind. Sonst würden Sie in unserem Land nicht solche Dinge reden — und besonders nicht in meiner Gegenwart. Ich werde mir die Lästerungen, die über ihre bösartigen Lippen kommen, jedenfalls nicht anhören!«

Sie ging weiter.

Sarvant machte einen Schritt hinter ihr her. Doch dann, als ihm klar wurde, daß jetzt nicht die richtige Gelegenheit war, mit ihr zu sprechen, und daß er auch nicht so in Form war, wie er es gern gehabt hätte, machte er kehrt. Er ballte die Hände zu Fäusten, biß die Zähne zusammen, ging wie ein Blinder und rempelte mehrmals Leute an. Sie verfluchten ihn, doch er schenkte ihnen keine Aufmerksamkeit.

Sarvant ging in den Tempel zurück und nahm seinen Besen.

Auch in dieser Nacht schlief er schlecht. Hundertmal legte er sich einen Plan zurecht, wie er Arva mit sanften und klugen Worten überzeugen würde. Er wollte ihr auf eine Weise, die sie nicht widerlegen konnte, die Irrtümer ihres Glaubens klarmachen. Dann würde sie seine erste Bekehrte sein.

Sie würden Seite an Seite die Arbeit aufnehmen. Sie

würden das ganze Land läutern, so wie die Urchristen das alte Rom geläutert hatten.

Doch am nächsten Tag ließ Arva sich nicht im Tempel blicken. Sarvant war der Verzweiflung nahe. Vielleicht kam sie nie mehr zurück.

Erst dann wurde ihm klar, daß dies ja genau das war, wozu er sie hatte bringen wollen. Vielleicht waren seine Fortschritte größer, als er erwartet hatte.

Aber wie konnte er sie wiedersehen?

Am Morgen des nächsten Tages betrat Arva — immer noch im Kapuzengewand der sterilen Frauen — den Tempel. Als Sarvant sie begrüßte, richtete sie den Blick zur Seite und schwieg. Nachdem sie am Fuß der Säule, an der sie üblicherweise saß, gebetet hatte, ging sie in den rückwärtigen Teil des Tempels und unterhielt sich auf ernste Weise mit dem Bischof.

Sarvant wurde von der Furcht gepackt, daß sie ihn denunzierte. Gab es einen vernünftigen Grund, von ihr zu erwarten, daß sie schwieg? Schließlich mußte es in ihren Augen schon eine Blasphemie sein, daß er sich an diesem — für sie heiligen — Ort aufhielt.

Arva nahm ihren Platz am Fuß der Säule wieder ein. Der Bischof gab Sarvant ein Zeichen.

Sarvant ließ Besen Besen sein und ging auf ihn zu. Seine Knie zitterten vor Angst. Mußte er seine Mission tatsächlich schon beenden, bevor er es geschafft hatte, die Saat des Glaubens zu pflanzen, damit sie weiterwuchs, wenn er nicht mehr war? Wenn er jetzt versagte, war das Wort für immer verloren, denn er war der letzte Angehörige seiner Sekte.

»Mein Sohn«, sagte der Bischof, »der Hierarchie ist inzwischen zu Ohren gekommen, daß Ihr Glaube nicht so gefestigt ist, wie man es erwarten sollte. Vergessen Sie nicht, daß man Ihnen ein großes Privileg zugestanden hat, weil Sie zu den Brüdern des Sonnenhelden gehören. Wären Sie ein anderer, hätte man Sie längst gehängt. Aber man hat Ihnen einen Monat gegeben, damit Sie erkennen, welchen Irrtümern Sie aufsitzen und damit Sie sich der Wahrheit verschreiben. Der Monat ist zwar noch nicht um, aber ich muß Sie ermahnen. Hören Sie auf, weiterhin Ihren falschen Glauben zu verbreiten. Sonst wird man die Zeit abkürzen. Ich bin ziemlich bestürzt, denn ich hatte gehofft, daß Ihre hiesige Tätigkeit nichts anderes als Ihr Verlangen zeigt, sich Unserer Aller Mutter unterzuordnen.«

»Dann hat Arva es Ihnen erzählt?«

»Gesegnet sei sie, diese wahre Gläubige! Natürlich hat sie das getan! Bekomme ich nun Ihr Versprechen, daß sich der Zwischenfall von vorgestern nicht wiederholt?«

»Das bekommen Sie«, sagte Sarvant. Immerhin hatte der Bischof nicht von ihm verlangt, er solle seine Bekehrungsversuche einstellen. Er hatte nur verlangt, daß er Arva nicht mehr auf der Straße ansprach. Von nun an würde er listig wie ein Fuchs und klug wie eine Schlange sein.

Fünf Minuten später hatte Sarvant seine Vorsätze vergessen.

Er sah einen hochgewachsenen und gut aussehenden Mann — nach seiner Haltung und teuren Kleidung zu schließen war er Aristokrat — auf Arva zugehen. Sie lächelte ihn an, stand auf und führte ihn zum Séparée.

Es war ihr Lächeln, das Sarvant fertigmachte.

Noch nie zuvor hatte sie einen Mann so angelächelt. Ihr Gesicht war stets ausdruckslos gewesen — wie in Marmor gemeißelt. Doch jetzt, als Sarvant ihr Lächeln sah, spürte er, wie etwas in seinem Innern nach oben drängte. Das Gefühl entstand in der Gegend seiner Lenden, brüllte in seinen Brustkorb hinauf, fegte durch seine Kehle und raubte ihm den Atem. Es erfüllte seinen Schädel, bis er explodierte. Vor ihm war nur noch Schwärze, und hören tat er gar nichts mehr.

Sarvant hatte zwar keine Ahnung, wieviel Zeit er in diesem Zustand verbracht hatte, doch als ein Teil seiner Sinne wieder zurückkehrte, stand er im Büro des geistlichen Arztes.

»Nehmen Sie Platz«, sagte der Priester, »ich massiere Ihr Glied und entnehme eine Probe.«

Sarvant gehorchte ihm automatisch. Während der Priester die Samenprobe mit Hilfe eines Mikroskops prüfte, stand er wie ein Eisblock da. In seinem Innern brüllte ein Feuer. Er war von einer heißen Freude erfüllt, die er noch nie in seinem Leben verspürt hatte. Er wußte genau, was er anschließend tun würde, doch es machte ihm nichts aus. In diesem Augenblick hätte er jedem Menschen und jedem Gott getrotzt, der einen Versuch gemacht hätte, ihn zurückzuhalten.

Ein paar Minuten später verließ er das Büro. Ohne zu zögern ging er auf Arva zu, die gerade aus dem Séparée gekommen war und wieder Platz nehmen wollte.

»Ich möchte, daß Sie mit mir kommen!« sagte er laut und deutlich.

»Wohin?« fragte sie. Erst als sie seinen Gesichtsausdruck sah, verstand sie.

»Sie haben wohl vergessen, was Sie neulich zu mir gesagt haben, wie?« fragte sie aufgebracht.

»Heute ist ein anderer Tag.«

Sarvant packte ihre Hand und zog sie zum Séparée. Arva widersetzte sich zwar nicht, aber als sie im Innern des kleinen Raumes waren und er den Vorhang schloß, sagte sie: »Jetzt weiß ich es! Sie haben sich entschlossen, ein Untertan der Göttin zu werden!«

Sie legte mit einem ekstatischen Lächeln ihr Gewand ab. Doch sie sah nicht ihn an, sondern schaute zum Himmel hinauf.

»Große Göttin, ich danke dir, daß du es mir ermöglicht hast, diesen Mann zum wahren Glauben zu führen!«

»Nein!« sagte Sarvant heiser. »Sagen Sie das nicht! Ich glaube nicht an diese Götzen. Es liegt nur daran — Gott, steh mir bei! —, daß ich Sie begehre! Ich kann es nicht ertragen, zuzusehen, wie Sie mit jedem Mann, der Sie darum bittet, in diesen Raum gehen. Arva — ich liebe dich!«

Sie starrte ihn einen Augenblick lang entsetzt an. Dann hielt sie inne, hob das Gewand hoch und hielt es vor ihre Brust. »Sie glauben doch nicht, daß ich mich von Ihren Händen besudeln lasse? Ein Heide! Und das unter diesem heiligen Dach!«

Sie drehte sich um und wollte gehen. Sarvant stürzte sich auf sie und wirbelte sie herum. Arva öffnete den Mund, um einen Schrei auszustoßen, doch er stopfte ihr den Saum des Gewandes zwischen die Zähne. Den Rest der Robe wickelte er um ihren Kopf und warf sie nach hinten, so daß sie auf das Bett fiel. Sarvant warf sich auf sie.

Arva wand sich hin und her, um sich aus seinem Griff zu befreien, aber seine Hände griffen so fest zu, daß sich seine Finger tief in ihr Fleisch eingruben. Dann unternahm sie einen Versuch, die Schenkel zusammenzupressen. Sarvant ließ sich wie ein Riesenfisch auf sie plumpsen; seine knochigen Hüften brachen das Schloß, das ihre Beine bildeten.

Arva versuchte, wie eine auf dem Rücken davonkriechende Schlange nach hinten zu entweichen, doch an der Wand war ihr Weg zu Ende. Plötzlich hörte sie auf, sich zu wehren.

Sarvant stöhnte; er schob die Hände unter ihren Rücken und preßte den Mund auf die Robe, die ihr Gesicht verdeckte. Er wollte ihre Lippen auf den seinen spüren, doch dort, wo der Stoff zwischen Arvas Zähne klemmte, hatte er sich doppelt gelegt; er konnte durch die beiden Lagen nichts fühlen.

In seinem Geist flammte ganz kurz der Gedanke auf, daß er Gewalt — und besonders Gewalt gegen Frauen — haßte, aber er zwang sich der Frau, die er liebte, dennoch auf. Was noch viel schlimmer war: Sie hatte sich während der vergangenen zehn Tage bereitwillig wenigstens hundert Männern hingegeben; Männern, denen sie völlig gleichgültig gewesen war; die nichts anderes im Sinn gehabt hatten, als sich in ihr zu verlustieren. Und jetzt widersetzte sie sich, wie eine jungfräuliche Märtyrerin im alten Rom, die der Gnade eines heidnischen Eroberers ausgesetzt war! Es ergab überhaupt keinen Sinn. Nichts hier ergab einen Sinn!

Sarvant schrie in der plötzlichen Erlösung von achthundert Jahren auf.

Er wußte nicht, daß er aufschrie. Seine Umgebung war ihm in keiner Weise bewußt. Als der Bischof und ein Priester in das Séparée stürzten und Arva ihnen weinend und schluchzend erzählte, was vorgefallen war, begriff Sarvant nicht einmal, was um ihn herum geschah. Erst als es im Tempel von aufgebrachten Männern wimmelte, die von der Straße hereinkamen, und jemand mit einem Seil in der Hand auftauchte, wurde ihm klar, was ihm drohte.

Doch dann war es zu spät.

Zu spät für einen Versuch, den Leuten zu erklären, welcher Dämon ihn geritten hatte. Es wäre sogar zu spät gewesen, wenn sie verstanden hätten, wovon er redete. Es wäre auch zu spät gewesen, wenn sie ihn nicht nieder- und zusammengeschlagen hätten, bis er keinen Zahn mehr im Mund hatte und seine Lippen zu geschwollen waren, um mehr als Gemurmel hervorzubringen.

Der Bischof unternahm zwar einen Versuch, die Menge zu beruhigen, doch man schubste ihn beiseite und schleppte Sarvant auf die Straße hinaus. Draußen angekommen, schleifte man ihn an den Beinen weiter. Sein Kopf knallte auf den Straßenbelag, bis die Menge einen Platz erreichte, auf dem mehrere Galgen standen. Sie hatten die Form der schrecklichen Göttin Alba, der Menschenwürgerin. Ihre eisernen, leichenweiß bemalten Hände streckten sich aus, als wollten sie jeden Menschen ergreifen, der vorbeiging.

Man warf das Seil über einen ihrer Arme und befestigte das Ende an der Fessel. Männer schleppten aus einem Haus einen Tisch heran und stellten ihn unter dem baumelnden Seil auf. Sarvant wurde auf die Tischplatte gehoben; flinke Finger banden ihm die Arme auf den Rücken. Zwei Männer hielten ihn fest, während ein dritter die Schlinge um seinen Hals legte.

Als die Schreie der aufgebrachten Menschen erstarben, wurde es für einen Augenblick still. Jetzt versuchte niemand mehr, Hand an den Ketzer zu legen und ihn zu mißhandeln.

Sarvant sah sich um. Er konnte nicht klar sehen, denn seine Augen waren zugeschwollen. Blut lief über sie hinweg; er hatte mehrere Kopfverletzungen. Er brabbelte etwas vor sich hin.

»Was hast du gesagt?« fragte einer der Männer, die ihn festhielten.

Sarvant konnte es nicht wiederholen. Er dachte jetzt daran, daß er schon immer ein Märtyrer hatte sein wollen. Doch dieses Verlangen war eine schlimme Sünde — die Sünde des Stolzes. Trotzdem hatte er sich immer den Märtyrertod gewünscht. Er hatte sich auch immer vorgestellt, seinem Ende mit der Würde und Courage zu begegnen, die ihm das Wissen vermittelte, daß seine Jünger weitermachen und schließlich triumphieren würden.

Aber dazu würde es nicht kommen. Man würde ihn hängen wie einen Verbrecher der übelsten Sorte. Man hängte ihn nicht, weil er das Evangelium gepredigt hatte, sondern wegen einer Vergewaltigung.

Er hatte nicht einen Menschen bekehrt. Niemand würde um ihn weinen. Er starb namenlos. Man würde seine Leiche den Hunden vorwerfen. Nicht etwa, daß es ihm um seinen Körper ging; es war die Vorstellung, daß auch sein Name und seine Handlungen starben. Er hätte zum Himmel hoch schreien müssen. Irgend jemand, und wenn es nur eine einzige Seele war, *mußte* doch weitermachen!

Und dann dachte er: *Keine neue Religion kann erfolgreich sein, ehe die alte nicht geschwächt ist. Doch der Glaube dieses Volkes weist nicht mal den Anflug eines Zweifels auf. Sie sind von ihrer Religion absolut überzeugt. Sie sind so glaubensstark, wie man es zu meiner Zeit bestimmt nirgendwo gewesen ist.*

Er murmelte erneut etwas. Inzwischen stand er allein auf dem Tisch. Er wankte zwar, doch er hatte sich vorgenommen, seine Angst nicht zu zeigen.

»Zu früh«, sagte er in einer Sprache, die seine Zuhörer nicht einmal verstanden hätten, wenn er deutlicher gesprochen hätte. »Ich bin zu früh zur Erde zurückgekommen. Ich hätte noch einmal achthundert Jahre warten sollen. Bis dahin hätten die Menschen vielleicht ihren Glauben verloren und ihn insgeheim verspottet. — Zu früh!«

Dann wurde der Tisch unter ihm weggezogen.

13. Kapitel

Zwei hochmastige Schoner, die aus dem Morgennebel kamen, stürzten sich auf die Dici-Brigg, bevor der Mann im Krähennest noch Zeit hatte, um einen Warnschrei auszustoßen. Die Seeleute an Bord des *Göttlichen Delphin* hatten jedoch keinerlei Zweifel bezüglich der Identität der Angreifer. Überall wurde der Schrei »Die Karelianer!« laut; dann ging alles drunter und drüber.

Eins der Piratenschiffe schob sich längsseits an den *Göttlichen Delphin* heran. Enterhaken des karelianischen Schiffes ketteten die beiden Schiffe eng aneinander. In unglaublich kurzer Zeit waren die Piraten auch schon an Bord.

Es waren große Burschen, die außer bunten, kurzen Hosen und breiten, waffengespickten Ledergurten nackt waren. Sie waren von Kopf bis Fuß tätowiert und schwangen Enterbeile und dicke Morgensterne. Dabei brüllten sie lauthals in ihrer finnischen Muttersprache und schwangen Keulen und Messer, als hätten sie vor, niemanden am Leben zu lassen. Manchmal legten sie in ihrer Raserei sogar ihre eigenen Leute um.

Obwohl die Dici-Mannschaft völlig überrascht wurde, schlug sie sich wacker. Niemand dachte daran, sich zu ergeben; dies hätte bedeutet, daß man sie in die Sklaverei verkaufte oder bis zum Tod Zwangsarbeit verrichten ließ.

Die Mannschaft der *Terra* kämpfte auf seiten der Verteidiger. Obwohl die Sternenfahrer nichts vom Schwertkampf verstanden, metzelten sie sich so gut durch, wie es ging. Selbst Robin ergriff einen Degen und focht an Churchills Seite.

Dann ging der zweite Schoner längsseits. Die Karelianer setzten über und fielen über die Dici-Mannschaft her, bevor man sie noch richtig wahrgenommen hatte. Gbwe-hun, der Mann aus Dahomey, war der erste aus den Reihen der Sternenfahrer, der fiel. Er hatte mit einem gut gezielten Hieb einen Piraten getötet und einen weiteren verletzt, dann amputierte ein von hinten kommendes Enterbeil seinen Arm und köpfte ihn. Jastschemsky ging als nächster zu Boden; er blutete aus einer Stirnwunde.

Plötzlich verwickelten sich Robin und Churchill in einem Netz, das von einer Rahnock auf sie geworfen wurde. Man schlug sie mit den Fäusten besinnungslos.

Als Churchill erwachte, stellte er fest, daß man ihm die Hände auf den Rücken gefesselt hatte. Robin lag an Deck neben ihm; auch sie war gebunden. Das Krachen von Metall auf Metall war erstorben; selbst die Schreie der Verwundeten hatten aufgehört. Man hatte die schwerverletzten Dici über Bord geworfen; die verwundeten Karelianer gaben keinen Laut von sich.

Der Piratenkapitän, ein gewisser Kirsti Ainundila, stand vor den Gefangenen. Er war ein hochgewachsener, dunkelhaariger Mann mit einer Augenklappe. Über seine linke Wange lief eine Narbe. Er sprach Dici, hatte jedoch einen breiten Akzent.

»Ich habe mir euer Logbuch angesehen«, sagte er, »deswegen weiß ich, wer ihr seid. Es hat also keinen Sinn, mich zu belügen. Ihr zwei ...« — er deutete auf Churchill und Robin — »seid ein hohes Lösegeld wert. Ich nehme an, dieser Withrow wird es sich eine Menge kosten lassen, um seine Tochter und seinen Schwiegersohn unverletzt zurückzukriegen. Und was die anderen angeht, so werden auch sie uns auf dem Sklavenmarkt von Aino ein hübsches Sümmchen einbringen, wenn wir erst wieder dort sind.«

Churchill wußte, daß Aino eine Stadt der Karelianer an der Küste des ehemaligen North Carolina war.

Kirsti ordnete an, sämtliche Gefangenen unter Deck zu bringen und an die Spanten zu ketten. Auch Jastschemsky befand sich unter ihnen; man war der Meinung, er werde sich von seiner Verletzung wieder erholen.

Nachdem man sie angekettet hatte und die Piraten gegangen waren, sagte Lin: »Jetzt sehe ich ein, wie närrisch wir waren, als wir glaubten, wir könnten wieder in unsere Heimat zurück. — Das meine ich nicht, weil wir jetzt festsitzen, sondern weil wir keine Heimat mehr haben. Zuhause wären wir nicht besser dran als hier. Unsere Nachfahren wären uns bestimmt ebenso fremd wie die Churchills. Und sie sind uns nicht weniger feindlich gesinnt.

In letzter Zeit habe ich öfters über etwas nachgedacht, das wir vergessen haben, weil wir nichts anderes im Sinn hatten, als zur Erde zurückzukehren. Ich frage mich nämlich, was aus den Leuten geworden ist, die seinerzeit den Mars kolonisiert haben.«

»Ich weiß es auch nicht«, sagte Churchill, »aber irgendwie habe ich das Gefühl, daß auch sie nicht mehr leben. Was hätte sie sonst davon abhalten sollen, Raumschiffe zur Erde zu schicken? Die Kolonie konnte sich immerhin selbst erhalten. Und sie hatte auch eigene Schiffe.«

»Allen Anschein nach hat sie etwas davon abgehalten«, sagte Chandra. »Aber ich glaube, ich weiß jetzt, auf was Lin anspielt. Auf dem Mars gibt es radioaktive Mineralien. Die Mittel zur Herstellung von Erzen sollten eigentlich auch noch existieren, selbst wenn es dort keine Menschen mehr gibt.«

»Bringen wir's doch mal auf den Punkt«, sagte Churchill. »Ihr denkt also daran, daß wir mit der *Terra* zum Mars fliegen? Wir haben zwar genug Treibstoff, um ihn zu erreichen, aber er reicht nicht für eine Rückkehr. Oder meint ihr, wir könnten die Ausrüstung in den Marskuppeln zur Treibstoffherstellung verwenden? Um dann wieder zu den Sternen zu fliegen?«

»Wir haben einen Planeten entdeckt«, sagte Lin, »auf dem die Einheimischen technisch gesehen nicht weit genug entwickelt sind, um gegen uns zu kämpfen. — Ich meine den zweiten Planeten der Wega. Er hat vier große Kontinente, von denen jeder so groß ist wie Australien, und zwischen ihnen breiten sich gewaltige Ozeane aus. Eine der Landmassen wird von Humanoiden bewohnt. die sich technisch gesehen auf dem Stand der alten Griechen befinden. Zwei werden von Neolithikern bewohnt. Der vierte ist leer. Wenn wir die Wega erreichen, können wir den vierten Kontinent kolonisieren.«

Eine Weile sagte niemand etwas.

Churchill sah ein, daß Lins Vorschlag seine Vorteile hatte; der größte Einwand bestand jedoch darin, daß sie keine Möglichkeit hatten, ihn durchzuführen. Zuerst mußten sie sich befreien. Dann mußten sie die *Terra* in ihre Hände kriegen. Doch sie wurde so schwer bewacht, daß die Sternenfahrer, die diesen Gedanken schon nach der Entlassung aus ihrem Gefängnis in Washington diskutiert hatten, den Plan verworfen hatten.

»Selbst wenn wir das Schiff in die Hände kriegen«, sagte Churchill, »was nicht im geringsten feststeht, müssen wir erst mal den Mars erreichen. Und das ist der größte Risikofaktor. Was ist, wenn wir erst dort erkennen, daß wir nicht an Treibstoff herankommen?«

»Dann spucken wir eben in die Hände und bauen uns die dazu nötige Ausrüstung selbst«, sagte Al-Masunyi.

»Schön. Aber angenommen, der Mars versorgt uns mit allem, was wir haben wollen. Und wir erreichen die Wega. — Wir haben keine Frauen. Und wenn wir keine Frauen haben, stirbt unsere Art aus. Das bedeutet, daß ich Robin mitnehmen muß, ohne sie zu fragen. Und es bedeutet auch, daß wir Frauen aus Dici entführen müssen.«

»Wenn sie erst einmal eingefroren und auf dem Weg zur Wega sind«, sagte Steinborg, »können sie sowieso nicht mehr viel dagegen machen.«

»Gewalt, Entführung, Vergewaltigung«, sagte Churchill. »Eine wirklich nette Methode, mit dem Aufbau einer wackeren neuen Welt anzufangen!«

»Gibt es einen anderen Weg?« fragte Lin.

»Vergiß nicht die Sache mit den Sabinerinnen«, sagte Steinborg.

Churchill gab ihm keine Antwort darauf; statt dessen brachte er einen neuen Einwand vor. »Wir sind so wenige, daß unsere Nachfahren in kürzester Zeit in der schlimmsten Inzucht leben würden. Wir wollen doch wohl kein Volk von Idioten in die Welt setzen?«

»Dann entführen wir eben nicht nur Frauen, sondern auch Kinder, und nehmen sie im Tiefschlaf mit.«

Churchill runzelte die Stirn. Es gab offenbar keine Möglichkeit, die Sache gewaltlos durchzuführen. Aber war es in der Geschichte der Menschheit je anders zugegangen?

»Wenn wir Kinder mitnehmen, die so klein sind, daß sie noch nicht sprechen können ... Kinder, die die Erde vergessen werden — dann müssen wir auch genügend Frauen mitnehmen, die sie aufziehen. Und das bringt uns zu einem weiteren Problem: Polygamie. Ich weiß zwar nicht, was die anderen Frauen dazu sagen, aber ich weiß genau, daß Robin etwas dagegen haben wird.«

Jastschemsky sagte: »Erklär ihr, daß es nur für einen bestimmten Zeitraum gelten soll. Außerdem könntest du, wenn du willst, die monogame Ausnahme sein. Du kannst uns ja den spaßigen Teil überlassen. Ich schlage vor, wir überfallen ein Panself-Dorf. Ich habe gehört, daß die Panself-Frauen an Polygamie gewöhnt sind; und laut dem, was ich sonst noch gehört habe, hätten sie bestimmt ganz gern Ehemänner, die sich ihnen widmen. Ich bezweifle nicht im geringsten, daß ihre jetzigen sogenannten Männer ihnen kilometerweit zum Hals raushängen.«

»Na schön«, sagte Churchill. »Einverstanden. Aber da ist noch *eine* Sache, die mir wirklich Kopfzerbrechen bereitet.«

»Welche?«

»Wie kommen wir aus der Scheiße raus, in der wir gerade sitzen?«

Brütendes Schweigen breitete sich aus.

»Glaubst du«, sagte Jastschemsky dann, »daß Withrow Lösegeld für uns alle ausspuckt?«

»Nein. Es wird seine Börse schon ordentlich belasten, bloß Robin und mich aus den Händen dieser knochenharten Kerle zu befreien.«

»Na schön«, sagte Steinborg, »dann siehst zumindest du den Silberstreif am Horizont. Aber was wird aus uns?«

Churchill stand auf, rasselte mit den Ketten und rief laut nach dem Kapitän.

»Was machst du da?« fragte Robin. Sie hatte nicht mehr als ein paar Worte des Gespräches verstanden, da die Männer sich in ihrer Sprache unterhalten hatten.

»Ich will versuchen, dem Kapitän einen Handel vorzuschlagen«, erwiderte er. »Ich glaube, ich weiß einen Ausweg. Aber alles hängt davon ab, ob ich ihn gehörig einseifen kann, und wie aufnahmefähig er ist.«

Ein Seemann schob den Kopf durch die Luke und fragte, was, zum Teufel, los sei.

»Sag deinem Kapitän, daß ich eine Methode weiß, wie er seinen Gewinn vertausendfachen kann«, sagte Churchill. »Und außerdem wird er dabei soviel Ruhm einheimsen, daß man ihn einen Helden nennt.«

Der Kopf verschwand. Fünf Minuten später stiegen zwei Matrosen in den Laderaum hinab und lösten Churchills Ketten.

»Bis später«, sagte er beim Hinausgehen zu den anderen. »Aber wartet nicht auf mich.«

Er hatte keine Ahnung, als wie wahr sich sein Scherz erweisen würde.

Der Tag verstrich. Churchill kehrte nicht zurück. Robin war der Hysterie nahe. Sie nahm an, daß der Kapitän wütend auf ihren Gatten geworden war und ihn umgebracht hatte. Die anderen versuchten zwar, sie mit dem vernünftigen Argument zu beruhigen, daß ein gerissener Geschäftsmann wie der Karelianer keine Kuh tötete, von der er sich eine Menge Milch versprach, doch trotz ihrer Beteuerungen machten sie sich ebenfalls Sorgen. Vielleicht hatte Churchill den Kapitän unbewußt beleidigt, und dieser hatte ihn töten müssen, um sein Gesicht zu wahren. Vielleicht hatte man ihn auch bei einem Fluchtversuch erschlagen.

Einige der Männer dösten schließlich ein. Robin blieb wach und murmelte Gebete, die an Columbias Adresse gerichtet waren.

Schließlich, im Morgengrauen, wurde die Luke wieder geöffnet. Churchill kam die Leiter herunter. Zwei Seeleute begleiteten ihn. Er wankte, wäre beinahe hingefallen und rülpste laut. Nachdem man ihn wieder angekettet hatte, erkannten die anderen, warum er sich so eigenartig verhielt: Sein Atem roch nach Bier. Churchill sprach mit schwerer Zunge.

»Hab gesoffen wie'n Kamel vor'm Aufbruch der Karawane«, sagte er. »Den ganzen Tag und die ganze Nacht. Hab 'ne Menge über die Finnen erfahren. Sie haben während der Verwüstung weniger Verluste erlitten als die anderen Völker. Hinterher haben sie sich, wie die alten Wikinger, in ganz Europa ausgebreitet. Sie haben sich mit dem vermischt, was von den Skandinaviern, den Deutschen und den Balten noch übrig war. Heute gehört ihnen Nordwestrußland, der Osten von England, das meiste von Nordfrankreich, die spanischen und nordafrikanischen Küstenregionen, Sizilien, Südafrika, Island, Grönland, Nova Scotia, Labrador und South Carolina. Und Gott weiß, was sonst noch; sie haben nämlich auch Expeditionen nach Indien und China geschickt ...«

»Das ist zwar alles sehr interessant«, sagte Steinborg, »aber nicht im Moment. Wie bist du mit dem Kapitän ausgekommen? Hast du das Geschäft gemacht?«

»Er ist ein ziemlich gerissener Bursche, und entsetzlich mißtrauisch. Ich hatte ziemliche Mühe, ihn zu überzeugen.«

»Was ist denn passiert?« fragte Robin.

Churchill erwiderte in ihrer Sprache, sie solle sich keine Sorgen machen; sie würden bald alle wieder frei sein. Dann redete er wieder in seiner eigenen.

»Habt ihr je versucht, einem Menschen, der nicht mal weiß, was Moleküle oder Elektronen sind, den Antigrav-Antrieb und Antimaterie-Treibsätze zu erklären? Unter anderem — unter *vielem* anderen — mußte ich ihm erst mal die Grundlagen der Atomphysik verdeutlichen, und ...«

Seine Stimme erstarb, sein Kopf sank nach hinten. Er war eingeschlafen.

Robin schüttelte ihn erzürnt, bis er schließlich aus seinem Rausch erwachte.

»Ach, du bist es, Robin«, murmelte er. »Ich bin mir ganz sicher, daß dir die kleine Intrige nicht gefallen wird, die ich ausgekocht habe. — Du wirst mich dafür hassen ...«

Und dann war er wieder weg. Diesmal waren ihre Bemühungen, ihn aufzuwecken, fruchtlos.

14. Kapitel

»Ach, wie gern würde ich das Ding *ausziehen*«, sagte Mary Casey. »Es ist sehr hinderlich und störend. Und es reibt sich so an meiner Haut, daß ich kaum gehen kann. Und sehr hygienisch ist es auch nicht. Es hat zwar zwei kleine Öffnungen, aber ich muß Wasser darüber laufen lassen, um mich zu säubern.

»Ich weiß«, sagte Bock ungeduldig. »Aber das ist es nicht, was mich stört.«

Mary sah ihn an und sagte: »Oh, *nein!*«

Sein Geweih war mächtig angeschwollen und hatte sich steil aufgerichtet.

»Peter«, sagte sie und bemühte sich, ihre Stimme gelassen klingen zu lassen, »tu es bitte nicht. Das darfst du nicht. Du würdest mich umbringen.«

»Aber nicht doch«, antwortete Bock. Er schluchzte fast — doch ob dies auf seine Begierde oder den Schmerz zurückzuführen war, daß er sich nicht beherrschen konnte, war für Mary nicht unterscheidbar.

»Ich werde so sanft wie möglich sein. Ich verspreche dir, ich werde dich nicht über Gebühr beanspruchen.«

»Einmal ist schon zu viel!« sagte sie. »Wir sind nicht von einem Priester getraut worden. Es wäre eine Sünde.«

»Es wäre keine, wenn du bereit wärst«, sagte Bock heiser. »Und du hast keine Wahl. Glaube mir, du hast keine andere Wahl!«

»Ich werde es nicht tun!« sagte sie. »Nein, nein!«

Sie protestierte weiter, doch er kümmerte sich nicht darum. Er war zu sehr darauf konzentriert, den Keuschheitsgürtel zu knacken. Das Ding stellte ein Problem dar, dem man nur mit einer Feile zu Leibe rücken konnte; doch da er keine hatte, sah es so aus, als müsse er frustriert aus der Sache hervorgehen.

Doch Bock stand unter dem Druck eines Dings, das keine Vernunft zuließ.

Der Keuschheitsgürtel bestand aus drei Teilen. Die beiden, die um Marys Taille verliefen, waren aus Stahl und am Rücken mit Scharnieren verbunden, so daß man das Ding aufgeklappt anziehen und vorn mit einem Schloß verschließen konnte. Der dritte Teil bestand aus zahlreichen kleinen Gliedern, die mit einem zweiten Schloß an dem Gürtel befestigt waren. Da die Glieder wie ein Kettenhemd wirkten, erlaubten sie der Trägerin eine gewisse Flexibilität. Wie das sich um ihre Taille schlingende Band war dieser Teil mit dickem Stoff ausgepolstert, damit die Trägerin nicht wund wurde. Aber dennoch war der Gürtel notwendigerweise eng, damit sie nicht aus ihm herausgleiten oder mit Gewalt daraus hervorgezogen werden konnte, selbst wenn sie dabei ein bißchen Haut verlor. Dieser Gürtel saß besonders eng; Mary klagte darüber, kaum richtig atmen zu können.

Es gelang Bock zwar, die Hände vorn in das Ding zu

schieben, doch Mary protestierte, da es ihr sehr weh tat. Bock antwortete nicht; statt dessen riß er an den beiden Hälften, er hoffte nämlich, daß sie sich dann von dem Schloß lösten.

»Oh, Gott!« schrie Mary. »Hör auf! Hör auf! Du brichst mir alle Knochen! Du bringst mich um! Nicht! Nicht!«

Bock ließ sie abrupt los. Einen Moment lang sah es so aus, als hätte er die Kontrolle über sich zurückgewonnen. Er atmete schwer.

»Tut mir leid, Mary«, sagte er, »aber ich weiß nicht, was ich machen soll. Vielleicht sollte ich so schnell wie möglich von hier verschwinden, bis mein verdammter Trieb nachgelassen hat. Später kann ich dann zu dir zurückkehren.«

»Vielleicht finden wir uns dann nicht wieder«, sagte Mary. Sie sah traurig aus. Dann sagte sie leise: »Und ich würde dich sehr vermissen, Peter. Wenn du nicht gerade unter dem Einfluß des Geweihs stehst, mag ich dich nämlich sehr gut leiden. Aber es hat keinen Sinn, wenn wir uns etwas vormachen. Selbst wenn du es heute unterdrücken kannst ... Morgen tust du bestimmt wieder das gleiche.«

»Ich verschwinde lieber, solange ich mich noch im Griff habe. Ist *das* ein Dilemma! Ich verlasse dich — und du kommst vielleicht um, weil du umkommen würdest, wenn ich bliebe!«

»Alles kann man nicht haben«, sagte Mary.

»Es gibt noch eine andere Möglichkeit«, sagte Bock langsam und zögernd. »Der Gürtel ist ja kein absolutes Hemmnis für das, was ich haben will. Es gibt doch mehr als eine Möglichkeit, um ...«

Mary erbleichte und schrie: »Nein! Nein!«

Bock drehte sich um und rannte, so schnell er konnte, über den Pfad.

Dann wurde ihm klar, daß Mary natürlich den gleichen Weg nehmen würde. Er schlug sich seitwärts in die Büsche und lief durch den Wald. Der Wald war nicht besonders dicht, da das Land sich nur langsam von der Verwüstung erholte. Der Boden, auf den er stieß, war im Gegensatz zum größten Teil von Dici weder bearbeitet worden, noch von Wasseradern durchzogen. Bäume kamen relativ selten vor; der Hauptteil der Vegetation bestand aus Gebüschen und Gestrüpp, und auch davon gab es nicht sehr viel. Trotzdem sah er an den Stellen, wo es zu allen Jahreszeiten Wasser gab, dichter bewaldete Flecken. Es dauerte nicht lange, und Bock erreichte einen kleinen Bach. Er legte sich in der Hoffnung ins Wasser, daß die Kälte das Feuer in seinen Lenden besänftigen würde — doch das Wasser war warm.

Er stand wieder auf, ging ans andere Ufer und fing wieder an zu rennen. Als er einen Baum umrundete, lief er geradewegs einem Bären in die Arme.

Seit Mary und er High Queen verlassen hatten, hatte er nach einem solchen Tier Ausschau gehalten.

Bock wußte, daß Bären in dieser Gegend recht oft vorkamen, denn die Panself pflegten den Brauch, Gefangene und rebellische Frauen zu fesseln und den heiligen Tieren zum Fraß vorzuwerfen.

Der Bär war ein großes, schwarzes Männchen. Ob er Hunger hatte, war nicht zu sagen. Vielleicht hatte Bocks plötzliches Auftauchen ihn ebenso verschreckt wie umgekehrt. Vielleicht hätte er sich sogar zurückgezogen, wenn er eine Chance gehabt hätte — doch Bock kam so schnell auf ihn zugerannt, daß er sich angegriffen fühlte. Und das konnte natürlich nur eins bedeuten: Er mußte sich zur Wehr setzen.

Der Bär richtete sich auf, wie es seine Art war, wenn er auf seine hilflose menschliche Beute zuging. Seine gewaltige Rechte sauste auf Bocks Schädel zu. Hätte sie ihn getroffen, wäre er wie ein zu Boden fallendes Puzzlespiel in tausend Teile zerrissen.

Die Tatze traf Bock zwar nicht, doch sie kam nahe genug an ihn heran, um seinen Skalp zu berühren. Bock wurde zu Boden geworfen — teilweise wegen der Kraft des

Schlages, und teilweise deswegen, weil ihn der eigene Vorwärtsschwung aus dem Gleichgewicht warf.

Der Bär fiel auf alle viere nieder und jagte hinter ihm her. Bock rappelte sich auf. Er zog seinen Säbel und schrie den Bären an. Die Bestie ließ sich jedoch von dem Krach nicht beeindrucken. Sie stand wieder auf. Bock schwang seinen Säbel, die Klinge streifte die ausgestreckte Tatze.

Obwohl der Bär vor Schmerzen brüllte, drang er weiter vor. Bock holte erneut aus. Diesmal krachte die Tatze mit solcher Kraft gegen seine Klinge, daß sie seinem Griff entfiel und in die Büsche flog.

Bock hechtete hinter der Waffe her, bückte sich, riß sie hoch — und wurde unter dem gewaltigen Gewicht des Bären begraben. Sein Kopf wurde flach gegen den Boden gedrückt, und sein Körper fühlte sich an, als sei er unter eine Dampfwalze geraten.

Es gab jedoch einen Moment, in dem selbst der Bär verwirrt war, denn er war ein Stück zu weit gesprungen. Der Mensch wurde lediglich von seinen Hinterläufen verdeckt. Bock rollte sich schnell zur Seite, rappelte sich auf, sprang auf die Beine und versuchte zu fliehen. Doch er hatte kaum zwei Schritte gemacht, als der Bär ihn auch schon eingeholt hatte und mit den Vorderläufen umklammerte.

Bock wußte eins: Es gab keine Bären, die ihre Opfer zu Tode quetschten. Doch in diesem Moment hätte er schwören können, einem Bären begegnet zu sein, dem die Naturgesetze unbekannt waren. Das Vieh hielt ihn fest und machte einen Versuch, den Brustkorb seines Opfers aufzureißen.

Der Bär hatte keinen Erfolg, denn Bock gelang es, sich aus der Umklammerung zu befreien. Er hatte nicht einmal die Zeit, sich darüber zu wundern, wie ihm das herkulische Kunststück gelungen war, die kräftigen Läufe des Bären auseinanderzudrücken. Hätte er sie gehabt, wäre ihm bewußt geworden, daß es an der übermenschlichen Stärke lag, die ihm das Geweih verlieh.

Er sprang zur Seite und wirbelte herum, um sich dem

Bären zu stellen. So schnell Bock auch war, für eine Flucht war ihm der Bär zu nahe. Sogar ein Olympiasieger hätte einen Vorsprung von wenigstens fünfzig Metern gebraucht, um einem Bären zu entkommen.

Dann griff der Bär wieder an. Bock tat das einzige, was ihm einfiel: Er haute dem Tier mit aller Kraft auf das schwarze Maul.

Der Schlag hätte den Kiefer eines jeden Menschen gebrochen, doch der Bär machte nur »Uff!« und blieb abrupt stehen. Blut lief aus seinen Nüstern; er verdrehte die Augen.

Bock hatte nicht die Absicht, stehenzubleiben und das Werk seiner Fäuste zu bewundern. Er rannte an der gelähmten Bestie vorbei und versuchte, seinen Säbel zu ergreifen. Doch seine rechte Hand weigerte sich, den Griff festzuhalten. Der Schlag, den sie dem Bären versetzt hatte, hatte sie taub gemacht.

Bock packte den Säbel mit der Linken, hob ihn auf und drehte sich um. Gerade noch rechtzeitig! Der Bär hatte sich insofern erholt, daß er einen weiteren Satz machen konnte, auch wenn er diesmal einen Teil seines ursprünglichen Elans verloren hatte.

Bock hob sorgfältig den Säbel, und dann, als der Bär in Reichweite war, drosch er mit der Klinge auf seinen dikken, kurzen Hals ein.

Das letzte, was er sah, war die Klinge, die tief in den schwarzen Pelz einsank, dann spritzte es rotes Blut.

Als Bock wieder zu sich kam, hatte er starke Schmerzen. Der Bär lag tot neben ihm, und Mary kniete über ihm und weinte.

Der Schmerz wurde unerträglich. Bock verlor die Besinnung.

Als er erneut erwachte, lag sein Kopf auf Marys Schoß. Wasser aus einer offenen Feldflasche lief in seinen Mund. Sein Kopf tat immer noch entsetzlich weh. Als er nach oben langte, um den Grund dafür zu erfahren, bemerkte er, daß sein Schädel bandagiert war.

Die rechte Hälfte seines Geweihs war weg.

»Der Bär muß sie abgerissen haben«, sagte Mary. »Ich habe den Kampf aus der Ferne gehört. Ich habe den Bär brüllen und dich schreien hören. Ich bin so schnell gekommen, wie ich konnte, obwohl ich Angst hatte.«

»Wärst du nicht gekommen«, sagte Bock, »wäre ich gestorben.«

»Das glaube ich auch«, erwiderte Mary ohne eine Spur von Emotion. »Du hast schrecklich aus dem Loch geblutet, in dem die Geweihhälfte gesteckt hat. Ich habe ein Stück von meinem Kilt abgerissen und die Blutung zum Stillstand gebracht.«

Dann fielen plötzlich dicke, heiße Tränen auf sein Gesicht.

»Jetzt ist es doch vorbei«, sagte Bock. »Aber weine nur, wenn es dir hilft. Ich freue mich, daß du so mutig bist. Ich hätte es dir nicht verübelt, wenn du vor mir weggelaufen wärst.«

»Das hätte ich nie tun können«, schluchzte sie. »Ich ... ich glaube, ich liebe dich. Aber natürlich hätte ich niemanden in dieser Lage allein gelassen. Ich hatte auch Angst vor dem Alleinsein.«

»Ich habe nur den ersten Satz behalten«, erwiderte Bock. »Aber ich verstehe nicht, wie du ein Ungeheuer wie mich lieben kannst. Aber wenn es dir hilft, dich besser zu fühlen: Ich liebe dich auch. Selbst wenn es vor kurzem noch nicht so ausgesehen hat.«

Er berührte die Stelle, an der die Geweihhälfte abgebrochen war und krümmte sich. »Glaubst du, daß es meinen ... meinen Drang halbiert?«

»Ich weiß es nicht. — Ach, wenn es doch so wäre! Bisher habe ich immer geglaubt, es würde dich umbringen, wenn man das Geweih entfernt.«

»Ich auch. Wahrscheinlich haben die Priesterinnen diese Lüge in die Welt gesetzt. Vielleicht müssen aber auch beide Hälften ab sein, bevor es soweit kommt. Schließlich ist das Knochenfundament noch intakt, und die andere Hälfte funktioniert noch. Ich weiß es auch nicht.«

»Denk jetzt nicht darüber nach«, sagte Mary. »Glaubst du, du könntest etwas essen? Ich habe ein paar Bärensteaks gebraten.«

»Ist es das, was ich rieche?« sagte Bock schnuppernd. Er warf einen Blick auf den Bärenkadaver. »Wie lange war ich ohne Bewußtsein?«

»Den ganzen Tag, die Nacht über, und einen Teil des Morgens«, sagte Mary. »Und mach dir keine Sorgen wegen des Rauchs. Ich weiß, wie man ein kleines, rauchloses Feuer macht.«

»Dann müßte ich eigentlich wieder in Ordnung sein«, sagte Bock. »Die Hörner haben starke regenerative Kräfte. Es würde mich nicht wundern, wenn das abgebrochene Geweih nachwüchse.«

»Ich bete dafür, daß es nicht so ist«, sagte Mary. Sie ging ans Feuer und zog zwei große Scheiben Bärenfleisch vom Spieß. Kurz darauf tat Bock sich daran gütlich.

»Mir geht es offenbar besser«, sagte er. »Ich habe plötzlich einen Hunger ... Ich könnte den ganzen Bären futtern.«

Als er zwei Tage später an seine Worte zurückdachte, mußte er lachen, denn er hatte ihn tatsächlich verzehrt. Nur sein Fell, seine Knochen und seine Därme waren übriggeblieben. Sie hatten sogar das Hirn gekocht und verschlungen.

Mittlerweile fühlte Bock sich gut genug, um weiterzuziehen. Er hatte den Verband abgenommen, der die Wunde über dem Knochenfundament des Geweihs bedeckte. Nun hatte er zwar eine Narbe, doch die Wunde hatte sich sauber geschlossen.

»Wenigstens wächst das Ding nicht nach«, sagte Bock und schaute Mary an. »Tja, jetzt sind wir wieder da, wo wir aufgehört haben — als ich dich allein ließ. Allmählich spüre ich wieder diesen Drang ...«

»Soll das heißen, daß wir uns schon wieder trennen müssen?« Marys Tonfall ließ nicht erkennen, ob ihr dieser Gedanke recht war oder nicht.

»Ich habe über vieles nachgedacht, als ich auf der Nase lag«, sagte Bock. »Dabei ist mir aufgefallen, daß ich überhaupt keinen Trieb hatte, als die Panselfer uns nach High Queen schleppten. Ich glaube, es hat daran gelegen, weil ich zu wenig zu essen bekam. Ich schlage vor, daß wir zusammenbleiben, aber ich esse nur soviel, daß ich nicht verhungere. — Das heißt, ich werde soviel essen, daß ich mich bewegen kann, aber nicht genug, um dieses ... dieses Verlangen zu entwickeln. Es wird zwar nicht einfach für mich werden, aber ich kann es schaffen.«

»Das wäre wunderbar«, sagte Mary. Sie zögerte, dann wurde sie rot und sagte: »Eins müssen wir aber noch tun. Ich muß diesen Gürtel loswerden. Nein, nicht aus dem Grund, der dir vielleicht einfällt. Das Ding macht mich verrückt. Es schneidet und reibt und quetscht meinen Bauch so ein, daß ich kaum Luft holen kann.«

»Sobald wir auf Dici-Gebiet sind und auf einen Bauernhof stoßen«, sagte Bock, »stehle ich eine Feile. Dann schaffe ich dir das Teufelsinstrument vom ... ah ... vom Hals.«

»In Ordnung. Ich wollte nur, daß du meine Motive nicht mißverstehst«, sagte Mary. Sie hob den Beutel auf, und sie brachen auf.

Sie gingen so schnell, wie der hinderliche Gürtel es ihr möglich machte. Sie waren äußerst vorsichtig und lauschten jedem fremden Geräusch. Immerhin bestand nicht nur die Gefahr, daß sie dem Suchkommando aus High Queen in die Arme liefen — sie mußten auch damit rechnen, feindlichen Dici-Bewohnern zu begegnen.

Sie überquerten die Shawangunk Mountains. Und dann, als sie auf eine Lichtung kamen, durch die der Weg sie führte, erblickten sie zwei Männer aus High Queen, die offenbar den Tod ihrer Freunde hatten rächen wollen.

Allem Anschein nach hatten sie sich so darauf konzentriert, die beiden Flüchtlinge zu stellen, daß die aus dem Hinterhalt auftauchenden Dici sie völlig überrascht hatten. Jetzt hingen ihre Überreste an den Bäumen, an die man sie gebunden hatte. Ihre Kehlen waren durchgeschnitten, ihre

Knochen lagen auf dem Boden. Was die Bären nicht gefressen hatten, hatten die Füchse sich genommen; und das, was sie übersehen hatten, pickten jetzt die Krähen auf.

»Wir müssen noch vorsichtiger sein«, sagte Bock. »Ich glaube nicht, daß man die Suche in Dici schon abgebrochen hat.«

Er sprach nicht mit seiner gewohnten Kraft, denn er hatte mehrere Pfund abgenommen und dunkle Ringe unter den Augen. Die noch vorhandene Geweihhälfte vibrierte bei jedem Schritt, den er tat. Wenn er sich hinsetzte, um zu essen, verschlang er seine mageren Rationen und musterte dann sehnsüchtig Marys Portion. Manchmal verließ er den Rastplatz und legte sich irgendwo nieder, wo er sie nicht essen sehen konnte.

Doch das Schlimmste war, daß er selbst im Schlaf ans Essen dachte. Er träumte von Tischen, die sich unter der Last von hundert leckeren Mahlzeiten bogen. Er sah gewaltige Steinkrüge mit kühlem dunklen Bier. Und wenn ihm diese Visionen gerade nicht zu schaffen machten, träumte er von den Mädchen, die ihm während der Großen Runde begegnet waren. Obwohl der Hunger Bocks Trieb hatte erschlaffen lassen, war er immer noch stärker als der der meisten Menschen. Es gab Zeiten, in denen er, wenn Mary eingeschlafen war, in den Wald schlich, um die schreckliche Spannung von Hand abzubauen. Hinterher schämte er sich zu Tode, aber es war immerhin besser, als Mary Gewalt anzutun.

Er wagte es nicht, sie zu küssen. Sie schien Verständnis dafür zu haben, denn auch sie machte in dieser Hinsicht keinen Versuch. Sie erwähnte auch mit keinem Wort mehr, daß sie ihn liebte. *Vielleicht*, dachte Bock, *liebt sie mich gar nicht.* Vielleicht hatte Mary sich einfach nur von ihren Gefühlen treiben lassen, als sie festgestellt hatte, daß er nicht umgekommen war. Vielleicht waren ihre Worte nur ein Ausdruck der Erleichterung gewesen.

Nachdem sie den Überresten der Männer aus Panself begegnet waren, nahmen sie einen anderen Weg. Sie schlugen sich gerade durch die Wälder. Nun legten sie zwar ein geringeres Tempo vor, aber dafür waren sie auch sicherer.

Sie erreichten das Ufer des Hudson. In dieser Nacht brach Bock in einen Bauernhof ein und fand eine Feile. Er mußte den Wachhund umbringen, und er konnte ihn erwürgen, ehe er zum drittenmal bellte. Dann kehrten sie in den Wald zurück, wo er vier Stunden damit verbrachte, den Keuschheitsgürtel zu bearbeiten. Der Stahl war hart, und er mußte aufpassen, damit er Mary nicht verletzte. Dann gab er ihr eine Salbe, die er im Stall des Gehöfts gefunden hatte, und sie schlug sich in die Büsche, um es auf ihren wunden Stellen zu verreiben. Bock zuckte angesichts dieser unpassenden Zurückhaltung die Achseln. Sie hatten einander doch mehr als einmal nackt gesehen. Aber natürlich war Mary bisher nicht in der Position gewesen, über die Lage zu bestimmen.

Als sie zurückgekommen war, gingen sie am Ufer entlang, bis sie ein Boot fanden, das an einem hölzernen Anlegesteg vertäut war. Sie banden es los und ruderten auf die andere Seite.

Bock schob das Boot wieder in die Strömung hinaus, dann gingen sie nach Osten weiter. Sie marschierten zwei Nächte lang. Tagsüber versteckten sie sich und schliefen. Auf einem Bauernhof in der Nähe von Poughkeepsie stahl Bock etwas zu essen für sie. Als er zu Mary in den Wald zurückkehrte, setzte er sich hin und aß dreimal soviel, wie er sich eigentlich erlauben durfte. Mary zeigte sich zwar erschreckt, doch Bock machte ihr klar, daß er nicht mehr anders konnte: Seine Zellen zeigten allmählich kannibalische Gelüste.

Nachdem er die Hälfte der Nahrung verzehrt und eine ganze Flasche Wein getrunken hatte, blieb er eine Weile still sitzen. Dann sagte er zu Mary: »Es tut mir leid, aber ich kann es einfach nicht mehr aushalten. Ich gehe jetzt zu dem Bauernhof zurück.«

»Warum?« fragte Mary erschreckt.

»Weil die Männer nicht mehr da sind«, erwiderte Bock. »Ich glaube, sie sind in der Stadt. Aber es sind drei Frauen dort — und zwei davon sind sehr hübsche Mädchen. Mary, bitte, versteh mich!«

15. Kapitel

»Nein!« sagte sie. »Das verstehe ich nicht! Und selbst wenn ich es könnte — glaubst du nicht auch, daß du uns in Gefahr bringst, wenn du wieder zurückkommst? Die Frauen werden den Männern alles erzählen, wenn sie wieder da sind, und dann wird man die Priesterinnen von Vassar verständigen. — Und dann haben wir sie auf dem Hals. Auf eins kannst du dich verlassen: Wenn sie wissen, daß wir in dieser Gegend waren, dann kriegen sie uns!«

»Ich weiß, du hast recht«, sagte Bock. »Aber ich kann es nicht mehr aushalten. Ich habe zu viel gegessen. Entweder müssen die Frauen auf dem Hof dran glauben — oder du.«

Mary stand auf. Sie wirkte, als sei sie im Begriff, etwas zu tun, das ihr zwar nicht gefiel, das aber getan werden mußte.

»Wenn du dich für einen Moment umdrehst«, sagte sie mit bebender Stimme, »kann ich dein Problem eventuell lösen.«

Bock sagte ekstatisch: »Mary — würdest du es *wirklich* tun? Du kannst dir nicht vorstellen, was es mir bedeutet!«

Er drehte sich um, und obwohl er in froher Erwartung bebte, kam er nicht umhin, zu lächeln. Wie typisch es doch für sie war, daß sie ihn bat, er möge sich umdrehen, bevor sie mit ihm schlief.

Bock hörte, wie sich hinter ihm etwas rührte. »Kann ich mich jetzt umdrehen?«

»Noch nicht«, sagte Mary. »Ich bin noch nicht soweit.«

Er hörte, wie sie sich ihm näherte, und sagte ungeduldig: »Ist es in Ordnung, wenn ich mich *jetzt* rumdrehe?«

»Noch nicht«, sagte sie. Sie stand direkt hinter ihm.

»Ich kann nicht mehr lange warten ...«

Irgend etwas traf ihn am Hinterkopf. Er wurde ohnmächtig.

Als Bock wieder zu sich kam, lag er auf der Seite. Mary hatte ihm die Arme auf den Rücken gebunden. Auch seine Beine waren gefesselt. Sie hatte das dünne Seil durchgeschnitten, das er in den Beutel gelegt hatte, bevor sie aus Panself geflohen waren. Neben ihm lag ein dicker Stein; wahrscheinlich hatte sie ihn damit niedergeschlagen.

Als Mary sah, daß er wach war, sagte sie: »Es tut mir schrecklich leid, Peter, aber ich mußte es tun. Du hättest die Leute aus Dici auf unsere Spur gebracht, und denen wären wir vielleicht nicht entwischt.«

»In dem Beutel sind zwei Flaschen Whisky«, sagte Bock. »Setz mich an einen Baumstamm und halt mir eine an den Mund. Ich möchte sie leertrinken. Erstens deswegen, weil ich etwas brauche, um meine Kopfschmerzen zu betäuben, und zweitens, weil ich die Besinnung verlieren möchte, um nicht durchzudrehen. Und außerdem will ich vergessen, was du für ein gemeines Luder bist!«

Mary gab zwar keine Antwort, aber sie gehorchte ihm. Sie hielt die Flasche an seine Lippen und zog sie von Zeit zu Zeit zurück, damit er schlucken konnte.

»Tut mir leid, Peter.«

»Fahr zur Hölle! Warum mußte ich ausgerechnet mit einer wie dir zusammentreffen? Warum konnte ich nicht mit einer echten Frau davonlaufen? — Gib mir mehr Whisky.«

Nach zwei Stunden hatte er zwei Drittel der Flasche geleert. Er blieb ein paar Sekunden still sitzen und starrte vor sich hin. Dann stöhnte er und schlief ein.

Am nächsten Morgen wachte er auf. Er war nicht mehr gefesselt. Bock sagte weder etwas über seinen Kater noch sonst etwas. Er schaute nur zu, wie Mary seine Ration vor ihm aufstapelte. Nach dem Frühstück trank er eine Menge Wasser, dann brachen sie schweigend nach Osten auf.

Gegen zehn Uhr sagte Mary: »Ich habe seit zwei Stunden kein Gehöft mehr gesehen. Der Wald wird dünner, das

Land steiniger. Wir sind jetzt in dem unbewohnten Gebiet zwischen Dici und Caseyland. Wir müssen jetzt noch vorsichtiger sein; sonst laufen wir entweder den Leuten aus Dici oder denen aus Caseyland in die Hände.«

»Was hast du gegen dein eigenes Volk?« fragte Bock. »Wir wollten doch zu deinen Leuten, oder etwa nicht?«

»Vielleicht schießen sie, bevor sie Fragen stellen«, sagte Mary nervös.

»Na schön«, erwiderte Bock heiser. »Dann schreien wir eben, sobald wir sie sehen. — Sag mal, Mary, weißt du genau, daß sie mich nicht für jemanden aus Dici halten und festnehmen? Die verdammte Geweihstange könnte doch ihre Vorurteile wecken ...«

»Nicht, wenn ich ihnen sage, daß du mir das Leben gerettet hast. Und daß du kein freiwilliger Sonnenheld bist. Natürlich ...«

»Ja?«

» ... wirst du dich einer Operation unterziehen müssen. Ich weiß zwar nicht, ob mein Volk genügend medizinisches Geschick hat, um die Geweihstange zu entfernen, ohne dich dabei umzubringen, aber das Risiko mußt du schon eingehen. Sonst wird man dich einsperren. Und du weißt, daß du dann erst recht verrückt wirst. Man kann dir nicht erlauben, in diesem Zustand frei herumzulaufen. Und natürlich kann ich nicht daran denken, dich zu heiraten, solange du das Ding noch auf dem Kopf hast. Ach ja, dann mußt du auch noch in unserem Glauben getauft werden. Ich würde nie einen Heiden heiraten. Ich könnte es nicht mal tun, wenn ich es wollte — Heiden werden bei uns nämlich umgebracht.«

Bock wußte nicht, ob er vor Wut oder Lachen brüllen oder vor Verzweiflung aufheulen sollte. Also tat er nichts von alledem, sondern sagte voller Gleichmut: »Ich kann mich gar nicht daran erinnern, um deine Hand angehalten zu haben.«

»Ach, das brauchst du auch nicht«, erwiderte Mary. »Es reicht schon, wenn wir ohne Anstandsdame eine Nacht zusammen verbracht haben. In meinem Land bedeutet es, daß ein Mann und eine Frau heiraten *müssen*. Tatsächlich gibt man auf diese Weise oft bekannt, daß man sich verlobt hat.«

»Aber du hast doch gar nichts getan, was eine Heirat erzwingen würde«, sagte Bock. »Du bist doch immer noch Jungfrau. — Ich gehe zumindest davon aus.«

»Und *ob* ich eine bin! — Aber das macht keinen Unterschied. Es ist doch *sonnenklar*, daß ein Mann und eine Frau, die zusammen eine Nacht verbringen, sich den Verlockungen des Fleisches hingeben, und sei ihr Wille auch noch so stark. Es sei denn, beide sind Heilige. Und wenn es Heilige sind, lassen sie erst gar nicht zu, daß sie in solche Situationen geraten.«

»Sack und Eier!« fluchte Bock. »Warum, zum Henker, bist du dann so fest entschlossen, ein anständiges Mädchen zu bleiben? Wenn die Öffentlichkeit ohnehin davon ausgeht, daß wir es miteinander getrieben haben, dann können wir es doch auch wirklich tun!«

»Es liegt halt an meiner Erziehung«, sagte Mary. Und mit einem Anflug von Schlitzohrigkeit fügte sie hinzu: »Was die *Leute* denken, zählt doch nicht. Nur das zählt, was die *Mutter* sieht.«

»Manchmal bist du so scheinheilig, daß ich dir dein hübsches Hälschen umdrehen könnte«, sagte Bock. »Da halte ich nun den größten Frust aus, den die Welt je erlebt hat, und die ganze Zeit über hättest du mich davon erlösen können. Niemand hätte deine Moral angezweifelt, doch du läßt dir etwas entgehen, das nur wenige Frauen je erleben werden!«

»Es gibt gar keinen Grund, wütend zu werden«, sagte Mary. »Schließlich befinden wir uns in einer Lage, die noch keiner vor uns erlebt hat. Wir könnten umkommen, bevor wir verheiratet sind. Und *dann* hätte ich gesündigt. Außerdem bist du kein normaler Mensch. Du hast ein Geweih. Das macht dich zu einem Sonderfall. Ich glaube, wir werden einen ausgebildeten Priester brauchen, um sämtliche Verwicklungen zu klären.«

Bock bebte vor Zorn. »Noch sind wir nicht in Caseyland!« sagte er.

Es wurde Mittag. Bock aß mehr als seine normale Ration. Mary sagte zwar nichts, aber sie behielt ihn im Auge. Jedesmal, wenn er ihr nahe kam, machte sie einen Satz. Dann schnürten sie ihr Bündel und machten sich wieder auf den Weg. Die Nahrung hatte Bock offenkundig gestärkt. Das fleischige Oberteil seines Geweihs schwoll an und richtete sich steil auf. Seine Augen glitzerten; er machte kleine Luftsprünge und grunzte vor unterdrücktem Wohlbehagen.

Mary blieb allmählich hinter ihm zurück, doch Bock war vom plötzlichen Schub seines Wohlbehagens so gefangen, daß es ihm nicht auffiel. Als er etwa zwanzig Meter vor ihr war, schlug Mary sich schnell in die Büsche. Bock lief noch einmal zwanzig Meter weiter; erst dann drehte er sich um und bemerkte, daß sie verschwunden war. Er schrie auf und stürzte sich in die Büsche. Er vergaß alle Vorsicht und rief laut ihren Namen.

In der Mulde aus eingetretenen Zweigen stieß er auf ihre Spur und folgte ihr bis zu einem schmalen, fast ausgetrockneten Bach. Er durchquerte ihn und gelangte in einen Eichenwald. Dort verlor sich Marys Spur. Bock verließ das Wäldchen und lief auf eine ausgedehnte Wiese.

Und dann sah er etwa ein Dutzend erhobene Säbel. Hinter jedem einzelnen erblickte er das grimmige Gesicht eines Caseyländlers.

Hinter ihnen sah er ein etwa zwanzigjähriges Mädchen.

Das Mädchen trug ein Kostüm, das dem ähnlich war, das Mary bei ihrer ersten Begegnung getragen hatte. Sie war ein Maskottchen. Die Männer trugen die mit roten Beinkleidern versehenen Trikots einer Baseballmannschaft aus Caseyland und Hüte, die nicht dazu paßten: Statt langschirmiger Baseballmützen hatten sie Dreispitze mit langen Federn auf dem Kopf. Sie sahen aus wie Admirale.

Hinter ihnen stand ein Hirschrudel. Neunzehn für die Mannschaft und die Ersatzspieler, einer für das Maskottchen, und vier, die den Proviant und die Ausrüstung schleppten.

Der Anführer der Caseys — man nannte ihn, wie jeden Mannschaftskapitän, ›Mighty‹ — war ein großer, sehniger Bursche mit einem langen, mageren Gesicht. Eine seiner Wangen war gewölbt, denn er kaute an einem großen Tabakklumpen. Er grinste Bock wild an. »Sieh an, der Sexprotz! Bist wohl auf der Suche nach scharfen jungen Puppen, was? Doch statt dessen läuft er in die scharfe Klinge eines Säbels! — Enttäuscht, Ungeheuer? Brauchst du nicht zu sein. Wir werden dir schon eine Frau besorgen — aber eine knochige mit Hängebrust und Falten, die wie ein offenes Grab riecht.«

»Sei nicht so verdammt melodramatisch, Mighty«, grollte einer der Männer. »Wir knüpfen ihn auf, und damit hat es sich. Vergiß nicht, daß wir noch in Poughkeepsie spielen müssen.«

Jetzt verstand Bock, was die Männer hier taten. Sie waren keine Krieger, sondern ein Sportverein, der in Dici zu einem Wettkampf erwartet wurde. Das konnte nur bedeuten, daß sie einen Passierschein hatten, der sie davor bewahrte, in einen Hinterhalt zu geraten.

Außerdem hatte man sie wahrscheinlich dazu verpflichtet, keinem Dici-Bürger etwas anzutun, der ihnen im Ödland begegnete.

»Vergiß die Sache mit dem Aufknüpfen«, sagte Bock zu Mighty. »Laut den Regeln dürft ihr sowas nur dann tun, wenn man euch angreift.«

»Das stimmt zwar«, sagte Mighty, »aber zufälligerweise haben unsere Spione von dir berichtet. Du bist kein Bürger von Dici. Also gilt die Abmachung nicht für dich.«

»Warum wollt ihr mich dann hängen?« fragte Bock. »Wenn ich kein Dici bin, bin ich auch nicht euer Feind. — Hört mal, habt ihr nicht eine Frau hier herumlaufen sehen? Sie heißt Mary Casey. Sie wird euch sagen, daß ich nicht euer Feind bin.«

»Eine wirklich *schöne* Geschichte«, sagte der Mann, der

darauf gedrängt hatte, ihn aufzuknüpfen. »Aber du bist einer dieser vom Teufel besessenen Gehörnten, und das genügt uns!«

»Halt die Klappe, Lonzo!« sagte Mighty. »Ich bin immer noch der Mannschaftskapitän!«

Dann sagte er zu Bock: »Hätte ich dich doch niedergemacht, bevor du was gesagt hast. Dann wärst du jetzt kein Problem mehr. Aber ich möchte mehr über diese Mary Casey hören.« Dann sagte er plötzlich: »Wie lautet ihr mittlerer Name?«

»Ich-bin-dem-Paradies-verheißen.«

»Ja, das ist der Name meiner Cousine. Aber ich glaube, dein Wissen beweist gar nichts. Man hat sie auf deine Große Runde mitgenommen. Wir haben ein gutes Agentennetz, deswegen wissen wir, daß ihr verschwunden seid, als die Bisex-Boys Vassar überfielen. Die Hexen haben übrigens einen anderen Gehörnten zum König gemacht, und heimlich Suchkommandos ausgeschickt, die hinter euch her sind.«

»Mary muß irgendwo hier im Wald sein«, sagte Bock. »Sucht sie, dann wird sie bestätigen, daß ich ihr bei der Flucht nach Caseyland geholfen habe.«

»Und *weswegen* habt ihr euch getrennt?« fragte Mighty mißtrauisch. »Warum bist du hinter ihr hergerannt?«

Bock sagte nichts. Schließlich sagte Mighty: »Genau *das* habe ich mir gedacht! Man braucht dich doch nur anzusehen, dann weiß man sofort, warum du hinter ihr hergejagt bist, Gehörnter König. Ich werde dir aber trotzdem eine Chance geben. Normalerweise würde ich dich über einer kleinen Flamme rösten und dir dann die Augen rausreißen und sie dir ins Maul stopfen. Aber wir sind zu einem Spiel unterwegs, deswegen dürfen wir keine Zeit verschwenden. Ich gebe dir also einen schnellen Tod. — Fesselt ihm die Hände, Jungs, und knüpft ihn auf!«

Jemand warf ein Seil über den Ast einer Eiche; ein anderer Mann legte Bock eine Schlinge um den Hals. Zwei Männer packten seine Arme, während ein dritter Anstalten machte, sie zusammenzubinden. Obwohl Bock die beiden leicht hätte abwehren können, wehrte er sich nicht.

Statt dessen sagte er: »Wartet! Ich fordere euch nach den Einer gegen Fünf-Regeln zu einem Spiel heraus! Und ich rufe Gott zum Zeugen an!«

»Was?« sagte Mighty ungläubig. »Um Kolumbus' willen, Mann, wir sind jetzt schon zu spät dran! Und außerdem ... Warum sollten wir deine Herausforderung annehmen? Wir wissen doch gar nicht, ob du uns ebenbürtig bist. Jeder einzelne von uns ist ein Hiradah, deswegen brauchen wir die Herausforderung eines Mistbauern gar nicht anzunehmen. Je länger ich darüber nachdenke, desto klarer wird mir, daß es undenkbar ist.«

»Ich bin kein Mistbauer«, sagte Bock. »Habt ihr je von einem Sonnenhelden gehört, der nicht aus den Reihen der Aristokratie stammt?«

»Das stimmt nun auch wieder«, sagte Mighty. Er kratzte sich am Kopf. »Tja, wir kommen nicht drumherum. Bindet ihn los, Jungs! — Bestimmt dauert das Spiel nicht lange.«

Ihm kam nicht einmal die Idee, Bocks Herausforderung zu ignorieren und ihn einfach aufzuhängen. Mighty hatte seinen eigenen Ehrenkodex; es wäre ihm nie eingefallen, ihn zu brechen. Er hätte es schon deswegen nicht getan, weil Bock den Namen seines Gottes ausgesprochen hatte.

Die fünf Caseys, die gegen Bock spielen sollten, nahmen die gefiederten Admiralshüte ab und setzten langschirmige Baseballmützen auf. Dann holten sie die Ausrüstung aus den Satteltaschen ihrer Packhirsche und legten auf der nahen Wiese ein rautenförmiges Spielfeld an. Aus einem Ledersack schütteten sie ein schweres weißes Pulver, um die Bahnen von einer Spielposition zur anderen und zum Standplatz des Werfers zu markieren. Sie zogen ein enges Quadrat um jedes Mal, da Bock laut den Einer gegen Fünf-Regeln während des Spielverlaufs von jedem Male schlagen mußte. Sie malten einen etwas größeren Standplatz für den Werfer auf den Boden.

»Geht es in Ordnung, wenn unser Maskottchen den Schiedsrichter spielt?« fragte Mighty. »Sie wird vor dem Vater, der Mutter und dem Sohn schwören, daß sie uns keinen Vorteil gibt. Wenn sie nicht fair ist, wird der Blitz sie treffen. Schlimmer noch: Sie wird unfruchtbar.«

»Eine große Wahl habe ich ja nicht«, sagte Bock und nahm den messingverkleideten Schlagstock, den man ihm gegeben hatte. »Wenn ihr bereit seid — ich bin es.«

Sein Verlangen nach Frauen war erstorben; er dürstete jetzt danach, das Blut dieser Männer spritzen zu sehen.

Das Maskottchen, das eine eiserne Maske und ein dicht gepolstertes Trikot trug, nahm seinen Platz hinter dem Fänger ein.

»Schläger hoch!«

Bock wartete auf Mightys Wurf. Der Mann war knapp vierzig Meter von ihm entfernt und hielt den harten Lederball mit den vier Eisenspitzen. Er warf Bock einen kurzen Blick zu, holte aus und warf.

Der Ball fegte wie eine Kanonenkugel auf Bocks Kopf zu. Er kam so schnell und vorschriftsmäßig, daß Zweifel angebracht waren, ob ein Mensch mit normalen Reflexen ihm hätte ausweichen können. Bock ging in die Knie. Der Ball flog zwei Zentimeter über seinem Kopf dahin.

»Erster Ball!« rief das Maskottchen mit heller, deutlicher Stimme.

Der Fänger machte keine Anstalten, den Ball aufzufangen. Bei diesem Spiel war es seine Aufgabe, hinter dem Ball herzulaufen und ihn dem Werfer zurückzugeben. Natürlich bewachte er auch das Ziel und war dafür zuständig, den Ball in seinem riesigen gepolsterten Handschuh zu fangen, falls Bock versuchen sollte, ins Ziel zu rutschen.

Mighty Casey holte erneut aus. Diesmal zielte er auf Bocks Brustkorb.

Bock holte aus. Der Schlagstock reagierte mit einem dumpfen Laut. Er hatte mit dem kurzen Knacken, das er automatisch erwartet hatte, nichts zu tun.

Der Ball prallte nach links ab, rollte aus dem Spielfeld und überquerte die Ziellinie.

»Erster Treffer!«

Der Fänger gab den Ball zurück. Mighty Casey holte gewaltig aus, aber es war nur eine Finte: Gleich darauf warf er den Ball elegant in Bocks Richtung.

Bock wäre beinahe getroffen worden. Er hatte keine Zeit mehr zum Ausholen; er konnte den Schlagstock gerade noch hochreißen. Der Ball krachte dagegen und blieb eine Sekunde lang hängen, da eine der Spitzen das Messing durchdrungen hatte.

Bock rannte auf das erste Mal zu und hielt den Schlagstock fest, denn laut den Regeln war es erlaubt, solange der Ball an ihm klebte. Mighty Casey rannte hinter ihm her, er hoffte, daß der Ball unterwegs herunterfiel. Erreichte Bock das erste Mal und war immer noch im Besitz des Balles, würde er zum Werfer werden; dann mußte Mighty Casey die Rolle des Schlägers übernehmen.

Auf halbem Weg zum ersten Mal löste sich der Ball.

Bock raste wie ein Wapiti dahin; er warf sich nach vorn, und rutschte über das Gras zum Mal Eins. Der Schlagstock, den er in der ausgestreckten Hand hielt, traf den dort positionierten Spieler am Schienbein und riß ihn zu Boden.

Etwas traf Bocks Schulter. Er stöhnte auf vor Schmerz, als er spürte, wie sich die Spitze in sein Fleisch bohrte. Doch er richtete sich schnell auf, griff nach hinten, zog die Spitze heraus und ignorierte das warme, aus seiner Schulter rinnende Blut.

Laut den Regeln konnte er, wenn er den Aufprall des Balles überlebte und genug Kraft hatte, den Ball auf den Werfer oder auf den Mann in Mal Eins werfen.

Der Mann in Mal Eins hatte zwar wegzulaufen versucht, doch Bocks Schlagstock hatte ihn so unglücklich verletzt, daß er nicht einmal richtig gehen konnte. Er hatte den eigenen Schläger aus der Scheide auf seinem Rücken geholt und war bereit, um den Ball abzuwehren, falls Bock ihn warf.

Bock warf, und der Spieler, dessen Gesicht den Schmerz in seinem Bein deutlich widerspiegelte, bekam ihn mörderisch ab.

Ein dumpfer Aufschlag ertönte. Der Spieler schwankte vor und zurück, dann fiel er wie ein Sack um; die Spitze hatte sich in seinen Hals gegraben.

Bock hatte nun die Wahl: Er konnte sicher stehenbleiben oder den Versuch machen, zu Mal Zwei zu gelangen. Er entschloß sich zum Laufen, mußte jedoch erneut mit Blick nach vorn rennen. Der Mann in Mal Zwei stand im Gegensatz zu dem in Mal Eins seitlich zu ihm. Bocks Schwung war so groß, daß er an dem Mal vorbeirutschte. Er wirbelte auf er Stelle herum und jagte zurück, um das Mal zu erwischen.

Ein Klatschen ertönte, als der Ball im dick gepolsterten Handschuh des Mannes in Mal Zwei landete.

Bock war nun — theoretisch — auf dem zweiten Mal sicher. Aber er entspannte sich nicht, denn der neue Spieler sah ihn mit einem wütenden Blick an. Bock richtete sich auf und hob den Schlagstock, um dem Burschen auf den Kopf zu hauen, wenn er die Regeln vergaß und den Versuch machte, ihn mit dem Ball zu treffen.

Der Spieler von Mal Zwei sah den erhobenen Schläger und ließ den Ball zu Boden fallen. Von seinen Fingern tropfte Blut, denn er hatte sich in seiner Ungeduld, den Ball vom Handschuh zu lösen, an den Spitzen verletzt.

Das Maskottchen rief eine Pause aus. Man betete kurz für den toten Spieler und hüllte ihn in eine Decke.

Bock bat um mehr zu essen und Wasser, da der Hunger ihn jetzt immer mehr schwächte. Er hatte das Recht, dergleichen zu verlangen, da die andere Seite eine Spielunterbrechung gefordert hatte.

Er aß. Als er fertig war, rief das Maskottchen auch schon: »Spielt den Ball!«

Jetzt war Bock wieder am Schlag. Er stand in dem engen Quadrat, das als Mal Zwei markiert war. Mighty holte aus und warf. Bock schlug den Ball nach links, blieb aber innerhalb der Ziellinie. Dann rannte er los, doch diesmal war der Bursche, der den Toten ersetzt hatte, schon am Ball, als er ankam und den Boden berührte. Bock unterbrach den Lauf für den Bruchteil einer Sekunde, da er nicht wußte, ob er zu Mal Drei laufen oder zu Mal Zwei zurückkehren sollte.

Der Spieler in Mal Eins warf den Ball lässig auf Mighty zu, der inzwischen dicht an der Bahn zwischen Mal Zwei und Mal Drei und fast in Bocks Weg stand. Wenn er so weitermachte, war Bocks Rücken bald ungeschützt. Er wirbelte herum; seine nackten Füße rutschten auf dem Gras aus, und er stürzte zu Boden.

Eine schreckliche Sekunde lang glaubte Bock, nun sei es aus mit ihm. Mighty war sehr nahe an ihn herangekommen, er holte gerade aus, um sein am Boden liegendes Ziel zu treffen.

Doch Bock hielt den Schlagstock fest umklammert und riß ihn voller Verzweiflung hoch. Der Ball streifte ihn, riß ihm den Schlagstock aus der Hand und flog mehrere Schritte weiter.

Bock brüllte triumphierend auf. Er sprang auf die Beine, hob den Schlagstock hoch, stellte sich in Positur und schwenkte ihn warnend hin und her. Wenn ein Ball nicht traf, solange sich der Schläger zwischen den Malen befand, durfte er ihn nicht an sich nehmen und zu seinen Gegnern zurückschlagen. Er durfte auch die weißmarkierte Bahn nicht verlassen, um jemanden zu bedrohen, der ihn aufheben wollte. Doch wenn der Ball so nahe vor ihm auf dem Boden lag, durfte er jeden niederschlagen, der ihn aufzuheben versuchte.

Die Stimme des Maskottchens schrillte über den Platz. Das Mädchen fing an, bis zehn zu zählen. Bocks Gegenspieler hatten nun zehn Sekunden Zeit, um zu entscheiden, ob sie sich auf den Ball stürzen wollten oder ihm erlaubten, zum dritten Mal in Sicherheit zu gehen.

»Zehn!« rief das Maskottchen. Mighty wandte sich von dem ausholenden Schlagstock ab.

Mighty machte einen neuen Wurf. Bock holte aus und schlug daneben. Mighty lächelte und zielte auf Bocks Kopf. Bock holte aus und verpaßte auch diesen Ball. Aber der Ball verpaßte auch ihn.

Mighty grinste wölfisch. Wenn Bock dreimal danebenschlug, mußte er den Schlagstock hinlegen und unbeweglich stehenbleiben, während Mighty den Versuch unternahm, ihn genau zwischen die Augen zu treffen.

Gelang es Bock jedoch, auf die Zielbahn zu gelangen, konnte er die Rolle des Werfers spielen. Dann war er zwar immer noch im Nachteil, weil er keine Mitspieler hatte, die ihm halfen, aber andererseits machten sein hohes Tempo und seine Kraft ein Ein-Mann-Team aus ihm.

Die Zuschauer wurden leiser; einige der Caseys beteten. Dann warf Mighty den Ball.

Er flog genau auf Bocks Magen zu, und ließ ihm die Wahl, ihn herunterzuschlagen oder sich zur Seite zu beugen, ohne die Füße aus dem Quadrat zu nehmen. Wenn er das Quadrat verließ oder aus ihm herausfiel, durfte Mighty den Wurf wiederholen.

Bock entschied sich zum Ausweichen.

Der Ball schoß an seinem eingezogenen Leib vorbei. Er kam ihm so nahe, daß eine der wirbelnden Spitzen ihm einen Hautfetzen abriß. Blut lief über seinen Bauch.

»Erster Ball!«

Mighty zielte erneut auf Bocks Bauch. Bock hatte den Eindruck, der Ball schwelle gewaltig an. Er sah unheilschwanger aus — wie ein Planet, der auf ihn zuraste.

Er holte weit aus; der Schlagstock fegte in einem raschen Bogen nach unten und verlief parallel zum Boden. Seine Spitze krachte gegen den Ball, und Bock verspürte einen harten Schlag. Der Schlagstock zerbrach in zwei Teile; der Ball jagte zu Mighty zurück.

Damit hatte der Werfer nicht gerechnet. Er konnte einfach nicht glauben, daß der schwere Ball so weit fliegen konnte. Und dann, als Bock zum Ziel rannte, eilte Mighty nach vorn und fing den Ball mit seinem Handschuh auf.

Gleichzeitig lösten sich die anderen Spieler aus ihrer lähmenden Verwunderung und umringten Bock, um ihm den Todesstoß zu versetzen.

Zwei Spieler standen zwischen Bock und Ziel, jeder auf einer Seite der weißen Bahnlinie. Beide beteten darum, daß Mighty endlich den Ball warf, doch er nahm die Ehre für sich in Anspruch, Bock höchstpersönlich anzugreifen.

Bock schlug den Ball mit dem Ende des abgebrochenen Schlagstocks verzweifelt nach unten. Er hatte nur noch das Holzstück, der messingverkleidete Teil war weg. Der Ball flog nicht zurück, sondern traf den Boden zu seinen Füßen.

Ein Casey hechtete darauf zu.

Bock zerbeulte seine Kappe und den Schädel darunter.

Die anderen blieben stehen.

Das Maskottchen hob beide Hände vor das maskierte Gesicht und schützte sich so vor dem Anblick des Toten. Doch kurz darauf ließ es sie wieder sinken und sah Mighty betrübt an. Mighty zögerte einen Augenblick lang. Er sah aus, als wolle er — Scheiß auf alle Regeln — den Befehl geben, Bock totzuschlagen.

Dann holte er tief Luft und sagte: »Okay, Katie — fang an zu zählen! — Wir sind Hiradah. Wir betrügen nicht.«

»Eins!« rief das Maskottchen bebend.

Die anderen Spieler sahen Mighty an. Mighty sagte grinsend: »Okay, stellt euch hinter mir auf. Ich mache den ersten Versuch. Ich würde von keinem von euch etwas verlangen, was meine Pflicht ist, Jungs.«

Einer der Männer sagte: »Wir könnten ihn auch ziehen lassen.«

»Was?« rief Mighty aus. »Damit jeder röcketragende und Götzen anbetende Pantoffelheld in Dici uns auslacht? *Nein!* Wenn wir schon sterben müssen — und irgendwann müssen wir's ja sowieso —, wollen wir wenigstens wie Männer sterben!«

»Fünf!« rief das Maskottchen. Das Mädchen hörte sich an, als würde ihm das Herz brechen.

»Wir haben keine Chance!« stöhnte einer der Caseys.

»Er ist doppelt so schnell wie wir! Wir gehen wie die Lämmer zur Schlachtbank!«

»Ich bin jedenfalls kein Lamm!« brüllte Mighty. »Ich bin
ein Casey! Ich habe keine Angst vor dem Sterben! Ich
werde in den Himmel kommen — doch dieser Bursche
wird in der Hölle braten!«

»Sieben!«

»Kommt doch her!« krakeelte Bock und schwang die
Hälfte seines zerbrochenen Schlägers. »Los, kommt her,
und versucht euer Glück!«

»Acht!«

Mighty macht sich sprungbereit; seine Lippen sprachen
ein stummes Gebet.

»Neun!«

»AUFHÖREN!«

16. Kapitel

Mary Casey kam aus dem Wald gerannt und streckte protestierend die Arme aus. Sie warf sich an Mightys Hals und
küßte ihn ab. Dabei heulte sie pausenlos.

»Ach, Vetter! Ich habe schon gedacht, ich würde dich
nie wiedersehen!«

»Mutter sei dank, du bist in Sicherheit«, sagte Mighty.
»Dann stimmt es also, was der Gehörnte gesagt hat, was?«
Er schob Mary auf Armeslänge von sich und musterte sie
eingehend. »Oder hat er dir etwas getan?«

»Nein, nein! Er hat mich nicht angerührt. Er hat sich die
ganze Zeit wie ein wahrer Hiradah verhalten«, sagte sie.
»Und er betet auch Columbia nicht an. Er schwört bei Gott
und seinem Sohn. Ich habe es mehrmals gehört! Du weißt
doch, jemand aus Dici würde das niemals tun.«

»Wenn ich es doch nur gewußt hätte«, sagte Mighty.
»Dann hätten wir jetzt nicht zwei Tote zu beklagen.«

Er drehte sich zu Bock um. »Wenn es stimmt, was sie
sagt, mein Freund, haben wir keinen Grund mehr, das
Spiel fortzusetzen. Wenn du natürlich darauf bestehst ...«

Bock warf den Rest seines Schlagstockes zu Boden und sagte: »Mein ursprüngliches Ziel war, nach Caseyland zu gehen, und dort für den Rest meines Lebens zu bleiben.«

»Wir haben keine Zeit für Diskussionen!« wandte Mary ein. »Wir müssen schnell von hier verschwinden! Ich bin auf einen Baum geklettert, um bessere Aussicht zu haben, und dabei habe ich eine Meute Höllenhunde und einen berittenen Trupp von Männern und Frauen gesehen, die ihnen folgen! — Und die Todesschweine!«

Die Caseys erbleichten.

»Die Todesschweine!« sagte Mighty. »Dann ist Alba unterwegs! Aber was macht sie hier?«

Mary deutete auf Bock. »Sie muß wissen, daß er in dieser Gegend ist; wahrscheinlich haben sie seine Witterung aufgenommen. Sie waren ziemlich schnell, es sieht nicht so aus, als wären sie bloß auf der Suche.«

»Dann stecken wir in einer teuflischen Klemme«, sagte Mighty. »Uns wird man vielleicht nichts tun, wir haben einen Passierschein. Aber bei Alba weiß man nie. Sie hat sich noch nie um die Einhaltung von Verträgen geschert.«

»Ja«, sagte Mary. »Aber selbst wenn man euch nichts tut ... Was ist mit Peter — und mit mir? Mich schließt der Passierschein doch nicht ein.«

»Ich könnte euch zwei unserer Hirsche geben. Ihr könnt zum Housatonic River reiten. Wenn ihr erst mal über den Fluß seid, seid ihr sicher. Es gibt dort eine Furt. — Aber Alba könnte euch vielleicht einholen.«

Mighty verzog in angestrengtem Nachdenken das Gesicht. Dann sagte er: »Es gibt nur *eine* ehrenwerte Lösung. Wir können nicht zulassen, daß zwei Gottgläubige in Albas schmutzige Hände fallen. Besonders dann nicht, wenn eine davon meine Cousine ist! — Also, hört zu, Männer!« rief er laut. »Was meint ihr? Sollen wir den Passierschein vergessen und für die beiden kämpfen? Oder sollen wir uns wie ein paar Hühner, die sich vor dem Habicht fürchten, im Wald verstecken?«

»Wir leben und sterben wie Caseys!« brüllte die Mannschaft.

»Okay, wir kämpfen«, sagte Mighty. »Aber zuerst geben wir mal Fersengeld. Bevor sie Blut sehen, sollen sie erst mal was leisten.«

In diesem Augenblick hörten sie das Bellen der Jagdhunde.

»Aufgesessen! Ab geht's!«

Mary und Bock lösten die Lasten der Hirsche, die man ihnen gegeben hatte, schwangen sich auf die ungesattelten Tiere und packten die Zügel.

»Ihr Frauen reitet als erste los«, sagte Bock. »Wir kommen hinterher.«

Mary sah Mighty ängstlich an und sagte: »Wenn er zurückbleibt, bleibe ich auch.«

»Keine Zeit für Diskussionen«, sagte Mighty. »Wir reiten zusammen.«

Sie galoppierten über einen schlechten und gewundenen Weg. Als die Hunde die Witterung vieler Menschen und Hirsche aufnahmen, nahm das Gebell hinter ihnen zu. Die Flüchtlinge hatten kaum die Wiese verlassen, als der erste Jagdhund auch schon aus dem Wald hervorbrach. Bock, der einen Blick zurück warf, sah einen großen Hund, der wie eine Mischung aus Windhund und Wolf aussah. Sein Körper war schneeweiß, seine wolfsartigen Ohren kastanienbraun. Hinter ihm kam eine etwa zwanzigköpfige Meute ähnlich aussehender Tiere.

Dann war Bock zu sehr damit beschäftigt, den Hirsch über den schlechten Weg zu lenken, um noch einmal das Risiko einzugehen, sich umzuschauen. Er brauchte das ängstliche Tier nicht einmal anzutreiben, damit es mit Höchstgeschwindigkeit rannte.

Die schnellen Hufe legten rasch einen halben Kilometer zurück; erst dann riskierte Bock noch einen Blick. Jetzt sah er etwa zwanzig Hirsche und Reiter. An der Spitze ritt ein altes Weib auf einem weißen Hirschbock mit scharlachrotem Geweih. Sie trug nur einen großen, konisch zulaufenden Hut, und um ihren Hals ringelte sich eine Schlange. Das lange, weiße Haar wehte hinter ihr her, und bei jeder Bewegung, die ihr Reittier machte, wippten ihre flachen Hängebrüste.

Sie allein war schon genug, um einem Menschen Angst zu machen. Neben den Reitern rannte ein Schweinerudel her, das keine Mühe hatte, mit den Hirschen Schritt zu halten. Bei den Schweinen handelte es sich bei ihnen um große, langbeinige, scharf riechende Viecher, die offenbar zum Laufen gezüchtet waren. Sie waren schwarz und hatten lange Hauer, die rot angemalt waren. Das Kreischen, das sie während des Laufens ausstießen, klang entsetzlich.

Bock hatte sich gerade umgedreht, als er ein Krachen vernahm. Dann stieß einer der Hirsche vor ihm einen Schmerzensschrei aus.

Er schaute nach vorn. Zwei Hirsche lagen auf dem Boden; die Reiterinnen daneben. Das Schlimmste war passiert: Der Hirsch des Maskottchens war in ein Erdloch getreten und gestürzt.

Mary, die gleich hinter ihr gewesen war, hatte es nicht geschafft, rechtzeitig auszuweichen.

Bock zügelte sein Reittier und sprang ab.

»Seid ihr in Ordnung?« rief er.

»Etwas durcheinander«, sagte Mary. »Aber ich glaube, Katies Hirsch hat sich ein Bein gebrochen. Und meiner ist im Wald verschwunden.«

»Nimm meinen«, sagte Bock. »Einer der anderen soll Katie mitnehmen.«

Mighty erhob sich von Katies Seite und sagte: »Sie kann die Beine nicht bewegen. Ich glaube, sie hat sich das Rückgrat gebrochen.«

Katie schien zu ahnen, was er gesagt hatte. »Bringt mich um!« schrie sie. »Ich kann die Sünde nicht begehen, es selbst zu tun! Aber wenn ihr mich umbringt ... Ich bin sicher, es wird euch vergeben! Auch Mutter würde nicht wollen, daß ich in Albas Hände falle!«

»Niemand wird dich umbringen, Katie«, sagte Mighty.

»Jedenfalls nicht solange, wie noch einer von uns lebt, der dich beschützen kann.«

Er brüllte ein paar Befehle; die restlichen Caseys saßen ab.

»Bildet zwei Linien. Die Hunde werden als erste hier sein; macht sie mit den Säbeln nieder. Dann nehmt die Lanzen — denn als nächstes haben wir entweder die Schweine oder die Berittenen auf dem Hals!«

Mightys Männer hatten gerade noch genug Zeit, um vor den beiden Frauen in Stellung zu gehen, dann waren die Höllenhunde auch schon bei ihnen. Es waren keine Schoßhündchen, sondern bösartige Viecher, die man zum Töten dressiert hatte. Knurrend sprangen sie in die Luft und schnappten nach den Kehlen der Männer.

Einen Moment lang herrschte Verwirrung, denn die Hunde rissen manchen Mann von den Beinen. Doch zwei Minuten später war die Schlacht trotz des Knurrens, Schreien, Jaulens und Kreischens vorbei. Vier schwer verletzte Hunde krochen sterbend in den Wald. Der Rest war tot; man hatte sie entweder enthauptet oder ihnen die Beine abgehackt.

Einer der Caseys lag auf dem Rücken. Seine Augen starrten zum Himmel, seine Kehle war zerfetzt. Fünf der Männer hatten schlimme Bißwunden davongetragen, aber sie schwangen noch immer die Klingen.

»Da kommen die anderen!« schrie Mighty. »Geht in Stellung und haltet die Lanzen bereit!«

Die Dici hatten ihre Hirsche gezügelt. Die weißhaarige Hexe ritt ein Stück vor ihnen her und schrie mit heller, dünner Stimme: »Männer aus Caseyland! Wir haben es nicht auf *euch* abgesehen! Gebt uns unseren Gehörnten König, dann könnt ihr alle — auch das Mädchen, das unsere Gefangene war — sicher in euer Land zurückkehren! Tut ihr es nicht, hetze ich meine Todesschweine auf euch! Dann werdet ihr alle sterben!«

»Fick dich selber!« brüllte Mighty. »Ich wüßte sowieso keinen, der es tun würde, du schrumpelige, verdammte alte Zicke!«

Alba kreischte vor Wut auf. Dann wandte sie sich den Priestern und Priesterinnen zu und gab ein Handzeichen.

Ihre Begleiter lösten die Leinen der Riesenschweine.

»Spießt die Schweinebande auf!« schrie Mighty. »Ihr habt diese Viecher schon gejagt, als ihr gerade einen Speer halten konntet! Laßt euch nicht in Panik versetzen!«

Zu Bock sagte er: »Nimm deinen Säbel. Du bist schneller und stärker als wir — wahrscheinlich sogar schnell genug, um einen Eber mit einem Säbel fertigzumachen ... Okay, Männer, haltet euch bereit! — Da kommen sie!«

Mighty rammte seinen Speer in den Hals eines gewaltigen Ebers. Der Eber strauchelte und fiel zu Boden. Eine gewaltige Sau, die direkt hinter ihm war, stürzte sich auf Mighty. Bock sprang über den Kadaver des Ebers und ließ seinen Säbel mit solcher Macht herabsausen, daß er die Wirbelsäule der Sau direkt hinter dem Hals durchtrennte.

Dann wiederholte er das Kunststück an einer anderen, die gerade einen Mann umgeworfen hatte und mit den Hauern seine Beine aufriß.

Bock hörte Mary aufschreien und sah, daß sie das Ende eines Speers festhielt, dessen Spitze tief in der Seite eines Ebers steckte. Der Eber war jedoch nicht schwer verletzt; er war ziemlich wütend, und versuchte, Mary zu erwischen. Mary hielt sich an der Lanze fest und lief im Kreis um den wirbelnden Eber herum.

Bock tat einen Aufschrei und machte einen Satz durch die Luft. Er landete mit den Füßen auf dem Rücken des Ebers, dessen Beine unter dem Aufprall nachgaben. Bock rutschte zu Boden. Der Eber kam mit überraschender Schnelligkeit wieder hoch und schwenkte auf ihn zu. Bocks Klinge zuckte vor; er fuhr in den Schlund der Bestie und stach tief in ihren Hals.

Bock stand auf, versicherte sich mit einem raschen Seitenblick, daß Mary zwar ängstlich, aber nicht verletzt war, und erkannte, daß ein Schwein bis zu Katie vorgedrungen war. Der Caseyländler, der sie beschützt hatte, lag ebenfalls auf dem Boden. Er schrie, seine Beine waren aufgerissen, die Rippen stachen aus seinem Brustkorb hervor.

Bock kam zu spät, er konnte Katie nicht mehr helfen. Als er der Sau einen Hinterlauf abgeschlagen und dann ihre Halsschlagader getroffen hatte, war sie schon tot.

Er warf einen kurzen Blick auf die Lage.

Die Lage war schlecht. Die sechzehn Caseys, die der Angriff der Hunde übriggelassen hatte, waren von den Schweinen auf zehn reduziert worden. Und von ihnen waren nur noch fünf auf den Beinen.

Bock half ihnen dabei, drei weitere Schweine zu erledigen. Der Rest der ursprünglich zwanzig Schweine — es waren vier —, floh verletzt in die Büsche.

»Jetzt wird Alba angreifen«, keuchte Mighty, »und dann ist es aus mit uns. — Aber eins will ich dir sagen, Bock, dieser Kampf wird in die Annalen von Caseyland eingehen!«

»Sie werden Mary nicht kriegen!« schrie Bock mit lauter Stimme. Sein Blick war wild, sein Gesicht zeigte kaum noch einen menschlichen Ausdruck. Er war besessen — doch nun wollte er Blut sehen, keine Frauen.

Er wandte sich Albas Trupp zu. Die Reiter rückten in Fünferreihen vor, und ihre langen Speere funkelten im Sonnenschein.

»Alba!« brüllte Bock und rannte auf sie zu.

Zuerst sah sie ihn gar nicht, doch als ihre Begleiter sie warnten, riß sie den weißen Hirsch herum, um sich ihm zu stellen.

»Ich bring dich um, du verfluchte alte Hexe!« schrie Bock. Er holte mit dem Säbel aus und schwang ihn in mächtigen Kreisen über dem Kopf. »Ich bringe euch alle um!«

Und dann geschah etwas Seltsames.

Die Priester und Priesterinnen waren seit ihrer Kindheit dazu erzogen worden, in einem Sonnenhelden einen Halbgott zu sehen. Nun befanden sie sich in einer anomalen und verwirrenden Lage. Sie wurden angeführt von der als unbesiegbar geltenden Todesgöttin, doch man verlangte von ihnen, gegen einen Mann zu kämpfen, über den die Religion aussagte, er sei ebenfalls unbesiegbar. Jeder Mythos über den Sonnenhelden betonte seinen unausweichlichen Triumph über seine Feinde. Und ein Mythos sprach sogar davon, daß er sogar den Tod besiegen konnte.

Des weiteren hatten sie gesehen, wie er die Höllenhunde und die Schweine getötet hatte — Tiere, die Alba heilig waren. Und sie hatten seine übermenschliche Schnelligkeit und seinen schrecklichen Umgang mit der Klinge gesehen. Und jetzt, als die Inkarnation der Todesgöttin sie aufforderte, die Speere zu erheben und gegen den Gehörnten König anzutreten, zögerten sie.

Ihre Pause dauerte nur ein paar Sekunden, doch diese Zeit reichte Bock, um sich auf Alba zu stürzen.

Er schlug auf ihren Speer ein und durchschnitt das Schaftholz, so daß die Stahlspitze zu Boden fiel. Im gleichen Augenblick stellte sich der Hirsch, auf dem Alba saß, auf die Hinterläufe.

Sie fiel herunter.

Alba landete wie eine Katze auf den Beinen. Einen Moment lang hatte sie die Chance, zwischen ihren Begleitern zu verschwinden, da sich der Hirsch zwischen ihr und Bock befand.

Bock schlug auf ihn ein. Der Hirsch floh.

Eine Sekunde lang starrte Bock in Albas blaßblaue Augen. Er sah eine große, steinalte Frau mit krummem Rücken. Sie sah aus, als wäre sie zweihundert Jahre alt, so runzlig und faltig war ihr Gesicht. Langes, weißes Haar sproß aus ihrem Kinn und bildete milchweißen Flaum auf ihrer Oberlippe. Ihre Augen wirkten, als hätten sie Generationen von Menschen kommen und gehen sehen, und die Härte ihres Blickes besagte, daß es auch so weitergehen würde. Sie war der Tod in eigener Person!

Bock verspürte eine Kälte, als stünde er dem unausweichlichen Zerstörer gegenüber.

Die Klapperschlange, die sich zischen und zuckend um Albas Hals wand, verbreitete eine zusätzliche Note von Schicksalhaftigkeit.

Dann schüttelte er sich, und ihm fiel ein, daß sie trotz alledem menschlich war. Und er griff an.

Er erreichte sie nie.

Albas Gesicht verzerrte sich plötzlich vor Schmerz. Sie griff sich an die Brust und fiel, von einem Herzschlag getroffen, auf der Stelle tot um.

Unter ihren Jüngern brach eine Panik aus, die Bock sofort zu seinem Vorteil nutzte. Er stürzte sich mitten in den Trupp hinein und teilte nach rechts und links Hiebe aus. Er schlug um sich wie ein Berserker und ignorierte jede Verletzung, die ihm seine Gegner mit Lanzenspitzen oder Säbeln zufügten.

Seine Klinge traf Menschen und Hirsche gleichermaßen. Die Tiere bockten und warfen ihre Reiter zu Boden, und Bock tötete sie, bevor sie auch nur auf die Beine kamen.

Eine Weile lang sah es so aus, als wolle er den ganzen Trupp niedermachen. Bock hatte wenigstens sechs Reiter getötet und vier weitere verletzt oder zu Boden gerissen. Dann drängte eine Reiterin, die sich nicht in Panik hatte versetzen lassen, ihren Hirsch nach vorn. Bock schaute gerade noch rechtzeitig auf, um zu erkennen, daß sie ihn angriff.

Er sah das liebreizende Gesicht Virginias, der ehemaligen jungfräulichen Hohepriesterin von Washington, das Gesicht der Frau mit dem honigblonden Haar und der Nase, die so fein war, wie die eines Falken. Ihre Lippen waren rot wie Blut, und ihre Brüste waren nach oben gerichtet. Ihr Busen war jetzt bedeckt, denn er hatte sie schwanger gemacht. Sie hatte zwar nur noch vier Monate bis zur Geburt seines Kindes, aber sie ritt dennoch auf einem Hirschen.

Bock hob seine Klinge, um sie zu treffen.

Dann erkannte er sie — und als er sah, daß sie schwanger war, erstarrte er.

Das reichte ihr. Virginias hübsches Gesicht war kalt und ausdruckslos, als sie mit ihrer Waffe ausholte. Es war ein scharfer, leichter Säbel. Die Klinge pfiff durch die Luft und durchtrennte sein Geweih.

Und das war für Peter Bock das Ende.

17. Kapitel

Der Plan erforderte Monate sorgfältiger Vorbereitungen.

Zuerst infiltrierte man Washington mit als Dici verschiedener Klassen getarnten Spionen. Sie gingen jeder Informationsquelle nach, die ihnen eventuell etwas über die Ausrüstungsgegenstände geben konnte, die sich noch an Bord der *Terra* befanden. Außerdem setzten sie alle möglichen Mittel ein, um herauszufinden, was aus dem Sonnenhelden geworden war. Während ihrer Schnüffeleien entdeckten sie, daß Dr. Calthorp sich wieder in der Stadt aufhielt.

Ein paar Tage später fuhr Calthorp mit einem Boot den Potomac hinunter und bog hinter Chesapeake Bay in den Ozean ein. Dort nahm ihn ein karelianisches Schiff auf und brachte ihn zum Hafen von Aino.

Calthorp gesellte sich frohen Herzens wieder zu Churchill und den anderen, auch wenn ihn die Nachricht des Todes von Sarvant und Gbwe-hun sowie die Zweifel über den Verbleib Bocks ziemlich betrübten.

Churchill erklärte ihm das Geschäft, das er mit den Karelianern gemacht hatte, und Calthorp meinte kichernd, es werde vielleicht sogar funktionieren. Wenn nicht, hatten sie es zumindest versucht. Er selbst war die profitabelste Informationsquelle, was die Zustände an Bord der *Terra* betraf. Er wußte genau, daß sie im Schiff alles finden würden, was sie brauchten, um die Erde zu verlassen.

Schließlich waren sie fertig.

Sie verließen Aino mit Kapitän Kirsti Ainundila. Jedes einzelne Besatzungsmitglied der *Terra* wurde von drei Karelianern mit Messern bewacht. Man hatte den Männern klargemacht, daß man sie bei der ersten verdächtigen Bewegung der Sternenfahrer einsetzen würde.

Sie segelten mit einer schnellen Brigg, die einer großen Flotte vorausfuhr. Die Flotte war mit Karelianern bemannt und bestand aus Schiffen, die aus den südlich von Dici gelegenen Kolonien und jenen kamen, die man einst Nova Scotia und Labrador genannt hatte.

Die Brigg segelte dreist in die Chesapeake Bay und ließ die kleine Invasorengruppe in einem Segelboot an der Potomac-Mündung von Bord. Als Fischerboot aus Dici getarnt, legte es in der Nacht an einem Kai bei Washington an.

Um Mitternacht stürmte der Trupp das Gebäude, in dem die Waffen von der *Terra* aufbewahrt wurden.

Die wenigen Wächter gingen lautlos mit durchgeschnittener Kehle zu Boden. Man brach ins Magazin ein, und die Sternenfahrer bewaffneten sich mit Schnellfeuergewehren und gaben den Rest an die Karelianer weiter. Zwar hatten sie Waffen dieser Art noch nie zuvor gesehen, doch Churchill hatte sie in Aino mit selbstgebauten Attrappen üben lassen.

Churchill stattete seine Leute auch mit handlichen Raketen aus.

Ohne daß man sie behinderte, marschierten sie in das große Baseballstadion, das jetzt der heilige Schrein des Sonnenhelden war. Im Innern des Stadions ragte immer noch die spitze Nadel der *Terra* zu den Sternen auf, von denen sie gekommen war.

Wächter stürzten sich auf sie. Ein Kampf entbrannte, der eher ein Gemetzel war. Die automatischen Gewehre fällten dreißig Bogenschützen, und vierzig wurden schwer verwundet. Die Invasoren, denen nicht das geringste geschehen war, sprengten das Stadiontor.

Das Sternenschiff war so konstruiert, daß es von einem einzelnen Mann bedient werden konnte. Churchill nahm im Sitz des Piloten Platz; Kirsti und zwei Karelianer standen mit Messern in der Hand neben ihm.

»Gleich werdet ihr sehen, was dieses Schiff alles kann«, sagte Churchill. »Es kann Washington vernichten; es braucht sich nur auf die Gebäude zu stürzen. Eure Flotte wird keine Schwierigkeiten haben, die Stadt in den Sack zu stecken. Und dann können wir nach Camden, Baltimore und New York fliegen, und dort das gleiche tun. Hätten die Dici uns nicht hereingelegt, hätten sie uns auch nie festgesetzt. Aber nachdem sie Bock zum König gekrönt haben, haben wir uns von ihrem Geschwätz einlullen lassen und sind von Bord gegangen.«

Er überprüfte die Kontrollen, checkte die Indikatoren und stellte fest, daß noch alles funktionierte. Dann schloß er die Hauptschleuse und warf einen Blick auf die Armaturenuhr.

»Jetzt geht's los!« sagte er laut.

Dies war das Codewort; die Sternenfahrer hielten die Luft an.

Churchill drückte einen Knopf. Sechzig Sekunden später kippten die Karelianer um. Churchill drückte einen anderen Knopf; die Frischluft preßte das Gas hinaus.

Es war ein Trick, den sie schon einmal angewendet hatten, um den Avianthropen des Planeten Vixa zu entkommen. Damals waren sie in einer ähnlichen Situation gewesen.

»Frieren wir sie ein?« fragte Steinborg.

»Aber nur für den Augenblick«, erwiderte Churchill. »Später setzen wir sie wieder ab. Wenn wir sie nach Wega II mitnähmen, würden sie uns vielleicht umbringen.«

Er griff zum Steuer, zog einen Hebel zurück, und die *Terra* hob ab. Die Antigravitatoren hoben den fünfzigtausend Tonnen schweren Koloß problemlos in die Höhe.

»Bei diesem atmosphärischen Widerstand brauchen wir nur eine Viertelstunde, um nach Aino zu kommen. Dort nehmen wir meine und eure Frauen an Bord, und dann geht's ab nach Poughkeepsie!«

Die Frauen, auf die er sich bezog, waren die Karelianerinnen, die Jastschemsky und Al-Masunyi während ihres Aufenthalts in Aino geheiratet hatten.

»Sie werden kaum darauf vorbereitet sein. Was werden sie wohl tun, wenn sie an Bord sind?«

»Wir verpassen ihnen eine Prise Schlafgas und frieren sie ein«, sagte Churchill. »Es ist zwar ein schmutziger Trick, aber wir haben keine Zeit, mit ihnen darüber zu diskutieren.«

»Ich habe ein ziemlich mulmiges Gefühl, wenn ich daran denke, was sie wohl sagen, wenn wir sie im Wega-System wieder auftauen.«

»Aber sie können nicht viel dagegen tun«, sagte Churchill. Doch auch er machte ein finsteres Gesicht, als er an Robins spitze Zunge dachte.

Es gab jedoch wider Erwarten keine Schwierigkeiten. Robin und die beiden anderen Frauen kamen an Bord, und das Sternenschiff startete wieder. Die Karelianer, die sich am Boden aufhielten, entdeckten zu spät, daß man sie mißbraucht hatte. Sie riefen harmlose Schmähungen hinter ihnen her, die niemand hörte. Erneut wurde das Gas eingesetzt. Die Frauen wurden in die Tanks gelegt.

Auf dem Weg nach Poughkeepsie sagte Churchill zu Calthorp: »Laut Aussagen der Spione ist Bock vor ein paar Tagen in einem kleinen Dorf am Ostufer des Hudson gesehen worden. Das bedeutet, daß er den Panselfern entkommen ist. Wo er jetzt ist, weiß ich allerdings nicht.«

»Wahrscheinlich wird er versuchen, Caseyland zu erreichen«, sagte Calthorp. »Aber dort kommt er nur vom Regen in die Traufe. Ich verstehe nicht, wo er die Willenskraft hernimmt, nicht zur Großen Runde zurückzukehren. Der Mann wird von einer Macht gesteuert, die ihm nicht gestattet, nein zu sagen.«

»Wir landen außerhalb von Poughkeepsie«, sagte Churchill. »Bei Vassar. Dort gibt es ein großes Waisenhaus, das von Priesterinnen betrieben wird. Die Waisen bleiben dort, bis man Familien findet, die sie adoptieren. Wir nehmen die Kinder an Bord und frieren sie ein. Und wir entführen eine Priesterin und unterziehen sie einer hypnotischen Behandlung, damit wir herauskriegen, was sie über Bocks Verbleib weiß.«

Noch in der gleichen Nacht schwebten sie über dem Waisenhaus. Leichter Wind kam auf. Das Sternenschiff ließ sich ein Stück treiben und stieß das Anästhetikum aus.

Es dauerte eine Stunde, um die sechzig schlafenden Kinder in Tiefschlaf zu versetzen. Dann belebten sie die Leiterin des Waisenhauses, eine etwa fünfzig Jahre alte Priesterin.

Sie machten sich gar nicht erst die Mühe, die Frau zu bewegen, eine Aussage freiwillig zu machen, sondern verpaßten ihr eine Droge. Ein paar Minuten später wußten sie, daß Alba und ihr Suchkommando Poughkeepsie vor einem Tag verlassen hatten, um sich an Bocks Fersen zu heften.

Man brachte die Priesterin ins Haus zurück und legte sie ins Bett.

»Morgen früh«, sagte Churchill, »kreuzen wir über dem Gebiet, in dem er sich aufhalten müßte. Wir könnten zwar auch Schwarzlicht einsetzen, aber die Chance, jemanden aufzuspüren, der sich wahrscheinlich zwischen den Bäumen versteckt, ist gering.«

Kurz nach Morgengrauen erhob sich das Sternenschiff aus dem kleinen Tal, das es während der Nacht verborgen hatte. Es jagte in einer Höhe von dreißig Metern über dem Boden dahin und hielt nach Osten zu. Als es den Housatonic River erreichte, wandte Churchill es nach Westen. Er ging davon aus, daß Bock den Fluß noch nicht erreicht hatte und sich irgendwo im Ödland aufhielt.

Auf dem Rückweg wurden sie mehr als zehnmal aufgehalten, da sie in den Wäldern Menschen sahen und heruntergingen, um nachzusehen, wer sie waren. Einmal verschwanden ein Mann und ein Frau in einer Grotte, und die Sternenfahrer eilten hinter ihnen her, um sie zu verhören. Sie hatten große Schwierigkeiten, wieder aus dem Labyrinth der alten Mine herauszufinden. Nachdem man die Leute befragt hatte, stellte sich heraus, daß sie nichts über

Bocks Aufenthaltsort wußten. Wieder hatten sie mehrere Stunden vergeudet.

Als sie wieder an den Hudson kamen, bewegte sich das Sternenschiff ein paar Kilometer nach Norden und setzte die Jagd dann in östlicher Richtung fort.

»Wenn Bock die *Terra* sieht, wird er schon aus seinem Versteck kommen,« sagte Calthorp.

»Wir gehen ein paar Meter höher und drehen den Verstärker voll auf«, sagte Churchill. »Wir müssen ihn einfach finden!«

Als sie noch etwa fünf Kilometer vom Housatonic River entfernt waren, sahen sie eine Gruppe von Hirschreitern, die einen Weg entlangjagten. Das Sternenschiff sank tiefer; als man eine zu Fuß gehende Gestalt erblickte, die einen Hirsch am Zügel führte, entschloß man sich, sie zu befragen.

Die Gestalt war Virginia, die ehemalige jungfräuliche Hohepriesterin Washingtons. Da sie schwanger war, hatte sie letztlich dem Reiten entsagt und ging zu Fuß. Sie unternahm zwar einen Versuch, in den Wäldern unterzutauchen, doch das Schiff schickte eine Gaswolke hinter ihr her, und sie brach zusammen. Als man sie kurz darauf mit einem Gegenmittel wieder ins Leben zurückholte, erwies sie sich als redewillig.

»Ja, ich weiß, wo der sogenannte Sonnenheld ist«, sagte sie boshaft. »Er liegt auf einem Pfad, etwa zweieinhalb Kilometer von hier. Aber ihr braucht euch nicht zu beeilen. Er läuft euch nicht davon. — Er ist tot.«

»Tot!« keuchte Churchill. Und er dachte: *Und wir waren ihm so nahe! Wären wir eine halbe Stunde früher gekommen, hätten wir ihn retten können!*

»Ja, tot!« fauchte Virginia. »Ich habe ihn getötet! Ich habe sein Geweih abgeschlagen, und er ist verblutet. Und ich freue mich darüber! Er war kein echter Sonnenheld. Er war ein Verräter und Lästerer, und er hat Alba umgebracht!«

Sie sah Churchill bittend an und sagte: »Gebt mir ein

Messer, damit ich mich umbringen kann. Ich war eine stolze Frau, weil ich das Kind des Gehörnten Königs tragen sollte. Aber ich will nicht das Balg eines falschen Gottes! Und ich will auch nicht die Schande, es zu tragen.«

»Soll das heißen, daß Sie sich und das ungeborene Kind töten, wenn wir Sie gehen lassen?«

»Das schwöre ich beim heiligen Namen Columbias!«

Churchill nickte Calthorp zu. Calthorp preßte eine Injektionspistole gegen Virginias Arm und drückte auf den Knopf, der ein Betäubungsmittel in ihren Körper jagte. Sie sank in sich zusammen, und die beiden Männer schleppten sie in den Tiefkühltank.

»Wir können ihr doch nicht erlauben, Bocks Kind umzubringen«, sagte Calthorp. »Wenn er auch tot ist — sein Sohn wird leben.«

»Ich würde mir an deiner Stelle keine Sorgen um seine Nachkommen machen«, sagte Churchill. Mehr sagte er zwar nicht dazu, aber er dachte an Robin, die ebenfalls eingefroren in dem Tank lag. In etwa fünfzig Jahren würde auch sie einen Sohn Bocks zur Welt bringen.

Nun ja, es gab nun mal nichts, was er tun konnte, um die Situation zu ändern, also hörte er auf, darüber nachzudenken. Im Moment war Bock wichtiger.

Churchill startete das Schiff und jagte auf geradem Weg nach Osten. Unter ihnen breitete sich der Weg aus; es ware eine dünne, braune Linie, von Grün umsäumt. Er verlief um einen kleinen Berg, eine Erhebung und dann um einen weiteren Hügel. Dann stießen sie auf das Schlachtfeld.

Kadaver von Hunden, Hirschen und Schweinen. Und ein paar menschliche Gestalten. Wo waren die vielen Toten, von denen sie gehört hatten?

Das Schiff landete mitten auf dem Weg und entwurzelte auf beiden Seiten Bäume. Die Männer traten mit Schießeisen bewaffnet aus der Hauptschleuse und überschauten das Gelände. Steinborg blieb im Pilotensessel zurück.

»Ich glaube«, sagte Churchill, »daß die Caseys ihre Toten im Wald begraben haben. Wahrscheinlich sind sie längst unter der Erde. Seht ihr? Die Toten da drüben tragen ausnahmslos Dici-Kleidung.«

»Vielleicht wird Bock auch gerade beerdigt«, sagte Calthorp.

»Hoffentlich nicht«, erwiderte Churchill. Er trauerte zwar, weil sein Kapitän, der sie sicher durch so viele Gefahren geführt hatte, nicht mehr lebte, aber er hatte auch einen Grund, seine Trauer nicht allzu offen zu zeigen. Angenommen, Bock lebte noch — zu welchen Komplikationen würde es kommen, wenn sie das Wega-System erreichten? Bock konnte eigentlich kaum mehr als mildes Interesse für Robins Kind zeigen. Jedesmal, wenn Churchill den Jungen an sein Herz drückte oder strafte, mischte er sich vielleicht ein. Und er, Churchill, würde sich bis in alle Ewigkeit fragen, ob Robin in Bock immer noch den Übermenschen sah.

Was war, wenn Robin ihre Religion am Leben erhielt?

Die Männer trennten sich und hielten nach Menschen Ausschau, die wie ein Trauerzug aussahen. Dann ertönte plötzlich ein Pfiff. Die Caseys konnten ihn nicht hören, denn er war zu hoch. Die Sternenfahrer trugen ein Instrument im Ohr, das die Frequenz niedriger und somit hörbar machte, ohne die normalen Geräusche zu unterdrücken.

Die Männer versammelten sich rasch und lautlos hinter Al-Masunyi, der den Ton auf seiner Flöte erzeugt hatte. Dort, auf einer von Bäumen umgebenen Lichtung, sahen sie das Schlimmste: ein Mädchen und vier Männer, die gerade ein Stück hügeligen Bodens glätteten, das wie ein Grab aussah.

Churchill trat zwischen den Bäumen hervor und sagte: »Habt keine Angst. Wir sind Bocks Freunde.«

Die Caseys erschraken zwar, doch als sie hörten, wie Churchill seine Versicherung wiederholte, entspannten sie sich ein wenig. Sie hielten die Hände jedoch auf den Waffen.

Churchill ging ein paar Schritte auf sie zu, blieb stehen und erklärte, wer er war und was er hier tat.

Die Augen des Mädchens waren vom Weinen rot, und ihr Gesicht tränenüberströmt. Als sie hörte, daß Churchill nach Bock fragte, brach sie erneut in Tränen aus.

»Er ist tot!« schluchzte sie. »Wären Sie doch nur früher gekommen!«

»Seit wann ist er tot?«

Einer der Caseys sah zur Sonne hinauf. »Ungefähr seit einer halben Stunde. Er hat ziemlich lange geblutet und sich mit allen Kräften dagegen gewehrt.«

»Okay, Steinborg«, sagte Churchill in sein Walkie-Talkie hinein. »Bring das Schiff hoch und schick uns ein paar Automatikschaufeln runter! Wir müssen Bock schnellstens wieder ausgraben. — Calthorp, glaubst du, wir haben eine Chance?«

»Daß wir ihn wiederbeleben können? Eine ziemlich gute sogar. Aber ob er ohne Hirnschaden aus der Sache rauskommt ... Ich würde sagen, nein. Aber wir könnten das beschädigte Gewebe regenerieren und sehen, was daraus wird.«

Sie erzählten den Caseys natürlich nicht den wahren Grund für Bocks Exhumierung. Inzwischen hatten sie gemerkt, daß Mary ihn liebte, und sie wollten keine falschen Hoffnungen in ihr wecken. Man machte ihr klar, daß man den Kapitän wieder mit zu den Sternen hinaus nehmen wollte, weil er sich gewünscht hatte, dort beigesetzt zu werden.

Die anderen Toten wurden im Grab gelassen; sie waren schrecklich zugerichtet und waren zu lange tot gewesen.

Calthorp steuerte den feinfühligen Robochirurgen, schnitt das Knochenfundament des Geweihs aus Bocks Schädel und entfernte seine Schädeldecke.

Sein Brustkorb wurde geöffnet, dann wurden Elektroden in Herz und Hirn implantiert. Eine Blutpumpe wurde an seinen Kreislauf angeschlossen. Dann wurde der Körper von der Maschine hochgehoben und in einen Lazarustank gelegt.

Der Tank war mit einem dünnflüssigen Biogel gefüllt, das die in ihm schwimmenden Zellen ernährte. Es gab zwei Zellarten: Die eine fraß die beschädigten oder zerfallenen der Leiche auf. Die anderen waren zahlreicher und entstammten Bocks Körperzellen. Sie verbanden sich mit den Mutterorganen und ersetzten jene, die von seinem Körper getrennt wurden.

Bocks Herz fing unter der elektrischen Stimulation wieder an zu schlagen. Seine Körpertemperatur stieg allmählich an. Schritt für Schritt ersetzte sich die graue Färbung seiner Haut durch ein frisches Rosa.

Fünf Stunden vergingen, in denen das Biogel seine Arbeit tat. Calthorp studierte zum hundertsten Mal die Anzeigen der Meßgeräte und die Wellenlinien der Oszilloskope.

Schließlich sagte er: »Es ist sinnlos, ihn weiterhin hier drinzulassen.«

Er betätigte einen Schalter im Instrumentenbrett des Robochirurgen, und Bock wurde vorsichtig aus dem Tank gehoben.

Er wurde auf einen Tisch gelegt und abgewaschen. Dann zogen sich die Nadeln aus seinem Herz und seinem Hirn zurück. Sein Brustkorb wurde zugenäht, eine silberne Schädelplatte eingesetzt, die Kopfhaut rutschte an ihren alten Platz und wurde vernäht.

Von jetzt an kümmerten sich Menschen um ihn. Sie brachten Bock zu einem Bett und legten ihn hinein. Er schlief wie ein frischgeborenes Baby.

Churchill ging hinaus, wo die Caseys warteten. Sie hatten sich geweigert, das Schiff zu betreten; sie waren zu stark von abergläubischer Ehrfurcht und Angst erfüllt.

Die Männer unterhielten sich leise. Mary Casey saß mit dem Rücken an einen Baumstamm gelehnt. Ihr Gesicht wirkte wie eine Maske aus einer griechischen Tragödie.

Als sie hörte, daß Churchill näherkam, hob sie den Kopf

und sagte emotionslos: »Dürfen wir jetzt gehen? Ich möchte gern zu meinem Volk zurück.«

»Mary«, sagte Churchill, »Sie können überall hingehen, wo Sie wollen. Aber zuerst möchte ich erklären, warum ich Sie gebeten habe, all diese Stunden hier zu warten.«

Mary hörte sich seinen Plan an, zum Mars zu fliegen, dort Treibstoff zu bunkern, und dann zum Wega-System zu reisen, um sich dort niederzulassen. Anfangs verlor sie sogar einen Teil ihres gramgebeugten Aussehens, doch nach einer Weile schien sie wieder in die alte Apathie zurückzusinken.

»Ich freue mich, daß Sie ein Ziel haben, nach dem Sie streben«, sagte sie, »auch wenn es irgendwie blasphemisch klingt. Aber offen gesagt, es betrifft mich nicht. Warum erzählen Sie mir das?«

»Mary, als wir die Erde im Jahr 2050 verließen, war es nicht ungewöhnlich, jemanden aus dem Tod zurückzuholen. Es hatte weder etwas mit Schwarzer Magie noch mit Hexerei zu tun, sondern mit der Anwendung eines Wissens, das . . .«

Mary sprang auf und packte seine Hände.

»Soll das heißen, Sie haben Peter wieder zum Leben erweckt?«

»Ja«, sagte er. »Im Moment schläft er. Nur . . .«

»Nur *was*?«

»Wenn jemand so lange tot war wie er, hat er unausweichlich einen leichten Hirnschaden davongetragen. In der Regel kann man es wieder hinkriegen. Aber manchmal wird man dadurch zu einem Idioten.

Marys Lächeln erstarrte. »Dann werden wir es also erst morgen erfahren. Warum haben Sie es mir jetzt schon erzählt?«

»Weil Sie sonst schon auf dem Nachhauseweg gewesen wären. Aber da ist noch etwas. — Jeder auf der *Terra* weiß, was passieren kann, wenn er stirbt und wiederbelebt wird. Wir alle — außer Sarvant — haben sich einverstanden erklärt, daß man uns ein zweites Mal tötet, sollten wir den Lazarustank als Idiot verlassen. Keiner von uns möchte hirnlos dahinvegetieren.«

»Es wäre eine schreckliche Sünde, wenn man ihn umbrächte!« rief Mary aus. »Es wäre Mord!«

»Ich will jetzt keine Zeit verschwenden, um mit Ihnen darüber zu diskutieren«, sagte Churchill. »Ich möchte nur, daß Sie wissen, wie es unter Umständen ausgehen kann. Wenn es Ihnen eine Hilfe ist ... Ich kann Ihnen sagen, daß Al-Masunyi starb, als wir auf dem Planeten Vixa waren. Eine giftige Pflanze, die mit Hilfe von Luftdruck kleine Pfeile verschießt, hatte ihn zweimal getroffen. Er starb sofort, dann öffnete sich die Pflanze und spuckte etwa zwanzig tausendfüßlerartige Insekten aus. Für Insekten waren sie unheimlich groß; sie waren über einen halben Meter lang und hatten riesige Greifzangen. Sie hatten offenbar vor, Al-Masunyis Leichnam ins Innere der Pflanze zu schleppen, um — die Pflanze eingeschlossen — eine Freßorgie zu starten.

Wir blieben außerhalb der Reichweite der Pfeile und nahmen die Insekten unter Beschuß. Der Pflanze haben wir es mit Handgranaten gegeben. Dann brachten wir Al-Masunyi ins Schiff zurück, entfernten das Alkaloid aus seinem Kreislauf, und belebten ihn wieder. Er hat nicht die kleinsten körperlichen oder geistigen Schäden zurückbehalten. Aber Bocks Fall liegt etwas anders.«

»Kann ich ihn morgen sehen?« fragte Mary.

»Aber seien Sie auf alles gefaßt.«

Die Nacht verging langsam. Weder die Sternenfahrer noch Mary schliefen, doch die Caseys wickelten sich unter den Bäumen in ihre Decken und schnarchten. Jemand aus der Mannschaft fragte Churchill, warum sie nicht mit der Planung weitermachten, solange sie darauf warteten, daß Bock wieder zu sich kam. Sie konnten ein oder zwei Dörfer mit Schlafgas behandeln, noch ein paar Säuglinge und Frauen an Bord holen, und sich auf die Reise zum Mars begeben.

»Es ist wegen des Mädchens«, sagte Churchill. »Bock möchte es vielleicht gern mitnehmen.«

»Warum stecken wir sie nicht einfach in den Tank?« fragte Jastschemsky. »Findest du nicht auch, daß wir allmählich schizophren werden? Du machst dir Gedanken über ihre möglichen Gefühle und entführst im gleichen Atemzug Frauen und Kinder.«

»Aber die Frauen und Kinder, die wir entführen, kennen wir nicht. Und denen aus Panself tun wir nur einen Gefallen, wenn wir sie aus dieser barbarischen Welt fortholen. — Doch Mary kennen wir. Und wir wissen auch, daß Bock und sie heiraten wollten. Wir warten ab, bis wir wissen, was Bock dazu meint.«

Endlich graute der Morgen. Die Männer frühstückten und verrichteten einige kleine Arbeiten, dann rief Calthorp sie zusammen.

»Es ist Zeit«, sagte er. Er füllte eine Injektionspistole und jagte das Serum in Bocks gewaltigen Bizeps und trat zurück.

Churchill war zu Mary Casey hinausgegangen, um ihr zu erzählen, daß Bock sehr bald aufwachen würde. Es war ein Zeichen ihrer Liebe, daß sie den Mut aufbrachte, das Schiff zu betreten. Sie sah sich jedoch nicht um, als sie durch die Gänge geführt wurde, die mit Dingen gefüllt waren, die ihr wie bizarre und bösartig aussehende Gerätschaften erscheinen mußten. Sie schaute geradeaus, auf Churchills breiten Rücken.

Dann war sie an Bocks Seite und weinte.

Bock murmelte etwas. Seine Lider flatterten, wurden wieder reglos.

Er holte tief Luft.

»Wach auf, Peter!« sagte Calthorp laut.

Er versetzte dem Kapitän einen leichten Schlag auf die Wange.

Bock öffnete die Augen. Er schaute sich um und sah sie der Reihe nach an: Calthorp, Churchill, Steinborg, Al-Masunyi, Lin, Jastschemsky und Chandra. Er schien verwirrt. Als er Mary Casey entdeckte, zuckte er überrascht zusammen.

»Was, zum Teufel, ist passiert?« fragte er und setzte zu einem Brüllen an, aus dem jedoch nur ein schwaches Krächzen wurde. »Bin ich ohnmächtig geworden? Sind wir auf der Erde? Wir *müssen* auf der Erde sein! Wie sonst käme diese Frau an Bord? — Es sei denn, ihr Don Juans habt sie während der ganzen Reise vor mir versteckt!«

Churchill war der erste, der begriff, was mit Bock passiert war.

»Was ist das letzte«, fragte er, »an das du dich erinnern kannst?«

»Erinnern? Wißt ihr etwa nicht mehr, was ich befohlen habe, bevor ich ohnmächtig wurde? — Ich habe natürlich den Befehl zum Landen gegeben!« Mary Casey wurde hysterisch. Churchill und Calthorp führten sie aus der Kabine, und Calthorp gab ihr ein Beruhigungsmittel. Zwei Minuten später war sie eingeschlafen. Dann begaben sich Calthorp und der Erste Offizier in den Kontrollraum.

»Es ist zwar noch zu früh, um etwas Konkretes zu sagen«, sagte Calthorp, »aber ich habe nicht den Eindruck, als litte er an einem Intelligenzverlust. Er ist kein Idiot; aber der Teil seines Gehirns, der die Erinnerung an die letzten fünf Monate enthält, ist gelöscht worden. Er ist aber nicht zerstört, Bock leidet einfach an Gedächtnisverlust. Für ihn sind wir gerade von Vixa zurückgekehrt und bereiten uns auf die Landung auf die Erde vor.«

»Hab ich mir auch gedacht«, sagte Churchill. »Und was fangen wir jetzt mit Mary Casey an?«

»Erkläre ihr die Lage. Dann laß sie selbst entscheiden. Vielleicht ist sie darauf aus, daß er sich noch einmal in sie verliebt.«

»Wir werden ihr von Virginia erzählen müssen. Und von Robin. Vielleicht wird ihr das nicht gefallen.«

»Die Zeit ist nicht gerade günstig«, sagte Calthorp. »Ich werde ihr eine Injektion geben müssen, damit sie wach wird. Dann erzähl ich es ihr. Sie muß sich sofort entscheiden. Wir dürfen keine Zeit mehr vergeuden.«

Er ging hinaus.

Churchill nahm nachdenklich im Pilotensessel Platz. Er fragte sich, was die Zukunft für sie bereithielt. Sie würde bestimmt nicht langweilig werden. Obwohl auch auf ihn zahlreiche Probleme zukamen, wollte er nicht in Bocks Haut stecken: Er hatte zwar während der wüstesten Orgien, die man sich vorstellen konnte, Hunderte von Kindern gezeugt, aber er war dennoch so unschuldig wie ein neugeborenes Lämmchen. Er wußte von nichts! Wenn er auf Wega II aufwachte, würde er sich zwei Frauen gegenübersehen, die ein Kind von ihm erwarteten — vielleicht sogar dreien, wenn Mary Casey sich zum Mitkommen entschloß. Man würde ihm erzählen müssen, was geschehen war — er würde nicht die kleinste Erinnerung an die vergangenen Ereignisse haben. Vielleicht würde er ihnen nicht mal glauben, wenn sie es im Dutzend beeideten! Er hatte Verpflichtungen am Hals, an die er sich nicht im geringsten erinnern konnte, doch wenn es zu einem — unvermeidlichen — Ehekrach kam, würde er davon hören.

Nein, dachte Churchill, *mit Bock möchte ich nicht tauschen.* Er war völlig zufrieden damit, Churchill zu sein, auch wenn das schon ziemlich hart werden würde, wenn Robin erwachte.

Er schaute auf. Calthorp war zurückgekehrt.

»Wie sieht ihr Entschluß aus?« fragte Churchill.

»Ich weiß nicht, ob ich lachen oder weinen soll«, sagte Calthorp. »Mary kommt mit uns.«

NACHSPIEL

Donner, Blitz und Regen.

Eine kleine Schenke in einem neutralen Gebiet an der Grenze von Dici und Caseyland. Drei Frauen sitzen im rückwärtigen Teil der Schenke in einem privaten Raum an einem Tisch. Ihre schweren, mit Kapuzen versehenen Gewänder hängen an Haken an der Wand. Alle drei tragen hohe, schwarze, kegelförmige Hüte.

Die erste, Virginia, ist die jüngere Schwester der Frau auf *Terra*. Sie ist jetzt, wie zuvor ihre ältere Schwester, die jungfräuliche Hohepriesterin der heiligen Stadt Washington. Sie ist hochgewachsen, hat honigblondes Haar, tiefblaue Augen, eine Nase, die so fein geformt ist wie die eines Falken, Lippen wie eine Wunde, und aufragende, volle Brüste.

Die zweite ist die Oberin der großen Schwesternschaft von Caseyland. Sie ist fünfunddreißig Jahre alt. Ihr Haar ergraut bereits, sie hat schwere Brüste, einen dicken Bauch, und unter dem Gewand Krampfadern — Zeichen des Gebärens, auch wenn sie Keuschheit geschworen hat. In der Öffentlichkeit betet sie zu Columbus, dem Vater, dem Sohn und der Mutter. Im privaten Kreis betet sie zur Göttin Columbia, der Großen Weißen Mutter.

Die dritte ist Alba, weißhaarig, zahnlos, eine verschrumpelte Hexe; sie ist die Nachfolgerin jener Alba, die Bock getötet hat.

Sie trinken aus großen Gläsern, die mit Rotwein gefüllt sind. *Oder ist es gar kein Wein?*

Virginia, die Jungfrau, fragt, ob sie verloren haben. Die Sternenfahrer sind ihnen entwischt. Sie haben den Sonnenhelden und ihre geliebte Schwester mitgenommen, die sein Kind trägt.

Die grauhaarige Matrone erwidert, daß sie niemals verlieren. Nehme sie etwa an, ihre Schwester ließe zu, daß der Glaube an die Göttin im Geist ihres Kindes stirbt? Niemals!

Doch Bock, protestierte die Jungfrau, hat auch eine unterwürfige Jungfrau aus Caseyland mitgenommen, eine Jüngerin des Vaters.

Alba, die alte Hexe, kichert und sagt, selbst wenn er die Religion der Caseys als die seine annimmt, du junges und unwissendes Mädchen, weißt du denn nicht, daß die Göttin in Caseyland bereits gewonnen hat? Das Volk zollt dem Vater und dem Sohn am Sabbat zwar noch leichte Aufmerksamkeit, doch es ist die Mutter, die sie am leidenschaftlichsten anbeten. Es sind ihre Statuen, die überall im Lande stehen. Die Mutter erfüllt den Geist der Menschen. Was macht es schon aus, ob man die Göttin Columbia nennt oder ihr einen anderen Namen gibt? Wenn sie nicht durch den Haupteingang eintreten kann, nimmt sie eben die Hintertür.

Aber Bock ist uns entkommen, wendet die Jungfrau ein.

Nein, erwidert die Matrone, er ist weder uns noch der Großen Runde entkommen. Er wurde im Süden geboren und ging nach Norden, und dort traf er auf Alba und wurde getötet. Es spielt keine Rolle, daß er dabei ein menschliches Wesen umbrachte, das man Alba nannte, denn Alba lebt heute in ihrem alten Körper und ist bei uns. — Und Bock wurde getötet und begraben und ist wieder auferstanden, wie es prophezeit wurde. Und er ist jetzt wie ein neugeborener Säugling, denn ich habe gehört, daß er keine Erinnerung mehr an das Leben hat, das er während der Großen Runde führte.

Achte darauf, was Alba über die Göttin sagt: Sie gewinnt selbst dann, wenn sie verliert! Es spielt keine Rolle, wenn er Virginia zurückweist und Mary wählt. Er ist der unsere. Mutter Erde geht mit ihm zu den Sternen hinaus.

Sie sprechen von anderen Dingen und schmieden Pläne. Blitze zucken. Dann hört man über dem Donner das Prasseln des Regens, und sie verlassen die Schenke. Jetzt sind ihre Gesichter hinter Kapuzen verborgen, damit kein Mensch erfährt, wer sie sind. Bevor sie sich trennen und jede ihrer Wege geht — die eine nach Süden, die andere nach Norden, und die dritte, die auf halbem Wege zwischen ihnen bleibt — halten sie kurz inne.

Die Jungfrau sagt: Wann werden wir drei uns wiedersehen?

Die Matrone erwidert: Wenn der Mensch geboren wird und stirbt und wiedergeboren wird.

Die Hexe sagt: Wenn die Schlacht verloren und gewonnen ist.